KB062636

TARA DUNCAN
Le Continent Interdit

타라 덩컨

5 금지된 대륙

TARA DUNCAN
Le Continent Interdit

타라 덩컨

⑤ 금지된 대륙

펴 낸 날 | 2014년 5월 15일 초판 1쇄

지 은 이 | 소피 오두인 마미코니안
옮 긴 이 | 이원희
펴 낸 이 | 이태권
펴 낸 곳 | (주) 태일소담
서울시 성북구 성북동 178-2 (우)136-020
전화 | 745-8566~7 팩스 | 747-3235
e-mail | sodam@dreamsodam.co.kr
등록번호 | 제2-42호(1979년 11월 14일)

ISBN 978-89-7381-865-5 04860
978-89-7381-830-3 (세트)

• 책값은 뒤표지에 있습니다.
• 잘못된 책은 구입하신 곳에서 교환해드립니다.
• 이 도서의 국립중앙도서관 출판시도서목록(CIP)은 서지정보유통지원시스템 홈페이지 (http://seoji.nl.go.kr)와 국가자료공동목록시스템(http://www.nl.go.kr/kolisnet)에서 이용하실 수 있습니다.(CIP제어번호: CIP2014013895)

www.dreamsodam.co.kr

TARA DUNCAN
Le Continent Interdit

타라 덩컨

⑤ 금지된 대륙

소피 오두인 마미코니안 지음 | 이원희 옮김

소담출판사

날마다 너무나 순수하게 사랑이란 말에 새로운 의미를 부여하는
남편 필리프, 사랑하는 딸 디안과 마린에게 이 책을 바칩니다.

— 소피 오두인 마미코니안

키크로크
파트로크
왕 국
타트란
시티빌
데네즈
오소르
혼
크로트
비리디스
안개 대양
살테렌스 사막
세클라트
티란
살라
붉은산
케키디
데무아
테수르
푸아브레트
바스크리트
라스본
피어
스파니비아
레스피르
팅가푸르
카바
탕즈 강
오무
아더월드
서쪽면

북 극
빙원
뇌우 해
리노
멘탈리르 평원
세로스
크라살비 왕국
우를라
랑코비트 왕국
톰베
크리아
크랑카르
빌랭 왕국
라비아
타도르
산
데호
미아
브론타뉴
프로가데크
숨
미나트
스몰빌
코지토
스몰컨트리
제오폴
히믈리아
셀렌다
왕국
간디스
에르고
가로
베르티그
세보른
블루 대양
테스프레스
국
바시
미카일 해
에투아
축척 1 : 52 500 000
0
1417.5 km
남 극
빙원

북 극
빙원
마법의 장벽
아더월드
동쪽면

금지된 대륙
타투말렌쉬바르
렌베르산
섬
축척 1 : 52 500 00
0
1417.5 km
남 극
빙원

::『타라 덩컨 1』, 「아더월드와 마법사들」::

타라 덩컨은 자신의 탄생에 관한 비밀을 모른 채 프랑스의 타공 마을에서 할머니와 평화롭게 살고 있다. 어느 날 갑자기 나타난 마지스터의 공격으로 할머니 이사벨라가 중상을 입으면서 타라는 자신이 마법사라는 것과 아마존 정글에서 바이러스에 감염되어 죽은 줄 알았던 어머니 셀레나가 살아 있다는 사실을 알게 된다.

한편 마법의 세계를 지배하고, 마법 능력이 없는 인간들을 노예로 만들겠다는 야망에 불타는 마지스터는 악마의 힘을 지닌 사물들을 얻기 위해 타라를 납치하려고 혈안이다. 영문도 모른 채 마지스터의 끈질긴 추격을 받는 12세 소녀 타라는 영생하는 마법을 사용하다 잘못되어 사냥개로 변한 증조할아버지 마니투와 마법의 행성 아더월드로 피신한다.

아더월드의 랑코비트라는 나라에서 살게 된 타라는 페가수스와 정신적으로 결합되는 놀라운 경험을 한다. 아더월드는 수많은 종족의 마법사들과 수시로 풍경을 바꾸는 살아 있는 궁전, 뱀파이어, 키마이라, 하르퓌아, 유니콘 같은 전설의 동물들, 악마…… 등이 버젓이 활개를 치는 무시무시한 세계지만, 다행히 타라는 지구의 친구 파브리스, 공주의 신분인 무아노, 어린 도둑 칼리반 달 살란, 난쟁이 파프니르, 하프엘프 로빈 등을 만나면서 신기하기 이를 데 없는 마법의 세계에 빠져든다.

데미데루스의 직계 후손인 타라와 오무아 제국의 여제 리스베스만 악마의 힘을 지닌 사물에 접근할 수 있기 때문에 마지스터는 타라를 납치한다. 그러나 소녀 마법사는 친구들의 도움으로 억류되어 있던 어머니를 구하고, '실루르의 옥좌'를 파괴한다.

마지스터는 사라지기 직전 죽은 것으로 알고 있는 타라의 아버지가 사실은 오무아의 황제 단비우 탈 바르미 압 산타 압 마루이며, 따라서 타라가 아더월드의 오무아 제국을 계승할 후계자라고 밝히는데…….

::『타라 덩컨 2』, 「비밀의 책」::

칼이 살인죄로 고소되어 감옥에 갇히자 타라는 하는 수 없이 아더월드로 돌아간다. 땅신령들이 흉악한 마법사에게 억류된 식구들을 구해달라는 조건으로 칼을 탈옥시킨다. 그러나 땅신령들의 함정에 걸려든 칼이 치명적인 벌레에 감염되었기 때문에 타라와 친구들은 악당 마법사와 맞서 싸울 수밖에 없다. 마침내 문제의 마법사를 굴복시키고 땅신령들을 구하지만 칼의 무죄를 증명하기 위해서는 악마들의 세계 림보에 있는 조각상 재판관이 있어야 한다. 죽음을 무릅쓴 모험 끝에 그들은 목적을 달성하고 무사히 아더월드로 돌아온다.

그러나 이번에는 불과 며칠 사이에 아더월드를 정복한 영혼 약탈자의 기상천외한 공격에 맞서야 한다. 타라의 목숨이 위험해지자 마지스터가 그 싸움에 개입하게 되고, 드래곤으로 변신한 타라와 마지스터는 서로 협력하여 영혼 약탈자를 물리치기에 이른다. 일단 영혼 약탈자를 제거한 뒤에 마지스터는 림보로 홀연히 사라지고, 타라는 마지스터가 죽었다고 생각한다.

한편 자식이 없는 오무아의 여제는 타라가 자신의 후계자라는 걸 알게 되고, 타라를 아더월드로 데려가겠다고 주장한다. 거절하면 지구가 위험에 처하게 되는데…….

::『타라 덩컨 3』, 「저주받은 왕홀」::

폭탄 테러로 어머니가 부상당했다는 소식을 듣고 황급히 아더월드로 돌아간 타라는 림보로 영원히 사라졌다고 믿었던 상그라브들의 보스 마지스터가 돌아왔음을 알게 된다.

공간이동의 문 폭발 사고, 도서관의 좀비 살해 사건 등 테러 행위와 이상한 사건이 잇달아 발생하는 가운데 타라는 오무아의 궁전에서 공식적으로 여제 후계자 수업을 받기 시작한다.

여제를 함정에 빠뜨려서 악마의 힘을 지닌 사물들 중 '저주받은 왕홀'을 손에 넣은 마지스터는 아더월드에 있는 모든 마법사의 능력을 빼앗아버린 데 이어서 악마 군단을 앞세워 오무아 제국을 침략하고 드래곤들을 몰살하겠다고 선전포고한다.

여제와 황제가 포로로 잡혀 있기 때문에 타라는 여제 후계자로서 오무아 제국과 아더월드를 지키기 위해 또다시 온갖 위험을 무릅써야 한다. 하는 수 없이 타라는 각자의 조국으로 돌아가 있는 친구들을 오무아로 불러들이고 의문의 사건들에 얽힌 미스터리를 하나씩 풀어나간다. 그리고 마지스터가 심복인 여자뱀파이어와 스파이를 궁전에 심어놓았음을 알게 된다.

타라는 이번에도 하프엘프 로빈, 지구소년 파브리스, 면허 받은 도둑 칼리반, 난쟁이 파프니르, 개로 둔갑한 증조할아버지 마니투, 특히 놀라운 기지를 발휘한 '야수' 무아노의 도움, 그리고 상그라브들의 감옥에서 탈출한 스너피가 전해준 정보 덕분에 마지스터와 가공할 만한 악마 군단을 물리치기에 이른다.

한편 타라는 자신의 열네 번째 생일파티를 엉망으로 만드는 것을 시작으로 말썽을 일으키고 다니는 쌍둥이 남매가 놀랍게도 친동생들이라는 사실을 알게 된다.

여러 가지 이유로 타라의 유전자가 조작되었을 거란 의혹이 제기되면서 여제는 정밀분석을 지시한다. 로빈은 마침내 사랑을 고백하기 위해 타라를 만나러 가지만 소녀의 방은 텅 비어 있다. 후계자가 사라진 것이다…….

::『타라 덩컨 4』, 「드래곤의 배반」::

아더월드 오무아 제국의 실험실에서 드래곤과 유전학자가 맞서고 있다. 이 싸움의 결과에 지구의 미래와 어린 마법사들의 운명이 달려 있다. 그러나 학자가 사망하면서 사건은 오리무중에 빠진다.

한편 아더월드를 몰래 빠져나온 타라는 이집트의 한 박물관에서 양피지 문서를 훔치는 데 성공하지만, 유전자 조작으로 너무 강력해진 마법 능력 때문에 목숨이 위태롭다. 게다가 로빈을 공격한 하르퓌아들에게서 알아낸 정보 때문에 초능력 있는 지구소년을 구하러 가지 않을 수 없는 상황에 처한다.

두렵지만 단호하게 결정을 내린 타라는 영국 스톤헨지 유적지로 향한다. 증조할아버지 마니투와 하프엘프 로빈, 난쟁이 파프니르, 야수 무아노, 파브리스, 칼의 도움을 받아 타라는 스톤헨지에 얽힌 비밀로 최대 위기를 맞는 지구를 구하고, 유전자 조작으로 인한 마법 능력의 수수께끼를 풀 수 있을까?

::『타라 덩컨 5』, 「금지된 대륙」::

이 이야기는 이제부터 읽어야지요. 그럼 친애하는 독자 여러분, 재미있게 읽기 바랍니다. 준비하시고…… 읽기 시작!

TARA DUNCAN
Le Continent Interdit

타라 덩컨

⑤ 금지된 대륙 | 차례

일러두기

이 책의 본문에 표시된 *부분은 부록 '아더월드의 용어 해설'에 자세히 소개되어 있습니다.

5 금지된 대륙

멘탈리르의 풀

초식성이 아니면 풀을 어떻게 먹지?

*

이게 어떻게 된 거지? 좀 전에는 분명히 침대에 누워 곤히 잠들어 있었는데…….

차가운 어둠 속에 빛이 보이는 듯싶더니 사방이 희미한 별빛에 물들어 있었다.

매캐한 냄새가 진동했다. 이건…… 유황 냄새인데!

등에 뭔가 따뜻한 것이 느껴졌다. 잠옷은 흙투성이고, 날카로운 돌밭을 밟고 다닌 것처럼 발에서 피가 나고 있었다.

갑자기 등 뒤에서 움직임이 느껴졌다. 뭐지? 뭐가 꿈틀거리지?

질겁해서 옆으로 몸을 날렸다.

아가리를 쩍 벌리고 송곳니를 드러낸 괴물을 보는 순간 심장이 터져라, 비명을 질러댔다.

갑자기 불에 덴 것처럼 얼굴이 화끈거리더니…… 세상이 사라졌다.

유니콘 두 마리가 목을 숙이고 날카로운 뿔로 들이받을 듯 두 아이를 위협하고 있었다.

타라는 아더월드판 저격수의 레이저 광선이 심장을 겨누고 있는 느낌이 들었다. 이렇게 화가 나 있는데 누그러뜨릴 수 있을까? 몸무게가 족히 500킬로그램은 될 것 같은 은빛 유니콘을 무슨 수로 제압하지?

타라가 침을 꼴깍 삼켰다.

"어휴, 칼? 얘들이 아무래도 우릴 가만 놔두지 않을 것 같아!"

"걱정하지 말고 나한테 맡겨." 회색 눈의 칼이 싱긋 웃었다.

유니콘 중 하나가 소용돌이 모양의 뿔을 들이대면서 쏘아봤다.

"너희! 멘탈리르의 풀을 훔치러 왔지? 우리 뿔에 받혀서 너희의 시체로 우리 땅을 기름지게 할 생각이 아니면 썩 꺼져!"

"마법 능력을 잃은 뒤로 아더월드에서는 내가 한낱 지푸라기에 지나지 않는 느낌이야." 타라가 칼에게 신경질적으로 중얼거렸다. “내가 잘못 생각했나 봐. 어떡하지? 다른 방법을 찾아보는 게 낫겠어.”

악마의 세계를 파괴할 계획으로 배반자 드래곤 샨도우바릴로 우바쉬부가 타라와 지구소년 제레미에게서 마법 능력을 기계로 빨아들인 뒤로 타라는 정신적으로 작은 깃털 하나 들어올릴 수 없었다. 그런데 잔혹하기로 이름난 유니콘들과 마주 대하고 있으니 타라는 그토록 싫어하던 마법이 그리웠다.

칼이 타라의 말을 들은 척도 않고 있다가 유니콘들을 향해 정중하게 허리를 굽혔다.

“오무아 제국의 후계자 타라틸랑넴 덩컨 마마를 소개하게 되어 영광입니다.”

타라의 긴 금발이 바람에 휘날렸다. 타라는 자신이 한없이 작게 느껴졌다. 타라가 지시를 내리자 의상, 분장, 미용, 신발, 무기 담당 코디네이터 역할을 하는 마법의 체인지라인이 신속하게 머리를 땋은 다음, 치렁치렁한 마법복 대신에 청바지와 티셔츠, 운동화를 신은 간편한 복장으로 바꿔주었다.

만약의 경우를 대비한 것이었다.

다행히 타라는 변덕쟁이 체인지라인과 살아있는 돌(아더월드의 마법 능력을 지닌 석영이 정신적으로 타라와 접촉하는 방법을 찾는 데 시간이 좀 걸리기는 했지만), 패밀리어 갈랑과 교감하고 있었다. 가문의 반지(몇 번 돌리기만 하면 에프리트가 튀어나와서 도와주는)와 언제든 타라가 있는 위치를 알아내기 위해 로빈이 선물로 준 클리크는 오무아 궁전에 두고 왔다.

아픈 기억을 떠오르게 하는 클리크를 가져오지 않은 것은 후회되지 않지만 가문의 반지가 없는 것은 아쉬웠다. 이런 때에 악마를 불러내면 몸 풀듯 가볍게 유니콘들을 제압할 텐데.

유니콘이 눈을 깜박였다. 설마하니 윙크는 아닐 테고, 아더월드의 두 태양 때문에 눈이 부신 모양이었다.

"여러분의 멋진 초원을 관광하다가 그 유명한 멘탈리르의 삼엽초를 구경하고 싶었습니다. 여긴 정말 눈부시게 아름다운 곳이군요. 흰 꽃이 만발한 이 파란 풀밭, 아! 부서지는 햇살 속에서 출렁이는 바다 같아라……."

칼이 온갖 폼을 잡으면서 시인이라도 되는 듯 멋들어지게 읊어대는데 유니콘이 시끄럽다는 듯 잘라버렸다.

"공식적인 방문이라고 주장하는 것인가?"

호위대도 없고, 신임장도 소지하지 않고 그렇게 말했으니 거짓말이라는 것이 당장 들통 날 수밖에.

당황한 칼이 고개를 숙이고 얼버무렸다.

"사실은 비밀리에 이곳에 온 것입니다."

타라가 깜짝 놀랐다. 얘가 또 무슨 말을 하는 거야!

유니콘이 한숨을 내쉬면서 허점을 찔렀다.

"그렇다면 왜 너희의 신분을 밝히는 것이냐? 그게 아니라 사실은 멘탈리르의 풀을 훔치러 온 거지?"

이런! 난폭하기로 이름난 유니콘이 이렇게 논리적일 줄이야! 지혜를 얻는다는 풀을 많이 먹어서 그런가?

칼이 거짓말을 그만두고 느끼한 목소리로 말했다.

"풀 몇 포기만 우리에게 선물로 주시면 정말 고맙겠습니다. 여기 있는 내 친구에게 풀이 꼭 필요하거든요. 시험에 합격하기 위해서나 주문을 외우기 위해서가 절대 아니에요. 내 친구에게는 생사가 걸린 아주 중요한 문제라서 부탁드리는데요. 제발 호의를 베풀어주세요, 네? 이렇게 많은 풀 중에서 한두 포기쯤 없어져도 표도 안 날 텐데, 안 그래요?"

여자들에게는 그렇게 잘 통하는 칼의 능글맞은 입담이 유니콘들에게는 아무 효과가 없었다. 유니콘 1의 대답은 단호했다.

"안 돼!"

유니콘 1이 은빛 목을 우아하게 구부렸다. 당장이라도 공격할 기세였다.

타라가 가까이 있는 작은 숲을 곁눈질로 살폈다. 뿔에 받히기 전에 숲으로 달아날 수 있을까?

영리한 동물이 염소처럼 발굽이 둘로 갈라진 앞발로 땅바닥을 긁으면서 말했다.

"열까지 세겠다. 지금 당장 떠나지 않으면 내 동료와 내가 기꺼이 너희를 이 땅에 영원히 묻히도록 해주겠다."

이건 정말 장난이 아닌데……. 타라가 뒷걸음치자 칼도 따라서 물러섰다.

"유니콘들이 비협조적이잖아! 이런 말은 하지 말아야 하지만 주문을 거는 게 어때?" 타라가 속삭였다.

"아니, 가능한 삼가야 해."

"왜?"

"네 마법이 나한테 전이되었거든. 정말 끔찍한 일인데 마법을 조절하기가 아주 힘들어. 본의 아니게 유니콘들을 햄버그스테이크로 만들고 싶지는 않아. 이미 랑코비트의 최고 마구스 두 분이 너, 아니 너의 마법 능력 때문에 의무실에 누워 있어."

"최고 마구스들이? 어떻게 그런 일이?"

칼이 얼굴을 찡그리는 듯하다가 실실 웃었다.

"궁전의 배수관이 막힌 적이 있었어(랑코비트의 궁전은 6000조각의 돌로 몸체를 이루는 살아 있는 건물이며, 성깔이 있다. 궁전의 서쪽 측면은 일정한 간격으로 사라지는데 무기고가 있어서 난처한 상황이 벌어지기도 한다). 궁전이 몹시 괴로우니까 벽이며 천장이 온통 잿빛이나 푸르스름한 빛이 되었지. 그랬으니 너도 상상이 되겠지만 당연히 궁인들도 우울할 수밖에. 그래서 배관공 마법사들이 몸집이 작은 나에게 막힌 배수관을 뚫게 했어. 그 일로 나한테서 냄새가 난다고 트집을 잡는 엘레아노라와 다퉜는데 그 뒤로는 내 전화를 받지도 않아. 다행이지, 뭐. 어차피 이렇게 바빠 죽겠는데 잠시 걔 생각을 하지 않아도 되니까."

타라가 어깨를 으쓱했다. 그렇다면 화장실 배수관도 뚫었을 텐데 즐거워하다니, 얘가 미친 거 아냐?

"어휴, 구역질이 나서 말도 하기 싫은데……. 어쨌든 인간의 분비물부터 온갖 찌꺼기로 배수관이 꽉 막혀 있어서 내가 구멍을 뚫으려고 하니까 글쎄, 배수관의 마법에 이상이 생겼는지 갈고리 같은 것으로 나를 찍으려고 하더라고. 그래서 내 마법을 한껏 방출했지. 너의 능력과 제레미의 능력이 우리에게 전이된 뒤로 처음으로 마법을 쓴 건데…… 그렇게 강력할 줄이야!"

칼의 말에 정신이 팔린 타라는 점점 더 짜증스러워하는 유니콘들을 잠시 잊고 있었다.

"그래서 어떻게 됐는데?"

"그래서…… 아수라장이 됐지, 뭐. 짓궂은 장난을 치고 싶으면 아마 그보다 좋은 방법이 없을 거야. 꼬마도깨비 파보들도 그렇게 고약한 장난은 안 칠 테니까. 오죽하면 그 사건을 전해 들은 파보들이 올해의 최고 장난으로 뽑아서 나에게 금메달을 수여했겠어."

웃기기도 하고 민망스럽기도 한지 칼이 몸을 비비 꼬았다.

"무슨 일이 일어났는데?"

"혹 떼려다 혹 붙였지, 뭐! 배수관 전체가 쾅! 폭발했거든. 접견실이 물에 잠기는 바람에 에드라킨족 사절단이 테러나 전쟁이 터진 줄 알고 혼비백산했고, 궁전 안에 있던 모든 사람이 웩…… 오물을 뒤집어쓴 거야. 전하와 왕비 마마를 비롯해서 친애하는 키마이라 살라타르 선생님도. 배수관이 터질 때 배관공 마법사들이 5미터쯤 위 공중으로 날아갔고, 궁전은 붕괴될 뻔했어. 그때부터 궁전이 나를 좀 미워해(살아 있는 궁전이 칼의 방을 벽장 크기로 축소해놨기 때문에 칼은 방에 들어갈 때마다 고역을 치러야 했다)."

그 모습을 상상하면서 타라가 킥킥거렸다.

"키마이라가 노발대발해서 2주일 동안 궁전에서 나를 추방했어. 그 정도의 벌을 받은 것만으로도 천만다행이지. 청소 주문에도 불구하고 궁전에 한동안 암모니아 냄새가 진동했거든."

"그렇다면 유니콘들에게 마법을 써봐도 되잖아?"

"이 동물들은 드래곤과 비슷해. 물론 유니콘들은 너의 마법 아참, 네가 잃어버린 마법에 대적할 정도는 아냐. 하지만 내가 네 마법을 조절할 수 없기 때문에 유니콘들을 박살 낼지도 몰라. 그렇다고 마법의 강도를 줄이면 무슈티크 * 에 물리는 것처럼 약간 따끔할 뿐이니까 위협적이지 못할 테고. 네가 몰라서 그렇지 이 유니콘들의 뿔은 검이나 다름없어서 우리를 트뤼예르로 만들어 버릴 거야."

"뭐라고?"

"트뤼예르. 너네 행성 지구의 치즈 말이야, 구멍이 뻥뻥 뚫린 그 치즈 있잖아."

"아! 그뤼예르 치즈! 뿔을 보고 나도 알아차렸어. 그렇다 치고…… 나를 도와주겠다고 했을 때 너한테 확실한 계획이 있다고 말했잖아."

"그건 네가 거짓말은 진저리가 난다면서 유니콘들을 가까이에서 보고 싶다고 하기 전이었잖아. 그리고 나는 별로 좋은 생각이 아니라고 분명히 말했다, 뭐!"

타라는 대꾸할 수가 없었다. 이크! 머리를 숙인 채 기다리다 지친 유니콘들이 공격해오고 있으니!

한 가지는 확실했다. 발이 네 개에다 몸무게가 많이 나가면 넘어지지 않기 위해 네 개의 다리와 몸의 보조를 맞추는 데 시간이 걸린다. 따라서 스타트할 때는 분명히 네 발 동물보다는 인간이 유리하다. 그러나 그다음은 불리해진다. 날마다 체력 단련을 하면서 도핑테스트에서 걸리지 않는 강장제를 복용하고, 특수 제작한 기능성 운동화를 신고 달릴 경우, 인간의 최고 속도가 시속 35킬로미터인 데 반해 말이나 유니콘의 속도는 시속 60킬로미터에 이르기 때문이다.

숲이 가까이 있어서 다행이었다. 재빠르게 나무를 타고 올라간 타라와 칼은 굵은 나뭇가지에 걸터앉아서 유니콘들을 내려다봤다. 그런데 쟤들의 저 표정……은 비웃는 거잖아?

타라는 섬뜩한 느낌이 들었다. 자신들이 전혀 모르는 뭔가를 알고 있다는 듯한 유니콘들의 비웃음에 기분이 상했다.

"초원에 숲을 그대로 놔둔 것은 아주 괜찮은 생각이었어." 유니콘 1이 밝은 어조로 말했다.

아, 어쩐지…… 함정이었어!

"그러지 않았으면 매주 애송이 마법사들의 시체를 치우느라 바빴을 거야." 유니콘 2가 말했다.

알았어. 단순한 함정이 아니란 뜻인데…… 그럼 숲이 어린 유니콘들을 위한 놀이터 같은 건가?

"아휴, 생각만 해도 끔찍하다." 유니콘 1이 우거지상을 했다.

"한주먹 거리도 안 되는 것들인데 뭐가 끔찍해?" 유니콘 2가 거드름을 피웠다.

"팔다리 분리." 유니콘 1이 주장했다.

"지겹잖아." 유니콘 2가 반박했다.

"할 수 없잖아." 유니콘 1이 뿔을 흔들면서 툴툴거렸다.

"그래, 팔다리 분리." 유니콘 2도 한숨을 내쉬면서 공격 자세를 취했다.

"아, 짜증 나! 결국은 들을 거면서!" 유니콘 1이 외쳤다.

두 유니콘이 옥신각신하면서 점점 싸움이 격해지고 있었다.

"내가 여길 왜 와가지고 이 꼴이 되었는지 모르겠다. 널 믿고 따라오는 게 아닌데……."

자리가 불편한 타라가 몸을 움직이면서 중얼거렸다.

칼이 무의식중에 검은 머리털을 마구 헝클어뜨리다가 중심을 잃는 바람에 가까스로 나무에 매달렸다.

"엄밀히 말해서 우리가 여기 온 건 곰팡내가 팍팍 나는 낡은 양피지를 네가 해독하지 못했기 때문이야!" 칼이 억울하다는 듯 받아쳤다.

"에이, 그렇게 말하면 안 되지, 칼!" 타라가 반박했다. "말은 바른대로 하랬다고…… 네가 나를 찾아온 건 엘레아노라의 마음을 사로잡기 위한 조언이 필요해서였어. 그래놓고 나한테 뒤집어씌우면 안 되지! 원망을 하려면 내가 널 원망해야 하는 것 아냐? 넌 내 정체를 폭로할 뻔했어. 게다가 느닷없이 나타나 놀랐던 걸 생각하면 지금도 심장이 떨리는데. 마법을 되찾을 때까지 나는 꼭꼭 숨어 있을 생각이었단 말이야."

“타라!” 칼이 화를 냈다. “너 정말 나를 그 정도밖에 생각 안 해? 물론 엘레아노라도 중요해. 하지만 우리랑 같이 있는 것도 아닌데 또 곤경에 빠져 있을까 봐 걱정돼서 힘들게 찾아온 건데.”

몇 개월 동안 단조롭지만 평화롭게 지내고 있었기 때문에 타라는 칼의 그 말이 신경에 거슬렸다.

“칼, 너는 면허 받은 도둑이야. 오무아 정부의 지시를 받고 나는 숨어 있는 거야. 따라서 너는 순전히 직업적인 욕심 때문에 집요하게 나를 찾아낸 거잖아!”

칼의 표정이 어두워지자 너무 심했다는 생각에 타라가 이내 덧붙였다.

“그래도 너를 만나서 반갑고, 우리를 찾아낸 너의 능력에 감동했어.”

칼은 사과를 받아들이고 말을 이었다.

“음, 어디까지 얘기하다 말았지? 아, 그래, 곰팡이 냄새 나는 양피지의 도움을 받아서 아버지의 유령을 되살리겠다는 것이 네 생각이잖아. 네 어머니가 제2의 메델루스와 사랑에 빠지기 전에 아버지와 재결합시키기 위해서.”

꼭 그렇게 말하지는 않았는데…… 타라가 눈살을 찌푸렸다. 밑에서는 성난 유니콘들이 뒷발로 일어서 있는데 하얀 털이 흩날리고 있었다. 서로를 뿔로 받지 않으려고 조심하는 유니콘들을 보면서 타라는 싸움이 오래가지 않으리라는 걸 알았다.

"칼, 지구의 스톤헨지에서 내가 그 말을 한 건 사실이지만 그런 식으로 과장하지 마."

칼이 구시렁거리면서 랑코비트의 파란빛과 은빛 마법복을 뒤졌다. 그러고는 작은 배낭을 꺼내서 필요 없게 된 전지가위를 도로 집어넣으면서 입을 비죽거렸다.

"오무아 황궁에 설치된 '목소리'에 원문 번역을 부탁하는 것이 금지되었기 때문에 내가 방법을 제시했던 거야. 양피지의 비밀을 풀어낼 수 있는 지혜를 얻으려면 멘탈리르의 삼엽초 싹을 뜯어 먹으면 되는데 유니콘들이 지키고 있는 것이 문제라고 난 너한테 분명히 말했어."

갑자기 나무가 심하게 흔들려서 타라와 칼은 필사적으로 나뭇가지에 매달렸다. 싸움을 하던 유니콘 1의 뿔이 나무에 박혔던 것이다. 유니콘 2가 그 모습을 보고 미친 듯이 웃다가 뒤로 벌렁 나자빠졌다.

"하! 하! 하!" 유니콘 1도 쌤통이라는 듯 웃었다. "와서 뿔을 빼줄 거야, 말 거야?"

유니콘 2가 일어나서 친구를 도와주려고 애썼다. 그러나 뿔이 너무 깊게 박혀서 꿈쩍도 하지 않았다.

그러자 칼이 외쳤다.

“저기요, 우리가 손을 빌려줄 수도 있는데요?”

나무에 뿔이 박힌 유니콘 1이 의심쩍은 듯 노려봤다.

“뭐? 손을 빌려준다고? 그게 너희의 예의냐, 두 발 인간아?”

“‘손을 빌려준다’는 것은 당신의 뿔이 빠지게 내가 도와주겠다는 뜻이에요.”

“아, 그런 거야? 좋아.”

“저기요, 그런데 당신의 친구가 그 틈에 나를 꼬치구이로 만들지는 않겠죠?”

유니콘 1이 어리둥절한 얼굴을 했다.

“얘가 너희를 구워 먹을까 봐 무서워? 바보, 우린 고기 안 먹어!”

칼이 두 손 들었다는 듯 한숨을 내쉬었다. 그래, 알았다, 알았어! 유니콘들에게는 은유법을 쓰지 않을게.

“뿔로 나를 찌르지 않겠다고 약속해줘요.”

“너희를 건드리지도 않을게.” 유니콘 2가 약속했다. “내 친구의 뿔을 빼줄 때까지는.”

“그럼 그다음에는요?”

“10분 줄 테니까 걸어서 나가든, 트란스미투스 주문을 이용하든 이곳을 떠나.”

“삼엽초 싹 몇 개만 선물로 주시면 안 될까요?”

좀 더 영리한 유니콘 2는 칼이 무슨 말을 하는지 완벽하게 이해했다.

"지혜의 풀은 너희에게 줄 수 없어. 유니콘들을 위한 것이니까. 하지만 감사의 표시는 하겠다. 원로 유니콘들이 뿔로 장난치는 걸 금지하고 있어서 유니콘의 뿔이 나무에 박힌 일에 대해 그럴듯하게 설명할 방법이 없어. 따라서 뿔을 빼주면 너희를 조용히 보내줄 테니까 빨리 떠나."

칼이 고개를 끄덕였다. 헛다리 짚고 있네! 그렇지만 칼은 내색하지 않고 곁눈질로 유니콘 2를 살피면서 조심스럽게 나무에서 내려왔다. 타라는 주머니에서 살아있는 돌을 꺼냈다. 마법 능력을 잃었지만 신기하게도 마법의 크리스털과 결속된 공생 관계는 깨지지 않고 있었다. 타라가 쓰러지던 날도 살아있는 돌이 본능적으로 마법의 범위를 확장해서 넘어지지 않게 보호해주었다. 타라는 살아있는 돌이 자신을 여전히 도와줄 수 있다는 걸 알았고, 그때부터는 살아있는 돌과 더욱 긴밀하게 정신적 결합을 하는 덕분에 마법사로 행세할 수 있었다. 살아있는 돌도 깨지기 쉬운 크리스털이기 때문에 충격을 받을 경우 확실하게 타라의 보호를 받을 수 있다는 것을 마음에 들어하고 있었다.

'예쁜 타라, 아름다운 타라, 힘을 원해?'

'아니.' 타라가 살아있는 돌을 안심시켰다. '네 힘이 칼보다 훨씬 강력한 건 알지만 네 마법에 유니콘들이 어떻게 저항할지 예측할 수 없어. 그러니까 괜히 저 동물들의 신경을 자극할 필요는 없지. 작전 A가 실패할 경우 우리가 정한 대로 작전 B를 부탁할게. 나는 내려가서 칼을 도와줘야겠어.'

타라는 여러 개의 나뭇가지가 교차하여 안전한 곳에 살아있는 돌을 내려놓고 나무를 타고 내려왔다. 칼은 유니콘의 뿔을 빼느라고 얼굴이 빨게져 있었다. 유니콘 2와 함께 나무 옆에 서 있던 타라와 칼은 마침내 뿔이 빠졌을 때 얼른 뒷걸음쳤다. 유니콘 1이 충격이 심한 얼굴로 머리를 흔들었다.

"휴, 이제 살겠다! 너희는 지금 빨리 떠나!"

유니콘 2도 마지못해서 고개를 끄덕였다.

아더월드에서는 예의를 지켜서 '정중하게 부탁한다'라는 작전 A가 통하지 않았다. 할 수 없지, 작전 B로 바꾸는 수밖에.

타라가 비즈즈즈를 쫓는 것처럼 머리 위로 손짓을 했다. 느닷없이 번개가 번쩍, 하자 유니콘들이 몸을 부르르 떨었다. 그러거나 말거나 재빠르게 나무로 올라가서 살아있는 돌을 갖고 내려온 타라가 떡 버티고 서자, 이 애송이들이 무슨 짓을 꾸미는 거지? 하는 얼굴로 유니콘들이 쳐다봤다.

유니콘들은 이내 알아차렸다. 풀밭에 숨어 있던 페가수스가 갑자기 날개를 펄럭이는 것이 아닌가! 타라의 은빛 페가수스 갈랑이 풀밭을 짓이기면서 갈퀴발톱으로 삼엽초 몇 포기를 뿌리째 뽑았다. 이번에는 파란색 풀밭에서 칼의 여우 블롱딘이 삼엽초 세 포기를 아가리에 물고 튀어나왔다. 아연실색한 유니콘들이 반응할 겨를도 없이 페가수스가 여우를 낚아채서 구름 속으로 사라졌다.

"그럼 이제 우리는 떠날게요." 칼이 말했다. "뜨거운 환영에 다시 한 번 감사합니다, 친애하는 유니콘 양들!"

몹시 화가 난 유니콘들이 동시에 머리를 숙이고 당장이라도 뿔로 들이받을 기세로 으르렁거렸다.

"함정이었어! 우리의 주의를 흩뜨리고 풀을 훔친 거야!"

"브라보! 풀을 달라고 정중하게 부탁하는 작전 A는 타라의 생각이었고, 거부할 경우를 예상하고 세운 작전 B는 내 생각이었거든요."

"우리 풀을 훔친 놈들이 너희 패밀리어 맞지?(유니콘의 콧구멍에서 연기가 풀풀 나고 있었다) 너희를 가만두지 않겠어!"

칼은 머뭇거리지 않았다. 타라가 두려움을 느낄 사이도 없이 칼이 트란스미투스 주문을 날렸다. 타라에게서 전이된 마법이 자신들을 마딕스(아더월드의 두 개의 달 중 하나. 나머지 하나는 타딕스)로 보내지 않기를 바라면서!

둘은 유니콘들의 이글거리는 눈길을 받으면서 사라졌다.

타라와 칼은 수 킬로미터 떨어진 곳에서 유형화되었다. 갈랑과 블롱딘이 약속된 장소에서 삼엽초 한 움큼을 내려놓고 그들을 기다리고 있었다.

"브라보!" 타라가 미소를 지었다. "둘 다 아주 잘했어!"

페가수스가 정신적으로 타라에게 흡족한 마음을 전했다. 아주 재미있는 놀이라고 생각했는지 다시 갔다올까? 하고 물었다.

"아니, 됐어. 고마워." 타라가 큰 소리로 대답했다. "심장마비 일으킬 뻔했는데 그런 일은 한 번으로 족해. 칼, 이제 어떡할 건데?"

칼이 몸을 숙이고 배낭에 풀을 집어넣었다.

"배낭에 저장 주문을 걸어놨어. 양피지 위에서 풀을 먹어야 하니까. 네가 지금은 비마지만 풀의 효과는 빠를 거야. 멘탈리르의 풀은 모든 동물에게 작용하지만 단점은 인간의 신진대사에 미치는 영향이 제한되어 있다는 거야. 효과를 보려면 많은 양을 먹어야 하는데 정도에 따라 초식성이 아닌 동물에게는 독이 될 수도 있거든. 그 효과가 오래 지속되지 않기 때문에 빨리 해야 하니까 둘이 나눠서 하자. 너는 양피지 원고의 위쪽을 맡고 내가 아래쪽을 맡고."

"정확하게 얼마나 지속되는데?"

칼이 이마에 주름을 잡았다.

"먹은 양에 따라 다른데 아마 약 삼사 분."

정말 미치겠네. 그럼 풀밭을 통째로 훔쳐왔어야 했단 말인가?

타라가 체념하는 얼굴로 어깨를 으쓱했다.

"이걸로 충분하면 좋겠다. 내가 사라진 걸 엄마가 알아채기 전에 돌아가자. 아! 먼저 내 모습을 바꿔줘야지."

칼이 타라를 쳐다봤다.

"정말 자신 있는 거지?"

"물론이지." 타라가 단호하게 대답했다. "안전하게 지내기 위해서 우리가 궁리한 최선의 방법이니까. 네가 마법을 걸면 그다음은 살아있는 돌이 알아서 할 거야. 비록 내게는 능력이 없지만 살아있는 돌의 마법이 여전히 나에게 영향을 미치고 있거든."

칼이 마지못해서 고개를 끄덕였다. 타라를 위협하는 적들을 생각하면 신원을 감추고 있는 이유를 충분히 이해할 수 있었다. 칼은 타라가 맡겼던 사진을 꺼냈다. 전형적인 지구의 경치를 배경으로 타라와 파브리스 옆에서 갈색 눈의 통통한 소녀가 방긋 웃고 있었다.

칼이 주문을 읊었다.

"*일루시우스의 이름으로* 타라는 베티의 모습으로 바뀌고 더 온

순해져라!"

쪽빛 눈과 섬세한 이목구비, 날씬한 금발 소녀의 모습이 사라졌다. 그 대신 통통한 얼굴에 어깨까지 내려오는 갈색 머리, 케이크-초콜릿-크림-소시지-고기-스튜를 너무 많이 먹었나, 통통하게 살찐 소녀가 나타났다. 이번에는 체인지라인이 타라의 지시에 따라 빌랭을 상징하는 빨간색과 오렌지색으로 마법복을 물들였다.

"고마워." 타라가 평소의 음색보다 더 낮은 목소리로 말했다.

"살아있는 돌?"

'예쁜 타라?'

"이 모습을 지난번과 똑같이 유지해줄 수 있지?"

'응.'

베티로 변신해 있는 타라의 모습을 좋아하지 않기 때문에 살아있는 돌의 어조가 날카로웠다. 이러다 혹시라도 속임수가 들통이 날까 봐 불안해하고 있는 것이었다.

"네 차례야." 칼이 갈랑에게 느끼한 미소를 흘렸다.

갈랑이 체념의 한숨을 내쉬었다. 칼이 주문을 읊자 커다란 페가수스가 줄어들더니 둥글둥글한 장밋빛 털북숭이가 되었다. 패밀리어의 특성인 금빛 눈을 가진 털북숭이 동물, 아더월드에서 무시무시하기로 이름난 크라크덴트로 둔갑했다. 마법의 행성을 여행하는 것이 위험하다고 소문이 난 것은 특히 이 아름다운 장밋빛 동물 때문이었다. 애처롭게 보이는 커다란 눈망울, 보드라운 장밋빛 털 속에 황소 한 마리를 통째로 삼킬 수 있을 정도로 팽창되는 아가리가 있는 줄도 모르고 "어머나, 어쩌면 이렇게 예쁠까!" 하며 감탄하다가 목숨을 잃는 여행객이 수없이 많았다.

사람들이 슬금슬금 피해 다니는 것이 크라크덴트에 대한 평판 때문이라는 걸 알아차린 갈랑도 살아있는 돌 못지않게 타라를 원망했다. 그러나 타라는 완벽한 위장이라고 생각하기 때문에 마음을 바꾸지 않았다.

지긋지긋하고, 진저리가 나고, 신물이 나기 때문이었다.

살해 위협을 받는 것이 지긋지긋하고, 랑코비트와 오무아 간 정치적 쟁점이 되는 것이 지긋지긋하고, 자신을 보호하기 위해 친구들이 목숨을 걸고 위험을 무릅쓰는 것이 지긋지긋했다. 사람들이 죽는 걸 보는 것이 진저리가 나고, 다음에는 또 무슨 일이 일어날까 가슴 졸이는 것이 신물이 났다.

오무아의 황제로 받아들일 수 없는 혼혈이라는 이유 때문에 하프엘프 로빈과 헤어져야만 하는 것이 지긋지긋했다. 타라의 나이 이제 겨우 열네 살인데 남자친구를 원한 것이지 남편을 원한 것이 아니지 않는가! 그러나 오무아의 여제는 그렇게 생각하지 않았다. 타라와 가볍게 입맞춤하는 장면을 목격한 여제가 하프엘프에게 후계자 접근 금지 명령을 내렸으니!

여섯 번이나 타라의 목숨을 구해줬던 로빈이었다.

타라에게 사랑을 고백했던 로빈이었다.

그런 로빈이 여제에게 아무런 항의도 하지 않았다. 로빈이 버텨줬다면, 로빈이 사랑을 위해 싸워줬다면 타라는 고모에게 맞섰을 텐데. 더구나 아더월드에서 가장 큰 인간의 제국 오무아의 여제, 엄격하고 매정한 리스베스틸랑넴에게 맞서는 것이 처음도 아닌데.

그러나 로빈은 타라를 배신했다. 순순히 굴복하고 비겁하게 랑코비트로 떠나버렸으니.

그래서 타라는 오무아를 떠났다.

아니, 좀 더 정직하게 말하면 타라는 겁쟁이처럼 도피해버린 것이었다.

아니, 아버지처럼 도망쳐버린 것이었다—이제 타라는 아버지가 떠난 이유를 알고 있지 않은가.

타라가 숨어 있는 곳을 아는 사람은 리스베스 고모, 할머니 이사벨라, 증조할아버지 마니투, 그리고 딸을 따라나선 어머니 셀레나밖에 없었다. 타라는 처음에 망설였지만, 상그라브들의 보스 마지스터에게 납치된 걸 모르고 10년 동안이나 죽은 줄로만 알았던 어머니인데 또다시 헤어질 수는 없었다. 셀레나도 안전한 오무아 궁전을 떠나는 것은 딸이 실수를 저지르는 것이라는 생각이 들면서도 반대하고 싶지 않았다. 격한 대립 끝에 리스베스 여제는 후계자를 멀리 보내는 것에 동의하고 말았다. 그러나 화가 난 여제는 마지못해서 초록색 트롤 그르룰을 경호원으로 타라에게 딸려 보냈다.

타라는 오무아 제국에 남아 있을 수 없었다. 그래서 셀레나는 먼 사촌인 트리 반트릴의 남작, '배반자'라고 불리는 바리우스 덩컨에게 연락했다. 남작은 빌랭 왕국에 셀레나와 타라를 받아들이겠다고 승낙하면서 '진실의 입' 앞에서 비밀을 지키겠다고 맹세까지 해야 했다. 셀레나가 피의 맹세를 요구하자 바리우스는 크게 놀랐지만 결국은 맹세했다. 만약 바리우스가 맹세를 지키지 않으면 죽음을 면치 못하게 되는 것이었다. 그렇게 해서 모녀는 최선을 다해서 은둔 생활을 하고 있었다.

갑자기 살아있는 돌이 번쩍거려서 타라가 깜짝 놀랐다.

"누구야?" 타라가 물었다.

'몰라, 발신자 번호 없어. 크리스털리스트(아더월드에서 기자를 크리스털리스트라고 부르는 이유는 모든 사람이 소지하고 있는 크리스털 볼을 통해 기사를 읽을 수 있기 때문이다), 아니면 로빈, 혹시 멋진 로빈? 받을까?'

"말했잖아. 걔는 안 된다고! 걔는…… 나를 버렸어."

시간이 많이 흘렀는데도 타라는 마음의 상처가 여전히 생생하게 남아 있었다.

"로빈에게 내가 있는 곳을 알리고 싶지 않아. 그리고 나를 타라라고 부르지 마. 여기서 내 이름은 베티야!"

살아있는 돌의 빛이 비난하듯 깜박거렸다.

'네 이름은 타라! 베티 아냐! 멋진 로빈이 네 걱정을 많이 하고 있다고 확신해!'

"로빈인지 확실하지도 않잖아! 거부해."

살아있는 돌이 불만스럽다는 표시를 내면서 다시 어두워졌고 전화를 거부했다.

칼이 탐색하는 눈길을 던졌다.

"로빈이 자주 전화해?"

"아니, 여덟 달 동안 딱 두 번 왔는데 발신자 번호가 없었으니까 누구였는지는 모르지." 타라가 대답했다. "안전을 위해 전화를 받을 수 없어. 그리고 내가 아는 번호들을 모두 거부해놨어. 고모와 할머니 전화번호만 빼놓고."

칼이 난처한 표정을 지었다. 사실 칼은 로빈이 여러 번 연락하려고 애썼던 걸 알고 있었다.

"로빈이 아니었을 수도 있어. 그리고 걔가 나한테 무슨 볼일이 있다고 전화를 하겠어?"

칼은 말이 나온 김에 좀 더 밀고 나갔다.

"하지만 로빈이라면 해명하고 싶었을 거야. 로빈이 네 고모에게 복종한 이유가 뭔지 궁금하지 않아?"

"응, 궁금하지 않아." 타라가 쌀쌀맞게 대답했다. "설명도 변명도 없이 떠났어. 로빈은 고모에게 굴복하고 내 방을 나갔어. 그리고 이틀 후에 전화했어. 아니, 엄밀하게 말하면 전화한 게 아니지, 짤막한 문자 메시지였으니까(초조하게 연락을 기다리다가 타라는 얼마나 실망했던가). 뭐라고 보냈는지 알아? '미안해, 임무가 있어서 떠나.' 그게 다야. 그다음에 엄마와 나는 숨기로 결정했고, 살아있는 돌에게 내 가족을 제외하고는 로빈을 포함해서 누가 연락해도 응하지 말라고 했어. 그 뒤로는 로빈을 만나지 못했고, 또 그럴 생각도 없어!"

칼의 회색 눈에 불안한 빛이 감돌았다.

"와! 여자들은 다 너처럼 그렇게 앙심을 품어? 어떤 잘못도 저지르지 말아야지, 아니면 개망신당하는 거구나, 그런 거야? 성깔 있는 엘레아노라는 너보다 더하면 더했지 절대 덜하지 않을 텐데! 와, 여자들 진짜 무섭다!"

타라가 입술을 삐죽거렸다. 면허 받은 도둑 엘레아노라에게 푹 빠진 칼은 모든 걸 자신의 경험과 연관시키는 경향이 있었다. 엘레아노라가 칼의 마음을 받아주기는커녕 반쯤 미친 애로 여기면서 귀찮아하기 때문에 더욱 그랬다.

"누구나 실수는 저지를 수 있어!" 타라가 반박했다. "하지만 용서할 수 없는 것이 있단 말이야!"

그 틈을 놓치지 않고 칼이 말했다.

"하지만 해명할 기회도 주지 않으면 로빈이 어떻게 너에게 용서를 구할 수 있겠어? 그때부터 우리 중 누구도 로빈을 보지 못했어. 랑코비트에도 없어. 무슨 일이 생겼을지도 모른단 말이야! 나도 크리스털 볼로 연락해봤지만 로빈이 전화를 안 받아. 로빈의 아버지한테 소식을 물어봤는데 아무 말도 해주지 않았어. 그러고는 아버지까지 출장을 떠나버리셨어. 아무래도 뭔가 이상해!"

타라가 입을 열려다가…… 다물었다. 첫 번째 실연이었다. 상처받은 자존심 때문에 타라는 마음의 문을 닫아버렸다. 시간이 흐르면 실연의 아픔과 분노가 가라앉을 법도 하건만……. 타라는 사과도 변명도 듣고 싶지 않았다. 그렇지만 칼이 전해주는 로빈에 대한 소식이 약간 마음에 걸렸다. 그러나 타라는 마음을 단단히 먹었다. 안 돼, 흔들리지 말자.

근데 얘가 왜 이렇게 잘난 척이지? 칼, 네가 그렇게 자신 있단 말이지? 어디 두고 보자.

"너 아직도 여자의 마음을 모르는구나? 그러니까 엘레아노라의 마음을 사로잡지 못하는 거야. 걔가 좀…… 심하게 공격적이

긴 해도."

아주 적절한 표현이었다. 엘레아노라는 타라와 칼을 죽이려고 했고, 불쌍한 스너피 샘을 죽이지 않았던가.

칼의 얼굴이 일그러졌다. 칼도 타라 못지않게 유감스러워하고 있었다. 착한 스너피를 정말 좋아했는데.

"하지만 사실은 그렇게 공격적인 애가 아냐……."

타라가 비아냥거리는 눈길을 던지자 칼이 말을 수정했다.

"물론 엘레아노라가 다혈질이긴 해. 하지만 엘레아노라가 가짜 정보 때문에 오해했다는 것은 너도 알잖아. 걔는 사촌 브란디스를 내가 죽였다고 생각한 거였어. 잘못을 깨달은 뒤로 자기에게 가짜 정보를 흘린 범인을 찾겠다는 생각밖에 없어."

"걔는 아직도 오무아 수상 티라니크를 의심하고 있는 거야?"

"응, 계속 감시하고 있어. 수상이 마지스터와 연결되어 있다고 확신하지만 지금으로서는 가면을 벗기는 것이 불가능해. 근데 문제는 퍼즐 같다는 거야."

"수상이 퍼즐 같다고?"

"아니, 수상이 아니라 엘레아노라가 퍼즐 같다고. 간신히 몇 조각을 맞추는 데 성공해서 붙잡았다고 생각하면 미꾸라지처럼 빠져나가버려. 그럴 때마다 내가 아주 돌아버리겠어."

오, 예! 칼이 엘레아노라에 대한 얘기로 돌아갔으니 타라는 껄

끄러운 화제를 돌리는 데 성공한 것이었다. 표독한 엘레아노라가 얼마나 변덕을 부렸는지 열심히 설명하는 칼의 얘기를 들어주는 척하다가 타라가 넌지시 말했다.

"트란스미투스 주문으로 트리 반트릴의 영지에 있는 평화로운 마을 오포숨으로 가야 하는데…… 지금 빨리."

한참 열을 내다 중단되자 칼이 이마에 세로주름을 잡았다. 칼은 그제야 자신이 당했다는 걸 알아차렸다. 칼이 째려보자 왜? 무슨 일이 있어? 하는 얼굴로 타라는 천진한 미소를 지어 보였다. 타라에게 어이없이 당한 칼은 북극으로 내동댕이쳐지지 않기 위해 신중하게 트란스미투스 주문을 읊었다. 잠시 후, 고요해진 초원에서는 멘탈리르의 파란 풀만 바람에 일렁거리고 있었다.

잠시 후, 타라와 칼은 오포숨의 전원주택에서 유형화되었다. 빌랭 왕국의 빨간색과 오렌지색 마법복을 입은 셀레나가 콧노래를 부르면서 저녁 준비를 하고 있었다. 셀레나가 미소 띤 얼굴로 그들을 맞았다. 셀레나는 집 안에 있을 때도 평범한 주부의 옷차림을 하려고 신경을 썼고, 갈색 머리도 베티의 어머니 머리를 똑같이 흉내 내고 있었다.

일루시우스 마법 덕분에 평범한 손님들의 눈에는 셀레나가 선택한 가짜 모습만 보였다. 셀레나의 발치에서 퓨마 셈보르가 기지개를 켜면서 하품을 했다. 그 뒤에는 파란 비늘 옷을 입은 초록빛 사이렌이 커다란 물방울 속에서 토라진 얼굴을 하고 있었다.

칼이 아주 그럴듯해, 하는 얼굴로 아늑하고 따뜻한 실내를 둘러봤다. 벨루르 목재*로 만든 가구들은 마치 비즈즈즈 꿀을 발라놓은 듯 반지르르 윤기가 흘렀다. 아담한 응접실에 방 두 개와 욕실 하나, 오무아 황궁의 호화로운 실내장식에 비하면 아주 소박했다. 하지만 셀레나는 집 안 곳곳을 꽃으로 꾸며놓고 가구마다 예쁜 덮개를 씌워놓았다. 깔끔하게 정리된 책꽂이에서 마법서들이 파란 광채를 번쩍거렸다.

칼이 맛있는 냄새를 킁킁 맡았다. 냄비와 프라이팬이 부지런히 움직이고, 작은 불의 원소가 일으키는 불길에 스파슌 고기가 구수한 냄새를 풍기며 지글지글 구워지고 있었다. 4인용 식탁이 놓여 있었다.

"너희 대체 어디 갔다 오는 거니?" 셀레나가 물었다. "다 늦은 시간에!"

"그냥 산책 좀 했어요." 칼이 대답했다. "타라를 너무 오랜만에 만났더니 할 얘기가 많았거든요. 안녕, 그르룰, 잘 지내지?"

트롤/사이렌이 하품을 하면서 냉랭하게 대답했다.

"그르룰은 사이렌을 싫어함. 그르룰은 후계자를 보호할 수가 없음. 그르룰 그람므믈릅르르르(그람므믈릅르르르는 트롤의 언어로 '만족스럽지 않아서 화가 났다'는 뜻이다. 수명이 단축되고 싶지 않으면 화가 난 트롤을 피하는 것이 상책이다)!"

칼이 초록 트롤에게 빙긋이 웃어주었다. 후계자의 옛 경호원은 너무 유명해서 발각되기 십상이기 때문에 셀레나가 트롤을 사이렌으로 둔갑시켜놓았던 것이다.

"걱정하지 마, 난 생선회를 좋아하지 않으니까. 덩컨 부인도 잘 지내셨지요?"

"타라를 해치거나 납치하려고 노리는 사람이 없으니까 요즘은 정말 행복하구나."

오포숨에 왔을 때 처음에는 생활하기가 많이 힘들었다. 타라는 걸핏하면 한밤중에 비명을 지르면서 잠을 깼고, 끊임없이 악몽에 시달렸다. 셀레나는 침대에서 일어나지도 못하는 허약해진 딸을 보면서 이러다 건강을 영영 회복하지 못할까 봐 초조한 나날을 보냈다. 이윽고 차츰 회복이 된 타라의 얼굴에 혈색이 돌았고, 다시 명랑해지면서 유머 감각도 살아났다.

딸이 건강을 회복하자 그제야 셀레나는 메델루스로 인한 실연의 아픔에 눈물 흘리면서 좌절감에 빠졌다.

셀레나의 눈빛에 아픔의 그림자가 어렸다. 셀레나는 메델루스가 딸의 철천지원수인 상그라브들과 의기투합했다는 걸 알고 그 배신감에 치를 떨었다. 남자 복은커녕 셀레나의 사랑은 그야말로 저주였다. 신분을 숨기고 살다가 어느 날 갑자기 살해당한 남편, 그녀를 납치해놓고 광적으로 사랑한 마지스터, 달콤한 연애에 빠졌지만 배신해버린 메델루스, 이제 셀레나는 남자에 대한 불신이 커져가고 있었다. 그래서 타라는 파피루스 양피지의 도움으로 어머니의 상처를 치료하기로 결심한 것이었다.

타라의 어머니 셀레나는 남자들의 마음을 사로잡는 매력이 있었다. 남자들은 우아하고 세련된 셀레나를 보면 사랑하고 보호해주고 싶은 마음이 생겼다. 타라는 할머니 이사벨라가 딸에게 남자를 매혹시키는 주문을 걸어놓은 것이 아닐까 의문이 들 정도였다.

"그래서인지 정말 생기가 넘쳐 보이세요." 칼이 생각에 빠진 셀레나 모녀의 침묵을 깨뜨렸다. "타라가 얼마나 보고 싶었는지 몰라요! 하루가 멀다 하고 목숨을 걸어야 하는 일이 터지다가 조용하니까 생활이 정말 따분하더라고요!"

타라가 고개를 끄덕였다. 아더월드 사람들은 무사태평에 가까웠다. 마법 덕분에 치명적인 상처라는 것이 거의 없고, 마법사들은, 영혼은 사라지는 것이 아니라 다른 마법사들의 정신에 합해진다고 믿고 있었다. 다시 말해서 그들은 타라의 아버지처럼 죽으면 유령이 된다고 믿었다.

“우리 둘이 할 일이 좀 있는데…… 엄마, 뭐 도와드릴 거 있어요?” 멘탈리르의 풀이 시들까 봐 불안한 타라가 물었다.

“아니. 거의 다 준비됐어. 그런데 할 일이라는 게 뭔지 모르겠다만 먼저 칼에게 물어볼 말이 있어.”

칼이 긴장했다.

“말씀하세요.”

“아까 타라가 너를 데리고 들어왔을 때 너무 놀라서 물어볼 생각을 못했어. 그러고는 둘 다 갑자기 또 나가버리는 바람에 기회를 놓쳤구나. 하지만 이제는 우리의 안전을 위해서라도 알아야겠어. 우리를 어떻게 찾았니?”

칼이 얼굴을 찡그렸다.

“아, 정말 쉽지 않았으니까 그건 안심하셔도 돼요.”

셀레나의 태도로 보아 전혀 안심이 되지 않는 눈치였다.

“처음에는 지구로 가서 타라의 할머니 이사벨라 덩컨 부인을 염탐했어요. 하지만 어찌나 철저한지 허술한 면이 없더라고요. 게다가 부인과 통화할 때도 평소에 쓰는 크리스털 볼을 사용하지 않아서 집 안에다 도청 장치를 설치하는 것도 의미가 없었어요.”

“그래, 맞아. 우리는 여제가 준 특별 크리스털을 사용하고 있거든. 비밀번호인 데다 탐지할 수 없기 때문에 도청 장치는 소용없어. 어머니가 저택에 경보기를 설치해놨기 때문에 화장실에 들어가는 것도 쉽지 않을걸. 당장 타죽고 말 테니까."

칼이 몸서리를 쳤다.

"알아채고 있었어요. 타라의 할머니는 지구에서 일어나는 마법 행위를 철저하게 감시하는 분이니까요. 그래서 여제를 염탐하다가 세네 센스사스에게 딱 걸렸어요."

아! 오무아의 비밀정보국 카무플레 국장이 부당하게 명성을 얻은 게 아니었구나! 팔이 네 개라서 위협적인 데다 아름답기까지 한 세네 센스사스는 여제의 눈과 귀였다.

"그래서 어떻게 됐는데?" 호기심이 동한 타라가 물었다.

칼이 민망한 표정을 지었다.

"붙잡혀서 랑코비트로 쫓겨났지, 뭐. 그리고 나한테 두 달 동안 오무아 입국 금지 명령을 내렸거든. 그래서 8주 동안이나 엘레아노라를 만나지 못했고."

타라는 가까스로 웃음을 참았다. 세네가 아주 제대로 벌을 줬네!

"그래서?" 셀레나가 독촉했다.

"타라가 숨어 있을 만한 데가 어딜까 궁리했죠. 혈연보다 좋은 데는 없을 거란 생각이 들었어요. 멘탈리르에 친척이 있다는 정보를 듣고 찾아봤는데 거기에는 없었어요. 그래서 빌랭 쪽을 뒤지고 다니다가 와우! 한 부인과 소녀, 그리고 사이렌이 오포숨에 살고 있다는 걸 알게 된 거예요. 관찰하고 있다가 살아있는 돌을 보고 대번에 알아차렸죠. 보통 크리스털 볼과는 다르니까요. 그 다음은 아시다시피 이렇게 됐죠."

아뿔싸! 타라는 실수를 깨달았다. 살아있는 돌을 위장할 생각은 전혀 못했네.

"우리의 위장이 들통 난 거예요. 엄마, 어떡하죠? 칼이 우리를 이렇게 쉽게 찾았는데 마지스터가 알아내는 건 시간문제예요."

셀레나의 눈에 불안한 빛이 역력했다.

"그래, 네 말이 맞아. 이제 이곳도 안전하지 않아. 오무아로 돌아가든지 다른 곳을 찾아야겠다."

칼이 까만 머리를 흔들었다.

"계속 숨어서 살아갈 수는 없어요. 타라는 제국의 후계자이고……."

"나는 마법 능력이 없어." 타라가 말을 잘랐다. "마법 능력을 되찾지 않는 한 나는 더 이상 제국의 후계자가 될 수 없어. 너도 법을 잘 알잖아!"

"하지만 여제는 네 지위를 박탈하지 않았어!" 칼이 반박했다. "자르가 새 후계자라고 떠들고 다니지만 미래의 여제는 너야!"

타라는 이를 악물었다. 동생 자르와 사이가 좋지 않았다. 타라를 보호하는 동안 할 수 없이 쌍둥이 자르와 마라의 교육을 리스베스에게 맡겼지만 어머니 셀레나는 그 상황을 가슴 아파하고 있었다. 어머니를 독차지하는 것이 이기적으로 보일 수도 있지만 당시 타라는 선택의 여지가 없었다.

"칼의 말이 옳아요, 엄마. 나는 팅가푸르로 돌아가야 해요. 자르와 마라를 두고 떠나와서 엄마가 슬퍼한다는 걸 잘 알아요. 때가 되었어요. 이제 휴가는 끝났어요!"

셀레나는 딸을 유심히 살폈다. 어떻게 해야 이 아이를 지킬 수 있을까? 셀레나는 몇 달 동안 많이 생각했었다.

마지스터가 죽어서 땅속에 묻히지 않는 한(좀비가 되지 않도록 머리를 잘라서 소금에 절여버린다면 몰라도) 끈질기게 타라를 추적할 것이었다. 그러면 타라가 계속 싸워야 할 텐데……. 그래도 가장 안전한 곳은 오무아 황궁밖에 없었다. 랑코비트도 빌랭 왕국의 외딴 곳도 안전하지 않았다. 그러나 오무아를 떠날 때 타라는 심신이 지쳐 있고, 건강 상태도 좋지 않았다. 그래서 그때는 후계자에 대한 문제를 진지하게 얘기할 상황이 아니었다. 셀레나는 딸이 운명을 피할 수 없다는 것을 깨달을 때까지 기다려왔다. 드디어 때가 되었고, 그동안 딸과 함께 누려온 행복하고 평온한 시간은 이제 끝났음을 느꼈다. 끝낼 때가 되었어.

셀레나가 체념하듯 미소를 지었다.

"그래도 지금 당장 떠날 수는 없어. 바리우스에게 고마움을 표시하는 뜻에서라도 이 집을 깨끗이 치우고 짐도 싸야 하니까 하루 이틀쯤 걸리겠지. 그러니까 어서 가서 손 씻고 와. 고기가 다 익었는데 저녁을 먹어야지. 아까 무슨 할 일이 있다고 했지? 식사 후에 너희 할 일도 하고."

타라와 칼이 순순히 따랐다.

"풀을 오래 놔둬도 괜찮을까?"

작은 물의 원소가 손을 씻어주는 동안 타라가 물었다.

"일단 저녁을 먹자. 그때까지는 괜찮아. 그다음에 풀을 먹고 양피지를 해독한 다음 나는 랑코비트로 떠날게. 내일 아침에 사르도인 선생님에게 가야 하거든. 좀 더 일찍 말하고 싶었는데…… 휴! 괜히 내가 너를 찾았나 봐. 정말 미안해, 나 때문에 일이 복잡하게 돼서!"

타라는 칼의 마음을 이해했다.

"우리 앞에 나타난 사람이 적이 아니라 너라서 다행이야." 타라가 칼을 안심시켰다. "우리의 위치를 알아내는 것이 그렇게 쉽다면 조만간 누군가가 찾아냈을 테니까."

저녁을 먹으면서 그들은 상황에 대해 얘기를 나누었다. 급히 떠날 필요는 없었다. 셀레나는 오포숨에 며칠 더 머무르면서 떠날 준비를 하자고 제안했다. 도시의 시장 텐드라와 사촌 바리우스 남작에게 알려야 했다.

셀레나와 타라는 트리 반트릴의 영주인 바리우스 남작을 만날 기회가 거의 없었다. 너무 자주 방문하는 것은 이로울 것이 없고, 그럴 명분도 없기 때문에 오히려 의혹을 살 염려가 있었다. 그들은 서로 멀리하는 것이 훨씬 나았다. 사경을 헤매면서도 타라는 어머니를 쳐다보는 남작의 눈빛을 똑똑히 봤다. 문 여는 방법을 알아낸 고양이가 새장 안의 카나리아에게 보내는 탐욕의 눈빛이랄까. 그래서 타라는 남작을 경계했다. 어쨌든 이미 메델루스가 스스로 물러가도록 만들었는데 두 번은 못하겠어? 무엇보다도 바리우스 남작은 그 한심한 메델루스 못지않게 위험한 인물인데.

셀레나의 퓨마 셈보르, 칼의 여우 블롱딘이 화를 내거나 말거나, 그르룰은 스파슌 고기를 모조리 먹어치우고 뼈만 남겼다. 집을 통째로 집어삼킬 수도 있는 크라크덴트 모습으로 둔갑한 갈랑이 그르룰이 남긴 뼈를 와작와작 씹어 먹었다. 페가수스는 초식동물이지만 크라크덴트가 된 뒤로 다양한 음식을 맛보는 즐거움을 누릴 수 있기 때문에 갈랑은 그것으로 죽기보다 싫은 둔갑에 대한 보상을 받고 있는 셈이었다.

저녁을 먹고 나서 타라와 칼은 얼른 방으로 들어가 양피지를 해독하는 데 필요한 것들을 준비했다. 타라는 숲에서 주워 온 빨간 돌멩이 네 개를 양피지의 귀퉁이마다 올려놓은 다음, 책상에 살아있는 돌을 올려놨다. 살아있는 돌이 발산하는 강렬한 빛이 방을 훤히 비추었다.

“오케이.” 칼이 중얼거렸다. “아까 내가 말한 대로 하자. 윗부분은 네가 맡아, 여기 이 문장까지. ufu ‡Ʒ ϑლჭ ნɥh. 나는 이 밑에서부터 마지막까지 아랫부분을 맡을게. 어때, 괜찮지?”

타라는 몇 달 동안 해독하려고 애쓰다 실패한 이상한 기호들을 살펴봤다.

“좋아. 준비됐어?”

“응. 풀을 줄 테니까 적어도 20초 동안 즙이 나올 때까지 꼭꼭 씹은 다음에 삼켜.”

타라는 시키는 대로 하고 나서 양피지 오른쪽에, 칼은 왼쪽에 자리를 잡았다. 이미 준비해놓은 두 장의 종이 위에서 만년필이 빨리 글을 쓰고 싶다는 표시를 팍팍 내면서 기다리고 있었다.

타라가 파란 풀을 씹으면서 우거지상을 했다. 매운 것 같기도, 톡 쏘는 것 같기도 하고…… 웩! 유니콘들은 이런 요상한 맛을 어떻게 좋아할 수 있을까! 타라는 벌레 씹는 얼굴로 삼켰다.

몇 초 동안은 아무 일도 일어나지 않았다. 가슴이 콩닥콩닥 뛰면서 타라는 한숨이 절로 나왔다. 실패하는 건가?

타라가 한마디 하려는 순간이었다. 양피지에 적힌 이상한 기호들이 읽을 수도 이해할 수도 있는 글로 변하는 것이 아닌가!

타라는 만년필로 옮겨 적기 시작했다. 첫 번째 문장은 경고 메시지였다.

만지지 말고, 읽지 말고, 사용하지 말 것. 미라: 이것은 저주받은 글이다!

타라는 다 읽을 시간이 없어서 대부분 건너뛰었다. 유령을 소생시킬 수 있는 마법을 실행하는 데 필요한 재료 목록이 있었다. 마법사들이 자주 사용하는 갬볼 가루, 만드라고라 뿌리(사람의 형상을 닮은 가지과의 약용 식물로 마법의 힘이 있다고 알려져 있다—옮긴이), 맹독성 사카트의 꿀, 칼로르나, 불사조 피닉스의 깃털, 로크 새의 깃털(날개의 폭이 백여 미터에 이르는데 솜털 하나만 있어도 된다는 건가?), 키마이라의 담즙, 유니콘의 털 두 개(아, 이런! 미리 알았다면 좋았을걸!), 이 모든 것을 불새의 불길에 가열할 것.

그리고 칼리르 꽃. 타라는 눈살을 찌푸렸다. 아더월드의 식물과 동물에 대해 많이 공부했는데 이런 꽃에 대해서는 들어본 적이 없었다. 재료들 옆에 각각 가장 쉽게 구할 수 있는 장소가 기록되어 있었다. 타라가 마지막 문장을 읽으면서 아연실색했다.

그 꽃은 딱 한 곳에만 있었다.

'지워진 곳.' 이게 무슨 뜻이지? 지워지다니! 장소를 어떻게 지우지?

베티

아더월드에서는 고양이로 보인다고
다 고양이가 아니다

*

광선이 번쩍했다. 타라는 몸을 숙이는 것으로 아슬아슬하게 광선을 피했다. 그 순간 등 뒤에서 절망적인 울음소리가 났다. 아더월드의 소, 몸집이 엄청나게 크고 털이 북슬북슬한 브르르르아아아 한 마리의 털이 홀랑 빠져 있었다. 브르르르아아아가 거추장스러울 정도로 긴 뿔을 흔들면서 마을 쪽으로 달아났다.

"살아있는 돌!" 타라가 돌을 손에 쥐고 속삭였다. "복수!"

살아있는 돌이 번쩍하더니 타라가 원하는 이미지를 보여주고 순간적으로 타라의 손에 마법을 넘겨주었다. 타라가 앞으로 손을 내밀자 파란 광선이 덤불숲 쪽으로 휙, 날아갔다. 숨어 있던 놈들은 반격할 겨를이 없었다. 난데없이 날아오는 점액 덩어리가 덮치면서 초록색 끈끈이를 뒤집어쓰게 되었으니.

퉤퉤……, 한 소년이 울상이 되어서 외쳤다.

"베티! 부정행위잖아! 너에게는 그럴 권리가 없어!"

타라/베티가 피식 싱겁게 미소를 지었는데 오동통한 얼굴과는 좀 어울리지 않는 것 같았다.

"아니 있거든, 벤지! 네가 벨리르 영감님의 브르르르아아아에게 무슨 짓을 했는지 알아? 영감님이 가장 좋아하는 수컷의 털이 홀랑 빠졌잖아. 너 어떡하냐? 들키면 엉덩이에 먼지가 나도록 두들겨 맞을 텐데!"

깜짝 놀라서 동작을 멈춘 소년이 마치 엉덩이를 마구 때리는 벨리르 영감님의 모습이 그려지는 듯 당황한 얼굴로 구시렁거렸다. 벤지는 브르르르아아아가 아니라 타라를 대머리로 만들 생각이었는데…….

꼬마마법사들과 함께 점액 덩어리에서 빠져나온 벤지가 옹두스 주문에 이어 세슈스 주문을 읊었다. 잠시 후 쏟아지는 소나기가 아이들을 깨끗이 씻어주고 나자 바람이 옷을 말렸다. 타라의 엄포에 겁을 집어먹었는지 아이들이 더는 타라/베티에게 덤벼들지 않았다.

타라가 한숨을 쉬었다. 이날 타라는 유치원 꼬마마법사들을 감독하는 임무를 맡고 있었다. 꼬맹이들은 아침마다 아더월드의 마법서를 공부하고 주문을 머릿속에 새긴 다음 오후 시간에 그 마법을 실행에 옮겼다. 나무와 꽃, 가축이 실험 대상이었지만 마법 능력이 아직 약해서 금방 원래대로 돌아왔다. 그런데 불행히도 브르르르아아아는 예외였다. 털로 다시 뒤덮이려면 새로운 주문을 걸거나 시간이 필요했다. 꼬마마법사들은 몹시 당황스러워했다.

그런데 갑자기 아더월드의 두 달 타딕스와 마딕스의 영향을 받아 자기를 띤 폭풍이 몰아닥치면서 통신 장애가 일어났다. 뉴스를 내보내는 크리스털 전광판만 작동할 뿐 전파 장애에 아주 민감하게 반응하는 공간이동의 문을 포함하여 모든 통신이 완전히 두절되었다. 빌랭의 최고 마구스들이 수리하는 중이지만, 타라는 세상과 단절되는 느낌이 들었다.

타라는 꼬맹이들을 데리고 마을 어귀로 접어들고 있었다. 그때 성난 벨리르 영감이 달려오는 것을 발견한 벤지가 파랗게 질려 줄행랑쳤다. 타라는 노발대발하는 벨리르 영감을 진정시키려고 진땀을 빼면서 다시는 방목장 부근에 아이들이 얼씬도 못하게 하겠다고 약속했다. 텔레파시로 교감하는 살아있는 돌이 화가 나는지 분통을 터뜨렸다.

'영감을 두꺼비로 둔갑시킬까?' 살아있는 돌이 타라의 머릿속에서 물었다.

타라는 내색하지 않았지만 승낙하고 싶은 마음이 굴뚝같았다.

'네 마음은 충분히 이해하지만 우리는 이목을 끌면 안 돼!'

머릿속에서 살아있는 돌이 못마땅해서 죽겠다는 듯 계속 쫑알거렸기 때문에 타라는 터져 나오려는 웃음을 꾹꾹 눌러야 했다.

마침내 얼굴에 마구 튀기던 벨리르 영감의 침이 멈췄고, 타라는 그 장면을 지켜보고 있던 부모에게 아이들을 돌려보낼 수 있었다. 타라는 집으로 들어가면서 일그러지는 벤지의 얼굴을 봤다. 벤지는 벨리르 영감보다 아버지에게 훨씬 엄청나게 야단맞을 것이 틀림없었다. 타라는 유감스러운 얼굴로 눈살을 찌푸렸다. 벤지의 부모가 어린 아들을 교육시키는 방법에 간섭할 수는 없지 않은가.

뒤에 조용히 있던 사이렌이 화가 나서 부글부글 끓고 있었다. 트롤/사이렌은 타라가 왜 훼방꾼들을 묵사발로 만들지 않는지 이해할 수가 없었다. 자르와 마라를 보호하라는 새로운 임무를 받고 충실히 지키다가 너무 따분해하던 참에 다시 타라의 경호원으로 돌아와서 더할 나위 없이 행복했는데……. 후계자 곁에서 지내는 생활이 훨씬 역동적이었다. 그러나 이 마을에 와서 살면서부터는 무슨 일이 일어나기는커녕 자신은 물고기 꼬리를 가진 가냘픈 여자로 둔갑해 있으니! 휴, 명색이 트롤인데 모양 빠지게!

경호원이 토라져 있는 걸 아는지 모르는지 타라는 붉은빛 나무

그늘 밑에서 잠시 쉬기로 하고 장밋빛 의자에 자리를 잡았다. 그러고는 전날 일어났던 일을 떠올렸다. 얼마나 혼란스러운 일인가!

양피지 문서에 이렇게 쓰여 있었다.

지워진 곳을 뒤덮은 채 향기를 뿜어내는 칼리르 꽃을 찾아라.

"음…… 무슨 시도 아니고." 칼이 중얼거렸다. "이게 무슨 뜻일까?"

"이런, 아더월드 사람은 넌데 그걸 나한테 물어보면 어떡해? '지워진 곳' 이 뭘 뜻하는지 전혀 몰라? 장소를 어떻게 지울 수 있지?"

칼이 머쓱한 얼굴로 대답했다.

"무지무지하게 큰 고무로 지웠나?"

타라가 째려봤다.

"칼!"

"뭐?"

"제발 부탁인데 장난 좀 치지 마!"

칼은 한참 생각하다가 마침내 말했다.

"전혀 모르겠어. 돌아가면 내가 디스쿠타리움에 가서 정보를 수집해볼게. 살아있는 돌에게 연락하면 되지?"

"물론이지, 내 번호 알지? 정보를 알아내는 즉시 연락해줘. 아참, 그리고 칼?"

"응?"

"도와줘서 고마워. 넌 정말 대단해."

칼이 피식 웃으면서 뻔뻔하게 말했다.

"고마우면 그 표시로 엘레아노라의 마음을 사로잡을 수 있게 좀 도와주지."

"칼! 네 여자친구를 함정에 빠뜨리기 위해서 나를 이용할 생각은 하지 마."

"에이, 그런 짓은 안 해! 나보다 훨씬 영리한 앤데 그러면 금방 알아채고 나를 아는 척도 하지 않을 거야. 너는 그냥 어떻게 하면 걔가 나를 좋아할지 방법만 가르쳐주면 돼."

"있는 그대로의 너를 보여줘. 똑똑한 여자는 감추고 속이면 그걸 금방 알아채니까 솔직하게 행동해. 그리고 걔한테 말해."

칼이 불안한 얼굴로 쳐다봤다.

"걔한테 말하라고? 뭘 말해?"

"좋아한다고. 엘레아노라가 진실의 입도 아니고, 텔레파시가 있는 것도 아닌데 네가 말을 안 하면 어떻게 알겠어?"

평소에는 그렇게 용감한 칼이 의자에 털썩 주저앉아서 한숨을 내쉬었다. 여덟 달 전에 로빈이 타라에게 어떻게 사랑을 고백하면 좋을지 조언을 구할 때 자신이 해주었던 말과 똑같지 않은가.

칼은 로빈이 불안해하던 반응이 이제 이해가 되었다. 언젠가 자신이 똑같은 상황에 처하게 되리라고는 그땐 상상도 못했다. 여자들에 대해서는 자신 있다고 생각했는데…….

"휴, 그건 절대 못해!" 칼이 마지못해서 고백했다. "그랬다가 엘레아노라가 나를 좋아하지 않는다고 대답하면?"

"그래도 걔의 마음은 알게 되는 거잖아!"

칼은 고개를 끄덕였다. 그래, 맞아, 그게 그거지. 그렇지만 회색 눈빛의 엘레아노라에게 맞서는 것보다는 아더월드의 상어, 크로크-르캥 떼를 공격하는 것이 더 쉬울 것 같았다!

헤어지기 아쉬워하는 칼을 떠나보낸 뒤 타라는 잠자리에 들면서 로빈을 생각했다. 곧 오무아로 돌아갈 것이고, 공식적인 활동을 하다 보면 로빈을 만나게 될 것이 틀림없었다. 어떤 태도를 보여야 할까? 그러나 다시 생각하던 타라는 혼란스러웠다. 영영 마법을 되찾지 못하면 어떻게 되지? 지구로 돌아가서 평범한 인간의 삶을 사는 건가? 이런저런 생각에 타라는 잠을 이루지 못했었다.

아침부터 타라는 초조하게 칼의 연락을 기다렸다. 아무런 연락이 없는 칼을 얼마나 원망했던가! 그런데 이런, 이 지역의 통신이 두절되었잖아! 오늘 아침에 칼이 크리스털 볼로 연락을 하다 하다 포기한 것일지도 모르는데 괜히 친구를 원망하다니.

벤지의 형, 아주 밉살스러운 제릴이 갑자기 시비를 거는 바람에 침울한 생각에 빠져 있던 타라는 깜짝 놀랐다.

"야, 뚱보! 너 아직도 빈둥거리고 있냐? 그렇게 할 일이 없어?"

타라가 인상을 쓰자 페가수스/크라크덴트가 주둥이를 실룩거리다가 위협적으로 송곳니를 드러냈다. 대체 왜 그러는지, 마을에 처음 왔을 때부터 제릴은 타라/베티를 미워하면서 못된 장난을 쳤다. 자기가 굉장히 잘났다는 착각에 빠져서 예쁜 여자아이들의 꽁무니를 졸졸 따라다니는 미련퉁이가 타라만 보면 골탕을 먹이고, 느닷없이 꼬집고, 자기가 저지른 잘못을 뒤집어씌우는 등 한마디로 타라를 못살게 굴었다. 타라는 여러 번 평정을 잃을 뻔했다. 살아있는 돌은 초록 불을 발사해서 제릴을 지렁이로 둔갑시키지 못하는 것을 원통해했고, 트롤/사이렌이 들어 있는 물방울 속에서는 물이 부글부글 끓었다. 그럴 때마다 타라는 꾹 참았다. 이제껏 경험했던 위협에 비하면 제릴이 하는 짓거리쯤이야 어린애 장난에 불과하지 않은가.

소년이 무슨 말을 하거나 말거나 타라는 벤치에서 일어났다. 농사일에 관심이 없는 갈랑이 일하기에 너무 덥다고 생각하면서 자기가 필요한지 정신적으로 물었다.

'넌 여기 있어.' 타라가 영혼의 동반자에게 다정하게 대답했다. '일이 끝나는 대로 돌아올게.'

페가수스/크라크덴트가 안도의 숨을 내쉬며 벤치 밑에 길게 눕더니 낮잠 잘 자세를 취했다. 자이언트 칠면조 스파슌 몇 마리가 흙먼지 속에서 벌레를 찾으면서도 한쪽 눈으로는 연신 장밋빛 털 북숭이를 힐끔거리고 있었다. 스파슌이 어리석은 동물로 이름이 나 있지만 크라크덴트에게 가까이 갈 정도는 아니었다.

타라가 합류하자 여자들이 엠엠로움나무* 과수원으로 향했다. 그때 금빛 크렐*숲 모퉁이에 숨어 있다가 갑자기 튀어나온 제릴이 다리를 거는 바람에 타라는 하마터면 넘어질 뻔했다. 제릴이 깔깔대고 웃자 얼굴이 빨개진 타라는 이를 악물었다. 타라의 분노를 감지한 미모사 나무들이 빨갛게 변하자 이번에는 여자들이 배꼽을 잡고 웃었다. 다행히 과수원이 가까워서 금방 흩어졌기에 망정이지 무슨 망신이람! 혼자 남은 타라는 과일을 열심히 땄고, 육체적 노동 덕분에 마음이 가라앉았다.

두 시간쯤 지나자 체인지라인이 만들어준 모자를 쓰고 있는데도 목덜미가 햇볕에 익는 거 같았다. 아더월드의 두 태양이 내리쏟는 햇살이 사정없이 내리쬐고 있었다. 타라가 너무 따갑다는 표시를 하자 과수원에 사는 파라솔나무 중 하나가 장밋빛 잎이 무성한 가지를 뻗어서 흔들어주었다. 기분이 팍 상한 체인지라인이 구시렁거리면서 모자를 사라지게 했다. 그러고는 햇볕을 차단시킬 필요가 없게 된 타라를 가벼운 옷차림으로 바꿔주었다. 맙소사, 끈 없는 브래지어에 천으로 허리를 두르는 미니 로인

클로스 차림이라니! 이건 또 뭐야? 맙소사, 아더월드 일류 재단사의 브랜드 라벨까지 달아놨잖아! 이게 무슨 민망한 패션이야!

"체인지라인!" 타라가 신경질적으로 속삭였다. "이건 좋은 생각이 아냐. 빨리 가려줘, 제발 부탁이야!"

체인지라인이 마지못해서 복종했다. 몇 달 동안 타라에게 얇으면서 질긴 옷만 입히고 있는 데다 타라를 공격하는 적이 없으니 그르룰이나 살아있는 돌과 마찬가지로 체인지라인도 슬슬 지겨워지기 시작했던 것이다.

타라가 이동할 때마다 파라솔나무가 따라다니면서 햇볕을 막아주었다. 고맙다는 표시로 타라가 나무뿌리에 물을 주자 나무가 소리 없는 탄성을 지르면서 타라에게 보답이라도 하듯 울긋불긋 화려한 모습을 선물했다. 이어서 나뭇가지가 새빨개지고, 장밋빛 잎에 초록색 무늬가 생기더니 금빛 술 장식이 멋지게 달린 에메랄드빛으로 변했다.

타라는 그대로 멈춰 서서 탄복했다. 아더월드는 자주 사람을 놀라게 했다. 마법의 행성은 위험한 면도 많지만 아름다운 모습을 보여줄 때는 너무 환상적이라서 온몸에 전율이 일어났다.

타라가 한 손으로 갈색 머리를 어루만지다가 매끄러운 나무껍질에 손을 대고 고맙다는 표시를 했다. 해가 너무 뜨겁다고 생각한 파라솔나무가 하얗게 변해서 첫 번째 태양의 햇살을 반사시키는 것으로 그늘을 만들었다. 더 먼 거리에 있어서 파란빛을 내는 두 번째 태양은 훨씬 더 큰 첫 번째 태양만큼 밝지도 뜨겁지도 않지만 누적된 열에너지로 여름을 지옥으로 만들었다.

타라/베티는 땀을 닦으면서 다음 과수원을 향해 뚱뚱한 몸을 움직였다.

엠엠로움나무 과수원에서 과일을 딴다는 것은 쉽지 않았다. 누군가 과수원에 발을 들여놓는 순간 과일을 주렁주렁 매단 나무들이 일제히 땅속으로 사라져버리니, 재배한다는 말이 무색할 정도였다.

타라가 한숨을 내쉬면서 꾹 참고 기다렸다.

얼마나 지났을까, 호기심 많은 새싹들이 동태를 살피듯 지면 위로 머리를 쏙 내밀더니 드디어 엠엠로움나무가 슬그머니 하나 둘 나타났다. 타라는 일정한 시간이 경과되기 전에는 나무들이 땅속으로 돌아갈 수 없다는 걸 알고 있었다. 높은 가지에 손이 닿을 수 있게 도와주는 파라솔나무 덕분에 타라는 익은 과일을 따기 시작했다. 과일 따는 일이 끝나자 타라는 졸졸 따라다니는 그르룰에게 과일 바구니를 맡겼다. 트롤/사이렌이 물 밖으로 머리를 내밀더니 빨리 마을로 돌아가서 과일을 내려놓고 싶어 안달하는 수레에 아랑곳없이 느긋하게 휘파람 노래를 불렀다. 이어서 그르룰이 자칭 심하게 가녀리다는 팔을 내밀어 눈에 보이는 엠엠로움 하나를 따서 게걸스럽게 먹었다. 과일즙이 비늘 덮인 몸으로 흘러내렸다. 물속에서 먹는 것에 익숙하지 않아 온몸에 과일즙이 묻자 그르룰은 아예 물방울에서 몸을 쑥 빼고 따 먹었다. 하지만 그르룰이 흘리는 과일 조각 때문에 어쩔 수 없이 흔적이 남았다.

"그르룰! 보이는 대로 다 따 먹으면 배탈 나!" 타라가 나무랐다. "더구나 사이렌은 물고기만 먹는단 말이야!"

"그르룰은 배탈 나지 않음. 그르룰은 사이렌이 아님! 아무도 트롤이라는 걸 모름." 곳곳에 널린 과일을 보면서 신바람이 난 트롤/사이렌이 말했다. "그르룰은 물고기 좋아하지 않음! 그르룰은 엠엠로움 좋아함!"

"내가 알잖아!" 타라가 매몰차게 꾸짖었다. "파이와 잼을 만들 과일이 모자라면 내가 야단맞잖아!"

갑자기 외치는 고함 소리에 고개를 쳐든 타라/베티의 갈색 눈이 순식간에 파랗게 변했다.

"베티!" 노란 점이 섞인 초록색 머리 소녀 손드라가 불렀다. "너와 스스브브브, 일 다했어?"

그르룰은 트롤의 전형적인 이름이기 때문에 타라가 사이렌에게 어울리는 이름으로 '스스브브브'라고 새 이름을 지어주었는데 그르룰이 별로 마음에 들어하지 않았다.

"거의!" 타라/베티가 외쳤다. "감자와 브룸므* 두세 뿌리, 파를 캐면 끝나는데 왜?"

오포숨에서는 아주 평온한 생활을 보내고 있기 때문에 타라는 손드라의 흥분된 목소리에 놀랐다. 타라는 긴장하면서 경계를 했다.

"오무아의 여제가 성명을 발표할 거래! 크리스털 볼이 불통이기 때문에 바리우스 나리께서 시장들을 통해 소식을 전달했어. 마을의 전 주민이 오늘 밤 8시에 광장에 있는 대형 크리스털 전광판 앞에 모여야 해. 그래서 보통 때보다 저녁을 일찍 먹을 거니까 서둘러!"

타라는 지체 없이 과일 따는 여자들에게 뛰어가서 알렸다.

그러고는 가슴을 졸이면서 감자와 파, 브룸므를 캤다. 방송을 통해 여제가 성명을 발표하는 것은 거의 드문 일이었다. 오포숨에서 살게 된 여덟 달 동안 딱 한 번밖에 없었다.

그때는, 여제 후계자 타라틸랑넴 덩컨이 마법 장애를 치료하고 휴식을 취하기 위해 아무도 모르는 곳으로 휴양을 떠났음을 알리는 성명이었다. 그것은 '마법 능력을 빨리 되찾지 못하면 더 이상 후계자 지위를 유지할 수 없음'을 의미하는 것이었다. 그런 성명을 발표했을 때 타라는 비웃음을 흘리면서 입을 삐쭉거렸다. 군중의 호기심을 자극하는 여제의 정치적 행위가 우스꽝스럽게 생각되었던 것이다.

그 소식은 크리스털 전광판을 통해 재방송되었다. 더욱이 후계자가 종적을 감췄다는 소식에 아더월드의 파파라치들이 흥분하면서 여전히 살아 있기를 바라는 전설적인 가수 엘비스 프레슬리(엘비스는 아더월드에서도 잘 알려져 있다. 엘비스의 노래는 질적으로 완전히 다른데도 노래 부르기를 좋아하는 난쟁이들이 열광하고 있다)가 잠시 잊힐 정도였다.

텔레크리스털 채널들은 후계자를 찾거나 위치 추적이 가능한 정보를 제보하는 사람에게 천문학적인 보상금을 내걸었다. 후계자를 오무아에서 봤다, 랑코비트에서 봤다, 셀렌다 숲에서 엘프들과 사냥을 하고 있더라, 지구에서 봤다, 프랑스 스키장 쿠르슈벨에서 스키를 타고 있더라, 파리의 나이트클럽에서 춤을 추고 있더라, 히뮬리아에서 난쟁이 친구들과 지내고 있더라…… 등 크리스털리스트들이 마법의 행성 곳곳에서 들어오는 제보를 전하고 있었다.

그래서 오포숨 마을에 도착했을 때도 주민들이 셀레나 모녀를 의혹의 눈길로 봤다. 그러나 후계자가 마법 능력을 잃었다는 걸 모든 사람이 알고 있었다. 그런데 살아있는 돌 덕분에 타라는 겉보기에 마법 능력을 지니고 있는 것처럼 보였다. 얼마 후, 마을 사람들은 후계자인데 이런 평범한 생활을 할 리가 없다는 생각을 하기에 이르렀다.

수레에 채소를 실은 타라는 성큼성큼 300미터쯤 떨어진 마을로 향했다. 타라에게 다가온 갈랑이 정신적으로 느낌을 전했다. 그 소식 때문에 마을이 술렁거리고 있었다. 땅거미가 질 무렵, 광장에 탁자들이 놓였다. 타라는 걸음을 재촉했다. 특히 밤이 되면 기승을 부리는 아더월드의 모기 무슈티크와 피크크크를 퇴치하는 주문을 걸라는 지시를 받았기 때문이다. 눈에 띄는 행동을 하지 않으려고 최선을 다하고 있는 타라는 늑장을 부렸다고 눈총을 받고 싶지 않았다.

여시장 텐드라가 기다리고 있었다. 뚱보 소녀를 보면서 시장이 활짝 웃었다. 텐드라는 타라/베티를 아주 좋아했고, 책임감이 있고 인내심이 강한 소녀라고 생각했다. 빌랭 왕국의 용병들이 다 그렇듯 키가 190센티미터에 이르는 시장은 희끗희끗한 금발을 한 갈래로 땋았는데 조각상처럼 잘 빠진 근육질 몸매는 람보가 부러워할 정도였다.

텐드라가 감히 하얀 피부에 내려앉는 '대역죄'를 저지른 무슈티크 한 마리를 손바닥으로 압사시켰다.

"아, 베티, 다시 보게 되어 반갑구나. 이 지독한 놈들이 내 피를 다 빨아먹기 전에 빨리 퇴치 주문을 걸어다오!"

타라가 미소를 지으면서 복종했다. 바로 그 순간 살아있는 돌이 마법을 실행했고, 타라의 손에서 파란빛이 희미하게 번쩍였는데 예전의 강렬한 빛과는 거리가 멀었다. 타라는 돌의 마법이 마을 전체로 퍼져 나가는 걸 느꼈다. 의혹을 사지 않기 위해서는 이제부터 몇 시간 동안 피곤한 척해야 했다. 마법은 휘발성이 있기 때문에 마법사의 능력에 따라 효과가 지속되는 시간은 차이가 있었다. 하찮은 베티의 마법 능력은 몇 시간 정도로 그쳐야 했다. 그러나 살아있는 돌의 능력이라면 약간의 피로도 느끼지 않고 몇 달 동안 곤충들로부터 마을을 보호해줄 수 있었다. 강력한 마법 능력을 지니고 있다는 것, 그 점이 바로 타라와 살아있는 돌이 잘 통하는 이유 중 하나였다. 마을 사람들은 대부분 비마들이라서 주문을 배워서 사용할 수 있을 뿐 마법 능력이 없었다. 오포숨에는 마법사 여섯 명이 상처를 치료하거나 일상생활을 위한 마법을 사용하고 있었다. 따라서 마법사 두 명이 보강되었다는 점에서 마을 사람들은 타라와 셀레나를 반기고 있었다.

빌랭 왕국의 모든 주민과 마찬가지로 마을 사람들은 바이킹이 연상되는 건장한 체형이었다. 공격적인 사람들이라서 전쟁과 약탈을 좋아하고, 신선한 맥주와 채소를 즐겨 먹었다. 거침이 없으면서도 어머니처럼 부드럽기도 한 텐드라 시장에게 미소를 지어 보이면서 타라는 나이 든 부인이 이웃 나라에서 약탈해온 재물 덕분에 시장이 되었다는 것이 이해하기가 힘들었다.

마을의 집들은 농가라기보다는 거인(아더월드에 사는 거인들은 돌을 먹는다)이 달려들더라도 턱뼈가 빠질 정도로 거대한 돌로 방어 시설을 갖춘 작은 요새처럼 보였다. 용병들의 마을이었음을 보여주는 증거였다. 멋진 벽화로 치장한, 랑코비트의 아름다운 집들과는 사뭇 달랐다. 빨강과 검정의 집들은 주위의 숲과 같은 색으로 잘 어우러져 있었다.

끈질기게 웽웽거리던 곤충 소리가 희미해졌다. 주문이 효력을 발휘하고 있었다. 밤인데도 어찌나 더운지 서둘러서 바리우스 남작이 빌려준 집으로 돌아간 타라는 욕실로 뛰어 들어갔다. 갑자기 오무아의 수영장처럼 넓고 화려한 욕실이 그리웠다. 이곳에는 버디 드라이어도 없고, 욕조도 없었다. 체인지라인이 옷을 사라지게 한 다음 타라의 목덜미에 달라붙었다.

타라가 샤워기 밑에 서자 물의 원소가 작동하면서 작은 구름을 뚫고 미지근한 소나기를 머리 위로 뿌려주었다. 이 순간을 이용하여 살아있는 돌이 일루전을 취소하자 타라/베티가 행성의 모든 사람이 찾아다니는 쪽빛 눈의 금발 소녀로 돌아왔다. 흙먼지와 물이 흘러내리자 욕실 밑에서 사는 블루릅스가 게걸스럽게 받아먹었다. 아더월드에서는 쓸모없는 것이 하나도 없다니까!

"타라, 서둘러!" 집에 들어온 셀레나가 외쳤다. "성명 발표 방송을 놓치겠다!"

"고모가 왜 우리에게 연락하지 않았을까요?" 타라가 왼쪽 다리를 문지르면서 물었다.

"했어. 도중에 끊어지는 바람에 몇 마디밖에 못 들었지만……."

샤워기 밑에 있었다는 걸 깜빡 잊고 부리나케 뛰쳐나오던 타라가 수건을 집어 들었다. 물론 물의 원소도 따라왔다. 셀레나는 딸과 뒤쫓아오는 물의 원소를 보고 질겁했다.

셀레나가 말할 겨를도 없이 물의 원소가 응접실에 있는 타라의 머리에 물을 쏟았다.

흠뻑 젖은 금발과 이글거리는 쪽빛 눈을 보면서 셀레나가 터져나오려는 웃음을 간신히 참았다.

"푸하하하! 우리 집을 수영장으로 만들어놓기 전에 빨리 돌려보내!"

화가 난 타라가 물의 원소에게 욕실로 돌아가라고 명했다. 이해는 안 되지만 타라의 불만을 느낀 물의 원소가 액체 얼굴을 일그러뜨리면서 쓸쓸한 모습으로 멀어져가자 타라는 한숨을 내쉬었다. 이따금 마법은 진짜 성가실 때가 있었다. 지구에서는 샤워기가 쫓아다니는 일이 없는데! 셀레나가 세슈스 주문을 읊자 벨루르 목재 가구가 반짝거리는 윤기를 되찾았다. 타라는 갈기가 사방으로 뻗친 새끼사자처럼 되는 줄도 모른 채 바람에 몸과 머리를 내맡기고 마르기를 기다렸다.

"뭐라고 했는데요?" 바람 소리가 멈추자 타라가 물었다.

걱정이 가득한 타라의 눈길과 마주친 셀레나가 웃음기를 거두고 냉정함을 되찾았다. 괜히 타라를 불안하게 할 필요는 없어.

"폭풍우 때문에 통화 상태가 나빠서 잘 안 들렸는데……. 어쨌든 크리스털리스트들이 뭔가 냄새를 맡은 게 틀림없어. 그래서 네 고모가 선수를 친 것 같아. 공개 성명을 발표할 거라고 말하는데…… 크리스털 볼이 끊겼어. 이제 곧 알게 될 테니 벌써부터 걱정할 필요 없어."

타라가 고개를 끄덕였다. 어머니의 말이 옳았다. 5분이 멀다 하고 '위험, 재앙, 전쟁'을 생각하는 습관을 이제 버려야 했다. 그래, 이놈의 편집병은 빨리 고쳐야 해. 과대망상증 자체가 적을 만드는 것일지도 몰라.

그래서 타라는 아주 조금만 불안해하기로 했다. 근데 왜 고모가 연락하는 바로 그 순간에 폭풍우가 일어났을까? 금방 불안해하지 않기로 해놓고 또 이러네!

마법의 행성에 있게 되면서부터 타라는 정말 서프라이즈가 싫었다.

욕실로 들어간 타라는 거울에 비친 머리를 보고 으악! 비명을 질렀다. 삐죽삐죽 솟구친 머리 꼴이라니! 타라는 머리칼을 이리저리 당기면서 빗어주는 체인지라인이 몹시 못마땅해하고 있음을 느꼈다. 흥! 머리가 엉망으로 헝클어진 게 내 잘못인가, 뭐?

셀레나가 일루전 마법으로 타라를 베티의 모습으로 바꿨고, 살아있는 돌이 바통을 이어받았다. 모녀가 패밀리어들을 데리고 광장으로 향했다. 오포숨의 작은 광장에 모여 있던 마을 사람들이 먹을거리가 도착하자 환호성을 질렀다. 익히고 굽는 주문에 불의 원소가 신 나게 타오르는가 싶더니 어느새 식사 준비가 끝나 있었다. 마법의 도움을 받기 위해서라면 지구의 요리사들이 오른팔이라도 내어주려고 하겠어!

시장 텐드라가 손뼉을 딱딱 치자 모두 탁자에 둘러앉았다. 사람들 앞에 접시가 놓이자마자 김이 모락모락 나는 뜨거운 음식과 차가운 음식이 군침이 도는 냄새를 풍기면서 빙빙 돌아다녔다.

유혹에도 불구하고 타라와 셀레나는 초조해서 먹는 둥 마는 둥 했다. 마침내 디저트가 나왔다. 맛있는 엠엠로움 파이, 비즈즈즈의 꿀과 발분의 버터로 구운 케이크, 스파슌 알, 칼로르나 튀김, 신선한 과일, 설탕 절임 한 과일, 잼, 아이스크림.

모두 실컷 먹고 탁자를 치웠을 때 대형 크리스털 전광판이 방송을 시작했다. 저녁 뉴스가 시작되고 있었다. 오무아 방송국 채널 원의 인기 크리스털리스트이자 스타 사회자인 머리가 둘 달린 타트리스족 짐 앤드 존스가 갑작스런 성명 발표에 관한 온갖 추측에서부터 뉴스를 진행했다. 방송 상태가 좋지 않아서 화면에 줄무늬가 생겼다.

"먼저 말씀하시죠, 존스……." 첫째 머리 짐이 말문을 열었다.

"황궁이 몹시 흥분한 것 같은데요, 짐……." 둘째 머리 존스가 말을 이었다. "그것은 아무래도 무슨 관련이……."

"…… 후계자의 실종, 아니 '휴양' (짐이 두 손으로 작은따옴표를 표시했다)과 관련이 있다는 말씀인가요?"

"…… 황궁 소식통에 따르면……."

"…… 우리가 알고 있는 정보와 다른 것이 없습니다……."

갑자기 울리는 종소리에 타트리스족이 깜짝 놀라는 얼굴을 했다. 화면이 둘로 나뉘면서 이원방송으로 궁전 앞에서 떼를 지어 날아다니는 스쿠프들을 보여주었다. 날아다니는 작은 카메라들이 정신없이 찍어대고 있었다. 이쪽 빌랭 왕국의 시간이 더 빠른가? 팅가푸르의 시간은 정오경이었다. 아, 그래, 빌랭 왕국이 훨씬 동쪽에 있으니까 오무아 제국과 시차가 있겠구나.

궁전 앞의 화려한 층계에 리스베스 여제가 나타났고, 그 옆에 산도르 황제가 보였다.

전투복 차림의 두 군주를 보면서 타라는 가슴이 철렁 내려앉았다. 땋아 늘인 긴 금발, 정오의 햇살을 받아 번쩍거리는 갑옷, 그들은 감히 대항하려고 하는 자는 누구든 당장 죽일 기세였다.

오무아 제국을 상징하는 색깔 주홍빛과 금빛 제복 차림의 친위대가 군대식으로 경례했다. 팍! 켈트릴 갑옷의 가슴팍을 주먹으로 치는 소리가 전광판 수상기를 통해 생생하게 전달되었다. 스쿠프들이 여제의 모습을 비추면서 지나갔다.

타라는 등골이 오싹했다. 고모의 파란 눈에서 이글거리는 빛은 이론의 여지없이 불안이었다.

"놀라운 일이 아닐 수 없습니다! 분위기가 심상치 않은 것 같습니다." 존스가 보도했다. "아더월드, 타딕스와 마딕스, 외계 행성의 사람들, 드디어 오무아의 여제 리스베스틸랑넴 탈 바르미 압 산타 압 마루가 등장했습니다!"

이번에는 리스베스의 모습이 화면을 가득 채웠다.

"오무아 국민이여!"

마법으로 증폭된 리스베스의 목소리가 쩌렁쩌렁 울려 퍼졌다.

"상그라브들의 보스, 마지스터가 또다시 비열한 협박이라는 간접적인 수단으로 우리 제국의 후계자 타라틸랑넴에게 도전장을 내밀었습니다. 지난해에 우리에게 전쟁을 선포했던 것으로 만족하지 못하고 또다시 도전해온 것입니다. 그자가 메시지를 보내왔습니다. 내가 그 메시지에 대한 방송을 허락한 것은 그자가 미디어에 직접 보내거나(여제가 스쿠프들을 노려봤다) 매직네트를 통해 공개하겠다고 위협했기 때문입니다."

그러니까 마지스터가 시대의 첨단을 걷고 있다는 것이 아닌가!

아더월드의 매직네트는 지구의 인터넷 못지않게 가입자 수가 많았다. 비밀을 좋아하는 리스베스가 많은 정보를 전파하는 네트워크를 싫어한다는 것은 두말할 필요 없었다.

여제가 옆에 서 있는 황제에게 눈길을 던졌다. 그 순간 산도르 황제를 잘 아는 타라는 메시지를 방송으로 내보내라고 주장한 사람이 여제가 아니라 황제라는 걸 알아차렸다. 공포로 얼어붙은 타라는 마지스터가 또 무슨 짓을 꾸몄다는 것인지 전혀 상상이 가지 않았다.

리스베스의 이미지가 반사경 마스크로 얼굴을 가린 늠름한 체격의 남자로 바뀌었다. 마스크는 파란색이었다. 마스크 색깔이 마지스터의 기분을 반영한다는 것을 타라는 잘 알고 있었다.

기분이 좋을 때는 파란색, 기분이 아주 나쁠 때는……. 타라는 아연실색했다.

"안녕하십니까, 여제여, 전달할 소식이 있는데 당신이 아니라 후계자에게 보내는 것이지요." 마지스터가 물기 어린 목소리라고 하면 좋을 아주 부드러우면서 다정한 목소리로 말문을 열었다.

스쿠프들이 그 무례한 태도에 일그러지는 여제의 얼굴을 놓치지 않고 비췄다.

"따라서 타라, 너에게 말한다." 마지스터가 계속했다. "너에게 알려줄 깜짝 뉴스가 있거든. 요즘은 네가 친구들을 만나지 않는다는 걸 알았다. 얼마나 유감스러운지! 그래서 너희를 초대하기로 결정했다. 고맙지 않니?"

마스크의 남자가 몸을 숙이자 얼굴을 가린 반사경이 빨간색으로 변했다.

"너는 드래곤들에 대한 내 말을 들으려고 하지 않았어. 너는 아무것도 모르면서 드래곤들을 맹목적으로 신뢰하고 있다. 네가 생각하는 것과는 달리 악마와 드래곤은 차이가 없어. 그래서 내가 그 진실을 알려주려고 한다. 금지된 대륙으로 가면 드래곤들이 수백 년 동안 숨기고 있는 비밀을 네 눈으로 직접 확인하게 될 것이다."

마지스터가 잔혹한 미소를 지었다.

"너는 끊임없이 나에게 맞서고 있다. 일단 금지된 대륙에 가보면 너는 오히려 나와 친구가 될 것이야!"

마지스터가 왜 또 저렇게 화가 나 있는지 모르지만 아무튼 뭐가 있긴 있나 본데…….

타라가 머릿속으로 대꾸했다. 그럼 친구가 돼서 우리가 사이좋게 쇼핑도 하고, 영화도 보러 가고, 맥도널드에 가서 햄버거와 감자튀김도 나눠먹는 건가! 그거 나쁠 거 없죠…….

마치 타라가 머릿속으로 한 말을 듣기라도 한 것처럼 마지스터가 몸을 세웠는데 마스크가 다시 파란색으로 변했다.

"내가 아는 너라면 나를 악마에게 보내고 싶겠지만, 이제 협상을 하자. 지금 이 순간에도 금지된 대륙에 억류되어 있는 네 친구를 구해주고 싶다면 선택의 여지가 없어. 넌 그곳으로 빨리 가야 해. 네 친구에게 문제가 있거든. 그 아이의 목숨이…… 풍전등화와 같으니까!"

타라는 소름이 끼쳤다.

맙소사, 저자가 무아노를 납치했구나!

그러나 잘못 생각한 것이었다.

마지스터의 이미지가 사라지고 대신 나타난 것은 사랑하는 친구 베티의 통통한 얼굴이 아닌가!

변장

비밀리에 여행하기로 결정했다면
바보같이 가면을 떨어뜨리지 말아야 하는데

*

마을 사람들이 일제히 타라/베티를 향해 돌아섰다. 크리스털 전광판에 방금 나타난 울다 지친 듯 초췌한 얼굴은 몇 달 전에 마을에 온 통통한 소녀의 얼굴이 아닌가!

맙소사, 마지스터가 납치한 것은 무아노가 아니라 베티였다!

공포에 휩싸인 타라는 절대로 하지 말았어야 하는 친구의 모습을 선택했다는 걸 깨달았다. 타라가 베티의 모습으로 변장했기 때문에 마지스터가 지구의 친구를 납치한 것일까? 베티가 납치된 것은 그 모습을 선택한 자신에게 책임이 있었다.

타라는 메스꺼움을 느끼면서 화면을 쳐다봤다. 베티의 뺨에 눈물 자국이 말라붙어 있었다.

마법사들의 규범을 지키기 위해 타라는 베티를 만날 때 아무 말도 하지 않았다. 그래서 지구에서 가장 친한 친구였던 베티는 아더월드의 마법에 대해 전혀 모르고 있었다. 게다가 타라의 마법 능력을 잊게 하려고 베티에게 민투스 주문까지 걸어놨으니!

어느 날 갑자기 납치되어 알지도 못하는 낯선 대륙에 끌려간 베티는 얼마나 공포에 질려 있을까? 또다시 마지스터가 타라를 기습 공격하는 데 성공한 것이었다.

타라는 이를 악물었다.

베티를 구하러 가야 해!

옆에 있던 텐드라 시장이 눈살을 찌푸리면서 타라를 뚫어져라 쳐다봤다.

"이해할 수가 없구나, 베티!" 시장이 화면의 얼굴과 옆에 있는 소녀의 얼굴을 번갈아 쳐다보면서 외쳤다. "저 파렴치한 작자가 지금 너를 납치했다고 주장하는 거잖아? 이게 도대체 무슨 말도 안 되는 소리야?"

엄청난 충격을 가라앉히면서 셀레나가 침착하게 말했다.

"너무 긴 이야기라서 여러분에게 설명하기가 간단하지 않습니다. 텐드라, 아까 오후에 알렸던 것보다 더 빨리 이 마을을 떠나야겠어요. 당장 짐을 쌀게요."

마을 사람들이 반응할 겨를을 주지 않고 셀레나와 타라가 서둘러서 집으로 향하자 가짜 사이렌과 패밀리어들도 뒤를 따랐다.

대개의 경우 이런 일은 문제의 사람들이 마을을 떠나는 것으로 해결되건만! 놀란 마음이 가라앉으면 이게 무슨 해프닝이야? 하면서 사람들이 일상을 되찾는 것이 정상이건만! 그때 벌떡 일어나서 달려온 제릴이 타라 앞을 가로막았다.

"너 누구야? 도대체 무슨 짓을 꾸민 거야? 너 오무아에서 온 스파이지?"

아침에 작은아들 벤지의 일로 아직도 화가 나 있는 제릴의 아버지까지 나섰다.

"내 아들 말이 옳소. 이 아이는 이방인이오! 우리는 이 아이에 대해 전혀 모르고 있어요! 잡아서 가두는 것이 낫겠소. 바리우스 남작 나리께서 조치를 내릴 것이오!"

상황이 악화되고 있었다. 마을에 와서 8개월을 사는 동안 셀레나와 타라는 환영을 받았다고 생각했는데 한순간에 이방인 취급을 받으면서 모녀 마법사에 대한 마을 사람들의 호의가 연기처럼 사라져버렸으니!

마을 사람들이 모녀를 에워쌌다. 셀레나가 두 팔로 딸을 보호하면서 뒷걸음쳤다. 사이렌이 물방울 속에서 어찌나 크게 툴툴거리는지 물이 부글부글 끓고 있었다. 이에 질세라, 크라크덴트도 반짝반짝한 송곳니를 드러내며 미소를 보내자 몇몇 사람이 얼굴이 새파래져서 물러섰다.

"이러지들 마세요!" 셀레나가 비난했다. "그냥 조용히 떠나게 해주세요. 여러분에게 해를 끼치지 않을 겁니다!"

아뿔싸! 딸에 대한 걱정과 두려움이 너무 컸을까, 자신도 모르게 셀레나의 마법이 작동했다. 그녀의 손에서 밝은 파란빛이 번쩍이자 기겁한 마을 사람들이 한 발짝 뒤로 물러났다.

어떤 상황에서든 예외는 있다더니…….

제릴이 물러서기는커녕 큼직한 돌을 집어 들었다. 동생 벤지와 달리 제릴은 마법 능력이 없었다. 아마도 그 때문에 공격적인 성격이 된 것 같았다.

제릴이 노려보면서 외쳤다.

"당신들 마법사는 모든 것이 허용된다고 생각하죠! 하지만 의식불명이 되면 마법사들이라도 별수 없다고요!"

"그만 됐다!" 권위를 회복하려고 애쓰면서 텐드라가 으름장을 놓았다. "조용히 가게 둬!"

"안 됩니다!" 이번에는 제릴의 아버지가 돌멩이를 움켜잡으면서 소리쳤다. "내 아들 말이 맞소. 우리를 해치기 전에 제압해야 됩니다!"

다른 사람들도 돌을 집어 드는 사이에 빌랭의 마법사들까지 나서 셀레나와 타라가 공격하는 즉시 반격할 준비를 하고 있었다.

타라는 몸을 부르르 떨었다. 우리에게 돌팔매질이라도 하겠다는 건가?

'살아있는 돌?'

'예쁜 타라?'

'저 사람들이 던지는 돌을 가로챌 준비됐지?'

체인지라인 속에 숨어 있느라 상황을 모르던 살아있는 돌이 둥그렇게 에워싼 채 위협하는 무리를 보고 깜짝 놀랐다. 좀 전까지만 해도 평온하게 저녁을 먹던 타라가 궁지에 몰리다니! 인간들은 뭐가 그렇게 복잡하지? 정말 알다가도 모르겠다니까!

살아있는 돌이 반응할 겨를도 없이 제릴이 한 손을 쳐들고 타라를 때려눕힐 기세로 달려들었다. 타라는 본능적으로 대응했다. 산도르 황제에게 전투 훈련을 받지 않았던가. 키가 더 크고 체중이 많이 나가는 상대와 겨룰 때는 달리 방법이 없었다. 선수를 치는 수밖에.

제릴은 무슨 일이 일어났는지도 몰랐다. 어? 분명히 뚱보 소녀가 눈앞에서 어른거리고 있었는데……. 눈 깜짝할 사이에 흙바닥에 코를 처박고 있는 자신의 모습에 제릴이 얼빠진 얼굴로 엉거주춤 일어났다. 타라/베티가 전투 자세로 태연하게 쳐다보고 있었다. 타라의 오른쪽에는 사이렌이, 왼쪽에는 크라크덴트가 버티고 있었다.

그 순간 희한한 일이 일어났다. 크라크덴트가 재채기를 했는데 보일락 말락 하는 코에서 파란 물방울이 펑 터지면서 때마침 지나가던 흡혈파리 몇 마리가 새까맣게 타버렸다.

제릴이 눈살을 찌푸렸다. 아까는 베티를 제압하려다가 실패했는데 이번에는 또 소녀의 패밀리어가 이상한 짓을 하다니! 제릴이 다시 공격하려는 순간 이번에는 살아있는 돌이 더는 지켜보기가 지겹다고 판단한 모양이었다.

살아있는 돌은 타라를 위협하는 미련퉁이를 꼼짝 못하게 마비시킬 것인지, 몇 달 동안 참아왔던 꿈을 실현할 것인지 선택해야 했다. 아, 칼이 보고 있다면 자랑스러워했을 텐데! 살아있는 돌이 소리 없는 웃음을 날렸다.

타라의 손에서 나오는 것처럼 보이는 살아있는 돌의 마법이 후계자와 셀레나, 크라크덴트, 퓨마, 사이렌이 위장하고 있는 일루전을 취소했다. 마을 사람들의 왕방울만 해진 눈길을 받으면서 뚱보 베티가 쪽빛 눈의 금발 소녀로 바뀌는 사이에 멋진 페가수스가 갈퀴발톱을 드러냈고, 비대한 아프로디테처럼 물방울에서 나온 초록 트롤까지 해머같이 큼직한 주먹을 휘두르고 있었다.

체인지라인도 구경만 하고 있지 않았다. 순발력에 있어서는 타의 추종을 불허하는 체인지라인이 타라의 옷을 엘프 전사의 갑옷으로 바꿨다. 금빛 가슴받이에 은빛 반바지, 장검, 이마에 두른 밴드, 땋아 늘인 머리…… 그야말로 완전 무장한 전투복 차림이었다.

페가수스가 날개를 펼치는 순간 타라는 신분이 들통 났다는 걸 알아차렸다. 신중해야 돼……. 타라가 속으로 한숨을 내쉬면서 소리를 내지 않고 거꾸로 세기 시작했다.

10…… 9…… 8…… 7…… 6…… 5…….

타라가 넷을 셀 때 한 소녀가 타라를 알아보고 외쳤다.

"오무아의 후계자다! 종적을 감췄다는 후계자예요!"

오, 예! 아더월드의 뉴스와 특히 유명인들에 대한 기사를 다루는 잡지 《스타》와 《피플》을 탐독하는 소녀 시비는 타라의 신분을 알아차리는 데 6초도 걸리지 않았다. 아더월드는 물론 지구의 인기 스타들까지 훤히 꿰고 있는 시비에게 딱 걸린 것이었다.

마을 사람들이 우왕좌왕했다. 눈치 빠른 사람들은 뒤로 물러섰고, 마법사들만 용기를 내서 언제라도 개입할 기세로 마법의 빛을 번쩍였다.

"그만 하세요!"

셀레나가 벼락치듯 고함을 질렀다. 타라보다는 덜 유명하지만 후계자의 어머니도 명성이 나 있었다.

텐드라가 헛기침을 하면서 군중을 제압하기 위해 다시 나섰다.

"그럼 당신이 전 황제 단비우의 부인인 셀레나 덩컨입니까?"

"네, 맞아요. 그리고 내 딸은……."

"네, 알고 있습니다, 오무아 제국의 후계자죠!" 텐드라가 말을 끊으면서 성난 얼굴로 마을 사람들을 돌아봤다. "우리가 지금 무슨 짓을 했는지 압니까? 오무아를 상대로 전쟁을 벌일까요?"

모두 아니라는 뜻으로 고개를 흔들었다.

"아니죠? 정말 유감스러운 일이지만 우리가 대단한 인질을 두 명이나 붙잡고 있는 셈이군요. 그런데 제국의 후계자가 왜 우리 마을에 다른 사람의 모습으로 숨어 있는 겁니까? 설마 농사를 배우러 온 것은 아닐 테고…… 그럼 우리를 염탐하러 온 겁니까?"

셀레나가 어이없다는 표정으로 눈살을 찌푸리자 텐드라가 재빨리 말을 이었다.

"물론 아니겠죠! 여긴 염탐할 게 없으니까요. 그렇다면 이곳으로 도망쳐 온 겁니까? 왜요? 어제와 다퉜습니까? 아니면 세금을 내지 않았습니까? 그것도 아니면 뭔가를 감추려고?"

텐드라가 탐욕스러운 얼굴로 물었다.

"뭘 훔치러 온 겁니까?"

"대답을 하라는 겁니까, 말라는 겁니까?" 더는 못 듣겠다는 얼굴로 셀레나가 쏘아붙였다.

텐드라가 뚫어져라 쳐다보면서 이를 악물더니 말해보라는 손짓을 했다. 셀레나가 심호흡을 했다.

"다 틀렸습니다! 얼마 전에 믿을 수 없는 사고가 있었지요. 오무아를 쳐들어온 악마 군단과 싸워야 했고, 그다음에는 어떤 가공할 기계가 내 딸의 마법을 흡수해버리는 끔찍한 일이 일어났지요. (모여 있던 마법사들이 부들부들 떨면서 약간 물러섰다) 그 일로 딸의 건강이 극도로 나빠졌기 때문에 신분을 숨기고 은신해 있으면서 시련을 이겨내기로 했어요. 그렇지 않아도 이제 때가 되었다 싶어서 오늘 오후 당신에게 며칠 내로 여길 떠나겠다고 말했던 건데……. 하필이면 오늘 타라가 변장하고 있는 모습의 소녀를 마지스터가 납치했다는 방송이 나왔네요. 여러분이 격분하는 마음 충분히 이해합니다. 여러분을 속인 것은 정말 미안하지만 우리는 달리 방법이 없었습니다."

텐드라가 어깨를 으쓱했다.

"나는 이해할 수 있습니다. 나도 때로는 이 마을에서 멀리 떨어진 곳으로 떠나 조용히 휴가를 보내고 싶을 때가 있으니까요."

텐드라가 뚫어져라 쳐다보자 마을 사람들이 난처해하면서 슬금슬금 눈길을 피했다. 여기저기서 은근슬쩍 돌멩이를 버리는 소리가 들렸다. 그러고는 사람들이 '누구, 나요? 내가 돌팔매질을? 그렇게 심한 오해를? 그냥 장난치려고 손 한 번 잠깐 든 걸 갖고!' 하는 식으로 안면을 싹 바꿨다.

그들 중에서 가장 놀란 사람은 제릴이었다. 험악해진 아버지의 얼굴로 보아 엄청나게 두들겨 맞을 것이 틀림없었다. 게다가 8개월 동안 괴롭히고 창피를 준 것으로도 모자라서 오무아 제국의 후계자에게 돌을 던질 뻔했으니!

제릴이 돌을 떨어뜨리고는 용기를 내서 타라에게 다가왔다.

"미, 미안해." 제릴이 중얼거리듯 말했다. "몰랐어."

타라는 쳐다보지도 않았다. 타라의 시선이 마치 투명인간이라도 되는 듯 제릴을 통과해버렸다. 그러고는 얼굴이 벌게져서 더듬더듬 말하는 제릴을 광장 한복판에 남겨둔 채 타라가 홱 돌아섰다.

"지금 내가 제릴을 짓이겨버림?" 우람한 근육을 되찾은 것이 만족스러운 그르룰이 뒤뚱뒤뚱 따라오면서 말했다.

"안 돼." 타라가 대답했다. "혼쭐났으니까 제릴이 앞으로는 다른 사람들을 절대 괴롭히지 않을 거야. 그리고 지금은 빨리 팅가푸르로 가야 해……."

타라는 말을 끝마칠 수 없었다.

"잠깐!" 텐드라가 불러 세웠다. "여러분을 이대로 떠나게 둘 수가 없습니다."

무슨 말을 하려고 저러지? 타라와 셀레나가 가슴을 졸이면서 멈춰 섰다.

"바리우스 남작의 집으로 모셔다 드리죠." 텐드라가 말했다.

"그러면 남작께서 무사히 돌아가도록 신경 써주실 거니까요. 거물급 인사들인데 우리 땅에서 또 무슨 일이라도 생기면 큰일이지요. (시장이 또다시 주민들을 흘겨봤다) 우리는 외교상의 마찰을 원치 않습니다."

텐드라의 단호한 얼굴을 보면서 셀레나는 더는 반대할 수가 없었다.

"네, 알았어요! 먼저 짐부터 싸고 나서 같이 가죠."

"우리의 마법사 두 명이 짐 싸는 걸 도와드릴 겁니다. 당연히 그래야 마땅하고요."

타라는 그 말에 함축된 메시지를 대번에 이해했다. '짐 싸는 걸 도와주겠다'란 의미는 바꿔 말하면 '트란스미투스 주문으로 사라지지 못하도록 감시하겠다'는 뜻이었다.

텐드라 시장은 정치적으로 곤란한 입장에 놓여 있었다. 이 거물급의 모녀가 반가운 손님인지, 아니면 포로인지는 두고 봐야 알 일이고……! 텐드라는 남작의 의견을 들은 다음에 결정하기로 마음먹고 그때까지 감시하려는 의도였다. 빌랭의 용병들은 농사도 짓지만 이따금 약탈을 하며 살아가는 사람들이었다. 텐드라 시장이 거물급인 타라 일행이 엄청난 걸 가져다줄 것이라고 생각하는 것도 무리는 아니었다. 남작이 통치하는 빌랭이 수년 동안 평화롭게 살고 있지만, 용병들의 나라인 만큼 이따금 특별한 일을 하고 있다는 걸 타라는 알고 있었다. 타라가 어머니와 눈길을 주고받았다. 셀레나가 고갯짓을 했다. '기다려, 두고 보면 알겠지.' 타라는 제발 어머니의 판단이 맞기를 바랐다. 어머니는 아더월드 사람들을 가능한 좋게 보는 경향이 있었다.

짐이 별로 없기 때문에 떠날 채비는 그리 오래 걸리지 않았다. 그르룰은 공중 부양 주문을 무시하고 가방 몇 개를 한 손에 움켜잡고, 만일의 경우를 대비하려는 듯 다른 한 손을 비워두었다. 아니, 그것보다는 기회를 봐서 미련퉁이 제릴을 짓이겨버릴 엉큼한 생각을 하고 있는 것이 틀림없었다.

마을의 두 마법사가 여차하면 꽁무니를 뺄 생각인지 잔뜩 긴장해서 타라를 힐끔힐끔 훔쳐보았다. 타라의 초강력 마법 능력에 대해 알고 있다는 뜻인가? 타라는 뱀파이어 셀렌바도 두 마법사처럼 자신에 대해 두려움을 느꼈을지 궁금했다.

타라와 셀레나가 집 밖으로 나가자 마을 사람이 모두 나와 있었다.

셀레나가 미소를 지으면서 빈정거렸다.

"모두 우리와 동행할 생각입니까?"

"하! 하! 하!" 텐드라가 메마른 웃음을 흘렸다. "아닙니다, 호위대는 저쪽에 있습니다."

텐드라가 가리키는 방향을 보던 타라의 눈이 휘둥그레졌다. 8개월 동안 이 마을에 살면서 주민들이 호전적이기는커녕 아주 평온하게 살아가는 농민들이라고 생각했는데…….

한 무리의 사람 중 열 명만 낯이 익었다. 투구에 어금니와 송곳니를 주렁주렁 매단 갑옷 차림의 사람들이 보란 듯이 온갖 무기를 과시하고 있었다. 뭐야! 늘 사용하는 농기구들이 무기라고?

모녀에게 겁을 줄 의도였다면 완벽하게 성공한 것이었다.

셀레나의 입가에서 미소가 사라졌다.

"오! 꼭 이렇게까지 해야 되나요?"

"남작의 성은 아주 가까우니까 거기까지 호위하겠습니다. 두 분을 위해 우……, 마차가 대기하고 있습니다. 오르시죠."

우…… 하고 엉겁결에 텐드라 입에서 튀어나온 말은 괜한 말실수가 아니었다. 마차라기보다는 우리가 틀림없었으니. 작은 동물 우리라고 해야 할지……. 패밀리어들을 축소해야 다 탈 수 있었다. 그렇게 작은 데에 들어가 본 적이 없는 그르룰이 으르렁거렸는데 정말 그럴 만했다. 그들이 다 올라탔을 때 마차인지 우리인지를 끌고 갈 날개 돋친 도마뱀들이 신음 소리를 냈다. 아무래도 몸집이 큰 트롤은 다른 데에 태워야 했다.

육중한 철창이 닫혔을 때 타라는 엄청난 실수를 저질렀다는 것을 깨달았다. 그들을 가둔 우리의 철창이 히믈리아의 마법 철이었으니! 셀레나도 같은 생각인지 딸과 불안한 눈길을 주고받았다.

이런 마차/철창 감옥은 마법사들이라면 누구나 그 특성을 잘 알았다. 마법을 사용해서는 탈출할 수 없음을 의미하는 것이었다.

출발하려는 순간 고함 소리가 났다. 타라와 셀레나가 얼른 철창 사이로 머리를 내밀었다. 겁에 질린 마을 사람들이 사방으로 도망치고 있었다.

"또 무슨 일입니까?"

셀레나가 외쳤다.

붉은 페가수스에 올라탄 갑옷 차림의 엘프 전사들? 위압적인 기병대를 보면서 셀레나가 깜짝 놀랐다. 오무아 제국의 엘프 군단이 눈앞에 있다는 것은 최고 마구스들이 통신뿐만 아니라 공간 이동의 문도 복구했다는 뜻이었다. 용병들의 빌랭 왕국에 오무아 제국의 군대가? 그렇다면 분명히 좋은 징조가 아니었다. 공식적인 허가 없이 오무아의 엘프 군단이 빌랭의 영토에 들어왔다면 전쟁을 촉발시킬 수도 있었다!

그들 뒤로 팔이 넷 달린 티그족 군단, 오무아의 친위대를 태운 날아다니는 양탄자가 갑자기 착륙하더니 마을을 포위했다. 저 낯익은 얼굴은? 친위대에 명령을 내리는 지휘관은 크산디아르였다!

눈 깜짝할 사이에 수백 발의 화살이 주민들과 마법사들의 가슴에 꽂혔다. 모두 옴짝달싹 못하고 있었다. 숨을 멈춘 사람도 있는 것 같았다.

그때였다. 갑자기 하얀 날개가 달린 검정 도마뱀 한 마리가 타라와 셀레나 앞에 내려앉았다. 이어서 엘프 군단 뒤로도 날개 돋친 도마뱀들이 포효하는 파도처럼 착지했다. 엘프 군단의 절반이 일사불란하게 돌아서는 순간이었다. 도마뱀에 올라탄 용병들이 나 맞은 거야? 하는 얼굴로 가슴을 내려다보느라고 사팔눈이 되었다. 그들 역시 눈 깜짝할 사이에 날아온 화살에 가슴을 맞고 움직이지 못하고 있었던 것이다.

까마귀날개 머리에 콧수염이 인상적인 검은색 갑옷 차림의 남자가 날개 돋친 도마뱀에서 날렵하게 뛰어내리더니 마차/철창 감옥 앞에 섰다. 마법사인 것 같은데 그는 빌랭의 색깔인 빨간색과 오렌지색 마법복을 입지 않고 있었다. 붉은빛을 선호하는 조상들보다는 취향이 좀 세련됐다고 할까…….

전사들과 마찬가지로 그도 가벼운 갑옷 차림인데 빨간 바탕에 검정 늑대 머리를 수놓은 망토를 걸치고 있었다.

"사촌동생, 하필 이런 상황에서 만나게 될 줄이야!" 바리우스 덩컨 남작이자 트리 반트릴의 영주가 비아냥거리듯 말했다. "솔직히 말해서 살찐 여자로 변장해 있던 모습보다는 지금의 모습이 훨씬 마음에 드는구려!"

바리우스 남작이 콧수염을 가다듬자 셀레나가 짜증스러운 한숨을 내뱉었다.

"하! 하! 아주 친절하시군요, 바리우스 사촌. 사춘기 소년처럼 빈정거리지 말고 우리를 빨리 꺼내주기나 하시죠!"

타라는 놀란 얼굴로 어머니를 쳐다봤다. 저런 식으로 모욕하는 것이 좋은 생각일까?

까만 눈에서 분노의 빛이 번뜩였지만 남작이 철창을 열고 과장된 몸짓으로 그들을 나오게 했다.

맨 먼저 셀레나가 남작의 팔을 잡고 왕비처럼 우아하게 마차에서 내렸다.

그제야 두 여자가 포로처럼 철창 안에 갇혀 있었다는 걸 알아차린 바리우스 남작이 눈살을 찌푸리면서 텐드라를 향해 홱 돌아섰다. 텐드라 시장은 190센티미터에 이르는 큰 키를 어떻게든 작게 보이려는 듯 허리를 약간 구부리고 있었다.

"이게 대체 어떻게 된 일이오?" 남작이 질책하듯 소리쳤다.

남작의 불끈 쥔 주먹에서 복장과 어울리는 검은빛이 번쩍거렸다. 악마의 마법을 사용하는 마지스터를 제외하고는 타라가 처음 보는 빛이었다.

"그게…… 오해가 좀 있었습니다……." 남작의 주먹에서 눈을 떼지 않은 채 텐드라가 몸을 비틀었다. "우리는 한 시간 전에야 오무아의 후계자가 신분을 감추고 있었다는 걸 알았습니다. 그게…… 너무 엄청난 충격이라서……."

타라가 입술을 삐쭉거렸다. 눈 가리고 아웅하나? 죽이려고 했으면서!

"신중을 기하는 뜻에서 우리의 포…… 우리의 손님들을 안전하게 보호하기 위해 영주님의 성으로 안내할 채비를 하고 있었습니다." 텐드라가 계속 말을 이었다.

바리우스는 속지 않았다. 그러나 그 해명에 마음이 가라앉았는지 손에서 마법의 빛이 사라지자 용병들이 안도했다.

"우리 안에 넣어서 말이오?"

"그게 가장 안전한 방법이었습니다!" 텐드라가 거짓말을 했다.

"맙소사! 오무아의 전사들은 우리의 대접을…… 아주 불쾌하게 여길 것이오! 그 말이 거짓이 아니기를 바라오!"

이미 허리를 굽히고 있던 텐드라의 몸이 훨씬 더 오그라드는 것 같았다. 그리고 겁을 잔뜩 먹은 제릴은 금방이라도 울음을 터뜨릴 얼굴이었다. 제릴은 죽을 때까지 다시는 누군가를 괴롭히지 않겠다고 다짐했다. 그런데 누가 살생을 즐기는 용병의 아들 아니랄까 봐 제릴은 자신의 다짐을 약간 수정했다. 엄명을 받기 전에는 절대로 괴롭히지 않겠어!

바로 코앞에서 거칠게 으르렁거리는 소리에 제릴이 소스라쳤다. 그르룰이 격한 반응을 보이고 있었다. 미친 듯이 날뛰는 트롤이 철창을 뽑아버리는 바람에 우리를 열어주던 마을 사람이 벌렁

나가동그라졌다. 지켜보던 사람들도 후닥닥 1미터쯤 물러났다. 타라 앞에 떡 버티고 선 트롤이 아무나 덤벼봐! 하는 눈초리로 마을 사람들을 노려보는데 초록색 핏발까지 서 있었다. 잠시 정적이 흐르는 사이에 트롤의 화가 가라앉았는지 연거푸 흘리던 거품 같은 하얀 침도 그쳤다. 타라가 미소를 지었다. 보디가드답게 필요하다고 느낄 때는 성깔 한번 제대로 부려주네!

"으흠, 세네샬!" 바리우스 남작이 소리쳤다.

"예, 부르셨습니까?"

남작 가문의 시종 세네샬이 검은색과 은색 제복 차림으로 날아다니는 양탄자에서 내려왔다.

"나도 경호원으로 트롤을 두 명 고용해야겠다." 바리우스 남작이 받아쓰게 했다. "사람들에게 겁을 주는 방식이 아주 마음에 들어. 쓸모가 있겠어." 이어서 남작이 오무아 사람들을 돌아보면서 말했다. "활을 내려도 됩니다. 나의 용감한 전사들은 여러분을 공격하지 않을 것이오."

엘프 군단의 대장 엠부릴이 눈살을 5밀리미터쯤 추켜올렸다. 저게 엘프의 웃음이지, 아마? 엠부릴이 거만한 눈길로 마을 사람들과 용병들을 훑어보다가 부하 전사들에게 화살을 뽑아주라고 명령했다. 엘프 전사들이 마치 한 사람이 움직이듯 일사불란한 동작으로 명령을 이행했다.

와우! 타라는 속으로 감탄했다. 엘프들의 능란함과 민첩함은 언제 봐도 놀라워. 정말 인상적이야.

마을 사람들도 바리우스 남작의 병사들과 마찬가지로 긴장을 풀었다.

"이 많은 병사까지 이끌고 여기는 무슨 일로 온 겁니까?"

셀레나가 불안한 기색이 역력한 목소리로 물었다.

"리스베스 여제께서 후계자의 안전을 책임질 전사들에게 길을 내주라는 부탁을 하였소. (남작이 엘프 군단과 티그족에게 차가운 눈길을 던졌다) 물론 군대의 절반이나 되는 병력을 보낸 이유는 명확하게 밝히지 않았지만!"

은연중에 드러내는 비난을 알아챈 건지, 못 알아챈 건지, 주홍빛과 금빛 제복 차림의 오무아 친위대장 크산디아르가 나섰다.

"군대의 십분의 일도 안 되는 병력이오." 크산디아르가 거들먹거렸다. "그리고 폐하께서는 그럴 만한 이유가 있었어요. 우리는 마지스터와 맞서 싸운 적이 있습니다. 그때 그자는 여제와 황제 폐하를 생포했지요. 따라서 우리는 아주 작은 위험도 피하려고 평범한 호위대보다 막강한 병력을 파견한 것이지요."

바리우스가 안심하는 몸짓을 했다.

"나도 알고 있소. 두 분이 상그라브들의 보스 마지스터에게 포로로 붙잡혔을 때 나도 오무아에 있었으니까. 그자의 함정은 아주 기발했지요."

탐색하듯 쳐다보는 셀레나의 시선을 느낀 바리우스가 재빨리 덧붙였다.

"초대를 받고 궁전에 갔는데 유감스럽게도 그때는 사촌을 보지 못했지요. 어쨌든 궁인 중 한 사람과 의견 대립이 있었는데 '진실의 입'들이 우리에게 두 군주가 포로로 붙잡혀 있다는 사실에 대해 비밀을 당부했기 때문에 내색하지 않았던 것이오. 따라서 나는 여제의 불안이 당연하다고 생각해요. 그렇지만 엘프 군단과 티그족 친위대까지 출동하다니 이건 보호 차원이 아니라 침략 차원이란 말이오! 서로의 안전을 위해 가능한 빨리 떠나는 것이 좋겠소. 우리의 남작, 후작, 백작, 대군들은 이해하지 못할 겁니다. 우리의 중신들이 군대를 이끌고 내 영지로 들이닥치기 전에 어서 떠납시다. '협력 차원의 호위대 파견'과 '영토 침입'은 그 차이가 엄연히 다른데……."

크산디아르가 고개를 끄덕이고 나서 셀레나에게 정중하게 허리를 굽혔다. 여제가 즉시 후계자를 궁전으로 데려오라는 명을 내렸을 때 크산디아르는 자진해서 빌랭으로 가겠다고 나섰다.

'비굴한 아첨꾼'이어서가 아니었다. 후계자 덕분에 친위대장으로 복귀한 뒤로 크산디아르는 몇 번의 테러를 당하면서도 목숨을 걸고 타라에게 위험을 알렸고, 그때부터 크산디아르와 타라 사이에 묘한 관계가 형성되어 있었다. 여제에 대한 친위대장의 충정이 후계자에 대한 열렬한 애정으로 바뀌고 있었다.

맡은 바 임무 때문에 궁전을 떠날 수가 없는 크산디아르는 타라가 멀리 떨어진 곳에서 지내는 것이 계속 마음에 걸렸다. 따라서 타라가 우리에 갇혀 있는 모습을 보고 놀라면서도 한편으로는 무사히 되찾은 것만으로도 감사하며 안도의 숨을 내쉬었다. 그런데 또 무슨 짓을 저질렀기에 갇혀 있지?

인사하는 친위대장의 얼굴에서 놀리는 듯한 미소를 보고 타라가 손짓으로 말했다.

'아, 이번에는 나 아무 짓도 안 했다고요!'

바리우스 남작이 텐드라와 마을 사람들의 복잡한 설명을 듣고 나서 미소를 지었다. 안개 대양을 제외하고 아더월드에 있는 대부분의 나라가 평화로운 시대를 살고 있기 때문에 어쩔 수 없이 농민으로 전업한 용병들의 영지를 다스리는 것은 쉬운 일이 아니었다. 그렇지 않아도 신하들의 궁핍한 살림살이를 걱정하고 있는 때에 마침 이런 기회가 생기다니, 피를 흘리지 않고 두둑하게 챙길 수 있는 호재가 아닌가!

"그럼 이제 모든 것이 명확해졌으니까 내 병사들을 데리고 여러분과 동행하겠소."

바리우스가 셀레나에게 말했다.

날개 돋친 도마뱀에 오른 바리우스가 옆자리에 앉으라고 권했지만, 침을 질질 흘리는 아가리와 비늘로 덮인 등판을 힐끔 쳐다보고 나서 셀레나는 양탄자를 택했다. 타라는 갈랑에 올라탔다. 엘프 군단의 페가수스들이 타라를 에워싸면서 멋진 환영식을 전개했다.

안장의 허리띠를 채우고 있던(아더월드에서는 페가수스를 탈 때 반드시 안전벨트를 하는 것이 규정이었다. 낙마를 하면 치명적이기 때문에) 타라는 바리우스가 내뱉은 뜻밖의 말에 의문이 들었다. 뭐라고? 스너피 샘이 죽었을 때 용병들의 영주가 오무아에 있었다고? 상그라브들의 보스에게 협력하는 자들의 명단에 한 명 더 추가해야 하나? 타라가 무고하다고 믿는 사람은 친구들, 어머니, 할머니 이사벨라, 여제와 황제, 할머니와 함께 지구에 남아 있는 증조할아버지 마니투, 셈 선생님밖에 없었다. 아! 크산디아르도 있지. 타라는 그들 외에 거의 모든 사람을 의심하고 있었다.

힘찬 날갯짓으로 날아오른 갈랑이 속도가 느린 다른 페가수스들을 앞질렀다. 하늘이 어두워지면서 휘황찬란한 석양빛 속에서 갈랑이 하얗게 빛나고 있었다.

"갈랑? 저들은 나를 보호하려고 온 거야." 타라가 상기시켰다. "그런데 네가 앞질러버리면 저들이 뭐가 되겠어?"

페가수스가 못마땅한 듯 머리를 흔들었지만 이내 속도를 줄였다. 날아다니는 양탄자들이 가까이 다가왔다. 마법의 힘으로 이동하기 때문에 그 성능에 따라 페가수스보다 훨씬 더 빨리 날 수 있는 양탄자도 있었다. 한 기술자가 지구의 로켓에서 착상을 얻어 음속 1마하(음속에 대한 물체 속도의 비로 나타내는 단위. 1마하는 초속 340미터, 시속 1224킬로미터에 해당한다—옮긴이)의 한계를 돌파할 수 있는 양탄자를 만들었다는 설이 있지만 이것을 비웃는 이들도 있었다. 어떤 경우에도 공간이동의 문과 맞서는 기계를 용납할 수 없기 때문인가?

마침내 속도가 느린 날개 돋친 도마뱀들이 합류했다. 바리우스 남작이 선두에서 공간이동의 문이 있는 자신의 성으로 인도했다.

페가수스를 타고 있을 때는 늘 그랬듯이 타라는 비상의 자유를 만끽하고 있었다. 이따금 타라는 영원히 하늘을 날아다니면서 걱정과 속박에서 벗어나고 싶을 때가 있었다. 타라의 생각을 읽었나? 다분히 현실적인 갈랑이 그러면 너무 지치기 때문에 며칠씩 날아다닐 수 없을 뿐만 아니라 인간의 생리적 욕구 때문에 불가능한 일이라고 점잖게 이해시켰다. 뭐? 구름 속에는 화장실이 없다고? 타라는 어이가 없어서 웃음을 터뜨렸다.

마을 사람들은 보랏빛 하늘에서 사라지는 빨간색과 검은색 점들을 멍한 얼굴로 바라보았다. 두뇌 회전이 빠른 사람들이 눈살을 찌푸렸다. 둔한 사람들조차 눈앞에서 맛있는 사탕을 빼앗겼다는 생각에 화가 나 있었다. 이미 크리스털 볼을 꺼내든 사람들도 있었다. 텐드라는 대번에 주민들의 생각을 알아차렸다. 그 순간 난쟁이가 내지르는 것처럼 고막을 찢을 듯한 고함 소리에 모두 깜짝 놀랐다.

"잠깐! 게 서시오!"

제릴의 아버지가 턱뼈가 빠져라 소리쳤다.

"텐드라, 우리가 당신을 시장으로 선출했다고 해서 우리의 막대한 소득을 빼앗을 권리까지 준 것은 아니오."

돌아서던 텐드라가 큰 키를 곧추세웠다.

"말씀 잘하셨소. 그래요, 나는 이 마을의 책임자입니다. 당신이 쥐꼬리만큼씩 내는 세금으로 마을을 이만큼이나 꾸려나가는 것이 가능한 일인지 묻고 싶군요."

"하지만 당신은……."

"천만의 말씀!" 텐드라가 말을 잘랐다. "하지만 이번 일은 집단행동이기 때문에 후계자를 제보한 대가로 보상금을 받으면 전 주민에게 나눠줄 겁니다. 이제 됐습니까?"

제릴의 아버지가 물러섰다. 그가 지지를 구하려고 사람들을 둘러봤지만 갑자기 별과 구름에 굉장히 관심이 있는 듯 모두 하늘을 쳐다보고 있었다.

"비겁한 작자들!" 제릴의 아버지가 내뱉었다. "좋소, 텐드라,

당신이 이겼소. 똑같이 나누기로 하고 협상은 당신이 하시오. 사람들이 동의한다면!"

텐드라가 어깨를 으쓱했다.

"여러분 중에 혹시 그 장면을 촬영한 사람 있습니까?"

두 사람이 머뭇거리면서 손을 들었다.

"잘됐군요. 크리스털 볼을 이리 가져오세요.

텐드라가 비디오 테이프를 영상화했다. 베티의 모습으로 변장한 일루전이 사라지면서 타라와 타라의 손에서 솟구치는 마법의 빛이 또렷이 찍혀 있었다. 완벽했다. 장사꾼 기질이 있는 텐드라는 본능적으로 제대로 건졌다는 느낌이 왔다. 이건 어마어마한 가치가 있어.

텐드라가 주머니에서 크리스털 볼을 꺼내더니 번호를 눌렀다.

"여보세요? 채널 원이죠?"

상그라브

무시무시한 적이 있을 때는
한눈을 팔지 않는 것이 상책인데……

*

바리우스 남작의 성은 방어 시스템이 철통같았다. 성 주위에 파놓은 못에는 긴 이빨을 드러내고 냠냠, 입맛을 다시는 동물이 우글거리고, 적을 감시하거나 돌을 떨어뜨리기 위해 총안을 낸 돌출회랑, 망루, 세 줄로 겹겹이 쌓은 두꺼운 성벽, 성채를 공격하는 자는 누구를 막론하고 성벽 밑에서 수염이 덥수룩하게, 아니 길게 자랄 때까지 오랜 시간 야영을 해야 할 것 같았다.

아더월드에서는 적이 공중에서 공격해오는 경우가 많기 때문에 대부분의 요새들이 그렇듯 순찰로에 지붕이 덮여 있었다. 그래서 어느 누구도 위에서는 공격할 수 없었다.

게다가 보이지 않는 마법의 푸르스름한 장막이 요새를 에워싸고 있어서 공격할 의도로 접근하는 경우 즉시 마법의 장막에 갇힐 위험이 있었다. 물론 강력한 마법사는 개의치 않겠지만, 비마 용병들이나 병사들에게는 치명적이었다.

오무아 여제의 군단이 머뭇거리자 바리우스가 엘프들과 티그족 친위대에게 길을 열어주었고, 덕분에 타라와 셀레나, 패밀리어들, 그르룰도 마법의 장막을 무사히 통과했다.

그들은 성 안의 넓은 마당에 이르렀다. 호위대 제복 색깔과 마찬가지로 성은 온통 검은색과 은색이었다. 세련된 맛은 있지만 음침해 보였다.

마부…… 아니, 말이 아니니까 마부라고 하면 안 되고 뭐라고 해야지? 음…… 아, 그래, 도마뱀맨이 날개 돋친 도마뱀들을 돌보는 사이에 셀레나가 데리고 들어갈 수 있게 패밀리어들을 축소했다. 성에 피해를 주게 될까 걱정이 된 셀레나가 약간 과장하는 바람에 갈랑이 타라의 어깨에 올라탈 수 있을 정도로 작아졌고, 셈보르는 털이 헝클어진 새끼고양이로 변했다. 타라는 아무 말도 하지 않았지만 잔뜩 골이 난 페가수스와 뚱보 퓨마를 보면서 속으로 웃었다. 엘프들과 티그족도 은근히 걱정이 됐는지 페가수스와 양탄자를 축소했다.

그들은 한 줄로 늘어서서 바리우스와 호위대를 따라 요새 안으로 들어갔다. 8개월 전에 도착했을 때, 타라는 너무 지쳐서 실내

장식을 제대로 보지 못했다. 그러나 건강을 회복한 지금은 호기심이 생겼다.

트리 반트릴 영지의 성은 랑코비트처럼 살아 있는 성이 아니지만 장식이 다채로웠고, 전투와 궁정풍의 연애를 묘사한 벽화들은 닝거리거 숲의 님프들이 그린 것 같았다. 금을 신성시하는 오무아와는 달리 금장식이 그리 많지 않았다. 바리우스 남작이 어두운 색을 선호하는지 여기도 검은빛, 저기도 검은빛, 어디를 둘러보나 검은빛이었다. 타라는 지하실에 들어온 느낌이 들었다. 어머니 사촌은 조상이 뱀파이어였나?

바리우스 남작이 주문을 읊자 그 인원이 모두 들어갈 수 있을 만큼 접견실이 넓어졌다. 바리우스가 상아 상감으로 장식한 흑단 의자에 자리를 잡았다. 그런데 상아의 크기가 어찌나 어마어마한지 타라는 얼마나 큰 코끼리나 매머드였을지 상상도 하기 싫었다. 바리우스 가문을 상징하는 빨간 바탕에 검은 늑대머리 문양을 새긴 단기들이 공기조절 장치의 바람에 펄럭이고 있었다.

"자, 그럼 이제……." 바리우스가 외쳤다.

"이제 우리 제국과 남작의 영지가 체결한 협약에 따라 공간이동의 문을 사용하여 오무아로 돌아갑시다." 크산디아르가 바리우스의 말을 자르고 무례하게 치고 들어갔다.

남작은 이마에 주름을 잡으면서 짜증이 난다는 듯 으르렁거리는 소리를 냈다. 타라의 목덜미에서 솜털이 곤두섰다. 화를 억누르는 듯한 괴성은 분명히 이렇게 말하고 있었다. '너는 먹이고, 나는 포식동물이다. 우리 중에 재수 없게 끝장나는 자도 있겠지만 나는 아니지…….' 무슨 마법을 쓰기에 저런 소리를 내는 걸까? 뱀파이어가 아니라 늑대인간이 조상인가? 그때까지 남작의 부하 병사들에게만 신경을 쓰고 있던 그르룰이 바리우스를 매섭게 쏘아봤다.

페가수스도 위협을 느끼는 모양이었다. 어깨에 올라탄 작은 페가수스가 저도 모르게 갈퀴발톱으로 살을 찔렀는지 타라는 신음소리를 냈다.

"바리우스!"

셀레나의 목소리가 벼락이 치듯 쩌렁쩌렁 울리자 으르렁거리는 소리가 뚝 그쳤다. 바리우스가 몸을 꼿꼿이 세웠다. 갈랑도 깜짝 놀라서 타라의 쇄골에서 갈퀴발톱을 뺐다.

"장난은 집어치우시죠!" 셀레나가 냉랭하게 외쳤다. "꾸물댈 시간이 없어요! 마지스터가 흉계를 꾸미고 있으니 여기도 이젠 안전하지 않아요. 한시바삐 팅가푸르로 돌아가야 한단 말입니다!"

"나도 그럴 참이었는데 뚱땡이 친위대장이 끼어들었단 말이오!" 남작이 반박했다.

뭐, 뚱땡이? 이번에는 크산디아르가 으르렁거릴 차례였다. 친위대장은 뚱땡이가 아니라 우람한 체격이었다. 배를 움츠려 들어가게 하는 크산디아르를 보면서 친위대장이 입을 열기 전에 타라가 선수를 쳤다. 시간이 흐를수록 베티의 목숨이 위태롭다는 걸 알기 때문에 타라는 초조했다.

타라가 낭랑한 목소리로 선언했다.

"어머니의 사촌 바리우스, 나는 오무아 제국의 후계자로서 남작의 환대에 대해 감사를 표합니다. 남작께서 보호해준 덕분에 나는 편안히 지낼 수 있었습니다. 그러나 지금은 내 나라로 돌아가야 합니다. 제국은 남작의 배려에 감사할 것입니다."

제국이 남작에게 빚을 졌다는 것을 타라가 인정한 것이었다. 여제에게는 숨넘어갈 일이지만, 바리우스에게는 경제적으로나 군사적으로나 이롭게 작용하지 않겠는가. 바리우스가 고개를 끄덕였다. 어리지만 만만하게 볼 아이가 아냐.

바리우스가 보내는 미소에 타라도 미소로 화답했다. 아더월드에서 가장 술책이 능한 두 군주에게 교육을 받은 탓일까, 은연중에 사태를 직시하는 방법이 타라에게 주입되어 있는 것 같았다. 타라는 이따금 순수함을 잃는 것이 유감스러웠지만, 지금 이 순간은 오무아의 후계자로서 당당하게 행동하는 것이 낫다고 판단했다.

얻은 것이 있기 때문에 바리우스가 만족스러운 얼굴로 냉큼 일어났다.

"오무아에 가서도 그 약속을 잊지 않기 바랍니다, 마마. 자, 이제 떠납시다. 고모님이 애타게 기다리고 계실 텐데."

엘프 군단의 대장 엠부릴은 크리스털 볼로 여제에게 후계자를 찾았으며, 무사하다고 보고했지만 타라에게 내색하지 않았다. 어린 나이지만 혼자서도 너무나 잘 해결하고 있는 후계자를 보면서 엠부릴은 혀를 내둘렀다.

팅가푸르와 마찬가지로 공간이동의 문 대합실은 경비가 삼엄했다. 검은색과 은색 제복의 병사들이 남작을 향해 경례를 붙였는데 일사불란한 움직임이었다.

셀레나와 타라, 패밀리어들에 이어 엘프 군단의 대장, 그르룰, 크산디아르, 바리우스가 한복판에 자리를 잡았다. 바리우스가 이동의 왕홀을 제자리에 놓자 아더월드의 국민을 묘사하는 알록달록한 태피스트리들이 번쩍거렸다. 이어서 바리우스 남작이 황궁의 이름을 외쳤고, 그들은 사라졌다.

공간이동의 문을 통과할 때마다 늘 그랬듯이 타라는 방향감각을 잃는 느낌이 들었다. 이윽고 심한 두통을 느끼면서 오무아의 대합실에 이르렀다.

환영 위원회라도 결성한 건가? 은발에 강렬한 초록빛 눈, 거만하기로 이름난 할머니 이사벨라 덩컨, 주문을 실수하는 바람에 검은 개로 둔갑해 있는 증조할아버지 마니투 덩컨, 군복 차림으로 나온 오무아의 황제 산도르, 여제 리스베스. 언제나 그렇듯이 고모의 아름다움은 파격적이었다. 성명을 발표할 때와는 완전히 달라진 차림이었다. 여제는 타라와 똑같은 쪽빛 눈에 잘 어울리는 파란 드레스를 입고 있었다. 발목에서 반짝거리는 사파이어, 가슴에서 빛나는 오무아의 상징인 주홍빛 공작. 공식적인 자리에서만 착용하는 왕관을 여제가 아직 쓰고 있는 걸 보면 회의실에서 막 나온 것이 분명했다. 타라는 몸이 뻣뻣해졌다. 여제 뒤에 오무아의 수상 티라니크가 서 있었던 것이다. 얼굴빛이 붉고 뚱뚱한 티라니크가 다정한 얼굴로 인사했지만 눈빛은 차가웠다.

엘레아노라 덕분에 타라는 티라니크가 마지스터에게 매수된 반역자일지 모른다는 의심을 하고 있었다. 티라니크도 타라가 자신에 대해 뭔가를 눈치챘지만 물증이 없다는 걸 알고 있었다. 따라서 둘은 공공연한 적이지만 어쩔 수 없이 서로 참고 있는 것이었다. 타라는 티라니크를 본 체 만 체하면서 할머니에게 인사한 다음 증조할아버지의 검은 주둥이에 입을 맞추기 위해 쭈그리고 앉았다. 마니투가 타라의 목에 머리를 들이대는 순간 질겁한 갈랑이 으악, 페가수스 살려, 하며 재빨리 날아오르자 타라가 깔깔대고 웃었다.

"타라, 얼마나 보고 싶었는지 몰라. 네가 없는 삶은 정말 무료하구나!"

"이제 곧 지루하지 않게 될 거예요, 할아버지(마니투는 비록 개의 모습을 하고 있지만 타라가 '증조할아버지'라고 부르는 걸 질색한다. 그렇게 불릴 때마다 폭삭 늙은 파파 할아버지가 된 느낌이 들기 때문이다. 그래서 타라가 '할아버지'라고 부르는 것임). 나랑 베티를 찾으러 가서 빨리 데려와요, 우리."

"타라!" 타라가 일어날 때 리스베스가 꼭 끌어안으면서 외쳤다. "네가 이렇게 무사히 돌아와서 정말 기쁘구나! 내가 상황을 먼저 설명해줬어야 했는데…… 너와 연락이 안 돼서 그 쓰레기 같은 마지스터의 역겨운 메시지를 방송으로 보게 했으니 네가 얼마나 놀랐겠니? 그래서 너를 무사히 데려오려고 엘프 군단과 친위대를 보냈던 거야."

타라는 약간 당황했다. 고모가 왜 이러는 거지? 평소에는 감정 표현이나 설명을 별로 하지 않는 성격인데…….

고모가 머쓱하게 서 있는 바리우스에게 건성으로 고맙다는 말만 한마디 내뱉었다. 그러고는 타라의 손을 잡고 대합실 밖으로 나가면서 바로 뒤에 있는 그르룰과 올케를 본 척도 하지 않았다. 리스베스는 셀레나를 좋아하지 않았다(사실, 오랜만에 만난 어머니 이사벨라와 얘기를 하느라고 아랑곳하지 않기는 셀레나도 마찬가지였다). 고모가 거의 강압적으로 손을 잡아끌면서 어찌나

서두르는지 정말 뜻밖이었다. 타라는 너무 거칠게 느껴지지 않게 손을 빼면서 고모를 멈춰 세웠다. 여제를 호위하는 친위대원들까지 갑자기 멈춰준 덕분에 크산디아르와 이사벨라, 마니투, 셀레나가 그들을 따라잡을 수 있었다. 허겁지겁 날아온 갈랑이 어깨에 내려앉자 타라가 슬그머니 체인지라인에게 어깨를 햄버그스테이크로 만들어놓기 전에 어깨받치개라도 대달라고 부탁했다.

"무슨 일 있어요?" 타라가 고모에게 당차게 물었다.

여제가 의아한 눈으로 쳐다봤다.

"그게 무슨 뜻이니?"

"폐하께서 저를 이렇게 대하는 것은 처음 있는 일이니까요. 무슨 일이십니까?"

고모 때문에 짜증이 날 때마다 타라는 깍듯하게 폐하라고 호칭을 쓰는 버릇이 있었다. 리스베스는 무시하는 척했지만 내심 기분이 상했다.

"나는 너를 보고 반가워할 권리가 없단 말이니? 내 후계자를 여덟 달 동안이나 헤어져 있다가 만났는데?"

"타라 네가 친구를 구하러 가는 걸 원치 않기 때문이지." 누군가가 태연하게 말했다. "마지스터의 메시지를 너에게 알리고 싶지 않았지만 어쩔 수 없이 성명을 발표했기 때문에 신경이 좀 날카롭단다. 그래서 온갖 수를 다 써보는 건데……. 너에게는 그게 통하지 않는다는 걸 진작 알아차렸다면 좋았을걸!"

격노한 여제가 홱 돌아섰는데 황제가 복도의 황금 벽에 아주 편안한 자세로 기대고 있었다. 금빛 대리석 바닥에 뿌리를 내린 보랏빛 나무를 예쁘게 가꾸느라고 바쁜 요정들 때문에 나뭇잎이 살랑거렸다. 산도르가 깨끗한 갑옷에 방금 떨어진 꽃가루를 툭툭 털면서 다가섰다.

"정말 웃기는군요!" 여제가 비난했다. "내 후계자를 위험에 빠뜨릴 생각이에요? 이럴 줄은 몰랐네요, 이복오라버니!"

어휴! 이복오라버니라고? 산도르에게 직계 혈통이 아니라는 것을 상기시키는 경우는 좀처럼 없는 일이기 때문에 여제가 몹시 화나 있는 것이 틀림없었다.

타라는 두 군주가 치고받고 싸우게 내버려두었다가 필요한 경우에 권투 선수 글러브라도 제공하고 싶지만, 베티가 당하고 있을 고문을 생각하면 꾸물거리고 있을 때가 아니었다. 눈물범벅이 되어 있던 베티의 얼굴이 머리에서 떠나지 않았다.

"그 누구도 베티를 구하러 가는 나를 막을 수 없어요." 타라가 차갑게 말했다. "마지스터가 뭐라고 했는지 정확하게 알기 위해서 돌아온 거예요. 나를 생포하기 위한 함정이라는 걱정은 할 필요 없어요. 마법 능력이 없게 된 지금의 나는 그에게 아무 쓸모가 없으니까요."

여제가 눈살을 찌푸렸다.

"우리에게는 진실을 말해도 돼. 너의 마법 능력이 돌아왔다는 걸 알고 있으니까. 거짓말할 필요 없어!"

어이없는 얼굴로 여제를 쳐다보던 타라가 폭발했다.

"전혀 되찾지 못했어요! 내 마법 능력은 몇 달 전에 완전히 사라졌다고요!"

여제가 한숨을 내쉬고 나서 다시 타라의 손을 잡아끌면서 옆방으로 데려갔다. 크리스털 전광판에서 뉴스를 방송하고 있었다. 타라가 마법의 빛을 번쩍이면서 어머니와 패밀리어들, 그르룰의 변장을 취소하는 장면이 나오는 것 아닌가! 자막화면이 눈에 들어왔다. **〈후계자를 찾다!〉**, **〈후계자가 마법 능력을 되찾다!〉**, **〈빌랭의 용병들이 보호하고 있었다!〉**.

오포숨의 마을 사람들이 정말 신속하게 행동했다는 걸 확인하면서 타라는 뒤통수를 얻어맞은 느낌이었다. 하긴 한몫 단단히 챙기게 생겼는데, 거기다 공짜로 마을을 온 세상에 선전하는 보너스까지 손에 넣게 되었는데 꾸물거릴 이유가 있을까!

"하지만…… 이게 아닌데……."

"뭐가 아니라는 거니?" 고모가 무뚝뚝하게 물었다.

이럴 때는 말로 백 번 설명하는 것보다 증명해 보이는 것이 훨씬 간단하지. 타라는 주머니에서 살아있는 돌을 꺼내서 모든 사람에게 보여준 다음 한 손에 쥐고 체인지라인의 소매로 돌을 덮었다. 타라가 보내는 정신적 이미지를 본 살아있는 돌이 킥킥 웃으면서 마법의 광선을 발사했는데 겉보기에는 타라가 발사하는 것처럼 보였다. 광선을 맞은 리스베스의 푸른빛 황금 왕관이 저만치 날아갔다.

여제가 본능적으로 몸을 숙였다가 허리를 세웠는데 머리가 헝클어져 있고, 손에서는 마법의 빛이 번쩍거렸다. 그르룰과 크산디아르가 본능적으로 여제와 타라 사이에 서자, 신하들이 감히 자신에게 맞서는 것을 좋아하지 않는 여제의 눈이 가자미눈이 되었다. 여제와 등지는 것이 난처한 그르룰이 재빠르게 옆으로 비켜서는 반면에 크산디아르는 대담하게 천천히 물러섰다.

여제가 크산디아르를 뚫어져라 쳐다보면서 손에서 마법의 빛을 껐다. 그러고는 후계자를 쏘아봤다.

"나를 공격한 것에 대해 무슨 설명을 해야지?" 여제가 이를 악물면서 물었다. "대역죄에 대한 군사재판이 불가피하다는 것은 알겠지?"

타라가 손목을 재빠르게 움직이면서 크리스털 볼을 드러내 보였다.

"정말 죄송하지만 진실을 감추고 싶지 않았어요. 마법의 광선을 발사한 것은 내가 아니라 살아있는 돌이었다는 걸 보여드리고 싶었거든요. 마법 능력을 잃은 뒤로 우리가 혼연일체가 될 수 있다는 걸 알았고, 그때부터는 살아있는 돌이 나를 위해서 마법을 쓰고 있어요. 폐하의 왕관을 벗길 생각이었지 다치게 하거나 공격할 의도는 전혀 없었어요."

여제 후계자로서 이런 고백을 해야 하는 것이 가슴 아픈 타라는 한숨을 쉬었다.

그때 산도르 황제가 미묘한 상황에 아랑곳없이 중요한 관심사로 화제를 돌렸다.

"아, 그거 흥미롭구나! 하지만 전적으로 살아있는 돌의 마법이 아니라 약간은 너의 마법이 아닐까?"

타라가 황제를 향해 고마워하는 눈길을 보냈다. 타라는 고모가 숨을 죽이고 대답을 기다리고 있다는 걸 알아차렸다. 고모를 실망시키는 것이 가슴 아프지만 타라는 솔직하게 말했다.

"살아있는 돌의 마법이에요. 나의 마법 능력은 진짜로 사라졌어요."

리스베스의 눈에서 희망의 빛이 사라졌고, 제국의 무게에 짓눌린 가냘픈 어깨가 축 늘어졌다. 한순간에 여제는 피로에 지친 여인의 모습이 되어 있었다. 잠시 후 냉정함을 되찾은 여제가 단호한 얼굴로 돌변했고 깊은 생각에 잠겼다. 뭔가 문제가 있어. 어떤 장애 때문에 타라가 무의식적으로 마법을 거부하는 것이 틀림없어. 그래서 마법 능력이 돌아오지 않는 거야. 여러 가지 생각이 주마등처럼 스쳐갔다. 그중 하나가 번개처럼 번쩍했다.

아, 타라의 친구들!

닫혀 있는 타라의 마법 능력을 열어줄 열쇠는 친구들이었다. 그들 중 하나에게 불행한 일이 일어난다면 타라는 친구를 구하기 위해 마법을 되찾을 수밖에 없을 거야. 오로지 타라만 그럴 수 있으니까……. 죽음을 무릅쓰고 금지된 대륙으로 가는 것보다는 덜 위험한 사건이 필요해. 리스베스는 골똘히 생각했다. 아무래도 데미데루스에게 도움을 구해야겠어. 타라를 함정에 빠뜨려놓고 오무아로 친구들을 불러들이라고 넌지시 권한 다음 지구의 친구 베티를 구하러 가지 못하게 막는 것이 상책이었다.

"마법 능력이 사라졌다가 영원히 돌아오지 않는 경우를 본 적이 없어." 리스베스가 말했다. "네가 능력을 되찾을 때까지 너의 안전은 우리가 책임져야 한다. 마지스터에게 복종하는 것은 미친 짓이야. 그자가 얼마나 교활한지 네가 누구보다도 잘 알잖아! 너와 네 친구에게 그자가 어떻게 했는지 생각해봐!"

타라는 고모가 무슨 일인지 꾸미고 있는 느낌이 들었다. 하필이면 지금 왜 친구들 얘기를 꺼내겠어……?

"그래서 말인데요, 내 친구들을 오무아로 불러들이고 싶어요. 걔들은 여러 번 내 목숨을 구해줬어요. 또다시 마지스터와 맞서야 할 경우 내 뒤에 친구들이 있다면 훨씬 안심이 될 것 같아요. 아, 물론 고모의 군대도 필요해요. 거기에 항공모함 한두 척이 있다면 금상첨화죠. 아더월드에 항공모함이 있겠죠?"

고모가 미소를 지었다.

"전투용 양탄자는 있지. 우리 과학자들은 요란한 소리를 내는 금속 엔진을 좋아하지 않거든."

"항공모함보다는 그리 위협적으로 느껴지지 않지만…… 어쨌든 나를 지원해줄 수 있다는 말씀이죠?"

"원한다면 전 군대를 지원해줄 각오가 되어 있어. 그리고 네 친구들을 부르는 것도 환영한다. 그 미치광이 마지스터와 싸우는데 큰 도움이 되지는 않겠지만."

"나는 마지스터가 두렵지 않아요. 그자는 악마의 힘을 지닌 사물을 손에 넣기 위해 나를 추적하는 건데 마법 능력이 없으면 '지킴이'들과 '심판관'들이 나를 박살 내버릴 거예요. 따라서 나는 그자에게 아무런 쓸모가 없어요. 그리고 그자가 메시지에서 드래곤에 관해 뭔가를 보여줄 게 있다고 했잖아요. 그러니까 내 목숨이 위험한 건 아니라고 생각해요. 이제 그자가 보낸 메시지의 내용을 자세히 알려주시겠어요?"

산도르 황제가 슬며시 미소를 지었다. 이치를 따져서 자신의 생각을 전개하는 타라의 방식이 정말 마음에 들었다. 마지스터의 칼에 어깨를 찔린 뒤로 산도르는 그 흉악범에게 앙갚음할 생각으로 이를 갈고 있었다.

"가자, 그자가 우리에게 보낸 것을 보여줄게. 그리고 나도 너와 동행하여 금지된 대륙으로 떠나기로 결정했다."

산도르의 말은 이복동생에 대한 간접적인 공격이었다. 리스베스가 쏘아봤지만 반박하지는 않았다. 여제도 내심 마지스터의 메시지에 대한 타라의 반응이 궁금했던 것이다.

타라가 살아있는 돌에게 정신적으로 말했다.

'친구야, 우리 매직 6총사에게 연락해줄래? 나 빼고 다섯 명, 알지? 친구들의 도움이 필요해.'

친구들은 '타라 사단'이라는 이름을 붙이려고 했지만 그런 아부성의 명칭을 받아들일 정도로 자기중심적인 성격이 아닌 타라의 의견에 따라 '매직 6총사'로 결정했었다.

살아있는 돌이 기뻐하면서 즉시 복종했다. 면허 받은 도둑 칼, 난쟁이 전사 파프니르, 랑코비트의 야수 무아노, 지구소년 파브리스, 멋지고 잘생긴 로빈, 살아있는 돌도 타라의 친구들이 모두 그리웠다. 랑코비트의 수석조수들인 그들은 자주 타라를 도와주러 왔고, 몇 번인지 기억도 안 날 정도로 여러 번 목숨을 구해주지 않았던가.

살아있는 돌은 타라가 로빈을 빼라고 말하지 않았다는 걸 굳이

상기시키지 않았다.

살아있는 돌이 친구들에게 연락하는 동안 타라는 여제를 따라 나가면서 궁인들에게 짤막한 인사말을 건넸다. 타라는 궁전에 돌아온 것을 기뻐하는 자신을 느끼면서 깜짝 놀랐다. 정말 예상 밖이었다. 기분에 따라 주위 풍경을 바꾸는 랑코비트의 살아 있는 궁전만큼 스릴은 없지만 오무아의 궁전은 신기한 존재들과 물건이 많아서 흥미진진했다.

인공 호수에 붉은빛 고래 발분 한 마리가 보이고 사이렌이 젖을 짜려고 다가가고 있었다. 사람들을 보지 못하기 때문에 활개를 치며 궁전을 멋대로 돌아다니는, 발이 여섯 개 달린 고양이과 동물인 흰빛과 금빛의 브르리르들. 복도의 벽에서 자라는 나무, 잔디, 꽃을 가꾸느라고 바삐 움직이는 예쁜 요정들. 금빛 또는 흰빛 대리석 벽들이 번쩍번쩍하면서 열리더니 널찍한 방에서 서로 자기가 먼저 엉덩이를 받아들이려고 의자들이 들썩거리고 있었다. 사나운 유니콘과 켄타우로스들이 지나가면서 꾸벅 인사를 했다. 이어서 그들은 드래곤 둘과 마주쳤을 때 거대한 몸집이 지나갈 수 있게 비켜섰다. 드래곤을 보자 타라는 셈 선생님이 어떻게 되었는지 궁금했다. 샤름의 아버지를 죽이면서 사랑을 잃었는데…… 그 뒤로 몇 달 동안 셈 선생님을 보지 못하고 있었다.

황제가 오무아의 감옥 쪽으로 방향을 잡자 타라는 깜짝 놀랐다. 몇 년 전, 영악한 칼이 벌써 탈옥했는지도 모른 채 구출하려고 들어갔던 적이 있어서 타라는 감옥을 잘 알았다. 거인들의 광산에서 채굴한 마법이 통하지 않는 잿빛 돌이 보이기 시작했다. 거인들이 이 잿빛 돌만 먹지 않는다고 했던가? 타라는 마지스터에게 붙잡혀 있던 음산한 잿빛 요새가 떠올라서 몸서리를 쳤다(마지스터는 타라 외에도 백여 명에 이르는 마법사들을 납치했다. 타라는 상그라브들의 소굴에서 죽은 줄로만 알았던 어머니와 극적인 만남을 가졌고, 절친한 친구가 될 난쟁이 파프니르를 만났다).

감옥에 이르자 고모의 화사한 아름다움이 빛을 잃고, 삼촌의 어깨가 평소에 보던 것보다 넓지 않은 걸 보면서 타라는 잿빛 돌의 위력을 실감했다. 주머니 안의 살아있는 돌이 신음 소리를 내다 잠이 들었고, 체인지라인도 마비가 되었는지 만능 코디네이터 능력을 잃었다. 마법이 통하지 않는단 말이지? 그렇다면 여기 있는 동안은 위험하지 않다는 거잖아!

타라가 고개를 들고 미소를 지었다. 웅크린 자세의 여인 조각상이 받침대 위에서 윙윙거리고 있었다. 바로 이 조각상이 여제와 황제가 겉모습을 치장하는 데 사용한 마법을 흡수하고 있는 것이었다. 연기로 둔갑해서 도망칠지 모를 죄수들의 탈옥을 막는 데 꼭 필요한 조치가 아닌가.

후각이 뛰어나고 다리가 넷이라는 이점을 과시하듯 마니투가 기세 좋게 앞장섰다. 그런데 마니투가 갑자기 숨이 막히는 것처럼 캥캥, 이상하게 짖으면서 후닥닥 뒷걸음쳤다.

침을 질질 흘리는 샤트릭스와 맞닥뜨렸던 것이다. 시커먼 하이에나가 맹독성의 송곳니가 삐죽삐죽한 아가리를 벌리고 혀를 날름거렸다. 군침을 흘리면서 입맛을 다시는 건가? 진수성찬을 위해 목에 냅킨을 묶는 이미지가 느껴졌다. 그때 간수가 샤트릭스의 목줄을 잡아당기면서 주둥이에 망을 씌웠다. 샤트릭스의 실망이 이만저만이 아니겠지만 어쩌겠는가! 행여 여제의 드레스자락이라도 와작와작 씹어서 망가뜨리게 됐다가 당장 목이 달아나는 것은 간수일 텐데!

마니투가 피하기 위해 벽에 바짝 붙어서 지나가자 성난 하이에나가 더 심하게 으르렁거렸다. 옆구리를 물어 뜯긴 경험이 있는 마니투는 샤트릭스만 보면 덜덜 떨었다. 무서워하는 걸 느낀 샤트릭스는 더욱 입맛을 다셨다. 지하감옥에는 샤트릭스가 우글거리기 때문에 마니투가 더는 앞장서지 않고 일행의 꽁무니를 쫓아왔다.

마법이 통하지 않는 곳이라서 지구의 기술을 이용한 발전기 덕분에 램프들이 주위를 밝히고 있었다. 쥐나 벌레 같은 것은 전혀 보이지 않았다(샤트릭스 덕분인가?). 크기는 작지만 비교적 안락한 감방이었다. 타라는 고모가 침묵을 지키고 있기 때문에 질문할 수가 없었지만 점점 느낌이 좋지 않았다.

역시 느낌이 맞았다.

그들이 한 감방 앞에 서자 간수가 문을 열었다. 어둠 속 작은 침대에 누운 죄수가 잿빛 담요를 덮고 있었다. 눈이 어슴푸레한 빛에 익숙해지기까지는 시간이 좀 걸렸다. 그 순간 셀레나가 딸의 손을 잡고 심호흡을 했다.

여제와 황제가 알려주지 않은 것이 있었다. 그들이 보여주겠다는 것은 메시지가 아니라 사람이었다. 끔찍하게 탄 얼굴이 고통으로 일그러졌고, 가슴에 박힌 크리스털 볼 때문에 아직도 피가 흐르고 있었다. 목과 팔에 있는 저 상처는……? 뱀파이어의 이빨 자국이잖아! 그들이 들어오는 걸 보면서 남자가 일어나 앉았다.

상그라브들이 얼굴과 신원을 감추기 위해서 사용하는 반사경 마스크가 바닥에 놓여 있었다. 그렇다면 상그라브? 간수들이 마스크를 강제로 벗겨놓은 것이 틀림없었다.

그렇다면 이 남자가 마지스터의 눈 밖에 나는 짓을 했는데 아직 목숨이 붙어 있다는 뜻이었다.

타라가 상처 자국을 유심히 살폈다. 상그라브들과 손을 잡은 뱀파이어는 일명 '사냥꾼'이라고 불리는 셀렌바박에 없었다. 드라고쉬 선생님의 전 약혼녀가 재미를 보다가 죽이지 않았다는 건데…… 이유가 뭘까?

남자가 타라를 향해 고개를 들었는데 눈빛이 분노와 고통으로 이글거렸다. 얼굴이 타면서 성대가 손상되었는지 남자가 입을 여는데 바람 빠지는 것 같은 소리가 났다.

"드디어 만나게 되었구나!"

타라는 어리둥절한 얼굴로 남자를 쳐다봤다. 무슨 말을 하는 거지? 처음 보는 사람인데!

"네가 나를 어떻게 만들어놨는지 잘 봐!" 남자가 상체를 가리키면서 말을 이었다. "너 때문에 내가 2년 동안 끝없는 고통에 시달리고 있단 말이다. 내가 너를 죽이려 했다는 걸 알고 마지스터가 나를 무슨 장난감처럼 그 더러운 뱀파이어에게 넘겼어. 하지만 당신들은 응분의 대가를 치를 것이다. 내 딸의 죽음, 내 고통, 그리고 마지스터가 내게 한 짓에 대한 대가를 치를 것이다!"

독설을 퍼붓다 지쳤는지 남자가 고개를 떨어뜨리고 엉엉 울기 시작했다.

딸……? 공포에 질려 있던 타라는 마침내 남자가 누구인지 알아차렸다. 부디우 부인의 아버지, 부디우 선생님이었다!

5 부디우 선생님

악한 짓을 저지를 때는 그 결과를 감수해야 하거늘……

*

이미지들이 타라의 뇌리를 재빨리 스쳐갔다. 할머니의 저택을 공격하던 무시무시한 갈퀴발톱의 시커먼 실루엣들, 중상을 입은 할머니, 시커먼 마스크의 상그라브, 타라를 향해 날아오던 시뻘건 광선, 아, 그랬지, 내가 그 광선을 낚아채서 되던졌는데 마스크에 불이 붙어서…….

이사벨라의 표정이 굳어졌다. 그녀도 부상당하는 바람에 손녀를 지켜줄 수 없어서 참담했던 심정을 생생하게 기억하고 있었다.

이사벨라와 타라가 짧게 눈길을 주고받았다. 그 순간 진짜로 늙은 것이 아니라 겉늙어버린 여자의 모습이 떠올랐다. 복잡하게 얽힌 음모 끝에 흉악한 실체를 드러내면서 타라를 죽이려고 했던 부디우 부인, 그녀는 앞에 앉은 상그라브의 딸이었다.

타라가 어머니의 손을 놓고 앞으로 걸어갔다.

"내가 죽이지 않았어요!"

부디우가 고개를 다시 들었는데 차마 보기 딱할 정도로 얼굴이 일그러졌다.

"알아, 셀렌바에게 죽도록 고문을 당했으니까. 내 딸은 계속 얼굴이 타는 나를 구해줄 생각밖에 없었어. 2년 동안 내가 무슨 생각을 했을 것 같니? 지금은 이렇게 갇혀 있는 신세라서 머리가 폭발할 것 같은 이 통증에서 벗어나게 해달라고 도움을 청할 수도 없어!"

마니투가 주둥이를 실룩거리면서 다가섰다.

"당신이 마지스터 편에 서지 않았다면 그 모든 일은 일어나지 않았을 거요. 그러니 애꿎은 내 손녀에게 그 죄를 뒤집어씌우지 마시오. 이제 그 메시지나 우리에게 넘기시오. 시간은 충분히 낭비했으니!"

마니투는 자신을 인질로 삼아서 타라를 죽이려고 했던 부디우 부인의 만행을 생각하면 지금도 치가 떨렸다. 그러니 어떻게 동정심이 일겠는가.

"나부터 구해달라니까!" 부디우의 고함 소리에 그들은 소스라쳤다. "이 고통은 도저히 참을 수가 없어!"

가슴에 박힌 크리스털 볼보다 계속 타들어가는 얼굴이 더 고통스러운 것 같았다.

"나는 할 수가 없어요." 타라가 부드럽게 말했다. "미안합니다."

분개한 부디우가 어찌나 무섭게 눈을 부라리는지 흰자위만 보였다.

"뭐라고, 네가 왜 할 수가 없어?"

"지구에 갔을 때 드래곤이 만든 기계가 내 마법을 빨아들였기 때문에 나는 이제 마법 능력이 없어요. 그래서 치료해줄 수가 없어요."

"안 돼애애애! 믿을 수 없어!"

부디우는 제발 아니라고 말해줘, 하며 간절히 바라는 눈길로 사람들을 차례로 쳐다봤다. 모두 그 얼굴을 보지 않으려고 외면했다. 이윽고 이사벨라가 방해하지 말라는 손짓을 하면서 말문을 열었다.

"하지만 타라, 마법 능력이 없다면 네가 걸어놓은 마법이 어떻게 사라지지 않을 수 있지? 2년 전 오무아에 와서 발표회 때 네가 만들었던 크리스털과 금으로 이뤄진 페가수스가 아직 그대로 있어. 게다가 이 사람의 얼굴도 계속 타고 있잖아. 그건 너의 마법 능력이 여전히 활동하고 있을 뿐만 아니라 굉장히 강력하다는 증거야."

상그라브와 여제의 얼굴에 갑자기 희망의 빛이 반짝이는 반면에 마니투는 부르르 떨었다. 너무 많은 일이 손녀딸의 어깨를 짓누르는 것이 안쓰러운 마니투는 타라가 마법 능력을 잃은 것에 오히려 안도하고 있었다. 그러나 이사벨라가 반기를 들고 있으니 마니투는 이제 어떻게 생각해야 할지 갈피를 잡을 수 없었다.

그런데 아더월드에서는 마법의 규정이 단순했다. 누구나 마법에 걸려 있는 사물을 이용할 수 있었다. 마법사와 최고 마구스, 마법 능력이 없는 비마들에게까지 샤워 시설, 의복, 가구들이 복종했다. 그러나 마법사가 사물, 꽃, 향수를 만들거나 정원을 적셔줄 소나기를 부르는 등(적을 물리치기 위해서 악마를 부를 때도) 마법을 실행하는 경우에는 상황이 복잡해졌다. 일정한 시간이 지나거나 마법사가 사망하면 실시했던 마법의 효력이 약해지거나 사라지기 때문에 예를 들어 아더월드의 유명 디자이너들이 이따금 곤혹을 치르는 경우가 있었다. 그래서 손님들이 거리 한복판에서 알몸이 되는 일이 없도록 디자이너의 조수들이 늘 바통을 이어받을 준비를 하고 있어야 했다.

최고 마구스 중에서도 아주 뛰어난 마법사가 만들었거나 마법을 걸어놓은 사물은 그 효력이 몇 년 동안 유지되는 경우가 있었다. 하지만 마법 능력이 약한 경우는 그 효력이 몇 시간밖에 가지 않았다. 벤지처럼 초보 꼬마마법사들은 주문의 효력이 몇 분도 안 가서 사라지기 일쑤였다.

모두 쳐다보고 있지만 타라는 눈썹 하나 까딱하지 않았다.

"나는 마법에 대해 깊이 알지 못해요. 그리고 우리는 내 마법 능력이 왜 사라졌는지 그 이유도 모르고 있어요. 그건 마법에 대해 모르는 것이 많다는 뜻 아닌가요? 할머니가 한 말이 사실이라면 내가 걸어놓은 주문이 아직까지 유지되고 있다는 것도 정상적인 일은 아니라고 생각해요."

"드래곤들에게 물어봐야겠어." 이사벨라가 딱 잘라 말했다. "드래곤들은 우리보다 마법을 잘 알고 있으니까 도와줄 수 있을지도 모르지."

"셈 선생에게 마지스터의 메시지를 알렸지만 나타나지 않았어요. 드래곤 심의회에서 특사 살루덴리바쉬라쉬부를 파견한다는 기별이 왔더군요. 내 후계자가 돌아왔다고 알렸으니까 조금 있다가 그 드래곤을 만나게 될 겁니다. 그 점에 대해 특사에게 물어봅시다."

여제의 어조에서 누군가에게 특히 드래곤에게(제국을 구해주었던 존재들이지만) 도움을 청하는 것 자체가 아주 못마땅함을 느낄 수 있었다. 후계자의 마법 능력에 관련된 것인데 여제로서는 당연히 그렇지 않겠는가.

영원한 죄수의 화신 시시포스(그리스 신화의 인물. 제우스를 속인 죄로 지옥에 떨어져 바위를 산 위로 굴리면 다시 굴러 떨어지고, 이를 다시 굴려 올리는 일을 한없이 되풀이하는 영겁의 벌을 받았다-옮긴이)처럼 꺼도 꺼도 얼굴이 계속 타고 있는데 그것이 타라가 지닌 마법의 힘에 비례한다니, 더구나 타라가 되던진 시뻘건 광선은 부디우 그 자신이 만든 것이었는데…….

"언젠가는 쓸모가 있을 거라면서 보스 마지스터는 나를 죽이지 않았다." 부디우가 신음 소리를 내면서 다시 말을 이었다. "내게 벌을 주기 위해 보스가 나를 셀렌바에게 넘겼지. 괴롭힐 사람이 없을 때는 셀렌바가 나를 자주 깨물었는데 왜 내 피를 다 빨아먹지 않는지 의문이 들었다. 나를 계속 가둬두던 보스가 메시지를 당신들에게 전달하라는 명을 내렸을 때 내가 얼마나 기뻐했는데! 후계자를 죽이려 했다는 죄로 종신형에 처해 있던 내가 마침내 너를 만나 고통을 멈출 기회를 갖게 되었으니! 그런데 이 끔찍한 고통을 멈출 수 없다니, 차라리 나를 죽여라, 제발 부탁이니까 나를 죽여!"

여제는 악을 쓰면서 울부짖는 남자를 경멸하는 눈길로 쳐다보다가 간수에게 손짓을 했다. 간수 한 명이 조각상을 향해 달려가서 마법 억제 장치를 껐다. 크리스털 볼을 작동하기 위해서였다. 타라는 마법 능력이 없는데도 뭐랄까…… 압력 같은 걸 느꼈다. 조각상의 저지 때문에 사라져 있던 무언가가 속속 돌아오는 것 같았다.

부디우가 마지못해서 협조하는 걸 보면 허튼 수작을 부려봤자 크리스털 볼이 자동으로 작동한다고 마지스터가 예고한 모양이었다. 타라가 정면에 서자 즉시 크리스털 볼이 번쩍거렸다. 얼굴, 아니 마지스터의 반사경 마스크가 나타났다.

타라는 부디우와 자신을 쳐다보고 있는 사람들에게 두려워하는 내색을 하지 않으려고 이를 악물었다. 협소한 감방 안에 귀에 익은 물기 어린 목소리가 울렸다.

"후계자! 이제 현실에 눈을 떠야지?" 마지스터가 비아냥거리는 투로 말했다. "지금부터 네가 할 일을 말하겠다. 네 친구를 살리고 싶다면 가능한 빨리 떠나야 한다! 드래곤 심의회에 금지된 대륙을 에워싸고 있는 마법의 장벽을 여는 열쇠를 달라고 요구해라. 그다음 그 열쇠를 사용해서 금지된 대륙으로 들어가 베티를 찾아. 그러면 그 저주받은 땅에서 무슨 일이 꾸며지고 있는지 알게 될 것이다. 아더월드로 돌아와서 네가 본 것을 그대로 폭로하여라."

타라가 눈살을 찌푸리자 마지스터가 마치 보고 있는 것처럼 고개를 끄덕였다.

"그래, 무슨 생각하는지 짐작한다. 남의 충고 따위는 듣지 않겠다고? 나는 너의 정직함이 수세기 동안 드래곤들이 감추고 있는 걸 공개할 것이라고 믿는다. 금지된 대륙에서 내가 본 것을 촬영할 수도 있었지만, 드래곤들이 내가 위조한 것이라고 둘러대면 소용없기 때문에 그만두었다. 서둘러라, 타라! 베티는 강한 아이가 아냐! 그 아이가 며칠, 아니 몇 시간이나 버틸 수 있을까!"

타라는 눈앞의 파란 마스크를 박살 내고 싶은 충동 때문에 주먹을 불끈 쥐었다. 부디우 선생님의 가슴에 구멍을 뚫을 수는 없는 일이니까. 게다가 마법 능력도 없으면서.

"아, 참! 마지막으로 한 가지. 이 크리스털 볼을 가져가거라. 그러면 금지된 대륙에 발을 들여놓았을 때 내가 안내해줄 수 있고, 또 네 느낌을 전달받을 수도 있으니까."

Z등급 공포 영화처럼 마지스터가 흘리는 교활한 웃음소리와 함께 크리스털 볼이 꺼졌다. 이어서 물 빨아들이는 것 같은 소리를 내면서 부디우의 살에 박혀 있던 크리스털 볼이 바닥으로 떨어졌다. 어리둥절해서 쳐다보는 사람들의 눈앞에서 부디우의 가슴이 아무런 흔적도 없이 아물었다. 여제의 명령에 따라 간수 한 명이 께름칙한 얼굴로 크리스털 볼을 집어 들었는데 꺼져 있는 상태였다. 간수가 크리스털 볼을 깨끗이 닦아서 타라에게 내밀었다. 타라는 박살 내지 못하는 것을 유감스러워하면서 크리스털 볼을 주머니에 집어넣었다.

마지스터는 더 이상의 지시 사항을 남기지 않았다.

간수들이 침대에 눕히자 부디우는 절망에 잠겼다. 타라는 가슴이 아팠지만 돌아서서 감방을 나왔다. 부디우가 가족에게 저지른 짓에도 불구하고 타라는 동정심이 일었다.

타라의 생각을 알아챘는지 여제가 명령을 내렸다.

"마법을 사용할 수 있지만 도망칠 수는 없는 안전 구역으로 상그라브를 옮겨라. 그리고 내 후계자가 마법을 되찾을 때까지 샤먼을 불러서 얼굴을 치료해줘라."

관대한 처사에 놀란 타라가 쳐다보자 여제가 미소를 지어 보였다. 타라의 영향력이 커지는 것이 불안한 여제가 어쩔 수 없는 선택을 한 것이었다.

"이제 드란보우글리스펜쉬르에서 파견한 특사를 만나러 가자." 여제가 감옥을 나가면서 말했다. "특사도 만나야 하고, 너에게 할 얘기도 많아. 금지된 대륙은 말 그대로 그런 이름이 붙을 만한 이유가 있기 때문에 금지된 거야. 그런데 너는 어떤 위험이 따를지 전혀 모르고 있어."

타라는 잠자코 고모를 따라갔다. 불쌍한 베티에게 일어난 일에 대해 책임을 느끼고 있는데 고모의 말 때문에 생각을 바꿀 수는 없었다.

후계자가 순순히 말을 듣지 않으리라는 걸 느낀 리스베스가 단호한 얼굴이 되어 접견실로 향했다.

그 순간 벽에서 그림자 하나가 뚜렷이 드러나면서 한숨을 내쉬는 바람에 셀레나가 공포의 비명을 질렀다. 한 사람만 있다면 몰라도 그림자가 더는 버틸 수 없었던 것일까? 크산디아르의 검이 이미 여자의 목을 겨누고 있었다.

오무아 카무플레 국장 세네 센스사스? 그녀의 초록빛 눈이 친위대장의 눈을 응시했다.

"와우, 역시 기대를 저버리지 않는 솜씨!" 매력적인 세네가 인사했다. "오랜만이에요, 크산디아르!"

친위대장이 침을 꿀꺽 삼켰다. 몇 달 동안 크산디아르는 이상하게 어디를 가나 마주치는 세네 때문에 미행받는 느낌을 지울 수가 없었다. 크산디아르가 검을 도로 집어넣으면서 한 발짝 물러섰다. 세네가 매혹적인 미소를 보내면서 여제에게 허리를 굽혔다.

"저를 부르셨습니까, 폐하?"

여제는 보일 듯 말 듯한 미소를 지었다. 늘 그랬듯이 눈치 빠른 세네는 말하지 않아도 미리 알아서 해결해주었다.

"따라오게. 보고는 접견실에 가서 듣도록 하지."

세네가 다시 한 번 허리를 굽힌 다음 크산디아르 뒤에 섰다. 앞서 가는 크산디아르는 목덜미로 전해지는 그녀의 숨결 때문에 전율이 일었다. 크산디아르의 직관은 틀림이 없었다. 세네가 그에게 뭔가 원하는 것이 있다는 뜻이었다. 일과 관련된 것이 분명한데…… 말로 하지, 이러면 어떻게 알 수 있겠어? 크산디아르는 그 점이 신경에 거슬렸다.

그들은 다섯 개의 접견실 중 하나에 이르렀다. 친위대가 통제하는 걸 보면서 궁인들은 어리둥절했다. 비만한 몸집의 티라니크가 '비공식 회담' 이라고 궁인들에게 말하고 나서 옥좌 앞에 놓인 한 좌석에 가서 앉았다. 여제와 황제가 옥좌에 자리를 잡았다. 이사벨라와 마니투, 셀레나는 앉았지만 타라와 그르룰은 친위대, 크산디아르와 세네와 마찬가지로 그냥 서 있었다. 아름다운 세네가 친위대장을 스치면서 지나가자 크산디아르는 불에 덴 것처럼 흠칫했다.

접견실은 내밀한 곳이었다. 오무아 궁전에 있는 모든 방이 그렇듯 얼마든지 커질 수 있어서 수천 명까지는 몰라도 수백 명을 수용할 수 있었다. 아! 역시 기대를 저버리지 않고 금으로 도배를 해서 번쩍번쩍했다. 대리석, 보석 세공품, 벨벳 태피스트리……. 타라는 고모가 '지나친 사치' 라는 말의 뜻을 아는지 의문이 들었다. 타라는 고모가 꾸며놓은 방을 유심히 살폈다. 태피스트리 뒤에 친위대원들이 숨어 있고, 최대 효과를 연출하기 위해 장식해 놓은 금과 보석 세공품들 뒤에는 사수들이 쇠뇌를 겨누고 있었다. 8개월 만에 팅가푸르로 돌아온 타라의 눈에 궁전이 새롭게 보였다. 참석자들을 둘러보면서 오무아에는 인간이 아닌 종족이 거의 없다는 걸 알고 약간 놀랐다. 예를 들어 랑코비트에서는 왕과 왕비의 수석 고문관 살라타르가 하나의 몸에 사자와 염소, 드래곤의 형상을 하고 있는 키마이라인 반면에 오무아의 고문관들은 거의 인간이었다. 제국을 구해준 뒤로 오무아 사람들이 드래곤들을 받아들이고 있지만 호감을 갖는 정도는 아니었다. 마지스터가 드래곤들이 범죄를 저지르고 있다고 고발하면서 그걸 증명해보겠다고 주장하고 있는 지금은 상황이 달라지고 있었다. 그래도 수많은 종족이 공존하는 행성에서 타 종족에 대한 혐오증을 드러낸다는 것은 약점이 아닐까?

“무엇을 알아냈는가?” 모두 자리를 잡자 여제가 카무플레 국장 세네에게 물었다.

세네가 보조개가 쏙 들어가는 미소를 지으며 대답했다.

“마지스터의 전령이 여기까지 오면서 통과한 여러 경로를 수사한 결과 그중 하나는 악마의 행성이었습니다.”

여제가 분노를 억제했다.

“사악한 자들이 또다시 나를 자극하기 시작했군. 놈들이 누군가를 매수한 것이 틀림없어. 그러니까 그대의 말은 아무런 흔적도 찾지 못했다는 건가?”

세네의 얼굴이 어두워졌다.

"불행하게도 그렇습니다. 흔적이 끊겨서 마지스터가 있는 위치까지 추적하는 것이 불가능했습니다. 그리고 크리스털 볼을 통해 전해진 메시지도 녹음된 것이었습니다."

타라가 눈살을 찌푸렸다. 휴, 마지스터에게 또 당한 거였어!

"분석한 결과, 마지스터가 어디인지 전혀 알 수 없는 집 안에서 녹음한 것이었습니다." 세네가 말을 이었다. "가구들이 아무 데서나 흔히 볼 수 있는 것이었습니다. 그러나 우리 전문가들은 조명 빛으로 보아 마지스터가 아더월드, 어쩌면 우리 대륙에 있을지도 모른다는 결론을 내렸습니다. 따라서 마지스터가 오무아에 있다고 알리면서 주민들에게 수배 전단을 배포했습니다."

여제의 눈에서 강렬한 빛이 번뜩였다. 마지스터에게 조롱을 당하다니! 상그라브에게 생포되었던 굴욕이 아직도 생생한데…….

"우리 땅에 특별한 애정이 있는 것 같군. 아무래도 마지스터가 오무아 사람일지도 모른다는 강한 의혹이 든단 말이야……."

바늘방석에라도 앉은 듯 불안해하면서 듣고 있던 티라니크가 화제를 돌렸다.

"이제는 후계자 문제를 제기해야겠습니다. 타라가 마법 능력을 잃었으니 제국의 후계자로 동생인 자르를 임명하는 것이 합당하지 않겠습니까? 그러면 금지된 대륙에서 목숨이 위태롭게 되는 사람은 제국의 후계자가 아니라 인척 중 한 사람이 되지 않겠습니까?"

깜짝 놀란 눈길이 일제히 티라니크를 쳐다봤다. 아무도 감히 여제에게 그 말을 입 밖에 내지 못하고 있었는데…… 한술 더 떠서 합당한 일이라니!

리스베스가 우아한 얼굴을 찌푸리더니 착 가라앉은 목소리로 말했다.

"그건 거론할 필요조차 없는 문제요."

"왜 그렇습니까?" 낭랑한 목소리가 울렸다.

문이 열리고 누군가 들어왔는데 아무도 주의를 기울이지 않고 있었다. 타라의 남동생 자르가 단호한 걸음으로 다가왔다. 훈련하다가 왔는지 마법복 안에 얇은 갑옷을 입고 있는데 거의 열세 살이 되어가는 나이에 비해 키는 그리 크지 않지만 왜소한 체구를 벌충하려는 듯 거만하기 이를 데 없었다.

타라 다음으로 후계자 자격이 있는 자르가 그 신분을 이용하여 친위대원들에게 문을 열라고 명을 내린 것이 틀림없었다. 이론적으로는 그렇지만…… 불쾌해하는 여제의 얼굴을 보면서 타라는 자르가 허락도 없이 접견실에 들어온 것은 실수라는 느낌이 들었다.

"우리의 법은 명확하다고 생각했는데요." 자르가 오만 방자하게 말했다. "강력한 마법으로 제국을 지키기 위해서는 마법사만 오무아를 다스릴 수 있습니다. 난쟁이들을 제외하고 우리 행성의 모든 군주는 마법 능력을 지니고 있잖아요. 누나는 이제 마법 능력이 없어요. 따라서 누나는 오무아의 후계자가 될 수 없습니다!"

"자르!" 당황한 셀레나가 일어나면서 외쳤다. "이게 무슨 불손한 태도니? 어머니에게 와서 인사부터 해야지!"

자르가 머뭇거리면서 다가왔다. 건방진 태도가 못마땅하지만 셀레나는 아들에게 다정한 미소를 지어 보였다. 몇 달 동안 쌍둥이와 떨어져 있었으니 어머니로서 얼마나 그리웠겠는가.

자르는 어머니의 포옹을 받고는 있지만 얼굴 표정에 거만함이 흐르고 있었다. 그 순간 타라는 동생을 때려주고 싶은 충동이 일었다. 어머니를 잊게 만들려고 자르에게 걸어놓은 마지스터의 마법이 몇 달 전에 사라졌는데도 여전히 어머니의 사랑을 거부하고 있었다. 자르는 어머니를 어쩔 수 없기 때문에 받아들여야 하는 먼 친척쯤으로 대하고 있었다. 셀레나가 마지못해서 자리에가 앉자 자르는 바로 옆에 있는 누나에게 눈길도 주지 않고 여제와 황제에게 맞섰다.

몇 분 전만 해도 지옥 같은 림보에 들어가는 것보다도 오무아의 후계자 자리를 원치 않던 타라는 상반된 감정을 느꼈다. 타라 역시 자르가 너무 싫었던 것이다.

"우리는 지금 그 문제를 논의하는 게 아냐!" 타라가 냉랭하게 말했다. "지금은 내가 해야 할 일이 있어. 제국은 내가 필요 없지만 베티는 아니니까."

"바로 그게 문제야." 자르가 건방지게 목소리를 높였다. "그게 누나와 내가 다른 점이지. 나는 우리에게 달려 있는 수백, 수천만 국민의 복지를 생각하는데 누나는 한낱 친구를 위해 목숨을 걸려고 하니까. 누나는 통치권에 대해 전혀 이해하지 못하고 있어. 충동적이고 경솔해. 그것만으로도 누나는 후계자 지위를 박탈당해야 마땅해."

타라가 미소를 지었다. 좋아! 한번 해보자 이거지? 간접적인 펀치를 어떻게 견뎌내는지 어디 한번 볼까?

"와, 정말 신기하다!" 타라가 내뱉었다. "어머니에 이어서 고모를 구하기 위해 내가 목숨을 걸었을 때 마지스터가 한 말이랑 어쩌면 이렇게 똑같을까! 10년 동안 그자와 같이 보낸 효과가 확실하게 나타나는구나. 그자의 가르침을 명심하고 있는 걸 보면."

자르의 얼굴이 창백해지더니 눈에서 증오의 빛이 번뜩였다. 그러나 너무 늦었다. 여제가 즉시 나섰다.

"너를 부르지 않았다, 자르. 우리에게 주목을 받기 위해 누나와 충돌하는 것은 좋은 방법이 아냐. 우리 제국에서 중요하게 여기는 것이 무엇인지 네가 아직 파악하지 못한 것 같구나. 가족은 중요한 거야. 가장 중요한 것이라고 해도 과언이 아니지. 우리는 서로 이해하고 도와야 해. 나는 네 태도가 전혀 마음에 들지 않아. 물러가거라!"

한순간 그들은 자르가 여제에게 대들 것이라고 생각했다. 그러나 서슬이 시퍼레서 타라를 노려보던 자르는 얼음같이 차가운 고모의 쪽빛 눈을 보면서 꼬리를 내렸다. 자르는 어깨를 으쓱하면서 성난 걸음으로 나갔다. 타라와 셀레나가 동시에 한숨을 내쉬었다. 셀레나는 따라나가서 아들을 위로하고 싶지만 그렇게 하면 암묵적으로 딸을 비난하는 셈이 되고, 타라는 어머니가 아들과 딸의 쓸데없는 충돌을 가슴 아파하고 있다는 걸 알기 때문이었다. 아직 열세 살도 안 된 소년이 그토록 야심에 찰 수 있단 말인가! 권력을 바라지 않는 타라에게는 정말 놀라운 일이었다.

문이 닫히자 여제가 티라니크 수상을 향해 고개를 돌렸다.

"자르는 마지스터의 영향을 너무 많이 받은 것 같군요, 수상. 지금으로서는 우리 국민도, 나 자신도 저 아이를 믿을 수가 없어요. 따라서 자르를 제국의 후계자로 삼아야 한다는 말은 앞으로 삼가기 바랍니다. 만약 내 동생의 쌍둥이 중에서 후계자를 선택해야 된다면 나는 자르가 아니라 마라를 선택할 것이오."

티라니크 수상이 고개를 숙였지만, 자신에 대해 반감을 가진 타라의 후계자 계승을 막기로 작정하고 있었다. 타라가 오무아의 옥좌에 오를 경우 티라니크가 궁정에서 쫓겨나는 것은 불 보듯 뻔했다. 비뚤어진 생각을 가진 티라니크가 이렇게 좋은 기회를 놓칠 리 있을까. 그렇다면 오히려 금지된 대륙으로 가겠다는 타라를 두둔하는 것이 자신에게 훨씬 유리하지 않은가. 더구나 목숨이 위태로운 사고가 얼마든지 일어날 수 있는 곳인데!

타라는 티라니크의 미소를 놓치지 않았다. 갑자기 생각에 잠긴 눈빛도 뭔가 있었다. 또 무슨 짓을 꾸미고 있는 걸까?

여제는 타라가 요양하고 있는 동안 정부의 활동에 대해 대략적으로 설명했다. 그리고 오무아와 드란보우글리스펜쉬르 간의 무역 교류에 관해 특히 강조했다. 드래곤들은 오무아의 가공품이나 지구의 생산물(특히 암소)을 대량으로 소비하는 종족이었다. 무역 교류가 중단될 경우 오무아가 경제적으로 큰 타격을 입으면 지구도 간접적인 타격을 입게 되는 것이었다.

지구인들에게 마법의 존재를 밝히는 것을 부정적으로만 생각해야 할까? 타라는 가끔 그런 의문이 들었다. 마법 덕분에 땅에 해를 끼치지 않는 아더월드를 알게 된다면 지구의 환경 보존에 도움이 되지 않을까? 그러면 생각보다 훨씬 방대한 세계에 대해 오히려 마음을 열게 되는 계기가 되지 않을까?

타라는 이 생각을 머릿속에 새겨두었다. 음…… 그래, 언젠가 여제가 되는 것도 나쁘지 않겠어. 아더월드의 정책과 몇 가지 상황에 대해 변화를 줄 수도 있을 거야…….

타라는 초조했다. 마음이 너무 급해서 앉지 않았던 게 후회되었다. 타라의 관심을 오무아로 끌어들이려는 것처럼 고모가 본론을 벗어난 얘기로 시간을 질질 끌고 있었다.

잠자코 여제의 말을 듣던 황제가 타라의 속내를 꿰뚫어보는 듯 마침내 입을 열었다.

"우리 후계자는 금지된 대륙 원정에 관한 정보를 애타게 기다리고 있어요. 스파슌 수출에 관해 한마디만 더 했다가는 폭발하게 생겼어요!"

여제가 인상을 쓰면서 한숨을 내쉬었다.

"관심이 없다는 거 알아, 타라. 하지만 네가 입는 옷, 음식, 지금 네가 갖고 있는 모든 것, 우리가 이런 호사를 누릴 수 있는 것이 바로 무역 교류 덕분이니까. 따라서 후계자로서는 당연히 경제 정책에 관해 관심을 가져야 한다."

타라가 반박하려는 순간 여제가 손짓으로 막았다.

"알았다. 이제 본론으로 들어가자. 금지된 대륙으로 떠나 마지스터에게 복종하고, 네 친구를 구해서 돌아오는 것, 그것이 가능한 일인지 아닌지에 대해 내 의견을 강요하지는 않겠다. 그건 살루덴리바쉬라쉬부 특사가 자세하게 설명해주겠지. 아! 발소리가 들리는구나."

쿵쿵, 육중한 덩치가 걸어오는 소리가 궁전을 흔들면서 점점 가까워지고 있었다. 문이 열리고 타라가 지금껏 본 드래곤 중에서 가장 큰 드래곤이 머리를 숙이면서 들어섰다.

비늘로 덮인 가슴에 은빛 별 무늬가 있는 블랙 드래곤이 이빨을 다 드러내면서(활짝 웃는 거겠지?) 허리를 굽혔다.

굽히고 또 굽히고…… 언제까지 숙이려고 저래?

타라는 침을 꿀꺽 삼켰다. 마치 산이 무너지는 것 같다고 할까, 드래곤이 조금만 더 허리를 숙였다가는 고모와 궁전의 절반을 뭉개버릴 것 같았다. 그러나 드래곤은 중심을 잡기 위해 꼬리를 활 모양으로 구부리면서 다시 몸을 세우는 놀라운 힘을 발휘했다. 와, 복부의 힘이 장난이 아니군!

"폐하, 비록 심각한 사태로 황급히 파견된 것이지만 이렇게 다시 뵙게 되어서 기쁩니다. 드란보우글리스펜쉬르에서 곧장 오는 길인데 우리는 비상 대책반을 구성해놨습니다."

의아한 듯 리스베스 여제의 눈썹이 활처럼 휘어졌다. 드래곤들이 감정에 쉽게 동요되지 않는데 이 드래곤은 이상하게도 흥분하는 것 같았다.

"살루덴리바쉬라쉬부 특사, 신속히 대처해주신 것에 감사하오. 귀국과 체결한 협약을 기꺼이 연장해야겠습니다."

여제가 손짓하자 시종장이 화려한 궤에서 소금을 담은 잔과 피를 담은 사발, 빵 한 조각을 꺼냈다. 여제가 정중하게 드래곤에게 그것들을 내밀었다. 드래곤이 빵을 소금과 피에 담갔다가 입에 넣었다. 여제가 머뭇거리는 기색 없이 따라하자 셀레나가 토할 것처럼 얼굴을 찌푸렸다.

여제가 흰 손수건으로 입에 묻은 피를 닦고 나서 의례적인 인사말을 했다.

"그대의 불이 영원히 타오르기를!"

"폐하의 적들이 영원히 사라지기를!"

드래곤이 정중하게 화답했다.

타라가 침을 삼켰다. 배워야 할 것이 또 있다니! 고모가 이런 의례적인 인사를 나누는 모습을 보기는 처음이었다. 그렇다면 셈나샤오비로다인트라쉬부와의 관계는 훨씬 덜 형식적이었다는 건가? 그리고 저 피는…… 동물의 피? 아니면 사람의 피?

형식적인 절차를 끝낸 뒤 여제가 지구소녀 베티에 관련된 것이 아닌 타라에게 일어난 문제에 대해 제일 먼저 질문하자 드래곤이 적잖이 당황하는 눈치였다. 여제는 마법 능력을 되찾지 못할 경우 타라가 후계자 자격을 박탈당할 위기에 놓이게 된다고 짤막하게 설명했다.

"만족스런 답을 드릴 수 없어서 유감입니다. 지금까지 일어났던 적이 한 번도 없는 문제라서……."

그렇다면 타라에게 일어난 마법 현상이 절대로 일어날 수도,

일어난 적도 없는 전대미문의 사건이란 말인가!

실망한 기색이 역력했지만 여제는 그리 놀라는 것 같지 않았다. 여제가 한숨을 쉬고 나서 드래곤에게 문제의 핵심으로 들어가자는 표시를 했다.

"금지된 대륙을 에워싼 마법의 장벽을 여는 열쇠 중 하나를 도난당했습니다." 드래곤이 이마에 주름을 잡으면서 말했다.

"열쇠 중 하나라니요? 열쇠는 하나밖에 없는 것으로 아는데요?"

타라가 고모를 뚫어져라 쳐다봤다. 그렇다면 고모는 금지된 대륙으로 가는 방법에 대해 잘 알고 있다는 거잖아!

"열쇠를 세 개 복사해놓았지요. 그중 한 개를 탈취해서 중죄를 저질렀을 가능성이 있습니다."

여제는 놀라지 않았다. 반역자? 궁전에도 음모를 꾸미는 자들이 수두룩한데 새삼 놀랄 일이겠는가. 그 점에 있어서는 오무아가 앞서면 앞섰지 결코 뒤지지 않을 텐데……. 다만 여제가 불안하게 생각하는 것은 드래곤이 그 일로 당황하고 있다는 점이었다.

"얼마든지 일어날 수 있는 일이죠. 어떤 국가도 그런…… 일을 피할 수 없을 겁니다. 경쟁이라는 걸 모르는 텔레파시 진실의 입들이 사는 나라를 제외하고. 범인이 드래곤일 가능성도 있지 않겠어요? 그 행성에 다른 종족은 많지 않은 걸로 아는데요?"

"맞습니다." 살루덴리바쉬라쉬부 특사가 대답했다. "중력 때문에 인간 종족은 견디기가 힘들 뿐만 아니라 공기도 인간의 폐에 좋지 않으니까요. 그래서 만일의 사고를 피하기 위해 우리 행성에는 드래곤만 살 수 있습니다."

그 순간 황제가 갑자기 드래곤을 뚫어져라 응시했다.

"사고요? 어떤 종류의 사고를 말하는 겁니까?"

"돌이킬 수 없는 사고입니다." 드래곤이 자세한 설명을 하지 않고 짤막하게 대답했다. "폐하, 이 사태의 심각성을 충분히 인지하지 못하신 것 같습니다. 그 열쇠들은 절대로 손댈 수 없는 도난 방지 장치가 설치되어 있기 때문에 드래곤은 그런 중죄를 저지를 이유가 없습니다. 따라서 '왜 훔쳤을까?'를 알아내는 것도 중요하지만 '어떻게 훔쳤을까?'에 대해서도 알아내야 합니다. 우리의 방어 시스템이 그 정도로 허술하다면 당장 시정해야 하니까요."

"절대로 침범할 수 없는 것이란 존재하지 않습니다!" 크산디아르가 세네를 곁눈질하면서 끼어들었다. "이론적으로는 분명히 불가능한데도 훔쳐가는 교활한 자들이 항상 있기 마련이지요."

세네가 크산디아르를 미치게 만드는 '살인미소'를 보냈는데 이렇게 말하고 있었다. '난 카무플레 정보국의 첩보원이자 정보원이지 훔치는 건 내 전문이 아니라고요. 그런 종류의 일은 면허

받은 도둑이 전문이라니까…….'

"물론 그렇지요." 특사가 한숨을 쉬었다. "하지만 우리는…… 폐하께서 보낸 마지스터의 메시지를 받았을 때 처음에는 못된 장난이라고 생각했습니다. 열쇠 세 개가 분명히 제자리에 있었으니까요. 그런데 입출 기록부를 보고 깜짝 놀랐지요(군대에서 총기를 관리하는 것처럼 기록부가 있단 말인가?). 열쇠 하나가 2시간 동안 없어졌다가 경보 사이렌이 울리기 전에 돌아와 있었거든요."

황제가 비아냥거렸다.

"경보 장치를 해놨는데 도둑맞은 지 2시간이 지났는데도 울리지 않았단 말입니까? 행여 면허 받은 도둑 앞에서는 그 일을 발설하지 마시오. 아니면 그 행성은 10분 만에 털리고 말 테니까!"

"몇몇 존재를 제외하고는 열쇠가 있어도 아무 쓸모가 없습니다." 특사가 냉랭한 어조로 대꾸했다. "그리고 열쇠에 걸려 있는 주문은 아주 복잡하지요. 1년에 한 번씩 아주 중요한 데 사용하기 위해 열쇠를 꺼냈다가 2시간이 지나기 전에 제자리에 돌려놓습니다. 그 때문에 정해진 시간을 경과하면 새까맣게 태워버리는 탄화 마법 주문이 작동되……."

"내가 제대로 이해한 것이라면," 타라가 끼어들었다. "누군가가 열쇠를 훔쳐서 베티를 금지된 대륙으로 데려간 다음에 되돌려놓았단 말이죠? 도둑을 태워버리는 주문이 작동되기 전에 말이죠?"

"네, 우리도 그렇게 추정하고 있습니다, 마마." 특사가 엄숙하게 대답했다.

"타라라고 부르세요. 그런데 나는 전적으로 동의할 수가 없어요. 마지스터가 관련되어 있다면 '어떻게 훔쳤냐'는 가장 중요한 문제가 아니에요. 나는 '왜 훔쳤냐?' 그게 더 불안하니까요. 그리고 솔직히 말하면 불안해하는 특사의 모습 때문에 더욱 더 안심이 되지 않아요. 드래곤들은 대체 뭘 두려워하고 있는 겁니까?"

드래곤이 타라를 뚫어져라 쳐다보면서 숨을 깊이 들이쉬었다가 요란하게 내뱉었는데 콧구멍에서 뿜어져 나오는 불길을 가까스로 제압했다.

이어서 드래곤이 타라를 향해 몸을 숙이면서 목소리를 낮추는 바람에 다른 사람들은 귀를 세워야 했다.

"그 이유는, 마마!" 드래곤은 이름으로 부르라는 타라의 말을 귓등으로 흘려보냈다. "열쇠 중 하나가 악한 자의 손에 들어갈 경우 이 세상을 불바다와 피바다로 만들 위험이 있기 때문입니다!"

눈 하나 깜짝하지 않는 타라를 보면서 드래곤이 오히려 놀랐다. '폭탄선언'에는 소녀가 이제 어지간히 단련된 걸 드래곤이 알 리가 있을까. 몇 달 전 지구를 파괴할 뻔했던 타라에게 '악마들의 침략에 이은 세계 파멸'에 비하면 '불바다와 피바다'는 새 발의 피였다. 휴, 2년 전만 해도 가장 큰 걱정이라고는 학교 성적이 나쁠 때가 다였는데!

고모도 흥분했다.

"어떻게 그럴 수 있습니까?"

아! 그렇다면 고모도 금지된 대륙에 관해 자세히 알고 있는 것은 아니었구나.

드래곤이 자세가 불편한지 큰 몸집을 흔들었다.

"그건 말씀드릴 수 없습니다, 폐하. 다만 이 세계나 우리 행성에나 대재앙이 될 것은 분명합니다."

여제가 몸을 숙이면서 드래곤의 노란 눈을 응시했다.

"특사, 나는 비밀을 좋아하지 않습니다. 금지된 대륙에 대해 드래곤들과 체결한 협약에 의혹을 갖고 있었어요. 대륙 전체가 폐쇄되어 있는 것에 대해 많은 사람이 의문을 표시했습니다. 따라서 내가 당신들의 입장이라면 주요 동맹국에는 설명을 해서 납득하기 힘든 행동을 중단할 겁니다. 우리 인간은 꽉 막힌 고집쟁이들이 아닙니다. 설명을 들으면 이해할 수 있습니다."

살루덴리바쉬라쉬부가 괴로운 듯 고개를 끄덕였다.

"죄송합니다. 나의 임무는 폐하께 그 열쇠를 넘겨줄 수 없다는 것을 알리는 것뿐 그 이상의 말은 금지되어 있습니다."

"우리 국민이 납득할 만한 답변을 해줄 수 없다니까 점점 더 흥미롭군요." 더 이상은 말해줄 수 없다는 것에 기분이 상한 황제가 쏘아붙였다.

"죄송합니다." 블랙 드래곤이 같은 대답을 반복했는데 이런 임무를 맡긴 상관이 원망스럽다는 표정이었다. "내가 여러분에게 해줄 수 있는 대답은 한 가지밖에 없습니다. 어느 누구도 금지된 대륙에 발을 들여놓을 수 없습니다, 절대로!"

타라가 깜짝 놀라서 벌떡 일어났다.

이건 내 친구에게 사형선고를 내린 것이나 다름없는 말이야!

메델루스

악으로 가는 길을 선택하는 것이
때로는 효과적일 때도 있다

*

크리스털 전광판에 블랙 드래곤의 모습이 클로즈업되자 마지스터가 주먹으로 안락의자 팔걸이를 내리쳤다. 오무아 궁전에 비밀리에 설치해놓은 몰래카메라 덕분에 접견실의 회담 장면을 보고 있던 상그라브들의 반사경 마스크가 일제히 마지스터 쪽으로 향했다.

"빌어먹을 드래곤들!" 마지스터가 내뱉었다. "제 놈들의 법을 강요하다니 아주 헛소리를 하고 있네! 셀렌바?"

"네, 보스?" 마스크를 쓰지 않은 뱀파이어가 허리를 숙였다. 하긴 얼음장같이 차가운 얼굴에 빨간 눈을 보는 것만으로도 소름이 끼치는데 굳이 마스크를 쓸 필요가 없겠지.

“궁전에 있는 우리 동지에게 연락해라. 드래곤들이 동의를 하든 말든, 무슨 수를 써서라도 타라를 금지된 대륙으로 떠나게 만들라고 해. 네가 직접 오무아 궁전으로 가는 것도 좋겠지.”

“그건 위험할 수도 있습니다, 보스.” 마스크 중 하나가 감히 말했다. “지난번에 공격을 받은 뒤로 궁전의 침입 방지책이 강화되었습니다. 감쪽같이 변장해도 셀렌바는 금방 발각될 겁니다.”

“이런, 이런, 메델루스! 당신이 우리의 뱀파이어를 이토록 걱정할 줄이야! 셀렌바가 죽을까 걱정한다는 것은 뱀파이어에게 물리면서 퍼진 독의 영향인가?”

실루엣이 비틀거리더니 마스크가 초록색으로 변했다.

“독이라고요?”

“어허, 그걸 몰랐단 말인가?” 겁먹은 메델루스의 모습이 만족스러운지 마지스터가 비아냥거렸다. “인간의 피를 빨아 먹은 뱀파이어는 신진대사가 변하기 때문에 햇빛에 노출되면 수명이 짧아지지. 물론 변장할 경우에는 얼마 동안 버틸 수 있지만. 그런데 문제는 뱀파이어에게 물린 인간은 노예가 되어 무조건 복종하게 되지. 다시 말해서 셀렌바는 마음대로 당신을 조종할 수 있다 그 말이야.”

“하지만…… 그건 있을 수 없는 일입니다!”

메델루스가 반박했다.

"이런, 이런!" 마지스터가 가식적인 어조로 말했다. "식물에 대해서는 정통하지만 뱀파이어에 대해서는 아무것도 모르는군. 나의 귀염둥이 사냥꾼이 당신을 깨물었던 것은 내가 물어볼 것이 있기 때문이었는데 대답하지 않은 채 오늘까지 살아 있다니, 운이 좋군."

상그라브들이 메델루스에게서 슬금슬금 물러섰다. 만족스럽지 않은 대답을 했을 때 마지스터가 내리는 처벌이 도대체 어떤 것이기에……?

메델루스도 공포에 떨면서 뒷걸음쳤다. 그러나 셀렌바가 쏘아보는 빨간 눈과 마주치는 순간 메델루스는 다리가 얼어붙었다.

"움…… 움직일 수가 없어요." 메델루스가 어물어물 말했다.

뱀파이어가 커다란 고양이처럼 다가왔다. 검정 가죽옷을 입고 허리띠를 졸라맨 셀렌바, 믿어지지 않을 정도로 가는 허리에 떡 벌어진 근육질 어깨, 고혹적인 아름다움이라고 할까.

셀렌바에게 홀려서 접근하는 남자들이 있다더니 혹시 착시 현상이 일어나기 때문일까?

"정상이니까 걱정 마시지, 나의 귀여운 포로!" 셀렌바가 미소를 지으면서 늑대처럼 뾰족뾰족한 이빨을 드러냈다. "보스께서 당신에게 내 특별한 능력을 보여주라는 명을 내리셨기 때문이니까 잠시 움직이지 못할 것이다."

"마스크를 벗겨라, 나의 귀염둥이 사냥꾼. 나는 얼굴을 보면서 물어보는 게 좋아."

뱀파이어가 복종했다.

"좋아, 좋아!" 마지스터가 말했다. "지금부터 묻겠다. 셀레나와 당신이 지구에 있을 때 여제가 보낸 친위대의 공격을 받고 궁지에 몰려 있을 때 이해할 수 없는 일이 일어났다. 아무도 주의를 기울이지 않았고, 나도 얼마 전에야 알아차렸어. 이동의 문들을 봉쇄했던 드래곤이 죽어서 주문이 해제될 때까지, 공간이동의 문은 아더월드에서 지구로 가는 한 방향으로만 작동했지. 지구를 떠나기 위해서 나도 악마의 마법을 사용하여 정말 유쾌하지 않은 림보를 거쳐야 했으니까. 하지만 당신, 악마의 마법을 사용할 수 없는 당신은 아더월드로 돌아왔단 말이야. 공간이동의 문이 정상적으로 가동하기 훨씬 전이었는데, 어떻게 그 같은 일이 일어났는지 알고 싶다."

메델루스는 상그라브의 목소리에 짜증이 묻어 있음을 느꼈다. 새 주인에게 이미 실망하고 있던 메델루스는 이제는 싫어하는 감정을 넘어서 증오하고 있었다.

"그게……."

"아!" 마지스터가 손을 들면서 말을 잘랐다. "거짓말할 생각이로군. 내가 '진실의 입'은 아니지만 거짓말은 느낄 수 있지. 여기서 누가 대장인지 상기시켜야 하나?"

메델루스는 우연히 알게 된 뒤로 아무에게도 발설하지 않고 있던 비밀을 털어놓는 수밖에 달리 방법이 없었다.

"공간이동의 문을 연구해왔습니다." 메델루스가 설명하는 동안 셀렌바가 생쥐를 눈앞에 둔 고양이처럼 주위를 빙빙 돌았다. "공간을 통과하도록 길을 열어주는 것은 단순한 기계가 아니라 일종의 유기체에 가까워서 팽창을 하지요. 어느 날 내가 키우는 칼로르나 모종을 갖고 이동하고 있었습니다. 멘탈리르와 랑코비트를 오가는 여행을 하는 동안 칼로르나가 겁먹지 않도록 내 정신을 식물에 결합시켰는데…… 그 순간 이동이 멈춰서 얼마나 놀랐던지!"

귀가 솔깃한 마지스터가 몸을 쑥 내밀었다.

"멈추다니, 그게 무슨 말인가?"

"멈췄다는 말 외에 적당한 표현이 없습니다. 시간이 정지되었고, 내가 식물과 결합되었기 때문인지 이동의 문이 강한 호기심을 갖고 나를 살피는 걸 느꼈지요. 그래서 유기체로 이뤄진 이동 시스템의 정신이 식물계라는 걸 간파했지요. 지구에서 이동의 문이 봉쇄되었을 때 다시 한 번 시험해보는 뜻에서 식물 한 포기를 뽑아서 내 정신과 결합시켰습니다. 물론 지구의 식물은 우리의 식물과 좀 다르기 때문에 아더월드에서보다는 더 힘들었지만 통과하는 데 성공했지요. 이동의 문이 나를 거부하지 않았던 겁니다."

마지스터가 잠시 생각하다가 명령했다.

"마침내 우리의 동지 브래드포드 메델루스가 쓸모 있게 되었군. 사냥꾼, 메델루스를 풀어줘라."

못마땅해서 죽겠다는 표정을 지으며 셀렌바가 복종했다. 메델루스는 팔다리의 기능이 돌아왔는지 시험해보기 위해 몸을 움직였다.

"궁전에 있는 우리의 동지에게 연락해라, 사냥꾼. 네가 침투할 수 있게 적절한 조치를 취하라고 해. 그리고 네가 타라와 동행하는 것이 좋겠다."

셀렌바가 미소를 지었다.

"타라를 보호하라는 뜻이다."

뱀파이어의 미소가 사라졌다.

"네? 보호하라고요?" 셀렌바가 깜짝 놀랐다.

상황이 재미있다고 느낄 때 늘 그렇듯 마지스터의 마스크가 파란색으로 물들었다.

"나는 드래곤들을 믿지 않아. 타라가 금지된 대륙에서 본 것을 발설하지 못하게 무슨 짓을 꾸밀지 모르는 자들이야. 물론 타라가 그곳에 발을 들여놓는 데 성공한다면 말이다. 그래서 너를 타라의 보디가드로 보내는 것이다."

"네? 피도 눈물도 고통도 주면 안 된단 말인가요? 그럼 너무 재미없잖아요!" 셀렌바가 항의했다.

"타라의 친구 중 한 명은 건드려도 된다." 마지스터가 양보했다. "그러면 그 아이를 조종할 수 있게 되니까 우리는 타라의 친구를 협력자로 확보하는 것이지. 하지만 죽이는 것은 금한다. 그러면 타라가 너라는 걸 금방 알아차릴 테니까. 알아들었나?"

"네, 보스. 목을 물게 되면 흔적을 감추겠습니다." 셀렌바가 대답했다.

"좋아. 임무가 한 가지 더 있다. 네 방에 가면 크리스털 볼이 있을 것이다. 붉은 여왕이……."

마지스터가 말을 중단하고 경계하듯 상그라브들을 살폈다.

"…… 가져서는 안 되는 것을 소지하고 있는데 그걸 찾아와야겠다. 다음에 통화할 때 구체적으로 알려주겠다. 이제 떠나! 나를 실망시키지 마라, 사냥꾼."

"네, 보스." 셀렌바가 허리를 굽혔다.

잔혹하지만 잘 길들여진 표범처럼 뱀파이어가 방을 나갔다. 메델루스는 정신을 집중했다. 이제는 무엇을 해야 할지 알았다. 연락해야 해. 더구나 셀렌바가 떠났으니까…….

"또 질문하실 게 남았습니까?" 메델루스가 두려움과 분노가 섞인 떨리는 목소리로 물었다.

"나가도 좋다." 마지스터가 건성으로 내뱉었다.

가능한 의연하게 방을 나온 메델루스는 방까지 달려가느라고 살금살금 좇아오는 그림자를 알아채지 못했다.

방문이 닫히는 순간 가냘픈 손이 문을 잡았다. 깜짝 놀라서 돌아보던 메델루스가 안도의 숨을 내쉬었다.

"데리아!"

처음 대면한 뒤로 타라의 옛 보디가드 데리아와 메델루스는 조심스럽게 우정을 키우고 있었다. 자신을 배신했다는 이유로 데리아를 가혹하게 대하던 마지스터는 괴롭힐 대상이 새로 생기면서부터 데리아에 대한 고문이 약해지고 있었다.

난생처음으로 다른 사람의 고통 때문에 가슴이 아팠던 메델루스는 8개월이 흐르는 동안 최선을 다해 데리아를 도와주고 있었다.

곱슬곱슬한 짧은 머리에 초록빛 눈의 날카로운 눈매를 가진 데리아, 처음에는 경계하던 그녀도 차츰 메델루스의 호의를 받아들였다. 상그라브들은 서민층에 속해 있어서 대부분 노동을 했다. 마지스터는 밀착경호원들의 생활비를 대주지만 다른 상그라브들은 스스로 해결하기를 바랐다. 따라서 생명공학이 전공인 메델루스는 상그라브들이 노예로 부리는 비마들의 농장에 배치되어 있었다. 생명공학자는 이미 자신이 잘못된 선택을 했다는 걸 깨달았다. 상그라브들과 생활하면서 얼마나 큰 실수를 저질렀는지 뼈저리게 느끼고 있었던 것이다. 그렇지만 메델루스는 식물에 대한 해박한 지식으로 데리아의 고통을 덜어주기 위해 정성을 다해 치료해주고 있었다.

상그라브들 중에서는 인간미를 지닌 유일한 사람이기 때문에 데리아도 차츰 메델루스에게 의지했다.

"어서 들어와요." 메델루스가 데리아를 반겼다. "요즘은 어때요?"

데리아가 일주일 전부터 멍하니 얼이 빠져 있어서 걱정하고 있던 차였다.

"좀 피곤해요(정말 안색이 초췌했고, 어깨에 앉은 까치까지 녹초가 된 듯 날개를 축 늘어뜨리고 있었다). 마지스터가 이틀 휴가를 줬어요. 나도 좀 전에 마지스터와 얘기하는 장면을 지켜봤는데 셀렌바가 당신을 깨물었는지 몰랐어요."

메델루스가 난처한 얼굴로 몸을 흔들더니 씁쓸하게 말했다.

"깨문 것 이상이죠. 내 살을 잘근잘근 씹고 삼키고 뱉어버렸으니까."

"당신이 왜 타라를 공격했는지, 그리고 타라가 왜 그렇게 당신을 자극하는지 이유를 알 수 없었다고 했죠? 당신이 그런 행동을 한 것은 셀렌바의 독성 있는 침 때문이었던 것이 틀림없어요. 셀렌바는 셀레나와 타라를 증오하기 때문에 그들을 해치기 위해서라면 무슨 짓이든 할 수 있는 뱀파이어예요. 그런데 셀렌바의 이런 의도를 마지스터가 알아채지 못하게 하려면 당신이 최상의 해결책이었던 거예요."

"그렇게 생각해요?" 메델루스가 희망이 생겼다는 듯 소리쳤다. "그것으로 많은 것이 설명되는군요. 난 정말이지 누군가를 죽이고 싶던 적이 단 한 번도 없었어요!"

메델루스는 한순간 데리아가 정말 용기 있고 대담한 여자라고 생각했다. 그녀는 셀레나와 완전히 달랐다. 동병상련이라고 데리아에 대해 느끼는 감정이 훨씬 강했다. 메델루스의 마음에 사랑이 싹트고 있다고 할까……. 어쨌든 현재의 상황에서는 데리아를 믿는 수밖에 뾰족한 수가 없었다. 메델루스는 심호흡을 한 후 위험을 무릅쓰고 과감한 결정을 내렸다.

"내 말 잘 들어요." 메델루스가 엄숙하게 말했다. "당신이나 나나 여기서는 할 일이 전혀 없어요. 경멸과 희열을 느끼면서 당신을 고문하는 상그라브들을 보면서 나는 정말 혐오스러울 따름입니다. 내가 바라는 것은 오직 나무와 숲을 보살피는 겁니다. 무엇보다 정치에 휘말리고 싶지 않고, 오무아 사람들을 만나고 싶지 않은데…… 나를 따라가겠소?"

데리아의 초록빛 눈이 휘둥그레졌다. 까치도 놀란 듯 요란하게 울어댔다.

“도망가자고요? 같이 도망가자는 뜻이에요?”

“이런 고백을 한다는 것은 당신의 손아귀에 내 목숨을 맡기는 것이나 다름없다는 걸 알아요. 내가 방금 한 말을 당신이 마지스터에게 보고한다면 나는 죽음을 면치 못할 테니까.”

데리아가 기계적으로 가슴을 문질렀다. 2년 전 타라가 실루르 옥좌를 파괴했을 때 악마의 마법에 감염되었기 때문이다. 그 사건으로 마지스터는 충성심을 확인하고 데리아를 측근으로 받아들였다. 악마의 마법이 원인이었을까, 데리아는 무엇이든 파괴하고 싶은 충동에 이끌리곤 했다. 데리아는 망설였다. 메델루스에 대해 느끼기 시작한 사랑을 택할 것인가, 아니면 메델루스를 고발하여 처형되는 걸 지켜보는 희열을 택할 것인가.

메델루스가 조심스럽게 데리아의 손을 움켜잡았다. 위험을 무릅쓰고 마지스터를 찾아왔던 날 데리아에게 짓밟히면서 목을 다치고 팔이 탈구되는 바람에 일주일이 지나서야 목소리를 되찾았는데…….

그러나 이번에는 데리아가 충동을 억제하고 이성적인 판단을 내린 것 같았다. 메델루스가 안도의 숨을 내쉬었다.

“우리는 둘 다 도망자들이에요. 랑코비트와 오무아에서 우리의 목에 현상금을 내걸었는데 그 문제는 어떻게 해결하죠?”

"타라에게 마지스터의 계획을 알려야겠어요."

데리아가 뒷걸음쳤기 때문에 메델루스는 마지못해서 손을 놔주었다. '나 여기 있어요, 여기 있어요.' 하면서 앉기만 기다리고 있는 안락의자에 데리아가 털썩 주저앉았다.

"타라? 자신 있어요? 그 아이는 당신에게 몹시 화가 나 있어요. 나한테도 마찬가지고. 그런데 당신 말을 듣기나 하겠어요?"

"지구소녀 베티를 구하려고 애를 쓰고 있으니까 마지스터의 계획은 타라에게 가장 중요한 정보지요. 그것으로 협상할 생각이오. 정보를 주는 대가로 우리를 구명해달라고."

"그 이상의 정보를 원할 거예요. 틀림없이 이곳의 위치를 알려달라고 할 거예요."

"그렇겠죠. 하지만 여기가 어디인지 나는 모르기 때문에 그건 솔직하게 말해야지요."

"하지만 나는 알아요." 데리아가 천천히 말했다.

"협상하는 사람은 당신이 아니니까 나한테 맡겨요. 그 회담이 어떻게 전개되고 있는지 알아봅시다. 오케이?"

데리아가 한숨을 쉬었다.

"일단 감시 지역을 벗어나야 해요."

"뭐라고요?"

데리아가 다정하게 메델루스의 얼굴을 쓰다듬었다.

"이렇게 순진하시기는! 이런 사람이 어떻게 여기서 여덟 달이나 살아남았는지 모르겠군요. 이 안에서는 모든 통화가 도청되고 있어요. 공원에 있는 호수 부근은 아마 안전할 거예요."

"아, 몰랐어요." 당황한 메델루스가 어물어물 말했다. "얼른 나갑시다."

그들은 빨갛게 물든 나뭇잎에 감탄하는 체하면서 팔짱을 끼고 공원으로 들어갔다. 데리아는 마지스터를 배신한다는 생각에 너무 조마조마해서 속이 뒤틀리는 것 같았다.

"이 정도면 충분하겠어요." 데리아가 들장미의 일종인 크로우즈 *나무 아래 그루터기에 앉으면서 말했다. "여기는 안전하니까 통화해도 될 거예요."

메델루스가 크리스털 볼을 작동했다. 화면에 특징이 없는 얼굴이 나타났다.

"당신의 번호는 블랙리스트에 올라 있습니다. 죄송하지만 수신자가 통화를 거부하고 있습니다."

"그래도 메시지를 남기고 싶소." 메델루스가 주장했다.

"미안합니다." 얼굴이 반복했다. "어떤 메시지도 불가합니다."

"잠깐만." 데리아가 끼어들었다. "내 것으로 해봐요. 직통 번호인 것은 확실하죠?"

"네."

화면 속의 얼굴이 데리아의 크리스털 볼을 작동했다. 이번에는 번호가 받아들여졌다. 타라가 그 번호를 금지하는 걸 깜빡 잊은 것이 틀림없었다. 이따금 뉴스에서 보는 멋진 얼굴이 크리스털 볼의 우윳빛 화면에 떴다.

"이건 아는 번호인데." 타라가 눈살을 찌푸리면서 중얼거렸다.

"누구더라……."

그 순간 화면에 뜬 두 얼굴을 보면서 타라가 깜짝 놀랐다.

"데리아!" 타라가 외쳤다.

이어서 타라가 쌀쌀맞게 덧붙였다.

"그리고 메델루스잖아. 두 배신자가 만난 모양이군!"

그들이 입도 벙긋하기 전에 타라는 크리스털 볼을 끊어버렸다.

미션

키가 6미터에 이르고 단단한 비늘로 덮인 드래곤이라도
아주 심각한 문제가 일어날 수 있다

*

한편 팅가푸르의 접견실에서는 살루덴리바쉬라쉬부가 타라를 향해 홱 돌아섰다.

"드래곤이라고 가슴이 없는 것이 아닙니다. 마마가 친구를 소중히 생각하는 것은 우리도 충분히 이해합니다. 그러나 너무 위험합니다. 유감스럽게도 단 한 사람의 목숨을 구하자고 세상을 위험에 빠뜨릴 수는 없습니다. 따라서 친구를 단념하는 것이 가장 좋은 해결책입니다."

타라가 드래곤을 째려봤다. 가슴이 있다면서? 내 친구의 목숨을 파리 목숨 하나 치우는 것처럼 비정하게 말할 거면 가슴이 있다는 말은 왜 한 거야?

"그럼 이제 모든 것이 분명해졌네요! 허락을 하든 안 하든 나는 금지된 대륙으로 갈 겁니다. 마법의 장벽이든 뭐든 들어갈 방법을 찾겠어요. 마지스터의 음모나 드래곤들의 비밀 때문에 베티가 희생되는 일은 없을 겁니다!"

"불가능합니다!" 드래곤 특사가 반박했다. "열쇠 없이는 들어갈 수 없습니다. (드래곤이 여제를 향해 말했다) 진심으로 죄송합니다(두 번이나 반복하는 걸 보면 정말 미안해하는 것 같긴 한데……). 허락하신다면 이만 물러가겠습니다. 장벽의 상태를 확인하러 가야겠습니다. 그 미치광이가 금지된 대륙에 어린 인간을 들여놓으려고 무슨 짓을 저질러놨는지 알아내야지요!"

마니투가 갑자기 몸을 세웠다. 지구에 있을 때 사탕과 과자를 많이 먹여준 베티를 얼마나 좋아했던가. 마니투는 두 정부가 어린 생명을 두고 장난치는 걸 가만히 두고 볼 수가 없었다. 엄밀히 말해 베티는 오무아의 국민도, 드란보우글리스펜쉬르의 국민도 아닌데!

개로 둔갑해 있는 늙은 마법사가 증손녀 옆으로 가서 앉더니 공식적인 어투가 아니라 대화를 하듯 말문을 열었다.

"우리 후계자의 어휘에서 '불가능'이란 낱말은 이미 오래전에 삭제되었소이다. 후계자가 마법 능력을 되찾으면, 뭐, 그리 오래 걸리지 않아서 되찾겠지만…… 하여튼 마법의 장벽인지 뭔지를 눈 깜짝할 사이에 박살을 내버릴 것이오. 그러면 당신들의 팔…… 아니지, 다리며 발이 온전할지 모르겠소."

돌아서서 나가려고 하던 드래곤이 경멸하는 눈초리로 검둥개를 노려봤다.

"뭐라고 했소?"

"사태 파악을 못하고 있단 말이오." 마니투는 드래곤이 기분 나쁜 눈으로 쳐다보거나 말거나 말을 이었다. "지금 장벽인지 뭔지를 확인하러 가는 것이 문제가 아닐 것 같은데……. 당신이 방금 한 발언은 아더월드에서 가장 큰 인간의 제국을 다스리게 될 소녀를 방금 적으로 만든 걸 알아차렸는지 모르겠단 말이오. 하여튼 나는 강력하게 만류하겠소. 보기에는 어린 소녀지만 우리 두 행성의 협약을 깨뜨릴 수 있는 힘을 가졌단 말이오. 당신들 드래곤에게 도움이 되지 않는다는 이유로 베티의 목숨을 구해주길 거부할 경우, 그래서 드래곤들이 인간의 목숨을 하찮게 여긴다는 걸 알아차렸을 때 인간들이 앞으로 얼마 동안이나 드래곤을 신뢰할 것 같소?"

블랙 드래곤이 눈두덩을 찡그리면서 다가서더니 발치에도 미치지 못하는 마니투를 노려봤다.

"정말 이상합니다." 블랙 드래곤이 콧구멍으로 작은 불길을 내뿜으면서 조롱했다. "근데 불현듯 왜 이렇게 핫도그가 먹고 싶은

지 견딜 수가 없군요(길쭉한 빵에 뜨거운 소시지를 끼운 모양이 흡사 뜨거워서 혀를 늘어뜨린 개와 비슷하다 하여 핫도그, 즉 '뜨거운 개'라는 이름을 붙였다는 설이 있다. 그런데 드래곤이 마니투에게 불을 내뿜으면 '뜨거운 개'가 되는 것이니, 이것으로 드래곤들도 유머 감각이 있음이 입증된다)."

블랙 드래곤에게 정신을 집중하던 타라는 그 순간 등 뒤에서 들리는 목소리에 소스라쳤다.

"마니투의 말에 일리가 있소. 지구에서 후계자의 마법 능력을 빼앗는 사고가 일어났을 때도 그렇고…… 드래곤들은 비밀이 너무 많아요. 그리고 특사의 태도나 발언은 드래곤과의 관계를 이미 불편해하고 있는 우리 국민의 반감을 살 우려가 있소!"

갑자기 끼어든 사람은 티라니크 수상이었다. 드래곤이 그 임무의 위험성을 강조할수록 티라니크는 타라를 금지된 대륙으로 보내고 싶었다……. 그리고 제발 거기서 영원히 사라지기를 빌었다. 신원을 밝히기 곤란한 사람으로부터 방금 크리스털 볼로 문자 메시지를 받았기 때문에 더욱 그랬다. 또 한 번 마지스터의 관심과 자신의 관심이 기막히게 일치했던 것이다. 마지스터를 도와주는 것이 점점 더 즐거워지고 있었다.

여제가 수상을 노려봤다.

"잠깐, 제국을 다스리는 사람은 나요." 기분이 몹시 상한 여제가 날카롭게 쏘아붙였다. "그리고 나는 드래곤들이 한사코 출입을 금할 만큼 위험천만한 곳으로 내 후계자를 보낼 생각이 없습니다."

타라가 고모를 뚫어져라 쳐다보면서 물었다.

"만약 내가 억류되어 있다면 어떻게 하실 거예요?"

"경우가 달라." 여제가 받아쳤다.

"알아요! 하지만 그게 나라면 어떻게 하실 거예요?"

"모르겠다." 여제가 마지못해서 대답했다.

"입술에 침도 안 바르고 그런 거짓말을 하다니!" 황제가 놀리듯 끼어들었다. 그러고는 타라에게 말했다. "네 고모는 아마 전 군대를 이끌고 너를 구하러 갈 거다. 드래곤들이 뭐라고 하든."

"그럼 내가 선택의 여지가 없다는 걸 이해하시는 거죠?"

"그래, 네가 이겼다!" 여제가 대꾸했다.

"잘됐군! 나는 타라의 결정을 지지하겠소." 갑자기 황제가 선언했는데 드래곤들이 오랜 세월 동안 그 대륙에 대체 무엇을 감추고 있는지 알고 싶어서 미치겠다는 얼굴이었다. "친애하는 동생, 동생만 권력을 쥐고 있는 것이 아니며, 이 나라의 안전과 관련된 일은 무엇이든 내 소관이오. 따라서 마지스터의 음모가 어떤 목적이 있는 것이 분명한 이상 우리가 반드시 그걸 알아내도록 합시다."

충격을 받은 여제가 대응하기 전에 황제가 블랙 드래곤을 향해 돌아섰다.

"살루덴리바쉬라쉬부 특사, 최단 시일 내에 열쇠를 넘겨주지 않아서 금지된 대륙에 우리 군대를 투입하게 되는 일이 발생한다면 오무아와 드란보우글리스펜쉬르의 외교 관계는 깨지는 것임을 당신의 행성에 알리시오. 물론 그 이유는 텔레크리스털 채널을 통해 아더월드의 모든 행성에 알릴 것이오. 뭔지 알 수 없는 비밀을 지키기 위해 드래곤들이 인간의 목숨을 구해주길 거부했다는 사실에 대해 크리스털리스트들이 어떤 반응을 보일 것 같소?"

드래곤이 얼이 빠져서 사람들을 차례로 쳐다봤다. 처음에는 단순히 감시하라는 임무를 받고 파견되었는데 무시무시한 올가미에 걸려들고 말았으니!

"하지만…… 정말 이해를 못하시는군요!"

"바로 그거예요!" 타라가 반박했다. "설명을 해주면 우리도 이해할 수 있거든요! 인간과 드래곤의 이해타산을 고려해 합리적인 결정을 내리면 될 텐데 비밀을 지키겠다고 버티는 것은 그쪽이잖아요!"

블랙 드래곤이 뒷걸음쳤다. 언제 어디서나 어마어마한 덩치가 어린 소녀 앞에서 쩔쩔매는 모습을 보는 것은 즐겁지 않은가!

"아니, 아닙니다! 그게 아니라…… 드래곤 심의회에 보고하겠습니다." 블랙 드래곤이 다급하게 말하고 돌아서서 접견실의 문을 반쯤 부수면서 뛰쳐나갔다.

"미안합니다!" "용서하시오!" "아, 죄송!" 하고 사과하는 소리에 이어 날카롭게 외치는 소리가 연달아 들리는 걸 보면 블랙 드래곤이 공간이동의 문을 향해 뛰어가다 부딪치는 사람의 발, 식물뿌리, 동물의 발굽이나 발을 사뿐히 지르밟고, 아니 무지막지하게 으스러뜨리고 있는 것이 틀림없었다.

"저렇게 빨리 달리는 드래곤은 처음 봐." 셀레나가 하품하는 것처럼 입을 쩍 벌리면서 가슴을 쓸어내렸다. "얼마나 떨렸는지 머리가 깨질 것 같구나." 셀레나가 내 딸에게 휴식 시간을 좀 주시죠! 하는 얼굴로 여제를 쳐다보면서 말했다. "타라, 가자! 금지된 대륙으로 베티를 구하러 가는 걸 허락한다는 소식이 올 때까지 네 방에 가서 좀 쉬는 게 좋겠어. 괜찮지요, 리스베스?"

어머니가 말하는 사이에 크리스털 볼이 울려서 타라는 깜짝 놀랐다. 화면에 뜬 사람의 얼굴을 보고 표정이 굳어진 타라가 몇 마디를 속삭이고 나서 크리스털 볼을 끊었다.

리스베스가 머뭇거렸다. 궁전에서 일어난 이상한 사건들에 대해 타라와 얘기를 나누고 싶었지만 셀레나의 단호한 눈초리를 보면서 포기했다. 그런 데다 지체 없이 해결할 일도 있었다. 모두 지켜보는 가운데 감히 반론을 제기했던 이복오빠에게 앙갚음이라도 해야 직성이 풀리지 않겠는가.

산도르는 자신에게 쏠리는 복수의 눈초리를 알아차렸다. 휴, 이럴 때는 일단 피하고 보는 것이 상책이지, 산도르가 급하게 처리할 일이 많다고 둘러대면서 리스베스의 귀에서 연기가 나오는 순간 부리나케 나갔다. 그 썰렁한 분위기를 눈치채지 못할 사람이 있을까, 다른 사람들도 꾸물거리고 있다가 괜히 자기한테 불똥이라도 튈까 온갖 핑계를 대면서 슬금슬금 자리를 떴다.

순식간에 접견실 안에는 분을 이기지 못해서 씩씩거리는 리스베스와 친위대만 남았다. 옥좌에서 약간 떨어진 뒤쪽에 세네와 함께 있는 크산디아르를 발견한 리스베스가 친위대장을 불렀다.

"크산디아르?"

"네, 폐하."

"이제 됐으니 그대는 나가서 일 보시오. 그리고 친위대원들도 물러가 있게 하시오. 정보국장과 할 말이 있는데 저들이 듣는 걸 원치 않으니까."

친위대장은 서운하지 않았다. 화가 났을 때는 여제가 약간 거칠어지는 경향이 있다는 것을 잘 알기 때문이었다. 크산디아르는 군소리하지 않고 부하들에게 지시를 내리면서 접견실을 나왔다. 리스베스는 한 사람도 빠짐없이 모두 물러가기를 기다렸다가 정보국장을 불렀다.

"세네?"

"네, 폐하."

"내 후계자의 동정을 살피는 것이 싫지만 그 아이가 무슨 짓을 할지 모르니 어쩔 수가 없군. 그런데 이제는 스스세트(카멜레온 도마뱀으로 살아 있는 녹음기고, 다른 사람의 눈에 보이지 않는 능력이 있어서 제3권 「저주받은 왕홀」에서 타라의 목숨을 구해 주었다. 그러나 그 작은 파충류에게 끊임없이 감시받는 것이 귀찮은 타라가 계속 따라다니면 가죽 액세서리로 만들어버리겠다고 위협했다. 그 때문에 스스세트는 이제 다른 임무에 열중하고 있다)를 보낼 수가 없네. 타라가 핸드백으로 만들어버린다고 엄포를 놓은 뒤로 우리의 카멜레온 도마뱀이 벌벌 떨고 있어서. 그래서 말인데 그대가……?"

여제가 말꼬리를 흐렸지만 마음을 정확하게 읽은 세네가 대답했다.

"제가 살피겠습니다, 폐하. 후계자가 어디를 가든 폐하에게 보고드리겠습니다."

"좋아, 하지만 조심해야 하네. 지금은 타라에게 마법 능력이 없지만 살아있는 돌의 능력은 강력하니까. 까딱 잘못하면 당할 수 있네."

세네가 미소를 지었다.

"폐하께서 마련해주신 렌즈 덕분에 일루시우스 마법을 꿰뚫어 볼 수 있습니다. 제가 직접 우리 후계자의 일거일동을 감시하겠습니다, 폐하."

타라가 돌아온 뒤 처음으로 지친 미소를 짓는 여제를 보면서 세네는 거의 하루 스물여섯 시간을 불철주야 거대한 제국에 몰두하는 리스베스에게 안쓰러움을 느꼈다. 세네는 자신을 전혀 보이지 않게 만드는 신기한 능력을 사용하여 여제의 시야에서 사라졌다.

여제가 오무아를 상징하는 100개의 금빛 눈을 가진 주홍빛 공작이 번쩍이는 옥좌의 팔걸이를 톡톡 쳤다. 다른 사람들과 마찬가지로 여제도 금지된 대륙의 비밀에 대해 자세히 파헤치고 싶었다. 하지만 후계자의 목숨을 걸면서까지 그럴 필요가 있을까? 여제는 입술을 깨물면서 매끈한 이마를 찡그렸다. 만약 타라가 마법을 되찾지 못하면 이미 벌어져 있는 상황보다 훨씬 더 악화되는 것인데…….

아더월드에서 숭배하는 신이 몇이나 될까? 3000명쯤? 리스베스는 불현듯 그중 한 신에게 기도를 해야겠다는 생각이 들었다. 아무도 모르는 신에게.

문득 눈앞에 얼씬거리는 그림자를 느끼고 여제가 고개를 들었다. 하얀 반점을 넣은 회색으로 물들인 머리에 주홍빛과 금빛 제복 차림, 주렁주렁 걸고 매달고…… 어찌나 많은 장신구로 치장을 했는지, 도대체 어떻게 걸어다닐 수 있는지 이따금 의문이 드는 시종장이 인내심을 갖고 기다리고 있었다.

"무슨 일이오?" 여제가 짜증스러운 얼굴로 물었다.

"트리 반트릴의 영주가 알현을 청하고 있습니다." 시종장이 알렸다.

"이유는?"

"모르겠습니다, 폐하. 돌아가라고 할까요?"

리스베스가 고개를 저었다.

"음…… 아니오. 타라와 셀레나를 받아들이는 것으로 우리를 도와줬으니 그 대가를 받으러 왔겠지. 들게 하시오."

리스베스가 일어나서 마법으로 안색과 눈빛을 반짝이게 했다. 공간이동의 문을 통해 타라와 일행이 도착했을 때 여제는 후계자에게 신경 쓰느라고 남작에게 관심을 보이지 않았지만 매력적인 남자라는 인상을 받았다.

바리우스 남작이 의기양양한 걸음걸이로 들어오는 순간 리스베스의 가슴이 콩닥콩닥 뛰었다. 그래, 아주 매력적이야, 내 눈은 틀림없다니까.

남작이 정중하게 허리를 숙여 인사한 다음 여제의 쪽빛 눈을 응시했다.

“폐하, 너무 아름다우셔서 입이 얼어붙는 것 같습니다.” 바리우스가 부드러운 목소리로 달콤하게 속삭였다.

미소를 짓는 리스베스의 뺨에 예쁜 보조개가 패었다.

“남작, 그대는 아침꾼이군요. 그렇게 매혹적으로 서두를 꺼내셨으니 이제 용건을 말씀하시지요.”

바리우스가 머뭇거렸다.

“그게…… 어떤 의미에서는 제국에 관련된 것이라서 말씀드리기가 좀 곤란합니다, 폐하.”

리스베스의 눈빛이 엄격해졌다.

“그대의 남작령과 우리 제국의 좋은 관계를 깨뜨리는 불미스러운 일은 없었던 것으로 아는데요.”

“물론 그건 아닙니다!” 바리우스가 외쳤다. “그 반대입니다!”

바리우스가 심호흡을 하고 나서 말했다.

“그동안 나는 잠도 못자고 먹지도 못하는 데다 나의 영지도 소홀히 하고 있습니다. 그런데 폐하께서 후계자를 보호하기 위해 보낸 엘프 군단을 통과시켜달라고 요청하셨을 때 비로소 그 이유를 깨달았습니다. 그래서 이렇게 폐하를 뵈러 오기로 결심하였습니다.”

리스베스는 도통 이해가 되지 않았다. 이 남자가 지금 무슨 말을 하는 거야?

남작이 바닥에 무릎을 꿇더니 과장된 몸짓으로 손을 가슴에 얹고 콧수염까지 파르르 떨면서 외쳤다.

"폐하, 내 심장은 이제 더 이상 나의 것이 아닙니다. 사랑에 빠져서 다른 건 생각할 수가 없습니다."

기분이 좋은 여제가 활짝 미소를 지었다. 아! 이 남작이 나한테 빠졌구나! 여제는 근육질의 늠름한 남자를 뜯어봤다. 그래, 아무리 봐도 정말 매력적인 남자야. 이렇듯 갑작스럽고 절박한 구애에 익숙하지 않은 여제의 얼굴이 빨개졌다. 빌랭의 용병들은 뭔가를 원하면 단도직입적으로 말한다는 건 알고 있지만 그래도 이건 좀……. 게다가 남자들은 대부분 나를 두려워하는 편인데!

"말씀하세요, 남작." 여제가 부드러운 목소리로 말했다. "그대를 이해합니다."

방금 여제가 털어놓으라고 허락한 것인가? 미묘한 암시를 간파한 남작이 다가가서 손을 잡았는데 여제가 뿌리치지 않았다.

"그래서……" 남작이 리스베스의 아름다운 눈을 지그시 바라보면서 말했다. "청합니다, 아니 간청합니다. 셀레나 덩컨과의 결혼을 허락해주십시오."

그 말에 리스베스는 저절로 흘러나오는 신음 소리를 참을 수가 없었다.

엘레아노라

뭔가를 훔치려고 할 때는 발각되지 말아야 하는데……

*

매몰차게 손을 뿌리친 여제가 남작을 노려보면서 스파슌으로 둔갑시킬까, 말까 고민하고 있는 사이에 타라와 마니투, 셀레나, 이사벨라는 후계자의 스위트룸에 도착했다. 거짓말 좀 보태서 화장실에 가려고 해도 도시락과 물을 싸 들고 가야 할 정도로 엄청나게 커다란 방이었다.

모든 것이 떠날 때 두고 간 그대로였기 때문에 타라는 행복한 신음 소리를 냈다. 타라가 '집'이라고 생각하는 것은 10년 동안 살았던, 지구에 있는 할머니의 저택이기 때문에 궁전은 제2의 집을 의미했다.

안락의자와 소파가 손님을 맞느라고 분주했고, 금빛 대리석에 그린 벽화도 타라를 환영하기 위해 살아 움직이고 있었다. 미풍이 살랑살랑 불면서 실내정원 쪽으로 난 문이 모두 활짝 열렸고, 요정들이 흥겹게 노래를 불렀다. 타라가 미소를 지었다. 서로 헐뜯으면서 정치적 공세를 펴지만 않는다면 궁전은 얼마나 살기 좋은 곳인가! 갑자기 타라의 얼굴에서 웃음기가 사라졌다. 베티는 혼자서 고통을 겪고 있는데 이렇게 사치를 누리고 있다니!

살아있는 돌은 베티 때문이 아니라 멋진 로빈과 연락이 되지 않아서 행복하지 않았다. 받지도 않을 거면 크리스털 볼을 뭐 하러 갖고 있는 거야, 대체! 그래서 짜증이 났지만 살아있는 돌은 여전히 원망을 품고 있는 타라가 로빈에게 연락을 못하게 할까 두려워서 말할 수가 없었다.

"어떻게 여기 계세요, 어머니?" 셀레나가 이사벨라 옆에 앉으면서 물었다. "지구에서 제레미와 함께 부모를 찾고 있는 걸로 알았는데요?"

이사벨라가 한숨을 쉬었다.

"아더월드에도 지구에도 제레미의 부모가 흔적도 없으니 도무지 어떻게 된 건지 알 수가 없구나. 몇 년 동안 우리 기술이 발전했고, 타라와 제레미의 마법이 지구로 쏟아졌을 때 우리의 마법 능력이 강화되었어. 그런데도 제레미의 부모를 찾을 수가 없구나. 그들의 혼령을 불러봤지만 나타나지 않은 걸 보면 죽지는 않은 건데……. 슬픔에 잠긴 제레미가 앓아누웠지. 하르퓌아들에게 당해서 양부모가 목숨을 잃었는데 친부모까지 행방불명되었으니 오죽하겠니. 그래서 내가 제레미를 오무아 법의 보호를 받게 했지. 부모가 오무아 출신이기 때문에 공증인들이 친자 관계 절차를 밟아놨어. 우리의 법에 따라 제레미가 법정 상속인이 되면 권한을 갖기 때문에 지금부터 1년 내에 유산상속을 받을 수 있을 거야. 물론 그 집안의 다른 상속인들이 갑자기 나타난 조카를 인정해줘야 하지만. 제레미의 아버지 발 드레구스의 재산이 엄청나거든."

타라가 놀란 얼굴로 물었다.

"왜 오무아 법의 보호를 받아요?"

이사벨라가 입술을 삐죽거렸다.

"오무아 법의 보호를 받아야 유감스러운 사고를 조금이라도 피할 수 있잖아."

"아!"

난데없이 불쑥 나타난 법정 상속인에게 상당한 재산을 반환한다는 것이 달가울 리가 없는 친척들이 비수나 독약을 쓰고 싶은 충동을 느낄 수도 있지 않겠는가. 타라는 소름이 끼쳤다.

타라가 오포숨에서 요양하는 동안 셀레나와 이사벨라는 오무아의 크리스털 볼 덕분에 자주 연락하며 지내왔다. 그러나 셀레나는 오포숨을 떠날 때 일어났던 사건에 대해서는 자세히 얘기하지 않았다. 복수하고야 마는 어머니 이사벨라의 성격을 알기 때문에 딸과 손녀를 무례하게 대한 빌랭의 용병들과 미니 전쟁이라도 일으킬까 불안했던 것이다.

이번에는 이사벨라가 지구의 소식을 알려주었다.

"브주아 지롱 백작은 건강을 회복했어. 백작에게 마법 능력이 생긴 기미가 전혀 없어서 아마 파브리스가 안도의 숨을 쉬었을 거다. 공간이동의 문들이 강화되었기 때문에 이제는 비밀리에 드나드는 것이 쉽지 않게 되었어. 마법 수준이 한층 높아졌고, 지구인들이 잠재된 마법 능력을 발전시키는 바람에 지구에서의 마법 활동에 대한 경계를 강화할 수밖에 없는 상황이야."

이사벨라가 지친 몸짓을 하면서 말했다.

"그렇게 여행을 많이 한 적이 없어. 도처에서 젊은 마법사, 늙은 마법사들을 발견했는데 비마들에게 우리의 존재를 숨기기 위해 민투스 주문을 수없이 날려야 했다. 언제까지 비밀로 숨길 수 있을지…… 그게 불가능한 날이 올까 걱정이구나."

이사벨라가 어깨를 으쓱하면서 다시 본론으로 돌아왔다.

"타라, 미안하구나."

타라가 어리둥절한 얼굴로 할머니를 쳐다봤다. 할머니가 사과를 하다니! 또 무슨 일이지?

"왜요?"

"베티를 보호할 생각을 못했어. 마지스터가 그 아이를 공격할 줄이야 누가 상상이나 했겠니? 어리석게도 내가…… 방심했어."

"아니에요, 다 내 탓이에요." 타라가 자책하는 할머니를 진정시켰다. "베티 생각을 전혀 하지 않았어요. 우리 중에서 가장 공격받기 쉬운 애였는데……. 민투스 주문으로 내 마법 능력을 잊어버리게 하는 대신에 아더월드에 대해 알려주고 조심하라고 말했어야 했는데 내가 잘못한 거예요."

"그게 왜 네 잘못이야?" 마니투가 반박했다. "지금까지 마지스터는 너를 직접 공격해왔어. 그 미치광이가 다른 지구소녀를 납치할 거라고 어떻게 예상할 수 있겠니? 게다가 오무아에 정착하면서부터 너는 베티를 거의 만나지도 않았는데. 그리고 너한테 하나 물어보마. 마지스터가 네가 모르는 지구인을 납치했다면 어떻게 할 거니?"

타라가 빙긋이 웃었다. 증조할아버지는 타라를 아주 잘 알고 있었다.

"나는 물론 그 사람을 구하기 위해 뭐든 할 거예요."

"그렇지? 베티든 다른 누구든 너는 의무를 다했을 거야. 그동안 네 할머니가 너를 그렇게 가르쳤고. 신의는 계산기 두드리듯 따져보는 게 아냐. 네 고모는 군주야. 고집을 피울 만한 이유도 많고 또 정치적 계산도 해야 하고, 하여튼 이것저것 생각할 것이 많아서 머리가 복잡한 사람이라는 뜻이란다. 그러다 보면 누군가는 피해를 입게 마련이지. 그 누군가가 베티든 다른 사람이든 중요한 것은 그게 아니야. 그러니까 우리가 구해야 해."

타라가 무릎을 꿇고 증조할아버지를 품에 안았다.

"옳은 말씀이에요, 할아버지. 단순한 건데 머리가 복잡한 사람들과 지내다 보니 자꾸 잊어버려요. 그걸 깨우쳐줘서 고마워요, 할아버지."

"천만에, 타라. 그럼 이제 뭐부터 해야 하나?"

타라가 할머니를 돌아봤다.

"의심이 많다고 생각하시겠지만, 터무니없는 것을 믿으라고 하면서 마지스터가 너무 강경하게 나오는 것이 좀 이상해서요. 할머니, 베티가 사라졌을 때의 정황을 확인하셨어요?"

이사벨라가 입을 열다가 다물고 눈살을 찌푸렸다.

"맙소사!" 이사벨라가 마침내 말했다. "내가 그 생각을 못했구나. 그래, 네 말이 맞아. 그것부터 알아봐야겠구나!"

"여기서 우리의 크리스털 볼로 지구에 연락할 수 있어요?"

"그렇긴 한데 좀 복잡해. 아버지, 우리가 직접 가서 확인해요. 잠시 후에 돌아올게!"

스스로에게 화가 난 듯 이사벨라가 질풍처럼 나가자 마니투가 따라나갔다.

타라가 말하려는 순간 문이 꿈틀거렸다. 금빛 문짝에 입과 귀, 눈이 차례로 나타났다.

"면허 받은 도둑 엘레아노라 만티코르가 마마를 찾아왔습니다." 기분이 나쁜 듯 입이 실룩거리면서 말했다.

타라가 이마에 주름을 잡았다. 죽이려고 한 뒤로 엘레아노라가 조심스럽게 피해 다녔기 때문에 말도 안 하는 사이인데 무슨 일로 찾아왔지?

"휴, 또 무슨 이유를 들면서 나를 원망하지 않기를 바라는 수밖에. 체인지라인?"

체인지라인이 알았다는 표시로 타라의 마법복 자락을 나부끼게 했다.

"내 목과 가슴을 보호해줄 수 있지?"

체인지라인이 마법복을 강화하고 강철같이 단단한 깃으로 턱을 감쌌다. 목에 깁스를 댄 것처럼 우스꽝스럽게 보였지만, 엘레아노라가 혹시라도 지난번처럼 트리크로크*로 심장을 찌르려고 할 경우 천을 뚫으려면 아마 굴착기 정도는 있어야 할 것 같았다.

"들여보내." 타라가 문에게 지시했다.

문이 빙그르르 돌았을 때 타라는 입이 왜 그렇게 못마땅한 기색을 보였는지 알아차렸다.

삐죽삐죽 솟은 머리털하며 시커멓게 그을음이 앉은 얼굴, 엘레아노라는 흉한 몰골을 하고 있었다.

"나 좀 숨겨줘. 친위대에 쫓기고 있어!"

상황을 파악한 타라가 재빨리 엘레아노라의 팔을 잡아끌면서 문을 쾅, 닫았다.

"아야! 그렇게 거칠게 나를 닫다니, 너무하네요! 나는 연약하다고요!"

"문, 누군가를 봤냐고 물으면 내가 지시를 내릴 때까지는 아무 대답도 하지 마, 알았지?"

입이 나타나서 뭐라고 구시렁거렸다.

"뭐라고?"

"방금 쾅, 하고 나를 거칠게 닫은 것 말고는 아무 소리도 듣지 못했고, 아무도 보지 못했다고 했어요."

"미안해 너를 아프게 할 생각은 아니었어." 타라가 미안해하는 미소를 지어 보였다.

"휴!"

한숨을 내쉬고 나서 입이 사라졌다.

타라가 혼자 있지 않은 것을 보고 엘레아노라가 얼어붙었다. 벽에 방음 주문이 걸려 있기 때문에 복도에서 나는 소리를 들을 수 없었지만 엘레아노라는 친위대가 가까이 오고 있음을 느꼈다. 셀레나 부인이 입을 다물어줄까? 때마침 타라의 어머니가 환영한다는 표시로 보낸 미소를 보면서 엘레아노라는 안심했다.

"빨리 들어오게 해줘서 고마워." 엘레아노라가 타라에게 말했다. "지난번에 사건이 일어난 뒤로 크산디아르 친위대장이 궁전의 경비를 강화했기 때문에…… 몸을 숨길 만한 곳으로 여기밖에 생각나는 데가 없었어."

크산디아르가 엘레아노라를 쫓고 있단 말인가? 오무아로 돌아오자마자 박진감 넘치는 생활이 시작되다니, 역시 기대를 저버리지 않는구나!

타라가 어깨를 으쓱했다.

"무슨 일인데?"

머뭇거리던 엘레아노라가 어느새 다가와 바로 뒤에서 대기하고 있는 안락의자에 털썩 주저앉자 그을음이 풀풀 날렸다. 엘레아노라는 솔직하게 말하기로 결정했다.

"티라니크가 파놓은 함정에 빠졌어. 그자가 서류에 함정을 걸어놔서 읽으려는 순간 내 얼굴 앞에서 폭발했어."

셀레나가 아연실색했다.

"오무아의 수상을 염탐하고 있단 말이니?"

교양 있는 셀레나는 차마 '너 미쳤구나!'라는 말을 덧붙이지 않았지만 물음표 뒤에 그런 뉘앙스가 풍겼다.

엘레아노라가 약간 난처한 미소를 지었다.

"티라니크가 마지스터와 한패라는 걸 입증할 만한 충분한 이유가 있거든요. 변심한 메델루스에게 마지스터와 어떻게 접촉할 수 있는지 알려준 사람도 티라니크였고요."

셀레나의 얼굴이 창백해졌다.

"그리고 내 사촌 브란디스를 죽였다고 칼을 고소하도록 나를 조종한 사람도 티라니크라고 확신해요." 엘레아노라가 격분해서 말을 이었다. "여제께서 증거가 없으면 고소가 불가능하다고 하셨는데 물증이 없었어요. 지금까지 내가 발견한 것은 대수롭지 않은 것들뿐이라서 마지막으로 그의 금고에 손을 댄 건데 실패하고 말았어요. 이제는 나를 자극하기 시작했어요."

"사람들을 자극하는 것은 마지스터가 즐기는 전형적인 수법 중 하나지." 셀레나가 감정이 느껴지지 않는 어조로 지적했다.

"또 다른 손님들이 뵙기를 청하고 있습니다." 문이 표가 나게 큰 소리로 외쳤다. 타라에게 조심하라고 알려주는 건가?

"빨리 숨어!" 타라가 엘레아노라에게 말했다. "욕실로 가, 나머지는 내가 알아서 할게."

말이 떨어지기가 무섭게 엘레아노라가 욕실로 사라지자 문이 열리고 친위대원들이 들이닥쳤다. 이어서 들어오는 재들은…… 칼, 무아노, 파브리스, 파프니르?

타라는 로빈이 보이지 않는 것에 가슴이 아팠지만 환호성을 지르면서 친구들에게 달려갔다.

몇 달 못 본 사이에 파브리스는 키가 더 자란 것 같고 어깨도 넓어진 것이 아주 늠름한 모습이었다. 길게 자란 금발이 까만 눈 위로 흘러내린 파브리스는 행복하고 자신만만해 보였다. 축소한 파란 매머드 바룬이 파브리스 옆에서 태평하게 빨간 바나나를 우물우물 먹고 있었다.

"오랜만이야, 타라!" 파브리스가 말했다. "빛이 아주 아름답고 황홀할 때 쓰는 표현, 얼굴에 있는 감각기관, '환영하다'의 첫 글자를 더하면 뭐가 될까요?"

"휴, 수수께끼에 대한 열정은 여전하구나, 파브리스! 나랑 관계되는 말이겠지, 뭐!"

"에이, 풀어보려는 시늉이라도 하면 어디가 덧나냐? 무지하게 쉬운 건데! '눈부신 귀환'."

그렇게 말하다가 파브리스의 얼굴이 어두워졌다.

"물론 웃고 떠들 상황이 아니라는 건 나도 알아. 도대체 어떻게 베티를 납치할 수 있지? 그자는 진짜 괴물이야!"

타라가 고개를 끄덕이면서 애써 미소를 지으려고 했지만 베티 생각을 하자 다시 속이 뒤틀려서 웃을 수가 없었다.

타라를 만나서 기쁜 무아노는 방긋 웃어 보이면서도 남자친구 파브리스가 대표로 반가운 마음을 표현하게 내버려두느라고 아무 말도 하지 않고 있었다. 무아노의 은빛 표범 쉬바가 셀레나의 퓨마 셈보르에게 다가가더니 주둥이를 비벼대면서 반가움을 표시했다. 난쟁이 파프니르가 갑자기 도끼 몇 개를 던졌다. 그러고는 멋진 포물선을 그리면서 떨어지는 도끼들이 탁자를 박살 내기 직전에 낚아채는 묘기를 보여준 다음 갈비뼈가 으스러지도록 타라를 끌어안았다.

셀레나에게 정중하게 인사하면서 빨간 머리 난쟁이 전사가 외쳤다.

"너의 망치가 맑은 소리로 울리기를! 타라, 내 도끼들에 걸고 말하는데 네 키가 자란 거야, 내 키가 줄어든 거야?"

타라가 웃음을 터뜨렸다.

"너의 모루가 맑은 소리로 울리기를! 신체 발육이 왕성한 것은 아무래도 몇 달 동안 어머니가 해주었던 맛있는 음식 덕분인 것 같아!"

파프니르가 셀레나를 향해 돌아서더니 눈을 반짝이면서 미소를 지었다.

"나도 그렇게 잘 먹여주시면 키가 자라서 우리 난쟁이들 속에서 거인이 되지 않을까요? 오늘 저녁은 메뉴가 뭐예요?"

셀레나가 다정하게 대답했다.

"여제께서 나를 요리하는 서열에 두지 않는 터라 주방에 가서 참견할 수도 없고……. 황궁의 요리사들이 너희 입에 맞는 요리를 해줄지 의문이구나. 그리고 너는 이미 너희 종족 중에서는 거인이야, 난쟁이 아가씨."

"거인보다는 전설적인 영웅에 더 가깝죠!" 칼이 파프니르 앞에서 사뭇 엄숙하게 허리까지 굽히며 말했다. "타라, 베티가 납치되었다는 방송을 본 뒤로 너한테서 연락이 올 거라고 우리 모두 예상하고 있었어. 너의 크리스털 볼이 우리가 필요하다고 알렸을 때는 이미 출발한 상태였고. 그런데 방송에서 보니까 네가 마법 능력을 되찾았던데 정말이야?"

타라가 담담한 표정으로 대꾸했다.

"그게 아니라 나를 대신해서 살아있는 돌이 마법을 쓴 거야. 난 여전히 마법 능력이 없어. 처음으로 그게 짜증이 나. 마법에 의존하지 않고 임무를 수행해야 하는데 가능할지 모르겠어."

파브리스가 활짝 웃었다.

"하! 하! 사람들을 개구리로 둔갑시키는 마법이 싫다고 그렇게 불평하던 소녀가 이거 어떻게 된 거야?"

"나도 이런 말을 하게 될 거라고는 상상도 못했지만 지금은 마법 능력이 내게 절실하게 필요하다는 걸 인정하지 않을 수 없어." 타라가 한숨을 내쉬면서 고개를 돌리려다가 포기했다. "체인지라인, 목을 좀 자유롭게 움직일 수 있도록 해줄래? 갑옷에다 목에 깁스를 하고 있는 것 같아."

체인지라인이 복종했다. '타라 사단'과 함께 몰려 들어왔지만 이제나저제나 말할 기회를 엿보고 있던 친위대원들 중 장교가 후계자에게 허리를 굽혔다. 호기심이 가득한 스쿠프 두 대가 머리 위를 날아다니면서 분주하게 정보와 이미지를 담고 있었다. 친위대가 수사를 위해 스쿠프를 이용하고 있었다.

"마마, 저희는 티라니크 수상의 집무실에 무단 침입한 위험한 자를 추적하는 중이었습니다." 팔이 네 개인 티그족 장교가 차려 자세로 고했다. "마마의 방문 바로 앞에서 그을음 자국을 발견했습니다. 방에 들어온 지 오래되셨습니까, 마마?"

타라가 예쁜 미소를 지었다.

"내 가족과 함께 들어온 지 한 15분쯤 됐어요."

친위대 장교는 후계자가 무슨 말을 더 해주기를 기다렸지만 타라는 거짓말로 둘러댈 생각이 전혀 없었다. 그냥 아무 말도 하지 않으면 되는데 굳이 거짓말까지 할 필요는 없지.

"알겠습니다. 그렇다면 마마의 거처를 뒤질 필요는 없겠습니다. 그럼 저희는 계속해서 범인을 추적하겠습니다, 마마."

친위대 장교가 다시 허리를 굽혀 인사하고 부하들에게 나가라는 지시를 내렸다. 그을음이 묻은 안락의자 앞을 지나가는 순간 장교가 걸음을 멈추더니 돌아서서 타라를 바라보았다.

이어서 장교가 무슨 말인가 하려는 듯 입을 열었지만 어떤 소리도 나오지 않았다. 타라의 눈이 커졌다. 왜 갑자기 말을 못하지? 장교가 끈기 있게 또다시 입만 벙긋거렸고, 타라는 무슨 말을 하려는지 알아차렸다.

'위험에 처하셨습니까? 누군가에게 협박당하고 계십니까? 제가 개입할까요?'

타라가 아니라는 표시로 고개를 저었다. 친위대는 복잡한 음모사건을 자주 접하기 때문에 황족에게 해를 끼치는 모든 일에 능란하게 대처하는 법을 배워왔다. 장교는 그 상황을 이렇게 평가하고 있었다.

1) 쫓고 있는 범인이 후계자와 가족을 인질로 삼고 위협하고 있을 경우는 진압 작전으로 제압해야 한다. 그래서 무언의 메시지를 보냈던 것이다.

2) 제국의 후계자가 알 수 없는 이유로 범인을 보호하고 있을 경우는 더 이상 할 일이 없다. 그리고 후계자는 방금 2번이 옳은 선택이라고 확인해주었다.

그렇다면 티라니크 수상과 후계자 사이에 알 수 없는 어떤 암투가 있다는 것인가? 친위대장 크산디아르에게 자세히 보고하면 여제에게 결정을 맡길 것이었다. 아, 뿌익 * 이라면 여제와 후계자가 나누는 대화를 들을 수 있으련만! 장교가 씁쓸한 미소를 지었다. 어쨌든 정치판의 혼탁한 물에 발을 들여놓는 것이 전혀 내키지 않았다. 크사릴이 의문의 죽음을 당한 뒤로는 특히 이런 종류의 미묘한 사건이 발생할 경우 크산디아르에게 맡기고 있었다.

장교가 돌아서서 나가는 순간 안락의자에 묻은 시커먼 자국을 알아본 칼이 야릇한 눈길로 타라를 쳐다봤다.

"자, 이제 설명해봐!" 친위대가 나가고 문이 닫히자마자 칼이 말했다.

타라는 짓궂은 미소를 짓지 않을 수 없었다.

"아, 문제가 좀 있는 친구가 와 있거든. 근데 아마 너도 잘 알 거야." 타라가 목소리를 높였다. "이제 됐으니까 나와도 돼!"

갑자기 나타나는 엘레아노라를 보면서 칼은 두 눈이 튀어나올 뻔했다. 거의 킬러에 가까운 위험한 상대라는 걸 잊은 걸까? 칼이 달려가 엘레아노라의 손을 덥석 잡았다. 엘레아노라가 처음으로 단검을 뽑아들지 않았다. 몇 달 전만 해도 엘레아노라 앞에서는 정신을 바짝 차리고 경계를 늦추지 말아야 했는데…….

"엘!" 칼이 외쳤다. "네가 어떻게 여기 있어? 무슨 일이야?"

"또 티라니크 때문이야." 엘레아노라가 난처한 얼굴로 말했다. "그자가 만들어놓은 함정에 빠졌어."

칼의 눈빛이 심각해졌다.

"네 모습을 보아하니 너를 죽이려고 했구나!"

"하지만 죽이진 못했지. 그을음을 뒤집어썼을 뿐이니까!"

엘레아노라의 목소리에서 분노가 느껴졌다.

"기다려, 내가 깨끗하게 해줄게." 칼이 다정하게 말했다. "그런 꼴로 있을 수는 없어."

"아니, 잠깐 기다……."

그러나 칼은 이미 주문을 읊고 있었다.

"*네토이우스의 이름으로* 엘레아노라를 당장 깨끗하게 만들지어다!"

칼의 마법이 원색 물결을 치면서 소녀를 에워쌌다. 물결이 사라졌을 때 엘레아노라는 시커메진 마법복 대신에 목선이 시원하게 파이고, 장밋빛 바탕에 파란 꽃무늬가 있는 화려한 원피스를 입고 있었다. 꽃 지팡이를 들고 버찌 무늬 모자만 썼다면 영락없이 어여쁜 양치기 소녀의 모습이 아닌가!

엘레아노라가 예쁜 옷을 내려다보면서 비명을 질렀다.

"아악! 너, 무슨 짓을 한 거야?"

"맙소사!" 당황한 칼이 쩔쩔맸다. "이건 타라와 제레미의 마법 때문이야. 내가 토스트를 원하면 머리에서 받아들이는 것은 제과점이야. 사실은 나도 짜증이 나. 지금도 깨끗한 옷차림의 너를 생각했는데 그 멍청한 마법이 말썽을 부린 거야. 난 아무 말도 하지 않았어. 나는 그런 짓 안 해, 정말이야. 미안해."

타라는 어이가 없었다. 뭐? 자기는 그런 짓을 하지 않는다고—언젠가 나를 비키니 차림으로 만들어놓은 적도 있으면서?—하지만 쩔쩔매면서 사과하고 있으니 이번엔 눈감아주자.

엘레아노라가 주문을 읊자 칼이 기계적으로 방어했다. 그러나 엘레아노라는 칼을 두꺼비로 둔갑시키지 않았다(그러고 싶은 마음이 굴뚝같다는 것이 느껴졌지만). 엘레아노라는 자신의 옷차림을 바꾸면서 칼을 째려보는 것으로 그쳤다. 엘레아노라의 회색 눈에서 즐거워하는 빛을 보면서 타라는 의외라는 표정을 지었다.

까칠하게 보이지만 괜찮은 구석도 있네. 완전히 가망이 없는 애가 아니라서 다행이다.

타라가 엘레아노라에게서 새로운 면을 보고 있을 때 엘레아노라가 말했다.

"티라니크의 사무실에서 서류를 찾고 있는 동안 네가 마법을 되찾았다는 걸 알았어. 그리고 마지스터에게 납치된 친구를 구하기 위해 떠나야 한다는 것도 알았어. 그래서 나도 너를 따라가기로 결정을 내렸어. 나는 마지스터와 티라니크를 연결하는 끈을 찾아서 아주 아작을 내버……(그 순간 셀레나의 눈과 마주친 엘레아노라가 표현을 바꿨다) 남은 생을 감옥에서 썩게 만들겠어!"

"당연하지, 우리도 갈 거니까." 칼이 강력해진 마법에 대해 불평했을 때 눈살을 찌푸렸던 파브리스가 덧붙였다. "타라, 네가 정말 그리웠어. 베티는 나의……."

그때 무아노의 시선을 느낀 파브리스가 목구멍에 뭐가 걸린 듯이 말을 잇지 못했다.

"어…… 그게 좋은 친구였는데."

무아노는 오히려 태연했다. 파브리스와 베티가 한 동네에서 자란 소꿉친구라는 걸 알고 있었다. 그러나 그건 지난 일일 뿐, 몇 달 전부터는 무아노의 남자친구였다. 따라서 질투를 느낄 필요가 없었다.

"그런데 마법 능력을 찾지 못했어!" 하고 말하면서 타라는 순간 매번 똑같은 말을 반복하느니 차라리 가슴에다 '나는 마법 능력을 찾지 못했음'이라고 쓴 팻말을 달고 다니는 게 낫겠다는 생각이 들었다.

타라가 상황을 설명하자 엘레아노라가 믿어지지 않는다는 표정으로 쳐다봤다.

"마법 능력이 없는데 금지된 대륙으로 가겠다고? (셀레나 부인보다는 교양이 부족하기 때문에 엘레아노라가 덧붙였다) 미쳤구나! 드래곤들이 금지한다는 것은 거기에 아주 위험한 무언가가 있다는 뜻이야!"

타라가 어깨를 으쓱했다.

"나에게 마법 능력이 있든 없든 그건 베티와 아무 상관 없어. 베티가 바라는 것은 마지스터가 빠뜨려놓은 악몽 같은 곳에서 나오는 거니까. 다행히 나는 후계자라는 신분 덕분에 드래곤 정부를 압박하여 대륙의 문을 열게 할 수 있어. 마법 능력을 되찾아서 내가 함께 금지된 대륙으로 가야 해. 내가 베티를 알고 있기 때문이기도 하고, 후계자로서 내 의무이기도 하니까. 어쨌든 뭔가를 요구하려면 그만한 대가를 치러야겠지. 따라서……."

타라가 말을 끝맺지 않았지만 결론은 명확했다.

셀레나가 한숨을 내쉬었다.

"드디어 다시 시작이구나! 몇 달 동안 조용히 살면서 너무 행복해서 어쩐지 불안하더니만. 타라, 그래서 네 계획이 뭔데?"

타라가 놀란 얼굴로 어머니를 쳐다봤다. 절대로 안 된다고 말할 줄 알았는데 그게 아니잖아?

오포숨에서 함께 지낸 시간 덕분에 모녀가 서로에 대해 많이 알게 된 것인가, 타라는 어머니가 친구를 도우러 달려가려는 딸을 말리지 않는다는 사실에 기뻤다. 그런데 문제는 아직 아무런 계획도 세우지 않았다는 것이었다.

"대륙으로 들어가려면 열쇠를 손에 넣어야 해요." 타라가 생각에 잠긴 얼굴로 말했다. "일단 그곳에 가면 마지스터가 베티가 있는 곳을 가르쳐줄 거라고 생각해요. 가서 그자가 우리에게 보여주고 싶어 하는 것을 본 다음 돌아오는 거예요. 이럴 때 딱 맞는 표현이 있죠, 카이사르의 '왔노라, 보았노라, 이겼노라!' . 마지스터가 나를 죽이지는 않을 거예요. 아마 마지스터는 나를 보호하기 위해 최선을 다할 거예요. 어떻게 할지는 예상할 수 없지만."

그때 또다시 문이 꿈틀거렸다.

"친위대장 크산디아르와 최고 마구스 데미데루스가 오셨습니다. 마마!"

오늘따라 만나러 오는 사람이 왜 이렇게 많은지! 엘레아노라가 깔끔해진 상태이기 때문에 안락의자와 바닥에 묻은 그을음만 없애면 되었다. 칼이 재빠르게 사라지게 했다.

"문, 들어오시게 해!" 타라가 지시했다. "귀한 분인데 기다리게 하면 안 되지!"

데미데루스는 타라의 조상이었다. 악마들과 전쟁할 경우를 대비하여 잿빛 시간 속에서 힘을 비축하고 있다가 얼마 전에 나온 데미데루스는 오무아 제국을 창시한, 시대를 통틀어 가장 강력한 마구스로 거의 5000살에 가까웠다.

물론 그 나이로 보이지는 않지만.

데미데루스가 크산디아르를 대동하고 방에 들어오자 모두 허리를 굽혀 경의를 표했다.

"여러분께서 이렇게 정중하게 저를 맞아주시다니 정말 고맙습니다!" 크산디아르가 감개무량한 듯 만면에 미소를 지으면서 외쳤다. "일개 친위대장에 불과한 사람인데 과분한 영광이옵니다!"

그렇게 재치 있는 농담을 날리던 크산디아르의 눈길이 금빛 콘솔테이블 옆의 나무에 꽂혔다. 맙소사!

쏜살같이 달려간 크산디아르가 살아 있는 뭔가를 한 팔로 감는 것이 아닌가.

바닥에서 10센티미터쯤 들린 세네가 발을 버둥거리면서 딸꾹질을 하고 있었다. 세네를 알아본 크산디아르가 눈을 회동그랗게 치뜨면서 내려놨다. 카무플레 정보국장 세네가 허리를 숙이고 숨을 몰아쉬는데 성대가 튀어나올 듯이 심하게 기침을 했다.

"당신이…… 내 목을 으스러뜨렸잖아요. 당신이 피테칸트로푸스(직립원인)라도 돼요? 야만인!" 화가 난 세네가 내뱉었다.

"제국의 후계자를 감시하다니, 세네 센스사스!" 크산디아르가 네 손으로 장검을 움켜잡으면서 냉랭하게 소리쳤다. "이건 대역죄요! 마지스터에게 매수된 거요, 아니면 또 다른 제국의 적과 손을 잡은 거요?"

세네가 어이없는 얼굴을 했다.

"뭐라고요? 당신 돌았군요! 나의 신의에 대해서는 잘 알고 있잖아요!"

"아니, 전혀 모르오!" 친위대장이 딱 잘라버렸다.

"난 감시하지 않았어요!" 세네가 까칠하게 말했다. "내가 여기 있는 건 지시를 받고……."

세네가 말을 중단했다. 여제가 시켰다는 말을 어떻게 한단 말인가.

타라는 세네가 안됐다는 생각이 들었다.

"됐어요, 세네, 누구의 지시를 받고 여기 있는 건지 알고 있으니까요. 그리고 감시할 필요 없어요. 마법 능력도 없고, 열쇠도 없어서 금지된 대륙에 가는 것이 불가능하다는 말을 하고 있었으니까. 따라서 내가 증발할 위험은 전혀 없어요. (타라는 정직하기 때문에 덧붙였다) 어쨌든 당분간은."

"바로 그래서 내가 왔다." 등 뒤에서 부드러운 목소리가 들렸다.

타라가 돌아봤다. 데미데루스였다. 키가 작고 아주 평범해 보이는 데미데루스는 거무스름한 머리에 윤기가 흐르는 흰 머리털이 또렷이 드러나 있고, 파란 눈에서 지성의 빛이 반짝이고 있었다.

"후계자, 잿빛 시간 속으로 돌아가기 전에 너에게 물어봐야 할 아주 중요한 질문이 있다."

그렇다면 데미데루스는 악마들이 또다시 세계를 침략할 경우 개입하기 위해 잿빛 시간 속(혈액순환이 정지되기 때문에 오랫동안 젊음을 유지할 수 있다)에 갇혀 있겠다는 생각을 포기한 것이 아니었다.

"네, 말씀하세요."

"마법을 어떻게 생각하니? 여제의 말로는 네가 마법 능력을 잃어버렸는데 아직 되찾지 못하고 있다던데?"

타라는 이렇게 말하고 싶었다. '내 인생을 엉망으로 만들어버린 마법 말이죠? 더 이상 원치 않아요.' 하지만 마법 덕분에 아더월드와 지구를 구했던 점을 생각해서 타라가 예의를 갖춘 표현으로 대답하려는 순간 데미데루스가 먼저 말했다.

"솔직하게 대답해야 한다. 싫으면 싫다고 하고, 필요하면 필요하다고 말해. 아주 중요한 문제야!"

"마법을 좋아하지 않아요……."

거의 폭탄 수준의 대답을 듣자 최고 마구스가 땅이 꺼져라 한숨을 쉬었다.

"며칠 전에 물으셨다면 그렇게 대답했을 거예요." 타라가 말을 이었다. "그때는 생활이 평온했으니까요. 그러나 살아있는 돌, 체인지라인, 갈랑과의 교감을 통해서(자기 얘기를 하는 걸 알고 페가수스가 머리를 들이밀자 타라가 쓰다듬어주었다) 나는 여전히 마법을 이용하고 있어요. 그리고 마법 능력은 내 머리털이나 내 눈과 마찬가지로 내 신체의 일부이기 때문에 결코 피할 수 없다는 걸 마침내 깨달았어요. 그래서 내 대답은 다음과 같아요. 사람들이 비뚤어진 코나 너무 얇은 입술을 좋아하지 않는 것처럼 나도 마법을 좋아하지 않지만 좋든 싫든 마법 능력은 우리의 일부입니다. 마법 없이는 이 아더월드에서 아무것도 할 수가 없습니다. 따라서 마법은 나에게 없어서는 안 되는 것입니다."

데미데루스가 흡족한 얼굴로 고개를 끄덕였다. 아직 어린 나이지만 의외로 성숙한 모습을 보이고 있는 데다 아주 신중하지 않은가.

"그럼 이제부터 네 능력을 돌아오게 하는 방법을 찾아야겠다. 하지만 두 드래곤이 싸울 때, 기계가 너와 제레미에게서 빨아들였던 마법을 지구 전체로 토해내는 순간에 네 주위에 있었던 사람이 모두 모여야 해."

파브리스가 불안해하는 얼굴로 나섰다.

"어떻게 하실 생각입니까?"

데미데루스가 다정한 미소를 지어 보였다.

"너희가 본의 아니게 덤으로 얻은 마법이니까 돌려줘야지!"

파브리스가 얼굴이 파랗게 질려서 뒷걸음쳤다.

"그건 불가능합니다!"

데미데루스는 지구소년의 말을 잘못 이해했다.

"아니, 가능한 일이야! 너희의 마법이 강력해진 것은 타라와 제레미의 마법 능력 때문이다. 타라와 제레미의 피와 몸속에는 여전히 마법 능력이 존재하고 있어. 비록 예전보다는 그 양이 적지만 그렇기 때문에 특히 타라는 목숨이 위태로울 수 있다. 글로비노마지코그라메르라는 검사기로 분석한 결과 세포는 손상을 입지 않았다는 걸 확인할 수 있었어. 그러나 마법의 양을 과도하게 잃었기 때문에 타라와 제레미는 그나마 남아 있는 것을 사용할 수 없게 된 거야. 그 사건이 일어난 뒤로 황제의 실험실에서 블루르 마브리 유전학자가 사용하던 기계에 대한 연구를 해왔거든. 그래서 일종의 수혈로 문제를 해결하기로 했다."

파브리스가 주먹을 불끈 쥐었다.

"우리에게서 마법을 도로 빼앗겠다는 겁니까?"

데미데루스는 그제야 소년의 목소리에서 울리는 것은 놀라움이 아니라 분노라는 걸 알아차렸다. 데미데루스가 파브리스를 유심히 살폈다.

아! 마법 능력에 대한 욕심이 문제로군. 타라와 제레미의 마법은 데미데루스보다 훨씬 강력한데 파브리스가 욕심을 낼 만도 하겠지.

데미데루스는 한숨을 쉬었다. 강력한 마법을 지니고 싶어 하는 마음에 대해서는 누구보다도 잘 알지 않는가. 그러나 현재 상태를 유지한다는 것은 있을 수 없는 일이었다. 후계자의 목숨이 너무 위험했다. 그러면 오무아, 더 나아가 아더월드 전체가 위험에 빠지는 것이었다.

"물론 너의 마법 능력은 계속해서 네 몸의 일부를 이루고 있을 거야." 데미데루스가 부드럽게 말했다. "미안하구나. 하지만 너는 타라와 제레미의 마법을 돌려줘야 해. 다른 해결책이 없어."

파브리스는 살며시 자신의 손을 잡아서 힘을 주는 손길을 느꼈다. 무아노의 맑은 눈과 마주치자 머뭇거리던 파브리스가 얼굴이 굳어지더니 손을 뺐다. 무아노는 뒤통수라도 얻어맞은 듯 뒷걸음쳤고, 타라는 속이 편치 않았다. 스톤헨지에서 있었던 사건으로 강력해진 마법 능력을 포기하라는데 어느 누가 선뜻 내놓고 싶을까. 타라가 그걸 모를 리 없었다. 하지만 파브리스의 자존심보다는 베티의 목숨이 더 중요하지 않은가.

팔짱을 끼고 분통해하는 파브리스를 보면서 무아노가 조용히 구석진 자리로 갔다. 셀레나가 무아노의 어깨를 감싸면서 파브리스를 향해 서운한 눈길을 던졌다. 지구소년 파브리스를 유심히 지켜보던 엘레아노라는 면허 받은 도둑의 예리한 직감으로 소년에게 뭔가 비밀이 있다는 걸 포착하고 감시해야 할 사람으로 분류했다. 사실 엘레아노라는 신상 자료를 통해 타라의 친구들을 파악해놓고 있었다.

파브리스의 태도에 당황해서 입술을 깨물고 있던 칼은 적응이 안 되는 마법에서 벗어나는 것이 차라리 홀가분했다.

셀레나도 기뻐했다. 그렇지 않아도 평소보다 훨씬 강화된 마법 능력이 자신에게는 좀 과하다고 생각하던 차에 후련한 느낌이 들었던 것이다.

아름다움에 취한 듯 쳐다보는 데미데루스의 시선을 느낀 셀레나가 앞으로 나섰다.

"덩컨 부인." 데미데루스가 정중하게 허리를 굽혔다.

"네, 최고 마구스, 우리는 타라에게 마법을 돌려줄 준비가 되어 있습니다. 우리가 어떻게 해야 되지요?"

"필요하지 않은 친위대원들을 제외하고 모두 나를 따라오시오. 그 당시 있었던 사람들이 지금 모두 모인 겁니까?"

"어머니 이사벨라와 할아버지 마니투는 잠시 후 돌아오실 거예요. 하프엘프 로빈은 아직 오지 않았습니다."

"몇 달 전부터 로빈과 연락이 되지 않습니다." 무아노가 목소리를 약간 떨면서 말했다. "무슨 문제가 생겼는지…… 아무래도 행방불명된 것 같아요! 로빈의 부모님과도 통화할 수 없었어요. 아무리 전화를 해도 크리스털 볼을 받지 않아요. 그래서 랑코비트의 전하와 왕비 마마도 몹시 걱정하고 계세요. 오무아의 어제께서 타라에게 접근 금지 명령을 내린 뒤로 우리 친구 로빈이 사라져버렸어요!"

"어림없는 소리!" 타라가 믿을 수 없다는 듯 외쳤다. "우리가 걱정하고 있는 지금 이 시간에도 로빈은 아마 시원한 음료수를 훌짝거리면서 해수욕을 즐기고 있을걸! 우리가 이렇게 고민하고 있는데 걔는 남쪽 바다에서 수영하고 있을 거야!"

"그러면 아주 곤란한데!" 데미데루스가 외쳤다.

"왜요?"

"그 아이가 없으면 작전이 실현될 수 없으니까. 로빈이 꼭 있어야 돼. 로빈을 찾아서 오무아로 데려와야 해! 즉시! 너희가 마법을 돌려줄 때 로빈이 타라 가장 가까이 있어야 한다!"

칼은 빈정거리지 않을 수 없었다.

"그러면 여제께서 얼마나 기뻐할지 엄청 기대가 되네요!"

로빈

자기보다 강한 사람과 사이가 틀어졌을 때는
재빠르게 도망칠 줄 알아야 한다

*

로빈은 타라의 말처럼 해수욕을 하는 것이 아니라 피투성이가 되어 있었다. 피를 어찌나 많이 흘리는지, 옷이라기보다는 누더기가 다 된 천이 더는 흡수하지 못한 피가 다리를 타고 컵으로 뚝뚝 떨어지고 있었다.

아주 화려한 컵이었다. 과일과 동물 문양을 새긴 순금 컵, 평소 같으면 로빈이 그 멋진 컵에 감탄했겠지만 지금은 물끄러미 쳐다보고 있을 뿐이었다.

살점을 도려내는 것 같은 이루 말할 수 없는 아픔이었다. 그러나 로빈은 최면에 빠진 듯 몽롱한 상태에서 달아나는 생명을 무기력하게 바라보고 있었다. 통증을 줄이고 싶어도 손에 채워진 수갑 때문에 자유롭게 움직일 수 없어 어깨를 축 늘어뜨렸다. 머리를 숙이자 땀에 젖은 은빛 머리가 커튼처럼 얼굴 앞으로 쏟아졌다. 로빈이 헛소리를 하기 시작했다. 머릿속에서 이미지들이 주마등처럼 스쳐갔다.

이 모든 일은 로빈이 타라 덩컨에게 입맞춤하면서 비롯되었다.

잠시 동안이지만 그 순간에 로빈의 눈에 비친 타라는 매혹적인 소녀였다. 처신을 잘못하면 두꺼비로 둔갑시킬 수 있는 제국의 후계자라는 걸 애써 잊고 싶었던 걸까?

쪽빛 눈에 매혹된 로빈이 타라를 포옹하면서 눈을 감았기 때문에…… 얼굴이 시뻘게져서 들이닥치는 여제의 등장을 놓치고 말았다.

하필이면 그 장면을 목격하다니! 2분 전만 해도 타라와 로빈은 차분하게 얘기를 나누고 있었는데…… 여제가 조금만 일찍 들어왔다면 아무 일 없이 넘어갔으련만!

격분한 여제가 하프엘프에게 당장 후계자의 방에서 나가라고 소리치면서 접근 금지 명령을 내렸다. 주인보다 먼저 화가 나서 부르르 떠는 활이 이미 손에 들려 있었기 때문에 로빈은 하마터면 여제에게 대항할 뻔했다. 엘프의 피가 부글부글 끓고 있었던 것이다.

그랬다면 목숨을 잃었을 것이다. 여제는 도전할 상대가 아니지 않은가. 그 순간 더 이성적인 인간의 피가 일단은 복종하는 척하면서 도움을 청할 만한 사람을 찾아보라고 속삭였다.

그런데 여제의 분노가 억지로 꾸며낸 것처럼 보였다. 로빈은 여제의 명령에 복종하여 아무 말 없이 나가면서 날카롭게 자신을 쏘아보는 타라의 눈을 봤다. 타라는 어이가 없다는 듯 놀라는 눈빛이었고, 여제는 뜻밖이라는 눈빛이었다.

그렇다면 로빈의 행동이 여제의 예상을 빗나가서 당황했다는 것인가.

타라의 방문 앞에 친위대원 네 명이 언제든 뛰어들 기세로 대기하고 있다는 것이 바로 그것을 입증하지 않는가. 무슨 일이 일어날지 뻔히 알고 있었다는 것인데…….

여제가 로빈을 함정에 빠뜨리려고 했던 것일까?

그런데 여제는 엘프들의 다혈질적인 성격만 알았지 로빈이 지닌 절반의 인간을 고려하지 않은 모양이었다. 친위대원들이 순순히 방을 나오는 로빈을 멀거니 쳐다보았다. 여제가 생각을 바꾸기 전에 로빈은 이미 공간이동의 문을 향해 달려갔다.

대합실에 이르자 주말을 맞아 랑코비트로 돌아가는 마법사들과 비마들이 북적거리고 있었다.

거의 한 시간 동안 차례를 기다리면서 로빈은 친위대원들이 다가올 때마다 자신을 체포하러 오는 줄 알고 가슴이 조마조마했다. 마음을 졸이면서 기다린 끝에 마침내 차례가 되었고 로빈은 랑코비트에서 유형화되었다.

로빈의 아버지 탕딜루스 망질은 랑코비트의 비밀정보국장이었다. 탕딜루스는 두 가지 점에서 유명했다. 탁월한 정보 수집 능력으로 랑코비트에 두 번의 전쟁과 세 번의 큰 위기를 면하게 해주었고 최초로 인간과 결혼한 엘프로 이름이 나 있었다.

인간과 결혼했다는 이유로 탕딜루스는 셀렌다에서 추방되었다. 당시는 엘프 심의회에서 다른 종족간의 결혼을 찬성하지 않는 때였다. 그 뒤로 규정이 점차 완화되고, 최근 몇 년 사이에 다른 종족과 결혼한 커플이 꾸준히 늘면서 엘프 심의회도 반대할 수가 없게 되었다. 상황이 그렇게 바뀌자 이제 탕딜루스는 가고 싶으면 언제든 조국으로 돌아갈 수 있게 되었다.

그러나 탕딜루스는 셀렌다로 돌아가지 않고 랑코비트 정보국에 남았다. 탕딜루스가 비밀리에 자주 출장을 다녔기 때문에 로빈은 아버지가 제발 집에 와 있기를 엘프들의 신에게 빌었다.

엘프들은 장례식이나 몇몇 특별한 의식을 제외하고 좀처럼, 아니 거의 눈물을 흘리지 않았다. 엘프의 눈물을 마시면 잠깐 동안 미래를 보는 신비한 효력이 있다는 설이 있었다. 그러나 또 다른 설도 있었다. 허약한 사람이 엘프의 눈물을 먹을 경우 정신이 나간다는 것이다. 다시 말해서 인간뿐 아니라 엘프나 드래곤 같은 비인간도 엘프의 눈물을 먹을 경우 99퍼센트 미치광이가 된다는데 누가 그 눈물을 먹겠는가.

그렇지만 로빈은 부모님이 랑코비트의 수도 트라비아 외곽에 소유하고 있는 집에 들어서는 순간 눈물이 줄줄 흘러내렸다.

세 식구 모두 살아 있는 궁전에 숙소가 마련되어 있었다. 그러나 휴가 때 그들은 아더월드의 숲 속에 있는 이 집에서 지내기를 좋아했다. 엘프의 집들이 모두 그렇듯 금빛 돌로 지은 이 집도 돌을 영양분으로 삼는 식물이 뒤덮고 있어서 거의 보이지 않았다. 중앙을 차지한 아름드리나무 한 그루가 붉은빛 나뭇가지들로 지붕을 가리고 있었다.

나뭇가지 사이로 보일 듯 말 듯한 집을 나그네가 보았다면 저게 언덕이야, 뭐야? 하면서 그냥 지나쳤을 것이다.

하필이면 로빈이 들어갔을 때 부모님은 한창 말다툼을 벌이고 있었다.

로빈은 아버지의 목소리를 들으면서 안도의 숨을 내쉬었다. 그렇지만 어머니와 아버지가 야생 고양이처럼 티격태격 다투지 않는 순간에 도착했더라면 얼마나 좋았을까.

로빈은 두 사람이 왜 결혼을 했는지 자주 의문이 들었다. 두 사람은 얼음과 불이었다. 냉철하고 내성적인 성격의 어머니 메보라는 갈색 머리에 윤기가 흐르는 하얀 피부, 장밋빛으로 물든 광대뼈, 사파이어 눈빛이 매력적인 미인이었다.

온종일 곰팡내 나는 낡은 원고와 양피지 문서 연구에 몰두하는 메보라는 스파이 행위를 하는 남편의 직업을 이해하지 못했다. 수세기 동안 먼지에 덮인 책들을 뒤지면서 옛날에 사용하던 마법의 주문, 외교 협정과 관련된 글을 읽는 것보다 더 즐거운 일은 없었다. 몇 주일씩 먼지 속에서 책과 씨름하다 보면 짜증이 날 법도 하건만 메보라의 눈은 오히려 반짝거렸다.

아버지 탕딜루스는 엘프들이 대부분 그렇듯 불같은 성격이었다. 강한 전사일수록 격한 기질을 자제하지 못했다. 탕딜루스 망질이 아내에게 손찌검한 적은 한 번도 없었지만, 로빈은 아버지가 안간힘을 다해 참고 있다는 걸 여러 번 느꼈다.

어릴 적 로빈은 친척 결혼식에 참석하느라고 모인 엘프 할머니와 인간 할머니에게 어머니에게는 차마 묻지 못하던 것을 물어본 적이 있었다.

열 살밖에 안 되는 아이가 당돌한 질문을 했을 때 할머니들은 먹고 있던 케이크가 목에 걸려서 숨이 막힐 뻔했다.

"부모님이 왜 이혼하지 않는지 이유를 누가 말씀해주시겠어요? 이제는 충분히 이해할 만큼 나도 많이 컸어요. 나 때문에 같이 지내는 것이라면 진짜 어리석은 짓이에요."

너무 놀라서 입 안에 든 케이크를 캑캑, 뱉어낸 다음 엘프 할머니 메레가 숨을 몰아쉬자 인간 할머니가 등을 토닥여주었다.

"네 부모가 헤어지고 싶어 한다고 누가 그래? 얼마나 깊이 사랑하는데 헤어져? 게다가 이제야 상대의 문화를 서로 이해하게 된 것 같은데. 티격태격하지만 그건 다 사랑싸움이란다. 좀 더 지켜보다가 차라리 진실의 입에게 의뢰해서 며칠 동안 둘의 머릿속을 살펴보라고 하는 것이 훨씬 나을 거야."

재미있다는 듯 인간 할머니 에멜린의 파란 눈빛이 반짝거렸다.

"음, 그건 아니지요! 별로 좋은 생각이 아니에요. 내 딸이 사돈의 아들을 두꺼비로 둔갑시키고, 사돈의 아들이 내 딸을 지렁이로 둔갑시키거나 말거나 우리는 그냥 모른 체하는 게 나을 겁니다. 서로 부딪치면서 살다가 연륜이 쌓이면 깨닫겠죠. 더구나 내 딸이 왜 사돈의 아들에게 마음을 빼앗겼는지 이유를 알거든요. 미남이잖아요! 나도 젊었을 때 한 미남 엘프에게 홀딱 반해서……."

"할머니!" 로빈이 화가 나서 소리쳤다.

"네 할아버지를 만나기 전이었어!" 에멜린이 얼른 설명했다.

"정말 옛날 얘기로구나! 남자 보기를 돌같이 하는 여자라면 몰라도…… 사랑은 아름다운 거야. 사돈, 우리에게도 그런 꿈같은 시절이 있었는데……."

두 할머니가 합창으로 한숨을 내쉬자 로빈은 더 이상 묻지 않고 일어났었다.

오무아에서 추방당하고, 사랑하는 친구를 잃어버린 지금 로빈은 부모님이 아들의 말을 믿고 도와줄지 확신을 가질 수 없었다. 더구나 로빈이 집에 들어서는 순간 다투고 있던 부모님의 입에서 "오무아의 여제", "화가 난 후계자"라는 말이 튀어나왔다는 것은 로빈에게 일어난 일을 어느 정도 알고 있다는 것인데……. 로빈은 눈물을 닦으면서 주방으로 들어갔다. 아들을 보자 어머니가 달려와서 끌어안았고, 아버지는 한숨을 내쉬었다.

"그렇게 응석을 받아주지 말라니까!" 아버지가 고함을 질렀다. "당신이 싸고돌면 내가 어떻게 로빈을 전사로 만들겠소?"

"엘프들이 어릴 적부터 전투를 알기보다 사랑을 조금이라도 더 받았다면 아마 이렇지는 않았을 거예요!" 어머니가 반박했다.

어머니 메보라가 파란 눈으로 아들의 크리스털 눈을 뚫어져라 쳐다봤다.

"얘야, 우리가 받은 정보로는 도무지 무슨 소린지 알 수가 없구나. 대체 뭐가 어떻게 된 거니?"

"오무아의 여제와 문제가 생겼어요." 로빈이 난처한 얼굴로 고백했다.

아버지 탕딜루스가 멋진 은발을 매끈하게 가다듬으면서 다가왔다. 로빈은 가슴이 철렁해서 아버지를 쳐다봤다. 아버지를 생각할 때 눈앞에 어른거리는 이미지는 자유분방하고, 야생적이고 위험한 고양이였다.

"그래, 팅가푸르 주재 대사관에서 보낸 메시지의 내용도 무슨 문제가 생겼다고 했어." 아버지가 말했다. "그러니까 그게 어떤 종류의 문제냐고? 내 정보원들도 그 이상은 알아내질 못했다."

"내가 타라에게 입맞춤하고 있을 때……."

"네가 뭘 하고 있었다고?" 아버지가 숨이 넘어가는 듯한 목소리로 말했다.

"타라에게 입맞춤을 하고 있을 때 리스베스 여제가 들어왔어요. 그걸 보고 여제가 노발대발하면서 후계자 접근 금지 명령을 내렸어요. 처음에는 저항할까 망설였지만 문밖에 친위대원 네 명이 대기하고 있다는 걸 알아차렸어요. 그래서 여제에게 맞서느니 아버지에게 도움을 청하기로 하고 도망치듯 빠져나왔어요."

탕딜루스가 신음 소리를 토해내며 제때에 쪼르르 달려온 안락의자에 털썩 주저앉았다. 로빈을 끌어안은 어머니의 몸이 떨리고 있었다. 불안한 얼굴로 쳐다보던 로빈은 어머니가 웃음을 참느라고 애를 쓰는 것에 어이가 없었다.

"엄마…… 엄마는 이게 재미있어요?"

로빈이 볼멘소리를 했다.

어머니의 웃음이 목구멍에 걸려 있지만 그 눈빛에는 아직 재미있어 죽겠다는 빛이 감돌고 있었다.

모자를 쳐다보는 탕딜루스 역시 뜻밖에도 미소를 짓고 있었다.

"당신, 뭐 생각나는 거 없소?"

웃지 않고는 말할 수 없는 아내가 고개를 끄덕였다.

"우리 여왕에게 들켰을 때……."

"당신의 여왕이죠!" 메보라가 말을 잘랐다. "그 늙은 하르퓌아 같은 여왕이 히스테리를 부리면서 당신이 인간과 결혼하면 귀를 잘라버리겠다고 협박했지만 당신은 끝내 복종하지 않았잖아요."

"하지만 우리 아들의 상황은 그때와 완전히 달라요." 탕딜루스가 오만상을 찌푸렸다. "나는 내 여왕의 명을 무시한 것에 불과했지만 로빈이 불복하면……."

"오무아의 여제가 수단 방법을 가리지 않고 우리 종족을 전멸시키려고 하겠지요." 누군가 등 뒤에서 위엄 있는 목소리로 외쳤다.

탕딜루스와 로빈이 벌떡 일어났다. 탕딜루스는 하프엘프인 아들이 순종 엘프 못지않게 민첩한 것을 보면서 흡족한 얼굴이 되었다. 세 식구가 순식간에 위험에 빠진 것인가?

눈앞에 실루엣 셋이 나타났다. 폭포 쏟아지듯 바닥까지 흘러내린 긴 은발에 왕관을 쓰고, 눈부시게 하얀 드레스 차림을 한 엘프 여성이 보였다. 전사라는 표시로 연보라색 정복에 갑옷을 입은 바이올렛 엘프 여성과 몸 주위에서 안개가 피어나는 것 같은 검정 드레스 차림의 블랙 엘프 여성이 활을 들고 서 있는데 검은 피부에 어울리게 활도 검은빛이었다. 엘프 여성 셋은 여느 엘프보다 훨씬 키가 크고 날씬했다.

탕딜루스와 로빈이 황급히 허리를 굽혔다. 그들은 집의 경보기가 왜 울리지 않았는지 그제야 깨달았다. 그들 앞에 있는 존재는 절대 권력을 가진 엘프들의 여왕, 공기와 암흑의 여왕 타빌라였다. 게다가 고문관들인 사악한 에레와 위압적인 빌라드라까지 대동하고 나타났으니 탕딜루스와 로빈은 아연실색, 아니 공포에 질렸다.

여왕이 입술을 실룩거리면서 시니컬한 미소를 지었다.

"당신들의 만남을 금지했을 때 내가 늙은 하르퓌아처럼 히스테리를 부렸다고는 생각하지 않는데…… 거참 이상하군요!" 여왕이 차마 듣기 괴로울 정도의 감미로운 목소리로 말했다.

로빈의 어머니가 자신만만하게 고개를 들었다.

"깃털만 없지 보기에는……."

"전하!" 아내가 여왕을 모독할까 불안한 탕딜루스가 얼른 말을 잘랐다. "전하께서 어떻게 이런 누추한 곳에 납시었습니까?"

여왕은 개천에서 용 났군! 하는 얼굴로 거만하게 탕딜루스를 쳐다봤다.

"오무아의 리스베스틸랑넴 여제로부터 방금 그대의 아들에 관련된 메시지를 받았소."

그 말을 하는 여왕의 어조가 어찌나 불쾌한지 메보라와 탕딜루스가 눈살을 찌푸렸다. 그러나 그들은 일단 대응하지 않고 늙은 하르퀴아 같은 여왕이 무슨 말을 할지 기다렸다.

"여제는 우리 엘프 군단을 고용하는 주요 고객입니다. 만약 그대의 아들이 다시 한 번 후계자에게 접근하면 여제는 우리와 체결한 협약을 모두 파기하겠다는 뜻을 시사했소. 그게 무엇을 의미하는지 그대는 잘 알 것이오. 우리는 고작 한두 달밖에 버티지 못한단 말이오."

탕딜루스가 깜짝 놀랐다.

"그 여자는…… 그럴 권리가 없습니다!"

"당신이 그 여자라고 부르는 사람은 무려 2억에 이르는 인간과 비인간을 다스리는 여제란 말이오!" 못마땅한 얼굴로 듣고 있던 바이올렛 엘프 에레가 내뱉었다. "여제에게는 그럴 권리가 있어요. 당신 목숨과 당신 아들의 목숨을 요구할, 정도를 벗어난 권리를 포함해서!"

더는 못 참겠다는 듯 탕딜루스의 얼굴이 굳어지더니 눈빛이 차가워졌다.

"여긴 내 집이오! 당신이 뭔데 나서서 나를 모욕하는 것이오? 이빨 빠진 할망구 같으니라고! 당신은 내 군주가 아니오!"

서슬이 시퍼레서 앞으로 나오던 바이올렛 엘프 에레가 여왕의 손짓에 그대로 멈췄다.

"물론 둘 중 누가 이기는지 보는 것도 흥미롭겠지만 우리는 그것 때문에 온 것이 아니잖소. 나는 그대의 아들이 떠나기 바라오. 지금 당장."

"하지만……."

"반론의 여지가 없소. 무조건이오. 나는 사랑에 빠진 아이 때문에 오무아의 여제에게 대항하진 않을 것이오. 그대의 아들은 크리스털 볼은 물론이고 다른 어떤 방법으로도 후계자에게 연락해서는 안 됩니다!"

이번에는 블랙 엘프 빌라드라가 끼어들었다.

"사랑은 둘이서 하는 겁니다, 전하. 하프엘프는 멀리 떠나니까 연락하지 말라는 메시지를 연인에게 남기는 것이 좋을 듯합니다. 그러면 후계자가 너무 화가 나서 하프엘프를 잊어버릴 것이고, 자기를 버린 비겁한 놈으로 생각할 겁니다."

여왕의 차가운 눈에 감도는 교활한 빛을 보면서 로빈은 등골이 오싹했다. 수천 년을 살면서 술책이란 술책을 다 써보았을 존재들인데 아직 나이 어린 로빈이 어떻게 대적할 수 있단 말인가!

"좋은 생각이오. 하프엘프! 딱 한 번만 연락을 허락하겠다. 내 결정에 거역하면 종신형으로 추방할 것이니 명심하라!"

주문을 읊지 않고 강력한 마법을 쓰는 여왕이 숨이 막힐 것 같은 오랑캐꽃 향기를 남긴 채 두 고문관과 함께 사라졌다.

메보라가 털썩 주저앉으면서 물었다.

"이걸 어떻게 생각해야 되는 거예요?"

탕딜루스가 한숨을 내쉬면서 팔다리를 축 늘어뜨린 채 로빈에게 말했다.

"맙소사! 오무아의 여제가 우리 엘프 전사들을 셀렌다로 돌려보내면 한두 달도 못 가서 서로 죽이려고 난리가 날 거다. 다른 종족을 위해 일하는 것은 피가 펄펄 끓는 전사들을 구하기 위해 우리의 조상들이 생각해낸 유일한 해결책이야. 군대의 엄격한 규율이야말로 우리가 살아남을 수 있는 길이니까. 우리 여왕의 말이 맞아. 우리는 여제에게 대항할 수 없어. 여제가 너를 후계자에게서 멀리 떼어놓을 수 있는 확실한 방법을 찾아낸 거야. 미안하구나, 아들아."

로빈이 주먹을 불끈 쥐었다.

"말도 안 돼요. 난 그럴 수 없어요!"

탕딜루스가 엄한 얼굴로 쳐다봤다.

"넌 떠나야 해. 네 삼촌 타빌루스가 에드라킨족 정부를 위해 일하고 있다. 안개 대양의 해적들을 몰아내고 있지. 내가 방법을 찾는 동안 해군에 지원해서 군함을 타거라."

"어림없는 소리하지 마요!" 메보라가 소리쳤다. "로빈에겐 너무 위험해요!"

"여보, 우리 아들은 성년이오. 내가 직접 훈련시킨 뛰어난 전사란 말이오. 해적들은 이 아이가 언제 공격했는지도 모른 채 숨이 끊어질 것이오!"

메보라는 그 광경을 상상하면서 이마에 주름을 잡았다.

"여제든 당신의 여왕이든 난 관심 없어요. 내 아들을 절대 못 보내요!"

그 순간부터 상황이 악화되었다. 부부는 아들 때문에 밤새도록 다투었고, 로빈은 도망치고 싶었다. 그러나 어디로 가지? 여왕의 말이 옳았다. 셀렌다의 모든 엘프를 위험에 빠뜨릴 수는 없었다.

탕딜루스는 속임수로 문제를 해결했다. 지칠 대로 지친 메보라가 주방으로 물을 마시러 갔을 때였다. 뒤따라간 탕딜루스는 아내가 개수대에서 물의 원소를 부를 때 재빠르게 잠들게 해서 침대에 눕혔다.

그러고는 대사관에 있는 공간이동의 문을 이용하여 타빌루스 망질 함장의 군함으로 아들을 데려갔다. 다행히 '바다의 브르리르'라 이름 붙인 군함이 임무를 마치고 돌아와서 부두에 정박해 있었다.

화가 머리끝까지 난 메보라가 항구에 나타났을 때는 이미 군함이 출항한 뒤였다. 군함은 멀리 수평선상에 실루엣으로만 보였다. 움직이는 표적을 향해 트란스미투스 주문을 사용하는 것은 자살 행위나 다름없기 때문에 메보라는 그저 망연히 바라보고 있을 수밖에 없었다.

로빈은 사랑하는 타라에게 이 모든 상황을 털어놓고 싶었지만 꿋꿋하게 아버지와 여왕의 명을 지켰다. 로빈은 타라에게 여왕이 시키는 대로 메시지를 남기면서 가슴이 찢어지는 것 같았다.

7개월 동안 끊임없이 전투를 하면서 로빈은 키도 훌쩍 크고, 어깨도 떡 벌어지면서 체격이 몰라보게 달라졌다. 로빈은 전투 기술을 향상시키고 근육질 몸을 만들기 위해 날마다 몇 시간씩 훈련했다. 사실은 잡념을 떨치기 위해서 가능한 녹초가 될 정도로 육체를 혹사시키고 있는 것이었다. 군함과 바다를 폭발시킬 뻔한 뒤로 로빈은 너무 강력해진 마법 능력을 사용하지 않고 각개 전투를 하는 것으로 위안을 삼았다.

감성적으로 만들어주는 인성이 둔해지면서 로빈의 얼굴이 차층 차갑고 험상궂은 인상으로 굳어졌다.

어느 날 밤 활을 손질하던 로빈은 활의 얼굴이라고 할 수 있는 세 개의 보석, 에메랄드 두 개와 루비 한 개를 동시에 누르게 되었다.

그 순간 활의 정령 릴란드릴이 나타났다.

릴란드릴 정령은 휘황찬란하게 빛나는 미인의 모습이었다. 그런데 늘씬한 몸매에 달랑 비키니 차림……? 아더월드의 패션모델이라도 강심장이 아니면 도저히 부끄러워서 선뜻 입지 못할 것 같은 민망한 비키니를 입다니! 릴란드릴이 가는 허리를 멀미가 날 정도로 흔들면서 다가오더니 보랏빛 눈으로 뚫어져라 쳐다봤다. 로빈은 너무 놀라서 눈이 휘둥그레졌다.

"네가 꿈속에서라도 상상하지 못했던 것을 가르쳐주려고 왔어. 젊은 엘프, 나를 따라해, 어서!"

"릴란드릴! 어떻게…… 하지만…… 이게 어떻게 된 일이에요?"

엘프는 안절부절못하면서 손짓을 했다.

"내가 활에 주문을 걸어놨다. 죽으면서 내 영혼의 한 조각을 남겨놓았지. 너무 오랫동안 불러주지 않아서 정말 그리웠어! 나를 따라해!"

로빈이 최면에 걸린 듯 복종했다.

처음에는 호기심이 동했기 때문이었다. 릴란드릴은 아주 노련했다. 몇 가지 자세는 따라하기가 정말 까다로웠다. 끝없이 계속

되는 한밤의 전술 훈련에 열중하면서 로빈은 어려운 과정을 차츰 극복했고, 오랜만에 속이 후련할 정도로 목청껏 소리도 질렀다.

그다음 날 아침에는 어찌나 피곤한지 서 있기도 힘들었다. 그런데 이상하게도 로빈은 어서 빨리 릴란드릴에게 전술 훈련을 배우고 싶다는 욕망밖에 없었다.

조카가 밤마다 뭘 하는지 전혀 모르는 삼촌은 전투에 투입시키지 않으려고 했지만 놀랍게도 로빈이 참전하겠다고 우겼다. 첫 번째 표적은 상선을 공격한 연안의 해적선이었다. 배를 들이받으면서 공격한 해적들이 상선에 실린, 값비싼 실크와 보석을 약탈했다. 그러고는 작은 섬으로 배들을 끌어가고 있을 때 안개 속에서 엘프 전사들을 태운 전함이 유령처럼 나타났다.

그러더니 눈 깜짝할 사이에 새파랗게 젊은 엘프가 해적들에게 달려들었다. 겁도 없이 달려든 애송이를 당장이라도 죽일 기세로 비웃던 해적 중 한 명이 갑자기 왜 옆구리가 서늘해지지? 하는 얼굴로 쓰러졌다. 장검이 몸을 관통했다는 걸 해적이 깨달았을 때는 이미 숨이 끊어지고 있는 순간이었다. 로빈이 아주 조용히 또 한 놈을 공격하는 반면에 해적들은 요란하게 고함을 질러대면서 달려들었다.

로빈이 해적들에게 화풀이를 하고 있는 것이었다. 이어지는 전투에서도 로빈이 앞장서서 공격을 주도했다.

그 뒤로 안개 대양의 해적들 사이에서는 보이는 대로 해적을 쓰러뜨리는 젊은 엘프 전사 얘기가 전설처럼 퍼졌다. 신들린 활이 아니고서야 어떻게 한 번도 표적을 빗나가는 일 없이 백발백중일 수가 있느냐, 화살에 눈이 달리지 않고서야 어떻게 돛대, 물통, 온갖 종류의 장애물 뒤에 숨어 있는 사람들의 몸 구석구석을 관통할 수가 있느냐…….

릴란드릴의 활은 결코 즐겁지 않았다. 릴란드릴이 살아 있던 그리운 옛 시절에도 그렇게 많은 적을 죽인 적이 없었는데.

다른 엘프들도 두려움을 느꼈다. 아무리 함장의 조카이지만 눈꼴이 사나워서 햇병아리 신병을 가만둘 수가 없었다. 그래서 여럿이 덤볐지만 눈 깜짝할 사이에 모두 코피를 흘리면서 쓰러졌다. 그 뒤로 인간과 엘프가 결합해서 낳은 혼혈아가 순종 엘프들의 자식보다 더 강력한 전사라는 말이 나돌게 되었다.

그 보고를 받은 타빌라 여왕은 마음이 편치 않았다. 그러나 이제 와서 무슨 소용 있단 말인가! 착한 로빈을 피에 굶주린 괴물로 만든 것이 바로 자신인데 하프엘프가 순종 엘프보다 많은 적을 죽였다고 해도 할 말이 없었다.

그러던 어느 날 아주 이상한 일이 일어났다. 엘프들이 환청에 사로잡히기 시작했다. 아더월드에서는 환청이 들리기 시작하면 일을 당하기 전에 그 소리가 원하는 것이 뭔지 가능한 빨리 이해하는 것이 상책이었다. 조사해본 결과 그 소리는 전투 지역을 피해서 도망친 사이렌들(어쨌든 인간의 살보다는 물고기를 더 좋아하기 때문에)이 내는 소리도, 발분의 젖과 버터를 비싼 값으로 팔 때 말고는 인간들의 일에 별로 관심이 없는 트리톤(사람 얼굴에 물고기 몸을 한 바다의 신-옮긴이)이 내는 소리도 아니었다. 뭔가 훨씬 위험한 존재가 내는 소리임에 틀림없는데…….

엘프들이 마법을 사용하고, 로빈이 미친 듯이 맞서봤지만 소용이 없었다. 로빈을 포함한 엘프 여러 명이 힘없는 강아지들처럼 생포되어 아무도 모르는 곳으로 끌려갔다. 처음에는 희망이 있었다. 그러나 억류된 지 거의 한 달이 되어갈 무렵 그들은 마침내 아무도 자신들을 구해주러 오지 못하리라는 것을 깨달았다.

찰그랑거리는 쇠붙이 소리에 로빈이 고개를 들었다. 빛이 점점 커지더니 호리호리한 실루엣이 드러났는데 섬세하게 세공한 루비 샌들 위까지 붉은빛 머리가 치렁치렁 흘러내리고 있었다. 어둠 속에서 잊을 수 없는 얼굴이 불쑥 나타났다.

로빈의 입술이 혐오감으로 실룩거렸다.

눈앞에 있는 것은 오무아의 여제가 아닌가!

10
셈샤나쉬

주름살 제거 수술을 하지 않고
어떻게 젊음과 아름다움을 유지할 수 있을까

*

"안녕, 내 귀염둥이, 오늘 저녁에는 기분이 어떤가?"

로빈은 대답하지 않았다. 말하는 것은 고통만 더 안겨줄 뿐이었다. 말이라면 할 만큼 하지 않았던가.

여제가 다가와서 컵을 살폈다.

"음, 이걸로는 양이 부족한데……. 너무 어둡군. 빛은 나타날지어다!"

여제가 주문을 읊으면서 손을 크게 휘두르자 해저 동굴이 밝아졌다.

반구형 천장에서 커다란 빛이 태양처럼 빛나고 있었다. 크리스털이 별처럼 박힌 벽에 반사되는 빛살 때문에 하프엘프는 눈이 부셨다. 다른 상황이라면 로빈이 아름다운 광경에 감탄했겠지만 이 끔찍한 처지에서 벗어나게 된다면 그때는 반드시 동굴 탐사를 해야겠다고 생각했다.

눈부신 빛 때문에 로빈이 눈을 찡그렸다. 벽에서 낯익은 그림자들이 차츰 윤곽을 드러냈다.

습기로 번질번질한 벽에 쇠사슬로 묶인 로빈의 동지 엘프 열 명이 끈적끈적한 지의류에 대고 곪아 터진 상처를 문지르고 있었다.

그중에서 이제는 피골만 앙상하게 남은 엘프 넷이 하프엘프에게 손짓을 하는 것 같았다.

하프엘프가 쇠사슬을 당겨봤지만 고통만 더 심해질 뿐이었다. 탈출을 시도하다 얼마나 많이 실패했던가. 굵은 쇠사슬은 마법이 통하지 않는 히믈리아의 철이라서 물리적 힘이나 열쇠로만 열 수 있었다.

날이 갈수록 쇠사슬에 살갗이 벗겨진 피부가 불에 덴 것처럼 화끈거렸다. 엘프들은 단단한 은이나 켈트릴, 금으로 만든 무기를 사용하기 때문에 강철이 피부에 닿는 걸 좋아하지 않았다. 억류되어 있는 동지 엘프들이 당하고 있는 고문에 비하면 하프엘프는 그래도 좀 나은 편이었다.

마법을 쓸 수 없게 만드는 주문 때문에 울화가 치밀고, 고통 때문에 반쯤 미쳐버린 로빈이 도저히 견딜 수 없는 듯 비명을 지르자 여제가 깔깔대고 웃었다.

"네가 그걸 싫어한다는 거 알아. 그건 미안하지만……."

여제가 생각에 잠긴 얼굴로 말을 중단했다.

"아니, 내가 무슨 말을 하는 거야! 전혀 미안하지 않은데……."

그녀가 손가락으로 한 엘프를 가리켰다가 로빈에게 손가락을 옮기면서 주문을 읊었다. "*트란스푸수스!*"

쇠사슬에 묶인 동료 엘프의 핏줄이 솟아오르는데 로빈은 몸부림조차 칠 수 없었다. 로빈에게 충격을 주는 것이 목적이었다면 성공한 셈이었다.

"안 돼!" 무슨 일이 일어날지 알기 때문에 로빈이 고함을 질렀다. "안 돼애애!"

"안 되긴 뭐가 안 돼?" 여제가 아주 재미있다는 얼굴로 속삭였다. "네 피는 이제 맛이 없거든!"

"더러운 암퇘지 같으니라고!" 피를 흘리고 있는 엘프가 씹어뱉듯 외쳤다. "우리 조상의 혼령들이 저주를 내릴 것이다!"

분노가 폭발한 걸까, 그 엘프를 에워싼 주문방지 마법이 깨졌다. 엘프의 머리 위로 만들어진 시커먼 연기가 여제를 향해 달려들었다.

미소를 머금은 여제가 눈앞에 있는 그림을 지우듯 손을 움직였다. 엘프의 저주가 보이지 않는 방패에 부딪힌 것처럼 여제에게

닿지도 못한 채 맥없이 흩어져버렸다. 이윽고 쇠사슬에 묶인 엘프는 피를 너무 많이 흘린 탓에 끽소리도 내지 못하고 죽어갔다.

로빈의 피도 거의 다 빠져나가고 있었다.

로빈도 죽어가고 있었다.

그러나 예상과는 달리 당장은 아무 일도 일어나지 않았다. 가슴에서 엄청난 통증이 일면서 호흡이 가빠지더니 숨쉬는 것도 생각하는 것도 불가능해졌다.

엘프의 고개와 로빈의 고개가 동시에 축 늘어졌다. 크리스털 눈물이 주르륵 흘러내렸다.

마지막으로 동시에 절망적인 숨을 내쉬면서 엘프와 로빈은 호흡을 멈췄다.

여제가 엘프와 로빈에게 걸어놓은 주문은 깨지지 않았다. 엘프의 핏줄은 계속 로빈에게 혈액을 보내고 있었고, 벽에 묶여 있는 엘프의 살이 차츰 사라졌다. 마침내 모든 것이 멈췄고, 엘프는 해골만 남았다.

화려한 컵으로 떨어지던 로빈의 피가 멈췄다. 하프엘프의 심장과 함께 혈액순환도 멈추었다.

여제가 다가서서 흡족한 얼굴을 했다. 매번 피의 양이 적어지고 있지만 지금은 그 정도의 피로 충분했다.

어? 땅으로 꺼졌나, 하늘로 솟았나, 여제는 온데간데없고 정체불명의 실루엣이 나타났다. 그럼 일루전이었단 말인가? 누군지 모를 실루엣이 아더월드에서 가장 아름다운 리스베스의 얼굴을 빌린 것은 두 가지 이유가 있어서였다. 하나는 하프엘프가 맹목적인 분노를 일으키기를 바라기 때문이고, 또 하나는 아름다움을 예술 작품처럼 숭배하기 때문이었다.

실루엣이 움츠러들고 쪼그라들더니 희끗희끗한 머리에 누런 치아, 갈고리 모양으로 굽은 손의 노파가 모습을 드러냈다. 아직 목숨이 붙어 있는 엘프들이 부르르 떨었다. 한 달 전부터 매주, 끔찍한 참상을 지켜봐야 했는데……. 그러니까 그들의 동지가 노파의 목숨을 연장해주고 있었단 말인가!

그러나 로빈은 다른 엘프들과는 경우가 달랐다. 노파는 로빈에게 애착심을 보였다. 로빈은 그 혐오스러운 의식을 이행할 수 있게 해주는 유일한 존재였다. 엘프의 피는 젊음을 돌려주기에 충분하지 않기 때문에 늙어서 죽는 것을 막을 수 없었다. 그러나 로빈은 타라와 제레미 때문에 마법 능력이 강화되었고, 혈액에 섞인 인간의 피가 엘프의 피를 걸러내기 때문에 훨씬 영구적인 데다 잊은 능력까지 되살아나는 완전히 다른 효과를 얻을 수 있었다.

사실 노파에게 잠재된 마법 능력은 엘프들의 능력에 비해 많이 떨어졌다. 노파는 군함에 있던 일부 엘프들에게 최면 주문을 걸었다. 다른 선원들이 알아차리기 전에 노파의 하인들이 최면에 걸린 엘프들을 끌고 오긴 했지만, 마법 능력이 순간적으로 증폭되지 않았다면 군함을 보호하는 강력한 주문을 제압할 수 없었을 것이다. 노파는 누군가에게 하프엘프를 죽이라는 의뢰를 받았지만 즉시 복종하지 않고 질질 끌다가 마침내 로빈을 죽였다. 벌써 다섯 번째 피를 뽑았는데 어떻게 살아남겠는가.

느닷없이 찾아와서 이런 이상한 거래를 하게 만든 존재는 왜 하필이면 이 하프엘프를 없애려는 걸까? 노파는 잠시 의문이 들었다. 하프엘프의 몸에서 짜낸 피가 담긴 컵을 향해 노파는 손을 내밀었다.

추악한 마법사가 컵을 움켜잡고 마시려는 순간 로빈이 딸꾹질을 했다. 로빈의 심장이 북을 치듯 뛰기 시작했다. 쿵쾅! 쿵쾅! 거대한 동굴에 심장 뛰는 소리가 울려퍼졌다. 쿵쾅! 쿵쾅! 아주 고른 박자로 뛰고 있었다. 쿵쾅! 쿵쾅! 노파가 피 묻은 입으로 조소를 흘렸다. 이어서 머리카락이 마치 생명력이 강한 풀처럼 쑥쑥 자라기 시작하고 등이 다시 펴지는가 싶더니…… 훤칠한 키의 리스베스 여제가 아직 옴짝달싹 못하는 하프엘프 앞에 서 있는 것이 아닌가.

그녀는 잠시 기다렸다. 그러나 하프엘프의 박동 소리는 변함이 없었다. 로빈은 완전히 죽은 것이 아니라 혼수상태에 빠져 있었던 것이다. 그녀가 안도의 한숨을 내쉬었다. 젊은 전사를 정신적으로, 육체적으로 고문하는 것은 좀처럼 가질 기회가 없는 기쁨 중 하나였다.

리스베스 모습의 노파가 거들먹거리면서 방을 나갔다. 마법의 빛 루미누스가 희미해졌다.

조금이라도 덜 고통스러운 자세를 하려고 꼼지락거리는 엘프들의 쇠사슬 소리가 간간이 정적을 깨뜨렸다.

갑자기 벽이 마치 살아 움직이는 것처럼 꿈틀거렸다. 소리 없이 나타난 그림자 하나가 하프엘프를 향해 스르르 다가오더니 위장하기 위한 카무플루스 기구를 벗었다. 로빈은 노파가 고문을 하러 돌아온 것이라고 생각하면서 흐리멍덩한 눈을 뜨다가 눈앞에 보이는 갸름한 얼굴을 보고 소스라쳤다.

"엄마?"

지성적인 어머니가 이런 지옥 같은 곳에 나타나다니, 절대로 그럴 리 없어! 로빈은 쇠사슬을 뽑아버릴 듯이 격하게 반응했다.

"트라둑의 똥 저리 가라로 더러운 것!" 로빈이 내뱉었다. "나를 고문하려고 아주 별짓을 다하는군. 감히 내 어머니 얼굴로 나타나다니! 가만두지 않겠어! 죽어서라도 대가를 치르게 해줄 테다!"

눈앞의 여자가 치를 떨 듯 머리를 흔들면서 말했다.

"오, 내 아들, 그 여자가 너한테 무슨 짓을 한 거니? 그 셈샤나쉬는 미친 여자야. 조금만 참아, 내가 풀어줄게."

믿기지 않는 듯 쳐다보는 로빈의 눈길을 받으면서 여자는 주머니에서 연장을 꺼내다가 떨어뜨렸다. 연장을 집으려다가 발을 헛디뎌 넘어진 여자의 머리가 로빈의 턱을 스쳤다. 이 냄새는……? 눈이 동그래진 로빈은 숨이 멎을 뻔했다. 그건 장미향과 오래된 종이 냄새가 섞인 어머니의 향기였다. 로빈은 목이 메었다.

"엄마?"

"쉿, 쉿! 다 잘될 거야. 엄마가 왔으니까."

"엄마! 엄마가 여기서 뭐 하는 거예요?"

로빈의 어머니는 쇠사슬을 부수려고 애를 쓰면서 투덜거렸다. 그녀의 오른쪽 어깨 위로 미니 스쿠프가 날아다니면서 현장을 찍어댔고, 오른쪽 귀에는 이어폰을 꽂고 있었다.

"뭘 하다니! 너를 구하러 왔다니까. 근데 이게 왜 이래? 네 아버지가 이렇게 힘들다는 말을 안 했어. 영화에서 보면 눈 깜짝할 사이에 해치우던데 이상하네!"

로빈은 정신착란에 빠지는 느낌이 들었다.

"아빠가 뭐라고요? 설마 아빠가……."

"지금 그 셈샤나쉬를 감시하고 계셔. 엄마가 너를 찾으려고 몰래 뒤쫓다가 네 아버지에게 들켰고, 그다음에는 네 아버지가 동굴에 놓은 함정을 간파한 후 엄마를 들여보냈어."

"네? 그게 무슨 말이에요?"

아니, 이건 정신착란이 아니라 악몽이야.

"내가 몰래 네 아버지를 미행했거든. 네 아버지는 정말 대단한 사람이야. 네 아버지의 무기창고를 뒤져서 카무플루스 기구를 훔쳐…… 아니, 빌려왔지. 셈샤나쉬는 아주 어리석더군. 여기서는 마법을 쓸 수 없기 때문에 카무플루스 기구를 사용했는데 눈치를 못 챘어."

"엄마가 아빠를 미행했단 말이죠?" 로빈이 냉정함을 유지하려고 애를 쓰면서 차분하게 물었다.

"그래. 그리고 여러 가지 속임수도 알아냈는데 네 아버지한테 단박에 들키고 말았어. 그런데 내가 여기까지 들어올 수 있었던 것은 이 동굴의 경보 장치 때문이야. 셈샤나쉬는 경보 장치를 계속 접속했다가 차단하는 것이 귀찮았는지 남자가 이곳으로 들어올 때만 경보 장치가 작동되게 해놨더군. 따라서 인간 여자가 들어올 때는 경보 장치가 작동하지 않았지. 네 아버지는 수하에 엘프들밖에 없기 때문에 내가 필요했지, 그래서 돌려보내지 않고 나를 조수로 삼았던 거야. 그런데 당신, 스파이 노릇 하는 게 이렇게 스릴이 넘친다는 말을 왜 안 했어요? 뭐, 뭐라고요? 어떻게 하라고요? 반대 방향으로? (로빈은 어머니가 아버지에게 말하고 있다는 걸 알아차렸다) 확실해요? 알았어요, 해볼게요. 돌렸어요. 와우, 됐다! 역시 당신은 천재야!"

로빈의 오른쪽 손목이 풀렸다. 열쇠가 어떻게 작동하는지 알았기 때문에 어머니가 쇠사슬을 푸는 속도가 훨씬 빨라졌다.

메보라가 다행히 아들의 오른손을 먼저 푼 다음에 왼손을 풀어주었기 때문에 마지막으로 남은 쇠사슬은 로빈이 풀 수 있었다.

로빈이 어머니의 몸쪽으로 쓰러졌다.

여자는 약하지만 어머니는 강하다고 했던가! 그렇게 가냘프고 연약해 보이는 어머니가 끄떡없이 아들을 부축해서 벽에 기대어 앉혔다.

고서적과 낡은 서류 뭉치를 그렇게 수없이 들고 다녔으니 근육이 단단해질 만도 하지만…….

"여기서는 레파루스 주문을 할 수가 없어. 빌어먹을 주문방지 마법 때문에 아무것도 사용할 수가 없어, 빌어먹을!"

심신이 쇠약한 아들을 보면서 가슴이 찢어지게 아픈 어머니가 내뱉었다.

"엄마!"

당연한 상황인데도 고상한 어머니의 입에서 나오는 거친 말투가 싫은 로빈이 불만을 표시했다.

아들이 불만을 표시하거나 말거나 아랑곳없이 메보라가 미소를 지었다.

"이제는 네 아버지가 화났을 때 왜 욕설을 내뱉는지 이해하겠어. 속이 시원한 걸 보니까. 내가 네 동지들을 구하는 동안 넌 좀 쉬고 있어."

모자의 상봉을 잠자코 지켜보고 있던 엘프들의 눈이 희망으로 반짝거렸다. 메보라가 그림자처럼 조용히 엘프들의 쇠사슬을 풀었다. 굶주린 늑대 무리처럼 엘프들이 로빈 주위에 모여서 일제히 메보라를 쳐다봤다.

"부인, 이제 뭘 하실 계획입니까? 셈샤나쉬를 붙잡아서 능지처참할까요?"

"화형에 처할까요?"

"림보의 악마에게 보내버릴까요?"

"잠깐! 피를 다 토해낼 때까지 고문한 다음 거기에 빠뜨려서 숨을 못 쉬게 하는 건 어때요?"

다른 엘프들이 뜻밖의 '세련된' 아이디어를 내놓은 동지를 향해 감탄의 눈길을 보냈다. 불같은 성질의 엘프들에게는 정말 세련된 것이 아닌가.

메보라가 오만상을 찌푸렸다. 웩! 내가 이렇게 피에 굶주려서 날뛰는 야만적인 엘프들과 같이 있게 될 줄이야 정말 가관이군.

"아니, 그건 안 되지! 내 남편과 정보국 요원들이 문제를 해결하게 맡겨두고 우리는 이 끔찍한 곳을 빨리 떠나야 해. 근처에 숨어 있는 군함에서 함장이 불안해하며 어쩔 줄 모르고 있을 텐데…… 어서 나가자."

인간들은 괜찮긴 한데 너무 감상적인 게 탈이야, 하는 얼굴로 엘프들이 눈길을 주고받았다. 망질 부인이 원하든 원치 않든 그들을 고문하고 동지들을 죽인 셈샤나쉬는 죗값을 톡톡히 치를 것이었다.

고문 때문에 갈라진 입술을 핥으면서 엘프들이 줄을 지어 따라가기 시작했고, 그나마 제일 건강한 엘프 두 명이 잘 걷지 못하는 로빈을 부축해주었다.

메보라는 예민해져 있었다. 지구의 영화를 좋아하는 편이 아니지만 영화에서는 악당이 착한 주인공 뒤에서 불쑥 나타나는 때가 바로 탈출하는 순간인데……. 불안감을 고조시키는 음악이 깔리고, 조마조마해서 숨죽이고 있는 순간에 돌연 나타나는 악당 때문에 심장마비를 일으키기 일보 직전이 되지 않던가!

갑자기, 머리 위에서 뭔가가 떨어지는 바람에 어찌나 놀랐는지 멈춰 선 메보라가 뒤따라오던 엘프들과 충돌했다. 간신히 비명을 억누르면서 메보라가 이마를 만졌는데 손이 젖었다. 다행히 동굴 천장에서 떨어진 물방울이었다. 깜짝 놀란 엘프들의 눈길을 받으면서 메보라는 안도의 숨을 내쉬었다.

해저 깊은 곳인지 한참 올라갔는데도 끝이 없는 것 같았다. 신경이 예민해져 있어서 더 길게 느껴지는 것일까? 메보라가 아들을 힐끔 쳐다봤다.

로빈은 갓 태어난 새끼고양이처럼 힘없이 늘어져 있었다.

아들이 영화 속의 주인공이라도 되길 바랐던 걸까?

착한 주인공(피를 많이 흘려서 반쯤 죽어가던 주인공이 상황을 반전시키는 경우가 많기 때문에)이 악당에게 달려들어서 나 아직 안 죽었거든? 하는 식으로 통쾌한 싸움을 벌이고, 급기야 악당이 옥상에 대롱대롱 매달리거나 발을 헛디뎌서 땅바닥에 으스러져서 죽는 때가 바로 지금처럼 극도로 긴장된 순간이 아니던가.

무기라고는 그림자도 보이지 않는 것으로 보아 셈샤나쉬의 부하들은 갈퀴손톱이나 송곳니만 사용하는 것 같았다. 게다가 로빈의 피를 잔뜩 먹은 셈샤나쉬가 코까지 골면서 늘어지게 잠들어 있는 것도 행운이었다. 셈샤나쉬가 메보라와 같은 영화를 보지 않은 것이 틀림없었다. 메보라는 아들과 엘프들을 데리고 마침내 동굴을 빠져나올 수 있었다.

동지들과 함께 섬으로 끌려왔을 때 로빈은 의식을 잃은 상태였다. 그래서 눈앞에 펼쳐지는 광경에 로빈은 깜짝 놀랐다. 풀이 무성한 섬에 외로이 서 있는 집이라니…… 어부의 집인가? 그 순간 불어닥치는 광풍에 일루전이 약해지면서 작은 집 대신 저택이 드러났다.

그때 저택의 출입문에서 기쁨의 손짓을 하며 들어오는 아버지를 보고 로빈은 경보 사이렌이 울릴까 봐 긴장했다.

그러나 탕딜루스 망질은 프로였다. 경보 장치는 탕딜루스를 감지하지 못했고, 문은 소리 없이 스르르 열렸으니.

손목에 히믈리아의 철 수갑이 채워졌을 때에 비로소 잠을 깬 셈샤나쉬는 무슨 주문에 걸린 것처럼 정신이 흐리멍덩했다. 목에 들이대는 차가운 칼날을 느끼면서 공포에 질린 셈샤나쉬의 귀에 대고 냉랭한 목소리가 속삭였다.

"랑코비트 왕국의 이름에 걸고, 에드라킨 왕국의 허가를 받아 이 섬은 수몰될 것이다. 그리고 랑코비트의 무고한 시민들을 고문하고 살해한 죄로 당신을 체포한다."

얼이 빠져버린 여자가 무슨 말인가 하려고 했지만 목에 들이댄 칼날 때문에 입도 벙긋하지 못했다.

"어디 계속 입을 놀려보시지! 그래야 당신의 목숨을 앗아갈 이유가 생기니까." 탕딜루스가 신랄하게 소리쳤다. "어서 마법을 사용해서 내가 건 주문을 깨뜨려봐, 당신을 죽여줄 테니까!"

자신을 내려다보는 엘프의 옆얼굴을 쳐다보던 셈샤나쉬는 몇 주 동안 고문해왔던 소년과 엘프가 많이 닮았다는 걸 알아차리면서 자신의 목숨이 바람 앞의 촛불 신세가 되었음을 깨달았다. 셈샤나쉬는 입을 조개처럼 꼭 다물었다. 엘프가 그 유명한 랑코비트 정보국장의 얼굴이라는 걸 알아봤던 것이다.

"좋아, 아주 좋아!" 탕딜루스가 잔인한 미소를 지었다. "보아하니 얌전해지기로 마음을 먹은 모양이로군. 유감스럽게도 (탕딜루스가 위엄 있는 어조로 말을 이었다) 당신은 운이 좋은 사람이군. 에드라킨족과는 달리 우리 랑코비트 왕국에는 사형 제도가 없다. 그러나 고문당한 엘프들이 당신을 고소하면 구속이 가능할 것이다. (탕딜루스가 코앞으로 얼굴을 들이대는 통에 셈샤나쉬는 스파슌 털 베개에 머리를 파묻지 않을 수 없었다) 당신은 내 아들을 건드리지 말아야 했어. 내 아들의 피를 뽑아낸 대가를 톡톡히 치러야 해. 한 달 동안 흘린 피가 얼마나 많을지는 당신이 잘 알겠군!"

공포에 사로잡힌 셈샤나쉬는 잠자코 있었지만 아주 큰 실수를 저질렀음을 깨달았다. 의뢰인이 제안했던 계약을 받아들이지 말았어야 했는데!

탕딜루스 일행은 셈샤나쉬를 묶어놓고, 하인들과 호위병으로 일하는 미성년 악마들을 제압한 다음 저택을 샅샅이 수색했다.

정보국 요원들은 수색을 하면서 의외로 방어가 허술하고 초라한 것에 놀라면서 악마들을 림보로 추방했다. 만일을 대비해서 요원들은 섬 곳곳에 파수병들을 배치하고 방어 주문까지 걸어놨다.

셈샤나쉬들은 마법을 사용해서 성이나 궁전처럼 화려하게 꾸미는 걸 좋아하는데 이 저택은 호화롭지 않았다. 난쟁이들의 나라 히믈리아 타도르 산의 돌로 지은 하얀 저택에 방이 스무 개인데 대부분 닫혀 있었다. 파랑과 노랑 태피스트리들은 색이 바랜 상태였고, 스파슌과 불새, 주홍빛 공작 문양을 정교하게 새긴 가구들은 주문에 걸려 있지 않아서 앉으려고 해도 달려오는 의자가 없었다.

탕딜루스 정보국장은 그 점에 주목했다. 그것은 셈샤나쉬의 마법 능력이 약하다는 것을 입증하는 것이 아닌가. 그런데 이런 마법사가 낚시꾼들이라면 몰라도 어떻게 강력한 군함의 방어를 뚫고 엘프 전사들을 납치할 수 있었을까?

탕딜루스가 그 점에 대해 캐묻자 셈샤나쉬의 얼굴이 공포로 일그러졌다. 이어서 정색을 하면서 자신은 마음만 먹으면 누구도 막을 수 없는 강력한 마법사라면서 모욕하지 말라고 큰소리쳤다.

탕딜루스는 늙은 여자의 말을 믿지 않았다. 셈샤나쉬는 뭔가를 두려워하고 있었다. 극도의 불안감을 보인다는 것은 목에 칼을 들이댔던 탕딜루스보다 더 두려워하는 무언가가 있다는 뜻이었다. 편집적 망상 증세에 가까운 반응을 보인다는 것은 누군가의 지시를 받고 아들을 공격했다는 결론을 내릴 수 있기 때문에 탕딜루스는 한 단계만 넘으면 실마리를 풀 수 있었다. 오무아의 여제가 타라 덩컨에게 접근 금지 명을 내린 뒤 누군가가 로빈을 죽이려고 했다는 것이 단순한 우연일까?

따라서 남은 의문은 두 가지였다. 누가, 왜?

탕딜루스는 리스베스틸랑넴이 이 끔찍한 일에 연루되어 있지 않기를 진심으로 바랐다. 그들은 몇 시간 동안 셈샤나쉬 마법사를 염탐하고 나서 귀신같이 그 소굴에 침투했고, 경보는 울리지도 않았다. 처음에는 탕딜루스도 여제가 아들을 납치한 것이라고 생각했다. 그런데 메보라가 가져온 스쿠프들이 셈샤나쉬가 여제로 위장하고 있다는 걸 보여주었다. 엘프의 죽음 때문에 분노해 있던 탕딜루스는 오무아의 진짜 여제를 살인범으로 체포하지 않아도 된다는 사실에 안도했다.

제국의 여제를 체포하는 위업 같은 것은 이력에 남지 않는 편이 오히려 더 낫지 않겠는가.

그렇지만 셈샤나쉬의 변장은 이해가 안 되었다. 왜 하필이면 여제의 모습을 택했을까? 셈샤나쉬의 대답도 설득력이 없었다.

리스베스보다 훨씬 더 아름다운 배우도 얼마든지 있는데! 아더월드에서는 아무도 그렇게 말할 용기를 내지 못하지만.

수색을 시작한 지 이틀이 지났을 때, 탕딜루스와 정보요원들은 마침내 셈샤나쉬 마법사의 일기장을 발견하게 되었는데 그것은 가짜 벽을 통해 몰래 들어온 한 카흠보움(카흠보움이 도서관 사서로 일하고 있던 것을 기억하는가? 카흠보움은 감정이 너무 격해질 경우 폭발하는 경향이 있으며, 카흠보움이라는 이름도 폭발하는 소리에서 따온 것이다)이 공포에 질려서 벽을 폭발시킬 뻔한 사고 덕분이었다. 일루전에 가려 있던 가짜 책꽂이가 엘프들을 묶은 쇠사슬과 연결되어 흔들리고 있었으니…… 잔혹하고 기이한 의식이 수록된 책을 훔쳐보고 싶은 마음에 들어왔던 카흠보움이 얼마나 기절초풍했겠는가. 셈샤나쉬 마법사가 거의 맹목적이고 무자비할 정도로 인간이나 난쟁이, 엘프를 희생시킨 것은 사라지는 젊음을 되찾으려는 잘못된 욕심에서 비롯된 것이었다.

탕딜루스는 셈샤나쉬가 거의 500년을 살면서 선원들을 납치하여 해산물처럼 먹어치웠으며, 그 덕분에 지금까지 죽지 않고 살아왔다는 사실을 알았다. 로빈 덕분에 사라진 젊음을 일시적으로 되찾은 셈샤나쉬가 여제의 모습으로 위장한 것이었다.

크리스털 볼을 발견하면서 탕딜루스의 의혹이 확신으로 변했다. 셈샤나쉬의 책상에 놓인 크리스털 볼을 건드리자 로빈의 얼굴이 떴다.

모종의 거래가 있는 것이 틀림없었다. 셈샤나쉬의 크리스털 볼에 로빈의 얼굴이 떠 있다는 것은 로빈을 납치해서 죽여주기만 하면 하프엘프의 피로 마법 능력을 강화해도 좋다는 허락을 받았다는 뜻이었다. 다만 의뢰인은 셈샤나쉬 마법사가 로빈을 오랫동안 살려둘 것을 예상하지 못하고 있었다.

철저한 조사가 필요한 사건이었다. 온갖 노력에도 불구하고 탕딜루스는 셈샤나쉬가 변호사를 요구하면서 일체의 질문을 거부했기 때문에 아무것도 알아낼 수 없었다. 구조대와 동행한 '진실의 입'이 난공불락의 요새처럼 도저히 뚫을 수 없는 정신적 방어력에 부딪혔기 때문에 텔레파시로 '목소리' 역할을 하는 파란 땅신령도 포기해야 했다.

따라서 탕딜루스는 전략을 바꾸었다. 셈샤나쉬가 대화하는 도중에 또는 혼잣말하는 도중에 내뱉은 이름을 선별해서 명단을 작성했다. 그런데 셈샤나쉬가 눈이 동그래지거나 두려워하는 반응을 보인 이름은 그가 예상했던 이들이 아니었다.

마침내 적들의 신원을 알아냈을 때 탕딜루스는 가슴이 미어졌다. 로빈을 안개 대양이 아닌 좀 더 안전한 곳으로 피신시켰어야 했는데!

철수하기에 앞서 그들은 동굴에서 수십 구의 해골을 발견했는데 투실투실하게 살찐 물고기들이 들러붙어 있었다. 살을 깔끔하게 뜯어 먹어서 반들반들해진 뼈다귀를 수거하면서 셈샤나쉬의 범죄 행위를 기록한 조서는 점점 더 빼곡해졌다.

로빈은 셈샤나쉬에게 고마움을 느꼈다. 물론 끔찍한 고문을 했고, 동지들을 죽였지만 덕분에 기적 같은 일이 일어나지 않았는가.

아들의 일로 부모님이 한시도 떨어지지 않고 있었다. 메보라가 탕딜루스에게 감탄의 눈길을 보내고 있는데 그녀가 수년 동안 잊고 있던 애정 표현이었다. 탕딜루스도 마치 용감하고 결단력이 있는 여자와 결혼한 걸 방금 깨달았다는 듯이 다정한 눈길로 화답했다. 젊은 연인들처럼 얼굴에서 웃음이 사라지지 않는 부모를 보면서 로빈은 미소를 지었다. 수년 동안 부부에게 드리운 이혼의 그림자가 한 달 동안 엘프 다섯 명을 죽이고 고문한 미친 마법사 때문에 해소되고 말았으니…… 세상사란 참으로 알다가도 모를 일이었다.

정보국의 엘프 요원들은 국장의 전략을 지켜보면서 놀라움을 금치 못했고, 메보라에 대해서는 인간이면서도 위험을 무릅쓰고 동족을 구해준 고마움과 짜증스러움(로빈은 일종의 질투심이라고 생각했다) 사이에서 망설이고 있었다.

하프엘프 로빈은 사흘 동안 휴식을 취하고 기력을 찾았다. 로빈은 릴란드릴의 활을 살피면서 정령을 부르는 보석을 건드리지 않으려고 조심했다.

사건을 비밀에 부치려는 탕달루스의 노력에도 불구하고 에드라킨족이 한 무리의 크리스털리스트를 섬에 급파했다. 지구와 마찬가지로 크리스털리스트들은 끈질기게 취재했고, 로빈과 동지들에게 일어난 사건이 모든 주르스탈의 머리기사를 장식했다.

저택을 무너뜨리고 저주받은 곳을 떠나기 위해 닻을 올렸을 때 두 가지 사건이 일어났다.

셈샤나쉬가 의문의 죽음을 당했고, 여제가 로빈에게 연락을 해왔다.

11 협상

단검도 독약도 없이
어떻게 로미오와 줄리엣을 재연하나

*

화면에 뜬 이미지를 봤을 때 로빈은 크리스털 볼(셈샤나쉬에게 빼앗겼다가 되찾은)을 떨어뜨릴 뻔했다.

갑판에 서 있던 아버지와 어머니는 파랗게 질리는 아들을 보면서 재빨리 다가왔다. 엄한 얼굴로 아들을 응시하는 여제의 얼굴을 보고 로빈의 부모도 얼어붙었다.

"로빈 망질?" 화면에 떠 있는 이미지가 물었다.

"네, 폐하." 로빈이 뻣뻣한 자세로 대답했다.

리스베스의 입술이 일그러졌다. 여제는 하프엘프가 경의를 표하지 않은 것을 눈여겨보았다. 그러나 그녀가 생각하는 것과는 달리 로빈은 여제를 모욕할 의도가 전혀 없었다. 다만 근육이 경직되어 있는 것뿐이었다. 로빈은 눈을 깜박이고 입을 움직이는 것 외에는 아무것도 할 수가 없었다.

여제가 몸을 숙였다. 그녀는 검정 드레스 차림으로 옥좌에 앉아 있고, 크리스털 볼이 탁자 위에 놓여 있었다. 새까만 머리에 한 가닥의 흰머리가 또렷이 드러났다.

검정 드레스에 너무나 잘 어울린 주홍빛 공작 문양, 벨벳 두건을 쓴 여제의 모습은 까마귀가 연상되었다. 물론 매력적인 까마귀 모습이지만 그래도 까마귀가 연상된다는 건 기분이 나쁘다는 뜻이고, 그렇다면 흉조라는 것인데…….

"너에게…… 출두를 요구한다, 하프엘프." 여제가 뭔가 아주 쓴 것을 방금 삼킨 것 같은 얼굴로 말했다.

"폐하?"

"네가 필요하니까 오무아 궁전으로 출두하라."

로빈은 목소리가 나오지 않았다. 그래, 확실히 어조가 심상치 않아.

"폐하?"

옥좌에 앉은 여제가 흥분했다.

"망질, 힘든 하루를 보냈는데 똑같은 말을 되풀이하게 만들다니 정말 짜증스럽구나."

"폐……."

"한 번만 더 말을 시키면 너를 체포하겠다."

무슨 말을 하는 건지 알 수가 없는 로빈이 마침내 입을 열려는 순간 아버지가 먼저 말했다.

"안녕하십니까, 폐하. 대답은 당연히 거절입니다."

랑코비트 정보국장을 발견한 리스베스의 눈이 동그래졌다.

"당연히 뭐라고요?"

"폐하에게는 내 아들에 대한 체포 명령을 내릴 권한이 없습니다. 우리는 오무아가 아니라 랑코비트 왕국의 신하입니다. 그리고 납득할 수 없는 권력을 내세워서 우리를 위협하는 사람들을 높이 평가하지 않습니다."

순간 탕딜루스를 응시하는 리스베스의 입술에 불쾌한 미소가 번졌다.

"내 말 잘 들으시오, 탕딜루스. 그대가 말하는 '납득할 수 없는' 권력을 내가 정말로 내세우는 날은 위협할 필요도 없을 것이오. 명을 내리는 것으로 충분하니까."

분노를 터뜨릴 기세로 탕딜루스가 어깨를 들썩거리고 있을 때 아내가 슬그머니 손을 잡아주었다. 덕분에 진정이 된 탕딜루스가 외교적인 답변을 했다.

"우리 가족에게는 폐하보다 훨씬 끔찍한 적들이 있습니다. 폐하를 무례하게 대하려는 것이 아니라 고백하건대 우린 지금 그런 협박에 떨고 있을 입장이 아닙니다. 더욱이 상황이 상황이니만큼 이제 다급해지니까 내 아들이 필요하다는데 우리가 어떻게 순순히 응할 수 있겠습니까?"

여제의 눈에서 쏟아질 것 같은 시퍼런 불길이 사라졌다.

"그걸 어떻게 알고 있습니까?"

탕딜루스의 입술에 번지는 미소를 보면서 여제가 말을 중단했다가 덧붙였다.

"아! 하긴 그대의 정보원들이 가만히 놀고 있는 건 아닐 테니까. 그대도 알고 있는 대로 상황이 좋지 않아요. 따라서 더 정중하게 표현하면 그대의 아들을 궁정으로 초대하는 겁니다. 우리 제국에서는 그대의 아들을 존중할 것이며, 초대에 응하는 것이 랑코비트에도 도움이 될 것이오."

대답하려는 순간 탕딜루스는 아내의 손짓을 보았다. 메보라가 여제의 시야에서 벗어난 데로 물러서서 손을 막 흔들고 있었다.

"잠깐 실례하겠습니다, 폐하."

탕딜루스가 빠져나와서 몸을 숙였다. 키가 작기 때문에 메보라가 까치발을 들고서 남편의 귀에 대고 뭐라고 소곤거렸다. 처음에는 눈살을 찌푸리던 탕딜루스의 얼굴에 미소가 감돌았다.

"당신은 천재야." 탕딜루스가 메보라를 다정하게 포옹하면서 속삭였다.

탕딜루스가 크리스털 볼 앞으로 돌아왔다. 여제가 작은 발을 흔들고 있는 것으로 보아 짜증이 난 모양이었다.

"죄송합니다, 폐하. 이 일을 오무아와 엘프 국민 사이의 협정으로 간주하겠습니다."

리스베스가 벌떡 일어났다.

"협정이라니요?"

"폐하께서는 권력을 이용하여 내 아들을 위협하고 궁전에서 추방하셨습니다. 물론 내 아들이 없으면 후계자가 마법 능력을 되찾지 못해서 왕위 계승을 못할 수도 있다는 걸 알기 전이었지요. 또한 우리를 굴복시키기 위해서 엘프 국민에게 압력을 가했습니다. 폐하가 주요 고객이라는 것을 알기 때문에 셀렌다 왕국의 여왕은 그 협박을 심각하게 받아들였지요."

리스베스가 얼굴을 찌푸렸다. 엘프들의 여왕 얘기가 나오자 탕딜루스가 무슨 말을 하고 있는지 이해가 되었다. 탕딜루스는 놀라운 능력을 지닌 여왕 타빌라를 통해 메시지를 전달받은 것이 틀림없었다. 탕딜루스는 생각보다 훨씬 영리한 엘프였다.

여제가 심호흡을 하면서 최악의 경우를 대비했다.

"어떤 종류의 협약입니까?" 여제가 얼음장같이 차가운 목소리로 물었다.

"폐하께서는 계약 기간을 정해놓았다는 이유로 엘프들의 목숨을 하찮게 여기고 있을 뿐만 아니라 무엇보다도 우리 목숨의 대가치고는 터무니없이 적은 금액으로 병사들을 고용하고 있습니다. 많은 엘프가 목숨을 잃었는데도 말입니다. 따라서 엘프들의 계약 기간을 무기한으로 바꿔야 하며, 15퍼센트의 봉급 인상과 생계비 상승에 따른 연봉 0.5퍼센트 인상, 질병이나 부상을 당해 퇴직할 경우 제국에서 의료보험을 보장하고, 보험료는 우리 쪽에서 30퍼센트, 폐하께서 70퍼센트를 부담하겠다는 약속을 해주십시오. 그리고 그 빈자리는 지원병으로 대체하겠습니다. 어떤 위협도 어떤 계약도 어떤 협의도 이 협정을 파기할 수 없습니다."

"그 조건은 받아들일 수 없소!" 여제가 외쳤다.

"그게 다가 아닙니다." 탕딜루스가 동요되지 않고 말을 이었다. "내 아들과 후계자가 만나는 걸 금지하지 않겠다는 것과 몇 년 후 나와 아내처럼 결혼하기로 결정할 경우 둘의 결합을 반대하지 않겠다고 약속하십시오. 군주라고 해서 신하의 사랑을 감독할 권리는 없습니다. 17년 전 나와 아내는 우리 여왕에게 항거했지요. 내 아들과 타라가 우리 부부처럼 폐하께 항거하지 않을 거란 생각은 하지 마십시오."

리스베스가 파랗게 질렸다. 로빈과 메보라도 얼굴색이 변했다.

"감히 어떻게 그런 말을!"

"이상이 우리의 조건입니다."

이번에는 탕딜루스가 크리스털 볼에 얼굴을 가까이 들이대고 분노를 표출했다.

"타빌라 여왕에게 연락하여 강제로 로빈을 사지로 보내게 했을 때 폐하는 우리에게 선택의 여지를 주지 않았습니다. 따라서 내게서 관용을 기대하지 마십시오. 로빈이 없으면 폐하의 후계자는 마법 능력을 되찾지 못할 겁니다. 폐하의 제국이 없으면 우리 국민은 살 길이 막막해질 겁니다. 따라서 두 나라가 다 어려움을 겪게 되겠지요. 아울러 나나 우리 국민은 폐하에게 어떤 반감도 갖고 있지 않다는 것을 밝히는 바입니다(사실은 비정한 여자가 정말 싫지만 내색하지 않았다)."

"나는 강요받는 것을 아주 싫어하지요." 리스베스가 싸늘한 얼굴로 돌변했다. "셀렌다의 엘프, 나는 오무아의 여제요. 감히 나와 흥정을 벌이려고 하다니! 앞으로 발생하는 문제는 전적으로 그대가 책임져야 할 것이오……."

탕딜루스가 대꾸하려는 순간 크리스털 볼이 끊어졌다.

로빈과 메보라가 불안한 얼굴로 탕딜루스를 쳐다봤다.

"애쓰신 것은 고맙지만 소용없는 일이었다는 거 아시죠?" 로빈이 먼저 말했다.

"당신의 첫 번째 제안은 여제가 받아들였을 텐데." 메보라는 한술 더 떴다. "두 번째는 우리 소관이 아니라 로빈과 타라가 결정할 일이었어요. 우리가 당신의 여왕에게 불복했을 때 부모님이 우리를 믿었던 것처럼 당신도 두 아이를 믿어야 해요."

"흥! 내 기억이 정확하다면 당신 부모님이나 내 부모님이나 우리를 미친 애들로 취급했는데 무슨 소리를 하는 거요? 믿음이란 말은 들어보질 못했소."

"그러나 그분들은 우리를 그냥 지켜봤어요." 메보라가 눈을 반짝이면서 반박했다. "그리고 우리의 판단은 옳았죠. 그럼 이제 지금까지의 장면을 텔레크리스털에 보내볼까요?"

"뭐라고요?"

탕딜루스와 로빈이 동시에 외쳤다. 메보라가 마치 뭔가를 없애는 손짓을 하자 스쿠프가 그녀의 어깨 주위를 붕붕 날아다녔다.

"이유는 모르겠지만 이 스쿠프가 아무래도 나를 많이 좋아하는 것 같아. 로빈, 네가 크리스털 볼을 받는 걸 보고 스쿠프를 인비지블루스 주문으로 감췄지. 모든 장면을 찍었으니까 채널 원에 보낼 수 있어. 여제가 그토록 통제하려고 애쓰는 여론을 어떻게 대처해나가는지 두고 보자꾸나."

로빈이 고개를 흔들었다.

"좋은 방법이 아니에요. 여제는 개의치 않을 거예요. 오무아 사람들은 랑코비트 사람들과 달라요. 그들은 아버지가 오무아 경찰로 일하는 엘프들에게 특혜를 주기 위해 나를 이용하는 것이라고 생각할 거예요. 그렇지 않아도 경찰이라면 질색하는데."

"그럼 다른 방법을 써야지." 탕딜루스가 딱 잘라 말했다. "스쿠프, 이리 와."

작은 카메라가 탕딜루스의 어깨에 사뿐히 내려앉았다. 로빈과 메보라가 보내는 의문의 눈길을 받으면서 탕딜루스가 번호를 눌렀다. 크리스털 볼이 번쩍거렸지만 얼굴은 나타나지 않았다. "말씀하세요, 당신의 메시지를 녹음하겠습니다." 교환수가 알렸다.

"스쿠프, 필름을 크리스털 볼로 전송해. 그거면 설명이 따로 필요 없지." 탕딜루스가 보이지 않는 상대에게 말했다. "스물여섯 시간 내에 오무아 궁전으로 갈 겁니다. 무슨 일이 있어도 로빈은 국민을 위험에 빠뜨리지 않을 겁니다. 여제께서 엘프들을 해고하겠다고 협박할 줄 알았는데 그러지 않아서 놀랐습니다. 나머지 일은 일임하지요."

남편이 통화를 끝내자 호기심이 가득한 얼굴로 메보라가 재우쳐 물었다.

"누군데요?"

"오무아 궁전에서 우리를 도와줄 수 있는 사람이지. 잘되면 몇 시간 후에는 무슨 반응이 있겠지. 물론 내 메시지가 도청되었을 경우에."

탕딜루스가 여제를 상대로 절반의 승리를 거뒀지만, 셈샤나쉬가 의문의 죽음을 당하는 사건 때문에 그 빛이 바래고 말았다. 탕딜루스는 부하 요원들에게 셈샤나쉬 마법사를 지키게 했다. 억류당했던 엘프들이 복수를 시도할 경우 즉각 진압하기 위해서였다. 그러나 부하 요원들이 의외의 방법을 사용한 것일까? 식사 당번 요원이 저녁을 가져갔을 때 여제의 모습이 아닌 늙은 여자의 시체를 발견했는데 얼굴은 공포로 일그러졌고, 반쯤 벌어진 입술 사이로 시커먼 혀가 늘어져 있었다.

사인은 극도의 공포로 인한 심장마비였다. 탕딜루스는 마법사가 죽은 이유를 찾기 위해 현장을 이 잡듯 뒤졌지만 머리털 하나 발견하지 못했다.

처음에 탕딜루스는 부하 요원들과 특히 셈샤나쉬에게 고문을 당했던 엘프들을 의심했다. 그러나 직접 죽이지 못한 것을 분통해하는 것 같기도 하고, 차라리 죽어서 후련해하는 것 같기도 하는 표정을 보아 그들은 범인이 아니었다. 따라서 정체불명의 의뢰인이 셈샤나쉬를 제거했을 가능성이 컸다. 가장 가까운 연안이 수백 킬로미터 떨어져 있는데 아무런 의혹도 사지 않고 귀신같이 침투해서 죽이다니…… 탕딜루스는 점점 더 직업의식이 발동했다.

공기와 암흑의 여왕이 나타나지 않았기 때문에 폭풍우도 돌풍도 없는 온화한 날이 예상되었다. 탕딜루스가 안도의 숨을 내쉬었다.

그들이 에드라킨족의 연안에 이르고 있을 때 탕딜루스의 크리스털 볼이 번쩍거렸다. 탕딜루스가 긴장한 얼굴로 받았다.

"여보세요?"

오무아의 수상 티라니크의 땅딸막한 모습이 나타났는데 차가운 눈초리와 대머리 때문인지 험상궂어 보였다.

"맙소사!" 티라니크가 내뱉었다. "오무아에 그런 식의 수작을 걸다니 도대체 이게 무슨 짓입니까? 당신, 머리가 잘못된 거 아니오?"

성난 목소리가 바가지 깨뜨리는 소리를 냈다. 성난 목소리? 아니, 거의 분노에 찬 목소리라고 해야 하나?

뜬금없이 전화를 걸어서 무례한 말투로 거기다 도가 지나치게 격앙된 태도를 보이는 티라니크에게 격분한 탕딜루스가 냉랭하게 응수했다.

"대체 무슨 일입니까, 티라니크 선생?"

"무슨 일이냐고요? 몰라서 묻는 겁니까? 당신이 후계자에게 보낸 메시지 때문에 지금 우리 궁정이 발칵 뒤집혔는데……. 두 여성이 서로에 대해 표현하는 말을 그대로 옮기면 '탐욕스럽고 질투심이 많은 노땅' 대 '버르장머리 없이 꼬박꼬박 대드는 계집애'가 당신 때문에 불꽃 튀는 설전을 벌이고 있단 말이오."

로빈이 소스라치게 놀랐다. 그럼 아버지와 통화한 상대가 타라였단 말인가! 탕딜루스는 아들에게 말해봐야 못하게 막을 것이 틀림없기 때문에 아무 말도 하지 않았던 것이다.

로빈은 아버지와 티라니크가 나누는 대화에 귀를 기울였다. 이제 로빈의 얼굴 근육은 감정을 드러내지 않을 정도로 단련이 잘 되어 있었다. 그렇지만 반짝거리는 눈동자는 즐거워하는 빛이 역력했다. 티라니크가 속삭였다.

"결과를 알려주겠소. 엘프들을 위한 조약서 2부를 받게 될 것이오." 티라니크가 전화번호부만큼 두툼한 서류 뭉치를 흔들었다. "당신의 여왕에게는 이미 보냈으니 지금부터 다섯 시간 이내에 서명해야 합니다. 500쪽 분량으로 빽빽하게 쓰여 있다는 걸 알아두시오."

탕딜루스의 얼굴에서 미소가 사라졌다. 뭔가 잘못되어가고 있었다.

"그 많은 분량의 서류를 이렇게 빨리 만들다니……." 탕딜루스가 고개를 갸웃거리면서 중얼거렸다.

티라니크가 교활한 미소를 흘렸다.

"서류는 2주일 전에 준비된 것이오. 우리의 여제께서는 오래전부터 엘프들의 임시직을 정규직으로 바꿔줄 생각을 하고 있었으니까요. 하나는 우방의 국민을 고용해서 저임금으로 일을 시키는 것이 부당하다는 인식 때문이고, 또 하나는 당신의 여왕이 후계자 주변에서 당신의 아들을 멀리 떼어놓은 것에 대해 감사의 표시를 하는 것이지요."

탕딜루스는 어이가 없었다. 정말 놀랄 일이 아닐 수 없었다. 여제에게 대승을 거뒀다고 생각했는데 어린애 취급을 당한 셈이었으니……. 도대체 여제가 왜 그런 연극을 했을까?

이어서 티라니크가 덧붙였다.

"경험자로서 충고하는데 조약서를 꼼꼼히 살펴보시오. 잘못된 사항이나 빠뜨린 것이 있는지 면밀히 검토해야지 실수할 경우, 타빌라 여왕은 아마 죽는 날까지 두고두고 당신을 비난할 것이오. 당신이 지금 어느 정도로 웃음거리가 되어 있는지 알려줄까요?"

"말해보시오." 탕딜루스가 오만상을 찌푸리면서 대답했다.

"당신이 요구한 건 두 군주가 이미 협상을 끝낸 사항이었지요."

탕딜루스가 믿을 수 없다는 눈길을 던졌다. 정보국에서 어떻게 그 중요한 정보를 모를 수 있단 말인가!

"며칠 전에 이미 협상에 들어갔고, 오무아의 여제는 서명 날짜를 오늘로 정해놓고 있었소. 수상인 나한테도 아무 말 하지 않았기 때문에(탕딜루스는 티라니크가 왜 그렇게 화가 나 있었는지 이해가 되었다) 엘프들과 나는 그 이유가 궁금했는데…… 이제야 깨달았소."

"무슨 말인지 알겠소." 탕딜루스가 마지못해서 대꾸했다.

여제는 탕딜루스의 입에서 그런 말이 나오리라고 예상했던 것이 틀림없었다. 이래서 정치가 싫다니까.

"따라서……" 티라니크가 비아냥거리는 목소리로 말을 이었다. "당신의 아들을 오무아로 보내는 대가로 우리 여제에게 더는 아무것도 요구할 수 없다는 것이오. 여제는 이미 당신이 제시한 조건들을 받아들인 것이니까. 당신이 셀렌다와 오무아 양국 간의 뒷거래를 모르고 있었다니 참으로 유감스러운 일이오. 두 군주가 그 사실을 비밀에 부치기로 합의를 하였으니, 지금쯤 당신의 여왕은 우리 여제에게 당했다는 생각에 무릎을 치며 후회하고 있을 거요. 이 일로 그 불똥이 당신에게 튈까 정말 염려가 되는구려."

사실, 탕딜루스는 한 달 전에 행방불명된 아들을 찾아 나서면서 모든 책무를 부국장에게 일임했다. 그런데 부국장이 오무아에서 로빈에 관련된 상황이 급변했다는 소식을 알리면서 협정에 대해서는 전하지 않았던 것이다.

랑코비트의 정보국장이라는 신분이 무색하게 첩보원들이 가장 두려워하는 함정에 빠진 것이었다. 정보 부족이라니!

주위의 공기가 갑자기 무겁고, 위협적으로 느껴졌다.

"그럼 로빈에 대해서는?"

"여제께서는 우리 후계자와 당신의 아들이 만나는 걸 강제로

막지 않을 것이며, 후계자가 미래의 남편을 선택하는 것에 간섭하지 않을 것이라고 약속하였소."

환하게 웃는 로빈을 보면서 티라니크가 손가락을 흔들었다.

"다만 국민이 로빈을 우리 후계자의 남자친구로, 남편으로 받아들일 경우에 한해서 말이오! 민심은 천심! 이제 알겠소?"

"내 크리스털 볼로 보내주시면 서류를 읽어보고 나서 연락하겠습니다. 나는 인간들의 낭만주의를 믿습니다."

티라니크가 살벌한 미소를 지으면서 서류를 전송했다.

탕딜루스 망질이 순간 기억력 강화 마법을 사용했는데도 서류를 읽는 데 두 시간이 넘게 걸렸다. 타빌라 여왕의 변호사들이 세 시간 동안 수시로 연락해서 질문했지만, 조약서 조항들을 완벽하게 파악한 탕딜루스는 한 번의 실수도 없이 답변했다. 이런 종류의 일에 열중하는 모습을 본 적이 없는 로빈은 감탄의 눈길로 아버지를 지켜보다가 귀에 꽂은 이어폰을 발견했다. 어머니 메보라가 크리스털 볼의 시야를 벗어난 데서 속삭이고 있었다.

아, 어머니가 아버지를 지원해주고 있었구나!

오무아의 수상과 마찬가지로 변호사들은 탕딜루스의 날카로운 지적에 혀를 내두르지 않을 수 없었다. 그런데 그들은 랑코비트와 아더윌드의 많은 나라가 체결한 수많은 조약 문서를 작성한 사람이 메보라였다는 것을 전혀 모르고 있는 눈치였다. 더구나 외교 문제에 관해서는 뛰어난 전문가가 아닌가. 메보라는 양측에 정당한 협상이 되도록 조항을 수정했을 뿐만 아니라 셀렌다에 유리한 조건을 이끌어내기도 했다.

바이올렛 엘프 에레와 블랙 엘프 빌라드라를 동행한 셀렌다의 여왕이 협정에 조인하기 위해 오무아로 이동했다. 탕딜루스와 메보라, 로빈보다 여왕이 몇 분 먼저 도착했다.

의장대가 사열하고 있는 가운데 궁정 감독관 칼리 부인과 여제의 사촌인 옥시아 부인이 엘프들의 여왕을 맞을 채비를 하고 있었다. 타빌라 여왕이 유형화되었을 때 그들이 정중하게 허리를 굽혔다. 망질 가족이 키크로크(파트로크 왕국의 수도)에서 출발했다는 소식을 들은 타빌라 여왕이 그들을 기다리겠다고 했을 때 모두 깜짝 놀랐다(그중에서도 두 고문관이 훨씬 놀라는 눈치였다). 마침내 망질 가족이 보이자 여왕이 으름장을 놓았다.

"그대의 목을 졸라야 할지, 아니면 축하를 해야 할지 모르겠소, 탕딜루스 망질. 하지만 그대의 인간 아내에게는 감사의 말을 해야겠소. 짧은 시간에 그런 성과를 거두다니 정말 훌륭했어요."

그러면서 엘프들의 여왕이 메보라 앞에서 몸을 숙여 경의를 표하자 또다시 모두 놀랐다.

얼굴이 빨개진 메보라가 보조개가 파일 정도로 활짝 미소를 지었다.

"황공합니다, 전하. 재미있는 일이었고, 아더월드에서 중요한 두 나라의 이익을 위해 일할 수 있었으니 저로선 영광이었습니다."

이번에는 메보라가 공손하게 허리를 굽혔다. 여왕이 미소를 짓자 주위에서 꽃향기와 봄 냄새가 진동하는 것 같았다.

"그대는 내가 몹시 화가 나 있을 때도 내 앞에서 허리를 굽힌 적이 없는 것으로 기억하는데요."

"존중에는 존중으로 화답할 줄 압니다, 전하. 저를 무례하게 대할 때만 무례하니까요."

"내가 이해하기는 좀 어렵지만 그게 인간의 특질이겠지요. 그러나 그대의 전문적인 능력을 인정하기 때문에 조약서의 조항 중 거절할 경우에 관해 몇 가지 묻고 싶은 말이 있어요."

여제의 사촌 옥시아 부인의 안내를 받아 여왕이 앞장서자 메보라가 불안한 듯 눈썹을 활처럼 구부리면서 따라갔다.

"잠깐 뵐까요, 에레 부인?"

탕딜루스가 바이올렛 엘프를 불러 세웠다.

에레가 기분 나쁜 눈길을 던지면서 내뱉었다.

"부인? 나는 엘프들과 인간들을 공포에 떨게 하는 바이올렛 엘프요. 그리고 인간에게나 어울리는 '부인'이니 '선생'이니 하는 소리를 들으면 구역질이 난단 말이오."

탕딜루스는 에레가 얼마나 두려운 존재인지 잘 알고 있었다.

그러나 에레를 흥분하게 만들어서 자제심을 잃게 하려면 화를 돋우는 수밖에 없었다.

"바이올렛 엘프, 에레! 당신은 누구보다도 나와 메보라의 결합을 반대했소. 왜요? 인간의 피가 엘프의 피에 병균이라도 옮길까봐 두려웠던 겁니까? 하지만 내 아들은 순종 엘프보다 훨씬 강인하고 용감합니다. 아들의 몸속을 흐르는 인간의 피가 격한 엘프의 피를 완화시킨다는 것은 굳이 말하지 않더라도 우리의 종족 보존을 위해 좋은 현상이 아닙니까?"

그 말에 침을 탁 뱉어버리는 에레를 보면서 황궁의 감독관 칼리 부인의 눈이 똥그래졌다.

"천한 잡종의 불순한 피가 우리의 국력을 약화시키고, 역겨운 쥐처럼 우리의 뿌리를 갉아먹고 있소. 인간과 결합하는 일이 되풀이되어 자식을 낳으면 그 아이는 인간의 후손이지 우리 조국 셀렌다의 국민이 아니오!"

"하지만 인간의 수가 우리보다 훨씬 많아요. 인간은 계속 자식을 낳는 반면에 우리 종족은 점점 수가 줄어들고 있습니다. 인간은 평화를 사랑하는 반면에 우리는 전쟁을 즐깁니다. 인간은 자기 발전을 위해 노력하는 반면에 우리는 자기 자신에 대해서 관심이 없습니다. 우리의 위대한 시인들과 사상가들은 다 어디로 갔습니까? 진화하지 않으면 우리는 더 이상 꿈을 가질 수 없기 때문에 멸종하고 말 겁니다!"

탕딜루스의 말 한마디 한마디가 에레의 심장에 비수처럼 꽂혔다. 에레가 성난 고양이처럼 으르렁거렸다.

"바로 그 평화를 바라는 마음 때문에 우리가 맹목적으로 순종하는 국민이 되었단 말이오. 우리는 협약을 맺고 조약을 체결하고 있단 말이오! 우리를 신처럼 숭배해야 할 인간들이 우리를 개처럼 부리고 있단 말이오! 우리는 신성한 불, 전쟁과 죽음의 찬가를 까맣게 잊었단 말이오. 우리의 위대한 사상이 어디서 나왔다고 생각하시오? 불과 전쟁의 피에서 나온 것이란 말이오!"

탕딜루스의 질문이 번개처럼 빠르게 튀어나왔다.

"그래서 셈샤나쉬에게 내 아들을 죽이라고 했습니까? 오무아와의 조약을 실패하게 만들려고요?"

에레가 놀란 얼굴로 쳐다봤다. 입을 열던 에레는 수백 개의 귀가 유심히 듣고 있다는 걸 의식했는지 입을 도로 다물고 탕딜루스를 뚫어져라 쳐다보고 나서 대답했다.

"내가 무엇 때문에 당신 아들을 죽이려고 하겠소? 영원히 추방하겠다는 여왕의 의견에 반대하면서 멀리 떠나보내는 것으로 당신 아들의 목숨을 지켜주고, 오무아로 보내라고 주장한 것도 나란 말이오. 천만에, 나는 그런 짓 하지 않았소. 당신 눈에는 내가 그 정도로 어리석어 보입니까?"

"글쎄요, 그건 내가 모르지요." 탕딜루스가 침착하게 응수했다. "어쨌든 경고하겠소, 에레. 내 아들에게 무슨 일이 생기면 그 책임을 물으러 당신을 찾아갈 것이오, 개인적으로."

에레가 험악한 표정으로 창을 한 번 흔들었다.

"그럼 기다리고 있겠소, 젊은 엘프. 당신을 죽이는 것은 분명히 재미있을 테니까."

그렇게 말하고 나서 에레가 돌아서더니 거드름을 피우면서 걸어갔다.

바이올렛 엘프의 격한 반응을 보면서 로빈은 잠시 어리둥절한 표정이었으나 이내 짚이는 것이 있는 듯 눈빛을 반짝였다.

"아버지가 왜 여제에게 우리 가족에게는 폐하보다 더 끔찍한 적들이 있다고 했는지 이제 알겠어요. 에레를 두고 한 말이었군요!"

"내가 에레의 이름을 언급할 때마다 셈샤나쉬가 예민한 반응을 보이더라고. 그 여자가 속이려고 애를 썼지만 의심의 여지가 없었지. 다른 이름을 들을 때는 눈도 깜빡하지 않았거든. 그 여자가 끽소리도 내지 못하고 그렇게 쉽게 죽었다는 것은 지속적으로 독약을 써서 죽였을 가능성이 커. 아들아, 적이 누군지 알고 있는 것이 모르는 것보다는 훨씬 낫다. 바이올렛 엘프를 조심하여라. 그 엘프에 비하면 크라크덴트는 순한 양이니까."

로빈이 고개를 끄덕였다. 모든 것이 이미 하고 있던 생각을 굳

혀주고 있었다.

감독관 칼리 부인이 그들을 접견실로 안내했다. 입구에서 옥좌까지의 거리가 어찌나 먼지 도시락을 싸 들고 가야 할 정도로 어마어마하게 커다란 방에 사람들이 꽉 들어차 있었다. 가슴에 은빛 별 문양이 있는 블랙 드래곤이 여제와 황제 뒤에 서 있는데 로빈이 처음 보는 드래곤이었다. 여제 바로 옆에 커다란 새장이 있고, 그 안에서 검은색과 흰색의 스파슌 한 마리가 창살을 물어뜯으면서 법석을 떨고 있었다.

로빈의 눈길이 한 사람에게 꽂혔다.

후계자 타라틸랑넴 덩컨이 주홍빛 마법복 차림으로 옥좌 약간 아래쪽에 앉아 있고, 축소한 페가수스가 어깨에 올라앉아 있었다.

로빈은 숨이 막혔다. 타라가 많이 달라져 있었다. 마지막으로 봤을 때는 살이 많이 빠져서 간신히 움직이는 정도였는데 지금은 아주 건강해 보였다. 키도 크고, 살도 붙어 있었다. 그러나 쪽빛 눈이 슬퍼 보였고, 근심이 가득한 얼굴이었다.

로빈은 타라를 바라보는 궁인들의 눈빛에서 어린 후계자에 대한 믿음을 읽을 수 있었다. 귀빈들과 엘프들은 타라 앞에 자리를 잡고 있었다. 셀렌다의 여왕 타빌라와 에레, 빌라드라가 타라를 향해 눈길을 고정하고 유심히 살피고 있었다.

자르와 마라는 옥좌에서 멀리 떨어진 안락의자에 앉아 있었다.

많은 사람을 둘러보면서 마라가 약간 흥분해 있는 반면에 자르는 못마땅한 기색을 노골적으로 드러내면서 꼼짝 않고 있었다. 그 뒤에 쌍둥이의 경호를 다시 맡게 된 그르룰이 거대한 초록 그림자처럼 서 있는데 떨떠름한 표정을 짓고 있었다.

로빈은 군중 속에서 칼과 엘레아노라, 무아노, 파프니르, 파브리스를 발견하고 기뻤다. 아버지에게 이끌려서 옥좌 앞으로 간 로빈은 무릎을 꿇고 경의를 표했다.

여제가 고개를 까닥하는 것으로 화답하자 탕딜루스와 로빈이 조심스럽게 일어났다.

"계속하세요, 이사벨라." 여제가 타라의 할머니에게 말했다.

거대한 드래곤의 몸집에 가려 있어서 이사벨라의 모습이 보이지 않았던 것이다.

"베티가 납치된 것은 확실합니다." 이사벨라가 차분한 어조로 말했다. "마니투와 내가 가봤더니 마을 사람들이 아메모루스 주문에 걸려 있었고, 베티도 그들의 기억에서 완전히 지워져 있었지요. 단순한 민투스보다 훨씬 강력한 주문이라서 우리도 영향을 받을 뻔했습니다. 마지스터가 꾸민 짓이 틀림없어요. 더 충격적인 것은 베티를 납치한 지 한 달이 넘었다는 겁니다!"

타라는 속이 뒤틀렸다. 한 달이 넘었다고? 그렇다면 마지스터가 왜 그동안 잠자코 있다가 이제야 알렸을까?

여제가 한숨을 내쉬었다.

"따라서 모든 일이 사실이군요. 나의 후계자, 상황이 이런데도 친구를 구하러 가겠다는 생각에는 여전히 변함이 없느냐?"

궁인들과 오무아 국민, 아더월드의 수많은 종족이 지켜보고 있는 데다 수백 개의 스쿠프가 붕붕 날아다니면서 회담 장면을 전송하고 있기 때문인지 여제가 다분히 여론을 의식한 포즈를 취하면서 질문했다.

타라는 굽히지 않았다. 친구가 몇 시간이 아니라 한 달이 넘게 지옥에서 살고 있다는 걸 알았는데 어떻게 물러선단 말인가.

"내 잘못 때문에 신하가 위험에 빠졌는데 구하러 달려가지 않는다면 내가 어떻게 후계자라고 할 수 있겠습니까?"

타라가 낭랑한 목소리로 응수했다.

후계자가 위험을 무릅쓰는 것에는 반대하던 궁인들도 그 결정에 만장일치로 동의하는 분위기로 술렁거리자 여제는 못마땅하지만 애써 내색하지 않았다.

그러자 블랙 드래곤이 나서서 지적했다.

"엄밀히 말해서 그 지구소녀는 마마의 신하가 아닙니다."

"마지스터가 오무아 국민을 납치했다면 나는 당연히 구하러 달려갔을 거란 뜻으로 한 말입니다." 타라가 정중하게 대꾸했다.

블랙 드래곤이 콧등을 찡그리더니 경의를 표하려는 뜻인지 앞발을 벌리는 이상한 몸짓을 하면서 여제에게 말했다.

"먼저 금지된 대륙으로 가서 장벽의 상태를 확인한 다음 드란보우글리스펜쉬르로 돌아가서 열쇠를 넘기지 않으면 우리의 협약이 깨진다는 황제 폐하의 말씀을 심의회에 전달했습니다. 심의회에서 내린 결론은 인간이 금지된 대륙의 땅을 밟게 두는 것은 너무 위험하다는 것입니다. 따라서 우리의 답변은 후계자가 죽음을 무릅쓰게 허락할 수 없다는 것입니다. 금지된 대륙은 봉쇄되어 있습니다. 그 이유로 우리의 협약을 깨뜨릴 경우 그 책임은 전적으로 폐하에게 있는 것입니다."

여제는 타라가 금지된 대륙으로 떠나는 것이 싫었지만, 5000년의 동맹 관계를 무시하는 드래곤의 무례한 태도에 화가 나서 벌떡 일어났다.

"그렇다면 당신들의 동의 없이 떠나도 실례가 되지는 않겠군요." 여제보다 타라가 먼저 냉정하게 응수했다.

"마마에 대해서는 우리도 상세히 알고 있지요!" 갑자기 돌변한 드래곤이 타라를 향해 파충류의 기다란 목을 돌리면서 비아냥거렸다. "마법 능력이 아무리 강력해도 대륙을 에워싸는 장벽을 파괴하는 것은 절대로 불가능합니다. 게다가 마법 능력을 잃은 지금으로서는 절대로!"

"네, 맞아요. 정확하게 알고 계시군요."

"아, 네?" 순순히 인정하는 것에 드래곤이 깜짝 놀랐다.

"오늘은 당연히 불가능하죠. 그래서 내 마법 능력을 되찾을 작정입니다. 나의 나오울디아르가 돌아왔거든요. 이제 의식을 시작할 겁니다."

타라가 '피를 나눈 형제'를 뜻하는 '나오울디아르'라고 말했을 때 엘프들이 소스라치게 놀랐다. 그 순간 로빈의 팔뚝을 쳐다보는 여왕의 눈썹이 활처럼 휘어졌다. 하지만 엘프들의 여왕은 아무 말도 하지 않았다.

타라가 일어나서 로빈을 향해 옥좌의 계단을 천천히 내려갔다. 이럴 때는 사랑의 슬픔을 호소하는 듯한 음악이나 즐거운 팡파르라도 울리면 효과 만점인데! 아니면, 번개에 이어 천둥소리가 나면 훨씬 극적일 텐데! 그 순간 수백 명의 궁인이 숨을 죽이고 있는지 정적이 흘렀다. 타라를 향한 로빈의 사랑, 여제의 완강한 반대, 둘이 함께 무릅써야 하는 위험, 그 모든 것이 둘의 사랑을 전설로 만들고 있었다. 그 전설의 무게와 수많은 시선이 타라와 로빈의 어깨를 짓누르고 있었다.

"미안해." 듣고 있는 귀들을 의식한 타라가 속삭였다. "몰랐어. 난 네가 나를…… 버렸다고 생각했어. 네 기억에서 나를 지워버렸다고 생각했어."

훌쩍훌쩍, 손수건을 꺼내서 눈물을 훔치는 소리가 여기저기서 들리는 것 같았다. 감정이 격해지면 폭발할 위험이 있는 카흠보움을 가두느라고 작은 소동도 일어났다.

"천만에." 로빈이 말했다. "너의 심장은 나의 심장이고, 너의 영혼은 나의 영혼이야. 나한테서 너를 떼어내려면 내 정신을 떼어내야 할 거야. 난 너를 한시도 잊은 적 없어. 나는 다섯 번 죽었지만 그때마다 내 영혼은 죽음을 거부했어. 마지막으로 한 번만이라도 너를 다시 보기 전에는 죽을 수 없었으니까."

어찌나 로맨틱한 말인지 궁인들의 입에서 신음 소리가 새어 나왔다. 당신도 나를 위해 죽을 수 있어요? 하고 묻는 듯 애인을 쳐다보면서 눈을 흘기는 여자들도 있었다.

타라의 뺨을 타고 눈물이 주르륵 흘러내렸다.

"알아. 에드라킨족 크리스털리스트들이 보여준 것 외에 네 아버지의 보고서와 네 어머니가 위장하여 찍은 비디오도 받았으니까. 네가 죽어가는 걸 봤을 때 나도 죽을 것 같았어. 로빈, 셈샤나쉬가 낮이고 밤이고 며칠 동안 고문했다는 것도 알아. 나 자신을 용서할 수가 없어. 너에게 무슨 문제가 생겼을 거라고, 이상한 일이 일어났을지도 모른다고 의심을 했어야 했는데…… 너에게 화만 내고 있었으니. 게다가 네 전화를 모두 거부했어!"

로빈이 눈살을 찌푸렸다.

"나는 전화한 적 없어! 너를 떠나면서 보냈던 문자 메시지 말고는! 우리 여왕이 너에게 연락하는 걸 금지했거든. 군함을 타고 있을 때 여러 번 전화하고 싶었지만 명을 어길 수 없었어. 그다음에는 셈샤나쉬에게 납치되었기 때문에 하고 싶어도 할 수가 없었고 (로빈의 맑은 눈빛이 어두워졌다). 우린 누군가가 쳐놓은 함정에 빠졌고, 아까운 엘프 다섯 명이 목숨을 잃었어. 누군지 몰라도 반드시 찾아내서 대가를 치르게 해줄 거야. 맹세해."

그렇게 말하면서 로빈이 돌아보자 에레가 한순간 부르르 떠는 것 같더니 이내 태연한 체했다.

로빈이 타라에게 다정한 미소를 지으면서 말했다.

"타라, 나는 전사야. 따라서 무슨 일이 일어나든 위험에 맞서는 것이 내 직업이야. 그러니까 너는 자책할 필요 없어. 절반은 내 잘못이니까. 많이 생각했어. 구조된 뒤에도 며칠 동안 곰곰이 생각하다가 마침내 깨달았어."

로빈이 심호흡을 하고 나서 말을 이었다.

"스톤헨지에서 아트락투스 주문에 걸렸을 때 네가 말했었지. 우리는 너무 다르다고. 우리의 사랑은 우리와 가까운 사람들을 위험에 빠뜨릴 거라고. 여론 때문인지 뭐 때문인지…… 어쨌든 알 수 없는 이유로 여제 폐하가 우리 만남을 허락했지만 이제 난 확실히 깨달았어. 너는 내가 사랑할 수 있는 평범한 소녀가 아니라 후계자라는 것을."

그 말에 소름이 끼친 타라가 뒷걸음쳤다.

"그래서?"

"그래서 나는 너의 노예가 되겠다는 말을 하러 돌아왔어. 너를 위해 기꺼이 목숨을 바치는 노예로 네 옆에 영원히 있을게."

하프엘프의 열렬한 고백을 들으면서 궁인들의 입에서 신음 소리가 새어 나왔다.

귀가 예민한 타라는 로빈의 말에서 기쁨과 슬픔 그리고 사랑만은 하지 말아야 했다는 회한을 느꼈다.

"그래서?"

"그래서 너를 포기했어."

12 장벽

드래곤이라도 성난 소녀를 방해하지 않는 편이 낫다,
비늘 몇 개쯤 달아나도 상관없다면 몰라도

*

타라는 가슴이 너무 아파서 눈을 감았다. 로빈이 나를 원망하고 있어. 구해주지 않았다고, 자기를 버렸다고. 그래서 지금 나를 거부하는 거야. 그래도 나를 이렇게 아프게 할 줄이야.

피를 흘리면서 죽어가던 로빈의 모습이 떠올랐다. 가슴이 찢어지게 아팠지만 견뎌야 했다. 타라는 견딜 수 없는 충격으로부터 방어하듯 두 손으로 가슴을 감쌌다. 숨쉬기도 힘들었다.

이어서 공포에 질린 베티의 모습이 떠올랐다. 어떻게든 견뎌야 했다. 친구를 위해서. 마음을 굳게 먹어야 했다.

타라는 옥좌 층계에 발꿈치가 닿을 때까지 뒷걸음쳤고, 다리가 후들거려서 눈을 떴다. 흥분한 스쿠프들이 줌렌즈를 이용하여 타라의 창백해진 얼굴과 눈물이 글썽한 눈에 이어서 로빈의 초췌한 얼굴을 클로즈업했다.

"이해해." 타라의 목소리가 어찌나 슬프게 들리는지 궁인들이 또다시 손수건을 꺼내려고 핸드백이나 주머니를 뒤지는 소리가 들렸다. "너와 네 부모님의 안전이 더 중요하니까. 그런데 지금은 이런 얘기를 나누고 있기에는…… 나와 베티에게 그럴 시간이 없어. 최고 마구스 데미데루스!"

타라가 갑자기 크게 외쳐서 모두 소스라치게 놀랐다.

"나를 찾느냐, 나의 후계자?" 데미데루스가 대답했다.

"이제 결정을 내렸습니다. 우리를 노예로 만들고 싶어 하는 마지스터나 악마들과 싸워서 이 행성을 지켜야 하는 후계자가, 마치 마법이 중요하지 않은 것처럼 행동하고, 마법을 거부하는 것은 후계자답지 않다고 하신 말씀은 옳으셨습니다. 아더월드는 내가 필요하고, 나는 아더월드가 필요합니다."

상황이 상황이니만큼 타라는 어머니 셀레나가 충고해준 대로 정중하게 표현했다. 보통 때 같으면 타라는 기꺼이 이렇게 대답했을 것이다. '오케이, 좋아요. 마법 능력만 돌려주세요. 그러면 내 친구들을 못살게 구는 자들의 머리통을 박살 내버릴게요.'

건성으로 듣고 있던 파프니르의 얼굴이 일그러졌다. 난쟁이들은 마법을 사용하지 않고도 아더월드에서 아무 지장 없이 살고 있는데 마법 없이는 아더월드에서 살 수 없다는 마법사들의 주장을 타라가 방금 인정한 것이 아닌가. 5000년 전에 전쟁이 일어났을 때 악마들을 상대로 마법 사용하기를 거부했기 때문에 많은 난쟁이가 목숨을 잃었다. 그런데도 '마법은 나쁘다'는 인식이 뿌리 박혀 있었다. 난쟁이들과 마찬가지로 마법을 거부하던 타라가 이제는 마법이 자신의 일부라는 것을 인정하고 있는 것이었다. 파프니르는 타라가 돌변한 이유를 곰곰이 생각했다. 마법 능력을 상실한 것과 어떤 관련이 있는 걸까?

사실은 오포숨 마을에서 어머니와 함께 지낸 8개월이란 시간이 타라의 눈을 뜨게 해주었기 때문이다. 마법 덕분에 아더월드에서는 공해나 환경 파괴에 대해 걱정할 필요가 없었다. 불순물 제거 주문으로 공기를 정화하고, 기상 조절 주문으로 필요할 때는 행성 전체(가능한 견디기 힘들 정도로 뜨거운 기후를 원하는 살테렌스 사막을 제외하고)에 비를 골고루 내리게 함으로써 온난한 기후의 혜택을 얻을 수 있었다. 아더월드는 지구보다 평등한 생활수준을 유지하고 있었다. 샤먼들이 육체적인 질환뿐만 아니라 정신적인 병도 거의 치료할 수 있고, 산티보르 행성의 텔레파시 식물 '진실의 입'들이 거짓말쟁이, 도둑, 살인자를 색출해내기 때문에 범법 행위가 거의 존재할 수 없었다. 누구나 최소한의 생필품을 갖고 있기 때문에 빈곤 퇴치를 위해 애쓸 필요도 없었다.

물론 전부 다 이상적인 것은 아니었다. 아더월드는 거칠고 위험한 행성이었다. 인간, 난쟁이, 타트리스, 켄타우로스, 엘프, 드래곤들의 야심 때문에 지구 못지않게 언제든 전쟁이 일어날 수 있었다.

그러나 아더월드에서는 어디서나 크리스털 볼로 전화를 걸 수 있고, 크레디트-무트 금화가 두둑한 돈주머니를 들고 돌아다녀도 날치기를 당할까 봐 불안해하지 않아도 되었다.

그렇더라도 마법을 다시 사용한다는 것은 막중한 책임이 따르는 일이었다. 걱정 없는 어린 시절과 작별을 고하는 것이었다.

"얘야, 이건 단순히 베티를 구하기 위해서가 아니라 네 목숨도 구하는 일이야." 데미데루스가 마치 그 커다란 접견실 안에 두 사람만 있는 것처럼 다정하게 말했다. "선택은 네가 하는 거야."

타라가 속으로 무례하게 외쳤다. '그게 그렇게 간단한 일이면 나도 정말 좋겠다고요, 할아버지!'

"아니, 이건 명예의 문제입니다. 베티가 죽으면 괴로워서 나도 살 수 없습니다."

여제가 손이 하얘질 정도로 옥좌의 팔걸이를 움켜잡았다가 약간 풀었다.

"우리 계획에 필요한 것들은 다 준비됐나요?" 타라가 물었다.

데미데루스가 엷은 미소를 지었다.

“‘필요한 것들’이란 표현이 네 친구들을 가리키는 것이라면 맞아. 필요한 사람은 모두 와 있으니까. 모두 와서 자리를 잡게.”

그 순간 로빈은 금빛으로 반짝이는 팔각형 문양이 바닥에 그려지는 것을 보았다.

칼이 여우 블롱딘을 데리고 여덟 개의 이등변삼각형 중 하나에 자리를 잡았다. 칼은 살아 있어준 것에 안도하면서 로빈을 끌어안고 싶은 마음과 방금 타라에게 한 짓에 대한 벌로 엉덩이를 걷어차고 싶은 마음 사이에서 갈등하고 있었다. 파브리스와 매머드 바룬이 뒤를 이었는데 금발 소년은 못마땅한 기색이 역력했다. 파프니르는 도끼를 휘두르는 시늉으로 로빈에게 인사를 했고, 무아노는 표범 쉬바를 데리고 환한 미소를 지어 보였다. 마니투, 셀레나와 퓨마 셈보르, 이사벨라가 삼각형을 하나씩 차지했다. 로빈이 마지막 삼각형 안에 섰다. 이제 데미데루스가 만든 별 문양 한가운데에 서 있는 타라를 중심으로 여덟 개의 삼각형이 완전히 채워졌다. 빙 둘러서서 지켜보고 있던 궁인들이 만일을 대비하는 듯 슬금슬금 뒤로 물러서서 보호막을 만들었다. 무거운 침묵이 흐르고 있었다.

타라가 돌아보자 파브리스의 눈에 불안한 빛이 감돌았다.

“잃어버린 마법 능력을 도로 가져오고 싶지는 않았는데…… 미안해.”

"내 심정을 네가 어떻게 알겠어?" 파브리스가 시큰둥하게 대꾸했다. "하지만 괜찮아! 누가 알아? 작전이 실패할지."

"베티를 구하려면 잘되라고 기도해야지, 파브리스! 제발 부탁이야."

파브리스가 고개를 숙이자 쏟아져 내린 금발 덕분에 마법 능력을 내놓는 것이 못내 아쉬워서 일그러지는 얼굴을 가릴 수 있었다.

그때 데미데루스가 뭔가를 꺼냈다. 젠드라의 별! 블루르 마브리 유전학자가 위험을 감수하면서까지 손에 넣으려고 하다가 결국 목숨을 잃어야 했던 젠드라의 별은 마법과 과학을 접목시킨 아티팩트였다. 배반한 드래곤이 죽은 뒤에 크산디아르가 회수해서 유전학자의 아들 불루르 마브리에게 돌려준 것이었다. 그 젠드라의 별을 어떻게 데미데루스가 갖고 있을까? 타라가 던지는 의문의 눈길을 받으면서 데미데루스는 젠드라의 별을 타라의 가슴에 올려놓고 팔각형 문양 밖으로 나갔다. 타라는 불안이 엄습했다.

"내가 주문을 읊으면 모두 복창하라." 데미데루스가 명했다. "*트란스페루스의 이름으로* 자기 것이 아닌 것은 지금 당장 타라에게 돌아갈지어다!"

모두 복종하자 마법의 빛이 번쩍거렸다. 파란빛, 보랏빛, 장밋빛, 노란빛(본의 아니게 흡수했지만 마법을 사용할 수 없는 마니투를 제외하고)이 타라의 몸을 에워쌌다.

갑자기 기적 같은 일이 일어났다. 맙소사, 파프니르에게서 초록빛이 분출하고 있었으니! 그 자리에 있던 난쟁이들이 쏘아보고 있지만 타라에게 정신을 집중한 파프니르는 모르고 있었다. 더구나 원해서가 아니라 덤으로 얻게 된 마법을 이 기회에 내놓는 것인데 어느 누가 파프니르를 탓할 수 있단 말인가.

빛에 휩싸인 타라는 눈을 감고 정신을 집중했다. 타라가 감지한 마법 중에서 어머니의 것이 가장 약했고, 칼이 가장 강했는데 파브리스의 마법과는 근소한 차이였다.

칼의 주머니에서 타라의 이니셜을 수놓은 손수건, 껌 한 통, 만년필, 지우개에 이어 예언의 막대사탕 키디코이가 두 개나 튀어나왔다. 타라의 발치에 내려앉은 잡동사니를 보면서 당황한 칼이 돌려준다는 게 깜빡 잊고 있었어, 하는 표정으로 금방 얼굴이 빨개졌다.

이윽고 데미데루스가 마법의 지팡이로 노란 대리석 바닥을 탁탁 치자 천둥소리가 나면서 작은 불꽃이 튀었고, 칼리 부인이 인상을 쓰면서 바닥으로 괴로운 눈길을 던졌다.

"*펠란보우르 제오다그릴 벤다르 에오크리크!*"

지팡이에서 솟구친 강력한 마법이 젠드라의 별을 후려치자 타라가 신음 소리를 냈다. 그 충격에 다리가 후들거리면서 타라가 쓰러졌지만 의식을 잃지는 않았다. 로빈이 달려가려고 하자 데미데루스가 소리쳤다.

"정지, 엘프! 움직이지 마, 폭발할 수 있어!"

갑자기 색이 변한 마법의 빛이 번쩍거리면서 폭신한 담요처럼 타라를 감쌌다. 숨이 막힌 타라가 헐떡거렸다.

그러나 마법의 물결이 난공불락의 벽에 부딪혔다. 타라는 마법을 받아들이려고 애를 썼지만 무의식이 거부하고 있었다. 난쟁이들과 마찬가지로 타라의 무의식에는 여전히 '마법은 나쁘다'라는 생각이 박혀 있는 모양이었다.

어디서 밀려오는 것일까, 강한 물결 같은 것이 무아노의 등을 후려쳤다. 무아노가 원 안으로 쓰러지면서 두 손을 앞으로 내밀었다. 팔뚝이 벽을 넘어가는 순간 무아노가 비명을 질렀다. 보이지 않는 뱀파이어에게 물린 것처럼 잿빛으로 변한 피부가 갈라지더니 살이 쪼그라들기 시작했다. 고통을 견디다 못한 무아노가 야수로 변했고 죽음의 함정에서 벗어나려고 필사적으로 발버둥쳤다.

"타라!" 데미데루스가 고함쳤다. "우리는 원 안으로 들어갈 수 없다. 무아노를 구해줄 수 있는 사람은 너밖에 없어. 마법이 무아노의 생명을 모조리 빨아들일 거야!"

그 순간 마법이 공격하자 야수가 몸을 웅크렸다.

"안 돼!" 파브리스가 외쳤다.

사랑의 힘이 만들어내는 놀라운 희생정신이 발동한 걸까, 원 안으로 두 손을 내밀던 파브리스가 숨이 막혀서 딸꾹질을 했다.

효과가 있었나? 무아노를 공격하는 마법의 파괴력이 약해지는 것 같았다.

이번에는 칼, 파프니르, 로빈이 친구를 구하기 위해 지체 없이 두 손을 내밀었고, 그들도 포로가 되고 말았다.

질겁한 타라의 머릿속에서 시동이 걸렸다.

어깨를 짓누르던 무거운 짐이 갑자기 사라진 느낌이 들었다. 타라가 믿어지지 않는 얼굴로 일어났다. 타라를 에워싸는 마법의 빛이 선명해지면서 무지갯빛으로 반짝이고, 소리가 또렷해지면서 냄새가 진동했다. 누군가가 자신의 눈과 귀를 막은 밴드를 벗겨주는 느낌이 들었다. 약간 흐릿하던 페가수스와의 교감도 훨씬 명확해져서 기뻐하는 갈랑의 마음이 생생하게 전달되었다. 타라가 마법 능력을 잃고 있는 동안 갈랑이 얼마나 속상해했던가. 타라가 미소를 지었다. 페가수스에 올라탄 타라가 새처럼 천장까지 날아올라서 원무를 추었다. 원의 압박이 약해지면서 포도 씨를 뱉어내듯 친구들을 몰아냈다. 마법의 강도를 높이는 순간 멀쩡한 모습으로 일어나는 친구들을 보면서 타라는 환호성을 지르고 싶었다.

이어서 타라의 눈빛이 새파랗게 변했고, 흰 머리털이 찌지직거리자 살아있는 돌이 마법 능력을 되찾은 영혼의 동반자에게 기쁨을 표시했다.

그러나 그게 끝이 아니었다. 데미데루스의 두 번째 주문이 그 순간에 작동되면서 마법의 영역이 접견실 전체로 확장되었다. 지켜보고 있던 마법사들의 몸에서도 마법의 빛이 번쩍거리면서 본의 아니게 아홉 개의 무지갯빛에 합쳐지고 있었다. 마법이 빠져나가는 걸 느낀 여제와 황제가 모욕이라도 당한 듯이 동시에 소리를 질렀다. 자기 몸에서 빠져나간 빛이 무지갯빛에 섞이는 걸 보면서 깜짝 놀란 드래곤이 격분했다. 마법 능력이 있는 이들은 모두 해당되었고, 데미데루스라고 예외는 아니었다.

윙윙거리면서 타라의 머리 위로 치솟은 빛의 기둥이 지붕을 뚫고 나가서 신비한 오로라처럼 찬란하게 하늘을 수놓았다. 아연실색해서 구멍 뚫린 천장을 쳐다보는 여제가 이거 어디서 봤는데? 하는 표정을 지었다(제1권 「아더월드와 마법사들」에서 타라는 이미 접견실의 천장을 파괴한 적이 있었다. 오무아의 후계자가 아니었다면 건물 해체 회사라도 하나 차리는 것이 어떨지 아마 진지하게 생각했을지도 모르는데……).

여제는 예상했던 대로 드디어 후계자가 마법 능력을 되찾은 것을 확인하면서 안심했다.

마침내 마법의 빛이 하나 둘 꺼지자 갈랑이 착륙했다.

그러나 타라는 빛을 번쩍거리면서 공중에 떠 있었다.

블랙 드래곤이 아가리를 멍하니 벌린 채 쳐다보고 있었다. 살다, 살다 저렇게 강력한 마법은 처음 보겠군. 저건 인간이 아냐, 절대 있을 수 없는 일이야!

드래곤은 문득 심의회에서 금지된 대륙의 장벽은 오랫동안 버틸 수 없으니 인간들이 들어가는 걸 무조건 막아야 한다고 명했던 것이 기억났다.

이번에는 팡파르가 울렸다. 살아있는 돌이 귀청을 찢을 듯한 소리를 지르는 것으로 기쁨을 표시했다. 체인지라인의 주머니에서 튀어나간 살아있는 돌이 타라의 머리 위에 사뿐히 내려앉았는데 마치 크리스털 왕관 같았다. 살아있는 돌이 내지르는 기쁨의 환호성이 궁전 밖까지 쩌렁쩌렁 울렸다.

궁인들이 귀를 틀어막았고, 질겁한 요정들은 오색찬란한 구름처럼 날아갔다. 크리스털리스트들이 크리스털 볼에 대고 발 빠르게 소식을 전하면서 스쿠프들이 찍은 믿을 수 없는 이미지들을 전송했다.

"돌아왔어요!" 타라가 합창을 하듯 이상한 목소리로 말하면서 얼굴 가득 미소를 지었다.

"그걸 눈치채지 못한 사람이 있겠습니까?" 여제의 궁전 지붕에 또 구멍을 내다니, 크산디아르가 진심 반 농담 반으로 너스레를 떨었다. "마법 능력을 돌려주기 전에 그 점에 대해 곰곰이 생각해봤어야 하는 게 아닐까요?"

크산디아르 옆에서 친위대원들이 불안한 얼굴로 고개를 끄덕였다. 언젠가 그중 몇 명은 잠들었다가 눈을 떴을 때 각각 아주 다양한 모습으로 둔갑해버린 악몽 같은 기억이 있었던 것이다. 그들이 아는 한 후계자는 무의식 상태인 상대에게도 마법을 쓸 수 있는 유일한 마법사였다.

여전히 공중에 떠 있는 타라가 블랙 드래곤을 향해 몸을 돌렸다.

거대한 파충류는 타라의 강렬한 눈빛에 뒷걸음치지 않을 수 없었다. 드래곤의 시력은 아주 뛰어나서 바다 같은, 타라의 쪽빛 눈에 떠 있는 금빛 별들을 알아볼 수 있었다. 오, 눈부시게 아름다운 샨토울리라쉬바 여신이시여! 어떻게 인간의 눈이 우주를 담을 수 있단 말입니까! 드래곤은 전율이 일었다. 만약 털이 있다면 브르리르처럼 등줄기를 따라 털이 곤두섰을 텐데. 두려움을 감추기 위해 안간힘을 다하고 있건만 드래곤의 갈기가 곤두섰다.

"그 정도의 실력 행사로 나를 설득할 수 있다고 생각합니까?" 블랙 드래곤이 거의 으르렁거리듯 말했다. "그 누구도 금지된 대륙에 갈 수 없……."

살아있는 돌의 불같은 성질을 잘 아는 이들이 어? 저렇게 나오면 드래곤이 큰 실수를 저지르는 건데, 하고 생각한 순간이었다.

갑자기 날아온 커다란 금빛 광선이 드래곤을 휘감더니 30미터 높이의 천장에 뚫린 구멍에 처박아버렸다. 모두 고개를 쳐들었다. 타라는 속으로 말했다. 자, 그럼 이제 저 큰 덩치를 한번 갖고 놀아볼까?

타라는 살아있는 돌과 결합하여 드래곤을 갑자기 놓아버렸다.

6톤에 이르는 덩치가 비명을 지르면서 궁인들을 향해 곤두박질쳤다. 대부분 잽싸게 피하는데 그중 금빛 사과무늬 드레스 차림의 뚱보 여자 한 명이 몸이 너무 둔해서인지 허둥거리기만 할 뿐 움직이지 못하고 있었다.

드래곤이 여자를 묵사발로 만들려는 찰나에 타라가 꼬리를 낚아채면서 드래곤의 아가리가 뚱보 여자의 코앞에서 멈췄다.

드래곤과 맞닥뜨린 뚱보 여자는 튀어나올 듯한 눈으로 괴성을 지르다가 기절해버렸다.

칼이 제일 먼저 정신을 차렸다. 칼은 다친 데가 없는지 손가락을 흔들어보고 나서 안도하는 얼굴로 가능한 침착하게 말했다.

"오케이, 타라. 이제 좌우로 6미터씩 필요한 공간을 만들어."

모든 궁인이 접견실 구석으로 몰려가자 옥좌 가까이 자리 잡고 있던 관료들이 부러운 눈으로 궁인들을 힐끔거렸다. 하긴 목숨이 걸려 있는데 관료들이라고 왜 피하고 싶지 않겠는가!

"안 되는데……." 타라가 이를 악물고 말했다.

"뭐라고?"

"할 수 없다고!" 타라가 소리쳤는데 이마가 땀에 젖어 있었다.

"미끄러워서 더 이상 잡고 있을 수가 없어!"

"널브러진 부인의 사과무늬 드레스 보이지?"

"응!"

"드래곤을 떨어뜨리면 부인이 묵사발 된단 말이야!"

"괜찮아." 한쪽 구석에서 누군가 외쳤다. "저놈의 뚱보 마누라, 그러게 작작 좀 먹으라니까."

여기저기서 킥킥거리는 소리가 들렸다. 타라는 얼굴을 찡그리면서 드래곤을 조금씩 옆으로 옮겼고 마침내 뚱보 여자 옆에 내려놨다.

한쪽 눈을 뜨던 여자가 옆에 있는 드래곤을 보고 다시 까무러치고 말았다.

어지러워서 한동안 정신을 못 차리고 있던 살루덴리바쉬라쉬부는 옆에 여자가 누워 있는 걸 보는 순간 포옹하고 싶은 충동이 일자 얼른 몸을 웅크리면서 간신히 참았다. 이런 상황에 무슨 주책을 부리려고!

블랙 드래곤은 스쿠프들이 오무아를 포함해서 다른 행성으로도 그 장면을 전송한다는 걸 알기 때문에 드래곤 심의회가 이 끔찍한 곳을 벗어나게 도와주길 바랐다.

드래곤이 아주 조심스럽게 일어났다. 드래곤의 명예가 있지, 미천한 도마뱀처럼 꼬리를 붙잡혀서 흔들리는 치욕을 더는 당할 수 없지 않은가. 발을 쳐들고(질 것을 뻔히 알고 대항하는 것인 만큼 기대할 수는 없지만) 드래곤이 읊었다.

"*데스트룩투스의 이름으로* 내 마법은 이곳을 파괴하여 내가 마음대로 행동할 수 있게 할지어다!"

궁인들 속에서 공포의 웅성거림이 일면서 대부분 재빨리 도망칠 궁리를 했다. 데스트룩투스라고? 드래곤이 아주 실성을 했군!

그 틈에 친위대원들이 재빨리 널브러진 뚱보 여자를 들어서 절망해 있는 남편에게 데려갔다.

분수를 뿜어내는 듯 기세 좋게 분출하던 블랙 드래곤의 광선이 타라 앞, 10센티미터 지점에서 멈췄다.

그러나 의지할 데가 없는 타라가 드래곤의 파괴 광선에 밀려서 이리저리 움직이자 공포에 질린 궁인들이 어디로 피할지 몰라서 우왕좌왕했다. 타라는 할 수 없이 대리석 벽에 달라붙은 채 몸을 동그랗게 말았는데 심한 구토증이 일었다. 사람들에게 토하면 안 되는데……. 타라는 벽에 기대어 버티면서 몸의 밀도를 최대한 높이는 마법을 걸고 체중이 30톤쯤 되었을 때 마법의 근육을 긴장시키면서 방패로 파괴 광선을 물리치기 시작했다. 그 순간 타라는 또다시 살아있는 돌의 강력한 힘이 합세하는 걸 느꼈다.

점점 더 뒤로 떠밀리던 파괴 광선이 드래곤 쪽으로 향했다. 드래곤의 패배! 드래곤은 자신의 파괴 광선을 맞고 박살이 나기 직전에 주문을 취소했다.

"쯧쯧! 쯧쯧! 쯧쯧쯧! 우리에게 데스트룩투스 주문을 날리다니 정말 어리석군요." 합창하는 듯한 목소리가 말했다. "우리에게 석 달 동안 신고도 남을 핸드백과 구두를 선물하고 싶습니까?"

"분명히 말하는데 그런다고 해도 달라질 건 없습니다." 드래곤이 이를 부드득 갈았다. "우리는 절대로 대륙에 들어가는 걸 허락하지 않습니다!"

"드래곤! 우리는 당신들의 허락을 받을 생각이 없어요. 아직도 그 장벽이 우리의 힘을 견딜 수 있을 거라고 생각합니까?"

근데 이 계집애는 왜 아까부터 '나'라고 하지 않고 '우리'라고 하는 거지? 드래곤이 마른기침을 했는데 고장 난 자동차가 내는 소리와 비슷했다.

"아닐 수도 있지만 그 대륙에 가려면 드래곤들과 전쟁을 벌일 위험이 있습니다."

"당신이 지금 우리를 협박하는 거요, 살루덴리바쉬라쉬부?" 인내심이 한계에 이른 여제가 외쳤다. "악마들을 물리치기 위해 함께 싸운 오무아 제국에 전쟁을 선포하는 겁니까?"

"우리는 여러분을 보호하고 싶을 뿐입니다." 드래곤이 거의 기어드는 목소리로 말했다.

"거짓말!" 합창하는 듯한 목소리가 말했다. "두려워하고 있군요, 드래곤. 당신이 지키고 싶어 하는 것은 우리가 아니라 당신의 종족이죠! 우리는 지체 없이 금지된 대륙으로 떠날 겁니다. 더는 낭비할 시간이 없어요."

우아하게 착지하고 싶었는데…… 앗! 대리석 바닥을 뚫고 들어가버렸으니! 타라는 몸의 밀도를 최대한 높였던 걸 깜빡 잊고 있었다. 흙먼지를 뒤집어쓴 모습으로 타라가 다시 나타나자 친구들이 구해주러 달려왔다.

"이제 됐어!" 타라가 주문을 취소하면서 말했다. "괜찮아. 먼저 취소했어야 되는데 깜빡 잊어버렸지 뭐야."

여제가 한숨을 쉬면서 천장에 뚫린 구멍에서 바닥에 뚫린 구멍으로 시선을 옮겼다. 휴! 다음에는 야외에서 회의를 하는 게 낫겠어! 이러다가 궁전에 성한 데가 남아 있을지 모르겠군.

타라의 등을 손바닥으로 탁탁 쳐주던 칼이 구름같이 일어나는 먼지를 보면서 미간에 세로주름을 잡았다.

"와! 지난번에 볼 때부터 살이 좀 쪘다 싶더라니……. 이 드래곤보다 네가 체중이 훨씬 더 나가겠어! 얼마나 나가는지 재봤냐? 무아노, 넌 꼼짝 말고 가만히 있어. 바닥을 보강해야 하니까. 특히 타라가……."

"내가 뭐?"

"네 몸무게를 잊으면 안 되지!"

"하! 하! 하! 진짜 웃기고 있어! 우리 둘 중에서 더 무거운 사람은 너잖아, 칼! 너 계속 그렇게 나 때리면서 놀릴래? 아무래도 내 마법이 발사될 것 같은데."

칼이 허리를 굽히면서 아첨하는 미소를 짓자 타라가 깔깔대고 웃었다.

"고마워, 무아노!" 타라가 칼보다 훨씬 세심하게 먼지를 털어주는 친구에게 말했다. "내 마법 능력을 되찾는 걸 도와주기 위해 원 안으로 뛰어들다니 정말 용감했지만 바보 같은 짓이었어. 큰일 날 뻔했잖아."

"하지만 내가 그런 게 아냐." 무아노가 말했다. "뭔가 등을 떠미는 느낌이 들었고, 원 안으로 두 손이 들어갔던 거야. 칼이 살찐 걸 그렇게 놀리는 걸 보니까 잘됐다 싶어. 그 바람에 놀라서 살이 빠진 것 같으니까."

데미데루스는 타라의 눈과 마주치자 시선을 피했다. 아, 데미데루스가 또 무슨 술책을 부린 건가? 타라는 머릿속에 입력해두었다. 언젠가 쓸모가 있겠지.

살루덴리바쉬라쉬부는 아직도 정신을 못 차렸는지 눈을 부릅뜨고 마치 괴물을 보듯 타라를 응시하고 있었다. 블랙 드래곤이

처량하게 바닥에 늘어져 있는 꼬리를 세우더니 거칠게 숨을 몰아 쉬었다.

"좋습니다! 죽이는 것 말고는 금지된 대륙으로 가는 걸 막을 다른 방법이 없는 것 같군요."

"그럼 계속해보시든가!" 파프니르가 비웃음을 흘리면서 야멸치게 말했다. "우리는 드래곤들의 술책으로부터 친구를 지킬 테니까요!"

드래곤이 위협적으로 슛슛, 소리를 냈지만, 빨간 머리 난쟁이는 태연하게 도끼 두 개를 내밀어서 교차시켰다.

"우리의 장벽은 아주 강력해서 여러분이 넘을 수 없습니다. 하지만 만약 넘었을 경우에는……."

"그러면요?"

"그러면 나와 동지들이 호위할 겁니다."

이번에는 타라가 놀랐다.

"왜죠?"

"우리를 어떻게 생각하든 거기서 보게 되는 것으로부터 여러분을 지켜줄 수 있는 것은 우리밖에 없으니까요."

타라가 어깨를 으쓱했다. 그러자 '상황 종료'라는 걸 알아차린 살아있는 돌이 체인지라인의 주머니로 들어갔고, 체인지라인도 칼이 돌려주었던 잡동사니를 바닥에서 주워 모았다.

"마음대로 하세요, 난 상관없으니까. 나는 내 친구 베티를 구하면 되니까요. 이제 설명을 듣고 싶은데요, 데미데루스? 그 두 번째 주문은 뭐였어요? 미리 알려주지 않는 것이 습관이세요? 설마 마법을 조절할 수 있는지 시험해보신 건 아니겠죠?"

데미데루스가 빙긋이 웃었다. 어린 소녀를 걷잡을 수 없이 몰려오는 마법과 맞서게 하는 것은 상당히 위험한 일이었지만 데미데루스는 검사기 글로비노마지코그라메르의 분석표에 기록된 그 놀라운 수치를 믿어도 되는지 시험해보고 싶었다. 게다가 배반한 드래곤 때문에 변화된 타라의 몸이 그 많은 마법의 양을 여전히 견디어낼 수 있는지도 확인해보고 싶었던 것이다.

데미데루스의 설명을 듣고 난 타라가 한숨을 내쉬었다. 체커 게임의 말처럼 이용당하는 것에는 이제 웬만큼 익숙해지지 않았던가. 타라는 그래도 말보다는 퀸이 되는 것이 더 편하다는 생각이 들기 시작했다.

"그럼 이제 타라가 쾅! 하고 터질 일은 없겠죠? 아더월드나 지구 같은 행성이 타라와 함께 폭발할 위험이 없는 거죠?" 칼이 물었다.

"그럼, 쾅! 하고 터질 위험은 없지." 칼의 표현이 재미있는지 데미데루스가 그 말을 흉내 냈다.

"타라, 마법 능력을 되찾았고, 훨씬 더 강해진 것이 틀림없는데 그 기념으로 나랑 살테렌스로 바람이라도 쐬러 가는 게 어때? 뚱보 고양이들이 무슨 보물을 발견했다는데 가서 내 눈으로 보고 싶어서 말이야." 칼은 타라가 무슨 뜻인지 알 거라고 생각하면서 말했다.

"칼!" 베티의 모습을 비디오로 보고 심한 충격을 받았던 무아노가 쏘아붙였다. "중대한 미션을 앞두고 지금 그런 농담이 나와?"

무아노가 '미션'이라는 말에 힘을 주고 있음이 느껴졌다. 히믈리아 산에서 난쟁이들과 함께 자란 무아노는 의무에 대해 아주 중요한 의미를 두고 있었다.

"알아, 나도 안다고!" 칼이 응수했다. "사람들을 구하고, 세상을 구해야지. 늘 그랬듯이!"

문득 떠오르는 생각에 칼의 얼굴이 환해졌다.

"근데 말이야, 지금 생각났는데 혹시 그거 아닐까?"

"뭐?"

"드래곤들이 감추고 있는 것 말이야. 어마어마한 보물 아닐까? 드래곤이 금과 보석을 얼마나 좋아하는지 알지? 거의 미치잖아. 혹시 보물을 숨겨놓은 곳이라면?"

무아노가 칼을 쳐다보면서 웃음을 터뜨리자 타라와 셀레나, 마니투도 어이가 없다는 듯 웃었다. 유머와는 담을 쌓은 이사벨라는 여전히 무표정이었고, 엘레아노라는 칼을 재미있는 소년이라고 생각했지만 드러내지 않았다. 로빈은 타라를 관찰하느라고 정신이 없었고, 파브리스는 덤으로 얻은 마법 능력을 잃은 것이 유감스럽다는 얼굴로 바룬과 함께 공중 부양 연습을 하고 있었다. 파프니르는 남의 보물을 훔치는 일에는 관심도 흥미도 없다는 얼굴이었다. 좀 떨어진 곳에서 여제와 황제가 타라의 강력한 마법 능력에 당혹스러워하는 엘프들의 여왕과 대화를 나누고 있었다. 블랙 드래곤 살루덴리바쉬라쉬부는 크리스털 볼로 한창 통화 중인데 속이 뒤집히는지 떨떠름한 표정을 짓고 있었다.

"칼, 너는 전생에 아마 드래곤이었을 거야." 난쟁이가 한마디 했다. "금과 보석을 좋아하는 건 너와 드래곤밖에 없잖아!"

"아하, 네가 그런 말하면 안 되지!" 칼이 검지를 까딱까딱 좌우로 움직이면서 말했다. "난쟁이들은 보통 금을 가리키는 말이 한 오십 개쯤 되나 보지? 엄청난 보물을 갖고 있는 게 난쟁이들이면서……."

가만히 듣고 있을 파프니르가 아니었다.

"우리가 괜히 도끼를 갖고 다니는 줄 알아? 드래곤들이 훔쳐갈까 봐 그런다, 왜? 어떤 위험이 도사리고 있는지도 모르는데 네가 그렇게 가고 싶어서 안달하는 이유가 따로 있었네. 보물이 있다고 생각한단 말이지? 너희 인간들은 정말 미쳤어!"

"그럼 너는? 너는 왜 가는데?"

"난쟁이들은 전쟁을 좋아하니까. 그리고 타라는 항상 전쟁을 촉발시키는 아주 멋진 방법을 찾아내거든. 게다가 내 동족들의 표정을 보면 알겠지만 이 상황을 따분해하고 있어. 그래서 이번에는 동족들이 어떻게 나올지 정말 궁금하단 말이야. 나를 영웅으로 찬양한 뒤로는 추방할 수 없게 됐거든!"

타라가 미소를 지었다. 그동안 마법과 친구들을 동시에 잃어서 얼마나 불행했던가. 마법 능력을 되찾은 지금이 잃어버렸을 때보다 훨씬 자연스러운 느낌이 들었다.

타라는 몇 년 동안 끊임없이 갈등한 끝에 마침내 마법을 숙명으로 받아들였다. 그렇지만 마음이 무거웠다. 마법 능력을 되찾은 대신에 로빈을 잃은 느낌이 들었던 것이다.

갑자기 울려 퍼지는 트럼펫 소리에 모두 소스라치게 놀랐다.

모두가 소리 나는 방향으로 고개를 돌렸다.

공기와 암흑의 여왕이 눈을 번뜩이면서 드래곤과 소녀의 싸움을 보러 온 것이 아니라 엘프 국민에게 중요한 협약에 조인하러 왔음을 상기시켰다.

여제가 시종장에게 오무아와 셀렌다의 협약을 위한 조인식을 준비하라는 명을 내렸다.

블랙 드래곤과 타라의 표정이 대조적이었다. 거대한 파충류는

지연될 때마다 안도하는 표정을 지으며 크리스털 볼로 통화를 했고, 타라는 베티를 생각하면서 초조한 표정을 지었다.

타라가 해야 할 중대한 임무와 상황을 고려해서 역사적인 조인식이 짧게 끝나자 여왕의 두 고문관이 몹시 불쾌해했다. 여왕은 별로 개의치 않는 눈치였다. 허례허식보다는 협약에 조인하는 일이 훨씬 중요하기 때문이었다.

마침내 서명하고, 펜을 내려놓고, 봉인한 뒤에 두 군주가 스쿠프들을 위해 악수를 하면서 포즈를 취했다. 타라는 고모의 키가 갑자기 커진 것을 알아봤다. 엘프들의 여왕보다 키가 작은 것은 자존심이 허락하지 않는다는 건가?

조인식이 끝나자마자 여제가 원정대를 조직하라는 명을 내리자 궁인들이 퇴장했다. 엘프들의 여왕과 두 고문관은 남아 있었다.

"뭘 해야 한다, 말아야 한다는 말을 듣는 것은 아주 피곤한 일이지요." 여제가 말했다. "내 후계자가 마법 능력을 되찾기 전에는 마지스터에게 복종하는 것은 어리석은 일이라고 생각했습니다. 마법 능력이 없으면 타라가 금지된 대륙에 갈 수 없으니까요. 이제 문제가 해결되었으니 오무아 제국의 여제로서 명합니다. 우리는 베티를 구하기 위해 엘프 전사들과 티그족, 카무플레 요원들로 구성된 특공대를 파병할 것입니다. 타라의 말이 맞았어요. 구할 수 있는데도 인간을 위험 속에 내버려둔다는 것은 있을 수 없는 일입니다."

블랙 드래곤이 반박하려고 하자 여제가 손을 들어서 막았다.

"아! 내 말은 아직 끝나지 않았소. 타라, 네 동생이 의무에 대해 한 말은 틀리지 않았다. 너는 영화나 소설 속의 주인공이 아냐. 다른 사람을 위해 뭔가를 해줄 수 있는 능력이 전부가 아냐. 너는 후계자로서 임무를 맡기는 것도 배워야 해. 너는 가장 뛰어난 전사도 아니고, 가장 뛰어난 스파이도 아니고, 가장 뛰어난 카무플레 요원이나 면허 받은 도둑도 아냐. 그런 일을 직업으로 삼은 전문가들이 있으니까 그들에게 맡기기 바란다. 마지스터가 너를 금지된 대륙으로 가게 하기 위한 모든 패를 쥐고 있다고 생각하는 모양인데 그건 오산이야."

타라는 곰곰이 생각하다가 마지못해서 고모의 말이 옳다고 인정했다.

"그리고……" 여제가 이번에는 블랙 드래곤을 쳐다보면서 말했다. "무슨 이유인지 모르겠지만 드래곤들이 우리의 능력으로는 장벽을 넘을 수 없다고 생각하는군요. 몇몇 사람의 마법 능력으로는 불가능하겠지요. 하지만 아더월드, 적어도 오무아에 있는 마법사들이 모두 능력을 합한다면 당신들의 장벽은 오래 버티지 못할 것이오."

아연실색한 드래곤이 아가리를 헤벌쭉 벌리고 있을 뿐 아무런 대응을 하지 않았다. 트라둑의 똥이라도 밟은 표정이랄까, 드래곤은 무기력 상태에 빠져 있었다.

여제는 측근 중에 아무도 그 생각을 하지 못했다는 것을 확인하고 승리의 미소를 지었다. 완고하면서도 민첩하고, 현명한 면모를 보여주는 것이 바로 제국을 다스리는 여제가 갖춰야 할 자질이 아닌가.

"우리 협약에 따라……" 여제가 타빌라 여왕에게 말했다. "이 임무를 수행할 엘프 전사들에게 위험이 따른다는 점을 알려드려야겠습니다. 그 위험도를 1에서 5까지 다섯 등급으로 나눌 경우, 이 미션은 5등급이라고 할 수 있지요. 따라서 지원병들에게는 위험수당을 지급하겠습니다. 나의 제안이 마음에 드십니까, 전하?"

엘프들의 여왕이 미소를 지었다.

"완벽합니다, 폐하. 빌라드라! 우리 엘프들에게 자살특공대를 위한 지원병을 모집한다고 알려요."

"알겠습니다, 전하!" 빌라드라가 허리를 굽혔다.

"자살특공대라니요?" 황제가 반박했다. "그건 좀 심한 표현 아닙니까? 그 원정대에 내가 동행할 것이고, 그 아이를 내가 데려올 것입니다! 그래야 오무아가 의무를 저버렸다는 말을 아무도 하지 못할 겁니다."

리스베스가 황제를 쳐다보면서 차가운 미소를 지었다.

"아! 그건 안 됩니다! 오라버니는 금지된 대륙으로 떠날 수 없어요. 셀레나와 준비해야 할 것이 있어서 너무 바쁠 겁니다!"

셀레나와 황제가 어리둥절한 얼굴로 서로를 쳐다봤다.

"뭘 준비해요?"

"당연히 두 사람의 결혼식 준비죠!"

13
원정

정체불명의 적과 맞서야 할 때는
완전무장하는 것이 현명하다

*

새장 안의 스파숀이 질겁하더니 꾸룩, 꾸룩, 목이 터져라 요란을 떨기 시작했다. 타라는 황제를 뚫어지게 쳐다봤다. 황제와 어머니가 단둘이서만 있는 현장을 목격한 적도 없었고, 또 그랬다고 해도 잘못은 아니지 않는가. 산도르는 주관이 또렷하고, 냉철한 남자였다.

어이없다는 듯 입을 멍하니 벌리고 있던 산도르가 아연실색했다. 그런데 어어? 벌떡 일어난 리스베스가 부풀기 시작하더니 꼬리털이 노란, 금빛 점박이 암소로 변해버리는 것이 아닌가. 쪽빛 눈앞으로 흰 머리털이 흘러내려 있었다.

뿔 사이에 왕관을 삐딱하게 걸친 암소가 울음소리를 냈다.

모두 타라를 향해 휙 돌아섰다. 타라가 황당한 얼굴로 자신의 두 손을 살펴봤다.

"타라!" 황제가 외쳤다. "너 무슨 짓을 한 거니?"

"난…… 아무 짓도 안 했어요!" 타라가 소리쳤다.

비난하는 눈초리들을 보면 아무도 타라의 말을 믿지 않는 눈치였다.

"맹세해요! 맙소사, 아무려면 내가 마법을 썼는지 안 썼는지도 모르겠어요? 데미데루스! 생각하지 않고도 마법을 쓸 수 있다는 말은 하지 않았잖아요!"

"그럼 무슨 생각을 했는데?" 젠드라의 별을 사용하는 방법에 관해 주의할 사항을 생각하고 있다가 느닷없는 질타에 당황한 데미데루스가 물었다.

타라가 두 손을 흔들자 모두 슬금슬금 뒷걸음쳤다.

"고모 때문에 짜증이 나서 잔혹하고 영악한 고양이 같다는 생각을 아주 잠깐 했어요. 하지만 소는 떠올리지도 않았다고요!"

"타라?"

"왜, 칼?"

"손을 앞으로 쭉 뻗어볼래?"

칼이 자수를 하려나? 혹시나 하는 마음에 칼의 말대로 타라가 손을 앞으로 내밀자 즉시 통로가 생겼다. 궁인들이 피하느라고 후닥닥 양쪽으로 갈라졌으니…….

"손을 좌우로 움직여봐."

타라는 또 시키는 대로 했다. 손이 가리키는 방향을 피하려고 궁인들이 이리저리 움직였다.

"와! 손을 좀 더 빨리 움직이면 궁인들이 힙합 댄스라도 추겠어!"

타라가 손을 내리자 궁인들이 안도의 숨을 내쉬었다.

"칼!" 타라가 쏘아붙였다. "지금 장난칠 때야? 내가 지금 곤경에 빠져 있는 거 안 보여?"

"타라를 나무라지 마세요!" 셀레나가 군중을 헤치고 나오면서 외쳤다. "내가 그랬으니까!"

두 번째…… 아니, 세 번째(두 번째는 타라가 공중에서 드래곤의 꼬리를 잡고 흔들 때였다)로 황제가 입을 멍하니 벌렸다. 그러고는 고개를 설레설레 저으면서 말했다.

"부인이? 하지만……."

셀레나가 엷은 미소를 흘리면서 뿔로 들이받을 듯 위협하는 암소를 향해 걸어갔다.

"쯧쯧!" 셀레나가 딸을 흉내 내고 있었다. "가만히 있어요, 스테이크로 만들기 전에."

암소가 머뭇거리다가 머리를 쳐들었다.

"대역죄라는 것을 알아요." 셀레나가 황제를 향해 돌아서서 말했다. "이 일로 감옥에 갈 수도 있고, 고문을 당할 수도 있겠죠. 하지만 그보다 먼저 내 딸이 당신들을 마시멜로로 만들어버릴 거니까 우리를 건드리지 않는 편이 나을 겁니다. 그리고 내가 살인범이었다면 폐하의 궁전은 안전 상태가 형편없다는 걸 알려드리고 싶습니다."

"그랬다면 부인은 벌써 무력화되었을 것입니다." 뒤쪽에서 크산디아르가 말했다. "부인은 살해 의도가 전혀 없었기 때문에 주문을 걸 수 있었던 겁니다. 그러나 좋은 교훈으로 삼겠습니다. 옥좌를 방어하는 주문을 보강하겠습니다."

"음매애애!" 암소가 울부짖었다.

"꾸룩, 꾸룩!" 스파슌도 덩달아 울었다.

"그런데 왜 그랬습니까?" 황제가 감탄한 듯한 어조로 물었다.

셀레나가 팔짱을 끼면서 완고한 태도를 보였다.

"여제가 모든 것을 좌지우지하는 것에 정말 질렸어요. 급기야 자신이 모든 사람에게 군림하는 여제라고 착각하는 지경이 되었군요. 건드릴 수 없는 사람도 있다는 걸 보여줘야지 굽실거리기만 하면 미치광이 군주가 되고 말 거예요. 내 의견을 묻지도 않고 나를 결혼시키려고 하다니! 항상 이런 식이면 여생을 풀이나 뜯어 먹으며 사는 신세가 될 수 있다는 걸 알려주고 싶었습니다."

"음매애애애!" 암소가 셀레나의 드레스 자락을 발로 탁탁 찼다.

"꾸룩, 꾸룩!" 스파슌이 또 덩달아서 멱따는 소리를 냈다.

"알았으니까 주문을 풀어달라고 하는 것 같군요." 황제가 웃음을 참는 것 같은 목소리로 말했다.

셀레나가 잠시 암소를 쳐다보다가 어깨를 으쓱했는데 놀라울 정도로 타라가 할 때와 똑같았다.

"좋아요. *트란스포르무스의 이름으로* 리스베스는 당장 인간의 모습으로 돌아올지어다!"

암소의 크기가 점점 줄어들고 있기 때문에 리스베스가 느닷없는 체형 변화에 적응하려고 애쓰는 드레스와 씨름을 했다.

"몹쓸 여자 같으니라고! 친위대! 이 여자를 당장 잡아 오무아 감옥의 가장 습한 감방에 가둬라!"

"저기, 그게…… 말입니다, 폐하?" 한 친위대원이 감히 말했다. "우리는 습한 감방이 없습니다!"

갑자기 마법의 광선이 날아오는 순간 찰그랑! 소리를 내면서 창이 쓰러졌는데…… 이런, 빨간빛과 금빛 두꺼비로 둔갑시키다니!

"내 명령에 감히 말대꾸하고 싶은 사람이 또 있는가?"

티그족 친위대원들이 일제히 셀레나에게 달려들자 타라가 흥분할 때 늘 그렇듯이 흰 머리털이 찌지직거리기 시작했다. 그러자 완전히 엉망으로 돌아가는 분위기를 수습하기 위해 황제가 개입했다.

"멈춰라!" 황제의 고함에 대원들이 미끄러운 대리석 바닥에서 제동을 걸다가 충돌할 뻔했다. "감옥으로 데려갈 사람은 아무도 없으니까 동작 그만!"

꽥꽥 고성을 지르는 어른들 때문에 타라는 심한 두통을 느꼈다.

"그럴 만하지 않았나!" 산도르가 손가락으로 리스베스를 위협하면서 오빠로서 엄숙하게 말했다. "우리의 동의도 받지 않고 결혼시키려고 하다니 그게 무슨 독단이란 말인가?"

리스베스가 매서운 눈길로 셀레나를 쏘아봤다.

"싫다고 말하면 될 것을! 나를 동물로 둔갑시키다니! 어떻게 나를 그렇게...... 모욕할 수가......!"

리스베스는 말을 제대로 하지 못할 정도로 감정이 격해 있었다.

여제의 말에 완전 동의한다는 뜻으로 스파슌이 미친 듯이 울부짖는데 모두들 귀를 틀어막고 싶은 심정이었다.

"이제 매듭을 지읍시다." 산도르가 위엄이 가득한 목소리로 말했다. "셀레나는 리스베스를 암소로 둔갑시키지 않을 것이며, 리스베스는 멋대로 결혼시키지 않는다, 이제 됐소?"

"나는 사과를 요구해요!" 하고 소리치면서 리스베스가 옥좌에 앉은 다음 '나는 여제야!' 라고 말하는 듯 비뚤어진 왕관을 바로 썼다.

"꾸룩, 꾸룩!" 스파슌이 또 울음소리를 냈다.

"시끄럽다!" 여제가 으름장을 놓았다. "한 번만 더 꾸룩거려봐! 꼬치구이로 만들어줄 테니까!"

"꾸……."

너무 놀라서 울음소리가 목구멍에 걸렸는지 스파슌이 더는 입을 열지 않았다. 타라는 불현듯 강한 의혹이 일었다. 스파슌치고는 너무 영리한 게 어째 좀……?

셀레나가 리스베스를 향해 정중하게 허리를 굽히는 바람에 스파슌이 위기를 면했다.

"당연히 사과드려야지요. 암소로 둔갑시켜서 죄송합니다." 타라의 어머니가 보조개가 쏙 들어갈 정도로 환한 미소를 지으며 말했다.

"그럼 이제 된 겁니까?"

산도르가 중얼거리듯 여제에게 말했다.

"사과를 받아들이겠소." 리스베스가 대꾸했다. "그리고 내 제안에 그렇게 화를 낸 이유를 설명하시오. 오라버니가 당신을 굉장히 좋아하고 있다는 걸 내가 알거든요."

황제가 소스라치게 놀랐지만 아무 말도 하지 않았다.

"나는 산도르를 사랑하지 않습니다." 셀레나가 단칼에 자르듯 말했다. "여자라면 누구나 아내가 되고 싶을 만큼 멋진 분이지만 나는 폐하의 동생과 결혼한 일로 너무 고통을 받았어요. 나한테 거짓말을 했고, 그 거짓말 때문에 위험에 빠졌으니까요. 그다음에 만난 메델루스는 내 딸을 죽이려고 하는 괴물이었지요. 그래서 지금은 정말이지 어떤 남자에게도 관심이 없습니다."

황제가 입술을 깨물었다. 나를 좋아하지 않는다고? 자기를 구해주고, 자기 딸과 베티, 그리고 아더월드를 구하러 가겠다는 나를!

그때 이상한 소리가 나더니 크리스털 전광판이 번쩍였다. 반사경 마스크가 나타나자 여제를 비롯하여 거의 모두가 벌떡 일어났다. 모습을 드러낸 상그라브가 허리를 굽혔는데 경의를 표하려는 것이 아니라 비웃는 것이 역력했다.

"당신들의 마법이 빛나기를! 마지스터의 이름으로 알리겠습니다." 타라가 처음 듣는 목소리였다.

"크산디아르! 뭘 꾸물거리고 있소?" 여제가 노발대발했다. "궁전의 내선 영상 주파수 회로에 침입한 자를 당장 잡아오란 말이오!"

여제의 불호령에 크산디아르 친위대장이 뛰쳐나갔다. 상그라브들이 감히 궁전의 전산 시스템을 해킹하다니 크산디아르가 이를 부드득 갈았다.

"그렇게 흥분하지 마세요!" 상그라브가 말했다. "우리의 계획을 피하기 위해 여러 가지 작전을 세우고 있다는 걸 압니다. 그러나 당신들은 선택의 여지가 없습니다. 타라 덩컨에게만 크리스털 볼을 허락합니다. 금지된 대륙은 거대하기 때문에 크리스털 볼 없이는 백 년이 걸려도 지구소녀를 찾지 못할 겁니다. 당신들의 엘프 사냥꾼을 보낸다고 해도 소용없을 겁니다. 게다가 베티라는 소녀에게 독약을 쓰고 있기 때문에 그 아이는 아직 모르지만 서서히 죽어가고 있는 중이지요. 타라의 피만 그 아이를 구할 수 있지요. 후계자를 금지된 대륙으로 보내시오. 우리 보스를 더 이상 바보 취급하지 말고…… 치지직, 치지직."

그다음 말은 잡음 때문에 들리지 않다가 화면이 완전히 꺼졌다. 크산디아르가 작은 기계를 휘두르면서 돌아왔다.

"궁전 앞에서 카무플레로 위장한 마법의 양탄자를 발견했는데 거기서 메시지를 전송한 것이었습니다. 지금 친위대가 추적하고 있습니다."

"범인의 양탄자를 너무 쉽게 찾으니까 싱겁네요. 어쨌든 고모의 작전은 훌륭했고 덕분에 이번만은 내 친구들과 전투를 피하게 될 거라고 생각했는데……."

정말로 전투를 못하게 되는 게 아닐까 걱정하던 파프니르가 흡족한 미소를 지었다.

"너는 거기 가면 안 돼!" 여제가 당황했다. "너무 위험해!"

"베티를 구할 방법이 없어요. 위험에 처한 인간을 저버린다는 건 말도 안 된다고 아까 고모도 말했잖아요!"

리스베스가 마지스터의 교활한 계략을 저주하면서 입술을 깨물었다. 오무아에 대한 직접적인 공격이 아니라 이런 비열한 함정을 놓다니!

블랙 드래곤이 크리스털 볼을 끊으면서 일어났다.

"방금 지시를 받았습니다." 드래곤이 타라에게 말했다. "마마가 장벽을 제거하더라도 다른 선택의 여지가 없다는 확신이 들기 전에는 길을 열어주지 않을 것입니다. 대륙으로 들어가서 어린 인간을 데리고 돌아오는 데는 여덟 시간이 소요될 것입니다."

드래곤이 리스베스를 향해 돌아섰다.

"그리고 우리 심의회에서는 엘프 군단과 후계자 외에는 그 누구도 허락하지 않기로 하였습니다. 이 점에 대해서는 이론의 여지가 없습니다. 이상 끝."

갑작스런 군대식 말투에 모두 드래곤을 쳐다봤다. 가슴에 있는 별이 그럼 천연 무늬가 아니라 계급장이었나?

"그럼 우리도 갈 수 없다는 뜻이에요?" 무아노가 물었다.

드래곤이 무아노를 거들떠보지도 않고 퉁명스럽게 대답했다.

"후계자와 엘프 군단만 허락한다."

지루한 회담이 짜증스러운 타라는 베티를 떠올리면서 점점 초조해졌다.

"좋습니다! 엘프 군단과 나만 가겠어요. 가서 준비를 해야 하니까 한 시간 후에 여기서 다시 만나요."

타라가 엘프들의 여왕과 고모에게 허리를 굽혀 인사했다. 예의는 갖춰야지.

"전하, 죄송하지만 임무 수행 준비를 위해 먼저 나가봐야겠습니다. 양국이 중요한 협약을 조인한 것에 대해 기쁘고 자랑스럽게 생각합니다. 모쪼록 셀렌다와 맺은 협약이 우리 국민과 드래곤들이 맺은 협약 못지않게 오랫동안 준수되기를 바랍니다."

킁! 드래곤이 콧김이라도 부는 건가? 동의한다는 뜻의 말을 주고받는 두 군주의 모습을 보고 매우 아니꼽다는 듯한 태도였다.

"아, 참! 고모?"

"왜 그러니?"

"내가 돌아왔을 때 설마 강제로 결혼한 어머니를 보게 되는 일은 없겠죠? 내 인생은 어쩔 수 없어도 어머니의 인생은 간섭하지 말아주세요."

"알았다. 난 다만 모두의 행복을 위해 노력했을 뿐이야. 네 어머니와 힘겨루기할 생각은 없으니까 안심해라. 난 네 발 짐승보다 두 발 인간이 더 좋거든. 따라서 현재의 모습을 유지할 생각이니까."

타라는 믿어도 되는 건가? 하는 표정으로 눈살을 찌푸렸지만 아무 말도 하지 않았다. 후계자의 불신에 여제가 한숨을 내쉬었다.

"네가 없는 동안 아무 일도 벌이지 않을 테니까 걱정 마라. 그리고 네 동생 자르가 네 자리를 빼앗는 걸 원치 않으면 얼른 돌아오너라."

여제는 타라의 대답을 기다리지 않고 어서 나가보라는 손짓을 했다. 그러고는 잠시 할 얘기가 있다면서 셀레나를 붙들어두었다.

돌아서서 나가던 타라는 동생의 냉랭한 눈길과 마주쳤다. 자르는 타라가 금지된 대륙에서 돌아오지 않을 수만 있다면 무슨 짓이든 할 아이였다. 타라는 마지스터와 싸우면서 상대를 과소평가하지 말아야 한다는 걸 배웠다. 같은 핏줄을 나눈 남매라고 해도 예외는 아니었다.

칼이 복도에서 기다리고 있었다.

"에이! 나 좀 봐! 너 도대체 갑자기 어떻게 된 거야? 정말 드래곤에게 복종할 생각이야? 셈나샤오비로다인트라쉬부 선생님의 지시도 고분고분 들은 적이 없었으면서! 우리 없이 네가 혼자 떠난다는 건 말도 안 돼!"

"걱정 마, 나도 그럴 생각 없으니까." 타라가 대꾸했다.

칼의 눈이 동그래졌다.

"칼, 네가 우리를 따라올 방법을 찾아야 해." 타라가 스쿠프들이 여제와 황제에게 집중되어 있는 걸 확인한 뒤에 은밀하게 말했다.

"타라 네가 드래곤을 묵사발로 만들지 않을 때부터 수상쩍다 싶었지. 게다가 우리도 같이 가야 한다고 강력하게 주장하지도 않았어. 그래, 어쩐지 이상하다 싶었지. 이제 설명해보시지?"

"드래곤들과 동맹을 맺은 가장 강력한 종족은 엘프가 아니라 인간이야. 따라서 그들이 엘프 몇 명쯤 제거하는 것은 문제가 되지 않지."

칼이 침을 꼴깍 삼켰다.

"엘프들은 그렇다고 쳐. 하지만 드래곤들이 후계자도 같이 공격할 수 있는 거잖아?"

"그래 칼, 드래곤들은 나를 강력하게 만들기 위해서 내 유전자를 조작했어. 행성 전체를 파괴할 정도로 강력한 능력으로. 그런 자들이 나를 그냥 내버려두겠어? 나한테 무슨 짓을 할지 몰라. 아무 죄도 없는 베티의 목숨이 나에게 달려 있는데 대책도 없이 무작정 갈 수는 없지. 우리의 위장술에도 불구하고 넌 오포숨에 있는 나를 찾아냈어. 그러니까 그 대단한 능력을 다시 발휘해봐! 넌 나를 지켜줄 수 있는 유일한 방어 수단이야."

칼이 미소를 지었다.

"네가 마침내 우리 친구들에게 의지하는 걸 보니 기쁘다. 내가 아는 타라는 2년 동안 우리의 목숨을 위태롭게 한 적이 한 번도 없었지 아마!"

"그래, 알아. 나는 정말 그러고 싶지 않은데 이 세상이 나를 자꾸 그렇게 만드네! 다른 친구들에게도 내 생각을 알려줘. 내가 출발할 때 친구들은 여기 있으면 안 돼. 살아있는 돌을 통해서 내가 있는 장소를 알려줄게. 거기서 합류하는 거야. 내가 장벽을 제거하고 대륙으로 들어가게 되면 너희가 알아서 발각되지 않게 나를 따라와야 해. 알았지?"

"너 정말 우리를 믿는 거야, 타라?"

"당연하지!"

"조심할 거지?"

"금지된 대륙에서는 '신중'이 나의 두 번째 이름이야. 그러니까 걱정하지 마."

타라에게 다가오는 로빈을 본 칼이 로빈의 팔을 붙잡았다. 로빈은 타라에게 사랑을 포기하겠다는 결정을 내린 이유를 설명하고 싶었지만, 칼이 막무가내로 잡아끌었다.

"잠깐만!" 칼이 로빈에게 속삭였다. "또 다른 미션이 생겼어. 나를 따라와!"

로빈이 팔을 뿌리치려고 했지만 칼의 진지한 얼굴과 팔을 잡고 있는 힘 때문에 머뭇거렸다. 게다가 타라는 이미 자기 방으로 가기 위해 이동의 문 대합실에 들어가 있었다.

칼이 로빈을 붙잡는 것을 본 무아노와 파브리스, 파프니르가 타라를 따라가는 무리에서 벗어났고, 이사벨라와 마니투는 계속 걸어갔다. 눈치 빠른 엘레아노라도 빠져나왔다.

"무슨 일인데 그래?" 로빈이 짜증 난 얼굴로 물었다.

"타라에게 우리가 필요해." 칼이 모두 가까이 오라고 손짓하면서 속삭였다.

그들이 동그랗게 에워싸는 사이에 칼이 타라의 부탁을 얘기했다. 파프니르가 활짝 웃었다.

"내 도끼에 걸고!" 난쟁이가 속삭였다. "그 멋진 모험이 나 없이 진행될까 봐 걱정했는데 잘됐다."

"그래서 작전이 뭔데?" 파브리스가 시무룩한 표정으로 따지듯 물었다.

"일단 우리 집으로 가자." 칼이 말했다. "필요한 연장이 집에 있거든. 그리고 어머니가 사용하는 카무플루스 기구도 몇 개 챙겨야 하고. 그다음에 타라의 연락을 기다리고 있다가 뒤따라가는 거야. 물론 위험하겠지만……."

"아, 그래? 영혼의 약탈자가 우리 모두를 감염시키려고 했을 때보다 더? 아니면 타라와 제레미가 세상을 폭발시키려고 할 때보다 더?" 파브리스가 빈정거렸다.

"더 위험하다고 할 수 있겠지. 엘레아노라, 너는 어떡할래?"

"이 모든 것이 마지스터가 꾸민 짓이야. 너희랑 같이 가겠어.

이번 미션은 궁전 안에서 그자와 내통하는 자를 알아낼 수 있는 절호의 기회야."

"오케이! 파브리스, 너는?"

"마법사가 된 뒤로 나는 평범한 생활이 뭔지 잊어버렸어." 파브리스가 어깨를 으쓱하면서 말했다. "솔직히 타라 없이 지낸 몇 달 동안 아주 따분했어. 그리고 누가 알아? 이 모험으로 방금 잃어버린 마법 능력을 되찾게 될지!"

"그래서?"

"그래서 두렵지 않아! 그럼 내 사랑 글로리아, 너는?"

무아노가 방긋 웃었다.

"네가 가는 곳이면 당연히 나도 가지. 그리고 타라에게는 우리가 있어야 돼. 지구의 영화 〈삼총사〉처럼 '모두를 위한 하나, 하나를 위한 모두!' 우리가 친구가 된 뒤로 늘 그랬잖아."

사실 무아노는 파브리스가 '이건 꼭 봐야 돼, 굉장하다니까! 아, 이것도! 아, 이건 최고야!' 하면서 자신에게 DVD를 얼마나 많이 보게 했는지 영화라는 말만 들어도 머리가 지끈거렸다. 그랬는데 이렇게 써먹게 되다니!

"좋아." 다르타냥보다는 제임스 본드를 훨씬 더 좋아하는 칼이 미소를 지었다. "파프니르, 너는?"

"내 도끼들은 여덟 달 동안 나무토막 하나 쪼개지 못하고 놀고 있어. 드래곤들은 살찐 도마뱀에 지나지 않아. 드래곤들이 비늘 한 개라도 움직였다가는 내가 햄버거로 만들어버리겠어! 초대형 햄버거!"

"네가 타라의 어머니와 사이가 좋은 이유를 알겠다." 칼이 드래곤에게 도끼를 휘두르는 파프니르의 모습을 상상하는지 입술을 일그러뜨리면서 말했다. "그럼 모두 나를 따라와. 가서 준비해야지."

그들이 궁전을 나와 피닉스 조각상이 줄지어 있는 오솔길을 걸어가는데 갑자기 튀어나온 갈색 머리 소년이 앞을 가로막았다.

제레미?

무아노와 로빈이 즉시 알아봤다. 타라를 두고 연적 관계로 치고받기까지 했는데 로빈이 잊을 리가 있을까!

"나 좀 도와줘, 제발!" 제레미가 인사도 없이 애걸하듯 말했다. "크리스털 전광판에서 회담 장면을 봤는데 내 부모님이 거기 계셔!"

"밑도 끝도 없이 그게 무슨 소리야?" 로빈이 경계하는 어조로 물었다.

"부모님을 찾으려고 지구와 아더월드의 곳곳을 뒤지고 다녔어." 제레미가 다급한 목소리로 말했다. "부모님 부재 시에는 나에게 돌아올 재산을 쓸 수가 없기 때문에 타라의 할머니가 나를 오무아의 보호를 받게 했어. 그래서 궁전에서 지내고 있거든."

질투심이 일어난 로빈이 주먹을 쥐었다. 이 건방진 녀석이 타라와 같은 궁전에서 지내고 있단 말이야? 로빈은 감정을 억제하기 위해서 이를 악물었다.

"워워! 진정하고 차근차근하게 말해봐." 칼이 나섰다. "네가 무슨 말을 하는 건지 하나도 모르겠어."

"디스쿠타리움에 문의했는데 부모님이 사망하지 않은 것은 확실한데 지구에도, 아더월드와 관련 있는 행성에도 없고, 그 위치조차 알아낼 수가 없다는 건 한 가지 이유밖에 없다고 했어."

"이유가 뭐래?" 파브리스가 물었다.

"위치를 알아낼 수 없는 장소에 몇 년 동안 갇혀 있기 때문이라는 거야. 따라서 금지된 대륙밖에 없어!"

"블랙 드래곤이 하는 말 들었지?" 귀를 세우고 있는 경비병들을 의식한 칼이 차분하게 대꾸했다. "금지된 대륙에는 타라와 엘프 군단, 드래곤만 갈 수 있어. 게다가 타라가 장벽을 뚫어야 들어갈 수 있고!"

"무슨 말인지 그렇게 모르겠어?" 제레미가 절망적으로 외쳤다. "부모님이 거기 있는데 사망하지 않았다는 것은 사람이 살 수 있는 곳이란 뜻이야. 드래곤들이 거짓말하는 거라고!"

칼이 제레미의 팔을 잡아끌면서 경비병들이 듣지 못하게 귓속 말을 했다.

“내 말 잘 들어. 우리 집에 가서 의논하기 위해 지금 랑코비트 대사관으로 갈 거야. 근데 우리가 어디로 가는지 오무아 사람들이 알면 안 되니까 원한다면 두 시간 후 랑코비트에서 만나자. 우리 집 주소를 알려줄 테니까 어떻게 하면 좋을지 의논하자.”

제레미가 거칠게 손을 뿌리쳤다.

“안 돼! 나를 빼놓고 너희끼리만 금지된 대륙으로 가려고 그러지? 부모님을 찾을 수 있는 유일한 기회란 말이야!”

칼이 눈살을 찌푸렸다.

“뭐? 우리가 금지된 대륙으로 간다고? 왜 그런 생각을 해?”

“드래곤이 너희를 데려가지 못한다고 했을 때 타라가 박살을 낼 줄 알았는데 순순히 응한 게 너무 이상했어! (이런, 제레미도 눈치채고 있었구나!) 너희가 항상 붙어다니는 애들이라는 걸 스톤헨지에서 똑똑히 봤어. 따라서 너희는 무슨 꿍꿍이가 있는 게 틀림없어. 나를 데리고 가지 않으면 내가 폭로할 거야!”

더는 참을 수가 없는 로빈이 주문을 읊었다.

“*민투스의 이름으로* 너는 우리를 잊어라!” 로빈이 8개월 동안 거친 선원들과 지내서일까, 그렇게 점잖게 말을 잘하더니 표현이 어눌해진 것 같았다.

그러나 마법의 주문은 제레미의 1센티미터쯤 앞에서 밀려나고 말았다.

그들은 멍하니 제레미를 쳐다봤다. 제레미도 타라와 동시에 마법 능력을 잃었는데 마법에 끄떡도 않다니……. 그렇다면 이유는 딱 하나! 무아노가 친구들을 대신해서 물었다.

"너…… 마법 능력을 되찾았어?"

"타라와 동시에 돌아왔어. 우리 둘은 결합되어 있는 것 같아."

로빈이 흘겨봤다. 뭐, 결합?

"디스쿠타리움에 문의해서 마법 방어 주문을 알아놨지. 그리고 너희를 쫓아온 거니까 민투스 주문을 날릴 생각은 하지 마."

그렇게 말하면서 건방진 미소를 짓던 제레미가 놀란 눈을 깜빡거리더니 바닥에 쿵, 하고 쓰러졌다. 바로 뒤, 피닉스 조각상 중 하나에 올라앉은 파프니르가 주먹을 문지르고 있었다.

"흥! 너희는 자나깨나 그저 빌어먹을 마법밖에 할 줄 모르지? 하지만 난 한 손으로도 간단하게 때려눕힐 수 있지!"

"와!" 칼이 말했다. "너를 화나게 만들지 말아야 한다는 것을 내가 잊지 않게 해줘, 파프니르. 로빈! 네가 제레미를 업어. 여기다 두고 갈 수 없잖아. 일단 집에 데려간 다음에 어떻게 할지 결정하자."

로빈이 사람들의 눈에 보이지 않게 하려고 인비지블루스 주문과 레비투스 주문을 읊었다. 랑코비트 대사관에서는 정보국 국장인 아버지를 둔 로빈 덕분에 그들은 제레미를 데리고 공간이동의 문을 이용할 수 있었다. 그리고 곧장 칼의 집으로 향했다. 랑코비트와 오무아는 분위기가 사뭇 달랐다. 오무아는 풍경이 위풍당당하고, 화려하고, 국민성이 거만한 데 반해 랑코비트는 풍경이 소박하고, 편안하고, 국민성은 겸손한 편이었다.

티타니아 왕비가 하늘을 오렌지색으로 물들여놨고, 아더월드의 두 태양이 어찌나 파란지 반 고흐의 그림 속에 들어와 있는 느낌이었다. 혹시 고흐가 랑코비트의 수도 트라비아에 머문 적이 있었던 게 아닐까? 뜬금없이 그런 의문이 들 정도였다. 마법사들이 온갖 마법 기구를 타고 하늘을 날아다니고 있었다. 게으르거나 장애인들이 누워 있는 닫집 달린 침대, 걸상, 페가수스를 탄 엘프 순찰대와 양탄자를 탄 병사들이 공중에서 도시를 감시하고 있었다. 육지와 해상도 마찬가지였다. 깊은 바다에 파란 쿠션을 깔아놓은 듯한 매혹적인 운하는 트라비아의 명물인데 트리톤과 초록빛 비늘 사이렌들이 관리하고 있었다.

칼 일행은 파란색과 은색으로 조화를 이룬 아름다운 집에 도착했다. 칼은 5남매 중 막내아들이었다.

칼의 어머니 알리아나 레안드린은 랑코비트의 비밀정보기관 소속이자 면허 받은 도둑으로 활동하고 있었다. 집에 다량의 묘약과 귀중한 양피지 문서를 보관하고 있어서 사나운 히드라 토토가 집을 지키고 있었다. 칼을 발견하고 반기는 히드라가 일곱 개의 머리를 들이대면서 손님들의 냄새를 맡았다. 쉬바가 갈퀴발톱을 세웠고, 로빈이 노골적으로 싫은 표시를 했다. 히드라를 싫어하는 로빈 앞에서 괴물이 덩치가 엄청난 개처럼 혀를 늘어뜨린 채 애정 공세를 펴자 하프엘프가 손바닥으로 머리를 탁, 때려서 비키게 했다. 깜짝 놀란 히드라가 울음소리를 내면서 뒷걸음쳤다.

칼이 비난하는 눈길로 로빈을 째려보면서 히드라를 다정하게 쓰다듬어주었다.

"아빠, 엄마! 나 왔어요!" 칼이 핑크빛 장미로 벽을 멋지게 꾸민 현관으로 들어가면서 소리쳤다.

바로 눈앞 허공에 불쑥 나타난 얼굴 때문에 파브리스가 소스라치게 놀랐다. 칼의 아버지였다.

"칼, 우리는 외출 중이다. 모레 돌아올 거야. 엄마가 주방에 음식 준비를 해놨으니까 데우기만 하면 돼. 얌전하게 지내고 있어. 모레 보자, 아들아."

칼이 한숨을 쉬었다.

"에이, 몇 가지 정보를 얻으려면 엄마가 있어야 하는데. 로빈, 제레미를 응접실에 내려놓고 깨어나게 해."

제레미를 내려놓은 소파가 조심스럽게 벽난로 앞으로 움직였다. 불의 원소가 불 피울 준비가 되었다는 표시로 불꽃 튀는 소리를 냈지만 칼이 여름인데 무슨? 하는 얼굴로 허락하지 않았다.

노란색과 회색 톤의 실내는 따뜻하면서 경쾌한 분위기였다. 곳곳에 커다란 안락의자와 푹신한 쿠션이 놓여 있었다. 일행은 칼과 제레미를 중심으로 빙 둘러앉았다.

"이 애 부모님이 금지된 대륙에 억류되어 있다면 데려가야 해." 무아노가 아직 깨어나지 못한 제레미를 가리키면서 말했다.

"나도 그렇게 말할 참이었는데 파프니르가 선수를 쳤다니까. 그런데 얘가 왜 신경에 거슬리지? 하여튼 이유는 모르겠는데 자꾸 신경에 거슬려."

"나도 그런데……." 로빈이 떨떠름하게 말했다.

"칼! 로빈!" 무아노가 소리를 버럭 질렀다. "너희 신경에 거슬린다고 모조리 건드리면 우리는 사람들을 때려눕히다 시간 다 보낼 거야!"

"난 찬성이야!" 파프니르가 씨익, 미소를 지으면서 말했다. "신나잖아!"

무아노가 무슨 말을 하려다가 휴, 내가 졌다! 하는 얼굴로 입을 다물었다.

그때 신음 소리가 났다. 제레미가 깨어나 몸을 일으키다가 두 손으로 머리를 감쌌다.

"내가 왜 이래?"

"이 손가락이 몇 개로 보이니?" 제레미의 흐리멍덩한 눈앞에 대고 손을 흔들면서 칼이 물었다.

"너무 많아." 소년이 신음했다. "제발 손 좀 치워. 토할 것 같아!"

"가만히 누워 있어. 머리에 심한 충격을 받아서 그런 거니까."

"내가 트럭에 치였어?"

"아니, 내가 그랬어!" 파프니르가 아주 당당하게 말했다. "우리에게 뭔가를 부탁할 때는 그런 식으로 위협하는 건 좋지 않아. 알았어?"

"다음에 도움을 청할 때는 예의를 지켜." 제레미와 마찬가지로 지구에서 자란 파브리스가 경고했다. "너보다 강하고 영리하고 약삭빠른 상대에게 그러는 건 미친 짓이야."

"하지만 너희는 나를 떼어놓고 떠나려고 했잖아!"

"천만에." 칼이 나섰다. "난 분명히 우리 집에서 만나자고 했는데 네가 너무 강경하게 나온 거야."

"그럼 나를 데리고 갈 거야?" 제레미가 놀란 얼굴로 말했다.

"우리가 왜 반대하겠어?" 무아노가 끼어들었다. "네 부모님이 금지된 대륙에 있다면 우리가 같이 찾아야지! 환영해!"

가슴이 울컥해진 제레미가 눈물을 흘렸다. 무아노가 얼른 손수건을 내밀었다. 코를 요란하게 풀고 나서 제레미가 돌려주려고 했지만 언제 또 필요할지 모르는 상황인데 뭐, 하는 얼굴로 무아노가 선물로 주었다.

"이제 준비해야지." 칼이 나섰다. "엘프 군단과 타라가 떠날 채비를 하는 동안 휴식을 좀 취하자. 그런데 로빈, 알고 싶은 게 있어. 너 어떻게 타라에게 사랑을 포기한다는 말을 할 수 있어?"

로빈이 한숨을 쉬었다. 호기심 많은 칼이 친구들만 있게 되면 물어볼 것이라고 예상했던 일이 아닌가.

"너희도 대략은 알고 있지? 타라와 입맞춤한 일로 여제가 노발대발하자 엘프들의 여왕 타빌라가 나를 추방했어. 여왕은 여제가 그 기회에 엘프들을 모두 철수시킬까 봐 두려웠던 거야. 그래서 아버지는 얼마 동안 나를 멀리 떠나보내는 것이 가장 좋은 방법이라고 생각하셨어. 그런데 문제는 셀렌다 궁정에 우리를 아주 싫어하는 바이올렛 엘프 에레가 있었는데 그 엘프가 나를 없애려고 작정했던 모양이야. 우리 부모님처럼 다른 종족끼리 결혼하는 것은 우리 종족에 대한 모욕이라고 생각하기 때문에……."

친구들이 눈이 똥그래져서 로빈을 쳐다봤다.

"말도 안 돼!" 칼이 외쳤다. "단지 네 어머니가 인간 마법사라는 이유 때문에?"

"결혼한 지가 언젠데 하필 왜 지금 그래?" 무아노가 물었다.

"내가 혼혈이니까. 그래서 호시탐탐 때를 노리고 있다가 절호의 기회를 잡았던 거겠지. 확실한 건 아닌데 모든 정황이 그래.

우리를 납치해서 고문했던 셈샤나쉬는 그럴 만한 마법 능력이 없었거든. 그 셈샤나쉬도 이용당한 것이 틀림없어."

"그럼 너를 없애기 위해 에레가 또다시 공격할 수 있다는 뜻이야?" 제레미가 물었다.

"모르겠어. 하지만 지금 아버지가 확실한 이유를 알아내기 위해 비밀리에 수사하는 중이야. 에레가 여왕의 고문관 중 하나고 측근이기 때문에 쉽지 않은 일이지만."

"그렇게 지위가 높아?"

"너무 높아서 산소마스크가 필요할 정도지." 로빈이 씁쓸하게 말했다.

"휴! 알 만하다!" 그제야 로빈의 의도를 알아차린 칼이 말했다. "그래서 사람들 앞에서 타라를 포기한다고 말했던 거야?"

"응. 에레가 내 가족을 해칠 수 있으니까. 아버지가 어머니와 결혼했던 것처럼 나도 인간 마법사에게 애정을 갖는다면 에레는 내가 엘프들의 피를 더럽힌다고 생각할 테니까."

엘레아노라가 생각에 잠긴 얼굴로 고개를 끄덕였지만, 파브리스는 이해할 수가 없었다.

"하지만 타라는 오무아의 후계자야. 그런 결합이라면 반겨야 하는 거 아닌가?"

"타라가 아더월드의 여제라고 해도 달라지지 않을 거야. 타라는 인간이니까. '바이노이 엘보루스'에 속하는 에레에게는 절대 용납할 수 없는 일이거든."

"바이노이…… 뭐?"

"원래 바이노이 엘보루스란 '엘프들을 위한 땅'이란 뜻인데 지금은 아더월드가 엘프들의 땅이라고 생각하는 이들을 가리키는 표현으로 사용되고 있어. 우리 엘프들이 인간들보다 훨씬 먼저 드래곤들을 도와서 싸웠고, 그때 악마들이 우리의 고향 땅을 파괴했어. 그래서 아더월드는 우리에게 약속된 땅이었거든."

"드래곤들이 아더월드를 엘프들에게 주기로 했던 것은 사실이야." 역사 전문가인 무아노가 말했다. "그런데 인간들에게 마법 능력이 있다는 걸 알게 되자 드래곤들의 교섭으로 인간들이 아더월드를 차지하게 되었지. 처음에는 종족 간에 충돌이 있었어. 엘프들은 인간의 마법 능력이 자기들 못지않게 강력하다는 걸 인정하지 않았거든. 그러자 드래곤들이 강제로 인간 종족과 엘프 종족 간에 동맹 관계를 맺게 하는 것으로 해결했지."

"그렇다면 로빈 너의 적은 우리의 적이야." 파프니르가 말했다. "엘프들과 난쟁이들은 서로에게 애정이 없어. 그 바이올렛 엘프가 너를 공격하면 내가 가만두지 않을 거야!"

그때였다. 갑자기 요란한 소리를 내면서 유리창이 박살 나더니 토토가 머리 하나를 쑥 들이밀었다. 이빨을 드러내면서 머리를 흔들어대는 히드라의 공격에 로빈이 잽싸게 옆으로 구르다가 제레미와 부딪쳤다.

"칼!" 히드라의 아가리를 가까스로 피하면서 로빈이 외쳤다. "에레가 너의 히드라에게 주문을 걸었나봐!"

무아노가 한 번의 눈짓으로 변신했다. 키가 3미터에 이르는 털북숭이 야수가 송곳니와 갈퀴발톱을 드러냈다. 로빈도 릴란드릴의 활이 나타나자 화살을 시위에 메겼다. 엘레아노라의 단검들이 어찌나 빠르게 나타나는지 허공에서 유형화된 느낌이 들었다.

"안 돼애애애!" 칼이 고함쳤다. "이용당했을 뿐이니까 죽이지 말고 제압해야 돼!"

그들이 머뭇거리는 사이에 다른 두 개의 머리가 창문을 깨뜨리고 공격해왔고, 로빈 앞에 서 있던 파프니르가 나가동그라졌다.

히드라는 다른 친구들은 안중에도 없고 오직 로빈만 원하고 있었다. 로빈이 날렵하게 공격을 피하는 순간 이번에는 뒤에 있던 제레미가 정통으로 얻어맞았다. 우지끈! 갈비뼈 부러지는 소리가 나더니 제레미가 푹 쓰러졌다.

어느새 달려온 성난 파프니르가 무아노/야수에게 바짝 접근해 있는 머리를 향해 도끼를 휘둘렀다. 무아노/야수가 히드라의 초록색 목을 조르면서 가볍게 들어올렸다. 그 순간 엘레아노라가 단검으로 목을 찌르자 히드라가 포효하면서 달려들었다. 엘레아노라는 멋진 공중돌기로 공격을 피했다.

더는 참을 수 없는 로빈이 다시 화살을 시위에 메겼다. 그러나 왠지 히드라의 눈을 해치고 싶지 않은 로빈이 송곳니를 드러내며 덤벼드는 턱뼈를 향해 시위를 당겼다.

로빈이 활을 떨어뜨렸을 때 칼이 또다시 무슨 말인지 모를 고함을 질렀다.

그런데 어떻게 된 일이지? 눈 깜짝할 사이에 목에 통증을 느끼면서 로빈이 푹 쓰러졌다.

"로빈, 멈춰! 토토는 너를 해치려는 게 아냐!"

얼이 빠진 로빈이 목을 만졌다. 아무 이상이 없었다. 로빈이 화살 구멍이 나 있는 히드라의 턱뼈를 올려다봤다. 그 순간 이상한 생각이 뇌리에 스쳤다.

"아파! 아파!"

분명히 화살을 맞은 건 히드라인데 로빈도 고통스러웠다.

"이게 어떻게 된……?"

"맙소사, 너 못 들었어?" 성난 칼이 소리쳤다. "토토는 너를 공격하는 게 아냐! 너의 패밀리어란 말이야!"

토토

히드라를 패밀리어로 갖게 되면
수영장을 갖춘 저택이 있어야 하는데……

*

정신이 몽롱한 상태에서 로빈은 칼이 화살을 뽑고, 영혼의 동반자에게 가까이 오려고 하는 히드라를 레파루스로 치료하는 것을 봤다. 마법의 힘으로 통증이 사라진 로빈의 입에서 딸꾹질이 나왔다.

갑자기 머릿속에서 속삭이는 소리에 놀란 로빈은 조심스럽게 다가오는 히드라의 정신을 느끼고는 공포에 사로잡혔다.

로빈이 재빨리 몸을 웅크리면서 침을 질질 흘리는 아가리와 흐릿한 눈빛을 피했다.

"자기…… 이름이 토토래."

"당연하지. 내가 네 살 때 지어준 이름인데." 칼이 차분한 어조로 말했다.

“자기…… 이름이 토토래.”

“쯧쯧!” 파브리스가 한마디 했다. “아무래도 충격이 너무 큰가 봐. 계속 같은 말만 반복하면 어떡하지?”

키가 15미터에 이르는 히드라와 정신을 공유해야 한다는 것 때문에 로빈은 이성을 잃을 정도로 혼란스러워했다. 로빈이 몸을 동그랗게 말면서 두 팔로 머리를 감쌌다.

“아아아아악!”

“로빈? 괜찮아?” 무아노가 걱정스럽게 물었다.

“냠냠, 물고기, 물!” 로빈이 숨 막히는 목소리로 대꾸했다. “맙소사, 내 머리에서 빨리 나가!”

흠칫 놀란 히드라가 몸의 일부만 집 안에 들어와 있다는 걸 잊고 뒷걸음쳤다. 쿵, 콰당, 쨍그랑……! 집 전체가 흔들리면서 필사적으로 버티던 물건들이 바닥으로 떨어지고 말았다.

“어어어! 안 돼!” 칼이 고함을 질렀다. “얌전히 있어, 토토. 움직이지 말라니까!”

히드라가 불안한 소리를 내면서 집에 들어와 있는 머리들을 늘어뜨렸다.

“로빈!” 칼이 친구 옆에 쭈그리고 앉으면서 간절한 어조로 말했다. “패밀리어를 거부할 수는 없어. 네가 선택했기 때문에 히드라가 너를 선택한 거야."

화가 나서 벌게진 얼굴을 쳐들면서 로빈이 외쳤다.

"아니, 난 선택하지 않았어! 나는 패밀리어를 원치 않아!"

토토가 슬픈 소리를 내면서 거대한 몸집으로 기대고 있는 벽을 으스러져라 눌렀다. 건물에서 우지끈거리는 소리가 나자 칼이 부르르 떨었다.

"로빈!" 칼이 고함쳤다. "바보 같은 짓 그만둬. 그 누구도 패밀리어를 거부할 수 없어! 아더월드 역사상 그런 일은 없었어. 네가 계속 거부하면 토토가 미친 듯이 날뛰다 우리 집을 무너뜨리고 말 거야. 우리 엄마가 격분하면 어떻게 되는지 알아?"

"너의 짐승이잖아. 너의 히드라니까 어떻게 좀 해봐!"

계속 고집을 피우는 로빈에게 화가 치민 칼은 한 방 갈겨주고 싶은 걸 간신히 참았다.

히드라의 머리 일곱 개가 동시에 울부짖었다. 절규에 가까운 소리가 어찌나 큰지 모두 귀를 틀어막아야 했다.

"그만 좀 해, 로빈!" 절망하는 동물이 안쓰러워서 더는 참을 수 없다는 듯 무아노가 흥분했다. "어린애처럼 굴지 마. 패밀리어를 갖는다는 것은 명예로운 일이야!"

그러고 나서 엘프들이 전사라는 것이 기억난 듯 덧붙였다.

"게다가 히드라는 강력하고 진귀한 동물이야. 나의 쉬바, 타라의 갈랑처럼(무아노가 더는 열거하지 않았다. 파브리스의 매머드 바룬은 싸움을 싫어하고 빨간 바나나 먹는 것만 좋아하기 때문에) 토토가 너를 도와서 싸울 거야. 왜 그런 행운을 거부해?"

하프엘프가 다시 두 팔로 머리를 감싸면서 구시렁거렸다.

"그렇지 않아도 엘프들은 나를 좋게 여기지 않아. 그런데 나한테 패밀리어까지 생겨봐! 그건 최악이야! 에레는 내 몸속에 흐르는 인간의 피가 엘프의 피를 오염시키는 증거라고 생각할 거야. 셀렌다에서 나는 이미 죽은 사람이나 다름없는데 패밀리어까지 생기면 완전히 매장당할 거야!"

무아노가 코를 찡그렸다. 그러니까 로빈의 불안은 그럴 만한 이유가 있었던 거야. 뜻밖의 반응에 놀랐던 무아노는 이제 그 마음이 이해가 되었다.

"숨길 수 있을 거야." 파브리스가 말했다.

히드라가 또다시 울어대서 파브리스가 얼른 귀를 막았다.

"어휴, 미치겠네. 걱정 마, 숨길 수 있을 거라니까!"

칼은 균열이 일어나는 벽을 불안하게 쳐다봤다.

"로빈, 제발 부탁인데 밖으로 나가면 안 되겠니? 머리 위로 지붕이 무너져 내릴까 봐 조마조마해 죽겠어."

"싫어!" 로빈이 숨 막히는 목소리로 대답했다. "방법은 네가 찾아! 우리 중에서 네가 가장 영리하고, 또 너와 친한 동물이니까 네가 해결하란 말이야!"

영리하다는 말이나 하지 말지, 칼은 로빈의 말이 불쾌하기 짝이 없었다.

"말도 안 되는 소리 집어치워, 로빈! 내가 같은 말을 몇 번이나 더 해야 되겠어? 에레의 일은 유감이지만 넌 많은 마법사처럼 패밀리어를 갖는 거라고. 그리고 너를 이미 미워하고 있는데 좀 더 미워하든 덜 미워하든 달라질 건 없잖아!"

로빈이 머리를 세차게 흔들면서 울부짖자 토토도 덩달아서 울었다. 파브리스가 한참 귀를 비비고 있자 마침내 울음소리가 멈췄다.

"휴, 고막이 남아날지 모르겠다. 어떡하지?"

"로빈이 토토에게 정신을 열어야 해. 결합이 이루어지지 않으면 둘 다 미쳐버리고 말 거야." 칼이 아주 걱정스럽다는 얼굴로 말했다.

"너의 히드라는 이미 미쳤어!" 로빈이 퉁명스럽게 내뱉었다. "그러니까 크게 달라질 것도 없어!"

"그렇지 않아!" 칼이 소리를 버럭 질렀다. "게다가 문제는 그게 아냐. 내가 영리할지는 모르지만 신이 아냐. 죽음 말고는 아무도 패밀리어와 주인을 떼어놓을 수 없어."

로빈이 갑자기 머리를 홱 쳐들었기 때문에 깜짝 놀란 칼이 엉덩방아를 찧었다.

"죽음? 그게 방법이네! 맞아!"

"너 정말 미쳤어? 그렇다고 자살하겠다는 건 아니지?" 칼이 질겁해서 외쳤다.

"자살? 천만에! 내가 아니라 네 동물을 말하는 거야. 그러면 벗어날 수 있겠네. 패밀리어는 필요 없어! 패밀리어인 키미가 소용돌이에 빨려 들어갔을 때 안젤리카도 그렇게 심하게 고통스러워하지 않는 것 같았어(제1권 「아더월드와 마법사들」에서 로빈은 자신이 안젤리카가 패밀리어를 잃은 것 때문에 반은 미쳐버릴 것이라고 했던 말을 잊은 모양이었다). 그래, 그게 가장 좋은 방법이야."

"너 완전히 제정신이 아니구나!" 칼이 히드라 앞을 가로막고 서서 고함쳤다. "토토의 털끝 하나라도 손대면 가만두지 않겠어!"

"저리 비켜, 칼!" 로빈이 소름이 끼칠 정도로 냉정하게 말했다. "나를 그냥 내버려둬. 어떤 엘프도 패밀리어와 함께 살 수 없어. 너무 혼란스러워서 나도 어쩔 수 없어. 토토가 부상당하면 나도 아플 거고 목숨을 잃을 수도 있겠지. 그래도 난 위험을 무릅쓰지 않을 수 없어."

친구를 물끄러미 쳐다보다가 칼이 순순히 비켜서자 로빈은 깜짝 놀랐다.

"그래, 마음대로 해라. 네가 유일한 해결책이라고 생각하는 것이 무고한 동물을 죽이는 것이라면 에레의 생각이 틀렸네. 넌 에레가 생각하는 것보다 훨씬 전형적인 엘프니까."

로빈이 히드라를 바라봤다. 히드라의 눈은 이제 초록빛이 아니라 패밀리어의 특성인 금빛이었다. 슬픔이 가득한 눈, 히드라가 마치 체념한 듯 눈을 차례로 감았다. 히드라가 운명을 받아들이고 있는 것이었다. 주인이 죽기를 바라는데 복종하는 수밖에…….

로빈이 활을 집어 들었다. 히드라의 머리 중 하나를 겨냥하던 로빈이 손을 부들부들 떨다가 활을 내렸다.

"하! 하!" 칼이 웃음을 터뜨리면서 말했다. "이럴 줄 알았다니까. 난 네가……."

"머리가 일곱 개나 되는 히드라야, 칼." 로빈이 매몰차게 말을 잘랐다. "하나를 없애면 머리가 두 개, 세 개로 늘어날 텐데 그럼 너무 피곤해. 심장을 쏴야겠어."

그렇게 말하고 나서 로빈이 토토를 향해 돌아섰다.

"여기서 나가."

히드라가 눈을 뜨더니 복종하면서 초록색 머리들을 집 밖으로 뺐다.

로빈이 응접실을 나가자 친구들이 따라나갔다. 칼은 로빈이 정말로 히드라를 죽일까? 하는 얼굴이었다.

"너 많이 변했다." 파프니르가 로빈에게 말했다. "훨씬 냉혹해졌어. 칼의 말이 맞아. 너는 엘프의 피가 더 강해."

로빈이 홱 돌아보는 바람에 파프니르가 소스라쳤다.

"내 입장이라면 너는 어떡할 건데? 친한 친구가 기르던 동물을 죽이는 건데 내가 즐겁겠어? 토토와 결합을 거부한 일로 너희에게 따돌림을 당할 텐데 내가 즐겁겠어? 나도 가슴이 아파. 이것이 바로 내 동족과 너무 다르다는 증거야. 내 몸속에는 인간의 피가 더 많다는 증거라고!"

"그럼 머리도 검게 염색해." 파프니르가 비아냥거렸다. "아! 네 어머니도 죽이지 그래? 인간이잖아! 나는 네가 이러는 게 히드라 때문이 아니라고 생각해. 너는 타라에 대한 불안, 에레의 위협, 네가 몇 달 동안 겪었던 것에 대한 분노 때문에 이 동물에게 화풀이하고 있는 거야."

로빈이 성난 눈길로 파프니르를 노려봤다. 난쟁이의 말이 정곡을 찔렀기 때문에 더욱 괴로웠다. 로빈이 몸을 작게 하려고 애쓰는 히드라를 응시하다가 안개 대양에서 그토록 많은 목숨을 빼앗았던 활을 들었는데 어깨에 경련이 일었다.

긴 침묵이 흘렀다. 새의 노랫소리와 크리크리*의 울음소리가 간간이 정적을 깨뜨렸다. 죽지 않은 것에 놀란 히드라가 눈을 차례로 하나씩 떴다. 히드라의 눈과 마주친 로빈은 아무 짓도 하지 않은 누군가를 절대로 죽일 수 없음을 깨달았다.

"네 말이 맞아, 파프니르. 이 동물에게 복수를 한다는 건 나답지 않은 일이야. (로빈이 심호흡을 했다) 알았어. 내가 어떻게 해야 하는 건지 설명해줘."

"활을 내려놓으면 돼." 칼이 안도하는 얼굴로 말했다.

로빈이 릴란드릴의 활에게 어깨로 돌아가라고 명했다.

"고마워, 로빈. 이제 토토에게 너의 정신을 열어줘야 해."

"근데 이름이 정말 이상해. 내가 이름을 바꾸면 토토가 기분 나빠할까?"

"직접 물어봐. 너희 둘의 정신이 결합하면 너는 토토가 느끼는 걸 같이 느낄 수 있어. 고통이나 두려움뿐만 아니라 좋아하는 것이나 싫어하는 것도 느낄 수 있어."

로빈이 토토 앞에 서서 정신을 열어주었다.

히드라가 보기보다 훨씬 영리하다는 걸 알고 로빈은 깜짝 놀랐다. 자라는 걸 지켜봤던 칼에 대한 열렬한 사랑(더 정확하게 말하면 칼과 물고기에게 똑같이 나눠준 사랑이지만) 외에도 토토는 집을 지키는 훌륭한 경비였고, 적과 친구를 단번에 구별해낼 줄 알았다.

그리고 토토라는 이름을 아주 좋아하지만 이름을 바꾸는 것이 로빈에게 기쁨을 주는 것이라면 아무 문제가 없다고 생각하고 있었다.

"그럼 너를 소우르브라고 부를게." 로빈이 큰 소리로 말했다. "엘프의 언어로 '충성'이라는 뜻이야."

히드라가 머릿속에서 새 이름의 울림을 발음해보면서 마음에 든다고 자신의 생각을 전했다.

웃음을 참느라고 다리가 꼬이는 칼이 더는 참을 수 없어서 잔디밭에 털썩 주저앉았다. 칼이 히드라의 머리를 쓰다듬어주자 만족스러운 소리를 냈다.

"네가 그리울 거야." 칼이 다정하게 말했다. "하지만 로빈처럼 멋진 주인은 만날 수 없을 거야. 그리고 우리는 거의 함께 지내니까 너를 자주 볼 수 있어."

약간 질투가 난 블롱딘이 주둥이로 칼을 떠밀었다. 칼이 빙긋이 웃으면서 블롱딘도 쓰다듬어주었다.

"저기…… 누가 내 갈비뼈 좀 치료해줄래?" 얼굴이 초록빛으로 변한 제레미가 호소했다. "정말 너무 아파서 못 참겠어."

칼이 해주는 레파루스 치료를 받은 제레미는 통증이 사라지자 이제 살 것 같다는 신음 소리를 냈다. 이어서 칼이 제안했다.

"이제 엄마의 서재로 가자. 거기 가면 우리에게 필요한 것들이 있어. 그리고 타라의 연락을 기다리자."

그들이 다시 집으로 들어가려고 할 때였다. 쿵! 쿵! 쿵! 하는 요란한 소리에 땅이 흔들렸다. 소우르브가 로빈을 따라오면서 기쁨을 표시하기 위해 펄쩍펄쩍 뛰는 소리였다.

로빈이 동그래진 눈으로 돌아보자 히드라가 그 커다란 몸집을 뒤틀면서 아양을 떨었다.

"얘가 왜 이러는 거야?"

"너무 좋아서 그래." 칼이 알려주었다. "막대기를 던지면 너에게 갖다줄 거야. 뛰어다니는 걸 엄청 좋아하거든."

"농담이지?"

"천만에. 잘 봐!"

칼이 땅바닥에서 막대기를 주워서 힘껏 내던졌다. 마치 목숨이 달려 있는 것처럼 죽기 살기로 달려가는 소우르브 때문에 땅이 흔들렸다.

로빈이 눈을 비비면서 구시렁거렸다.

"다른 선택을 하지 않았던 것이 후회가 되려고 한다."

로빈은 유심히 살폈다. 쏜살같이 막대기를 갖고 돌아온 소우르브가 뱀 꼬리를 흔들었다.

"파브리스, 바룬을 축소할 때 사용하는 주문이 뭐야?"

"지금은 언제든 크기를 조절할 수 있고, 일정 시간 동안 지속성이 있는 새로운 주문을 사용하고 있어. 잠들어 있을 때 내 마법이 약해지는 경향이 있어서 바룬이 원래 크기로 돌아오기 때문에 한 번은 심장마비를 일으킬 뻔하고, 또 한번은 침대가 박살 날 뻔했거든. 어쨌든 새 주문을 사용하기 전까지는 타라가 사용하는 주문이랑 똑같았어. '미니아투루스의 이름으로 바룬은 내가 마음대로 데리고 다닐 수 있게 줄어들어라!' "

파브리스가 마법이 실행되지 않도록 주문을 말했기 때문에 매머드는 변하지 않았다.

"고마워, 파브리스. *미니아투루스의 이름으로* 소우르브는 내가 마음대로 데리고 다닐 수 있게 줄어들어랏!"

초록빛 마법 광선을 맞은 소우르브가 몸이 수축되는 걸 느끼면서 불안한 울음소리를 냈다. 잠시 후, 히드라가 쉬바와 바룬(이미 축소되어 있었다)이랑 비슷한 크기로 줄어들었다. 조심스럽게 냄새를 맡던 매머드가 여러 개의 머리를 흔드는 히드라를 보면서 흠칫 놀랐다. 슬금슬금 뒷걸음치는 매머드를 진정시키려고 파브리스가 얼른 빨간 바나나를 하나씩 내밀었다. 소우르브까지 막대기를 내려놓고 바나나를 날름 받아먹었다.

"식사 시간에만 먹이를 주고 간식은 주지 마." 칼이 말했다. "파브리스는 시도 때도 없이 매머드에게 너무 많이 먹이고 있어. 토토…… 아, 참, 소우르브는 하루에 두 번 물고기를 먹어. 그리고 멋진 비늘을 유지할 수 있게 석 달에 한 번씩은 비타민을 보충시켜줘야 해. 이따금 습진이 생기니까 벗겨진 피부를 부드러운 아몬드 기름으로 문질러줘야 되고. 아, 그리고 히드라에게는 물이 필요해. 기회가 있을 때마다 호수로 데려가면 엄청 좋아하지. 부러진 발톱이 있는지 잘 살펴봐, 다시 자라지 않거든. 살 속으로 파고드는 발톱이 있으면 네가 뽑아줘야 하는데……."

"이번에는 확실하네, 너 지금 나 놀리고 있는 거지?" 로빈이 말을 잘랐다.

"천만에!" 칼이 진지하게 대답했다. "너 집에서 동물 키워본 적 없지?"

"칼, 우리 엘프들에게 동물은 사냥하거나 잡아먹는 대상이야. 물론 두 가지 다할 때도 있고. 우리 집에서는 동물을 키운 적이 없어. 그리고 어머니가 나한테 애완동물을 사주려고 할 때마다 아버지가 반대했던 이유를 이제야 알겠어. 차라리 아기를 키우는 것이 낫겠다!"

"칼의 충고는 좀 과장된 면이 없지 않으니까 그렇게 겁먹을 필요 없어." 무아노가 안심시켰다. "패밀리어들은 보통 동물보다 훨씬 영리해. 너의 히드라는 다른 동물들이 할 수 없는 것을 해낼 거야, 두고 봐."

그들은 쉬바 주위에서 펄쩍펄쩍 뛰는 소우르브를 쳐다봤다. 쉬바가 짜증스러운 듯 꼬리를 흔들어대면서 히드라가 계속 귀찮게 굴면 갈기갈기 찢어버리겠다는 표시를 했다.

"정말 그럴까?" 무아노의 말에 로빈이 고개를 갸웃하면서 중얼거렸다. 그러고 나서 정신적으로 히드라를 불렀다. '소우르브, 쉬바를 가만 내버려두고 이리 와.'

즉시 뒷발로 일어난 히드라가 달려들더니 로빈의 얼굴을 마구 핥았다.

극도로 흥분한 히드라와 완전히 의기소침해진 로빈을 데리고 집 안으로 들어가면서 칼은 터져나오려는 웃음을 억제하느라고 애를 썼다. 무아노도 웃음을 참느라고 너무 용을 쓴 나머지 눈물까지 글썽거렸고, 파브리스는 입술을 꽉 깨물고 있었다.

그들은 응접실 문턱에서 그대로 멈춰 섰다. 완전히 아수라장이었다.

"휴! 어머니가 보시면 우리를 뭐라고 생각하시겠어!" 무아노가 말했다. "돌아오시기 전에 치워놓자."

다른 친구들도 고개를 끄덕이면서 히드라의 몸부림 때문에 부서지거나 균열이 생긴 것들을 수리하기 시작했다. 로빈도 청소에 몰두하느라고 잠시 소우르브를 잊고 있었다. 히드라가 뭔지 모를 조각들을 뱀의 머리로 잡아서 대롱대롱 매달았다. 그러고는 자기가 찾아온 것들로 관심을 끌기 위해 로빈의 귀에 대고 소리를 질러댔다. 로빈은 기적적으로 온전한 화분을 집어 들다가 너무 놀라 떨어뜨리면서 박살 내버렸다.

칼은 더 이상 참을 수가 없었다.

"잠깐만……."

그렇게 말하고는 쏜살같이 방으로 뛰어간 칼은 문이 닫히자마자 침대에 쓰러져서 포복절도했다.

5분이 지나서야 겨우 진정한 칼이 얼굴이 빨개져서 응접실로 돌아왔다.

로빈은 제레미와 엘레아노라의 도움을 받아서 방을 정리하고 있었고, 소우르브가 졸졸 따라다니고 있었다. 로빈에게서 한 발짝도 떨어지지 않으려고 쫓아다니다 발에 걸려서 뒤뚱거리는 히드라를 보면서 칼은 또다시 터지려고 하는 웃음보를 가까스로 억눌렀다.

"다른 애들은 어디 있어?" 칼이 시치미를 뚝 떼고 물었다.

"몰라." 로빈이 무뚝뚝하게 대답했다. "너와 동시에 뛰어나갔어."

그때 무아노와 파브리스가 나타났는데 칼의 눈길을 피하고 있었다. 둘의 얼굴도 울긋불긋한 걸 보면 밖에 나가서 한바탕 웃고 들어온 것이 틀림없었다.

"이 행성에서 가장 열렬한 패밀리어에게 걸려든 것 같아." 로빈이 한숨을 내쉬었다. "칼, 얘를 어떻게 하면 진정시킬 수 있는지 말 좀 해봐."

칼은 그냥 내버려두고 싶은 마음이 굴뚝같았지만 불안해서 눈이 동그래진 로빈의 얼굴을 보면서 생각을 바꿨다.

"너와 일체가 된 것 때문에 흥분해서 그럴 거야. 하지만 곧 지칠 거라고 생각해."

그렇게 말하고 나서 정직하게 덧붙였다.

"내 희망 사항이지만!"

그러자 로빈이 더 부담된다는 표정으로 소우르브를 쳐다봤다.

"아무래도 어디가 잘못된 것 같아. 혹시……?"

그 순간 칼의 크리스털 볼이 울렸기 때문에 로빈은 말을 중단했다. 칼이 얼른 주머니에서 크리스털 볼을 꺼냈다. 타라의 얼굴이 떠 있었다. 칼의 이미지 뒤로 난장판이 된 응접실을 보면서 타라가 놀라는 표정을 지었다.

"칼? 무슨 일이야?"

좀 특별한 패밀리어를 갖게 되었다는 말은 로빈이 직접 하는 게 나아, 칼은 그렇게 결정을 내리고 대답했다.

"문제가 좀 있었는데 지금은 해결됐어. 너는? 준비는 다 됐어?"

"거의 끝났어. 드래곤들이 금지된 대륙의 장벽 밖에 위치해 있는 정박이 가능한 해변을 알려줬어. 해마다 금지된 대륙에서 무슨 의식을 거행하는 모양이야. 드래곤 여섯과 엘프 열다섯 명이 나와 동행하게 되었어. 그 위치를 지도에 표시해놨어."

타라가 2년 전에 한 상점에서 샀던 지도를 흔들었다. 양피지에 나타난 대륙의 이미지에 형광 빛을 내는 화살표가 '여기, 여기'라는 뜻으로 번쩍번쩍 신호를 보낸 뒤에 꺼졌다.

"지도, 확대!" 타라가 명했다.

"알았음!" 지도가 응답했다. "그 드래곤들이 해변의 정확한 형태를 밝히지 않아서 비슷한 곳으로 만족해야 함. 트란스미투스를 사용하고 싶다면 공간 지표를 알려줄 수 있음."

"어디인지 표시해! (지도가 복종했고 양피지 위에 지표가 나타났다) 하지만 너희는 렌베르산 섬에서 배를 타고 가는 게 나아. 트란스미투스는 드래곤들이 예상하고 있을 테니까. 가장 가까운 렌베르산 섬에 공간이동의 문이 있는데 이게 그 위치야. 지금 출발해서 해변 부근에 숨어 있어. 내가 장벽을 여는 데 성공하면 동행한 드래곤들이 무슨 반응을 보이겠지. 마법으로 공격할지, 무슨 술책을 쓸지 모르지만 내 목숨은 너희에게 달려 있어."

칼이 불안한 얼굴로 이마를 찡그렸다.

"저기…… 네가 우리를 철석같이 믿고 있는 건 알지만 모든 걸 전적으로 우리에게 맡기지 않길 바란다."

"크산디아르가 우리와 동행하고 싶어 했지만 황제와 엄마와 마찬가지로 거부당했어. 노발대발한 크산디아르의 귀에서 연기가 펄펄 나더라고. 그러니까 연락해서 같이 가자고 제안해봐. 아마 굉장히 기뻐할 거야. 그리고 다른 지원병들이 있는지도 물어보고. 베티를 구하려면 내 쪽 사람들이 많아야 하니까."

"오케이. 그건 내가 알아서 할게. 너희보다 우리가 먼저 도착할 수 있게 시간을 좀 끌어봐."

"노력해보겠지만 베티가 위험에 처한 걸 모두 알고 있기 때문에 내가 꾸물거리면 의심을 사게 될 거야. (타라가 목소리를 약간 낮췄다) 그리고 지워진 곳에 대해 새로 알아낸 거 있어?"

"칼리르 꽃에 대해서? 오무아를 포함해서 여러 디스쿠타리움에 문의했는데 전부 모른다고 해서 그 식물에 대해 더는 정보를 입수하지 못했어. 어디서 들어본 이름 같은데 기억이 안 나서 짜증 나. 칼리르, 분명히 귀에 익은 이름인데……."

"지워진 곳에 대해 말하는 거야?" 대화를 듣고 있던 파프니르가 물었다. "왜?"

"타라가 준비하고 있는 주문에 그게 필요하거든." 칼이 설명했다. "지워진 곳이라는 데서만 자라는 식물이 꼭 필요해서."

"칼리르 꽃은 내가 알지." 파프니르가 천연덕스럽게 말했다. "그 꽃을 어디서 구할 수 있는지도 알고!"

15 금지된 대륙

금지된 곳이라고 할 때는 그럴 만한 이유가 있는 것이다

*

"뭐?"

칼과 타라가 동시에 외쳤다. 파프니르가 빙그레 미소를 지으면서 말했다.

"메델루스가 말해줬어."

"아, 맞다!" 칼이 손가락을 으드득 꺾으면서 소리쳤다. "그 얘기를 들었던 기억이 어렴풋이 나네."

"메델루스?" 타라가 다시 외쳤다. "그 정신병자가 너희에게 뭐라고 했는데?"

"메델루스의 직업이 뭔지 기억 안 나?" 파프니르가 물었다.

"생명공학 기술자였던가……? 솔직히 말해서 그 남자가 말할 때 귀담아듣지 않았어."

"메델루스는 주로 엘프들의 나라 셀렌다에서 활동하면서 고도의 기술로 아더월드의 식물을 연구하는 학자라고 할 수 있어. 너희도 황무지 섬의 흑장미 기억나지? 그래서 내 마법 능력을 없애주었던 흑장미에 대해 물어본 적이 있었거든. 메델루스가 셀렌다의 기록 보관소를 샅샅이 뒤져서 한 문서를 찾아냈는데…… 그걸 쓴 저자가 바로 지워진 곳의 원주민이었어."

타라가 크리스털 볼을 가까이 들여다봤기 때문에 눈과 코가 크게 보였다.

"그 문서에 칼리르 꽃에 관한 기록이 있었단 말이지?"

"응. 그 원주민은 동족들과 함께 쫓겨나기 전에 그 대륙에 사는 모든 식물을 기록해놓았어. 칼리르 꽃은 유령을 유인하는 특성이 있고, 꽃이 많은 곳에서는 그 향기 덕분에 유령이 다시 유형화될 수 있다는 거야. 식물학자들의 말에 따르면 산 사람의 살과 피를 먹으면 육신이 돌아올 수 있다는 걸 알고 유령들이 사람을 공격하는 사고가 일어나기도 했대."

칼이 얼굴을 찌푸렸다.

"이래도 그 꽃이 필요한 건 확실하지, 타라?"

"응. 그 사람이 거기가 어디인지도 밝혀놨어?"

"인간이 아냐. 그 원주민이 그곳의 위도와 경도를 기록해놨어. 그리고 네 지도에 표시된 곳과 정확하게 일치하는 것 같아."

칼이 아연실색한 얼굴로 파프니르를 쳐다보다가 말했다.

"그럼 지워진 곳이 금지된 대륙이라는 거야?"

"정확해."

"그런데 지명이 왜 이렇게 이상해?"

"드래곤들에게 쫓겨난 원주민들은 심한 고통을 겪으면서 아더 월드에서 '지워진' 느낌이 들었겠지. 그래서 자기들의 대륙을 그렇게 이름 붙이기로 했던 것이고."

"제기랄!" 칼이 내뱉었다. "드래곤들이 그 대륙에 저주를 내렸기 때문이군. 그래서 거기에 인간을 잡아먹는 유령들이 있는 것이고!"

"맙소사!" 타라가 중얼거렸다. "베티가 안전한 곳에 숨어 있으면 좋겠는데! 마지스터의 말로는 베티가 아직 살아 있다고 했어. 제발 이번만은 거짓말이 아니기를 바라는 수밖에."

점점 더 불안해진 타라가 한숨을 내쉬었다.

"고마워, 파프니르. 엄청나게 중요한 정보야. 이제부터 내가 금지된 대륙으로 가야 하는 이유는 두 가지야. 출발하기 전에 유령에 대해 알아낼 수 있는 모든 정보를 수집해줘. 드래곤들이 유령에 대한 말은 하지 않았지만 너희는 필요한 장비를 갖춰. 나 때문에 너희가 다치는 걸 원치 않으니까. 아, 참, 그리고 칼?"

"왜?"

"이것 좀 봐."

타라가 크리스털 볼 화면에 막대사탕을 가까이 댔다. 키디코이였다.

"네가 돌려준 막대사탕이야. 이 예언의 메시지를 이해하지 못하고 있었는데 이제는 알 것 같아. **'열쇠가 너를 배신할 것이고, 너는 죽을 위험이 있다'**."

칼이 이마에 주름을 잡았다.

"열쇠가 너를 배신할 것이다? 열쇠가 어떻게 배신해?"

"부서지거나 없어지거나 하겠지. 하지만 이 예언이 금지된 대륙을 여는 열쇠를 의미하는 것이라면 불길한 징조야. 그러니까 조심해야 돼. 나중에 보자."

칼이 제레미와 그의 부모에 대한 얘기를 꺼낼 사이도 없이 타라가 크리스털 볼을 끊었다.

제레미가 불안한 얼굴로 듣고 있었다.

"내 부모님이 그런 대륙에 있다니! 정말 끔찍한 일이야!"

"확실한 것은 아무것도 없어." 무아노가 제레미를 안심시켰다. "디스쿠타리움의 가정일 뿐이니까. 그리고 호기심을 가질까 봐 미리 차단하려는 조작된 정보일 가능성도 배제할 수 없어."

제레미가 고개를 끄덕였지만 눈빛은 불안했다.

칼은 원정에 필요한 모든 장비를 찾아서 친구들에게 갖추도록

했다. 축소한 식량, 무기(몸 자체가 무기인 파프니르, 온갖 연장을 지니고 다니는 엘레아노라, 마법의 활을 가진 로빈을 제외하고), 밧줄, 모래에 빠지지 않도록 얇은 막으로 감싸주는 신발, 소금(유령들이 끔찍해하는), 마법을 사용하지 않고 날 수 있어서 비마들이 주로 이용하는 레비투스 Inc® 벨트, 완장 형태의 카무플루스 기구.

칼의 집에 있는 카무플루스는 흔히 사용하는 종류가 아니라 군대용 병기였다. 다행히 칼의 어머니가 단체로 미션을 이행할 경우를 대비해 첩보원 전원에게 나눠줄 카무플루스 열 개를 집에 준비해두고 있었다. 더구나 완장 형태의 카무플루스라서 눈에 띄지 않게 작동하기에는 그만이었다. 칼은 로빈의 카무플루스에 있는 버튼을 누르면서 시범을 보였다. 로빈이 즉시 사라지자 소우르브가 다시 나타날 때까지 항의를 하듯 울부짖었다.

"얘한테는 정말 무슨 조치를 취해야지 안 되겠어." 파브리스가 말했다. "보통 시끄러운 게 아냐."

"그건 그래. 그런데 우리 패밀리어들은 어떡하지?" 무아노가 물었다. "얘들까지 다 갖추려면 카무플루스가 부족하잖아."

"배낭에 넣고 다닐 수 있는 크기로 축소하자." 파브리스가 제안했다.

"그럴 거면 차라리 마법복 주머니에 넣고 다니지?" 무아노가 말했다.

"그건 안 돼." 칼이 끼어들었다. "욕실은 통째로 집어넣어도 문제가 없지만 마법복이 만들어내는 공간에는 공기가 없어서 애들이 질식할지도 몰라. 뿌익만 한 크기로 축소해서 새장에 넣자."

칼이 배낭에서 작은 새장을 꺼내 보였다.

"바룬을 그런 새장에 넣자고?" 파브리스가 걱정되는 얼굴로 반대했다.

"그러면 네가 넘어져도 으스러질 염려가 없잖아. 새장은 웬만한 압력을 견딜 수 있으니까."

"와우!" 무아노가 감탄했다. "너 경험이 좀 있나 보다."

"도둑 대학에 들어가기 위해 내가 치러야 했던 시험은 거의 다 실전이었어. 나를 믿어. 우리 대학에서는 뭘 해야 하고 뭘 하지 말아야 하는지 배우거든. 준비됐지? 아, 바니세르도 모두 챙겼지?"

마법사들 중에서 특히 셈샤나쉬들은 유령을 이용해서 재산을 지키는 경우가 종종 있었다. 그래서 면허 받은 도둑들에게는 유령을 저승으로 돌려보낼 수 있는, 일종의 유령 퇴치기구 바니세르가 필수품이지만 값이 엄청나다는 것이 단점이었다.

모두 고개를 끄덕였다.

칼이 부모에게 남길 메시지를 녹음하면서 히드라와 열 개의 카무플루스와 바니세르가 없어진 이유와 무엇을 하러 떠나는지에 대해 자세히 설명했다.

사실, 칼은 내심 어머니의 반응을 보지 않게 된 것을 천만다행으로 생각했다. 알리아나 레안드린 달 살란의 자식 중에서(칼에게는 형 두 명과 누나 두 명이 있다) 칼이 가장 무모한 말썽꾸러기였다. 그래서 아무짝에도 쓸모없는 아이가 될까 봐 걱정을 제일 많이 하는 아들이었다.

렌베르산 섬까지 가는 여정은 그리 오래 걸리지 않았다. 랑코비트에 있는 공간이동의 문은 그 섬과 직통으로 연결되지 않아서 두 번 환승해야 했지만 20분도 채 걸리지 않아서 항구에 도착했다. 칼 일행은 휴가를 떠나는 관광객 행세를 하면서 배를 빌렸다. 온몸에 문신을 한 타트리스족 배 주인이 작은 뗏목 배와 돛을 부풀게 하는 공기의 원소를 다룰 줄 아는지 확인했다. 마침 로빈과 칼이 잘 알고 있기 때문에 어렵지 않게 배 주인을 설득할 수 있었다. 배 주인은 금지된 대륙 쪽으로는 가까이 가지 말라고 당부했고, 칼 일행이 그 방향으로는 가지 않겠다고 하자 안심했다.

파프니르는 항구를 떠난 지 얼마 되지도 않아서 얼굴이 초록빛으로 변했다. 파도가 조금만 쳐도 난쟁이들이 뱃멀미를 심하게 하는 데다 파프니르는 특히 도끼와 갑옷이 녹슬까 봐 질색했다. 북쪽 바다를 향해 유유히 헤엄쳐가는, 아더월드의 고래 떼와 그 무리를 인도하는 사이렌과 트리톤 들이 장관을 연출하고 있는데도 난쟁이의 눈길을 끌지 못했다. 마법을 쓰는 걸 거부했기 때문에 파프니르에게 멀미 방지 주문을 걸 수가 없었다.

여정이 짧아서 다행이었다. 얼마 되지 않아서 해변이 보였고, 텅 비어 있었기 때문에 그들은 안도의 숨을 내쉬었다.

대륙을 둘러싼 장벽은 수면 위로 드러나 있는 육지에 한정되지 않았다. 해안에서 좀 떨어진 바다까지 포함하고 있어서 장벽의 영역이 광범위했다. 장벽의 지붕에 해당하는 파란색의 거대한 돔은 불투명했고 꼭대기는 어찌나 높은지 보이지도 않았다. 대륙에서 유일하게 보이는 해변은 마법의 장벽이 개방되어 있는 것 같았고, 가파른 절벽이 또렷이 드러나 보였다.

그들은 발각되지 않기 위해 기슭에서 멀리 떨어진 바다 한복판에 정박하기로 했다. 로빈과 파브리스가 닻을 내렸고, 무아노가 파랑과 초록으로 색깔을 바꾼 덕분에 뗏목 배는 거의 눈에 띄지 않았다. 그들이 레비투스 Inc®를 사용하여 해변까지 가기로 하자 마법을 거부하는 파프니르가 투덜투덜하면서 끝내 고무 튜브를 사용했다. 드래곤으로 둔갑한 타라를 타고 비행했을 때 멀미가 심해서 죽을 뻔한 끔찍한 기억이 있기 때문이었다.

"저기 바위들 좀 봐, 칼!" 모래를 건드리지도 않고 백사장 위를 둥둥 떠 날아가면서 파브리스가 외쳤다. "저 뒤에 숨으면 되겠어!"

"로빈, 위장술에 있어선 네가 전문이잖아. 넌 어떻게 생각해?"

“내가 알기로 오무아에서는 카무플루스를 탐지할 수 있는 특수 렌즈를 사용하고 있어. 드래곤들도 갖고 있는지 그건 모르겠지만 위험을 무릅쓸 수는 없지. 파브리스의 말대로 저 바위들 뒤에 숨어 있는 게 좋겠어.”

갑자기 칼이 욕설을 내뱉었다.

“칼, 무슨 일이야?”

“아냐! 내가 이렇게 멍청하다니까. 여러 명일 때 서로를 알아보기 위해 다른 카무플루스를 구별해낼 수 있는 특수안경이 있는데 깜빡했어.”

“그게 바로,” 엘레아노라가 빈정거렸다. “혼자서 활동하는 게 습관이 돼서 그런 거야.”

“그러니까 네가 나랑 같이 하면 내가 혼자서 안 해도 되지.” 칼이 무의식적으로 대꾸했다. 엘레아노라가 눈이 똥그래져서 쳐다보자 당황한 칼이 얼른 말을 돌렸다.

“완장에 있는 ‘말’ 기능은 수동으로 작동할 수 있어. 이 카무플루스는 소리가 나지 않게 할 수 있어서 다른 사람들은 못 듣지만 우리끼리는 대화를 나눌 수 있어.”

그들은 조심스럽게 착지해서 모든 흔적을 없앴다.

“지금부터 카무플루스를 켜놓을 필요는 없어.” 칼이 충고했다. “몇 시간 정도는 작동하지만 드래곤들이 여기까지 오는 데 얼마나 걸릴지 모르니까."

파프니르가 투덜거렸다.

"에이, 소변 마려워서 죽겠는데 올 거면 빨리 오지."

혼자 하겠다는 파브리스의 완장만 빼놓고 칼이 모든 카무플루스 완장에 프로그램을 입력해놓았다. 그리고 그들은 바위 뒤에 숨어서 타라가 오기를 기다렸다.

로빈은 히드라가 기쁨이나 공포의 소리를 지르지 못하게 실렌시우스 주문을 걸었다. 그러나 로빈과의 결합이 강해지면서 히드라는 영혼의 동반자가 원하는 것을 점점 더 잘 알아차렸고, 얌전해졌다.

그들은 기다리고, 또 기다리고, 기다렸다.

두 시간 후, 더는 참을 수가 없는 파프니르가 일어나서 수평선을 살폈다. 아무도 없었다. 파프니르가 약간 떨어진 바위 뒤로 뛰어갔다. 이어서 옷 바스락거리는 소리가 들리자 그들은 안도의 숨을 내쉬었다.

파프니르가 볼일을 보는 바로 그 순간이었다. 해변에 드래곤이 유형화되었고, 저 멀리 바다에 군함이 나타났다.

햇빛 때문에 눈이 부셔서 그들은 드래곤이 살루덴리바쉬라쉬부인지, 또 다른 드래곤인지 알아볼 수 없었다. 칼 일행은 재빨리 카무플루스 완장의 버튼을 눌렀고, 순식간에 그들의 모습이 보이지 않았다.

냄새를 킁킁 맡으면서 여기저기 돌아다니는 드래곤의 숨소리가 점점 가까워지고 있었다.

그 순간 모래바닥에 눈길을 주던 칼의 얼굴이 파랗게 질렸다.

맙소사, 파프니르의 발자국!

그들이 있는 바위에서 파프니르가 있는 곳까지 발자국이 또렷하게 이어지고 있었다…….

드래곤이 발자국을 봤든, 못 봤든…… 이미 엎질러진 물이었다. 바로 그때 바위 뒤에서 나온 파프니르와 드래곤이 맞닥뜨렸으니!

파프니르와 드래곤, 둘 다 깜짝 놀라서 그 자리에 멈춰 섰다.

"아하!" 드래곤이 반가운 목소리로 말했다. "너희가 여기 있을지도 모른다는 생각이 들더니…… 역시 내 예감이 맞았구나. 그런데 더 조심했어야지. 해변에 발을 들여놓는 순간 너희 냄새가 났단 말이다."

도끼 두 개를 뽑아 들고 있던 파프니르가 햇살 때문에 눈을 찡그렸다.

이어 파프니르가 외치는 이름을 듣고 모두 어안이 벙벙해졌다.

"셈 선생님?"

"그래." 드래곤이 대답했다. "어서 친구들이 있는 곳으로 뛰어가. 냄새가 나지 않도록 너희에게 주문을 걸어야겠다."

파프니르가 후닥닥 바위 뒤로 뛰어가서 카무플루스 완장을 작동했다. 셈 선생님이 조심스럽게 난쟁이의 발자국을 따라 걸어오면서 흔적을 감쪽같이 없앴다.

"맙소사! 냄새나지 않게 하는 기능도 있는데 그걸 작동한다는 걸 깜빡했어. 휴, 정말 미치겠네, 나 정말 구제불능인가 봐." 자책하는 칼의 목소리가 허공 속에서 울렸다. "어쨌든 선생님을 먼저 만나서 천만다행이다, 휴!"

"그런데 셈 선생님이 여기서 뭐 하는 거지?"

그들의 말을 들을 수 없는 셈 선생님이 돌아서더니 먼바다에 나타난 배들을 발견하자 보이지 않는 아이들에게 들으라는 듯이 말했다.

"도착했군! 다른 드래곤들에게 발각되지 않게 조심해라. 이 미션을 위해 드래곤 여섯이 자원했는데 아주 힘들게 구성한 팀이야. 나는 금지된 대륙을 개방하길 바라는 부류에 속해 있기 때문에 자원했다. 물론 타라에게 내 도움이 필요한 이유도 있지만……. 다른 드래곤들이 타라와 엘프 열다섯 명과 함께 곧 도착할 거야. 드래곤들은 내가 맡을 테니까 너희는 엘프들을 감시해. 혹시 타라에게 몹쓸 장난을 칠지 모르니까."

파브리스는 아무 말도 하지 않았지만 셈 선생님이 왜 이런 위험한 일에 자진하면서까지 타라를 보호하려고 애쓰는지 정말 궁금했다.

제레미는 '자원' 했다는 말이 귀에 꽂혔다. 그렇다면 뭔가 꺼려지는 것이 있어서 아무나 선뜻 나서지 않았다는 건데……. 도대체 드래곤들이 뭘 두려워하는 걸까? 유령들 따위에는 끄떡도 않을 텐데.

제레미는 더 깊이 생각할 겨를이 없었다. 드래곤들이 상륙했고, 그 뒤로 엘프들과 타라가 보였다.

로빈이 소스라쳤다. 호위대를 구성하는 열다섯 명의 바이올렛 엘프들……! 하필이면 엘프 중에서 가장 민첩하고 위협적이고 잔혹하기로 이름난 바이올렛 엘프들이 자원하다니!

살루덴리바쉬라쉬부의 도움을 기다리지 않고 타라가 가볍게 뛰어내리며 공중 부양으로 착지했다.

드래곤 팀에서 셈 선생님을 발견한 순간 타라는 마음이 놓였었다. 드래곤에 대한 믿음이 경감되긴 했어도 셈 선생님은 수없이 자신의 목숨을 구해주지 않았던가. 그러나 샤름을 발견했을 때는 그리 놀라지 않았다. 지구를 구하기 위해 자신의 아버지를 죽인 셈을 증오하고 있을 것이 틀림없는 샤름이 셈을 감시하기 위해 참여했을 거란 의혹이 강하게 들었던 것이다. 이따금 서글픈 눈길이 샤름에게 머물기도 했지만 셈 선생님은 가능한 마주치지 않으려고 피하는 것 같았다.

"별일 없으시죠, 셈 선생님? 아까는 인사도 제대로 못했어요." 타라는 친구들이 어떤 신호라도 보내지 않을까 주위를 둘러보면서 경치를 감상하는 체했다.

"그럼, 별일 없지." 셈 선생님이 반갑게 대답했다. "근데 이 해변에는 동물이 많아. 적어도 여섯 마리는 있는 것 같아."

무슨 소리지? 타라가 이마를 찡그리다가 알아차렸다. 아, 그래, 무아노가 야수로 둔갑해 있을 거야. 친구들이 여기 있다는 걸 셈 선생님이 간접적으로 알려주는 거구나. 타라가 미소를 지어 보였다. 타라는 내심 불안했지만(어쨌든 셈 선생님도 드래곤이잖아!) 셈 선생님이 비밀을 폭로하지 않는 걸 보면서 기뻤다.

"우리 외에 아무도 없는지 확인하기 위한 안티 카무플루스와 데텍투스 주문을 걸어놨소?" 살루가 의심하는 투로 물었다.

맙소사! 타라는 드래곤들이 그렇게 용의주도할 것이라고는 예상하지 못하고 있었다. 휴! 셈 선생님이 자원해서 해변을 살폈기에 망정이지 큰일 날 뻔했잖아.

"물론이오." 셈 선생님이 대답했다. "완벽하게 조치해놨으니까 걱정하지 마시오."

"이제부터가 중요합니다." 살루가 타라를 향해 목을 쭉 내리면서 말했다. "장벽은 바로 앞에 있습니다. 가시지요."

덩치가 좀 작고 쌍둥이처럼 보이는 그린 드래곤 샨비트라미샤트린쉬부와 산트라미빈크라트린쉬바(드래곤의 긴 이름 중 어미에 해당하는 ……쉬부와 ……쉬바로 각각 수컷과 암컷을 구별할 수 있다-옮긴이), 샤름, 셈, 샤름보다 비늘 색깔이 더 밝은 레드 드래곤(이름은 모르겠지만 타라에게 다정한 태도를 보이는)이 보호막을 번쩍거렸다. 타라가 의문의 눈길을 던졌다.

"마마가 우리에게 또다시 그 마법을 사용하면 곤란하니까요." 살루도 보호막을 만들면서 말했다. "오무아 접견실에서 봤던 그 마법을 사용해도 이제는 보호막 때문에 우리의 마법을 빨아들이지 못할 겁니다."

한순간도 그럴 생각이 없던 타라가 어깨를 으쓱했다.

살루가 가리키는 방향의 투명 장벽 앞에서 드래곤들이 타라를 반원형으로 에워쌌고, 그 뒤로 엘프들이 둘러섰는데 드래곤들이 후계자를 공격할 경우에 언제든 개입할 태세로 활을 들고 있었다.

그런데 어떻게 해야 마법의 장벽을 볼 수 있지? 불투명한 돔 중앙에 구멍이 뚫려 있는 것 같지만 보이지 않는 투명한 장벽이 있는 것은 분명한데…….

타라가 갈랑을 앞세우고 조심스럽게 전진했다. 돔을 지나쳐서 몇 발짝 더 나아가던 페가수스가 보이지 않는 장애물에 부딪히며 히잉! 소리를 내질렀다. 타라가 손으로 찔러보자 저항력 같은 것이 느껴졌다. 마치 강철 벽이 버티고 있는 것 같았다.

"*콜로루스의 이름으로* 장벽은 당장 모습을 드러내라!"

마법의 광선을 맞은 장벽이 끄떡도 없이 충격을 흡수했다. 장벽은 부서지기는커녕 금이 간 흔적조차 없이 여전히 투명했다.

"이제 포기하겠습니까?" 살루가 정중하게 물었다.

타라는 눈길도 주지 않고 생각에 잠겼다. 장벽을 나타나게 하고 싶지만 마법의 광선이 흡수되었단 말이야. 파프니르가 양자택일해야 하는 상황에서는 어떻게 하라고 했더라?

타라가 목을 만지면서 말했다.

"내가 구해줬던 색깔들아, 모두 나와서 나를 도와줘야겠어!"

타라의 목에 박힌 보석이 꿈틀거리더니 하양, 노랑, 파랑, 검정, 빨강이 뱀처럼 꾸물꾸물 기어나왔다.

색깔들이 타라 앞에서 정중하게 인사했는데 뭐든 시켜만 달라는 기색이 역력했다.

"안녕! 예쁜 색깔들아, 너희가 해줄 일이 있어. 내 앞에 보이지 않는 투명 장벽이 있는데 나타나게 하고 싶어. 나를 위해서 장벽에 색을 칠해줄래?"

어느새 바위와 드래곤들의 꼬리, 모래를 물들이고 있는 색깔들이 빠르게 움직이기 시작했다. 투명 장벽을 향해 미친 듯이 달려든 색깔들이 이리저리 돌아다녔다.

처음에는 아무 일도 일어나지 않았다. 색깔마다 흔적을 남기는 듯하다가 이내 없어졌다. 그 현상에 흥분했는지 색깔들이 점점 두꺼워지고 있었다. 하양, 노랑, 파랑, 빨강, 검정의 계속되는 공격에 투명 장벽이 더는 버티지 못하는 것 같았다. 마침내 해변을 덮고 있는 장벽과 두 부분으로 나뉜 돔 형상의 파란색 지붕까지 또렷이 보였다.

색깔들이 의기양양하게 타라의 목으로 돌아왔다.

"잘했어, 이제는 장벽을 보기가 한결 수월해졌어. 너희가 아주 큰일을 해줬어, 정말 고마워."

장벽이 대륙 전체를 뒤덮고 있을 것이라고 막연히 알고 있는 것과 그걸 눈으로 본다는 것은 많이 달랐다. 하늘을 찌를 듯 높은 돔, 너무 높아서 시간이 걸리기 때문인지 색깔들이 그 꼭대기까지는 색을 입히지 않은 상태였다.

"그 누구도 대륙을 빠져나갈 수 없어요." 살루가 말했다. "비, 공기, 햇살, 달빛만 돔을 통과할 수 있지요. 투명 장벽이라서 안에서도 보이지 않아요. 그래도 포기하지 않을 겁니까, 덩컨 양?"

살루가 '마마'라는 칭호를 사용하지 않는 것에 엘프들이 발끈

했지만, 타라는 아무런 내색도 하지 않았다.

'살아있는 돌?'

'예쁜 타라?'

'이 드래곤들에게 친구들을 위해 우리가 어떻게 싸우는지 보여 주자.'

'힘을 원해? 힘을 줄까?'

살아있는 돌의 마법이 타라의 마법과 결합했다. 휙 날아오른 살아있는 돌이 타라의 머리 위에서 왕관처럼 번쩍이는 모습을 보면서 살루는 등골이 오싹했다. 타라의 눈이 새파랗게 변했고, 하얀 머리털이 찌지직거렸다.

타라의 마법 능력을 처음 보는 드래곤들의 눈이 휘둥그레졌고, 샤름과 셈은 담담하게 지켜보고 있었다.

"*데스트룩투스의 이름으로* 우리가 마음대로 들어갈 수 있게 장벽은 파괴될지어다!"

즉시 마법의 광선이 장벽을 후려쳤다.

이번에도 장벽이 물결처럼 밀려오는 광선을 흡수했다. 타라가 마법의 강도를 높이자 장벽 중앙이 약간 패었고, 두 힘이 충돌하면서 생긴 돌풍 때문에 모래폭풍이 일었다. 다시 한 번 마법의 광선이 장벽을 후려치는 순간 뭔가 엄청난 것이 찢어지는 것 같은 굉음이 들렸고, 드래곤들이 고막이 얼얼한 듯 우거지상을 했다.

그러나 장벽은 버티고 있었다.

"절대 성공하지 못할 겁니다!" 모래폭풍 속에서 블랙 드래곤이 외쳤다. "장벽이 굴복하기 전에 마법이 고갈되고 말 테니까!"

그 말에 격분한 타라가 장벽을 향해 정신을 집중하면서 마법의 광선을 발사했다. 타라의 가슴에서 젠드라의 별이 번쩍거리는 순간 드래곤들의 보호막이 유리처럼 산산조각이 났다. 드래곤들이 필사적으로 저항하는데도 그들에게서 빠져나간 마법이 타라의 마법에 더해지고 있었다.

타라는 친구들의 마법을 빨아들이지 않으려고 조심했다. 친구들의 카무플루스가 들통 나면 안 되지…….

이어서 먼바다에서 대기 중인 전함까지 영역을 확장한 젠드라의 별이 탑승자들의 마법을 빨아들였다. 타라는 별처럼 번쩍거리기 시작했고, 엄청난 힘에 취해 있었다. 그건 뭐라고 형언할 수 없는 느낌이었다.

질겁한 드래곤들이 소리를 지르면서 후닥닥 물러섰다. 보호막으로는 타라의 마법을 막지 못하기 때문에 드래곤들은 무방비 상태였다. 마법의 찌꺼기가 떨어진 모래밭에서 연기가 나고 움푹 파이는 걸 보면서 드래곤들은 행여 비늘이라도 탈까 싶어 허겁지겁 바다로 뛰어들었다.

그때 해변 상공을 날던 보벨* 몇 마리가 마법의 맛을 봤는지 꺄악! 하는 비명 소리가 들리더니 이어 수십 개의 무지갯빛 깃털이 모래밭으로 떨어졌다.

엘프들도 멀찍이 피했지만 바다로 뛰어들지는 않았다. 순식간에 타라의 주변은 텅 비어버렸다.

괴력을 지닌 마법의 물결 때문에 장벽이 차츰 굴복하는 기미를 보이기 시작했다. 마법의 집중 공세를 받던 장벽이 움푹 꺼져들면서 무지갯빛을 띠기 시작하더니 흡사 잔뜩 팽창해서 터지기 직전의 비눗방울처럼 보였다.

"멈춰요!" 살루가 고함쳤다. "그러다가 장벽을 통째로 파괴하겠어요!"

태연한 얼굴로 공격을 멈추지 않으면서 타라는 마침내 받아들인 마법을 유감없이 사용하고 있는 자신에게 놀랐다. 장벽이 신음하고 있었다.

블랙 드래곤이 항복했다.

"파괴하지 마요! 위험해요! 우리가 양보하겠소. 열쇠를 줄게요."

듣던 중 반가운 소리가 아닌가. 타라가 마지못해서 마법을 멈췄지만 살아있는 돌과의 결합은 그대로 유지했다.

"우리가 들어갈 수 있게 통로를 열어요!" 타라가 명했다.

블랙 드래곤이 분노의 눈길을 보내면서 장벽의 열쇠인 듯한 드래곤 형상의 검은 크리스털을 꺼내더니 머리를 오른쪽으로 돌렸다. 그러자 이내 해변을 차지하는 장벽 삼분의 일 정도가 사라지면서 색깔들이 땅바닥으로 후드득 떨어졌다. 모래밭이 하얗고, 파랗고, 노랗고, 빨갛고, 검게 변했다. 장벽 너머의 풍경은 변화가 없었다. 절벽과 연결되는 내리막길이 보일 듯 말 듯했다.

타라가 내키지 않는 표정으로 주머니에서 마지스터의 크리스털 볼을 꺼냈다.

화면에 마지스터의 이미지가 나타났다. 타라는 마지스터의 목소리에 짜증이 묻어 있음을 느꼈다.

성공. 마지스터가 화를 낸다는 것이 타라에게는 즐거운 일일 수밖에.

"일단 장벽을 넘으면 크리스털 볼이 베티에게 이르는 길을 알려줄 것이다. 서두르라고 해야 할지, 말지 모르겠지만."

"썩 꺼져버려요!" 요즘 들어 유난히 지구의 욕설에 관심이 많은 살아있는 돌의 영향을 받아서인지 타라가 무례하게 대꾸했다. "누군가가 계산서를 내미는 날 당신은 그 값을 치를 방법이 있을지 모르겠군요."

타라는 마지스터에게 대답할 겨를도 주지 않고 전화를 끊어버렸다. 이어서 타라가 결합을 끊자 살아있는 돌이 주머니 안으로 돌아갔다.

이제 어떻게 하면 친구들이 무사히 장벽을 넘을 수 있을까? 타라가 바다를 향해 돌아서면서 배를 바라보았다. 여제는 아낌없이 지원해주고 있었다. 해변 맞은편에 벨슨 제독이 지휘하는 군함이 대기하고 있었다. 모든 시선이 군함을 응시했다.

"군함이 우리를 얼마나 기다려주죠?" 타라가 물었다.

"지금부터 여덟 시간 이내에 돌아오지 않으면 우리는 모두 죽습니다." 살루가 엄숙하게 대답했다. "심의회에서 허락한 여덟 시간이 지나면 폭발하도록 열쇠에 프로그램이 짜여 있습니다. 우리의 배는 장벽을 새로 보강하기 위해 다시 여기 남아 있을 것이지만, 여제의 군함에는 어떤 지시가 내려 있는지 나야 모르지요."

"리스베스틸랑넴 여제는 후계자가 억류되어 있게 내버려두지도, 다치거나 죽게 내버려두지도 않을 거요." 셈이 말했다. "이 대륙으로 쳐들어와서 장벽을 파괴하기 위해 무슨 짓이든 할 겁니다. 인간들이 군함에 갖추고 있는 마법의 대포로 우리의 방어물을 박살 내고 말 겁니다."

"지금부터 한 시간 이내에 우리가 장벽을 보강할 겁니다." 살루가 응수했다. "이미 열 명의 드래곤 마법사들이 공간이동의 문을 통과해서 이곳으로 오는 중이오. 그들이 작업을 끝내면 그 누구도 장벽을 파괴할 수 없어요. 우리의 기술은 발전했고, 인간 마법사들의 공격을 막을 수 있다고 확신하오."

"마지스터가 목숨이 위태로운 곳으로 나를 보낼 리 없어요."

타라가 지적했다. "악마의 힘을 지닌 저주받은 사물들을 손에 넣으려면 내가 살아 있어야 하니까요. 그래서 나는 전혀 불안하지 않아요."

"그건 잘못 생각하는 거야!" 셈 선생님이 퉁명스럽게 말했다. "마지스터도 실수를 저지를 수 있어. 살루, 어쨌든 타라에 의해서든, 여제에 의해서든 금지된 대륙의 비밀은 폭로될 겁니다. 이제 시간문제란 말이오. 나는 도무지 이해할 수가……."

"이해할 필요 없소." 살루가 격하게 응수했다. "우리는 명령에 복종하면 되는 거요."

"살루, 명령에 맹목적으로 복종할 경우, 비굴하게 복종할 경우에 어떻게 되는지 당신도 잘 알지 않소?" 셈이 차분하게 말했다. "인간들도 부당하거나 죄가 되는 명령에 대한 복종은 받아들이지 않습니다."

"덩컨 양!" 살루가 셈이 은연중에 암시하는 비난을 무시하면서 말했다. "인간들과 드래곤들이 체결한 협약을 중시하기 때문에 지금 이렇게 우리가 도와주는 겁니다."

블랙 드래곤이 마지못해 한다는 걸 느꼈지만 타라는 천연덕스럽게 고개를 끄덕였다.

타라는 친구들도 무사히 통과하기를 바라면서 장벽을 넘었다.

엘프 전사로 이뤄진 호위대가 정찰을 위해 아주 가볍게 절벽

꼭대기까지 공중 부양으로 올라갔다. 곧이어 뒤따르는 무리에게 이상 없다는 신호를 보냈다.

타라와 드래곤들이 정찰대에 합류했다. 절벽 위에 경적 같은 것이 달린 거대한 기계가 서 있었다.

"이게 뭐죠?" 타라가 물었다.

"경보 장치예요. 절대로 건드리면 안 됩니다, 마마!" 타라가 기계를 작동할까 봐 몹시 불안해하는 얼굴로 살루가 대답했다.

근데 왜 또 '마마'라고 부르는 거지? 이랬다저랬다 헷갈리게! 타라는 경보 장치를 머릿속에 입력하면서 마지스터의 크리스털 볼을 꺼냈다.

마지스터가 더는 타라와 말싸움을 하고 싶지 않다는 뜻인가? 화면에 베티가 있는 위치에 십자 표시를 한 지도가 떠 있었다. 현재 위치에서 10여 킬로미터 떨어진 곳이었다.

십자 표시가 움직이는 것을 보면서 타라가 환호성을 지르자 엘프들이 깜짝 놀랐다.

"베티가 살아 있어! 신이여, 고맙습니다! 베티가 살아 있어!" 타라가 살아 있는 지도를 꺼내면서 말했다. "지도야, 베티가 있는 곳을 알려줄래?"

지도가 거만하게 말했다.

"쳇, 제발 좀 하기 어려운 임무를 주기 바람! 나도 기분 전환하고 싶음!"

타라는 지도가 표시해준 약도를 크리스털 볼에 저장했다. 마음이 놓인 타라가 살루에게 미소를 지어 보였다.

그때였다. 장벽이 다시 닫혔다.

"아니, 이게 뭐 하는 겁니까?" 타라가 항의했다.

"장벽을 다시 닫았습니다." 살루가 짤막하게 답변했다.

"네, 봤어요. 왜죠?"

"우리는 그 누구도 여기서 빠져나가게 내버려둘 수 없습니다. 보초들이 제거될 위험이 있기 때문이지요. 나는 아무것도 위험에 빠뜨릴 수 없거든요."

타라는 얼굴을 찌푸리면서 블랙 드래곤 살루가 내세우는 이유를 받아들였다.

"그럼 열쇠를 잘 간직하시오, 살루!" 셈이 말했다. "나는 이 안에 갇혀 있고 싶은 마음이 전혀 없으니까."

"나보다 더 그렇기야 하겠소? 그런데 친구가 있는 위치는 알고 있는 겁니까, 덩컨 양?"

"네." 타라가 자신 있게 크리스털 볼을 가리키면서 말했다.

타라가 화면을 보다가 얼굴이 창백해졌다.

"이게 왜……?"

크리스털 볼이 꺼져 있었다.

살루가 송곳니를 드러내면서 교활한 미소를 지었다.

"이런! 내가 말한다는 걸 깜빡 잊었군요. 어떤 메시지도, 어떤 전파도 장벽을 통과할 수 없어요. 공기, 햇살, 비를 제외하고는. 그리고 덩컨 양, 열쇠 없이는 아무리 강력한 마법을 사용해도 다시 나갈 수 없지요. 장벽은 외부 공격을 대비해서 세운 것이 아니거든요. 그래서 들어오는 데는 성공한 겁니다. 모든 방어 시스템은 내부에 있지요. 단언하건대 여기 갇히면 수백 년을 노력해도 결코 탈출하지 못합니다."

"지금은 내 친구를 찾아야 하니까 장벽 문제는 나중에 생각하죠."

타라가 날아가려고 할 때 셈 선생님이 어깨를 잡았다.

"그건 좋은 생각이 아니다. 지금부터는 날면 안 돼. 발각되지 않게 우리 드래곤들이 태워갈 거야."

"하지만……."

"따지지 말고 말 들어, 타라. 상황이 복잡해. 우리는 가능한 눈에 띄지 않는 것이 중요해. 그리고 내 생각에는 체인지라인에게 간편한 바지와 셔츠 차림을 요구하는 게 좋겠구나. 오무아의 마법복은 너무 금방 눈에 띄니까. 젠드라의 별도 감춰, 혹시 모르니까."

타라가 거대한 드래곤들은 수십 미터 떨어진 데서도 이목을 끌 수밖에 없다고 반박하려고 했지만, 셈 선생님의 표정에 불안한 기색이 역력해서 고집을 피우지 않았다. 타라가 체인지라인에게 옷을 바꾸고 젠드라의 별을 흡수하라고 명했다.

엘프 군단은 대부분 시키는 대로 드래곤들의 등에 올라탔다. 하지만 발라라는 이름의 지휘관과 하사관급의 엘프 둘이 셈의 주장에 아랑곳없이 단호하게 거절했다. 지휘관 엘프가 거만하게 말했다.

"아주 웃기는군요. 드래곤들이 유머 감각이 있는 줄은 몰랐네요. 우리는 평범한 엘프가 아닙니다. 샤트릭스의 지구력을 지니고 있어서 달리는 유니콘도 따라잡을 수 있는 바이올렛 엘프니까 우리 걱정은 마시죠."

다른 엘프들은 이미 드래곤을 타고 출발 준비를 끝마친 상태였다. 샤름이 타라를 태우자 갑자기 아무런 신호도 없이 드래곤들이 내달리기 시작했다.

타라는 뜻밖의 경험을 했다. 드래곤들이 뒷발을 사용해 티라노사우루스처럼 달리고 있어서 탑승자들이 마치 과일 자루처럼 마구 흔들렸다. 갈랑이 항의의 울음소리를 내면서 타라의 어깨에서 펄쩍 날아올랐다. 이런 속력으로 계속 달리면 베티가 있는 곳까지 한 시간 이내에 도착할 것 같았다.

옆에서 달리는 바이올렛 엘프들이 민첩하면서 우아한 모습으로 보조를 맞추었다. 정말 인상적인 모습이었다.

"샤름?"

속도를 늦추지 않은 채 샤름이 타라 쪽으로 기다란 목을 돌렸다.

"왜?"

"고모가 셈 선생님에게 도무지 연락이 안 된다고 하시더니…… 살루가 드래곤 팀의 대장이기 때문이었군요. 무슨 일이 있었나요? 내가 알기로 드래곤을 대표하는 아더월드의 책임자는 셈 선생님이었는데요?"

"그래, 맞아." 땅바닥에 정신을 집중하면서 샤름이 말했다. "내 아버지를 죽음으로 몰아넣은 지구의 사건 때문에 셈은 수사를 받는 중이라서 공식적인 활동이 중단되었지. 그런데 이 미션에 자원했기 때문에 일시적으로 드란보우글리스펜쉬르를 떠나도 좋다는 허락을 받은 거야."

수사를 받는다고? 타라가 머리를 갸우뚱했다.

"그럼 당신은 왜 여기 왔어요?"

"나는 공식적으로 온 게 아냐. 아버지와 관련된 일이고, 그 사건에 연루되어 있기 때문에 나는 수사 팀에서 제외되었지. 하지만 살인범에게서 눈을 떼고 싶지 않았어." 샤름의 어조가 어찌나 신랄한지 타라는 소름이 끼쳤다. "나는 셈이 우리 행성에서 도망칠 구실을 잡은 거라고 생각했거든. 그런데 전혀 그렇지 않다는 걸 알고 좀 놀라고 있는 중이야."

"셈 선생님을 잘못 알고 있는 것 같아요." 샤름이 장애물에 부딪히지 않으려고 옆으로 피할 때 꼭 달라붙으면서 타라가 말했다. "셈 선생님은 특별한 분이에요. 비록 마지스터에게 엄청난 실수를 저질렀지만 끊임없이 모두의 행복을 위해 활동하고 계세요. 이기적인 면은 없어요."

샤름이 또다시 타라를 향해 머리를 돌리고 유심히 쳐다봤다.

"마지스터와 셈나샤오비로다인트라쉬부가 무슨 관계인데?"

이런! 이런! 타라는 혀를 깨물었다. 너무 경솔했어.

"그건…… 셈 선생님에게 직접 물어보는 게 낫겠어요."

눈이 뾰족해져서 타라를 쏘아보던 샤름이 돌부리에 차였는지 비틀거리다가 가까스로 중심을 잡았다.

"좋아, 내가 물어보지."

그때였다. 살루가 말고리셀란쉬부라고 부르는 레드 드래곤이 한 발로 수평선을 가리켰다. 드래곤들이 조심스럽게 속도를 늦추더니 일제히 하늘을 쳐다봤다.

거대한 새 모양의 실루엣이 보였다. 새가 쏜살같이 돌진해오는데 포효하는 울음소리 같은 것이 울려 퍼졌다.

새 떼? 아니면 한 마리가 저렇게 이상한 소리를?

"조심하시오." 살루가 말했다. "무슨 일인지 우리가 조사할 거니까 모두 눈에 띄지 않게 조심하시오. 놈들은 우리의 마법에 민감하기 때문에 마법은 금지요. 전투대형으로 서시오."

샤름이 네 다리를 구부리더니 날씬한 도마뱀으로 변신했다.

"내 목을 잡고 가만히 엎드려 있어." 샤름이 타라에게 속삭였다. "네가 다치지 않게 비늘을 부드럽게 해줄 테니까."

'놈들' 이라는 것이 뭐지? 의문의 눈길로 주위를 살피면서 타라는 시키는 대로 했다. 바이올렛 엘프들이 중앙에 서고 드래곤들이 에워쌌다. 그리고 모두 천천히 전진했다.

그들이 다가갈수록 괴성이 점점 더 요란해지고 있었다. 이어서 풍기는 냄새…… 타라는 대번에 알아차렸다.

피 냄새.

마침내 타라 일행은 골짜기가 내려다보이는 절벽 꼭대기에 이르렀다. 잔뜩 겁에 질린 염소 떼가 옹기종기 모여 있었다.

그 순간 믿을 수 없는 광경을 보면서 타라는 눈이 튀어나올 뻔했다.

드래곤 둘이 싸우고 있었다. 그중 푸르스름한 드래곤 1은 처참한 몰골이었다. 그들이 있는 곳에서도 굶주림 때문에 홀쭉한 허리, 영양실조에 걸린 듯 듬성듬성 빠진 비늘, 늑골에서 흐르는 피가 또렷이 보였다.

훨씬 덩치가 큰 드래곤 2는 염소 떼를 지키고 있는 것 같았다. 놀라운 것은 드래곤 1이 동물적인 본능을 주체하지 못하고 미친 듯이 날뛰는 반면에 드래곤 2는 침착하고 냉철하게 이미 피투성이가 된 드래곤 1의 공격을 물리치고 있었다. 그런데 절망적 상태에 빠져 있는 드래곤 1이 예상 밖의 힘을 쥐어짜고 있었다. 드래곤 2가 거의 제압했다고 믿는 순간 드래곤 1이 현란한 몸놀림으로 달려들더니 드래곤 2의 목을 물어뜯었고, 뼈가 우지끈 부러지는 소리가 들렸다. 드래곤 2가 단말마의 비명을 지르면서 쿵, 쓰러졌다.

그다음에 일어난 일은 달군 쇠꼬챙이로 새긴 것처럼 타라의 기억에 각인되었다.

굶주린 드래곤이 달려들어서 아직 심장이 뛰는 드래곤 2의 살을 게걸스럽게 뜯어먹기 시작했으니!

타라는 샤름도 부르르 떨면서 천천히 뒷걸음치는 걸 느꼈다.

다른 드래곤들도 마찬가지였다. 잡아먹힐 거란 생각에 겁먹은 염소들이 요란하게 침을 삼키고 애처로운 울음소리를 내더니 갑자기 뚝 그쳤다.

바이올렛 엘프들이 드래곤들을 뚫어져라 쏘아보면서 슬금슬금 물러섰다. 드래곤의 등에 올라탔던 엘프들은 후회하는 기색이 역력했다.

엘프들이 멀찍이 물러섰을 때 타라가 헛기침을 하면서 물었다.

"그러니까 드래곤들이 우리에게 감추고 싶어 하는 게 저것입니까? 당신들은 같은 종족을 잡아먹는 존재들입니까?"

"우리는 아냐!" 샤름이 반박했다. "우리 중에는 그렇게 생각하는 드래곤이 없어. 우리는 너희 인간들 못지않게 죽음에 경의를 표해."

"아! 우리가 방금 본 장면은 그럼 경의의 표시인가요?" 엘프 군단의 지휘관 발라가 이죽거렸다. "드래곤들은 점잖고, 현명하고, 아더월드와 은하계의 국민들을 도와주는 최고의 파트너고요? 이제야 마지스터가 우리에게 이곳으로 가라고 주장한 이유를 알겠군요!"

블랙 드래곤 살루가 머리를 흔들었다.

"당신들은 전혀 이해하지 못했소. 이건 아무것도 아니오."

그 대꾸에 엘프가 입을 다물었다.

"여기서 지체할 시간이 없소." 살루가 말을 이었다.

그들은 연거푸 하늘을 곁눈질하면서 다시 전진했다. 부유해 보이지만 경작지가 텅 비어 있는 여러 마을을 지나쳤다.

타라는 인간들의 취향이 느껴지는 마을을 볼 때마다 드래곤들이 당황해하는 걸 느꼈다. 타라가 그 느낌을 큰 소리로 말하자 살루는 못 들은 체 넘겨버렸다.

45분쯤 후, 타라의 지도가 알려준 덕분에 그들은 마침내 베티가 있는 곳에서 1킬로미터쯤 떨어진 곳에 이르렀다.

눈앞에 도시가 보였다. 아주 큰 인간의 도시였다.

근육질의 건장한 체격에 키가 작은 인간들이 살고 있었다. 그러나 드래곤의 도시이기도 했다. 도시와 그 주변에서 북적거리는 많은 드래곤을 보면서 타라는 질겁했다. 취향이나 빨간 색조는 피가 연상되지만 건물들은 근사했다. 성벽 너머로 보이는 수십 개의 궁전과 금색과 파란색 탑들이 도시의 전체적인 빨간 색조와 잘 어울렸다.

갑자기 타라가 숨을 죽였다. 이집트의 케이옵스나 미케리노스 피라미드만큼 크지는 않아도 피라미드가 보였는데 꼭대기가 뾰족하지 않고 네모난 형상이었다. 그 중앙에 좁은 계단이 나 있고 옥상에 번쩍거리는 날개를 펼친 거대한 황금 드래곤 조각상이 우뚝 서 있었다.

"아나자시족!" 샤름이 혼잣말처럼 중얼거렸다. "아버지가 스톤헨지를 만들기 위해 이용했다가 들통 나지 않으려고 금지된 대륙에 가둬놓은 사람들이로군."

"그럼 셈 선생님을 감시하기 위해 온 게 아니군요." 타라가 속삭였다. "여기 갇혀 있는 저 사람들을 구하러 온 거죠?"

샤름이 갑자기 머리를 숙이는 바람에 타라가 중심을 잃었다.

"으악……! 그냥 '맞아' 하고 대답해주면 될 걸 이렇게 나를 떨어뜨릴 필요는 없잖아요!"

"미안해. 그래, 네 말이 맞아. 죽었을 거라고 생각하면서도 내 눈으로 확인하고 싶었어."

맙소사! 드래곤에게 죽음보다 더 최악의 것이 대체 무엇이기에?

살루가 그들의 대화를 중단시켰다. 인간이었다면 입술을 깨물고 있었을 텐데…… 살루가 혼란스러워하는 것이 느껴졌다. 대륙에 와본 적은 있어도 눈앞에 펼쳐진 광경은 전혀 예상하지 못했던 것이 분명했다.

이때까지 길과 언덕만 표시하던 살아 있는 지도가 도시 주변의 약도를 그려주는 정말 놀라운 능력을 발휘했다.

"이 약도를 믿는다면 도시로 들어가야 합니다. 그런데 엘프는 한 명도 보이지 않으니 당신들은 여기서 기다리는 게 좋겠소."

"어림없는 소리요!" 지휘관 발라가 반대했다. "후계자는 우리가 지켜야 합니다!"

"뭘 원하는 겁니까, 엘프? 모두 함께 들어가서 이목을 끌겠소? 아니면 여기 남아서 우리가 비밀리에 임무를 달성하게 내버려두겠소?"

"우리가 모습을 바꾸면 됩니다." 발라가 반박했다.

“저들의 탐지 방법에 대해 우리가 아는 것이 전혀 없단 말이오, 젊은 엘프. 그리고 저기 성벽 위에서 반짝이는 탐지기가 레벨루스라는 느낌이 들어요. 게다가 인간의 모습을 하고 있는 드래곤도 없는 것 같기 때문에 나도 그렇고 당신들도 그렇고 둔갑해봐야 소용없을 거요. 카무플루스 기구를 갖고 있지 않기 때문에 위장술은 대번에 들통이 날 것이오.”

“인간 모습의 드래곤을 알아볼 수 있단 말입니까?” 발라가 호기심이 가득한 얼굴로 물었다.

“그렇소. 본래의 신원을 파악할 수는 없지만 우리의 드래곤인지 아닌지는 알 수 있지요. 덩컨 양과 나만 도시로 들어가서 지구소녀를 데리고 나오겠소.”

“하지만 타라는 여기 사람들과 너무 달라요!” 셈 선생님이 반박했다.

“저길 봐요. 금발의 인간들이 있잖아요.” 살루가 도시의 성문 앞에서 북적이는 사람들을 가리키면서 말했다. “많지는 않아도 이상하게 여기지는 않을 거요. 준비됐습니까, 덩컨 양?”

타라는 물론 당장이라도 뛰어 들어가고 싶었지만 탐지기가 마음에 걸렸다. 카무플루스로 위장한 친구들이 따라오는 데 성공했다면 발각될 위험이 있기에 불안했다. 하지만 타라는 고개를 끄덕였다.

엘프들이 계속 반박했지만 성과가 없었다. 동행하고 싶지만 대장에게 대항할 수 없는 셈 선생님의 불안한 눈길을 뒤로하며 타라와 살루는 성문으로 향했다.

"페가수스는 숨기는 게 낫겠어요." 살루가 타라의 어깨에 앉아서 하품을 하는 갈랑을 가리키면서 말했다. "이 대륙에 페가수스를 패밀리어로 갖고 있는 사람은 없을 거라고 생각해요."

타라는 갈랑을 특수 새장에 넣은 다음 배낭에 집어넣었다. 배낭이 불룩해졌지만 페가수스는 보이지 않았다. 갈랑이 날개를 접었지만 영혼의 동반자가 위험해질 경우 언제든 뛰쳐나올 기세로 긴장하고 있었다.

타라는 체인지라인에게 옷의 색깔과 천을 이 도시의 사람들이 입고 있는 베이지 옷차림으로 바꾸라고 주문했다.

"여기도 마법사들이 있어요?"

"확실치 않아요." 드래곤이 당황하는 것 같았다. "우리는 1년에 한 번씩 의식을 치를 때만 오지요. 그리고 도시 안에는 들어가본 적이 없어서……."

"의식이요?"

드래곤이 타라를 쳐다보다가 대꾸 없이 계속 걸어갔다.

아하, 내가 민감한 부분을 건드렸구나. 아주 중요한 일인 모양이군.

타라는 머릿속에 입력했다. 1년에 한 번씩 치르는 의식, 드래곤들이 두려워하고, 마법에 민감하다는 '놈들'의 정체, 동족을 잡아먹는 드래곤의 끔찍한 장면. 그 드래곤은 굶주려 있는 것 같았고, 비정상적인 행동을 하고 있었다. 문득 스치는 생각이 있었다. 모든 행성에 사는 종족들은 저마다 천적이 있기 마련인데……. 그럼 드래곤의 천적은 뭘까? 드래곤들이 가둬둔 것들이 천적이라면? 드래곤처럼 영리하면서 더 강하고 더 위험한 천적이 과연 뭘까……?

타라와 살루는 잠자코 전진했다. 오무아의 여름 혹서와는 달리 아더월드의 두 태양이 상쾌하게 대기를 데워주고 있었다. 돔 형상의 거대한 지붕이 열기를 여과하고 있는 것이 틀림없었다. 주변에 밀밭, 칼로르나 밭, 엠엠로움 과수원이 펼쳐 있고, 평온한 분위기였다. 땅은 비옥하고, 멘탈리르 평원처럼 파란 풀이 무성했다. 맑은 공기를 가르며 날아다니는 새 떼, 들판에서 풀을 뜯어먹는 트라둑들……. 그러나 유니콘이나 페가수스는 보이지 않았다. 살루가 갈랑을 숨기라고 한 것은 잘한 것이었다.

미지의 세계에 대한 두려움 때문일까, 타라와 살루는 가슴을 졸이면서 도시로 들어가는 성문 앞에 이르렀다. 그레이 드래곤 둘이 웅장한 입구에서 보초를 서고 있었다.

드래곤들이 앞세우고 있는 창도 무시무시했다. 누구를 막론하고 예외 없이 모든 출입자를 검문했다.

그래서 타라와 살루는 그레이 드래곤들이 살루 앞을 가로막았을 때 놀라지 않았다. 타라는 뒷걸음치는 살루의 몸짓을 보면서 같은 드래곤인데 동족을 몹시 두려워하고 있음을 느꼈다. 동족을 잡아먹던 드래곤처럼 달려들까 봐 두려운 걸까?

"당신은 등록되어 있지 않습니다." 드래곤 1이 말했다. "따라서 관례대로 질문을 해야겠습니다."

살루가 어리둥절해서 머리를 끄덕였다.

"아, 그렇소? 준비되었으니 질문하시오."

"2 곱하기 2는 몇입니까?" 드래곤 2가 근엄하게 물었다.

살루가 농담이야, 뭐야? 하는 표정으로 뚫어지게 쳐다봤다. 그러나 전투 자세에다 잔뜩 예민해져 있는 꼬리의 움직임으로 보아 살루는 드래곤이 아주 진지하다는 걸 느꼈다. 살루는 뒷걸음치고 싶었지만 경비병 드래곤 둘이 재빨리 에워쌌다. 게다가 공간이 너무 좁아서 이륙할 수도 없었다. 경비병들이 목에 들이댄 창 때문에 작전을 바꾸고 싶어도 이제는 너무 늦었다.

"4." 살루가 재빠르게 대답했다.

경비병들이 약간 긴장을 푸는 것 같았다.

"소수를 열 개만 말해보시오."

"2, 3, 5, 7, 11, 13, 17, 19, 23, 29."

"1253의 제곱근은?"

살루가 잠시 생각한 뒤에 답을 말했다.

"35.39774."

타라가 눈을 동그랗게 떴다. 타라도 제곱근을 구할 수는 있지만 이렇게 빨리 계산하다니!

"마지막으로 4차원의 공간 N이 무한대라는 것을 증명하시오."

살루는 눈도 깜빡하지 않고 느긋하게 말했다.

"그 문제를 풀려면 칠판이 있어야겠고, 분필도 아주 많이 필요하오."

드래곤 둘이 미소를 짓더니 비켜섰다.

"마지막 문제는 농담으로 물어본 것입니다. '놈들'이 제일 먼저 잃어버린 것이 수학 능력이고, 그다음으로 유머와 인내심을 잃었지요. 당신은 모든 질문에 정답을 말했습니다." 드래곤 1이 인정했다.

갑자기 드래곤 2가 눈살을 찌푸리면서 타라의 목을 가리켰다.

"당신의 노예는 왜 목걸이가 없습니까? 이 대륙에서는 의무적으로 목걸이를 해야 한다는 걸 모릅니까?"

살루가 어깨에 손, 아니 발을 올리는 바람에 타라는 다리가 휘청했다.

"아주 얌전하고, 내 말에 무조건 복종하는 아이니 걱정 마시오!"

"그건 상관할 바가 아니오!" 드래곤 1이 응수하면서 빨간색 가죽 목걸이를 내밀었다. "이 목걸이를 채우지 않으면 당신은 통과하지 못합니다. 벌금형을 받을 것입니다."

살루는 선택의 여지가 없었다. 가죽 목걸이를 움켜잡은 살루가 타라에게 화내지 말라고 간청하는 눈길을 보냈다.

타라는 찰칵, 하면서 불명예스러운 목걸이가 채워졌을 때 얼굴빛 하나 변하지 않았다. 윙윙 울리는 진동에 깜짝 놀란 타라는 먹먹해진 귀가 뻥 뚫리도록 침을 꼴깍 삼켜야 했다.

잠시 후 드래곤 2가 살루에게 목걸이를 보여주었을 때 타라는 속으로 쌤통! 하면서 쾌재를 불렀다.

"이건 당신의 목걸이입니다. 운이 좋으십니다. 마지막으로 딱 한 개 남아 있던 색깔인데 다른 것보다는 그래도 눈에 덜 띄거든요……."

그러고는 씨익 웃으면서 장밋빛 목걸이를 내밀었다. 살루가 무슨 뜻인지 전혀 모르겠다는 얼굴로 쳐다봤다.

"이게 내 목걸이란 말이오?"

타라가 비웃음을 흘렸다. 내가 목걸이를 거는 건 괜찮고 자기가 거는 건 싫단 말이지? 그거, 샘통이다! 이번에는 타라가 살루에게 화내지 말라는 눈길을 보낼 차례였다.

"하지만 당신들도 목걸이가 없지 않소!" 살루가 두 드래곤의

빈 목을 가리키면서 반박했다.

"우리는 목걸이가 필요 없지만, 방문자들은 누구를 막론하고 의무적으로 목걸이를 걸어야 합니다."

살루가 마지못해서 목을 내밀자 목걸이가 채워졌다.

"이제 됐으니 통과하시오." 드래곤 1이 뒤에서 기다리는 방문자들에게 손짓을 했다.

"아, 깜빡 잊었군요." 드래곤 2가 돌아보면서 말했다. "인간이 목걸이를 풀었을 경우는 봉변을 당하게 된다는 걸 명심하시오. 그레이 드래곤들만 인간에게서 목걸이를 벗길 수 있고, 당신의 경우는 이 도시의 고위층 인사들만 목걸이를 풀어줄 권한이 있습니다. 그러나 성문을 나갈 때는 반드시 목걸이를 걸고 있어야 한다는 걸 잊지 마시오. 그럼 좋은 하루 보내시오!"

경비병들에게서 멀찍이 떨어졌을 때 타라가 목걸이를 신경질적으로 잡아당기면서 말했다.

"당신들이 숨기고 싶어 하는 것이 이거라면 내가 잘못 생각했던 것이고 마지스터가 옳았네요! 당신들이 인간을 노예로 부리고 있다니! 그래서 내가 이 대륙에 오는 걸 반대했던 것이고요. 아더월드에 당신들의 만행을 고발하겠어요. 그러면 여긴 이제 끝장이에요!"

살루가 갈퀴발톱으로 목걸이를 약간 잡아당기면서 사람들로 북적이는 도시를 가리켰다.

"나 역시 뒤통수를 맞은 겁니다. 이건 말도 안 되는 일입니다. 우리는 인간이 저렇게 많은지 모르고 있었습니다. 제발 부탁인데 우리를 믿어야 합니다! 몇 명의 인간만 여기 살고 있다고 생각했어요……."

살루가 갑자기 말을 중단했다가 덧붙였다.

"우리의 왕이 직접 작성한 보고서에 따르면 이 대륙은 거의 비어 있어야 하는데…… 도무지 영문을 모르겠군요."

살루의 사과를 듣는 둥 마는 둥…… 분노가 치민 타라의 눈빛이 점점 새파래지고 있었다. 살루는, 후계자가 인간을 노예로 삼은 것에 대한 복수로 이 도시의 드래곤이란 드래곤을 모조리 잿더미로 만들어버릴 기세라는 걸 느꼈다.

살루 역시 목걸이 때문에 기분이 상했던 걸 생각하면 타라에게 힘을 보태주고 싶지만 어린 인간의 초강력 마법이라면 그럴 필요가 없을 것이었다…….

"마마, 우리가 여기 온 것이 친구 베티를 구하기 위해서라는 걸 잊지 마세요. 주문을 날려서 최면을 걸고 친구는 죽었다고 말할 수도 있었지만 마마를 돕기로 결정한 내 선택을 후회하지 않게 해주세요. 그러니까 화가 난다고 우리를 죽이지 마십시오."

분노를 가라앉힌 것 같은 타라의 얼굴을 보면서 살루는 안도의 숨을 내쉬었다. 타라의 마음이 진정된 이유가 드래곤들의 왕 때문이라는 것을 살루는 모르고 있었다. 드래곤들의 왕이 아메리카 메사버드 고원에 살던 아나자시족을 납치하여 스톤헨지에서 그 무시무시한 기계를 만들게 한 다음에 완전 범죄를 위해 이 대륙으로 보냈다고 하지 않았던가. 타라는 살루가 그 사건에 대해 자세히 알게 되는 것을 원치 않았다. 그렇지 않아도 배반한 드래곤의 딸 샤름이 아버지가 저지른 일 때문에 괴로움과 슬픔을 겪고 있는데 살루까지 나서게 할 필요는 없지 않은가. 타라는 교묘하게 화제를 돌렸다.

"사실은 장벽 앞에서 당신이 주문을 날리지 않은 것에 나도 놀랐어요. 대비하고 있었는데 당신이 비열하게 공격하지 않아서 내가 당신들과 싸울 필요가 없게 된 건 고맙게 생각해요."

"원래는 그럴 계획이었지요." 살루가 고백했다. "그런데 전혀 예상치 못하게 여제의 전함이 대기하고 있었고 드래곤 둘도 그 계획에 반기를 들었어요."

"셈과 샤름이죠?"

타라가 빙긋이 웃으면서 단정적으로 물었다.

"반은 맞습니다! 셈나샤오비로다인트라쉬부는 맞습니다. 하지만 샤르맘니쉬라쉬바는 아직 우리에게 합류한 것이 아닙니다. 말고리셀란쉬부가 개입하지 않았다면, 이해할 수 없을 정도로 마마를 좋아하는 셈의 말을 듣지 않았을 겁니다."

타라는 귀가 번쩍 뜨였다. 레드 드래곤이? 불과 몇 시간 전에 처음 본 드래곤인데…… 왜 그랬을까?

"말고리셀란쉬부가 그날 당직이었는데 마지스터가 열쇠를 훔쳐서 지구소녀를 금지된 대륙으로 데려간 걸 알아채지 못해 자존심이 상했죠. 그래서 드래곤 팀에 자원했고, 마마에 대한 보고서를 작성했지요."

"그래서요?"

"말고리셀란쉬부는 마마의 강력한 마법 능력뿐만 아니라 친구들까지 합세하기 때문에 마마에게 대항하는 마법사들이 대가를 톡톡히 치를 거라고 주장했지요." 살루가 한숨을 내쉬었다. "그리고 우리가 마마를 속일 경우 백 퍼센트 실패할 뿐만 아니라 보복 조치로 장벽을 완전히 파괴할 것이라고 했지요. 특히 우리 때문에 마마의 친구 베티가 목숨을 잃을 경우에는 돌이킬 수 없는 사태가 벌어질 거라고 강조했습니다(아하! 레드 드래곤이 제대로 짚었군. 타라는 그 드래곤의 긴 이름을 줄여서 '말고리'라고 부르기로 했다). 심의회에서는 그의 보고서를 연구하면서 말고리셀란쉬부의 주장대로 위험할 확률이 높다는 결론을 내렸지요. 그때부터 마마가 장벽을 넘게 될 경우에는 열쇠를 내주고 베티를 구출해서 가능한 빨리 데리고 나오기로 결정하게 되었습니다."

“하지만 이제 그 임무는 변경되었습니다.” 타라가 단호하게 지적했다. “베티를 구출하고, 인간들을 해방시켜야 합니다. 드래곤들이 인간을 노예로 만들었다는 것이 아더월드에 알려질 경우 만인의 분노를 사게 되리라는 걸 설마 모르지는 않겠죠?”

“알지요.” 살루가 때맞춰 몰려든 사람들을 보면서 중얼거리듯 말했다. “하지만 마마가 최고 마구스 데미데루스에게 말했던 대로 이건 선택의 문제가 아니라 명예의 문제입니다. 그리고 우리 드래곤들 중에 장벽이 공개되기를 바라는 파에 속하는 셈나샤오비로다인트라쉬부에게는 여기서 일어난 일이 명예롭지 못한 것이지요.”

지금 이 말은 인간을 노예로 만든 것에 대한 이야기가 아니잖아! 맙소사, 드래곤들이 도대체 무슨 짓을 꾸미고 있는 거지?

목 주위에서 일어나는 경련을 느낀 타라는 자신도 모르게 목걸이를 잡아당기고 있었다는 걸 깨닫고 손을 뗐다.

타라는 살아 있는 지도를 살펴봤다. 베티가 있는 마지막 위치가 표시되어 있었다. 도시의 지형도를 보면서 타라는 살아 있는 지도가 어떻게 작동하기에 이런 놀라운 능력을 발휘하는지 궁금했다.

“이 도시는 다섯 개의 집촌을 이루고 있어요. 여기서 우측으로 가야 해요.”

그들은 다시 출발했고, 타라는 도시를 유심히 살폈다.

아더월드에서 보았던 대부분의 도시와는 달리, 드래곤들을 위해 설계된 도시가 분명했다. 건물들이 요란한 장식으로 위용을 자랑했고, 집들도 무슨 궁전처럼 거대한 몸집을 가진 파충류들을 위한 착륙장이 딸려 있었다. 널찍널찍한 거리에 자이언트 강철나무들의 녹음이 우거져 있는데 평소의 잿빛을 벗고 파랗고 노란색의 화려한 나무로 둔갑해 있었다.

빨간색, 초록색, 검은색, 흰색의 크고 작은 드래곤들이 점점 더 많이 눈에 띄었다. 살루처럼 목걸이를 건 드래곤도 있고, 목걸이가 없는 드래곤도 보였다. 드래곤들이 타라의 것처럼 빨간 목걸이를 건 노예들을 소처럼 부리고 있었다. 대부분 소년과 소녀였는데 상체는 다 드러내놓고 아랫도리만 가린 민망한 차림이었다.

꾸물거릴 때마다 노예를 사정없이 때리는 난폭한 드래곤도 있었다. 반항도 못하고 매를 맞는 인간들을 보면서 타라는 주먹을 불끈 쥐었다.

갑자기 노골적으로 킁킁, 냄새를 맡는 살루 때문에 타라가 깜짝 놀라서 걸음을 멈췄다. 그 순간 뭔가가 등을 떠미는 바람에 타라는 나가동그라질 뻔했다. 타라를 잽싸게 잡아주면서 홱 돌아선 살루가 속삭였다.

"가만히 있어요! 알아채지 못했는데 문제가 생겼습니다."

한 인간이 서 있었다. 열네 살? 어쨌든 열여섯 살은 넘지 않아 보이는 소년인데 상체를 드러내고 있어서 떡 벌어진 어깨가 눈길을 끌었다. 그런데 행동이 좀 이상했다. 소년이 고개를 꼿꼿이 쳐들고 좀 전의 살루처럼 냄새를 맡으면서 타라를 뚫어져라 쳐다보고 있었다.

"너는…… 냄새가 좋아." 소년이 입속에 사탕을 가득 물고 있는 것처럼 우물우물 말했다.

타라에게 바짝 다가선 소년이 눈을 감고 요란하게 숨을 들이마셨다. 타라는 가슴이 방망이질 치지만 살루가 손을 꽉 잡아주고 있어서 꼼짝하지 않았다. 소년이 고개를 숙이더니 갑자기 목에 얼굴을 들이대는 순간 타라는 어깨를 드러낸 옷을 입혀놓은 체인지라인이 야속했다.

"만약 뱀파이어가 나를 깨문 것이라면 둘 다 후회하게 될 거예요!"

"그러면 최악이죠. 우리의 목숨과 관계되는 일인데……." 질겁한 살루가 중얼거렸다. "가만히 내버려둬요."

그 순간 소년이 타라의 목에 대고 코를 비볐다. 살루의 주의에도 불구하고 타라는 손으로 떠밀었다. 그러나 소년은 힘이 장사인지 끄떡도 하지 않았다. 펄펄 끓는 주전자에 닿은 느낌이 들 정도로 소년의 얼굴이 뜨거웠다.

이윽고 소년이 타라의 목을 물어뜯기 시작했다. 도저히 참을 수가 없는 타라가 소리쳤다.

"살루, 얘를 멈추게 해요. 아니면 살려두지 않을 테니까!"

소년을 잡은 손가락 밑에서 비정상적으로 꿈틀거리는 근육을 느낀 타라가 질겁해서 손을 뺐다. 그러자 소년이 눈을 떴다. 동물의 눈 같은 금빛 눈을 뚫어지게 쳐다보던 타라는 소년이 왜 말을 그렇게 이상하게 하는지 이유를 알아차렸다.

소년의 입에 잔뜩 들어 있는 건 사탕이 아니라…… 이빨이었다.

입이 동물의 주둥이처럼 길어져 있고, 온몸이 털로 뒤덮이기 시작했다. 그러고는 타라를 응시하면서 맛있는 사탕 과자를 눈앞에 둔 것처럼 입맛을 다셨다.

"틸! 당장 멈춰!" 갑자기 누군가가 외쳤다.

한 부인이 사색이 된 얼굴로 뛰어왔다. 여자가 살루 앞에서 정중하게 허리를 숙였다. 이어서 소년의 목덜미를 움켜잡더니 몸부림을 치는데도 한 손으로 가볍게 들어올렸다. 소년의 힘 못지않은 대단한 힘이었다.

"제 아들을 용서하십시오, 나리. 아직은 감정을 억제할 줄 모르는 아이입니다. 순수한 인간의 냄새를 처음 맡아보고 너무 흥분해서 둔갑한 모양입니다. 나리, 제발 목숨만은 살려주십시오!"

여자가 여전히 한 손으로 소년을 내려놓더니 살루 앞에 무릎을 끓렸다.

공포에 질려서일까, 소년이 다시 인간으로 변했다. 주위에 몰려든 구경꾼들을 보면서 살루가 이마에 주름을 잡았다. 눈에 띄지 않으려고 했는데 다 틀렸군…….

"별일 없을 것이오."

어리둥절해서 웅성거리는 반응을 보면서 살루가 다시 말했다.

"지금은 너무 바빠서 처벌할 시간이 없소. 다시는 내 노예를 건드리지 못하게 당신이 직접 벌을 주시오."

여자가 안도의 숨을 내쉬었다.

"정말 고맙습니다, 나리. 그렇게 하겠습니다."

갑자기 나타난 갈퀴손톱으로 여자가 아들의 얼굴을 할퀴었는데 상처가 어찌나 깊은지 뼈가 드러나 보였다.

피가 줄줄 흘러내리자 소년이 울부짖으면서 땅바닥에 주저앉아 두 손으로 머리를 감쌌다. 질겁한 타라가 치료해주려고 다가서자 살루가 팔을 꽉 잡았다.

울부짖는 소리가 차츰 작아지다 그쳤다. 소년이 머리를 쳐들었을 때 타라는 눈을 믿을 수가 없었다. 살이 다시 돋아나고 있었다! 믿을 수 없는 속도로 피가 멈추고 광대뼈와 턱뼈에 살이 덮이더니 끔찍한 상처가 흔적도 없이 사라졌다.

모두 블랙 드래곤을 쳐다보면서 반응을 기다리고 있었다.

그때였다. 약간 떨어진 데서 누군가가 양철 쓰레기통을 쾅, 내리치는 것 같은 소리가 울렸다. 모두 소리가 나는 방향으로 일제히 고개를 돌렸다.

그 틈을 이용해서 살루가 타라의 팔을 잡고 무작정 눈에 보이는 길로 줄달음쳤다. 드래곤에 비하면 타라의 키가 삼분의 일도 안 되기 때문에 살루는 타라를 거의 안은 것이나 다름없는 자세로 구경꾼들의 시야에서 벗어날 때까지 내달렸다.

마침내 살루가 타라의 손을 놓아주고 벽에 기대더니 두 심장 중 하나에 발을 댔다. 타라는 그 모습을 지켜보면서 속으로 말했다. 드래곤은 심장이 둘이라는 게 확실하다니까. 이건 꼭 기억해 둬야 할 일이야!

"휴! 하마터면 끔찍한 함정에 빠질 뻔했습니다." 살루가 중얼거렸다.

"저게 뭐예요? 저 사람들이 누구죠? 인간인 거 맞아요?" 타라가 구토증을 억누르면서 물었다.

"늑대인간들!" 살루가 침울한 목소리로 대답했다. "이 도시에…… 느, 늑대로 바뀔 수 있다고 새, 생각하는…… 마, 망상에 사로잡혀 있는 자들이…… 우글거려서……."

저런, 충격이 컸는지 블랙 드래곤이 말까지 심하게 더듬었다.

늑대인간들이라니! 타라는 아더월드에 늑대인간이 존재한다는 걸 알고 있었지만 이 대륙에 와서 물릴 줄이야!

타라의 얼굴이 창백해졌다.

"아까 물렸단 말이에요!"

이러다 한 달에 한 번씩 털북숭이로 변하는 거 아냐?

"걱정하지 마요, 덩컨 양. 늑대로 바뀌어 있는 상태에서 물려야 감염이 되니까요. 그리고 피부를 가볍게 건드렸을 뿐입니다. 정말 제대로 물렸다면 지금 그렇게 말을 할 수가 없을 겁니다."

타라는 자신도 모르게 얼른 손으로 목을 만져봤다.

"아, 드래곤들이 두려워하는 이유를 이제 알겠네요." 타라가 거침없이 말했다.

"우리는 늑대인간을 두려워하지 않아요!" 살루가 반박했다.

그러고는 타라의 맑은 눈길과 마주치자 발뺌을 했다.

"솔직히 좋아하지는 않죠. 소년의 어머니가 혼내면서 어떻게 했는지 봤잖아요?"

"얼굴의 절반을 찢어버렸을 때요? 윽, 여긴 체벌의 개념이 아주 잔혹하군요."

"대검으로 머리를 베어서 다시는 재생할 수 없게 불태워버리지 않는 한 늑대인간들을 죽이는 것은 거의 불가능하지요. 정말 대단한 재생력이거든요. 그리고 놈들은 무리를 지어 사냥하는데 늑대인간 넷이 드래곤 하나를 죽일 수 있죠. 그러니 도시 전체가 감염되었다는 걸 알아차렸을 때 내가 얼마나 놀랐겠어요?"

살루의 눈빛이 심각했다.

"이건 엄청난 사건입니다. 베티를 구출하는 것보다 훨씬 중대한 문제입니다, 마마. (이번엔 또 '마마'야? 그냥 한 가지로 통일하지!) 그러니까 가능한 빨리 돌아가야 합니다. 서둘러서 심의회에 보고해야 하니까요!"

"베티를 포기하란 말이에요? 그 대단한 장벽이 있는데 대륙 안에서 일어나는 이 정도의 문제 때문에 그렇게 허둥지둥 서두를 필요가 있나요?" 타라가 날카롭게 지적했다. "우리의 임무는 내 친구를 찾아서 데리고 나가는 겁니다. 따라서 보고를 하든 뭘 하든, 당신이 하고 싶은 일은 그다음에 하시죠!"

자기 꾀에 자기가 빠진 꼴이 된 살루가 타라를 뚫어져라 쳐다봤다.

타라는 드래곤들이 가두고 있는 것은 늑대인간들이 아니라는 것을 이미 알아차리고 있었다. 놀라거나 두려워하는 살루의 반웅이 꾸며낸 것이라면 아카데미 시상식에서 연기 대상을 타고도 남을 것 같았다.

"서둘러야겠습니다, 마마! 아직 멀었습니까?"

"나한테 물어보지도 않고 무작정 내달렸으니까…… 길을 되돌아나간 다음에 약 200미터쯤 가면 될 거예요."

살루가 기대고 있던 벽에서 등을 뗐다.

"갑시다!"

"먼저 가시지요." 타라가 허리를 굽히면서 길을 내주었다. "나는 늑대인간의 먹이가 되고 싶은 마음이 전혀 없으니까 앞서 가시면서 점잖게 우리가 함께 있다는 걸 알려주는 것이 좋을 것 같군요!"

살루가 머리를 끄덕이고 나서 내달렸다.

그렇게 해서 몇 분 후 그들은 번화가에서 좀 떨어진 곳에 위치한 예쁜 집 앞에 이르렀는데 정원에 꽃이 만발해 있었다. 지나오면서 봤던 대부분의 집과 마찬가지로 궁전처럼 크지만 화려하지는 않았다. 광장 쪽으로 난 저택 정면에 보이는 건물 둘은 닫혀 있었다. 포도나무의 변종인 것 같은 파란 나무의 덩굴이 흰색 벽을 타고 기어 올라가고 있었다. 타라는 덩굴손이 도사리고 있다가 감히 허락도 없이 지나가는 비즈즈즈를 덥석 잡아먹는 마법의 나무라는 걸 알아차렸다. 벌레를 잡아먹는 포도나무…… 그럼 인간도 잡아먹는 건 아닐까? 타라는 적당히 거리를 두고 경계했다.

"내 지도가 정확하게 한 시간 전에 베티가 있다고 표시한 집이 여기예요. 베티가 노예로 이 집에 있는 것이 틀림없어요. 이 도시에서 목걸이를 걸지 않는 인간은 한 명도 없을 테니까요. 몇 주 동안이나 늑대인간들을 피해 숨어 있었는지 모르겠어요."

문득 끔찍한 생각이 타라의 뇌리를 스쳤다.

"맙소사, 베티가 감염되었다면?"

"불행한 일이지만 그랬다면 손을 쓸 수가 없지요." 살루가 말했다. "그 병에 대한 치료제는 존재하지 않으니까요. 소녀를 이 집에서 구해낼 수는 있지만 지구로 돌아갈 수는 없을 겁니다."

"내 잘못으로 겪는 고통 때문에 베티가 나를 증오한다고 해도, 평생 동안 나를 쳐다보지 않는다고 해도 나는 할 말이 없어요! 이제 어떻게 할까요? 여기서 나오기만 마냥 기다리고 있다가 데리고 갈까요? 말씀해보세요!"

"우리는 시간이 없어요. 소녀가 혼자 있을 경우는 데리고 나와서 우리가 보호하면 됩니다. 만약 주인이 있을 경우는 그자를 쥐도 새도 모르게 제압하면 됩니다. 집 안으로 들어갈 수만 있다면 베티를 데리고 도망치는 건 일도 아니지요."

타라의 대답을 기다리지도 않고 살루가 갈퀴발톱으로 초인종을 눌렀다.

"베티, 손님이 온 모양이구나." 안에서 나오는 변조한 것 같은 목소리를 들으면서 타라는 등골이 오싹했다.

문이 열리는 순간 타라는 너무 놀라서 딸꾹질이 나왔다. 눈앞에 전혀 모르는 소녀가 서 있었으니!

옆쪽에 트임이 있는 짧은 원피스 차림으로 창에 기대고 서 있는 소녀는 어찌나 말랐는지 통통한 몸매의 베티와는 거리가 멀었다. 무엇보다 충격적인 것은 얼굴이었다. 얼굴의 반은 멀쩡한데 나머지 반은 화상을 입어서 눈이 보이지도 않고…… 차마 보기 힘든 흉측한 얼굴이었다.

게다가 머리도 베티보다 훨씬 길었다. 베티는 여름에 너무 덥다면서 늘 머리를 짧게 잘랐는데…….

살루에게 베티가 아니라고 말하려고 돌아서려는 순간 타라는 소녀의 눈과 마주쳤다.

타라는 갑자기 입이 마르면서 신음 소리가 나왔다. 뚫어져라 쳐다보는 밤색 눈에 드러난 피로의 빛을 보면서 타라는 가슴이 철렁 내려앉았다. 코의 모양, 눈썹, 창에 기대고 있지만 귀여운 몸짓(베티는 뚱뚱하지만 몸짓이 아주 귀여웠다)……. 끔찍한 모습으로 변해 있지만 틀림없는 친구였다.

그 뒤에 있는 벽을 뚫고 드래곤이 불쑥 나타났다. 타라는 건물의 일부분이 일루전이기 때문에 집이 무너질 위험은 없다는 걸 알아차렸다. 도시를 지나오면서 여러 번 봤기 때문에 타라는 드래곤들이 벽을 뚫고 나오길 좋아한다는 걸 눈치채고 있었다. 그래서 타라는 전혀 놀라지 않았다.

드래곤은 타라가 이제껏 본 드래곤 중에서 제일 크다고 생각했던 살루보다도 훨씬 더 컸다. 샤름처럼 빨간색이지만 날개와 몸에 은빛 무늬가 있는 레드 드래곤이었다.

레드 드래곤이 살루를 발견하고 활짝 웃었다.

"안녕하세요." 레드 드래곤이 감미로운 목소리로 말했다. (타라는 수컷이 아니라 암컷이라는 것을 알았다) "무슨 일로 오셨는지요?"

"내 노예의 친구가 되어줄 만한 아이를 찾고 있습니다." 살루가 얼른 둘러대면서 레드 드래곤의 미모에 눈이 부신 듯 눈을 깜박였다. "보수 작업을 도와줄 수 있는 어린 인간이면 좋겠는데요. 당신의 노예를 나한테 팔면 안 되겠습니까?"

첫눈에 반했다는 건가? 살루의 표정을 보면 마치 청혼이라도 하는 것처럼 미래에 생길 자식을 상상하면서 꿈에 젖어 있는 것 같은 모습이었다. 활시위처럼 탱탱하게 긴장해 있는 레드 드래곤을 보면서 타라는 엉뚱한 의문이 들었다. 드래곤들도 결혼식을 하나?

레드 드래곤이 활짝 웃자 살루가 개처럼 길지도 않은 혀를 늘어뜨린 채 해롱거렸다.

"아무짝에도 쓸모없는 아이예요. 많이 먹고 일하는 건 싫어해서 복종하는 걸 가르치느라고 자주 벌을 줘야 하기 때문에 성가시기도 하고요."

타라는 치미는 분노를 삭이느라고 호흡을 가다듬었다. 레드 드래곤을 박살이라도 냈다가 우르르 몰려오는 늑대인간이며 드래곤들과 맞서고 싶은 생각이 없었다. 게다가 살루가 타협하려고 애쓰고 있지 않은가. 잠시 후 이 끔찍한 소굴에서 베티를 데리고 나가면 끝나는 건데.

죽이기 전에 드래곤의 살코기를 파는 것이 아더월드에서 허용되는 일인지 알고 왔더라면 좋았을걸.

"그건 문제될 것 없습니다." 살루가 발을 움켜잡으면서 말하자 레드 드래곤이 황홀한 듯 눈썹까지 파르르 떨면서 뿌리치지 않았다. "아이의 몸값으로 얼마를 드리면 되겠습니까?"

"오, 대단한 가치가 있는 아이도 아닌데요, 뭐." 레드 드래곤이 안심시켰다.

"얼마가 됐든 원하시는 대로 드리겠습니다."

살루가 뭐라고 지껄이는 거야? 이 도시에서 사용하는 화폐를 갖고 있지도 않으면서! 주인을 죽이고 베티를 데리고 도망치기로 해놓고서!

"이럴 경우에는 쉽게 합의에 도달하는 방법이 있긴 한데……."

레드 드래곤이 재미있어 미치겠다는 표정으로 아양을 떨었다.

"장벽의 열쇠를 원하는데 주시겠어요?"

살루가 대답하려는 순간, 등 뒤에서 갑자기 누군가가 주문을 읊는 소리에 모두 쓰러졌다. 마법의 광선을 발사할 겨를도 없이 목걸이가 발산하는 강력한 힘에 타라는 갈랑과 함께 마비되었다. 살루도 옴짝달싹 못한 채 공포에 질려 있었다. 머리 위에서 뭔가 반짝거리다가 갑자기 나타나는 낯익은 얼굴들을 보면서 타라는 깜짝 놀랐다. 쟤들이 무사히 들어왔구나! 칼과 파브리스, 무아노, 엘레아노라와 제레미는 공중 부양을 하고 있는 반면에 파프니르와 로빈은 타라가 위험해질 경우 언제든 뛰어들 기세로 서 있었다. 그 뒤로 네 손에 검을 하나씩 들고 있는 사람은…… 티그족? 그렇다면 칼이 크산디아르와 합류하는 데 성공한 것이었다. 그들도 모두 목걸이를 걸고 있지만 타라와는 달리 마법을 사용하는 데 아무 지장이 없는 모양이었다.

"놈들을 잡아라!" 레드 드래곤이 고함쳤다. "그러나 죽이지는 마라!"

매복해 있던 그레이 드래곤들이 돌진해오면서 한바탕 싸움이 벌어졌다. 크산디아르와 타라의 친구들은 드래곤들이 최대한 손

해배상을 많이 청구하기 위해서라도 자신들을 죽이지 않으리라는 점을 이용했다. 로빈이 릴란드릴의 활로 싸움을 주도했다. 정말 눈 깜짝할 사이였다. 비명 소리가 들리는가 싶더니 발, 목, 아가리에 화살이 꽂혔다.

파프니르도 도끼 두 개를 휘두르면서 그레이 드래곤들을 괴롭히고 있었다. 그레이 드래곤들은 난쟁이와 싸워본 적이 없는 것이 틀림없었다. 더구나 미친 듯이 펄펄 뛰면서 달려드는 빨간 머리 난쟁이를 상대한 적이 있을까.

"대장장이의 이름으로! 자, 덤벼, 덤벼라! 햄버그스테이크로 만들어줄 테니!"

그레이 드래곤 중 하나가 무심코 파프니르를 향해 발을 내밀어주기만 하면 '햄버그스테이크'라는 표현이 무슨 뜻인지 확실히 깨닫게 해줄 텐데. 현란한 손놀림으로 도끼를 돌리는 파프니르는 성난 믹서 같았다.

드래곤들은 마비시키는 마법으로 난쟁이를 제압했다. 그러나 마비가 된 상태에서도 파프니르는 아주 조심해서 다뤄야 할 다이너마이트 같았다.

그러나 불행히도 그레이 드래곤들의 마법은 타라의 친구들보다 훨씬 강했다. 어린 마법사들과 크산디아르가 최선을 다해 대응하고 있지만 열세에 놓인 것이 분명했다.

자신들을 향해 돌진하는 드래곤들을 보며 무아노는 공포와 아드레날린의 증가로 인해 자신의 몸이 변신하는 걸 억제할 수 없었다. 사실 무아노는 이 현상이 점점 더 자주 일어나는 것이 불안했다. 그래서 가능한 변신하지 않으려고 애를 썼지만 몸을 뚫고 나오려는 야수를 당해내지 못하고 있었다.

야수로 변신하는 능력을 히든카드로 남겨두고 싶은 무아노는 마법으로 싸우다가 드래곤들에게 힘없이 무너지는 친구들과 크산디아르를 보면서 어쩔 도리 없이 항복했다.

"브라보! 브라보!" 레드 드래곤은 부하 드래곤들이 침입자들을 제압했을 때 박수를 쳤다. "이렇게 하찮은 대륙에 손님이 무더기로 찾아오다니! 경비들! 이놈들의 목에서 웃기지도 않는 가짜를 벗기고 진짜 목걸이를 걸어주어라!"

아, 가짜 목걸이였구나! 타라는 이제 상황이 이해가 되었다.

그때까지 숨어 있던 늑대인간들이 뛰어 들어왔다. 머리끝에서 발끝까지 온통 빨간 제복 차림의 늑대인간들이 드래곤 형상의 검은 크리스털을 가슴에 달고 있었다. 저건…… 금지된 대륙의 장벽을 여는 열쇠 모양이잖아? 그걸 보는 순간 타라는 가슴이 오그라드는 것 같았다.

목걸이를 잡던 경비가 으악! 비명을 질렀다.

"무슨 일인가?" 레드 드래곤이 물었다.

그레이 드래곤 중 하나가 늑대인간을 살펴보면서 대수롭지 않게 말했다.

"화상을 입었습니다. 이방인들이 은을 사용해서 목걸이를 만들었습니다."

갑자기 불안한 기색이 역력해진 레드 드래곤이 그레이 드래곤에게 붙잡혀 있는 엘레아노라 앞에 가서 섰다.

"어린 인간아, 은을 사용해야 한다는 걸 어떻게 알았느냐? 늑대인간들에게 은을 사용해야 한다는 걸 어떻게 알았어?"

엘레아노라가 대답하지 않고 뚫어져라 쳐다봤다.

레드 드래곤이 비웃음을 흘렸다.

"아! 복종하지 않는 인간들은 지겹게 말을 안 듣는다는 걸 깜빡 잊었군."

느닷없이 날아오는 발길질에 뺨을 얻어맞은 엘레아노라가 뒷걸음쳤는데 얼굴에 피가 얼룩져 있었다. 레드 드래곤의 비늘이 곤두서 있는 것으로 보아 엄청 화가 난 모양이었다.

미친 듯이 몸부림을 치다가 드래곤 둘에게 붙잡혀 있는 칼과 달리 얼굴이 피투성이가 된 엘레아노라는 의연했다.

레드 드래곤이 붉은 혀로 송곳니를 핥았다.

"감히 내 권위에 도전하다니!" 레드 드래곤이 늑대인간 중 한 명에게 엘레아노라를 가리키면서 명했다. "팔을 뽑아버려!"

늑대인간이 다가서서 엘레아노라의 팔을 잡아당겼다.

이번에는 엘레아노라가 비명을 질렀다.

"멈춰요! 은을 사용한 이유를 내가 알려줄 테니까!"

모든 눈길이 방금 소리친 빨간 머리 난쟁이에게 고정되었다. 드래곤을 좋아하지 않는 파프니르가 도저히 참지 못하고 나선 것이다. 친구가 고문을 당하고 있는데 어떻게 가만히 구경만 하고 있단 말인가. 늑대인간이 레드 드래곤을 힐끔 쳐다봤다. 레드 드래곤이 머리를 끄덕였다. 늑대인간이 팔을 놓아주자 엘레아노라가 땅바닥에 쓰러졌다.

"가진 게 은과 금으로 만든 못밖에 없었어요. 금목걸이를 만들려고 했는데 금이 부족해서 은을 사용했을 뿐이에요. 우리는 당신의 털짐승에 대해 아무것도 몰라요."

레드 드래곤이 잠시 난쟁이를 유심히 살폈다. 눈싸움을 하듯 뚫어져라 쳐다보는 초록빛 눈이 설득력이 있었나?

"베티?" 레드 드래곤이 머리를 돌리면서 불렀다.

지구소녀가 즉시 주인의 발치에 무릎을 꿇었다.

"네, 여왕님." 베티가 눈을 내리깔고 대답했다.

또 시작인가? 타라를 곤경에 빠뜨리기 위해서 즉흥적으로 꾸며낸 저주가 틀림없었다. 보스나 여제, 여왕과 부딪치지 않고서는 아무것도 할 수 없단 말인가?

"우리가 손님을 어떻게 환영하는지 네 친구에게 보여줘라!"

"알겠습니다, 여왕님."

베티가 날렵하게 일어나더니 타라 앞에 와서 섰다. 타라는 목걸이의 힘을 시험해보면서 제압할 수 있기를 바랐다. 타라는 하나밖에 없는 친구의 눈을 응시하면서 메시지를 전하려고 애를 썼다. 그러나 베티는 알아채지 못했다.

"우리 대륙에 온 걸 환영해, 타라." 얼굴에 화상을 입은 베티가 차분하게 말했다.

이어서 베티가 창을 세우더니 타라의 머리를 가차 없이 내리쳤다. 엄청난 충격이었다. 친구에게 맞았다는 충격과 머리가 터지는 것 같은 극심한 통증 때문에 타라는 그대로 의식을 잃었다.

그리고 어둠 속에 잠겼다.

파브리스

고성능 기구를 사용할 때는
지상 200미터 위에서 작동하는 것이 더 낫다

*

처음에는 모든 것이 순조로웠다. 칼 일행은 타라가 드래곤들의 주의를 흩뜨리는 동안 장벽을 넘었다. 상황이 복잡해진 것은 타라를 태운 샤름과 엘프들을 태운 드래곤들이 갑자기 미친 듯이 내달리기 시작했을 때였다.

레비투스 Inc®는 엄청난 속도를 낼 수 없기 때문에 그들은 엘프들을 쫓아갈 수 없었다. 셈 선생님이 엘프들을 잘 살피라고 했는데…….

타라의 머리 위에 떠 있던 무아노가 재빨리 크리스털 볼(카메라 기능이 있었다)에 마지스터가 보낸 지도를 저장했기 때문에 다행히 드래곤들이 어디로 갈지 알고 있었다. 10분쯤 지났을 때였다. 레비투스 벨트에서 불길한 소리가 났기 때문에 칼이 착륙하기로 결정했다.

칼은 친구들에게 착륙하겠다고 알리면서(그들은 서로 보이지 않기 때문에 누가 어디 있는지 알 수 없었다) 카무플루스를 꿰뚫어볼 수 있는 특수안경을 챙겨오지 않은 것을 정말 아쉬워했다.

파브리스와 엘레아노라가 격렬하게 충돌한 뒤로 그들은 나무나 바위 같은 장애물이 있을 때는 서로에게 알려주었다. 유형화된 칼이 보이자 모두 따라 착륙했다.

"휴, 살 것 같다." 땅에 내려온 것이 기쁜 파프니르가 말했다. "드래곤들이 미친 거 아냐? 왜 저렇게 뛰는 거야?"

"모르지, 뭐." 칼이 대답했다. "어쨌든 계속 따라가자. 지금은 도망치기 바쁘니까 드래곤들이 타라에게 주문을 날리지 않을 거야. 그리고 살루도 페어플레이를 할 것 같아, 적어도 지금은. 해변에서도 절호의 기회가 있었는데 그냥 넘어갔잖아."

갑자기 무아노가 사방을 둘러봤다.

"파브리스는? 파브리스는 어디 있어?"

"어? 내 옆에 있었는데." 엘레아노라가 말했다. "생각해보니까 충돌한 뒤로는 파브리스의 소리가 들리지 않아서 좀 이상하긴 했어. 혹시 충돌했을 때 벨트가 망가진 거 아닐까?"

공포에 사로잡힌 무아노가 야수로 변하더니 이리저리 뛰어다니면서 킁킁 냄새를 맡았다. 그러나 예민한 후각으로 흙더미와 바위, 심지어는 나무와 수풀 속까지 샅샅이 뒤졌지만 아무런 흔적이 없는 것으로 보아 파브리스는 착륙하지 않은 것 같았다.

일행 모두 부근을 찾아다녔지만…… 땅으로 꺼졌나, 하늘로 솟았나, 파브리스는 어디에도 없었다.

파브리스는 드래곤들을 따라가면서 또다시 엘레아노라와 충돌하지 않으려고 조심하고 있었다. 부딪쳤을 때 얼마나 고통스러웠는지 그런 일은 두 번 다시 겪고 싶지 않았다. 내가 아니라 칼이었다면 꽤나 좋아했을 텐데…… 하고 생각하자 파브리스는 피식 웃음이 나왔다.

친구들이 들판 상공을 날고 있을 때 갑자기 부는 돌풍에 밀려서 파브리스가 무리에서 벗어났다. 레비투스 벨트가 깜박거리더니 예고도 없이 수십 미터 위로 몸이 쑥 올라갔다.

"어어, 이게 어떻게 된 거야……."

파브리스는 벨트에 이상이 있는 건지 생각할 겨를이 없었다.

친구들이 자신의 비명 소리를 들었으면 좋겠지만, 파브리스는 칼이 카무플루스 완장에 프로그램을 입력할 때 자신이 거절했던 것이 얼마나 큰 잘못이었는지 실감했다. 완장의 기능을 잘 알지도 못하면서 잘난 척만 하지 않았더라도 친구들이 비명 소리를 듣고 구해줬을 텐데.

엄청난 속도로 가까워지는 땅바닥을 보면서 이제 죽는구나, 하며 공포에 사로잡히는 순간 레비투스 벨트가 요요 놀이를 하듯 파브리스를 공중으로 내던졌다.

아더월드에서 지낸 시간이 많지 않아서일까, 파브리스는 마법을 사용해야겠다는 생각을 전혀 못하고 있었다. 아니, 더 정확하게 말하면 그럴 겨를이 없었다. 우선 머리가 거꾸로 된 상태라서 구토가 심했고, 벨트에서 나던 불길한 소리가 창고 같은 곳 바로 위에서 갑자기 멈췄기 때문이었다.

다행히 창고 위로 추락한 파브리스는 지붕을 뚫고 거대한 건초더미로 떨어졌다가 데굴데굴 바닥으로 굴렀고, 화들짝 놀란 것들이 요란법석을 떨면서 구름처럼 일어난 바람에 털이 사방으로 날렸다.

절반은 건초를 쌓아놓고, 절반은 스파슌 우리가 있는 헛간이라서 요란한 착륙 때문에 질겁한 스파슌들이 혼비백산했다.

땅바닥에 부딪히면서 카무플루스의 작동이 멈췄다는 걸 파브리스는 알아차리지 못했다.

파브리스의 첫 번째 반응은 어디 다친 데가 없는지 몸을 만져보는 것이었다. 놀랍게도 멍이 좀 들거나 가벼운 타박상을 입은 것 말고는 이상이 없었다. 레비투스 벨트가 충격을 완화시킨 것이 틀림없었다. 일어나는데 다리가 후들거렸다.

"제기랄! 그래도 운이 좋았네, 부러지진 않았으니까."

파브리스가 벨트를 째려봤다.

"빌어먹을 기구! 다음에 이걸 또 내가 사용하나 봐라! 근데 다른 애들은 괜찮아 보이는데 왜 나만 이런 일이 일어나는 거야!"

숨넘어가는 신음 소리에 소스라치게 놀란 파브리스가 배낭에서 후닥닥 바룬을 넣어둔 새장을 꺼냈다.

추락 때문에 바룬이 몹시 놀란 상태였지만 다행히 무사했다. 파브리스가 안도의 숨을 내쉬면서 배낭에 도로 집어넣었다.

절뚝거리면서 나가려고 하던 파브리스가 그대로 멈춰 섰다. 스파슌 우리의 창살문을 통해 밖이 내다보였다.

시끄러운 소리를 듣고 달려온 커다란 개가 문 앞에서 으르렁거리고 있었다. 파브리스는 뒷걸음쳤다.

"카무플루스 때문에 저 개가 나를 볼 수도, 내 냄새를 맡을 수도 없을 텐데…… 뭐가 잘못됐나? 이제 어떡할까, 바룬? 마비 주문을 걸거나 무슨 방법을 찾아야 하는데 타라가 마법을 도로 가져갔기 때문에 개를 옴짝달싹 못하게 할 수 있을지 자신이 없어."

패밀리어가 짜증스러운 감정을 전했다. 개가 아무리 커도 매머드보다 크겠어? 정상으로 되돌려주면 그까짓 개쯤이야 한 발로 으스러뜨릴 텐데…….

그 말에 웃음이 나오면서 파브리스는 긴장이 좀 풀렸다.

"그게…… 말이야. 파란 매머드가 마당에 나타나면 대번에 의심을 살 거야. 그러니까 너는 모습을 드러내지 않는 게 좋아."

밖을 내다보니 개가 엎드린 자세로 커다란 뼈다귀를 갉아 먹고 있었다. 하긴 건드릴 권한도 없는 스파슌보다 마음 놓고 먹을 수 있는 것에 신경을 쓰는 편이 더 낫겠지.

두툼한 뼈다귀에 앞발을 올려놓고 알뜰하게 살을 갉아 먹던 개가 이제 발을 핥고 있었다. 파브리스는 불안해졌다. 저건 식사를 끝냈다는 표시인데…… 그래도 제발 부탁인데 나한테는 관심 갖지 말아주라.

"문을 열어놓고 스파슌들을 풀어주면 어떻게 될까? 아마 저 녀석은 스파슌들을 쫓아가느라고 정신없을 거야. 그래, 그때 조용히 빠져나가면 되겠다."

파브리스가 문을 약간 열었다. 개가 귀를 쫑긋 세웠지만 일어나지는 않았다. 파브리스가 스파슌 우리를 향해 돌아서자 안쪽 구석에 몰려 있는 스파슌들이 경계를 하듯 쳐다봤다.

"얘들아. 나가서 개하고 신 나게 놀아봐."

파브리스가 팔을 마구 흔들면서 스파슌들을 향해 뛰어들었다.

질겁해서 튀어나간 스파슌들이 사방으로 흩어졌다. 파브리스도 뛰어나갔다.

파브리스는 그제야 확실히 깨달았다.

팔을 흔들었을 때 스파슌들이 겁을 먹었다는 것은 내가 보인다는 거잖아!

그리고 개도 나에게 눈길을 고정한 채 으르렁거렸어! 파브리스가 헛간으로 도로 뛰어들어가자 개가 쏜살같이 쫓아왔다.

"*레비투스의 이름으로* 내가 지체 없이 날아오르게 하라!" 파브리스가 주문을 읊었다.

떨어질 때 어쩌다 운 좋게 지붕 위로 내동댕이쳐졌다고…… 나갈 때까지 그런 행운을? 지붕에 난 구멍으로 빠져나가는 것은 불가능했다.

밑에서 개가 멍하니 쳐다보고 있는데 저 인간은 아주 별짓을 다하네, 하는 얼굴이었다. 개가 가볍게 건초 더미로 뛰어올랐지만 소년을 따라가기에는 천장이 너무 높았다.

소년이 놀아주러 내려올 생각이 없다는 걸 알아차린 개가 짖어대기 시작했는데 소리가 어찌나 큰지 온 동네 사람이 달려올 것 같았다.

파브리스가 들보를 움켜잡고 말했다.

"쉿! 쉿! 착하지, 개야, 착하지? 앉아!"

순순히 복종하는 개를 보면서 파브리스는 깜짝 놀랐다. 그러나 파브리스가 움직이기가 무섭게 개가 일어나서 다시 짖어댔다.

집주인이 귀가 먹었거나, 아니면 모두 밭에 나가서 집이 비었나? 그것도 아니면 이 집이 외딴 데에 있어서 개 짖는 소리를 못 듣는 것일 수도 있었다.

파브리스는 더 이상 꾸물거리고 있을 수 없었다. 가능한 빨리 빠져나가야 했다. 위를 쳐다보니 천창이 있었다. 거기까지만 날아오르면 창문을 열고 공중 부양으로 나갈 수 있으니 개와 맞닥뜨릴 필요가 없었다.

마법이 말썽을 부리기 전에 운에 맡기기로 하고 허공으로 한 발짝 내딛는 순간…… 파브리스는 곧장 밑에 있는 개 위로 떨어졌다.

파브리스나 개나 놀라기는 마찬가지였다. 파브리스가 천창에만 너무 정신을 집중했던 탓일까? 파브리스와 개가 건초 더미에서 데굴데굴 굴러 떨어졌다. 느닷없이 쳐들어와서 괴롭힌 침입자가 추락하는 것을 본 스파슌들이 이번에는 놀라기는커녕 쌤통이다! 하는 얼굴로 지켜보고 있었다.

파브리스에게는 행운이었지만, 밑에 깔린 개에게는 불행이었다. 떨어지는 파브리스와 충돌했을 때 폐 속의 공기가 빠지면서 개가 그만 까무러치고 말았으니…….

찰과상을 입은 파브리스는 일어나 헛간의 문을 향해 절뚝절뚝 걸어갔다.

문이 가까워질수록 점점 속도를 내기 시작한 파브리스가 밖으로 뛰쳐나갔다.

그 순간 으악! 하는 비명 소리와 함께 파브리스가 물컹한 것에 부딪히면서 세 번째로 넘어지고 말았다. 이번에는 위에서 떨어진 건 아니지만.

으악! 비명을 지른 주인공이 나타났다. 파브리스는 배를 움켜잡고 있는 칼을 보면서 안도의 숨을 내쉬었다.

"파브리스? 어떻게 된 거……."

"문 닫아!" 파브리스가 팔을 마구 흔들면서 소리쳤다. "빨리 문 닫아!"

칼은 헛간을 들여다보다가 거품을 물고 돌진하는 개를 봤고, 개가 덤벼드는 순간 아슬아슬하게 문을 쾅! 닫았다.

쿵! 깨갱! 이어서 침묵.

칼이 파브리스를 일으켰다.

"어떻게 된 거야?"

파브리스가 잠시 부르르 떨다가 내뱉었다.

"이 빌어먹을 레비투스 벨트가 고장 나서 떨어졌어! 지붕을 뚫고 떨어지다가 내가 버튼을 잘못 눌렀는지 카무플루스도 멈췄던 모양이야. 그걸 모르고 있다가 저 개한테 물어뜯길 뻔했다고!"

그렇게 말하고 나서 성난 파브리스가 절룩거리면서 앞으로 걸어갔다. 개 짖는 소리가 들리기에는 멀리, 아주 멀리 떨어진 데에 농가가 보였다.

"잠깐!" 칼이 외쳤다. "네 벨트 좀 보자! 고칠 수 있는지 보고 빨리 숨어야겠어. 저긴 스파슌을 가두는 곳인데 개가 저 안에 오래 있을지 모르겠거든. 개가 너한테 엄청 성질이 나 있는 것 같던데."

겁이 많은 파브리스가 얼른 벨트를 풀어서 내밀었다.

"이거 시장에서 파는 싸구려 아냐?"

칼이 주머니에서 드라이버를 꺼내서 버클을 풀었다.

"괜찮아? 물리진 않았어?"

"응, 그럴 시간이 없었어. 찰과상을 좀 입었고, 온몸이 아파."

"다행이다. 아, 내가 이럴 줄 알았다니까!" 칼이 기구를 구성하는 여러 가지 색깔의 선과 석영을 들여다보면서 중얼거렸다. "접속이 끊어져 있었어. 자, 이제 됐어."

칼이 버클을 채워주고 드라이버를 배낭에 집어넣은 다음 이번에는 파브리스의 완장을 살폈다.

"그럼 그렇지, 이제야 네가 하는 말이 안 들린 이유를 알겠어. 네가 버튼을 잘못 누른 거야. 카무플루스를 작동할 때는 이걸, 그 전에는 옆에 있는 이 버튼을 눌러야 해."

칼이 버튼을 누르자마자 친구들이 애타게 찾는 소리가 들렸다.

"나 괜찮아!" 파브리스가 대답했다. "칼을 만났어. 농가 근처에 있는데 금방 갈게."

친구들에게 그렇게 알리고 나서 파브리스가 칼에게 물었다.

"나를 어떻게 찾았어?"

"모두 흩어져서 너를 찾으러 다녔어. 지나온 길을 되돌아가면서 살피고 있는데 창고에서 스파슌이 난리법석을 치면서 뛰쳐나오잖아. 그래서 혹시 네가 있을지도 모른다는 생각이 들어서 와봤어."

"고마워!" 파브리스가 마지못해서 말했다. "이젠 이상 없는 거지?"

"응, 다 확인했고, 완장에 프로그램을 다시 입력해놨어. 이 검정 버튼을 누르면 카무플루스가 작동돼. 벨트도 마찬가지고. 선 두 개가 접속되지 않았기 때문에 엘레아노라와 충돌했던 거야."

파브리스가 조심스럽게 벨트를 시험해보고 나서 카무플루스를 작동했다. 아무 이상이 없는 것 같았다.

파브리스가 심호흡을 하면서 공중 부양할 준비를 하고 있을 때였다. 기뻐서 제정신이 아닌 야수가 갑자기 달려들어서 파브리스를 덥석 들어올렸다.

평소에 파브리스는 야수가 그러는 것을 끔찍하게 싫어했다. 그러나 눈물까지 글썽이며 기뻐서 어쩔 줄 모르는 미소(비록 송곳니를 드러내고 있지만 그것이 야수로서는 기뻐하는 표시니까)를 보는 순간 마음이 가라앉은 파브리스는 키가 3미터나 되는 털북숭이를 엉거주춤 안아주었다.

그제야 야수로 변신해 있다는 걸 알아차린 무아노가 얼른 인간의 모습으로 돌아와서 파브리스를 꼭 끌어안았다.

무아노를 뒤따라온 엘레아노라와 파프니르가 정말 눈뜨고는 못 봐주겠다는 얼굴로 동시에 하늘을 쳐다봤다.

"이제 가자!" 칼이 어떻게 된 일인지 궁금해하는 친구들을 보면서 말했다. "가면서 들어. 빨리 드래곤들을 찾아야지."

얼마 후, 그들은 타라 일행을 발견했다. 도시의 드래곤이 동족을 잡아먹는 끔찍한 살육 현장을 떠나면서 타라가 샤름에게 따지듯 질문하고 있을 때였다. 칼 일행은 아연실색했다. 뭐……? 염소 떼를 지키던 드래곤이 어떻게 됐다고? 그럼 식인종처럼…… 드래곤이 동족을 잡아먹는단 말이야?

마침내 드래곤들이 멈춰 섰다. 칼은 살루가 도시의 방어 체계에 대해 하는 말을 듣고 불안했다.

"가자!" 칼이 친구들에게 말했다. "다른 문을 찾아봐야겠어. 드래곤과 엘프들에게 발각되면 안 되는데 이제는 카무플루스를 사용할 수 없게 됐으니. 살루의 말대로 성벽에 레벨루스 주문이 걸려 있다면 문턱을 넘는 순간 들통이 날 거야. 공중 부양도 마찬가지고."

"그럼 파프니르와 나는 문제가 될 거야." 로빈이 말했다. "엘프나 하프엘프도 없고, 난쟁이도 안 보여."

파프니르가 근육질의 팔을 가슴에 대고 교차시켰다.

"그렇다고 돌아갈 수는 없어! 칼, 엘레아노라! 너희는 면허 받은 도둑이잖아. 그러니까 방법을 찾아봐, 빨리!"

"데텍투스 주문이 걸려 있으면 안 되는데……." 칼이 생각에 잠겨 있다가 말했다.

"안 되지." 엘레아노라가 고개를 끄덕였다. "데텍투스 주문이 걸려 있다면 가능성이 전혀 없어."

"하지만 레벨루스라면……."

"그럼 두 개가 있으면 되네. 한 개를 먼저 사용하고, 그다음에 또 한 개를 사용하면……."

칼과 엘레아노라가 동시에 미소를 지었다.

"무슨 말이 그래? 너희 둘만 아는 말로 하면 어떡해? 우리도 알아듣게 말해야지." 무아노가 궁금한 얼굴로 말했다.

칼과 엘레아노라가 돌아보는데 회색 눈빛에 검은색 머리가 똑 같아서 꼭 남매 같았다.

"엘레아노라, 네가 설명해줘."

"우리는 걸어서 도시로 들어갈 거니까 카무플루스가 필요 없어. 우리의 것 두 개를 로빈과 파프니르에게 줄게. 데텍투스 주문이 걸려 있으면 대번에 발각될 거야. 그러나 레벨루스 주문이 걸려 있다면 좀 다르지. 문을 넘어설 때 첫 번째 카무플루스가 깨지는 느낌이 드는 순간 두 번째 카무플루스를 작동하고 잽싸게 뛰어. 그러면 무사히 통과할 수 있을 거야. 레벨루스 마법에 대해서는 내가 잘 아는데 에너지 소비가 많기 때문에 그 마력이 미치는 범위가 넓지 않거든. 내 생각에는 1미터를 넘지 못할 거야."

"잘못 생각한 거면?" 이제껏 거의 참견을 하지 않고 죽은 듯이 지켜보기만 하던 제레미가 물었다. 게다가 제레미는 엘레아노라를 잘 모르고 있었다.

엘레아노라가 소년을 차갑게 노려보면서 양쪽 허리에 찬 단도를 잡았다.

"아니, 난 잘못 생각하지 않아."

제레미가 입을 열려는 순간 무아노가 팔꿈치로 옆구리를 쳤다.

성문이 가까워지고 있을 때 칼과 엘레아노라가 동시에 멈췄다.

"잠깐, 문제가 생겼어!" 둘이 합창으로 외쳤다.

둘이 당황한 얼굴로 쳐다보다가 또다시 동시에 말했다.

"모두 목걸이를 걸고 있어!"

"너희 진짜 웃긴다. 동시에 말하는 거 연습이라도 했나 보지?"

파브리스가 놀렸다.

"돌발 상황이 발생했을 때 복창하는 것이 우리의 습관이거든." 칼이 점잖게 대답했다. "그러니까 우리가 동시에 지적하는 것은 당연한 거야."

"그렇다고 해도 같은 순간에 생각이 일치한다는 거 쉽지 않은 일인데 정말 인상적이다, 너희." 무아노가 미소를 지었다.

"그래 맞다." 엘프의 예리한 눈을 지닌 로빈이 보행자들을 살펴보면서 끼어들었다. "모두 빨간 목걸이를 하고 있어."

"우리도 똑같은 목걸이가 있어야 돼."

"어떡하지?" 파브리스가 걱정스런 얼굴로 말했다. "우리가 목걸이를 감쪽같이 만든다고 해도 우리가 지나가는 순간 레벨루스 때문에 보초 드래곤들이 알아차릴 거야."

"우리에게 필요한 걸 내가 갖고 있는 것 같은데……." 파프니르가 말했다.

난쟁이가 몸에 딱 붙는 타이츠 주머니에서 빨간 가죽 원피스를 꺼냈다. 마법을 싫어하면서도 난쟁이의 주머니는 마법복 주머니처럼 온갖 잡동사니를 넣어둘 수 있었다.

"설마 그 옷을 망가뜨리려는 건 아니지?" 무아노가 놀라서 물었다. "예쁜 옷인데!"

파프니르가 어깨를 으쓱했다.

"상관없어. 타라의 생일날 입었던 건데 그때 소스를 뒤집어썼잖아. 그래서 세탁소에 맡겼는데 자국이 그대로 있더라고. 혹시 방법이 있을까 해서 갖고 다녔는데 지금 빨간 가죽이 필요하니까 사용해야겠어."

무아노가 미처 말릴 사이도 없이 파프니르가 원피스의 가죽을 끈처럼 길게 싹둑싹둑 잘랐다.

로빈이 가죽 끈으로 목걸이의 골격을 만들자 파프니르가 은제 못을 꺼내서 박은 다음 은제 핀으로 고정해서 버클을 만들었다.

그렇게 해서 빨간 가죽 목걸이를 만들었는데 타라와 블랙 드래곤이 이미 도시 안으로 들어갔기 때문에 그들은 서둘러야 했다.

"파프니르, 로빈, 그럼 이따 보자." 모든 준비가 끝났을 때 칼이 말했다.

"정말 싫다 싫어!" 파프니르가 마지못해서 레비투스 벨트를 작동했다. "공중이 아니라 지상에서 하면 좋겠는데."

파프니르가 사라지자 로빈이 미소를 지었다.

"나는 날아다니는 것이 정말 좋은데."

그러고 나서 로빈이 패밀리어와 정신적으로 교감할 때 나타나는 특유의 눈빛으로 배낭을 열었다.

"괜찮아? 어지럽지 않지?" 로빈이 배낭 안을 들여다보면서 말했다. "그래, 알았어, 너무 오르락내리락하지 않도록 노력할게. 산소가 부족하지 않게 배낭을 좀 열어놓을 건데 소리 내면 안 돼, 알았지? 캑! 꺄악! 어떤 소리도! 오케이?"

소우르브는 파프니르와 마찬가지로 날아다니는 걸 질색하고 있었다. 재미있어 죽겠다는 듯 쳐다보는 칼의 눈빛을 본 로빈이 한숨을 내쉬면서 사라졌다.

보초 드래곤들은 그들을 거들떠보지도 않았다. 레벨루스 주문에 걸릴까 겁을 먹었지만 파프니르와 로빈도 무사히 통과했다.

엘레아노라는 아무 말도 하지 않고 제레미에게 승리의 미소를 보내면서 흥얼거렸다. "나~나나나~나나 나나나~!"

친구들의 머리 위에서 보이지 않는 상태로 전진하던 빨간 머리 난쟁이와 하프엘프도 도시에서 일어나는 어이없는 광경에 충격을 받았다. 드래곤들과 인간들이 다른 행성에서는 전혀 볼 수 없는 주종 관계를 보이고 있었다. 타라의 친구들도 타라와 마찬가지로 마지스터가 방법은 비열했지만 이곳의 끔찍한 상황을 고발한 것은 옳은 판단이었다는 생각이 들기 시작했다.

파프니르가 쓰레기통에 부딪히는 순간까지는 모든 것이 작전대로 진행되고 있었다.

이상한 도시와 주민들을 쳐다보는 데 정신이 팔려 있던 파프니르가 자신이 날고 있다는 걸 깜빡 잊고 움직일 때였다. 때마침 한 드래곤이 컨테이너에다 쓰레기를 비운 뒤에 집으로 보내기 위해 쓰레기통을 공중 부양으로 날려 보냈다.

그 순간 파프니르와 충돌한 쓰레기통이 빙그르르 돌다가 난쟁이를 집어삼켰다. 쓰레기통에 갇힌 난쟁이는 방향감각을 잃고 벽에 부딪히고 말았다.

주인은 발광한 토끼처럼 깡충깡충 뛰는 쓰레기통을 보면서 어안이 벙벙했다.

이성을 잃은 난쟁이가 고함을 질렀다.

"으으으윽, 살려줘!"

파프니르를 향해 급강하하던 로빈은 갑자기 하늘을 향해 날아오르는 쓰레기통을 아슬아슬하게 피했다. 전력 질주로 따라잡은 로빈이 현란한 공중회전을 하면서 난쟁이를 쓰레기통에서 빼내는 데 성공했다.

그제야 보이지 않는 무언가가 쓰레기통을 조종하고 있다는 걸 알아차린 주인이 경비에게 고함을 지르려고 입을 여는 순간이었다. 로빈은 그걸 막을 방법이 한 가지밖에 없었다.

로빈이 쓰레기통을 떨어뜨렸고, 이번에는 주인이 쓰레기통을 뒤집어썼다.

그 틈을 타서 도망친 로빈과 난쟁이가 부르는 소리를 듣고 친구들이 따라왔다.

로빈과 난쟁이가 숨을 헐떡이면서 멈췄을 때 무아노가 말했다.

"맙소사! 얼마나 놀랐는지 몰라. 괜찮아, 파프니르?"

"음냐, 음냐, 음냐냐……." 허공 속에서 잠꼬대 같은 소리가 들렸다.

"뭐라고?"

"멍청한 드래곤! 예고도 없이 쓰레기통을 공중 부양시키다니! 그건 정말 금지시켜야 해!"

"휴!" 칼이 한숨을 내쉬었다. "이제 이 도시의 주민들에게 우리가 왔다는 걸 알렸으니 타라를 찾을 수 있을지 모르겠다."

칼의 지적에 침묵이 흘렀다.

칼, 엘레아노라, 무아노, 파브리스, 제레미는 베티가 있을 것으로 추정되는 집 부근에서 카무플루스를 작동했다.

작은 광장 상공을 날던 그들은 초인종을 누르는 블랙 드래곤을 발견했다.

레드 드래곤 주위를 맴도는 살루를 보면서 로빈이 외쳤다.

"뭐 하는 거지?"

"너랑 타라하고 똑같네, 뭐." 칼이 놀렸다. "환심을 사려는 거잖아."

“난 저러지는 않았어!” 로빈이 볼멘소리로 말했다. “게다가 나는 타라를 포기한다고 공개적으로 선언했잖아!”

“내 눈을 속이려고? 내 눈에 네가 정말로 타라를 포기한 걸로 보이는 줄 알아? 흥!”

칼의 말에 놀란 로빈은 자신의 입에서 신음 소리가 새어 나갔다는 걸 깨닫지 못하고 있었다. 그러나 상황을 알아차렸을 때 로빈의 입에서 튀어나온 소리는 활의 정령 릴란드릴에게서 전달받은 욕설이었다.

갑자기 그레이 드래곤들과 병사들이 작은 광장을 가득 메우고 있었고…… 그들의 카무플루스도 정지되었으니!

미친 여왕

수적으로 열세일 때는
성질을 돋우지 말아야 하는데……

*

의식이 돌아오면서 고통이 엄습했다. 너무 고통스러웠다. 망치로 때리는 것처럼 머릿속이 쿵쿵 울리고 있었다. 내가 어디에 있는 거지? 이 통증이 과연 가라앉고 완전히 사라지긴 할까?

타라가 살며시 눈을 떠봤다.

좋은 소식, 살아 있구나.

나쁜 소식, 감방에 갇혀 있네, 또!

이 행성에서는 사람을 감금하는 게 취미군! 타라는 아더월드의 감옥 가이드북이라도 쓸 수 있을 것 같았다. '감방의 등급은 별 하나에서 별 셋까지 나뉘며, 습기가 차지 않는 아늑한 감방에서부터 최고 시설을 갖춘 감방까지 입맛대로 즐길 수 있습니다.'

일어서기로 한 것이 잘못된 생각일까? 감방이 빙글빙글 돌아서 타라는 도로 누웠다.

잘한다, 잘해! 일어나지도 못하면서 세상을 구하겠다고? 너무 자만했던 것이 아닐까?

아더월드의 장점은 마법으로 타박상이나 상처를 쉽게 치료할 수 있다는 것이다. 그런데 왜 굴착기가 뇌에 구멍을 뚫는 것처럼 머릿속이 쿵쾅쿵쾅 울리고 지끈지끈 쑤시는 걸까?

손에 말라붙은 피가 비늘처럼 벗겨졌다. 타라가 눈을 번쩍 떴다.

내가 얼마 동안이나 의식을 잃고 있었던 거지?

그래, 전반적인 상태 점검 시작.

첫째, 빨간 가죽 목걸이만 달랑 걸고 알몸 상태로 까끌까끌한 담요를 덮고 있다. 둘째, 체인지라인을 빼앗겼다. 최신 유행 의상, 구두, 액세서리 제조 공장 역할뿐만 아니라 일종의 무기, 아니 그보다는 미사일과 로켓포까지 고루 갖춘 무기고라고 해도 과언이 아닌데, 그런 체인지라인을 그냥 놔뒀을 리가 없지. 목덜미에서 통증이 느껴지는 것으로 보아 공생관계인 체인지라인을 거칠게 떼어 간 것이 틀림없었다.

셋째, 가장 심각한 상황. 갈랑과 살아있는 돌이 보이지 않고, 머릿속에서도 느껴지지 않는다. 타라는 한숨을 내쉬었다. 그럼 친구들과 패밀리어들은 어떻게 된 거지? 아니, 지금은 내 코가 석

자니까 우선 내 상태부터 확인해야 해.

타라는 천천히 다리 쪽으로 눈길을 옮겼다. 두통 못지않게 소변이 보고 싶어서 죽을 지경이라는 것은 그렇게 누워 있은 지가 적어도 이틀쯤 되었다는 신호인가?

화장실을 찾아가는 길은 길고 복잡했다. 타라는 여섯 번쯤 넘어질 뻔했고, 술에 취한 것처럼 걸음걸이가 비틀비틀했지만 화장실에 이르렀고, 물 뿌려주기를 좋아하는 물의 원소 덕분에 샤워를 하고 피범벅이 된 머리를 감을 수 있었다. 이어서 공기의 원소가 몸을 말려주었다. 치약과 칫솔도 있어서 타라는 일단 아주 개운하게 세수를 할 수 있었다.

드래곤의 포로가 되어 좋은 점은 거대한 파충류를 가두기 위해 만든 것이라서 열네댓 살 소녀에게는 감방이 아주 넓다는 점이었다. 타라가 조금만 더 날씬했으면 창살 사이로 빠져나올 수도 있을 것 같았다.

타라는 로마의 토가처럼 담요로 몸을 감싸고 머리가 흔들리지 않게 조심하면서 창살을 향해 걸어갔다.

다른 감방을 보면서 타라는 엘프 전사들도 갇혀 있음을 알아차렸다.

엘프 군단의 지휘관 발라는 한쪽 눈을 뜨고 있었기 때문에 금방 시선을 느끼고 재빠르게 무릎을 꿇었다. 발라도 목걸이를 걸고 있는데 역시 빨간색은 보랏빛과 별로 어울리지 않았다.

"깨어났네요, 마마. 많이 걱정했습니다."

그렇게 말하면서 발라가 가슴에 두 팔을 교차시키면서 분하다는 듯이 고백했다.

"당했습니다. 치열한 전투를 벌였지만 우리의 아까운 전사 셋을 잃었습니다. 드래곤 30에 인간으로 보이는 전사 200, 적의 수가 압도적으로 많아서 수적 열세를 극복하지 못했습니다. 모든 책임은 저에게 있으니 제구루드릴을 허락해주십시오."

"제구루드릴이요? 의례적인 자살을 말하는 건가요? 제정신 아니죠? 티그족 크산디아르도 지난해에 똑같은 말로 나를 놀라게 하더니! 무슨 일을 실패할 때마다 자살하면 엘프 종족이 남아 있을까 걱정이네요. 발라, 어떻게 된 건지 설명해주세요."

발라가 입을 열려는 순간 타라는 엘프가 한두 시간 정도 무훈시(무용담을 노래하는 시―옮긴이)를 읊을 것 같은 예감이 들었다.

"짤막하게 부탁합니다."

엘프가 입을 도로 다물면서 떨떠름한 표정을 지었다.

"우리가 어리석었습니다. 우리가 침투한 지 30분도 되지 않아서 그레이 드래곤들과 맹목적으로 복종하는 늑대인간들이 달려들었어요. 마마는 이 도시에 늑대인간들이 우글거린다는 걸 아셨습니까?"

"네, 알아차렸어요." 타라가 두려움을 억누르면서 대답했다.

"놈들은 우리가 어디 있는지, 몇 명인지 정확하게 알고 있었습니다. 내 부하들은 놈들을 많이 죽이고 장렬하게 전사했습니다. 일단 항복하는 것으로 물러섰다가 기회를 엿봐야 했는데 어리석은 짓을 했습니다."

타라가 놀란 얼굴로 쳐다봤다.

"네? 전투는 엘프들이 살아가는 이유인 걸로 알고 있는데요."

"네, 싸우는 걸 좋아하지요. 그러나 우리는 맹목적이지 않습니다. 전략을 짜고, 그물을 쳐서 적을 포위하고 숨통을 조인 다음 우리가 파놓은 함정에 빠졌다는 걸 적들이 깨달아야 진정 통쾌한 승리가 됩니다. 그런데 그저께의 전투는 우리의 참패였습니다."

엘프가 심호흡을 하고 나서 덧붙였다.

"그 빌어먹을 놈들이 어떻게 우리의 위치를 포착했는지 정말 알 수가 없습니다."

그저께? 이틀쯤 됐을 것 같던 직감이 틀리지 않았어. 타라는 소름이 끼쳤다.

"네? 그저께라고요? 그럼 열쇠는? 장벽은 어떻게 됐……."

"열쇠에 대해서는 걱정하지 않아도 돼. 우리가 필요한 조치를 취했으니까. 깨어난 걸 보니 기쁘구나. 몇 시간 더 기다려봤다가 레파루스로 깨우려고 했더니. 어쨌든 포로들이 나에게 대항하면 어떻게 되는지 깨닫게 해주는 것이 나는 좋아."

타라가 감미로운 목소리를 향해 고개를 돌렸다. 물론 레드 드래곤이었다. 넓은 복도의 어둠 속에 그림자처럼 베티가 꼼짝 않고 서 있지만, 타라는 알아차리지 못하고 있었다. 엘프의 뛰어난 시력을 지닌 발라도 너무 긴장한 탓인지 알아채지 못하고 감방 안쪽으로 조용히 뒷걸음쳤다.

레드 드래곤이 미소를 지었다. 이유는 알 수 없지만 타라는 레드 드래곤의 미소가 마지스터의 고함 소리보다 훨씬 더 섬뜩하게 느껴졌다.

"네 친구들을 데리고 접견실로 가야겠다. 이야기는 거기서 나누자."

레드 드래곤이 버튼을 누르자 감방의 문 몇 개가 스르르 열렸다. 레드 드래곤은 바이올렛 엘프들을 풀어주지 않았다.

로빈, 제레미, 파프니르, 엘레아노라, 칼, 파브리스, 크산디아르에 이어 무아노가 경계를 하면서 나왔다. 무아노가 타라에게 달려와서 숨이 막히도록 꼭 끌어안았다.

"창으로 네 머리를 내리치는 소리를 듣고……" 무아노가 베티를 노려보면서 말했다. "뇌진탕이라는 걸 알았지만 저들이 너를 치료하지 못하게 했어."

"마법을 사용했다면," 베티가 쏘아붙였다. "목걸이 때문에 너희는 이렇게 살아 있지 못했을 거야. 여왕님의 허락 없이는 마법을 사용할 수 없어."

붉은 여왕이 고개를 끄덕이다가 갑자기 따귀를 갈겼는데 어찌나 거친지 베티가 나가동그라지면서 벽에 부딪혔다. 파브리스가 달려가서 일으켜주려고 했지만 베티가 뿌리치면서 혼자 일어났다.

"너에게 그런 걸 알려주라고 허락한 적 없다." 붉은 여왕이 언제 폭력을 행사했느냐는 듯 다정한 어조로 말했다. "목걸이의 효력 때문에 괴로워하는 꼴을 보고 싶었는데. 이틀이나 참고 기다려온 기쁨을 한순간에 날려버리다니! 또다시 쓸데없이 입을 놀렸다간 이빨로 네 머리를 물어뜯어 줄 테다, 알았니?"

베티가 입에서 흐르는 피를 닦으면서 허리를 굽혔다.

"알겠습니다, 여왕님. 친절하게 알려주셔서 고맙습니다."

거친 말을 어쩌면 저렇게 다정한 어조로 할 수 있지? 어이없어하는 타라의 눈초리를 보면서 붉은 여왕이 말했다.

"나는 실수를 용서해주는 일이 거의 없지." 붉은 여왕이 설명했다. "따라서 내가 자기를 죽이고 다른 노예를 하녀로 들이는 대신 경고 정도로 그친 것에 대해 베티가 고마워하는 것은 당연하지."

뭐? 베티가 이 정신병자의 하녀라고? 베티가 어떻게 이 지경까지 되었을까?

좋아! 일단 친구를 구한 다음에 물어보자.

마법을 사용할 수 없다면 너무 위험한데…… 타라는 선택의 여지가 없었다.

"베티는 독에 감염되어 있어요." 타라가 말했다. "그래서 내가 구하러 온 거예요. 내 피 속에 해독제가 있으니까요. 빨리 수혈하지 않으면 베티는 죽을 겁니다."

붉은 여왕이 유심히 살폈다.

"흠, 나에게 베티를 선물로 주었던 자가 어쩐지 조심하는 것 같더니……. 손을 내밀어라, 베티."

새파랗게 질린 베티가 손을 내밀었다. 붉은 여왕이 갈퀴발톱으로 베티의 손바닥을 할퀴자 피가 흘렀다. 고통에도 불구하고 베티는 꼿꼿한 자세로 꿈쩍도 하지 않았다.

붉은 여왕이 몸을 숙이고 피 냄새를 맡고 나서 두 갈래로 갈라진 혀로 피를 핥더니 탁 뱉어냈다.

"하르퓌아의 독이잖아!"

타라의 얼굴이 일그러졌다. 마지스터가 하르퓌아의 독을 사용했을지도 모른다고 짐작은 했지만…… 휴! 사실이었구나. 하르퓌아에게 물려서 죽어가고 있을 때 칼이 마지스터가 갖고 있는 해독제를 훔쳐서 타라에게 먹였었다. 그 뒤로 로빈과 브주아 지롱백작, 타라는 하르퓌아의 독에 감염되고도 살아남은 이들로 이뤄진 클럽을 결성했고, 그들의 피를 해독제로 사용하고 있었다.

“이런, 빌어먹을!” 붉은 여왕이 으르렁거렸다. “좋다! 나는 새 하녀를 들이고 싶은 마음이 전혀 없어. 둘 다 팔을 내밀어!”

타라와 베티가 복종했다. 붉은 여왕이 주문을 읊자 타라의 피가 베티의 혈관을 타고 들어갔다. 마법의 피가 몸속으로 들어오는 순간 베티가 눈살을 찌푸렸다.

아직 기력을 회복하지 못한 타라가 갑자기 현기증을 느끼며 비틀거렸다.

로빈이 재빠르게 타라를 부축했다. 로빈이 멋진 크리스털 눈으로 타라를 뚫어져라 쳐다봤다.

“괜찮아?” 로빈이 다정하게 물었다.

“괜찮아지겠지.” 정말 위로를 받고 싶었던 타라는 로빈의 든든한 어깨(와! 완전 근육질이네! 오무아에서는 알아채지 못했는데)에 의지하면서 행복을 느꼈다.

타라가 로빈에게 미소를 지어 보였다.

로빈도 미소를 지었다.

그리고 타라는 다시 정신을 잃었다.

의식이 돌아왔는데…… 이번에는 타라가 감방에 갇혀 있지 않

았다. 타라는 어깨와 등이 푹신한 걸 느꼈다. 눈을 뜨자 많은 얼굴이 걱정스럽게 지켜보고 있었다.

"와!" 칼이 꾸며낸 듯 어색한 어조로 외쳤다. "로빈이 너에게 이런 효과를 줄지 정말 몰랐다! 나는 쳐다보는 것만으로 여자를 기절시킨 적이 없는데. 여자들은 미꾸라지처럼 달아나는 경향이 있잖아."

기력이 없는 타라가 엷은 미소를 지었다. 갑자기 커다란 그림자가 드리워지더니 붉은 여왕이 몸을 숙였다.

"걸핏하면 기절하는 너희 인간들의 버릇에 이젠 진저리가 난다. 이렇게 허약한 인간이 어떻게 림보의 악마들을 물리칠 수 있었을까? 도무지 이해할 수가 없어."

타라는 붉은 여왕이 놀랄 만한 이유가 있다는 걸 보여주기로 작정을 했다.

타라는 자신의 몸 안에 있는 물을 붉은 여왕의 비늘 덮인 발 위로 다 토해내는 괴력을 발휘했다. 그러고는 흡족한 얼굴로 다시 기절했다.

세 번째 깨어났을 때는 상황이 달라져 있었다. 붉은 여왕이 마

침내 부상당한 인간은 이용할 가치가 없다고 생각했는지 레파루스 주문으로 타라를 치료했다. 타라는 충분히 기력을 되찾았음을 느꼈다.

주위엔 여전히 사람이 많았지만, 그중에서 낙담한 것 같은 크산디아르를 제외한 친구들이 역시 넌 기대를 저버리지 않았어, 하고 말하듯 웃음기 가득한 눈으로 쳐다보는 반면에 베티와 붉은 여왕의 병사들은 공포에 질려 있는 것 같았다.

타라는 빨간 벨벳을 씌운 긴 의자에 누워 있었는데 비행기, 아니 드래곤 착륙용 활주로로 사용할 수 있을 만큼 방이 넓었다. 붉은 여왕의 위업을 찬양하는 태피스트리가 사방에 걸려 있었다. 타라는 자세히 살펴보다가 후회했다. 웩! 여왕은 살아서 꿈틀거리는 창자나 뇌, 다양한 손이나 발…… 같은 걸 뽑아버리기를 특히 좋아하는 것 같았다.

게다가 붉은 여왕의 문장을 발견했을 때는 등골이 쭈뼛 섰다. 빨간 바탕에 죽은 드래곤의 머리와 대퇴골들을 교차시킨 문양, 너무 끔찍하지 않은가.

"바닥을 더럽히는 짓은 이제 끝난 거겠지?" 붉은 여왕이 역겨울 정도로 감미로운 목소리로 말했다.

그렇게 원한다면 한 번 더 토해줄 수도 있고! 하는 투로 타라가 입을 벌리려는 순간 베티가 강제로 일으켜서 등을 떠밀었다.

타라가 항의하려고 하자 베티가 속삭였다.

"말대꾸하지 마. 여왕님은 식은 죽 먹듯 다 죽일 수 있어. 여왕님은 네가 필요하지만 네 일행이나 나는 아니란 말이야. 그러니까 입 다물고 얌전히 굴어. 아니면 당하는 건 우리니까."

베티는 절대로 이런 식으로 말하지 않는데……. 게다가 납치된 적도, 정신병자 드래곤의 노예가 된 적도 없는 것처럼 행동하고 있었다. 타라는 베티의 말대로 잠자코 있기로 했다. 칼이 입을 열려는 순간, 인간의 모습으로 돌아와 있지만 야수의 뛰어난 청각을 유지하고 있던 무아노가 팔꿈치로 옆구리를 치는 것으로 모두를 죽음으로 몰아넣을지도 모를 농담을 막았다. 무아노는 자꾸 상처 자국을 긁는 베티를 보았다. 버릇인가?

타라가 앞으로 걸어갔다. 거대한 몸에 금빛 실크를 걸친 여왕이 옥좌에 앉아 거드름을 피우면서 승리를 만끽하고 있었다. 살루, 셈, 샤름, 레드 드래곤 말고리, 쌍둥이 그린 드래곤 산트라와 샨비까지 모두 붉은 여왕 앞에 집결해 있는데 묵직한 사슬에 묶여 있고 목걸이도 걸고 있었다. 살루를 제외하고 모두 상처투성이인 걸 보면 저항했던 것이 틀림없었다.

붉은 여왕이 비늘 덮인 주머니에서 크리스털 열쇠를 꺼내자 살루가 소스라쳤다. 붉은 여왕이 그 반응을 보면서 비아냥거렸다.

"오, 실망스럽게도 이건 여덟 시간이 지나면 저절로 파괴되는 것이 아니다! 꼭 그렇게 될지는 아무도 모르지만. 쯧! 쯧! 쯧!"

여왕의 비웃음을 느낀 살루가 송곳니를 어찌나 꽉 깨물었는지 이빨 갈리는 소리가 났다.

"어떻게 그럴 수가?"

붉은 여왕이 눈을 반짝이면서 일어났다.

"우리를 아주 싫어하는 한 인간 덕분이다. 그 인간은 우리가 이 행성을 떠나서 드래곤들의 행성 드란보우글리스펜쉬르로 돌아가길 바라고 있지. 우리끼리니까 하는 말인데 나도 그러고 싶은 마음 간절하고. 그건 그렇고, 그 인간은 드란보우글리스펜쉬르에서 열쇠를 훔쳐 어린 인간을 이 땅에 가둬놓고 오무아의 후계자가 구하러 오게 만들었지. 나는 그때 열쇠를 빼앗을 수도 있었지만, 내 수하의 기술자들이 그 열쇠는 짧은 시간 내에 폭발하게 맞춰놓은 것이라고 알려주었다. 공간이동의 문 덕분에 드래곤들이 드란보우글리스펜쉬르에서 이 대륙으로 오는 데 20분밖에 걸리지 않기 때문이라면서(이 말을 하는 목소리에 독기 같은 것이 서려 있었다). 그 열쇠는 두 시간 후에 저절로 파괴되도록 시간이 맞춰져 있었다. 두 시간으로는 내가 군대를 출동시킬 수가 없기 때문에 준비가 되어 있지 않았지. 그래서 나는 좀 더 기다리기로 했던 것이다. 당신들이 지구소녀의 위치를 파악해서 여기서 데리고 나가려면 최소한 여덟 시간이 걸려야 하지만 나의 기술자들이 다섯 시간으로 다시 맞춰놨지. 따라서 나는 때가 되면 언제든 장벽을 열 수 있다."

살루가 몸을 떨었다.

"어떻게 할 생각이오?"

"해마다 당신들은 우리에게 약품, 기술, 생존에 필요한 도구를 가져와서 우리의 알과 교환했고(타라가 알아차렸다. 아하! 해마다 치른다는 의식이라는 게 이거구나), 나는 당신들이 데려온 본국의 드래곤들을 통해 아더월드에서 무슨 일이 일어나고 있는지 소식을 알고 있다."

살루가 두 갈래로 갈라진 혀로 주둥이를 핥았는데 그 행동은 엄청나게 긴장하고 있다는 표시였다.

"예를 들어서 여섯 달 후에 드란보우글리스펜쉬르에서 드래곤 선거회의가 열린다는 것도 우리는 알고 있다. 그 기간에는 세계의 모든 드래곤이 그 의식에 참여할 것이기 때문에 아더월드에는 드래곤이 전혀 없게 된다는 것도 알고 있다. 물론 우리만 제외하고."

붉은 여왕이 살루를 향해 몸을 숙이면서 덧붙였다.

"이제 당신들은 그 선거회의에 우리를 초대하지 않았던 걸 후회하게 될 것이다!"

살루가 어찌나 크게 침을 꼴깍 삼키는지 거의 비명 소리처럼 들렸다.

"그래서…… 아더월드를 침략하겠다는 겁니까?"

"브라보!" 여왕이 박수를 쳤다. "역시 대단한 추리력! 정확하게 맞혔군. 500년 전부터 우리는 이 대륙에 있는 모든 인간을 감염시켜서 가공할 늑대인간 군단으로 만들었다. 늑대인간들은 나에게 무조건 복종하지. 아직은 정복해야 할 지역이 남아 있어서 준비가 좀 덜 되긴 했지만 이 대륙을 지배하는 힘은 나날이 커지고 있다. 당신이 우리를 해방시켜줄 열쇠를 가져왔으니 이제 작전을 시작해야겠어." 이어서 붉은 여왕이 목소리를 높였다. "타라?"

타라가 깜짝 놀라서 앞으로 나아갔다.

"네, 마마!" 타라가 정중하게 말했다.

"아하! 예의가 바른 아이로구나. 아주 좋아. 너는 더 오래 살아남을 수 있겠어. 그런 점에서 자세히 알려주겠다. 네 목에 그 목걸이를 걸어놓은 것은 너의 마법을 억제하기 위해서야. 너에 대한 보고서에 따르면 조심하라고 되어 있더군. 목걸이를 걸었을 때 윙윙거리는 소리를 들었을 텐데?"

타라는 귀가 번쩍 뜨였다. 붉은 여왕의 말을 들으니까 윙윙거리는 소리가 더 명확하게 느껴졌다. 게다가 보고서라고? 무슨 보고서? 누가 보냈다는 거지?

타라는 거북해서 어찌할 바를 모르는 말고리의 모습을 눈여겨보고 있었다. 열쇠가 사라진 날 당번이었다고 했지? 그래서 이 일에 자원했다고 했는데……. 그리고 여왕과 같은 빨간색 비늘이 잖아.

타라의 머릿속이 빠르게 회전하고 있다는 걸 눈치채지 못한 여왕이 말을 이었다.

"너를 위해 특수 제작한 것이라서 목걸이를 걸고 있는 한 마법을 사용할 수 없지. 마법을 사용하려고 하면 머리통이 뽑히는 느낌이 들 거다. 어떻게 되는지 알고 싶으면 한번 해보든가!"

"잘 알겠습니다, 마마." 타라가 침착하게 대답했다.

정상적인 상태였다면 당연히 함정이라는 걸 느꼈을 텐데……. 그래서 광장에서 알아채지 못한 거였어! 그래서 살아있는 돌도 갈랑도 느끼지 못한 거였고! 감쪽같이 속았구나!

"목걸이를 풀었을 경우 무슨 일이 일어나는지 보여주겠다. 너, 그리고 너!" 붉은 여왕이 손가락으로 가리키자 지목받은 늑대인간 병사 둘이 파랗게 질렸다. "이리 나와!"

늑대인간 둘이 붉은 여왕 앞에 무릎을 꿇었다.

"일어나라. 그리고 너는 네 동료의 목걸이를 풀어라."

그 순간 베티가 말했다.

"그러면 둘 다 죽을 겁니다."

"그래 네 말이 맞아, 베티. 그러니까 베티 네가 누구를 죽일지 선택해라."

"잘 알아들었습니다!" 타라가 얼른 앞으로 나갔다. "목걸이를 풀면 퀙 하고 죽는다는 거잖아요! 아무 짓도 안 할 테니 걱정하지 마십시오."

붉은 여왕은 타라를 쳐다보지도 않았다.

"베티?"

"너!" 베티가 굳은 얼굴로 둘 중 한 늑대인간을 가리켰다. "여왕님에게 복종하고 네 목걸이를 풀어!"

"안 돼요!" 타라가 외쳤다. "내가 알아들었으니까 그럴 필요 없잖아요!"

타라가 여왕에게 다가가려고 했지만 베티의 손짓에 따라 병사 둘이 타라를 강제로 잡아끌었다.

사형선고를 받은 늑대인간 1이 붉은 여왕을 향해 증오의 눈길을 던졌다.

동료 늑대인간 2가 늑대인간 1을 짧게 포옹하고 무슨 말인가 속삭이더니 아주 멀리 뒷걸음쳤다. 잠시 후 늑대인간 1이 목걸이를 푸는 순간 폭음이 울리면서 머리가 폭발했다. 죽음 같은 정적 속에서 시신의 일부가 후드득 떨어졌다. 타라는 늑대인간 2가 왜 그렇게 멀리 뒷걸음쳤는지 이해할 수 있었다. 동료 가까이 있었다면 그 역시 함께 폭발하는 거였어! 여왕은 주도면밀하게 힘의 장막으로 방어하고 있었다. 불덩어리가 꽤 커서 모든 걸 잿더미로 만들 수 있기 때문이었다.

그 결과가 너무나 흡족한지 송곳니를 다 드러내고 있는 붉은 여왕을 응시하면서 타라는 이 대륙에서 무슨 일이 일어나고 있는지 알아차렸다. 붉은 여왕이 동족 드래곤들에게 무슨 짓을 저질렀는지 알아차렸다. 타라는 공포에 질린 살루와 재빠르게 눈길을 주고받았다.

붉은 여왕이 웃음을 터뜨렸다.

"하! 하! 하! 표정이 너무 웃기는구나! 이제 감방은 필요 없을 것 같군. 베티, 노예 수용소에 모두 데려다 놓고 내일까지 쉬게 해 줘. 그다음에 복종하는 법을 가르쳐야겠다. 그리고 너는 타라를 감시하여라."

붉은 여왕이 타라의 복장을 쳐다보더니 주머니를 뒤져서 뭔가를 던져주었다. 타라가 잽싸게 받고 보니 체인지라인이었다.

"그것도 돌려주겠다." 여왕이 거만하게 말했다. "무기 기능은 정지시켜놨지만 옷은 만들어줄 수 있다. 이제 베티를 따라가거라. 허튼 수작 부리지 말고 얌전히 있어!"

체인지라인의 무기 기능을 작동할 수 없다는 것이 유감스러운 타라는 이를 악물었다. 아무리 냉혈한 여왕이라도 로켓포나 미사일 앞에서는 이렇게 비웃음을 흘릴 수 없을 텐데…….

이어서 붉은 여왕이 살루에게 관심을 집중하면서 덧붙였다.

"당신에게 질문이 있는데 거짓말은 하지 않는 게 좋을 것이다. 당신의 대답을 확인하는 데 필요한 모든 정보를 갖고 있으니까. 그리고 임무에 아주 성실한 사형집행인에 대해서도."

살루가 아가리를 벌리다가…… 도로 다물고 머리를 숙였다.

타라는 친구들과 함께 멀어져 가면서 살루의 표정을 살폈다. 살루의 눈빛에서 비겁한 두려움을 읽는 순간 타라는 등골이 오싹해졌다. 셈과 샤름이 절망적인 눈빛으로 서로를 응시하면서 바짝 붙어서 있는 모습을 보면 화해한 것이 틀림없었다.

타라 일행은 접견실을 나갈 때까지 한마디도 나누지 않았다. 그들이 입을 열었을 때 베티가 개의치 않았기 때문에 얘기는 해도 된다는 결론을 내렸다.

"내 조상들이시여!" 파프니르가 중얼거렸다. "완전히 미친 드래곤이야!"

"불행히도 이 대륙에는 저 드래곤만 미친 게 아냐." 타라가 목에 있는 체인지라인을 응시하면서 말했다.

눈치를 챈 체인지라인이 즉시 타라를 청바지에 셔츠와 운동화 차림으로 바꿔주었다. 토가처럼 두르고 있던 담요가 바닥에 떨어져 있었다. 타라가 담요를 집어서 복도에 놓인 의자에 걸쳐놓자 의자가 재빨리 세탁소로 날려 보냈다.

"나도 그런 생각이 들어." 무아노가 심각한 얼굴로 고개를 끄덕였다. "모두 다 미쳤다고 생각해?"

"여기서 태어났지만 기술을 받는 대가로 교환되었던 드래곤을 빼놓고는 아마 전부 다 그럴 거야."

"타라와 무아노, 너희는 알겠나 본데 설명 좀 해줘. 난 뭐가 뭔지 도무지 모르겠어." 파브리스가 투덜거렸다.

"지구인은 너잖아!" 상황을 재빠르게 분석하고 있던 칼이 끼어들었다. "〈뻐꾸기 둥지 위로 날아간 새〉나 〈고티카〉 같은 영화를 보면 정신병동이 나오던데 그것도 몰라? 우리의 샤먼들은 정신적인 병이든 신체적인 병이든 치료할 수 있기 때문에 아더월드에서는 정신병자를 보기 힘들어."

파브리스가 걸음을 멈췄다.

"네 말은 그럼 이 대륙이……."

"그래, 거대한 정신병동이라는 거지!"

18
드래곤들의 정신병동

지옥에 비하면 웃음거리

*

마치 드래곤이 미친다는 것은 말도 안 된다는 듯 파브리스가 충격을 받은 표정이었다.

"셈 선생님이 미친 드래곤들에 대해서 했던 말 기억 안 나?" 타라가 상기시켰다. "드래곤에게 가장 끔찍한 적 중 하나는 권태라면서 5000년 전 악마들과 전쟁할 때 미친 드래곤들이 지구에서 인간을 포함하여 움직이는 모든 것을 공격했던 기억 때문에 드래곤에 대한 평판이 나쁘다고 했잖아."

"하지만 마법으로 치료하면……."

"천만에!" 무아노가 말을 잘랐다. "타라의 말이 맞아. 미친 드래곤들을 어떻게 해야 할지 몰라서 아더월드 어딘가에 가뒀다고 했어. 너무 끔찍해!"

"격리하는 것도 방법이긴 하지." 파브리스가 응수했다. "지구에서도 똑같이 하지 않나?"

파브리스의 말이 틀린 것은 아니었다.

"그래도 우리는 환자의 고통을 가라앉히고 치료하려고 노력은 하지. 하지만 드래곤들은 수용소 같은 데에 가둬놓고 잊어버린다는 게 다른 점이야." 타라가 말했다. "기술과 드래곤의 알을 교환한다는 것은 건강한 새끼 드래곤을 구한다는 구실을 삼아 개체 수를 조절하려는 핑계일 뿐이야. 그래서 나는 비록 미쳤지만 여기 갇혀 있는 드래곤들의 분노를 이해해."

"왜 미쳤을까?" 제레미가 불안한 얼굴로 물었다. "내가 보기에는 관리가 잘되어 있는 도시이고, 비록 여왕이 살생을 즐기는 드래곤이지만 솔직히 말해서 지구의 폭군 칼리굴라나 네로보다 심하지도 않은 것 같은데!"

동족을 잡아먹는 참혹한 현장을 보지 않았기 때문에 제레미는 사태 파악을 못하고 있었다. 타라는 그 장면을 세세하게 설명해 주었다.

"그러니까 여기서는 살루와 함께 온 다른 드래곤들도 아연실색할 정도로 아주 놀라운 일이 일어나고 있는 거야. 그들도 이렇게 많은 인간을 보게 될 거라고는, 미친 드래곤들의 분노를 조종하는 체계적인 조직을 보게 될 거라고는 전혀 예상하지 못한 눈치였어. 동족을 잡아먹는 드래곤이 공격할까 봐 두려워하며 나를 날지 못하게 했어. 그리고 미친 드래곤들이 마법에 민감하기 때문에 마법을 사용하지 못하게 했어."

타라 일행과 티그족 크산디아르가 멈춰 서 있는 걸 느꼈는지 베티가 홱 돌아섰다.

"꾸물거리지 말고 따라와!" 베티가 기계적으로 상처를 문지르며 퉁명스레 소리쳤다. "나는 빨리 내 여왕에게 돌아가야 하니까."

타라는 지나치게 복종하는 베티의 태도가 신경에 거슬렸다.

"레드 드래곤은 너의 여왕이 아냐. 너는 프랑스에서 태어났고, 마지막 절대군주는 파리 시민들이 바스티유 감옥을 습격한 지 2년 후인 1793년 단두대에서 처형되었어. 그러니까 그런 식으로 우리를 대하지 마, 우리는 너의 적이 아냐. 우리는 너를 구하려고 여기까지 온 거란 말이야."

"어이구 그렇게 대단하셔?" 베티가 입을 비죽거리며 비웃음을 흘렸다. "그렇다면 나의 여왕님에게 붙잡힌 것도 다 작전이겠네?"

아연실색하는 타라를 보면서 베티가 덧붙였다.

"너희 얼굴을 보면 작전 B도, 작전 C도 없는 게 뻔하네. 어쨌든 당분간은 여왕님이 너희를 살려둘 거야. 타라는 오무아의 후계자이기 때문이고, 글로리아는 랑코비트의 왕족이기 때문이고, 로빈은 랑코비트 정보국장의 아들이기 때문에. 쓸모가 많은 인질이기 때문이지. 그러나 나를 포함해서 칼리반, 제레미, 엘레아노라, 파브리스, 크산디아르(그들이 감옥에 있을 때 베티가 그들의 이름을 물어봤었다)는 아무런 가치가 없어. 전 왕의 딸인 샤름을 제외한 다른 드래곤들과 엘프들도 마찬가지고. 그래서 알려주는데 너희가 개입하는 바람에 이 행성에서 수많은 사람이 죽게 될 거야. 우리도 마찬가지고."

파브리스가 베티 앞에 버티고 서서 검은 눈으로 밤색 눈을 뚫어져라 쳐다봤다.

"그렇게 착하고, 비관이라는 말을 모르는 것처럼 명랑하던 애가 어떻게 된 거야?"

"그 아이는 내 얼굴과 함께 죽었어." 더 듣고 싶지 않다는 듯 베티가 쏘아붙였다.

그러고는 베티가 홱 돌아서서 노예들의 숙소로 향했다.

마법사가 되기 전까지만 해도 가장 친하던 소꿉친구가 그렇게 나올 줄이야, 파브리스의 얼굴이 하얗게 질렸다가 빨개졌다.

"내버려둬." 타라가 말했다. "난 이해해. 너무 고통스러워서 드래곤들처럼 미치지 않고서는 버틸 수 없었을 거야."

"굉장히 매정하네……." 유심히 지켜보고 있던 무아노가 한마디 했다. "이제 어떡하지?"

"방법은 있기 마련이지." 크산디아르가 집게손가락으로 코끝을 톡톡 치면서 눈을 굴렸다.

"아, 그래요?" 칼이 물었다. "뭔데요?"

"그런 게 있어." 크산디아르는 사팔눈이 될 정도로 연거푸 사방을 힐끔거렸다.

"눈에 먼지 들어갔어요?" 크산디아르의 눈짓이 자꾸 신경이 쓰이는 무아노가 물었다.

베티가 돌아보면서 빨리 오라는 손짓을 하자 친위대장이 얼른 눈짓을 멈췄다.

"따라가자." 크산디아르가 또다시 코를 톡톡 치면서 말했다.

"크산디아르?" 타라가 불렀다.

"네, 마마."

"하나 더 추가되었어요? 귀 만지기와 눈썹 찡그리기는 알겠는데 코는……."

"아, 미안합니다, 마마." 크산디아르가 당황했다. "그게……귀-눈썹은 옛날 방식이라서……."

그러고 나서 빠른 손놀림으로 얼굴에서 무릎, 팔꿈치를 건드렸다. 왜 저러나? 벼룩 떼의 공격을 받는 것 같기도 하고, 작전 지시를 내리는 야구 감독의 움직임 같기도 하고…….

"설마!" 타라가 외쳤다. "믿을 수 없어요! 정말 그렇다면 나야

기쁘지만."

이윽고 크산디아르의 손짓이 멈췄다. 타라와 크산디아르는 미소를 주고받았지만 친구들에게는 아무 설명도 해주지 않고 베티를 따라갔다.

"타라?" 칼이 불렀다.

"응?"

"우리에게 설명해주는 게 그렇게 귀찮아……?"

"응, 아주 많이. 그러니까 제발 질문하지 마."

"그름믈렐름, 그름므믈를, 그름믈를." 칼이 투덜거리는데 트롤의 언어 같았다.

"뭐라고 하는 거야?" 무아노가 놀란 얼굴을 했다.

"나이를 먹으면서 타라가 점점 재미없어진다고. 비밀이 있는 사람은 나 진짜 싫은데."

"칼, 네가 모르는 걸 다른 사람이 아는 게 싫다고 말해야 하는 거 아니냐?" 파브리스가 빈정거렸다. "난 누구든 이 함정을 빠져나갈 수 있는 멋진 작전이 있기를 바랄 뿐이야. 여긴 정말 심각한 문제가 있는 곳이니까!"

"없어!" 심통이 난 칼이 내뱉었다.

"뭐가 없어?"

"아무 계획이 없다고. 드래곤이 모두 힘을 합했는데도 안에서 장벽을 부수지 못했다면 마법을 사용할 수 없는 타라도 마찬가지야. 그리고 열쇠는 붉은 여왕이 갖고 있잖아."

"하지만 넌 도둑이잖아? 열쇠 하나 훔치는 것쯤이야 너한테는 식은 죽 먹기 아냐?"

"물론 열쇠를 훔치는 건 어려울 것 없지. 하지만 열쇠를 갖고 어떻게 도망치느냐 그게 문제야. 늑대인간이 우글거리는 도시에서 마법을 쓸 수 없는 조건에서는 미션을 해본 적이 없어. 따라서 지금으로서는 아무 계획이 없어."

"그래서 도전은 항상 스릴이 넘치지." 엘레아노라가 눈을 반짝이면서 말했다. "나도 이렇게 어려운 시험에는 도전해본 적이 없어. 우리가 해내면 상당히 높은 보너스 점수를 받을 거야."

칼과 엘레아노라가 의미심장한 미소를 주고받자 제레미가 어이없다는 얼굴을 했다. 아더월드 인간들은 완전히 미쳤어! 이런 심각한 상황에 점수 타령을 하다니!

"로빈, 너는 뭐 좋은 생각 없어?" 칼이 물었다.

"으응?"

로빈의 관심은 온통 타라에게 쏠려 있었다.

"말해야겠어." 로빈이 결심한 듯 말했다.

그러고 나서 발걸음을 재촉하자 칼이 막아섰다.

"자꾸 그렇게 내 질문을 씹으면 정말 기분 나쁘지!" 칼이 으르렁거렸다.

베티가 아름다운 꽃무늬를 그린 아치형 대문 앞에서 멈춰 섰다. 문이 열려 있어서 안쪽에 줄지어 늘어선 다양한 색깔의 방들이 보였다.

"방은 많으니까 원하는 대로 골라. 물의 원소, 불의 원소 등 필수적인 원소들이 시중을 들어줄 거야. 그리고 여왕은 특히 후각이 아주 예민해서 냄새가 나는 사람을 싫어해. 그러니까 기회가 있을 때마다 씻는 게 좋을 거야."

베티가 천장 모서리에 꼼짝 않고 있는 스쿠프를 가리켰다.

"여왕은 너희를 지켜보고 있고, 도청하고 있어. 스물여섯 시간 감시하고 있지. 궁전 곳곳에 스쿠프들이 숨어 있으니까 피해봐야 소용없어. 어둠 속에서도 작동하기 때문에 허튼 짓 하지 마. 아, 또 하나! 비명 소리나 고함 소리가 들려도 절대 나오지 마, 죽고 싶지 않으면."

그렇게 말하고 나서 질문할 겨를도 주지 않고 베티가 잰걸음으로 멀어져 갔다.

방으로 들어가자 푹신한 소파가 여기저기 놓여 있었다. 그들은 털썩 주저앉았다.

"마지스터의 잿빛 요새도 이 정도로 힘들지는 않았는데……." 파프니르가 투덜거렸다. "난쟁이들이 갇혀 있는 것만은 두려워한다고 내가 말했지?"

"엄밀하게 말하면 갇혀 있는 건 아니지." 무아노가 부드럽게 말했다. "이 대륙 안에서는 마음대로 돌아다녀도 되니까."

"내가 싫은 게 바로 그거야. 돔 안에 미친 드래곤들과 함께 갇혀 있는 거잖아. 그뿐인가? 늑대인간들도 있고, 스물여섯 시간 스쿠프들의 감시를 받으면서 목걸이까지 걸고 있는데. 이게 갇혀 있는 게 아니고 뭐야?"

"듣고 보니까 네 말이 맞다." 무아노가 한숨을 쉬었다.

"난 우리 쪽 드래곤들이 걱정이야." 타라는 셈 선생님과 샤름이 걱정되었다. "여왕이 그들에게 물어볼 것이 있다고 말할 때 표정이 심상치 않았는데……."

무아노가 피곤에 지쳐서 초췌해진 친구들을 둘러봤다. 모두가 이틀 동안 감방에 갇혀 있으면서 타라와 앞으로 닥칠 운명이 너무 불안해서 거의 잠을 자지 못했다.

"일단 좀 쉬는 게 낫지 않을까?" 무아노가 귀여운 눈을 비비면서 말했다. "난 졸려서 아무 생각도 할 수가 없어. 여길 빠져나갈 계획은 내일 하자."

흥분한 제레미가 벌떡 일어났다.

"너희도 돌았구나! 우리는 미친 드래곤과 늑대인간들에게 당해서 언제 죽을지 몰라. 게다가 너희 행성을 침략할 음모를 꾸미고 있는 곳에 갇혀서 노예 신세가 되었는데 졸린다는 말이 나와?"

"너 말 잘했다!" 칼이 말했다. "그럼 너는 지금 당장 우리가 뭘 하길 바라는데?"

"나야 모르지!" 제레미가 머리를 헝클어뜨리면서 소리쳤다. "뭐든 해봐야지!"

"나는 이 소년의 말에 찬성이야." 엘레아노라가 이틀이 지났는데도 아직 통증이 가시지 않는 팔을 주무르면서 한마디 했다. "레드 드래곤과 나는 결판낼 일이 있거든."

"나는 소년이 아냐!" 제레미가 내뱉었다.

무슨 말을 하려고 입을 벌리던 타라가 하품을 하고 말았다. 하품은 전염된다고 하더니…… 줄줄이 하품을 했다.

"어, 미안해, 제레미. 근데 지금은 너무 피곤해서……."

"많이 피곤해?" 로빈이 불안한 얼굴로 물었다.

"아니, 아니! 마법을 너무 많이 사용했을 때처럼은 아냐! 그냥 정상적인 피로야. 걱정하지 마, 난 폭발하지 않을 거니까."

"그래서 어떡하자고?" 제레미가 진정이 된 어조로 물었다.

"대책을 세우지 않고 무조건 싸움을 벌일 수는 없다는 거지."

타라가 대답했다.

"우리가 금지된 대륙으로 들어올 때처럼 하면 되잖아?"

"그래, 틀린 말은 아닌데 지금은 아냐. 그리고 너를 이 일에 끌어들여서 미안하게 생각해."

제레미가 털썩 주저앉으며 자신이 흥분한 진짜 이유를 밝혔다.

"이 빌어먹을 목걸이 때문에 부모님을 찾을 수가 없잖아. 그래서 화가 났어."

제레미가 천장에 매달린 스쿠프를 노려봤다.

"마음을 가라앉히고 이성적으로 생각해." 타라가 다정하게 말했다. "내일 아침에 상황을 좀 더 지켜보자."

"어느 방에서 잘래?" 하고 물으면서 로빈이 그 대화를 잘랐다.

"글쎄, 아무 방이나, 왜?"

"따라가려고. 너한테 할 말이 있어."

그렇게 말하면서 로빈이 홱 돌아서더니 농담을 하려고 이미 입을 벌리는 칼에게 협박조로 내뱉었다.

"무슨 말이라도 해서 우리를 방해만 해봐! 너를 지렁이로 만들어줄 테니까, 알았어?"

"그렇게는 안 될걸? 여기서는 마법을 사용할 수 없으니까." 칼이 느긋하게 받아쳤다.

"하지만 네 숨통을 조를 수는 있지." 로빈이 응수했다. "때려눕히거나 아니면 마비시키거나……. 하여튼 고통스러우면서 자극적인 방법으로 의식을 잃게 만들 수는 있지. 가자, 타라!"

타라가 얼굴이 빨개져서 로빈을 따라갔다. 장밋빛 방으로 들어간 로빈이 친구들의 웃는 얼굴을 보면서 문을 쾅, 닫았다. 깔깔대는 칼의 웃음소리가 들렸다.

"너……."

로빈과 타라가 동시에 말을 시작했다가 어색한 얼굴로 입을 다물었다.

로빈이 장밋빛 소파에 타라를 앉힌 다음 옆에 앉았다. 그러고는 멋진 크리스털 눈으로 타라의 쪽빛 눈을 뚫어져라 쳐다보면서 두 손을 잡았다.

"어디서부터 시작해야 될지 모르겠어. 너한테 그렇게 말했던 것이 엘프 여왕의 위협 때문이었다는 것부터 말해야 할지, 나를 좋아하지 않는 네 고모의 위협 때문이었다는 것부터 말해야 할지, 아버지와 어머니를 죽이려고 하는 에레의 위협 때문이었다는 것부터 말해야 할지……."

타라는 이런 말을 듣게 될 줄은 전혀 예상하지 못하고 있었다. 로빈을 미워하는 사람이 그렇게 많다니! 타라는 눈살을 찌푸리면서 물었다.

"에레? 그 바이올렛 엘프?"

"그래, 맞아. 나 같은 하프엘프의 존재를 못마땅해하는 이방인 혐오증이 있는 엘프거든. 우리는 에레가 셈샤나쉬를 도와서 나를 포함한 엘프 전사들을 납치했던 거라고 생각하고 있어. 하지만 그걸 증명하려면 시간이 좀 걸릴 거야. 내가 궁정에서 너에 대한 사랑을 포기한다고 선언했던 것은 에레 때문이었어. 너까지 충격과 고통을 받는 것이 싫어서 알려주고 싶지 않았거든."

타라가 손을 뺐다.

"그러니까 그게 연기였단 말이지?"

맙소사! 이게 아닌데……. 타라의 목소리에 분노가 담겨 있었다.

"미…… 미안해." 로빈이 어물어물 말했다. "그 장면이 촬영되고 있다는 걸 알았고, 엘프들은 인간이 거짓말하는 걸 금방 알아채거든. 엘프들이 셈샤나쉬를 잘 잡는 것도 그런 이유고."

"꼭 그런 건 아닌 것 같은데. 칼이 무슨 얘기를 하면 너는 깜빡 속잖아."

로빈이 얼굴을 찌푸렸다.

"칼은 면허 받은 도둑이라서 경우가 좀 달라. 타라, 내가 그렇게 했던 것은 나를 위해서가 아니라 내 가족을 위해서였어. 미친 드래곤의 포로가 되어 있는 상황이지만 이 말은 꼭 해야겠어. 나…… 나는 여전히 너를 사랑하고 있어."

로빈이 거의 애원하는 얼굴로 타라의 반응을 기다렸다. 타라는 간청을 하거나 애원할 때 매몰차게 뿌리치는 성격이 아니었다.

"나도 정말 네가 많이 보고 싶었어." 타라가 고백했다. "네가 왜 전화를 안 해주는지, 왜 사라졌는지 이해할 수 없었고…… 그래서 네가 정말 미웠어. 하지만 네가 고문당한 비디오를 봤을 때 내 가슴이 찢어지는 것 같더라고. 게다가 네가 많은 사람 앞에서 우리의 사랑을 포기한다고 했을 때는 어둡고 추운 세상에 빠지는 느낌이 들었어."

"그럼 너도 여전히 나를 사랑해, 타라?" 로빈이 자신 없는 목소리로 물었다.

타라가 공기를 한 모금 마시면서 미소를 지었다.

"응, 사랑해."

이번에는 타라가 사랑한다고 말했는데 땅바닥이 갈라지지도, 천둥소리도 나지 않았다. 특별한 일은 일어나지 않았다. 거의 이상할 정도로 고요했다.

로빈이 무릎을 꿇고 떨리는 목소리로 낭송했다.

슬릴 엠브리 샬 바리.

슬릴 제옴실리 멜 샬란드리.

살 슬리 스스 에오불. 록 에샬 테옴 에샬 마릴.

슬릴 볼 엠 테오울 에릴 샨미, 솔루 에샬 빌라오울,

슬릴 슈우 엠 트레크 울 술빌.

그레에 울 브르리 엠 불르 므루 슬롤, 흐르름므 에슐 이이르비울 보우룰.

이어서 로빈이 번역해주었다.

너의 아름다움은 내 영혼을 삼켜버리는 부드러운 액체.
너의 정신은 내 피의 잉크에 잠겨 있는 깃털 펜.
너 없는 나는 그림자. 네 눈물은 내가 빠지는 우물.
네 목소리는 내 가슴을 사로잡는 새의 노래,
네 힘은 내 가슴을 불사르고 정화시키는 불과 같은 것.
너 없는 세상은 춥고 메마른 불모지, 나는 한 줌의 재가 되어 사라지리.

아더월드에 있는 대도시들과 마찬가지로 붉은 여왕의 궁전도 통역 주문이 작동되고 있었다. 게다가 오무아 궁전의 감옥에서 칼이 탈옥했을 때 무아노가 엘프 언어를 가르쳐주지 않았던가. 따라서 타라는 번역해주지 않아도 오무아 언어로 그 시를 이해하고 있었다. 그러나 타라는 로빈에게 아무 말도 하지 않았다. 로맨틱한 순간을 깨뜨릴 필요는 없지.

"로빈! 너무 아름다워!"

"너보다는 아름답지 않지!" 로빈이 말했다.

그리고 로빈이 타라를 향해 몸을 숙였다. 타라는 로빈과 처음으로 입맞춤할 때를 떠올리면서 이번에는 눈을 뜨고 있었다. 또

다시 어떤 공격을 받는 건 아닌지…… 살피고 있다가 반격할 준비를 해야 했다.

타라의 주의가 산만해 있음을 느낀 로빈이 몸을 뺐다.

"타라? 괜찮아?"

타라의 얼굴이 빨개졌다.

"미, 미안해. 우리가 입맞춤을 할 때마다 무슨 일이 일어났던 걸 너도 알잖아. 첫 번째는 제레미를 사랑하지 않으면 안 되는 주문에 걸렸었고, 두 번째는 고모가 나타나서 선전포고를 했잖아. 그래서……."

"그래서 경계하고 있다고? 그래, 이해해." 로빈이 대꾸했다. "하지만 지금은 아무 일 없잖아."

타라가 긴장을 풀었다.

"네 말이 맞아. 바보 같은 짓이지."

타라가 로빈을 향해 몸을 숙였다.

아무도 그들을 방해하러 오지 않았고, 궁전도 무너지지 않았다. 그때 갑자기 로빈이 옷을 벗기 시작했다. 타라는 후닥닥 자세를 바로 했다.

"너 지금 뭐 하는 거야?"

로빈이 소스라쳤다.

"옷 벗고 있는데…… 왜? 옷을 입고 있으면 불편하잖아."

타라는 숨이 막힐 뻔했다.

"뭐?"

겁먹은 사슴처럼 소파에서 벌떡 일어난 타라가 2미터쯤 뒷걸음쳤다.

타라의 공포에 민감한 체인지라인이 재빠르게 갑옷 차림으로 바꿔주었다.

공격자가 있다고 생각한 로빈이 홱 돌아섰다. 그러나 뒤에는 아무도 없었다.

"타라?" 로빈이 탄식하는 목소리로 물었다. "무슨 일이야?"

로빈이 다가서자 타라가 그만큼 더 뒤로 물러서다 갑옷이 벽에 부딪히면서 쇠붙이 소리가 났다. 당황한 로빈이 굳어버렸다.

"왜 도망치는데?"

눈이 동그래진 타라가 갑옷의 단단한 깃을 두 손으로 움켜잡고 소리쳤다.

"로빈! 너 도대체 무슨 짓이야?"

"그럼 어떻게 해야 하는데? 네가 좋아하는 건 뭔데?"

"아니, 없어! 그런 뜻이 아냐!" 타라가 얼굴을 붉히면서 말했다. "엘프들은 이런 식이야?"

로빈이 도무지 영문을 모르겠다는 얼굴로 타라를 쳐다봤다.

"응, 옷을 벗은 다음에……." 로빈이 두 살배기 아이처럼 순진하게 설명했다.

새파랗게 질린 타라가 말을 잘랐다.

"더 이상 말할 필요 없어! 그러니까……."

갑자기 타라는 로빈이 무슨 말을 하려고 하는지 깨달았다.

"그럼 너…… 이미 경험이 있다는 뜻이야?"

"물론이지!" 로빈이 너무나 태연하게 대답했다. "엘프들이 인사를 키스로 하는 것은 일상적인 일이야. 왜? 너는 안 그래?"

타라가 침을 꼴깍 삼켰다. 로빈이 완전한 인간이 아니라는 것과 두 살 더 많다는 걸 까맣게 잊고 있었던 것이다.

"아니, 결코! 나는 열다섯 살도 안 됐어!"

로빈이 미소를 지었다.

"나랑 나이가 같으면 더 좋겠지만 그건 문제가 안 돼."

타라의 눈이 가늘어졌다.

"그게 어떻게 문제가 안 돼?"

로빈은 타라가 말하는 뜻을 제대로 이해하지 못한 것 같았다.

"내가 기다리면 되니까. 그리고 어머니에게도 말했고……."

타라의 목소리가 얼음장같이 차가웠다.

"뭐라고 말했는데?"

로빈은 아직도 타라가 돌변한 이유를 알아채지 못하고 있었다.

"너희 인간들은 엘프보다 허약하잖아. 그래서 어머니에게 어떻게 해야 하는지 물어봤어. 그리고 인체에 관한 생물학 공부를 했어. 인간 여성의 신체 구조는 정말 복잡했고……."

"로빈?"

"응?"

"내 방에서 나가!"

"뭐라고?"

"완전히 미친 것뿐만 아니라 귀까지 먹었어?" 타라가 매몰차게 비난했다. "내 방에서 썩 나가! 난 엘프가 아냐. 너와 사귀고 싶지만 네 어머니한테 배웠다는 핑계를 대면서 토끼처럼 구는 건 정말 못 참겠어. 그리고 너 알아……?"

"뭘?"

"인간 여자는 질투심이 많아. 네가 엘프 여성이든 누구든 이미…… 그랬다는 생각만 해도 끔찍하고 싫어."

그렇게 말하고 나서 반박할 겨를도 주지 않고 타라가 하프엘프의 팔을 잡아서 밖으로 떠밀어버리고 문을 쾅, 닫았다.

타라가 벽에 걸린 긴 거울 앞에 서서 어이없는 웃음을 터뜨렸다. 문화적 차이가 이렇게 다를 줄이야! 눈물까지 흘리면서 웃던 타라가 바닥에 주저앉자 체인지라인이 얼른 갑옷을 사라지게 했다.

타라가 눈물을 닦으면서 마침내 한숨을 내쉬었다. 그러고는 중얼거렸다.

“맙소사, 로빈과는 정말 쉽지 않겠어.”

‘타라?’

일어나려고 하던 타라가 그대로 멈췄다. 이건 머릿속에서 울리는 목소리……?

‘그러고 있으면 안 돼. 빨리 일어나서 침대에 눕고 불을 꺼. 그리고 큰 소리로 말하지 마. 어서!’

타라는 머뭇거렸지만 목소리가 적대적으로 느껴지지 않았다. 목소리의 주인공이 누구인지 전혀 알 수가 없지만 타라는 하라는 대로 일어나서 체인지라인에게 잠옷으로 바꾸라고 명하고 방을 어둠에 잠기게 했다.

‘잘했어. 지금은 네가 보이지 않지만 완전히 어두워지면 스쿠프가 적외선 탐지기로 바뀌니까 너무 많이 움직이지 마. 아, 됐어! 네가 다시 보여. 그리고 아무 대답도 하지 마. 목걸이가 마법 행위로 여기면 대가를 치르게 될 거야. 알아들었다는 표시를 할 때는 눈을 비벼.’

타라가 하품을 하면서 눈을 비볐다.

‘고마워. 이제부터 설명할게. 나는 여왕의 거처에 있어.’

타라는 숨이 막혔지만, 목소리가 계속했다.

‘여기가 유일하게 스쿠프가 없는 곳이고, 네 방을 포함해서 궁전 전체에서 일어나는 일을 볼 수 있는 곳이야. 너를 거칠게 대해

서 미안하지만 달리 방법이 없었어. 여왕이 내가 너를 미워한다고 믿어야 하니까.'

그 순간 타라가 알아차렸다. 목소리의 주인공은 베티였다! 타라는 자신도 모르게 벌떡 일어날 뻔했지만 가까스로 참았다.

'너의 페가수스는 잘 있어. 여왕이 아름다운 것을 아주 좋아하기 때문에 우리 안에 가둬놨어. 네 친구들의 축소한 패밀리어들도 무사해. 그리고 나는 너의 살아있는 돌을 통해 말하는 거야. 여왕이 너와 교감할 수 없게 하려고 밀폐된 곳에 넣어뒀지만 내가 잠시 꺼냈거든.'

'예쁜 타라?' 타라의 머릿속에서 돌의 목소리가 울렸다. '타라는 대답할 수 없어.' 베티가 말했다. '위험하기 때문에 말할 수 없지만 네가 무사하다는 걸 알고 타라가 기뻐할 거라고 확신해.'

'예쁜 타라, 미친 드래곤 여왕을 제거할까? 밀폐된 곳이 싫어. 거의 단절되어 있어.'

어둠 속에서 타라가 미소를 지었다. 물론 살아있는 돌과 힘을 합쳐서 붉은 여왕을 제압하고 싶지.

'타라, 우리가 반드시 탈출할 수 있게 도와줄게.' 베티의 목소리가 말했다. '여왕은 나를 믿어. 그래서 내가 여왕의 거처를 자유롭게 드나들 수 있는 거야. 따라서 나는 장벽의 열쇠를 손에 넣을 수 있어. 우리 중 누군가가 장벽의 문을 열고, 미치지 않은 드래곤들이 여왕을 제압하게 하려면 믿을 만한 늑대인간들과 손을 잡고 가능한 시간을 끌면서 교란작전을 펴야 해. 그런 영향력을 행사할 수 있는 정치적 인물은 너밖에 없어. 타라, 너는 죽으면 안 돼. 우리의 모든 희망이 너에게 달려 있으니까!'

죽을 생각이 전혀 없는 타라는 속으로 말했다. 그렇게만 된다면 다 해결할 수 있지.

'나를 납치한 마지스터가 여왕과 협상하는 동안 나를 들판에 내버려뒀어. 그런데 불행히도 미친 드래곤이 습격해서 나를 지키던 자들을 모조리 죽였어. 나는 의식을 잃었다가 한밤중에 깨어났는데 미친 드래곤이 나를 발견하고 달려들었지. 그때 여왕의 병사들이 나를 구해줬어.'

아, 그래서 얼굴에 끔찍한 화상을 입었구나. 타라는 소름이 끼쳤다.

'여왕은 네가 오기를 기다리면서 나를 하녀로 삼았어. 그리고 마지스터에게 너를 데려오기 전에 시간을 좀 달라고 했지. 이 대륙 전체를 아직 장악하지 못한 상태였거든. 그 때문에 나는 한 달 전부터 억류되어 있는 거야. 여왕은 나를 좋아하지만 시간이 흐를수록 초조해지면서 자제력을 잃고 있어. 내가 여기 있는 것이 네 잘못이라면 나를 구출하기 위해 목숨을 걸고 여기까지 찾아온 것으로 너는 그 빚을 갚은 거야.'

타라는 이 구렁텅이에서 친구를 구해냈을 때에야 비로소 빚을 청산했다고 생각할 것이었다.

'오랫동안 말할 수가 없어.' 베티가 말했다. '내일 아침에는 나에게 화가 난 것처럼 행동하고 가능한 나를 모른 척해. 그리고 여왕에게 무조건 복종해야 돼. 여왕은 네가 죽는 걸 원치 않지만 정신이 온전치 않기 때문에 무슨 짓을 할지 몰라. 정말 조심해야 돼, 알았지?'

타라가 눈을 비볐다. 그래, 무슨 말인지 알았어.

'그럼 됐어. 내일 아침에 보자. 7시에 깨우러 갈게. 우리가 방금 나눈 얘기를 친구들에게도 하지 마. 속삭이는 소리도 즉시 포착되니까. 그럼 잘 자.'

살아있는 돌이 인사하는 소리가 메아리처럼 들리다가 고요해졌다.

침대에 누운 타라가 한숨을 쉬었다. 언제나 친구들과 정보를 함께 나눴는데…… 시치미를 뚝 떼고 있다가 상황이 복잡해지면 난처해질 텐데.

타라는 이 닦는 걸 잊었기 때문에 일어나서 욕실로 갔다. 빗, 여러 종류의 비누, 목욕용 오일이 가지런히 놓여 있었다. 여왕의 후각이 예민하다고 한 베티의 말이 기억난 타라는 꼼꼼하게 씻었다. 뜨거운 물줄기에 긴장이 풀린 타라는 샤워를 하다 깜빡 잠들

뻔했다. 공기의 원소가 몸에 남은 물기를 뽀송뽀송하게 말려주자 타라는 이불 속으로 들어갔다.

얼마나 지났을까, 베티의 손이 거칠게 몸을 흔들었고, 타라는 몇 분밖에 자지 못한 느낌이 들었다.

"일어나!" 베티가 명령했다. "샤워하고 얼른 옷 갈아입어. 식당에서 기다리고 있을게. 길잡이가 안내해줄 거야. 10분 안에 끝내야 해."

타라의 대답을 기다리지도 않고 베티가 방을 나갔다.

스쿠프가 신경이 쓰이는 타라는 얼굴을 찌푸리다가 일어났고, 후닥닥 준비를 끝냈다. 그러고 나서 체인지라인에게 베티의 복장을 흉내 내라고 지시했다.

타라가 거울 앞에 섰다. 음! 그럴듯해. 튜닉이 좀 짧지만, 로마에 가면 로마법을 따르라고 했는데…… 이 정도 노력은 해줘야 여왕이 복종하는 것으로 믿지 않겠어?

길잡이는 키가 1미터에 이르는 커다란 청개구리였는데 머리에 방향을 가리키는 화살표 같은 게 달려 있었다. 마법의 지도를 사용하면서부터 아더월드에서는 방향감각이 뛰어난 청개구리 길잡이들을 거의 이용하지 않고 있었다. 타라는 붉은 여왕의 궁전에서 시대에 뒤떨어진 시설물을 많이 발견했다. 건강한 드래곤들이 미친 드래곤들에게 제공한다는 기술도 최첨단이 아니었다.

식당은 인간으로 둔갑한 드래곤들과 늑대인간들로 가득했다. 그러나 타라가 지나갈 때 그들은 마치 맛있는 냄새가 난다는 듯 코를 킁킁거렸지만 길거리에서 타라에게 달려들었던 늑대인간보다는 훈련이 잘되어 있는지 심호흡을 하면서 뚫어져라 쳐다보는 것으로 만족했다. 아침 식사를 끝낸 베티가 타라에게 가까이 오라고 명령했다.

타라의 친구들에 이어서 로빈이 식당에 들어오자 아나자시족의 얼굴이 일제히 굳어졌다.

"다오이네 시드헤, 다오이네 시드헤!"

아나자시족이 중얼거렸다.

타라는 가능한 베티에게 말을 걸지 말아야 한다는 걸 알지만 그냥 모른 척 넘길 수가 없었다.

"뭐라고 하는 거야?" 타라가 물었다.

베티가 냉랭한 눈길을 던지고 나서 고맙게도 대답해주었다.

"다오이네 시드헤는 엘프를 두고 하는 말이야. 공포와 경이를 동시에 주는 엘프들이란 뜻이지. 여왕은 엘프들을 가장 위험한 적으로 생각하고 있어. 드래곤들보다도, 인간 군대보다도 훨씬 두려워해야 할 상대라고 말했거든. 늑대인간들은 엘프를 두려워하지만 한편으로는 엘프의 손에 죽는 것을 영광으로 생각하고 있어."

그러나 바이올렛 엘프들이 들어오자 표현이 바뀌었다. 여왕이 그들을 풀어준 걸 보면 바이올렛 엘프들이 위험하지 않다고 판단한 모양이었다. 늑대인간들이 입을 실룩거리면서 중얼거렸다.

"슬루아그 시드헤들이다!"

타라의 의아한 눈길에 베티가 대답했다.

"슬루아그 시드헤는 위험한 정신을 가진 엘프, 엘프 중에서 가장 잔인한 정신을 지닌 사악한 엘프란 뜻이야. 우리의 늑대인간들은 바이올렛 엘프를 알아보는 훈련을 받았어. 검문을 받을 때 바이올렛 엘프들이 늑대인간 몇 명을 죽인 것도 한몫을 했지."

모욕적 표현에 발끈한 발라가 위협적으로 벌떡 일어나자 아나자시족이 흠칫했다. 공격적인 늑대인간 몇이 둔갑하기 시작했다.

"정지!" 베티가 성난 목소리로 외쳤다. "음식을 앞에 두고 싸움은 안 돼! 여왕님의 명령이다. 불복하는 자는 모두 징계를 받는다. 그러니까 정신 똑바로 차려!"

심상치 않은 분위기에 타라는 몸이 떨렸다.

늑대인간들이 마지못해서 식탁에 다시 앉았고, 늑대 주둥이가 인간의 얼굴로 돌아왔다. 일촉즉발의 상황이 진정되자 발라도 자리에 앉았다. 타라와 친구들이 커다란 식탁에 둘러앉았다.

"너희는 괜찮았어, 어젯밤에?" 칼이 물었다.

"나는 아주 잘 잤어. 고마워, 칼." 타라가 로빈의 눈길을 피하면서 대답했다. "너는?"

"그렇게 노닥거릴 시간 없어!" 베티가 쏘아붙였다. "15분 안에 식사를 끝내고 일할 준비를 해야 하니까! 감독관 엔도라가 지시를 내릴 거야."

베티가 늘 갖고 다니는 창끝으로 아나자시족의 주위를 돌고 있는 빨간 머리 키다리 여자를 가리켰다.

"암컷늑대 알파라고 하는데 여왕의 참모 중 한 명이야. 따라서 알파의 기분을 상하게 한다는 것은 곧 여왕의 기분을 상하게 하는 거니까 특히 조심……."

베티는 더 이상 덧붙일 필요가 없었다. 파프니르가 암컷늑대든 뭐든 성가시게 굴면 당장 숨통을 끊어버리겠다고 중얼거리면서 두 손으로 허리춤을 더듬었다. 그제야 무기를 압수해갔던 것이 기억난 파프니르가 한숨을 내쉬면서 빵과 치즈 한 조각을 접시에 담고, 발분 젖 한 잔을 따랐다.

평소에 난쟁이와 사이가 좋은 편이 아닌 크산디아르가 찬성한다는 뜻으로 고개를 끄덕였다. 그러면서 크산디아르가 암암리에 보내는 신호를 보면서 타라는 눈이 동그래졌다.

친위대장이 제안하는 것은 아주 위험했다. 타라는 친위대장이 뭘 하겠다는 건지 제대로 알고 있기를 바랐다.

검은 눈의 갈색 머리 소녀가 초콜릿과 차, 커피를 가져왔다. 제레미가 미소를 지어 보이자 소녀도 미소로 화답했다. 소녀는 더 어리지만 당당해 보였다.

"안녕!" 제레미가 전형적인 지구 스타일로 인사했다.

소녀가 놀란 얼굴을 하다, "너의 마법이 빛나기를!" 이라며 상냥하게 인사했다.

"아, 그래. 저기, 마법이 에워싸…… 그게 아니라…… 마법이 세상을 지켜주기를! 너, 이름이 뭐야?"

"캐서린, 하지만 모두 캣이라고 불러. 너는?"

영국에서 자란 제레미는 '캣' 이란 이름에서 순간적으로 고양이를 떠올렸다. 개, 아니 늑대만 우글거리는 데서 고양이는 좀 어울리지 않는 이름인데……. 그러나 내색하지는 않았다.

"나는 제레미야. 근데 넌 이 도시 주민들과는 좀 다른 것 같아."

캐서린의 얼굴이 어두워졌다.

"알아. 우리는 아나자시족이 아니니까. 여기서는 우리를 좋게 받아들이지 않기 때문에 여왕도 우리에게는 늑대로 변신하는 걸 금지했어. 그래서 우리는 왕따야."

세상에, 늑대인간이 되고 싶어 하는 사람이 있다니! 제레미가 도저히 믿을 수가 없다는 얼굴로 소녀를 쳐다봤다.

"농담하는 거지?" 제레미가 큰 소리로 외쳤다. "네 발로 걸어 다니는 털북숭이가 되고 싶은 사람이 어디 있어?"

등 뒤에서 늑대인간들이 내는 항의성의 소리가 들려서 제레미는 정신이 번쩍 들었다.

"아니, 내 말은 그게 아니라 날카롭고 하얀 이빨을 가진 늑대로 변하고 싶으냐는 뜻이야." 제레미가 재빨리 말을 수정했다.

캐서린이 미소를 감추려고 한 손으로 입을 가렸다.

소녀가 식탁에 흘린 발분의 젖을 닦으면서 제레미를 뚫어져라 쳐다봤다.

"말조심해. 늑대인간들은 청각이 예민하니까. 어쨌든 궁전에 처음 온 거니까 한 번은 봐줄게. 너를 알게 돼서 기뻐."

제레미는 얘기를 더 하고 싶었지만, 캐서린은 누군가 부르는 소리에 환한 미소를 지어 보이면서 멀어져 갔다. 제레미는 속이 뒤틀리는 느낌이 들었다. 무섭게 째려보는 칼의 입에서 욕설이 튀어나올 줄 알았는데 아무 말도 안 하자 제레미가 안도의 숨을 내쉬었다.

그들은 서둘러 아침 식사를 끝내야 했다. 늑대인간들이 어찌나 빨리 먹는지 엘프나 인간은 그 속도를 따라가기 힘들었다. 15분 내에 식사를 끝내라고 하더니, 벌써 몇 분은 지났고……, 그 짧은 시간 동안 먹으면서 동시에 말할 수가 없으니 음모를 꾸미지 못하게 막는 가장 좋은 방법이 아닌가.

감독관 엔도라가 날카로운 초록빛 눈으로 타라 일행을 훑어봤다. 감독관이 파브리스와 로빈에게는 육체적으로 힘든 일을 시켰다. 아나자시족이 늑대로 둔갑하면 안 될 경우에는 말을 타고 다니기 때문에 티그족 크산디아르에게는 마구간 청소하는 일이 떨어졌다. 무아노, 제레미, 칼, 엘레아노라, 파프니르는 부엌에 배치되었다. 마지못해서 친구들과 헤어진 타라는 베티를 따라갔다.

붉은 여왕의 거처에서는 많은 사람이 분주하게 움직이고 있었다. 베티와 타라가 허리를 굽혀 절을 했을 때 여왕은 탈루디에 녹화된 것을 보는 중이었다. 눈이 세 개인 흰색 모자 모양의 작은 동물 탈루디가 보통 것보다 훨씬 큰 것으로 보아 드래곤을 위해 특별하게 사육한 것이 틀림없었다.

"마침내 생포했구나!" 여왕이 흡족한 얼굴로 외쳤다. "아휴, 미꾸라지처럼 그렇게 잘도 빠져나가더니! 100년이 걸려서 결국 잡았으니 놈을 본보기로 삼아야겠다."

여왕이 탈루디를 옆에 내려놓고 노트에 뭔가를 적었다. 이윽고 타라를 쳐다보면서 미소를 지었다.

드래곤이 미소를 짓는답시고 무시무시한 송곳니들을 드러낼 때마다 타라는 등골이 쭈뼛해지면서 자연의 섭리는 정말 묘하다는 생각이 들었다.

"어린 인간아, 나의 왕국에서 보낸 진정한 의미의 첫날 밤이 어땠느냐?" 붉은 여왕이 다정하게 물었다.

"처음 이틀보다는 훨씬 좋았습니다, 고맙습니다, 마마." 타라가 정중하게 대답했다.

"좋아."

거대한 몸집이 기지개를 켰다.

"목욕이나 좀 하면서 등을 문질러달라고 해야겠어. 엄청난 계획을 세우느라고 간밤에 내가 일을 좀 많이 했거든. 그런데도 완벽해지려면 아직 해결할 일이 남아 있구나."

타라는 잠자코 있었다. 질문할 필요는 없었다. 여왕이 말을 많이 할수록 정보를 수집할 수 있으니까…….

"아주 오랜 옛날부터 나 못지않게 강력한 적이 있었어. 그자도 나와 마찬가지로 여기 사는 드래곤들을 치료할 수 있는 묘약을 발견했지."

"그럼 드래곤들의 병을 치료할 수 있단 말씀이세요?"

옆에 서 있는 베티가 슬쩍 휘파람을 불자 타라가 얼른 입을 다물었다. 천만다행으로 기분이 좋은 여왕은 화를 내지 않고 설명해주었다.

"그래, 여긴 칼리르라는 식물이 있거든. 칼리르 꽃으로 묘약을 만들 수 있는데 그걸 꾸준히 먹이면 광기를 치료할 수 있지. 그 꽃을 섭취한 동물을 잡아먹다가 우연히 신비한 효능을 발견했거든."

칼리르 꽃? 타라는 귀가 번쩍 뜨였다. 아버지를 소생시킬 수 있는 꽃을 드래곤들이 갖고 있다니!

붉은 여왕이 타라의 관심을 눈치채지 못해서 다행이었다.

"해마다 이곳으로 와서 우리에게 적선하듯 기술을 제공하는 드래곤들에게 왜 아무 말도 하지 않았는지 이유가 궁금하겠지? 하지만 나는 말했어! 그들이 내 말을 믿지 않은 거지. 계략이라고 의심하면서 감찰관도 보내지 않았으니까. 완고한 자들을 제외한 다른 드래곤들은 동조해주었어. 그들이 지지해준 덕분에 나는 이 행성을 파괴하기로 결정했지. 더 구체적으로 말하면 다른 종족들을 노예로 만들고 늑대인간들을 드란보우글리스펜쉬르에 진격시켜서 드래곤들을 괴멸하고, 아더월드를 나의 왕국으로 만들기로 결정했다. 드래곤들은 수명이 아주 길기 때문에 수가 그리 많지 않아서 드란보우글리스펜쉬르의 드래곤들을 전멸시키는 것은 어려운 일이 아니거든."

타라는 그 목소리에서 위험한 징후 같은 것을 느꼈지만 그게 뭔지 명확하게 알 수가 없었다. 그때 문득 머리에 떠오른 의문이 있었다.

"그럼 배반한 드래곤이 이 대륙으로 추방한 아나자시족을 노예로 만들기 전에는 어떻게 살았죠?"

"우리가 살아남으려면 너희 인간들이 필요할 거라고 생각하니? 그것이야말로 어리석고 오만한 생각이다."

타라는 축하의 말이라도 건네고 싶은 걸 꾹 참았다. 붉은 여왕이 갈퀴발톱으로 딱딱 치는 소리를 냈다.

"내가 오기 전부터 있던 드래곤들은 미쳤지만 무력하지 않아. 그들은 여전히 마법 능력이 있기 때문에 이 대륙에 우글거리는 동물들을 사냥하면서 살아왔으니까. 그리고 아나자시족의 등장은 엄청난 혜택이었지. 내가 그들을 드래곤들도 두려워하는 전사로 만들었으니까."

"하지만 오랜 세월 드래곤들은 우리 인간에게 의존하고 있어요." 타라가 큰 소리로 말하면서 질겁하는 베티를 못 본 체했다.

그러나 기분이 좋은 붉은 여왕이 콧김을 내뿜으면서 대꾸했다.

"그래, 너희 종족이 많은 도시를 건설했지. 하지만 우리도 도시를 세울 수 있어. 우리가 이 행성에 뭘 만들어놨는지 알아? 우주선이야. 우리가 그걸 어떻게 만들었는지 알아?"

타라가 눈을 동그랗게 떴다.

"여기에…… 우주선이 있어요?"

"그래, 우주선 덕분에 우리는 공간이동의 문에 의존할 필요가 없어. 악마들로부터 지구를 지키기 위해 우리는 우주선을 타고 지구로 갔지. 너희 행성에 걸어놓은 민투스와 아메모루스 주문에도 불구하고 우리가 착륙했던 흔적들이 남아 있지. 예를 들어 인도에 가면 확인할 수 있을 것이다."

타라가 그 놀라운 정보들을 열심히 머릿속에 저장하고 있을 때 붉은 여왕이 또다시 기지개를 켜면서 하품이라도 하는 듯 아가리를 실룩거리자 등에서 뼈마디가 뚝뚝 꺾이는 소리가 났다. 무언의 명령을 알아차린 베티가 거대한 욕실로 뛰어갔다.

잠시 후, 붉은 여왕이 콧노래를 흥얼거리는 동안 소녀 둘이 거대한 몸집을 씻겨주고 비늘을 반들반들하게 닦았다.

타라는 두 소녀가 여왕의 갈퀴발톱을 깎고 있을 때 발가락 중 하나에 낀 검은색 철 반지를 발견했다. 이상하게 낯익다고 생각했지만 베티의 경고 때문에 타라는 관심 없는 체해야 했다.

세슈스 주문으로 물기가 완전히 마르는 동안 타라는 여왕의 붉은 갈기를 땋는 임무를 이행했다.

"음, 기분이 아주 상쾌하구나." 여왕이 말했다. "이제 점심을 먹기 전에 식욕을 위해 잠시 쉬어야겠다."

타라는 팔뚝에 박힌 인식 패스(신분증과 비슷한 것으로 인식 패스가 있어야 오무아 황궁과 다른 궁전을 돌아다닐 수 있다. 마법의 힘으로 살 속에 박혀 있기 때문에 도난을 당하거나 잃어버릴 위험이 없다)로 시간을 봤다. 믿을 수 없어! 벌써 두 시간이 흘렀다니! 녹초가 된 타라는 베티 옆에서 대기하고 있다가 붉은 여왕을 따라나갔다.

그들이 온실 앞을 지나가는데 꽃향기가 진동했다. 타라는 즉시 알아차렸다. 칼리르 꽃! 타라가 멈춰 섰다.

붉은 여왕이 타라를 곁눈질로 살피고 있었는지 걸음을 멈췄다.

"꽃향기가 굉장히 좋아요!" 타라가 순진한 얼굴로 냄새를 맡았다. "무슨 꽃이에요? 아더월드에서는 한 번도 본 적이 없어요."

"이게 바로 미친병을 치료하는 칼리르 꽃이야. 금지된 대륙에서만 자라는 식물이니까 당연히 본 적이 없겠지. 하지만 다른 용도로도 쓰인다는 걸 나중에 알게 될 거다."

"꽃다발을 만들어서 제 방에 가져가도 되겠습니까, 마마? 향기가 어찌나 좋은지…… 그런 병을 치료하는 효과가 있을 것 같지 않습니다."

여왕이 인간의 몸짓을 흉내 내듯 어깨를 으쓱했다.

"내가 향기 때문에 이 식물을 재배하는 건 아니지만 몇 송이만 꺾어서 꽃다발을 만드는 것은 허락하겠다."

"고맙습니다, 마마."

"나는 괴물이 아냐. 나에게 복종하고 공손하게 굴면 너와 나는 잘 통할 수 있어."

아더월드를 침략하지 못하게 막으려면 붉은 여왕을 당장에라도 핸드백으로 만들어야 하지만 타라는 행복해하는 얼굴로 역겨움을 감추었다.

그들은 타라가 처음 보는 곳에 이르렀다. 한가운데를 모래로 두텁게 쌓은 거대한 노천 경기장이 있었다. 그 순간 타라는 여러 가지 생각이 뇌리를 스쳤다.

2000년 전 지구의 로마인들, 고대 로마의 원형경기장……!

검투사들이나 곰과 사자, 표범과 맞서 싸우다 처절하게 죽어간 희생자들…….

그러나 늑대인간들의 경우는 달랐다. 늑대인간들은 단순히 맹수가 아니라 의식을 지닌 영리한 존재, 납치되었다가 억울하게 금지된 대륙으로 추방된 아나자시족이었다.

그런데 드래곤들을 상대로 싸워야 한다면…….

사슬에 묶인 드래곤이 그레이 드래곤들에게 끌려오면서 포효하고 있었다. 광기 어린 눈빛으로 거품을 물면서 알아들을 수 없는 저주를 퍼붓고 있었다. 염소들을 지켜주려고 애쓰던 동족 드래곤을 잡아먹은 푸르스름한 빛의 드래곤……? 타라는 속이 뒤집어지면서 토할 것만 같았다.

"오래전부터 쫓고 있던 놈이지." 여왕이 설명했다. "묘약을 먹이는 데 실패하는 바람에 놈이 나의 드래곤을 수없이 죽였어. 어찌나 영악하고 눈치가 빠른지 함정을 놓아도 번번이 실패로 돌아갔지. 그래서 이번에는 약을 먹인 드래곤에게 혼자서 염소 떼를 지키게 했더니 영락없이 걸려든 거야. 놈이 그 드래곤을 잡아먹으면서 중독이 되는 바람에 마침내 생포하는 데 성공했지."

소름이 끼친 타라는 여왕을 쳐다보면서 속으로 말했다. 그 약은 당신이 먹어야 하는 것 아냐? 미친 드래곤을 붙잡기 위해 어떻게 동족을 그렇게 처참하게 희생시킬 수 있단 말인가!

그렇지만 여왕으로서는 그것이 준엄한 법을 지키기 위한 방법일 수도 있었다. 그것이 이곳의 법이라면…….

초대를 받은 늑대인간들이 차츰 관중석을 채우기 시작했다. 그런데 늑대인간 다섯 명이 경기장 모래밭을 밟아 다지고 있는 모습이 보였다. 로인클로스로 아랫도리만 가린 알몸이라서 근육질 체격이 드러나 있었고 목걸이는 걸지 않고 있었다. 남자 넷과 여자 한 명이었다. 날씨는 덥고, 수많은 늑대인간이 풍기는 사향 냄새가 진동했다. 타라는 이마에 흐르는 땀을 닦았다. 은은한 초록빛 모래와 드래곤들의 비늘이 햇빛을 받아 반짝거렸고, 경기장이 흥분으로 술렁거리기 시작했다.

붉은 여왕이 일어나자 경의를 표하는 함성이 일었다. 늑대인간들이 군주를 찬양하고 있었다. 많은 늑대인간이 정말로 여왕을 좋아하는 것 같은 모습에 타라는 놀랐다. 타라의 눈과 마주친 베티가 천천히 고개를 숙였다. 대다수의 늑대인간이 미친 여왕에게 충성하고 있다면 베티가 꾸미고 있는 작전이 쉽지 않을 텐데…….

타라는 늑대인간들의 마음을 이해할 수 있을 것 같았다. 어쨌든 늑대인간들의 입장에서는 여왕이 고맙지 않겠는가. 방어할 수 있는 늑대로 변신하기 전에 미친 드래곤들에게 잡아먹힐 수도 있었는데 여왕이 동족인 드래곤을 희생시키면서까지 미친 드래곤을 처결하고 있지 않은가. 언제 잡아먹힐지 모르는 공포 속에서 살 것인가, 안전을 보장받는 노예로 살 것인가? 둘 중 한 가지를 고르라면 무엇을 선택하겠는가!

타라와 베티가 무슨 생각을 하고 있는지 전혀 모르는 여왕이 발을 들더니 쇠사슬에 묶인 드래곤을 향해 붉은 광선을 발사했다. 드래곤은 목걸이를 걸고 있지 않지만 마법을 사용하려고 애쓰지 않았다. 머리를 흔들며 맹수처럼 으르렁거리고 포효하면서 이빨을 딱딱 마주치고 있었다. 이윽고 놈이 기다리고 있는 작은 먹이들을 향해 전진했다. 모래밭을 다지고 있던 늑대인간 다섯 명이 잖아? 시간이 너무 촉박해서였을까, 늑대인간들 중에는 완전한 늑대로 변신한 것도 있고, 모습은 털북숭이 동물인데 다리는 두 개밖에 없는 것도 있었다. 그런데 생김새만 늑대일 뿐 덩치가 훨씬 크고, 훨씬 날쌔고, 이빨도 훨씬 많아서 무시무시해 보였다.

그렇다고 해도 무엇이든 갈가리 찢어발기고 짓뭉개버릴 수 있는 드래곤에 비할 수 있으랴. 온몸에 덮인 가공할 비늘로 늑대들의 공격을 가볍게 막아낸 드래곤이 달려드는 늑대를 단숨에 쓰러뜨렸다. 우지끈거리는 소리가 나더니 늑대가 비명을 질렀다. 자기가 사자라고 착각한 듯 드래곤이 먹이를 물고 흔들어대자 나머지 늑대들이 공격했다. 드래곤이 뒷발의 힘줄을 겨냥하는(상대를 꼼짝 못하게 하는 늑대들의 전형적인 수법이었다) 송곳니들을 피하더니 비늘 덮인 꼬리로 늑대 한 마리를 돌돌 말아서 날려버렸다. 돌벽에 부딪힌 늑대가 그대로 널브러졌다. 그 사이에 부분적으로만 변신한 늑대인간이 드래곤의 꼬리를 잡고 매달렸다. 엄청난 충격에도 불구하고 필사적으로 매달려 있던 늑대인간이 꼬리를 물어뜯자 비늘이 떨어지고 있었다. 이번에는 드래곤이 비명을 질렀다. 드래곤이 물고 있던 늑대를 내려놓는 순간 타라는 가까스로 구토를 억눌렀다. 늑대가 거의 두 동강이 나 있었으니…….

드래곤이 드디어 불을 뿜어내기 시작했다. 그러나 불을 두려워하는 늑대들이 어찌나 빠르게 움직이는지 드래곤은 불을 조준할 수 없었다.

붉은 여왕이 이글거리는 눈빛으로 몸을 숙였다. 그 순간 타라는 드래곤들이 왜 그렇게 늑대인간을 두려워하는지 깨달았다. 드래곤이 널브러진 먹이를 향해 돌아섰는데 거의 다 죽어가고 있던 늑대가 믿을 수 없는 속도로 새살이 돋으면서 되살아나고 있는 것이 아닌가.

성난 드래곤이 송곳니들을 딱딱 마주쳤고, 이번에는 가차 없이 해치웠다. 늑대는 머리가 잘린 채 숨이 끊어져 있었다.

그걸 본 늑대들이 마치 피 냄새를 맡은 짐승이 날뛰는 것처럼 광분했다(물론 늑대로 변신해 있지만 원래는 인간이 아닌가). 지칠 대로 지친 드래곤이 뒷걸음칠 때까지 그들은 계속 공격하면서 집요하게 달려들었다. 드래곤이 불을 내뿜는 속도가 점점 느려졌고, 움직임도 둔해지고 있었다.

드래곤은 날아가고 싶었지만 늑대인간들이 예상하고 있었다는 듯 자이언트 거미줄 그물을 펼치고 있었다. 경기장 한쪽은 이미 강철 그물망에 막혀 있었다. 눈 깜짝할 사이에 그물에 걸린 드래곤이 그물을 불태우려고 필사적으로 애를 썼지만(그물이 불연성이라는 걸 몰랐을까?) 땅으로 끌려 내려왔다.

늑대 중 하나가 드래곤의 뒷발을 물어뜯었고, 그것으로 종말을 고했다. 부상당한 드래곤이 늑대만큼 빠르게 움직일 수 없게 되자 늑대인간들이 아가리에서 피를 뚝뚝 흘리면서 승리의 환호성을 질렀다. 동정심이라곤 없는 붉은 여왕이 사형선고를 내렸다. 늑대인간들은 동족의 열광적인 환호를 받으며 경기장에서 질질 끌려나가는 드래곤을 따라 퇴장했다. 붉은 여왕이 미소 지었다.

"좋아, 아주 좋아! 그다음! 훨씬 주도면밀한 상대와는 어떤 결과가 나는지 이제 구경 좀 할까……."

여왕이 손짓하자 경기장 모래밭으로 파란빛과 은빛 비늘의 드래곤이 걸어왔다. 타라는 아연실색했다. 아니 저 드래곤은……?

셈나샤오비로다인트라쉬부, 셈 선생님이었다!

19

뱀파이어

심하게 물리는 것에 비하면
최면에 걸린 것쯤이야……

*

지치지도 않는지 경비병이 방 앞을 계속 왔다갔다하고 있었다. 침대에 누운 파브리스는 발소리에 귀를 기울이고 있었다. 원-투-쓰리-포, 빙그르르 회전, 원-투-쓰리-포, 빙그르르 회전. 거의 최면술이나 다름없었다.

이상한 대륙에서 노예 신분으로 보낸 첫날을 돌이켜보던 파브리스는 눈이 스르르 감겼다. 오전 내내 죽도록 일을 시키더니 한마디 설명도 없이 방으로 몰아넣고 가두었다. 파브리스는 친구들, 특히 무아노와 떨어져 있는 것이 싫었다. 그토록 강력한 마법을 찬양하던 파브리스가 붉은 여왕의 마법에 두려움을 느끼면서 몸서리치고 있었다.

파브리스가 벌떡 일어났다.

원-투, 더 이상 발소리가 들리지 않았다. 무언가가 경비병의 걸음을 가로막고 있다는 뜻인데……. 갑자기 엄청나게 큰 밀크셰이크를 빨대로 힘차게 빨아들이는 것 같은 이상한 소리가 났다. 이어서 문이 열리고 경비병이 들어왔다. 파브리스가 후닥닥 침대에서 뛰어내렸다. 경비병이 아무 말 없이 앞뒤로 비틀거리면서 머리를 축 늘어뜨리고 있는데…… 모습이 꼭 죽은 것 같았다.

경비병이 발치에 푹 쓰러졌을 때 파브리스는 소스라쳤다. 그 순간 보이지 않는 무언가가 감시카메라를 떼어내서 발로 짓밟아 버렸다. 파브리스는 박살이 난 스쿠프 조각을 멍한 얼굴로 내려다보았다.

고개를 들던 파브리스가 공포에 질려서 굳어버렸다.

여전히 고혹적이며, 핏기라곤 없이 창백하고, 냉혹한 사냥꾼 뱀파이어 셀렌바가 서 있는 것이 아닌가.

뱀파이어가 포식한 고양이처럼 입을 닦았다.

"으음……." 셀렌바가 말했다. "늑대인간의 피는 처음 먹어봤는데 그 맛이 인간의 피보다 훨씬 진하고…… 아주 자극적이야. 딱 하나 단점은 죽이기가 아주 힘들다는 점이지. 복종하게 만들고 싶었는데 불가능하더군! 늑대인간의 피는 나의 최면술이 통하지 않았어. 그래서 안됐지만 간식 삼아 놈의 피를 좀 빨아 먹었지."

"무슨 일로……."

"무슨 일로 왔냐고? 내 보스가 애지중지하는 타라를 보호하러 왔지(셀렌바의 얼굴이 비웃음으로 일그러졌다). 그런데 다행히 너희가 아주 미숙하게 행동했단 말이지! 내가 아니면 그 계집애는 영원히 여기서 지내게 생겼으니."

"그런데…… 어떻게……."

"어떻게 이 대륙에 들어왔냐고? 너희와 마찬가지로 카무플루스를 사용했지. 나는 발각되지 않았어. 박쥐로 둔갑했더니 레벨루스가 알아채지 못해서 너무 싱겁게 끝났지. 붉은 여왕이 너희에게 비열한 장난을 치리라는 걸 알고 있었기 때문에 한 집에 숨어 있었는데 역시 예상이 빗나가지 않더군. 너희는 쉽게 믿었지만! 이제 나는 너희를 여기서 구해내고, 붉은 여왕이 아더월드를 침략할 수 있게 도와줄 거야. 인간들은 드래곤들을 추방해야 해. 피비린내 나는 전쟁이 끝나고 나면 나의 보스가 이 행성의 수장이 되는 거지. 아주 마음에 들어. 드래곤들이 영원히 돌아버릴 테니까!"

"근데 왜…… 왜……."

"왜 네 방에 들어와서 내 존재를 드러내느냐고? 절호의 기회거든. 여왕이 경기장에서 살생을 즐기고 있는 중이라서 아무도 스쿠프를 감시하지 않으니까. 그들은 네가 화가 나서 카메라를 부쉬버렸다고 생각하겠지. 그러면 너를 회초리로 때리거나 어쩌면 죽일지도 몰라. 나는 죽은 경비병을 감쪽같이 없앨 수 있지. 여기는 늑대인간들만 있는 게 아니거든. 수많은 포식동물이 맛있는 먹이를 발견하고 잔치를 벌일 테니까."

파브리스가 침을 꿀꺽 삼켰다. 특히 '회초리'로 맞을 거란 말이 찜찜하게 귀에 걸렸다.

"그리고 또 다른 이유도 있지." 뱀파이어가 파브리스에게 다가서면서 말했다. "난 네가 필요하거든."

"나…… 나요?"

"그래, 네가 필요해. 반항하지 마라!" 뱀파이어가 즐거워하는 얼굴로 파브리스를 벽으로 밀어붙였다. "걱정 마, 거의 아무런 느낌도 없을 거야."

파브리스는 어찌나 겁이 나는지 심장이 터질 것 같은 느낌이 들었다. 파브리스는 정신을 바짝 차리면서 간신히 두려움을 이겨냈다. 이 끔찍한 여자에게 군말 없이 당해주면 좋겠지만…… 반전이라는 것이 있단 말씀이지! 파브리스가 있는 힘을 다해서 주먹을 날렸다. 뱀파이어가 정말로 예상하지 못한 모양이었다. 얼굴을 정통으로 얻어맞은 뱀파이어가 나가동그라지면서 망신스럽게도 엉덩방아를 찧었다.

파브리스가 고함을 지르면서 문 쪽으로 뛰어가려고 했지만, 뱀파이어가 더 빨랐다. 뱀파이어가 발을 잡아서 넘어뜨렸으니, 콰당! 그리고 순식간에 파브리스를 올라타고 앉은 뱀파이어가 두 손으로 꼼짝 못하게 제압했다. 얼굴에서 피가 흐르자 파브리스는 미친 듯이 발버둥 쳤다.

"음, 나쁘지 않아, 맛이 전혀 나쁘지 않아!" 뱀파이어가 몸부림치는 파브리스를 토닥이면서 속삭였다. "난 네가 그렇게 민첩하지도 그렇게 강하지도 않다는 걸 알고 있었지! 브라보! 하지만 이걸로는 부족하지. 너무 부족해."

파브리스가 방어할 겨를도 없이 뱀파이어가 목을 깨물었다.

뱀파이어의 말이 맞았다. 통증은 그리 심하지 않았다. 독성 있는 침 때문에 깨물린 상처의 통증이 가라앉으면서 파브리스는 더 이상 저항하지 않았다. 뱀파이어가 생명을 훔치는 동안 파브리스는 몸이 가벼워지는 느낌이 들었다.

마침내 일어난 뱀파이어가 한 손으로 파브리스를 잡아끌어서 소파에 앉혔다.

"이제부터 너는 나의 눈과 귀가 되는 거야. 네가 보거나 듣는 것은 무엇이든 나에게 보고하고, 내 말에 무조건 복종해야 돼, 알았니?"

"눈, 귀, 보거나 듣는 것, 복종. 네, 알겠습니다." 파브리스가 눈을 반쯤 감은 채로 힘없이 대답했다.

"푸하하하하." 뱀파이어가 만족스러운 얼굴로 웃었다. "어디 물린 자국 좀 보자. *레파루스의 이름으로* 상처는 사라지고 피는 멈출지어다!"

송곳니 자국 두 개가 사라졌다.

뱀파이어가 고개를 끄덕였다.

"좋아, 좋아! 파브리스, *소메이유스의 이름으로* 네 영혼과 육신은 잠들지어다!"

그리고 칠흑 같은 어둠에 잠겼다.

잠에서 깼을 때 파브리스는 통증을 느꼈다. 그러나 오전 내내 중노동을 했던 걸 생각하면 놀랄 일은 아니라고 생각했다. 파브리스는 잠들었던 소파에서 일어나면서 눈이 휘둥그레졌다. 부서진 스쿠프 조각들이 바닥에 흩어져 있는 것이 아닌가.

그때 문이 벌컥 열리면서 경비병들이 들이닥쳤다. 그중에서 은발의 늑대인간이 파브리스를 거칠게 벽으로 밀어붙였다.

"어디 있어?" 늑대인간이 격분해서 소리쳤다.

"누구를 찾는데요?" 파브리스가 어리둥절한 얼굴로 물었다.

"허튼 수작 부리지 마! 네 방문 앞을 지키던 경비가 없어졌어.

다시 묻겠다. 어디 있어?"

파브리스가 눈살을 찌푸렸다. 늑대인간에게 떠밀려서 벽에 부딪혔을 때만 해도 순간적으로 뭔가 어렴풋이 생각날 듯했는데 금방 사라져버렸다.

"나는 아무것도 몰라요! 깜빡 잠이 들었다가 바닥에 떨어진 스쿠프를 발견하는 순간 당신들이 들이닥쳤어요. 내가 아는 건 그게 다예요! 나는 방에서 나가지 않았어요!"

"사실인 것 같습니다, 틸 장군님." 다른 한 명이 나섰다. "보십시오, 복도의 스쿠프에 방문 앞이 찍혀 있는데 질이 방으로 들어가는 장면만 보입니다."

틸 장군이 작은 카메라를 움켜잡더니 하얀 벽에 필름을 비추었다. 경비병이 멀어져 가다가 한순간 시야에서 사라지는데…… 방문은 닫혀 있다. 이어서 경비병이 비틀거리는 걸음으로 돌아온다.

"술에 취한 거야, 뭐야?" 틸 장군이 못마땅한 얼굴로 내뱉었다.

경비병이 방문을 열고 들어서자 문이 닫힌다. 잠시 후 다시 문이 열리고 경비병이 여전히 비틀거리는 걸음으로 나가서 복도를 따라 멀어져간다.

"경비가 근무지를 이탈하다니!" 틸 장군이 외쳤다. "루드, 빨리 찾아라! 저놈의 행동은 거론할 가치도 없다."

"스쿠프를 박살 낸 인간은 어떻게 할까요?"

“여왕에게 보고해야지. 어떤 벌을 내릴지는 여왕이 결정할 것이다.”

그들이 방을 나갔고 문이 쾅, 닫혔다. 파브리스가 문을 다시 열었지만 늑대인간들이 가로막았다. 파브리스는 얼이 빠진 얼굴로 침대에 주저앉았다. 뭔가 생각이 날 듯 날 듯했지만 도무지 기억할 수가 없었다.

하지만 스쿠프를 건드리지 않았던 것은 확실했다. 의자에 올라섰다고 해도 키가 작아서 손이 닿을 수 없는데……. 강한 의문이 들었다. 스쿠프를 누가 박살 냈을까? 도대체 무슨 이유로?

파브리스가 의문의 사건 때문에 머리를 쥐어짜고 있는 동안, 감방에 갇힌 드래곤들이 목걸이를 시험해보고 있었다.

“말고리셀란쉬부, 감옥 안이 너무 더운데 시원하게 좀 해보게.” 살루가 지시를 내렸다. “마법이 바깥으로 나가지 않게 범위를 감방 안으로 제한해서.”

젊은 드래곤 말고리가 질겁했다.

“하지만…… 목걸이 때문에 위험합니다!”

“말고리가 그런 위험을 무릅쓰겠어요?” 덩치가 작은 그린 드래곤 산트라미빈크라트린쉬바가 빈정거렸다. "얼마나 겁이 많은데! 나한테 맡기세요, 살루."

그린 드래곤 산트라가 정신을 집중했다. 목걸이가 즉시 반응했고, 산트라가 고통의 신음 소리를 내면서 주저앉았다.

"빌어먹을, 초고감도로 반응하는군!" 산트라가 중얼거렸다. "살루, 마법을 사용하면 안 되겠어요."

그린 드래곤이 상스러운 소리를 내뱉는 걸 보면 정말 고통스러운 것이 틀림없었다.

기회를 잡았다는 듯 레드 드래곤 말고리가 쏘아붙였다.

"그러니까 나를 그렇게 함부로 모욕하면 안 되는 거요, 산트라. 나는 어리석은 것이 아니라 현실적인 거니까! 그 여왕은 주도면밀해요. 이제 마법을 사용하면 어떻게 되는지 똑똑히 알았소?"

"그만큼 혼이 났으면 이젠 그 오만함을 버렸을 거라고 생각했더니…… 아직 한참 멀었군요." 산트라가 말고리를 향해 기분 나쁜 미소를 흘리면서 말했다.

레드 드래곤 말고리가 으르렁거리면서 달려들려고 하자 살루가 가볍게 제압했다.

"둘이 바보 같은 싸움을 굳이 보태주지 않아도 지금 사태가 심각하다고 생각하지 않나? 끝장날 때까지 치고받는 것은 자네들 마음인데 여기서 나가기 전에는 안 돼! 알았나?"

"맞습니다." 산트라의 쌍둥이 드래곤 샨비트라미샤트린쉬부는 한술 더 떴다. "지금은 붉은 여왕과 싸워야 할 때입니다. 그래서 말인데요, 누구 좋은 계획 없습니까?"

살루가 놓아주자 의기소침해진 말고리가 짚자리에 털썩 주저앉았다.

"수천 년 동안 우리가 여기서 벌인 짓이 옳은 일이 아니라는 걸 우리는 알고 있었다. 만약 붉은 여왕이 금지된 대륙을 빠져나가면서 이 행성을 유혈의 도가니로 만들어버린다면 인간, 엘프, 뱀파이어, 난쟁이 종족과 우호적 관계를 맺어온 우리는 그 대가를 톡톡히 치르게 될 것이다."

"우리는 악마들로부터 그 모든 종족을 구해줬습니다." 레드 드래곤 말고리가 반박했다. "우리는 인간들에게 아무런 책임이 없습니다."

"나도 그렇게 생각한다." 블랙 드래곤 살루가 대꾸했다. "그리고 내 의무가 뭔지도 알고 있고."

"그래서 어떻게 하실 겁니까?" 말고리가 불안한 목소리로 물었다.

"5," 살루가 스쿠프를 쳐다보면서 대답했다. "18, 23, 14, 58, 82, 5, 33, 118."

"4!" 말고리가 외쳤다. "설마……?"

"22," 산트라도 합세했다. "16, 13, 33!"

"이제 됐다!" 살루가 딱 잘랐다. "이상 끝."

그러고는 동지들이 안중에도 없는 것처럼 살루가 눈을 감고 뭐라고 흥얼거리더니 명상에 잠겼다.

샤름과 셈은 멀찍이 떨어져서 그 광경을 지켜보고 있었다. 다른 포로들과 함께 붙잡혀왔지만 둘은 다른 감방에 갇혀 있었다.

"그런데 숫자는…… 수수께끼예요, 뭐예요?" 샤름이 스쿠프들이 들을까 셈의 귀에 대고 속삭였다.

"미친 드래곤들은 수학을 못하니까. 살루, 말고리, 산트라, 샨비 같은 진압군의 장교들은 자기들끼리 의사소통할 수 있는 암호를 사용하지요. 나는 혐의를 받고 있는 터라 껴주지 않아서 무슨 뜻인지 몰라요."

"하지만 나는 아니잖아요. 그런데 나한테도 알려주지 않다니!"

샤름이 분개했다.

"나도 그 이유는 몰라요." 셈이 몹시 난처한 얼굴로 말했다.

"샤름 당신도 군대에 소속된 장교 아니었소?"

"아니요, 왜요?"

"나를 제외한 지원자는 모두 군대나 드래곤 비밀정보국의 장교들이에요. 살루가 무슨 생각을 하는지 모르겠지만 다른 드래곤들은 그의 생각에 그리 동의하지 않는 것 같으니까 당신도 각오하고 있어요."

"뭘 각오해요?"

"무슨 일이 있을지 모르니까. 스쿠프들 때문에 결행하기 전에는 우리에게 작전을 말해주지 않을 거요."

머리를 끄덕이던 샤름이 셈에게 바짝 붙어 있었던 걸 깨닫고 얼른 물러앉았다.

"셈?"

"왜요?"

"아버지를 죽이지 말았어야 했어요. 그냥 꼼짝 못하게 마비시키는 것으로도 충분했는데……."

오, 드래곤들의 신이시여! 그 짐을 죽는 날까지 짊어져야 하는 겁니까?

머리를 흔드는 셈의 노란 눈빛이 지쳐 있었다.

"샤름, 당신의 아버지는 나보다 훨씬 강력한 드래곤이었어요. 나를 죽이려고 했고, 공격하지 않았다면 내가 죽었을 거예요. 그랬다면 당신 아버지가 만든 기계가 지구를 파괴하고 수많은 생명을 죽였을 겁니다. 맹세하는데 오로지 당신을 위한 일이었다면 죽이지 않았을 거요. 유니콘의 뿔은 당신 아버지의 심장을 하나만 찔렀던 게 틀림없는데…… 불행히도 극도로 흥분해서 몸부림치는 바람에 뿔이 너무 깊이 들어갔고 남은 심장까지 뚫린 겁니다. 그래서 내가 미처 손쓸 사이도 없이 숨이 끊어진 거예요. 그러나 그런 일이 또다시 일어난다고 해도 나는 똑같이 할 겁니다. 샤름, 당신의 아버지는 너무 엄청난 죄를 지었어요. 당신의 아버지가 꾸민 일, 그 무시무시한 기계를 만들기 위해 납치했던 아나자시족을 이 대륙에 몰아넣고 미친 드래곤들의 노예로 만든 사실이 알려졌다면 처형되었거나 이 대륙에서 생을 마쳤을 겁니다. 붉은 여왕이 자기를 이 대륙으로 추방했던 왕을 얼마나 오래 살려두었을 거라고 생각합니까? 끔찍하고 아주 비극적인 일이었지만 당신 아버지의 명예를 구하는 유일한 방법이기도 했어요. 그리고 맹세하겠소, 절대로 그 일을 폭로하지 않겠다고……."

샤름의 눈에 눈물이 글썽했다. 셈을 얼마나 사랑했던가! 사랑을 고백할 때의 서툰 행동에 즐거워하고, 용기에 감동하고, 뛰어난 능력에 그토록 탄복했는데! 샤름은 그 무엇보다도 셈이 열정적이면서 감수성이 예민하다는 걸 알고 있었다. 그러나 아버지의 끔찍한 죽음 때문에 깊은 상처를 입은 샤름은 셈을 증오하지 않을 수 없었다. 이제 여러 달이 흘렀고, 찢어지게 아프던 상처가 서서히 아물고 있었다.

"여길 빠져나갈 가능성이 전혀 없는 건 아니겠죠?"

"절대로 희망을 잃지 맙시다."

샤름이 눈물을 멈추고 다크 서클이 생긴 눈으로 셈을 뚫어지게 쳐다봤다.

"지금 우리가 죽는 거라면 나는 드라보울리로기르그(드래곤들의 천국을 뜻한다)에 가지 않아도 돼요."

샤름이 다정하게 셈을 끌어안으면서 주둥이를 포갰다.

셈이 스쿠프들을 힐끔 쳐다보고 나서 운명에 맡겼다. 지금은 글부일(드래곤들의 지옥을 뜻한다)에 떨어진다고 해도 점잔을 떨 때가 아냐. 붉은 여왕의 마음에 안 들어도 할 수 없지.

샤름이 뭐라고 속삭였기 때문에 셈이 머리를 숙였다. 그리고 무슨 말인지 이해했을 때 셈의 표정이 굳어졌다.

"당신과 마지스터가 무슨 관계예요? 타라의 말로는, 당신이 마지스터에게 엄청난 실수를 저질렀지만 믿을 만한 드래곤이라고 했어요. 나도 알아야겠어요, 셈, 혹시 내 아버지와 관계되는 일이라면……."

셈이 입술을 깨물었다. 그 흉악한 마지스터를 훈련시킨 것이 자신이라고 어떻게 고백한단 말인가! 더구나 붉은 여왕이 그 비밀을 도청해서 이용할지도 모르는데 어떻게 여기서 그 말을 한단 말인가. 샤름이 뚫어져라 쳐다보다가 더 세게 끌어안았다.

갑자기 들리는 요란한 발소리와 철창 소리에 놀란 그들은 바짝 긴장했다.

늑대인간들과 그레이 드래곤들이 와서 그들을 끌어냈다.

그들 중 누구도 상대의 질문에 대답하지 않았다. 그러나 피 냄새가 점점 진동하자 셈은 어디로 끌려가는지 알아차렸다. 붙잡혀올 때 궁전 뒤쪽 피라미드 밑에서 언뜻 봤던 원형경기장으로 데려가는 것이 분명했다.

샤름이 경기장에서 벌어지는 격투 장면을 보면서 공포의 비명을 질렀다. 드래곤 하나와 늑대 다섯이 대결하고 있었다. 저건……? 동족을 잡아먹던 드래곤이 아닌가! 샤름이 금방 알아봤다.

"싸우는 방식을 잘 살펴봐요." 셈이 억지로 보게 하면서 샤름에게 속삭였다. "나중에 당신의 목숨을 구해줄지 모르니까."

"내 목숨을 구해줘요?" 충격을 받은 얼굴로 샤름이 말했다.

"그럼……."

숨이 턱 막힌 샤름은 더 이상 말을 이을 수 없었다.

"우리가 여길 그냥 구경이나 하러 끌려온 건 아닌 것 같으니까." 셈이 침울하게 말했다. "내 생각에는……."

셈의 예감이 적중했다. 늑대들의 승리로 격투가 끝난 지 몇 분 후 늑대인간들이 셈을 경기장으로 끌고 나갔다. 샤름이 셈을 붙잡으려고 했지만 목걸이가 숨이 막힐 정도로 목을 졸랐다. 샤름이 쓰러지기 전에 마지막으로 본 것은 셈이 모래밭으로 걸어나가기 전에 보내는 고통스러운 눈빛이었다.

셈이 눈을 찡그렸다. 어느새 오후 1시였고, 해들이 중천에 떠 있었다. 이윽고 눈이 빛에 익숙해졌을 때 셈은 관중석을 바라봤다. 자기들의 승리를 확신하는 수많은 늑대인간이 웃고 떠들어대면서 고함을 지르고 있었다. 셈이 한숨을 쉬면서 붉은 여왕을 향해 걸어갔다. 여왕 옆에 타라와 베티가 나란히 서 있었다.

셈이 쇠사슬에 묶인 두 발을 쳐들면서 외쳤다.

"이렇게 족쇄를 채워둬야 할 정도로 내가 두려운가?"

"천만에." 붉은 여왕이 병사들에게 신호를 보냈다.

열쇠로 한 번 돌리자 쇠사슬이 풀렸고, 셈은 발목을 주물렀다.

"아더월드를 침략할 경우 당신은 우리를 상대로 마법 대 마법으로 싸워야 할 것이다. 당신의 늑대들은 물어뜯을 줄만 아는데 우리와 대적할 수 있다고 생각하는가? 아니면 늑대인간들에게 승리가 쉽다는 믿음을 심어주려는 건가?"

모욕을 당한 붉은 여왕이 소리쳤다.

"마법으로 싸우고 싶단 뜻인가? 그런다고 해도 문제될 것 없다."

놀랍게도 여왕이 셈의 목걸이를 풀어주라는 명을 내렸다. 목걸이가 없어지는 즉시 셈이 여왕을 향해 마법의 광선을 발사했는데…… 단단한 방패에 부딪혔다.

빌어먹을, 경기장 전체에 마법의 장벽을 작동시키고 있었군!

"아주 재미있겠어." 붉은 여왕이 혼잣말처럼 중얼거렸다.

여왕이 갈퀴발톱 하나를 쳐들자 늑대 다섯 마리가 조심스럽게 경기장으로 들어왔다.

셈이 돌아서서 늑대들을 유심히 살폈다. 움직임을 보면서 놈들도 여왕과 같은 보이지 않는 방패를 갖추고 있다고 확신했다. 여왕 쪽의 드래곤들도 지원해주고 있는 것이 틀림없었다. 마법으로 싸우는 것은 소용없는 일이었다. 그렇다면…… 뒤통수를 한 방 날려주지.

셈이 늑대인간으로 변신했다. 더 크고, 더 힘이 세고, 더 날렵한 늑대인간, 더 선명한 파란색이었다.

셈은 당황한 늑대인간들이 우왕좌왕하는 틈을 이용했다. 셈은 자신의 지구력과 힘, 민첩성이 오로지 마법의 힘이라는 걸 알고 있었던 것이다. 놈들을 재빠르게 제압하지 못하면 죽는 건데……. 셈은 파리를 잡듯 순식간에 늑대 한 마리를 낚아채서 빙빙 돌리다가 얼이 빠진 또 다른 한 놈을 잡았다. 그러고는 풍차 돌리기 기술로 두 놈을 함께 벽을 향해 내던졌다.

쿵, 콰당, 벽에 부딪힌 늑대 두 마리가 동시에 까무러쳤다. 남은 것은 세 마리. 셈은 두 놈이 기절해 있는 시간을 정확하게 계산하고 있었다. 승리하려면 불과 몇 분밖에 남아 있지 않았다.

셈이 냉정을 잃지 않고 다시 덤벼들었다. 이번에는 늑대가 기다리고 있었다는 듯 셈을 물고 늘어졌다. 셈은 소리를 내지 않으려고 이를 악문 채 공격했다. 당황한 늑대들이 어찌할 바를 모르고 있었다. 평소에 싸웠던 드래곤들은 비명을 지르거나 욕설을 내뱉으면서 무작정 흥분하기 때문에 차라리 상대하기가 쉬웠다. 그런데 파란색 늑대는 자기들과 같은 방식으로 움직이는 데다 물어뜯기면서도 찍소리도 내지 않기 때문에 상처를 입었는지 안 입었는지 종잡을 수가 없었다.

그중 한 마리가 선수를 치면서 달려들었다. 셈이 구르기로 날쌔게 공격을 피하는 것과 동시에 발을 날렸다. 방심하고 있던 또 한 놈이 난데없이 날아오는 발길질에 차여 나가동그라졌다.

1분도 채 안 되는 사이에 늑대가 두 마리만 남자 경기장이 찬물을 끼얹은 듯 조용해졌다. 붉은 여왕이 이빨을 부드득 갈고 있었다. 이렇게 영리한 드래곤이 있을 줄이야!

남은 두 마리는 제거하기가 만만치 않았다. 셈도 여러 군데 중상을 입었지만 처음에 쓰러뜨린 두 마리가 깨어나기 직전에 가까스로 해치웠다. 셈은 붉은 여왕의 발치에 널브러진 놈들을 끌어다 놓은 다음 다시 변신했다.

"내가 이겼는데 상금은 무엇인가? 나를 석방시켜주겠는가?"

붉은 여왕이 들은 척도 않고 명했다.

"이자에게 목걸이를 다시 채워라! 그리고 다른 드래곤들을 끌고 와!"

이번에는 챔피언 셈의 격투 장면을 유심히 지켜보고 있던 샤름과 살루, 산트라, 샨비, 말고리가 경기장으로 끌려나갔다. 드래곤들의 콧구멍이 벌렁벌렁 움직인다는 것은 두려워하고 있다는 표시였다.

블랙 드래곤 살루가 붉은 여왕을 향해 머리를 쳐들고 성큼 걸어나갔다.

“알려드릴 정보가 있는데 단둘이서만 말하고 싶습니다, 마마.”

“배신자!” 말고리가 몸부림치면서 고함을 질렀다. “이럴 수는 없습니다!”

살루는 쳐다보지도 않았다. 붉은 여왕이 혀를 날름 내밀고 입술을 핥으면서 미소를 지었다.

“점점 흥미롭군, 데려와라.”

병사들이 복종했고, 몇 분 후 살루가 붉은 여왕 앞에 섰다.

“협력하겠습니다. 하지만 조건이 있습니다.”

“당연히 그러시겠지.” 여왕이 비아냥거렸다. “말해보라!”

“우선 이 쇠사슬을 풀어주십시오. 참을 수가 없습니다.”

붉은 여왕이 머리를 끄덕이자 그레이 드래곤들이 블랙 드래곤의 쇠사슬을 풀어주었다. 블랙 드래곤이 쇠사슬 때문에 생긴 자국을 문지르면서 신음 소리를 냈다.

“아더월드를 침략한 뒤에 곁에서 마마를 직접 섬기고 싶습니다. 다른 누군가에게 복종한다는 것은 있을 수 없는 일입니다.”

"어림없는 소리!" 붉은 여왕이 말했다. "나는 이미 팀을 구성해 놓았다. 원수, 장군, 사령관, 대장은 정하지 않았지만 당신의 충성심은 아직 검증되지 않았다. 따라서 지금으로서는 거절이다."

타라는 충격을 받았다. 너무나 태연하게 배신에 대해 말하는 살루를 보면서 소름이 돋았다.

"지금으로서는? 그럼 앞으로 생각을 바꿀 수도 있다는 뜻입니까?" 살루가 물었다.

"그건 나에게 협력해준다는 정보와 앞으로 몇 달 동안 보여주는 당신의 태도에 달려 있다. 전쟁을 하면 희생자가 있기 마련인데 당연히 공석이 생길 테니까."

"기억해두겠습니다. 그리고 내 동지들도 풀어주기 바랍니다."

"당신이 배신하면 죽이려고 할 텐데?"

"그들의 생각을 바꿀 방법이 있으니까 그건 걱정 마십시오. 노예가 넘쳐나는…… 이곳의 삶이 아주 멋지기 때문에."

붉은 여왕이 몸을 쭉 폈다가 숙이면서 발을 내밀었다.

"좋아, 그럼 협상을 해볼까?"

살루가 미소를 지으면서 붉은 여왕의 발을 잡고 악수를 하듯 꽉 쥐더니…… 자신의 목걸이를 홱 잡아 뜯었다.

20

엘프, 드래곤

비상구가 없는 악몽 속에서 어떻게 길을 찾을까

*

베티가 비명을 지르면서 타라와 함께 바닥에 엎드렸다. 그러고는 폭발을 기다렸는데…… 아무 일도 일어나지 않았다. 타라가 한쪽 눈을 가늘게 떴다. 그레이 드래곤들과 늑대인간 병사들도 바닥에 납작 엎드려 있거나 관중석 기둥 뒤에 숨어 있었다.

붉은 여왕도 아직 살아 있다는 것이 놀랍다는 표정이었다. 살루와 여왕이 박살이 나 있어야 되는데……?

그 순간 그린 드래곤 산트라가 나타났는데 리모컨 같은 것을 들고 있었다.

산트라가 미소를 지으면서 아연실색한 여왕에게 말했다.

"쯧! 쯧! 쯧! 좀 더 조심하시지 그랬어요……. 우리가 아니었으면 큰일 날 뻔했잖아요!"

살루가 고함을 지르면서 물어뜯으려고 했지만 여왕이 단번에 제압했다. 드래곤의 세계에서는 대체로 수컷보다 암컷의 몸집이 더 크고, 키가 클수록 아름다운 드래곤으로 여겼다. 그렇다면 붉은 여왕으로 불리는 것이 드래곤들이 정한 미의 기준 때문인가? 여왕은 얼마나 힘이 센지 뒤늦게 달려온 그레이 드래곤들에게 살루를 가볍게 내던지는 괴력을 발휘했다.

여왕은 격분해 있었다. 체면을 잃은 것은 물론 목숨까지 잃을 뻔했으니 화가 나 있는 것이 당연하지 않겠는가.

"정말 대단하시군." 여왕이 비아냥거렸다. "이걸 인간들이 뭐라고 하더라……? 잃을 것이 전혀 없는 자기 자신을 희생시키는 자살 공격을 가미카제라고 하지, 아마! 숭고한 죽음을 택하셨다? 산트라, 이리 오너라."

거리낌 없이 다가서던 그린 드래곤은 여왕이 답삭 들어올리자 몹시 당황했다.

"왜…… 왜 이러세요?" 산트라가 숨넘어가는 소리로 말했다.

"나를 이런 식으로 놀라게 하다니! 다시 한 번 이따위 장난을 하면 너한테도 진짜 목걸이를 걸어줄 거야! 알았니?"

"네, 알았어요!" 눈이 튀어나올 듯 동그래진 그린 드래곤이 숨을 쉬려고 발버둥 쳤다.

"좋아."

붉은 여왕이 마지막으로 또 한 번 숨통을 조르는 것으로 몹시 불쾌하다는 표시를 하고 내려놓자 산트라가 성난 눈길을 던졌다. 쌍둥이 샨비가 다가와서 산트라를 부축했다. 샨비가 볼멘소리를 했다.

"태어났을 때부터 걸어놓은 제아스 주문 때문에 우리는 복종할 수밖에 없어요, 어머니." 샨비가 성난 어조로 말했다. "그러니까 우리에게 창피를 줄 필요는 없다고요!"

어머니? 어떻게 어머니야? 타라만 깜짝 놀란 것이 아니었다. 살루는 아연실색해 있었다.

좀 전에 하마터면 친딸의 목을 조를 뻔했으면서 붉은 여왕이 내가 뭘 어쨌는데? 하는 얼굴로 다정하게 말했다.

"얘들아, 너희를 만나서 정말 기쁘구나. 결정적인 순간에 도와준 것도 정말 고맙고. 특히 산트라, 너는 정말 대단했어. 당직을 서는 젊은 레드 드래곤을 감쪽같이 속여서 열쇠를 훔치다니! 어쩜 이렇게 영리할까, 앙큼한 것 같으니라고!"

마법으로 증폭된 여왕의 목소리가 쩌렁쩌렁 울리고 있어서 경기장에 있는 말고리셀란쉬부의 귀에도 들렸다.

"내가 속았어!" 심한 충격을 받은 말고리가 으르렁거렸다. "순전히 나를 이용하기 위해 유혹한 거였어! 산트라, 추잡한 것! 더러운 것!"

그린 드래곤이 소스라치게 놀랐지만 대꾸하지 않았다.

"제아스가 무슨 뜻이야?" 타라가 베티에게 속삭였다.

베티가 입 다물라고 말할 겨를도 없이 붉은 여왕이 나서서 대답해주었다.

"알을 낳았을 때 나는 드란보우글리스펜쉬르 행성의 드래곤들에게 내 알들을 주기로 결정했지. 내 자식들은 자유롭게 자라게 하려고. 멍청한 드래곤들이 소위 광기라는 내 유전인자가 있는지 확인하기 위해 내 알들을 검사했지만 내가 마법을 사용했을 거란 의심은 전혀 하지 않더군. 내가 제아스 주문을 걸어놨기 때문에 내 자식들은 금지된 대륙으로 돌아와서 나를 구출하기 위해 무슨 짓이든 하지 않을 수 없지."

쌍둥이 그린 드래곤들도 같이 감옥에 갇혀 있었는데……. 타라는 불쌍한 쌍둥이를 동정해야 할지, 배신한 것에 대해 증오해야 할지 알 수가 없었다.

"우리는 열쇠에 접근하기 위해 군대에 들어갔죠." 샨비가 변명을 하는 건지, 우쭐해서 떠벌리는 건지 알 수 없게 설명했다. "그런 다음 마지스터와 접촉했고, 열쇠를 내어줄 테니 우리 어머니를 구출해서 아더월드를 나눠 갖자고 제안했어요. 마지스터는 악마들의 림보를 거쳐서 해변에 도착했고 우리가 준 열쇠 덕분에 베티를 어머니에게 맡겼지요. 어머니는 이 대륙의 패권을 놓고 싸우는 샤온비그리슈쉬부를 완전히 제압하기 전에는 아더월드를 침략하지 않겠다고 주장했어요. 그래서 한 달간의 유예를 얻었지요. 그리고 우리가 지원자로만 구성되는 드래곤 팀에 들어가는 것은 어렵지 않았어요. 미친 드래곤들이 이 대륙을 유혈의 도가니로 만들어놓았다고 생각하기 때문에 선뜻 나서려고 하는 드래곤이 없었으니까요."

"불행히도 나는 아직 샤온비그리슈쉬부와의 문제를 완전히 해결하지 못했다." 여왕이 한숨을 내쉬었다. "예상보다 시간이 좀 더 걸리고 있어. 그러나 이제는 시간문제지. 그자가 협상하지 않고는 못 배길 방법을 알고 있으니까."

여왕이 마침내 살루를 노려보면서 외쳤다.

"당신, 나를 모욕하면 어떤 대가를 치르게 되는지 보여주겠다. 이 블랙 드래곤을 꼼짝 못하게 붙잡아라!"

"나를 죽일 수는 있겠지!" 살루가 소리쳤다. "하지만 절대로 우리 드래곤들을 이길 수 없다! 미친 머리에서 나온 어리석은 계획은 절대로 성공하지 못해!"

"이런! 난 당신을 죽이고 싶지 않은데 어쩌나!" 여왕이 빈정거렸다. "칼리르 꽃에 아주 놀라운 특성이 있거든. 다량으로 복용하면 광기를 치료하기는커녕 우리의 신진대사에 뜻밖의 효과를 주지." 여왕이 병사들에게 명을 내렸다. "이 드래곤의 아가리를 벌려라!"

살루가 필사적으로 버텼지만 그레이 드래곤들이 꼼짝 못하게 하고 아가리를 벌렸다. 여왕이 까치발을 하고 병에 든 초록색 액체를 살루의 아가리에 들이부었다. 살루가 기를 쓰고 발버둥 쳤지만 붉은 여왕이 포도주 한 양동이를 콸콸 쏟아 부었기 때문에 삼키지 않을 수 없었다.

액체가 몸속으로 퍼지는 순간 살루가 비명을 질렀지만 힘을 쓸 수가 없었다. 부들부들 떨던 다리가 어찌나 심하게 경련을 일으키는지 그레이 드래곤들이 더는 붙잡고 있지 못할 정도였다. 이윽고 블랙 드래곤이 변하기 시작했다. 검은 비늘이 반짝거리다가 사라지더니 몸집이 점점 줄어들고, 날개가 작아지다가 흔적도 없이 사라졌다. 납작해지는 주둥이, 가늘어지는 발…… 그러고는 정말 눈 깜짝할 사이에 드래곤이 아니라 소년의 모습이 나타났다. 소년의 몸에 너무 큰 목걸이가 툭 떨어졌는데…… 폭발하지 않았다. 여왕이 리모컨으로 폭발 기능을 정지시켰던 것이다.

소년 모습의 살루가 일어났는데 눈은 여전히 파충류의 금빛이었다.

"나를 어떻게 한 것이냐?"

"변신하고 싶으면 해보시지!" 붉은 여왕이 외쳤다. "목걸이가 없으니 두려워할 것 없다."

엄청난 충격 때문에 얼이 빠진 살루/소년이 여왕을 노려보다가 정신을 집중했다. 아무리 집중해도 허사였다. 살루/소년이 그제야 깨닫고 털썩 주저앉았다.

"안 돼애애애! 안 돼애애애!" 살루가 절망적으로 울부짖었다. "변신할 수가 없어!"

"정답!" 여왕이 흡족한 어조로 말했다. "당신은 변신할 수 없다. 약을 먹었으니 돌이킬 수 없거든. 당신은 남은 삶을 연약한 소년의 모습으로 살아갈 것이고, 원래의 모습은 되찾을 수 없다. 그리고 내 법에 불복하는 드래곤은 누구든 똑같은 운명이 될 것이다. 베티?"

베티는 무표정한 얼굴이었지만, 타라는 눈물이 글썽한 눈에서 친구가 살루/소년에게 동정심을 느끼고 있음을 읽었다.

"키에 맞는 목걸이를 채우고, 노예 숙소로 데려가라. 그리고 내일부터는 일을 시켜."

"네, 마마."

"음, 이제 식욕이 나는구나. 점심을 먹어야겠다!" 기분이 좋아진 붉은 여왕이 발을 문지르면서 외쳤다.

쌍둥이 그린 드래곤, 산트라와 샨비의 호위를 받으며 붉은 여왕 일가족이 위압적인 모습으로 경기장을 떠났다.

베티가 반쯤 의식을 잃은 채 고통스러워하는 살루/소년을 놀라운 힘으로 일으켜 세우더니 부축하면서 걸어갔다.

셈, 샤름, 말고리는 감옥으로 다시 끌려갔다. 타라는 그들에게 아무 말도 못하는 것이 안타깝지만 내색하지 않고 식당으로 향했다. 타라는 식사 시중을 들면서 붉은 여왕이 공주와 후계자에게 설명하는 계획에 귀를 곤두세웠다. 어머니 붉은 여왕이 게걸스럽게 먹어치우면서 정복, 피, 약탈……에 대해 열심히 설명하는 반면에 쌍둥이 남매 산트라와 샨비는 부르르 떨면서 거의 아무것도 먹지 못하고 있었다.

타라는 어머니의 계획에 찬성하지 않는 것 같은 산트라와 샨비의 표정을 포함해서 모든 정보를 머릿속에 저장했다.

오후 시간은 어찌나 빠르게 지나가는지 친구들과 마주칠 기회가 없던 타라는 복도를 지나가다가 나란히 일하는 로빈과 발라를 발견했다. 로빈이 바이올렛 엘프 발라가 건네는 물을 받아 마시고 있었다. 로빈의 입에서 흘러내리는 물을 닦아주면서 다정하게 미소 짓는 발라의 모습에 타라는 눈살을 찌푸리면서 돌아섰다. 타라는 갑자기 끓어오르는 질투심을 억제하려고 애를 썼다. 로빈의 사랑을 의심하지 않지만, 젊은 엘프는 아름다운 데다 타라가 상상할 수도 없는 것들을 기꺼이 허락할 텐데……. 만약 로빈이 그 때문에 발라를 선택한다면? 타라는 눈앞이 빙빙 돌아서 벽에 기대고 서야 했다. 안 돼, 약해지면 안 돼. 흔들리지 말자.

타라에게는 즐거운 하루가 아니었다. 억류되어 있기 때문이 아니라 꼬리를 물고 이어지는 온갖 의문에 시달렸기 때문이었다. 타라는 숙소로 돌아가다가 여왕의 온실에 들렀고, 정원사 드래곤의 날카로운 눈길을 받으면서 칼리르 몇 포기를 뿌리째 뽑았다. 그러고는 화분에 옮겨 심어서 방으로 가져갔다. 그토록 소원하던, 아버지를 소생시키려는 목적에 성큼 다가선 것인가. 이제 이 대륙을 벗어나기만 하면 되는데…….

타라는 저녁 식사 시간에 친구들을 만났다. 베티는 여왕의 거처에서 먹고 자기 때문에 곧바로 식당을 나갔다.

악취가 심한 데다 관리 상태가 엉망인 마구간을 청소하느라고 팔 네 개를 쉴 새 없이 움직였던 크산디아르는 녹초가 되어 있었다. 감시 카메라 스쿠프를 의식해서 그들은 거의 말을 하지 않았다. 타라는 그날 일어난 여러 가지 사건을 빨리 친구들에게 알려주고 싶어서 입이 근질근질했지만 친구들이 식사를 끝낼 때까지 기다렸다. 친구들이 실컷 먹고 났을 때 정작 타라의 입에서 제일 먼저 튀어나온 말은 경기장에서 봤던 장면이 아니라 너무 진부한 질문이었다.

"로빈, 너는 오늘 어땠어?"

하프엘프가 정체불명의 건더기가 둥둥 떠 있는 수프 그릇에서 눈을 들었다.

"발라와 나는 남쪽 복도를 청소했어. 먼지 차단 필터가 있는데도 드래곤들이 복도를 얼마나 더럽게 쓰는지 깨끗해지려면 며칠은 걸려야 할 것 같아. 너는?"

나? 나는 피 때문에 토할 뻔했고, 그다음에는 네가 발라와 웃던 모습이 자꾸 어른거려서 뭘 했는지도 모르겠어!

"경기장에서 늑대와 드래곤이 싸우는 걸 봤어." 타라가 덤덤하게 대답했다.

하프엘프가 불안한 얼굴로 스쿠프들을 가리켰다.

"근데 우리가 이런 얘기를 해도 되나?"

"베티에게 물어봤는데 괜찮다고 했어. 여왕에 관한 것을 포함해서 폭동, 반역, 탈주와 관련된 말만 안 하면 돼. 이 세 가지 낱말과 여왕에 관한 것은 스쿠프들이 예민하게 반응하니까 그것만 주의해."

정말로 카메라 세 대가 그들을 향해 움직이고 있었다. 타라는 스쿠프들을 향해 미소를 지으면서 손을 흔들어준 다음 로빈을 똑바로 쳐다봤다.

"그래서 뭘 봤는데?"

"친애하는 우리 셈 선생님도 늑대들과 격투를 벌였어."

"뭐?" 칼이 외쳤다. "배반한 드래곤……(칼이 스쿠프들을 힐끔 쳐다보고 나서 말을 이었다)과의 대적, 늑대인간들과의 대적, 이러다가 셈 선생님이 싸움꾼으로 소문나는 거 아냐? 별일 없는 거지? 다치시진 않았고?"

"부상을 좀 입긴 했지만 중상은 아냐. 늑대 다섯 마리가 공격하자 선생님도 늑대인간으로 변신했는데 훨씬 크고 날렵해서 모조리 쓰러뜨렸어."

"뛰어난 전술이야." 로빈이 높이 평가했다. "기억해뒀다가 우리가 마법을 쓸 수 있게 되었을 때 그 전술을 사용하자."

"배신자들이 누구인지도 알았어." 타라가 덧붙였다. "쌍둥이 그린 드래곤 산트라와 샨비는 붉은 여왕의 자식들이었어. 그들이 여왕에게 우리가 어디 있는지, 어떻게 할 건지 모두 알려줬던 거야."

"너는 그걸 어떻게 알았어?" 엘레아노라가 다시 한 번 감탄하면서 물었다. "붉은 여왕을 염탐이라도 한 거야?"

타라가 고개를 내저었다.

"아니, 나는 면허 받은 도둑 흉내를 낼 필요도 없었어. 살루가 여왕을 죽일 계산으로 코앞에서 목걸이를 확 잡아 뜯었는데……, 목걸이가 폭발하면 근처에 있는 건 모두 죽는 거잖아. 그런데 산트라와 샨비가 목걸이의 기능을 조종하는 리모컨을 갖고 있어서 작전이 실패로 끝났어. 그 쌍둥이가 목걸이의 폭발 기능을 정지시켰거든."

깜짝 놀란 로빈이 타라의 손을 잡자 엘프들의 대장 발라가 얼굴을 찌푸렸다.

"맙소사! 타라! 살루가 미쳤구나. 네가 있는 데서 그런 위험한 짓을 하다니! 하마터면 네가 죽을 뻔했잖아!"

타라는 목숨이 위태로웠는데도 마치 남의 얘기를 듣는 것처럼 고개를 끄덕였다. 그러고는 손가락이 긴 로빈의 섬세한 손을 마주 잡으면서 보란 듯이 발라를 쳐다봤다.

"게다가 붉은 여왕이 살루에게 이상한 약을 먹여서 인간으로 변신시킨 뒤 원래의 모습으로는 돌아올 수 없게 만들었기 때문에 살루가 거의 정신이 나가버렸지. 소년의 모습이 된 살루는 지금 어느 방에선가 쉬고 있어. 나는 여왕이 집무를 보는 동안 거처를 청소한 뒤에 저녁 식사와 잠자는 시중을 들었어. 여왕이 한밤중까지 해야 할 일이 있다면서 베티와 나를 아나자시족 하녀들로 교체해주더라고. 인간이 늑대인간보다 약하다는 걸 아는 것이겠지. 베티는 붉은 여왕의 거처로 돌아갔고, 나는 여기로 온 거야."

"와! 하는 일 진짜 많다." 칼이 놀란 얼굴로 말했다. "우리랑 바꾸고 싶지 않아? 나는 긁어내고 청소하고, 청소하고 긁어내고, 똑같은 일만 반복하기 때문에 지겨워서 죽을 지경인데. 로빈의 말이 맞아. 파충류들은 정말 지저분해."

“아, 그거였어!” 무아노가 갑자기 소리치는 바람에 모두 깜짝 놀랐다. “내가 왜 그걸 생각하지 못했을까! 그들의 이름이 열쇠를 뜻하는 거였어!”

“누구의 이름?”

“산트라와 샨비! 산샨비가 드래곤의 언어로 열쇠를 가리키거든!”

모든 것이 명확해졌다. 번번이 그랬듯이 타라가 이번에도 키디코이의 경고를 너무 늦게 알아차렸다. 그러니까 배신할 거라는 열쇠는 사물이 아니라 쌍둥이 드래곤이었구나!

“그런데 우리는 아직 여왕의 이름이 뭔지 모르고 있어.” 무아노가 말을 이었다.

“여왕은 이름으로 부르지 않아.” 뒤에서 낭랑한 목소리가 말했다. “‘마마’라고만 부르니까.”

물과 커피를 가져온 캐서린이 말한 것이었다. 그런데 캐서린은 스쿠프에 개의치 않는 것 같았다. 여왕의 신임을 얻고 있어서인지 날아다니는 카메라들도 캐서린이 무슨 말을 하든 신경을 쓰지 않았다.

“우리 여왕은 자기 이름을 알려주지 않아.” 캐서린이 말하면서 미소를 지어 보이자 제레미는 가슴이 콩닥콩닥 뛰었다. “이름에는 힘이 있다면서 그 반지를 끼면 누구든 본명을 알게 되어서 제압할 수 있다고 했어. 힘의 반지이기 때문에."

힘의 반지? 이게 무슨 밑도 끝도 없는 말이지? 〈반지의 제왕〉도 아니고……. 상상이 지나쳤나? 그 순간 호빗족 난쟁이가 들어오는 착각에 빠진 타라가 비명을 지를 뻔했다. 다행히 거대한 식당으로 들어온 것은 흔해빠진 평범한 늑대인간이었다. 타라가 한숨을 내쉬었다. 언제부터 늑대인간을 보면서 '흔해빠진'이라는 말이 떠올랐지? 늑대인간이라고는 태어나서 처음 보는데…… 이 대륙에 와서 날마다 보는 것이 늑대인간들이라서 그런가?

"그…… 반지가 어떤 건데?" 타라가 물었다.

"나도 몰라." 캐서린이 진지하게 대답했다. "그 반지 때문에 우리 여왕이 이 대륙으로 추방되었다는 것만 알아."

타라는 여왕이 발가락에 끼고 있는 반지와 2년 전 마지스터의 잿빛 요새에서 셈 선생님이 보여준 사물들의 리스트를 떠올리면서 몸이 뻣뻣해졌다. 악마의 힘을 지닌 13개의 사물과 섬세하게 묘사한 그림……. 그중 실루르의 옥좌와 저주받은 왕홀은 파괴했는데…… 이번에는 또 크라에토르비르의 반지라는 건가? 맞아, 바로 그 반지가 틀림없어! 맙소사! 절대 타협하지 않는 지킴이들이 철통같이 지키고 있는데 붉은 여왕이 어떻게 악마의 힘을 지닌 사물을 손에 넣었을까? 마지스터가 반지를 봤다면, 그렇지 않기를 바라지만, 반지를 빼앗기 위해 무슨 짓이든 할 텐데…….

타라는 주위를 둘러봤다. 지금 이 순간 마지스터가 금지된 대륙에 와 있을 수도 있었다. 하지만 마지스터가 어떻게 생겼는지 전혀 모르는데…….

이제 타라의 미션은 세 가지로 늘어났다. 첫째, 마지스터보다 먼저 반지를 빼앗는다. 둘째, 방에 확보해둔 칼리르 화분을 감쪽같이 갖고 나간다. 셋째, 친구들과 함께 이 대륙을 탈출한다. 아, 하나 더 추가. 로빈이 바이올렛 엘프의 품에 안기지 않게 막는다.

"근데 있잖아, 정말 이상한 일이 일어났어." 파브리스가 두 손을 흔들면서 말했다.

이런! 정말 할 얘기는 아직 꺼내지도 않았는데……. 친구들과 함께 의논해야 하는데…… 할 수 없지! 타라는 파브리스에게 일어난 사건을 들었다.

"내 방문 앞을 지키던 늑대인간 질이 아직 발견되지 않았어. 그래서 내가 도망이라도 칠까 봐 이제는 두 명이 지키고 있어. 스쿠프를 박살 낸 건 내가 아냐. 난 자고 있었거든."

무아노가 의아한 눈길로 쳐다봤다.

"자고 있었다고? 네가? 너 낮잠 자는 거 싫어하잖아. 낮잠을 자면 머리가 아프고, 또 한번 잠들면 일어나기가 너무 힘들다면서."

파브리스가 마치 심한 두통에 시달리는 듯이 이마를 문질렀다.

"응, 지금도 머리가 아파. 근데 이상한 건 잠들었던 기억이 전혀 안 난다는 거야. 붉은 여왕이 나를 무슨 일인가에 모르모트처럼 이용한 다음에 내 기억을 지워버린 거 아닐까?"

"뭐 때문에 그걸 감추겠어?" 칼이 지적했다. "여왕은 누가 보거나 말거나 우리에게 무슨 짓이든 할 수 있는데!"

타라가 얼굴 곳곳을 어찌나 정신없이 만지는지 얘기하던 칼은 신경에 거슬렸다.

"아닙니다." 크산디아르가 타라를 유심히 살핀 후 대답했다. "그건 아닙니다. 무슨 이유인지는 모르겠지만 마마의 친구를 납치한 자는 아닐 겁니다."

타라가 얼굴을 만지며 다시 손짓을 했다.

"네, 그렇게 하겠습니다." 크산디아르가 대답했다.

친구들이 어안이 벙벙한 얼굴로 쳐다봤지만 타라는 아무 말도 하지 않았다.

"타라?"

"왜, 칼?"

"다음에 나한테 또 미션을 맡길 생각이면 제발 부탁인데 이런 식으로 대놓고 비밀을 만들지 마! 이럴 때는 네가 정말 싫어."

"미안해, 정말 미안해."

식욕은 전혀 없지만 타라와 친구들은 대충 배를 채웠다. 그때 경비들에게 아랑곳없이 베티가 식당을 가로질러서 어떤 방으로 들어가는 것을 보고 그들은 깜짝 놀랐다. 호기심이 동한 그들도 따라갔다.

살루/소년이 침대에 누워 있는데 열이 심한지 베티가 물수건으로 펄펄 끓는 이마를 닦아주고 있었다. 인기척을 느낀 베티가 타라와 파브리스를 돌아보면서 속삭였다.

"여왕이 드래곤에게 벌을 내린 것이 처음은 아냐. 상태가 아주 나쁜 경우가 몇 번 있었는데 너희 드래곤도 그런 것 같아. 열 때문에 뇌가 손상되지 않게 몸을 차게 해줘야 해. 너희가 좀 해줄 수 있겠어? 난 밤이 되어야 돌아올 수 있는데."

"물론이지." 타라가 대답했다. "친구들이랑 내가 보살필게. 너는 가서 좀 쉬어."

타라에게 어색한 미소를 지어 보이고 나서 베티가 마지막으로 땀에 젖은 이마를 어루만진 다음 방을 나갔다.

"재…… 살루를 정말 좋아하나 봐." 파브리스의 '옛 여친'이 나가자 마음이 놓인 무아노가 말했다. 베티와 파브리스가 따로 만나는 건 아니지만 무아노는 둘이 잘 통한다는 것도, 우정과 사랑은 한 발짝 차이라는 것도 잘 알기 때문이었다.

파브리스가 어깨를 으쓱했다.

"정말 그랬으면 좋겠다. 여왕이 베티에게서 인정이라는 걸 없애버렸다는 생각이 들던 참인데. 원래 그런 애가 아니거든. 그런데…… 이곳에서는 찬바람이 어찌나 쌩쌩 부는지 가슴이 시려!"

자신들을 감시하는 스쿠프 때문에 파브리스에게 아무 말도 해줄 수 없는 타라가 이를 악물었다.

살루/소년의 이마에 찬 수건을 올려놓던 타라가 갑자기 들리는 소리에 소스라치게 놀랐지만 내색하지 않으려고 입술을 꽉 깨물었다.

'타라, 베티야.' 머릿속에서 목소리가 말했다.

타라가 정신적으로 말했다. 네가 연락할 거라고 짐작하고 있었는데도 깜짝 놀랐어.

'오늘 밤, 여왕의 거처로 꼭 와야 해. 네 방문 앞을 지키는 경비는 너를 나가게 해줄 거야. 드래곤들에게 저항하는 반란군은 여왕이 생각하는 것보다 훨씬 광범위해. 작전을 짜야 하잖아. 그래서 너를 반란군 대장에게 소개할 생각이야. 찬성하면 기지개를 켜봐.'

물론 찬성이지! 타라는 일어나서 기지개를 켠 다음 침대 옆 의자에 도로 앉았다.

그들은 교대로 잠을 자면서 살루를 보살피기로 했고, 타라가 먼저 시작했다. 로빈이 타라에게 같이 있겠다고 제안하자 발라가 붉으락푸르락해진 얼굴로 방을 나갔다.

로빈은 잠시 아무 말도 하지 않은 채 살루/소년에게 정성을 기울이는 타라를 바라보고 있었다.

"원했던 것보다 내가 훨씬 엘프인 것 같아." 정적이 흐르는 방에서 로빈이 느닷없이 입을 열었다. "내가 인간의 감수성을 거스르는 행동을 할 거란 생각은 한순간도 해본 적이 없어. 내가 멍청했어. 용서해줘! 네가 토끼라는 말을 했을 때 그게 무슨 뜻인지도 몰랐어."

로빈이 한숨을 내쉬었다.

"토끼, 비둘기(「드래곤의 배반」에서 로빈은 타라에게 사랑을 고백할 때 비둘기처럼 구구, 구구구! 하고 속삭이라고 조언해준 파브리스의 말을 제대로 이해하지 못해서 낭패를 본 적이 있었다. 로빈은 바람둥이를 뜻하는 토끼도 무슨 뜻인지 알 수 없었다), 지구에서 사용하는 희한한 비유도 모르고……."

타라는 로빈을 돌아보면서 웃지 않을 수 없었다. 타라가 쪽빛 눈으로 로빈을 뚫어져라 쳐다보면서 말했다.

"너와 나, 우리의 관계는 나에게 아주 새로워. 뭐랄까, 미지의 세계를 탐험하는 기분이랄까. 네가 너무 앞서나가니까 나는 겁이 나. 이 행성에서는 하루도 불안해하지 않고 보내는 날이 없어."

"나는 용맹한 전사야. 너무 앞서가지 않도록 노력할게. 그리고 네가 원치 않는 일은 아무것도 하지 않을게."

로빈이 다정하게 포옹하면서 타라의 볼에 입맞춤을 했다. 무슨 일이 있어도 헤어지지 않겠다는 다짐이자 약속이었다.

살루의 신음 소리에 타라는 로빈에게서 재빨리 떨어졌다. 그 순간 다정하게 웃던 바이올렛 엘프와 로빈의 모습이 떠올라서 참을 수가 없었다.

"그럼 발라는 어떡하고?"

그때 방으로 들어서던 바이올렛 엘프가 자신의 이름을 듣고 멈춰 섰다가 얼른 몸을 숨겼다.

"발라?" 로빈이 놀란 얼굴로 쳐다봤다. "갑자기 그 엘프 얘기를 왜 하는데?"

"그 엘프는 성인이고, 너에게 관심이 있다는 거 나도 눈치채고 있어."

하프엘프의 눈이 동그래졌다.

"발라? 친절한 엘프지. 그리고 너를 호위하는 엘프 군단의 지휘관이야. 따라서 손가락만 까딱하면 자기가 원하는 엘프를 얼마든지 가질 수 있어. 발라가 나를? 왜 그런 생각을 했어?"

"왜 내가 관심을 가지면 안 되나?"

등 뒤에서 나는 소리에 로빈이 깜짝 놀라서 돌아보자 발라가 불쑥 나타났다.

"후계자의 말대로 나는 다른 엘프들보다는 너에게 훨씬 관심이 많아. 네 몸속을 흐르는 인간의 피 때문인지 넌 아주 이국적이거든. 나는 이국적인 게 좋아."

엘프들은 얼굴을 붉히는 일이 거의 없지만 절반이 인간인 로빈의 얼굴이 새빨개졌다.

"아, 네, 그래요?"

타라가 일어나서 단호하게 말했다.

"로빈은 내 남자친구예요."

"아, 그런가요? 나는 로빈이 공개적으로 마마에 대한 사랑을 포기한 것으로 알고 있는데요. 이젠 아닌가 보죠?"

"내가 오무아의 후계자인 인간 여자를 사랑한다는 이유로 에레가 나와 부모님을 죽이겠다고 협박했어요. 그래서 내 가족의 안전을 위해 그런 척했을 뿐이에요."

"그거 재미있군." 발라가 중얼거렸다. "네가 속였다는 걸 알면 내 어머니가 굉장히 기뻐하시겠는걸."

로빈이 벌떡 일어났다.

"그럼 에레의 딸이란 말이에요?"

"그래, 맞아. 어머니는 너를 감시할 엘프가 필요하다고 생각했어. 그런데 어머니를 위해 꼭 성공했어야 하는 어떤 미션을 수행하다가 내가 실망시켰기 때문에 금지된 대륙으로 떠나는 호위대에 자원하라는 벌을 내리셨지. 어머니의 아들과 딸들 중에서 내가 가장 소용없는 자식이거든. 어머니는 내가 죽어도 아마 눈 하나 깜짝하지 않으실 거야."

바이올렛 엘프의 목소리가 갈라지더니 떠는 것 같았다. 매정한 할머니 때문에 애정 결핍을 경험했던 타라는 엘프의 심정을 충분히 이해할 수 있었다.

"그건 착각일 수도 있어요." 타라가 부드럽게 말했다. "애정 표현이 인색한 상대에게 그걸 기대하는 것은 고통과 낙담을 안겨주기 때문에 오히려 마음만 다칠 수 있어요. 그래서 난 이제 더 이상 그런 함정에 빠지지 않아요."

이런 얘기를 하는 것이 얼마 만이지? 셈 선생님 이후로 2년쯤 됐나?

어린 인간인데 생각보다는 예리하군, 하는 얼굴로 발라가 타라를 뚫어져라 쳐다봤다.

"마마, 어쨌든 나한테는 로빈에 대해 옵션이 있죠."

"나는 당신들의 규칙을 몰라요." 타라가 대답했다. "로빈, 옵션이 무슨 뜻이야?"

"엘프들의 세계에는 여성 엘프보다 남성 엘프의 수가 훨씬 더 많아. 그래서 불가피한 욕망을 해소해주기 위해 여성 엘프들은 배우자를 여러 명 가질 권리가 있어. 많게는 다섯 명쯤. 남성 엘프 한 명에 대해 옵션이 있다는 것은 발라가 1년이란 시간 동안 온갖 방법을 동원해서 나를 유혹할 권리가 있다는 뜻이야. 그리고 나는 그걸 거부할 수가 없고."

맙소사! 타라가 얼굴을 찌푸렸다.

"지구에서는 일부일처제야. 여자 한 명 대 남자 한 명. 물론 아닌 경우도 있지만 대부분이 그래."

"하지만 마마는 지구에 사는 것이 아니고, 로빈은 절반이 엘프예요." 발라가 반박했다. "법적으로는 랑코비트의 신하지만 우리 여왕의 법은 우리와 마찬가지로 로빈에게도 적용되지요. 그 오랜 전통에 맞설 수 있겠어요?"

"나한테도 말할 기회를 줘야 하는 거 아니에요?"

로빈이 항의했다.

"이건 우리끼리 해결할 일이야!"

발라와 타라가 동시에 대꾸했다.

초록빛 눈과 쪽빛 눈이 불을 뿜고 있었다.

"좋아요! 1년 동안 잘해봐요. 그리고 내 차례는 이제 끝났으니까 둘이서 살루를 보살펴요. 나는 가서 자야겠어요."

살루를 돌봐야 하는데 설마 둘이서 무슨 이상한 짓이야 하겠어? 타라는 베티를 만나러 가기 전에 잠시라도 눈을 붙이고 싶었다.

로빈이 말릴 겨를도 없이 타라는 방을 나갔다.

경비가 있지만 오가는 사람들에게 무관심했다.

일단 복도로 나오자 타라는 잠시 벽에 기대고 서서 혼란스러운 마음과 머리를 진정시켰다. 발라와 다투는 것은 가급적 삼가야 했다. 지금은 적을 만들 때가 아니었다. 타라는 한숨을 쉬었다. 이 세계에서는 쉽게 되는 일이 하나도 없어. 첫사랑까지도 이렇게 얽히다니! 마음을 가다듬으면서 출발하려는 순간 타라는 제레미의 방문을 두드리는 그림자를 봤다. 문이 열리고 불빛에 캐서린의 모습이 드러났다. 타라는 미소를 지으면서 두 사람에게 행운이 있기를 빌었다.

제레미가 잠이 들려는 순간 노크 소리가 났다. 파브리스에게 일어난 사건 때문에 제레미는 경계를 하면서 문을 열었다. 눈앞에 서 있는 사람을 보는 순간 제레미의 얼굴이 밝아졌다.

"캣!" 제레미가 반갑게 말했다. "웬일이야?"

"들어가도 될까?"

"물론이지! 어서 들어와!"

제레미가 캐서린을 들어오게 하고 문을 닫았다.

캐서린이 단도직입적으로 말했다.

"아더월드에 대해 잘 알지?"

"잘 안다고 하긴 좀 그래. 아더월드에 온 지 여덟 달밖에 안 됐거든. 나는 지구에 있는 영국이라는 나라에서 살았고, 양부모 밑에서 자랐는데 농부들이셨어. 나의 친부모님은 마법사들이었는데 나를 인간 무기로 만들어서 악마들을 물리치려고 하는 한 드래곤에게 쫓기고 있었기 때문에 나를 농부들에게 맡기고 떠나셨대. 그래서 부모님을 찾으려고 아더월드에 왔지만 아직 못 찾았어."

너무 복잡한 설명을 들으면서 캐서린이 이해하려고 애를 썼다.

"농부? 땅을 경작하는 우리의 늑대인간들처럼?"

"응. 지구에서는 인간이 농사를 지어."

"그럼 너도 드래곤들을 위해 일했어?"

"아니. 드래곤은 아더월드의 주인이 아냐. 그리고 나는 마법을 되찾은 뒤로는 일하지 않아. 지금은 한가하기 때문에 부모님을 찾는 중이고. 부모님을 찾고 나면 오무아 제국의 여제를 섬기는 수석조수가 될 생각이야."

"바깥세상은 어떤지 알고 싶어."

제레미는 캐서린을 앉히면서 소녀가 자기가 알고 싶은 것에만 관심을 보이는 것에 약간 실망했다. 그렇지만 아더월드에 와서 배워야 했던 것과 발견한 것들, 아더월드 사람들과 얽히고설킨 일화들을 얘기했다. 캐서린도 금지된 대륙에서의 생활, 미친 드래곤들의 공격, 동족을 잡아먹는 광기를 근절시키려는 붉은 여왕의 노력에도 불구하고 계속되는 위험에 대해 들려주었다.

부모님이 알 수 없는 죄, 아니 말해주려고 하지 않는 죄를 짓고 금지된 대륙으로 추방되었기 때문에 캐서린은 이 대륙에서 태어났다. 붉은 여왕이 캐서린에게는 늑대인간으로 변신하는 것을 허락하지 않기 때문에 처음에는 너무나 슬프고 괴로웠지만 소녀는 이제 웬만큼 적응하고 있었다. 제레미와 캐서린은 오랫동안 얘기했다. 묵직하게 위에 얹혀 있던 돌덩어리가 천천히 내려가는 느낌이랄까, 캐서린은 지옥에 있다가 한순간 천국에 와 있는 느낌이 들었다.

평소에 표정이 어둡던 제레미의 얼굴도 환해져 있었다. 제레미는 소녀의 커다란 까만 눈을 보면서 옥구슬 구르는 것 같은 웃음소리를 듣는 것만으로도 감옥, 금지된 대륙, 미친 드래곤을 까맣게 잊었다.

마침내 2시간쯤 후, 캐서린이 한숨을 쉬면서 일어났다.

"고마워. 네 덕분에 보낸 이 순간을 내가 얼마나 고마워하는지 모를 거야. 부모님이 내가 없어진 것을 알고 걱정하시기 전에 이제 가봐야 해. 내일 봐!"

제레미가 붙잡으려는 순간 캐서린이 재빨리 소년의 뺨에 입맞춤을 했다.

캐서린이 방긋 웃어주고는 문으로 향했다. 그때 문이 벌컥 열렸다. 키가 훤칠한 40대의 남자가 서 있는데 화가 많이 난 얼굴이었다.

남자의 얼굴에 그간 겪었던 정신적, 육체적 고통의 흔적이 역력했다. 갈색 머리와 까만 눈에서 캐서린의 얼굴이 연상되었다.

"캐서린! 밤에는 복도를 돌아다니지 말라고 내가 그렇게 말했는데! 위험하다니까!"

"아빠?"

아버지? 제레미가 불안한 얼굴로 스쿠프를 힐끔 쳐다봤다. 맙소사, 일이 복잡하게 꼬이네!

캐서린의 아버지는 알 수 없는 죄를 짓고 추방되는 바람에 이 지옥 같은 대륙에 가족과 함께 갇혀 있는 거라고 했는데……. 침을 삼키면서 벌떡 일어난 제레미는 변명을 늘어놓으면서 용서를 구했다. 그런데 남자는 제레미가 아니라 딸 캐서린에게 화를 내고 있었다. 제레미가 용기를 내고 말했다.

"나는 지구인입니다. 아니, 정확하게 말하면 내가 마법사라는 걸 알게 된 날까지 영국의 솔즈베리 부근에 있는 농가에서 자랐습니다. 캐서린은 지구와 아더월드에 대해 알고 싶어서 나를 찾아온 것이니 야단치지 마십시오."

남자가 성난 얼굴로 제레미를 쳐다봤다.

"자네는 여기서 무슨 일이 일어나고 있는지 전혀 모르고 있군. 나는 내 딸이 그까짓 호기심 때문에 목숨을 가볍게 여기게 둘 수 없……."

남자의 얼굴이 갑자기 굳어지더니 제레미를 유심히 쳐다봤다.

"스톤헨지 부근의 솔즈베리를 말하는 건가? 농부들이 키워줬다고? 자네 이름이 뭔가?"

"제레미 델렝비르 발 드레구스입니다."

창백해진 남자가 지구소년을 향해 달려왔다. 겁을 먹은 제레미가 뒷걸음치면서 주먹을 날릴 준비를 했지만, 남자는 알아듣지 못할 말을 중얼거리면서 소년을 뜨겁게 끌어안았다.

캐서린과 제레미가 놀란 눈길을 주고받았다.

마침내 남자가 포옹을 풀면서 눈물을 닦은 다음 제레미의 어깨에 손을 얹은 채로 딸을 향해 돌아섰다.

"딸아, 제레미가 우리와 함께 억류되어 있으니 오늘은 행복하면서도 아주 슬픈 날이구나. 그래도 얼마나 행복한지 기쁨을 감출 수가 없어."

"하지만 아빠!" 캐서린이 외쳤다. "무슨 일인지 설명해줘야죠?"

"캐서린, 네 오빠를 소개하게 되어 아빠는 정말 행복하구나!"

캐서린의 아버지가 활짝 웃는 얼굴로 말했다.

21 작전

군대를 동원해서 싸울 필요 없이
적을 물리치는 것이 가장 좋은데……

*

셈나샤오비로다인트라쉬부를 대번에 알아본 알리아는 증오심에 사로잡혀서 숨이 막힐 지경이었다. 그들 부부를 끝없이 추적했고, 유전자를 조작했고, 이 금지된 대륙에 가두고 지옥 같은 생활을 하게 만든 괴물(「드래곤의 배반」의 결말 부분. 알리아는 셈이 범인이 아니라는 걸 알 길이 없었다. 그래서 지금 엄청난 실수를 저지르려 하는데……)! 사랑하는 첫 아들 제레미를 포기하지 않을 수 없게 했고, 사랑하는 딸을 노예로 살게 만든 괴물이 바로 셈나샤오비로다인트라쉬부가 아닌가!

농부들의 집(타라가 제레미를 발견했던)에 아들을 맡기는 것이 안전하다고 믿고 영국에서 도망친 알리아와 델은 아더월드의 두

위성 중 하나인 마딕스로 피신했다. 그러나 불행하게도 아들을 살아 있는 무기로 만들기 위해 유전자까지 조작했던 드래곤의 눈을 피할 수 없었다. 드래곤은 그들 부부를 찾아내서 또다시 납치했다. 알리아는 아들을 감춰놓은 곳을 알아내기 위해 고문할까 봐 두려웠지만 드래곤은 이미 알고 있었다. 그들의 도피는 헛수고가 되고 말았다. 파충류 괴물은 부부를 이 대륙에 가두었고, 여기서 캐서린이 태어났다.

이제 복수의 시간이 온 것이었다. 알리아가 양동이의 물을 비우자 물의 원소가 옆에서 둥둥 떠다녔다. 알리아는 정원사 몰래 훔쳐온 독극물을 양동이 바닥에 쏟고 톡 쏘는 맛을 감추기 위해 포도주를 섞었다. 이 정도면 치사량이었다.

셈나샤오비로다인트라쉬부가 마침내 저지른 죄의 대가를 치르게 되는 거야.

소리 없는 그림자처럼 알리아가 감옥으로 들어갔고, 그레이 드래곤들은 청소하러 왔다고 생각하고 그녀를 통과시켰다. 옆에서 둥둥 떠서 따라오는 물의 원소 덕분에 의심을 사지 않았던 것이다.

그런데 그 괴물이 다른 드래곤과 같이 갇혀 있어서 알리아는 머뭇거렸다. 알리아는 두건을 뒤집어쓰는 것으로 얼굴을 감추고 있었다. 그러나 셈나샤오비로다인트라쉬부에게 독이 든 포도주를 주려면 알리아가 얼굴을 드러내야 할 텐데…… 그러면 함께 있는 드래곤이 목격자로서 그녀를 고발할 것이 틀림없었다.

복수심 때문에 눈이 멀어서 무고한 드래곤까지 죽일 수는 없지 않은가. 셈나샤오비로다인트라쉬부가 노란 눈으로 내려다봤을 때 알리아는 증오심이 끓어올랐다. 그래도 할 수 없지. 위험을 무릅쓰는 수밖에.

알리아가 독이 든 포도주 한 바가지를 퍼서 철창 사이로 내밀었다.

"여왕께서 자는 데 도움이 될 거라면서 포도주를 보내셨어요."

알리아가 억양 없는 목소리로 말했다.

셈나샤오비로다인트라쉬부가 눈을 깜박거렸다.

"허허!" 셈이 빈정거리는 투로 말했다. "나한테 포도주를 보내다니 성의는 정말 고맙지만 정신이상자가 보내는 것은 아무것도 마시지 않겠소. 포도주를 도로 가져가서 내가 방금 한 말을 그대로 전하시오."

"셈!" 샤름이 외쳤다. "그러다 또 무슨 봉변을 당하려고……여왕을 자극하는 일은 삼가야 해요."

"샤름, 그 드래곤은 경기장에서 우리를 죽일 생각이었어요. 따라서 내가 그 드래곤을 정신이상자라고 하든 미치광이라고 하든 문제될 것 없소. 살루에게 어떻게 했는지 당신도 봤잖아요? 같은 운명을 겪느니 나는 차라리 죽음을 택하겠소."

포도주를 들고 있는 알리아의 팔이 떨렸다. 셈이 방금 한 말이 귀에 꽂혔다. 여왕의 포도주를 마시느니 차라리 죽음을 택하겠다고? 살루와 같은 운명을 겪는 것이 죽기보다 더 싫단 말이지?

그러자 샤름이 포도주를 향해 다가왔다.

"나는 좀 마셔야겠어요. 정신이상자가 보낸 것이든, 미치광이가 보낸 것이든 난 포도주 향이 너무 좋아서 참을 수가 없네요."

샤름의 주둥이가 바가지에 닿는 순간 알리아가 바가지를 홱 빼다가 철창에 부딪히면서 액체가 엎질러졌다.

"됐어요. 여왕에게 그대로 전하죠."

샤름의 항의에 아랑곳없이 알리아가 돌아섰다. 그래, 죽기 전에 내가 고통을 주지. 내가 받았던 만큼 돌려주겠어. 미쳐서 죽게 해주지. 이제 붉은 여왕의 거처에 있는 그 약을 손에 넣어야겠어.

타라는 슬그머니 여왕의 거처를 향해 출발했다. 가는 길에 이상하게도 스쿠프들이 타라가 가는 반대 방향만 촬영하고, 경비들도 등을 돌리고 있었다. 음모가 효력을 발휘하는 것인가? 여기서는 어느 쪽으로든 똘똘 뭉쳐야지 선불리 반대했다가는 쥐도 새도 모르게 죽을 텐데 당연히 협력할 수밖에 없지 않을까?

여왕의 거처 앞에 이른 타라가 불안한 마음으로 문을 두드리면서 혹시 여왕이 직접 문을 열어줄 경우 둘러댈 말을 궁리했다. 그러나 베티가 나타났기 때문에 안도했다.

"어서 와." 베티가 타라를 들어오게 했다. "그분이 와 있어."

"그분이 누군데? 여왕은 어디 갔어?"

타라가 조심스럽게 물었다.

"급한 일이 있어서 나갔어. 여왕에게 대항하는 주요 파당 중 하나가 여왕이 장벽의 열쇠를 갖고 있다는 걸 알았거든. 그 파당은 협상을 원하고 있어. 그 때문에 내가 연락한 거야. 아마 우리가 방해 없이 말할 수 있는 유일한 기회일 거야. 우리의 대장님을 소개해줄게. 틸 장군님, 오무아의 후계자 타라 덩컨입니다."

늑대인간이 타라에게서 눈길을 떼지 않은 채 허리를 굽혔다. 금빛 눈에 키가 크고, 머리는 거의 백발이었다. 어깨 넓이를 보면 인간이 사용하는 문으로는 드나들기가 쉽지 않을 것 같았다.

"베티가 오무아의 후계자인 덩컨 양은 믿을 만하다고 장담했지. 베티를 구출하기 위해 군단을 이끌고 왔다고?" 장군이 단도직입적으로 말문을 열었다.

"베티가 억류되어 있는 것은 전적으로 내 잘못이니까요." 타라가 솔직하게 말했다. "그런데 이곳의 상황을 알게 되면서 임무가 확대되었어요. 장군님의 국민은 남의 잘못 때문에 고통을 받고 있습니다."

"그건 그렇지." 장군이 긍정했다. "이 대륙으로 오면서 작전은 세웠겠지?"

"우리는 장군님의 국민이 여기 있다는 것에 대해 전혀 모르고 있었어요. 그래서 베티의 위치를 알아내서 구출할 계획만 세웠어요. 그런데 우리 측의 드래곤 둘이 배신하는 바람에 작전을 실패하게 되었지요. 마법을 사용할 수 없기 때문에 속수무책입니다. 목걸이를 제거할 방법이 있을까요?"

타라는 그 말을 하면서 눈살을 찌푸렸다. 이제는 급기야 마법이 없으면 아무것도 할 수 없다는 걸 인정하는 말이 입에서 술술 나오네!

"그레이 드래곤들만 목걸이를 풀 수 있지. 우리를 도와주기로 한 드래곤들의 도움을 받아서 별짓을 다했지만 아까운 목숨만 많이 잃었어. 그리고 그레이 드래곤은 단 한 놈도 우리 편으로 끌어들이지 못했어……. 여왕을 너무 두려워하거든."

"휴! 궁전에서 도망치면 목걸이의 경보 장치가 작동하나요?"

"그렇다고 봐야지. 도시 주위 반경 1킬로미터 이내에서는 목걸이가, 그 이상일 때는 늑대인간 농부들에게 발각되니까. 목걸이는 궁전의 에너지 영역으로 들어오면 다시 작동하지. 여왕을 죽이거나 독극물을 먹여봐야 그것도 소용없어. 여왕이 죽으면 모든 목걸이가 폭발하니까. 파괴 기능이 작동되지 않을 정도로 궁전에서 아주 멀리 떨어진 데서 여왕이 죽지 않는 한."

타라가 자신도 모르게 감탄한 얼굴로 고개를 끄덕였다.

"여왕이 아주 철두철미하군요. 정신병에 걸려 있어서 몹시 위험한 데다 아주 영리하기까지…… 정말 대단하네요."

베티와 틸이 심각한 표정으로 마지못해서 고개를 끄덕였다.

"우리가 제일 먼저 해야 할 일은 목걸이의 기능을 정지시키는 것이네요. 여왕이 리모컨을 갖고 있는 것으로 아는데요?"

베티가 앞으로 걸어가 꽃문양으로 장식한 벽을 건드리자 벽이 스르르 열렸다. 방이 나타나고 수천 개의 검은색 리모컨뿐만 아니라 십여 개의 초록색 병이 보였다. 타라가 손가락으로 유리병들을 훑으면서 물었다.

"여기서는 리모컨을 작동할 수 없지?"

"불행하게도 그래." 베티가 대답했다. "인간이나 늑대인간이 대상을 정하지 않은 채로 리모컨을 건드릴 경우 그 목걸이를 걸고 있는 자와 함께 폭발해버려. 원격조종장치라서 리모컨 하나로 천 명 이상의 노예를 조종할 수 있고, 목걸이마다 비밀번호가 새겨져 있어."

베티가 자신의 목걸이를 타라에게 보여주었다. 타라가 단순한 문양이라고 생각했던 것이 사실은 숫자였고, 붉은 여왕이나 그

부하들이 알아볼 수 있도록 아주 또렷했다.

"그럼 마법을 사용하면?"

늑대인간이 탐탁지 않은 듯 입을 비죽거렸다.

"아나자시족은 마법을 쓰지 않아. 변형형질을 지닌 유전자가 몇 세대를 걸쳐 후손들에게 전해지면서 우리가 늑대인간이 된 것이니까. 학자들은 그 때문에 우리의 마법 능력이 억제되어 있다고 추측하고 있지. 이 대륙에 있는 몇 명 안 되는 마법사와 우리를 도와주려고 했던 드래곤들도 목걸이를 걸고 있기 때문에 마법을 사용할 수 없고."

타라는 생각에 잠긴 얼굴로 방을 살폈다. 경기장의 격투 장면과 처벌을 받는 살루를 떠올리는 타라의 머릿속에서 여러 가지 생각이 교차했다. 타라는 가장 가능성 있게 느껴지는 것을 기억해두었다.

타라가 작전을 털어놓았을 때 베티와 털의 눈이 휘둥그레졌다. 그런 작전은 생각조차 해본 일이 없는 것 같았다. 하긴 '매직 6총사'에 대해 들어본 적이 없을 테니!

"걔들이 그걸 할 수 있다고 생각해? 그럼 너는? 네가 위험에 빠질 수도 있어. 여왕은 의심이 들면 가차 없이 너를 죽일 거야."

"우리는 훨씬 더 위험한 적과도 맞서 싸웠어. 이 행성이 우리에게 놓은 함정에서 빠져나가기 위해 무한한 상상력을 동원해서 엄청나게 머리를 쓴 거야. 두렵지 않다고……."

타라가 말꼬리를 흐렸다.

"물론 두렵지 않다고 말하면 거짓말이겠지. 나도 두려워. 하지만 이런 종류의 상황이 반복되다보니까 어느 정도 적응이 됐는지 불안감이 약해졌어."

베티가 무의식적으로 상처를 문질렀다.

"소피라는 작가가 쓴 이 모험이 다 사실이라는 뜻이야? 드래곤의 공격을 받았을 때 네가 걸었던 민투스 주문이 깨지면서 너의 마법 능력…… 그리고 내가 재미있다고 생각했던 책들이 기억났어."

타라가 윗입술을 실룩거렸다.

"모든 것이 사실 이상이지. 독자들에게는 스릴이 있지만 직접 싸워야 하는 나와 친구들은 정말 죽을 맛이거든. 영혼 약탈자와 맞서 싸운다면 붉은 여왕은 아마 2초도 버티지 못할 거야. 어쨌든 나는 절대로 실패하지 않아. 내 고모가 지금쯤 약속된 시간에 나를 데려가기 위해 장벽을 부수고 있을 거야. 물론 드란보우글리스펜쉬르에서 파견된 드래곤들도 장벽을 방어하기 위해 사력을 다하고 있겠지. 나는 미친 드래곤들이 방화와 살육으로 아더월드를 혼란에 빠뜨리는 걸 원치 않아. 드란보우글리스펜쉬르와 아더월드의 전쟁은 끔찍한 살육전이 될 거야. 나는 여기서 나가야 해!"

틸 장군이 뚫어져라 쳐다보다가 얼굴을 찌푸렸다.

"나는 이제껏 우리 아나자시족이 도저히 빠져나갈 수 없는 함정에 걸려들었다고 생각했는데 덩컨 양의 말을 듣고 보니 놈들이 더 이상 끔찍하게 느껴지지 않는군. 두 세계가 전쟁을 벌이면! 휴! 그건 대재앙인데!"

"겁주지 마세요." 타라가 한숨을 쉬었다.

"그런데 그 작전은 몇 가지 보완할 게 있다." 틸 장군이 말했다.

틸 장군이 부족한 점들을 지적하면서 신속하게 작전을 보완했다. 틸은 치밀하게 전술을 짜는 전략가가 아니라 미친 여왕을 위해 온갖 종류의 적과 싸우면서 화려한 경력을 쌓은 노련한 전사였다. 생존에 대한 본능과 뛰어난 감각이 주무기라고 할까. 그들이 회의를 끝냈을 때 그 작전은 이제 더 이상 허술한 점이 없었다. 아직은 '만약의 경우', '아마'가 좀 많지만 실현 가능성이 점점 커지고 있었다.

틸 장군이 부하 한 명을 불러들여서 그 작전을 타라의 친구들에게 알리게 했다.

"우리 국민에게도 희망의 빛이 보이는군." 타라가 나가려는 순간 장군이 말했다. "행운을 빌겠다."

"고맙습니다, 장군님. 나도 행운을 빕니다." 타라가 진지하게 화답했다.

스르르 잠에 빠져들던 칼은 뺨에 닿는 뜨거운 입술을 느꼈지만 꿈이라고 생각했다. 칼이 눈을 떴지만 방이 어둠에 잠겨 있어서 유혹적으로 입맞춤을 한 상대가 누군지 알아볼 수 없었다.

"네 이불 속으로 들어갈게!"

칼은 허스키한 목소리를 대번에 알아차렸다.

엘레아노라!

도저히 믿을 수가 없는 칼은 꿈이라면 깨지 말고 계속되기를 빌었다.

칼은 따뜻한 몸을 두 팔로 끌어안다가 두 손을 움켜잡혔을 때 깜짝 놀랐다.

"그만 해, 칼! 이러자고 온 게 아냐." 성난 목소리가 속삭였는데 정말 후회가 막심하다는 어조였다. "한 경비가 찾아와서 알려줬어. 반란군이 스쿠프의 오디오는 가동하지 않게 했지만 영상은 그대로 전달된다고. 따라서 우리는 포옹하는 척해야 돼. 이러면 여왕이 음모를 꾸미고 있다는 의심을 하지 않고 노예들에게 신경을 끄니까."

언제 또 이런 기회가 있겠어? 나중에 후회하지 않게 칼이 머리를 숙이고 엘레아노라를 꼭 끌어안았다. 놀랍게도 엘레아노라가 가만히 있었다. 와우, 이게 시늉만 하는 거 맞아?

입가에 미소를 담은 칼이 눈을 반짝이면서 엘레아노라의 말에 귀를 기울였다. 그러니까 크산디아르가 조커를 갖고 있었고, 타라가 그 조커를 어떻게 이용할지 방법을 찾았다는 건가? 마침내 작전 개시로구나!

"의심을 살까 봐 방마다 들를 수 없기 때문에 경비가 나와 무아노, 제레미, 로빈의 방에 와서 알렸어. 그래서 나는 너, 무아노는 파브리스를 맡았고, 타라가 로빈에게 작전을 설명할 거야. 크산디아르는 조커 덕분에 이미 알고 있고. 그리고 제레미가 파프니르를 맡았어."

토끼 눈이 된 칼이 소리를 질렀다.

"뭐?"

"쉿!" 엘레아노라가 재빨리 포옹하는 체하면서 칼의 입을 막고 속삭였다.

"그럼 제레미도 파프니르를 껴안아야 하는 거잖아? 그러다 파프니르한테 맞아죽는 거 아냐?"

"가능성이 높지!" 엘레아노라가 한숨을 쉬었다.

둘은 참으려고 했지만 불가능했다. 푸하하하! 깔깔, 깔깔! 칼은 미친 듯이 웃음을 터뜨리면서 그것이 열정적인 애정 표현으로 보이기를 간절히 바랐다.

파프니르가 눈을 번쩍 떴다. 난쟁이들은 엘프들과 마찬가지로 어둠 속에서도 잘 볼 수 있었다. 그래서 제레미가 숨을 죽이면서 다가왔을 때 대번에 알아봤기 때문에 파프니르는 때려눕힐 필요가 없었다.

그런데 제레미가 몸을 숙이고 뺨에 입맞춤을 했을 때 너무나 놀란 나머지 파프니르는 잠시 멍하니 있다가 침대에서 벌떡 일어났다.

"맙소사! 뭐 하는 짓이야?" 파프니르가 소리를 버럭 질렀다.

제레미가 두 손으로 귀를 틀어막았다.

"쉿! 쉿! 제발 소리는 지르지 마! 다 깨우겠어! 부탁인데 네 침대로 들어가게 해줘!"

난쟁이와는 달리 제레미는 아무것도 보이지 않았다. 파프니르가 씨익 웃으면서 발꿈치를 들고 살금살금 제레미를 돌아서 바로 뒤에 섰다.

"잠시만 같이 있으면 돼." 제레미가 침대를 향해 속삭였다. "아주 중요한 일이야."

등 뒤에서 목소리가 물었다.

"아, 그래? 한밤중에 나를 깨울 정도로 중요한 일이 뭔데? 입맞춤하는 게 그렇게 중요한 일이란 말이지? 내 무기를 모조리 압수당했기에 망정이지 너, 운 좋은 줄 알아!"

제레미가 깜짝 놀라서 돌아섰다. 짓궂은 난쟁이가 그림자처럼 다시 제레미 앞에 가서 섰다.

"왜냐하면……" 제레미가 이번에는 벽을 바라보면서 말했는데 목소리에 절망적인 기미가 있었다. "내가…… 내가 너한테 홀딱 빠졌거든."

어둠 속에서 파프니르가 이마에 세로주름을 잡았다.

"너 뭐 잘못 먹었냐?"

파프니르가 의심이 가득한 어조로 물었다.

제레미가 당혹스러워하며 다시 침대를 향해 돌아섰다.

"장난치지 마. 난 네가 안 보인단 말이야."

"난 보이거든!" 난쟁이가 말했다. "내 방에 침입한 것에 대해 납득할 만한 설명을 해주기 전에는 계속 그렇게 움직여야 할걸! 그리고 무기가 없어도 너 하나쯤은 주먹으로 간단하게 해결할 수 있지. 지난번에 일어났던 일을 벌써 잊어버린 건 아니지?"

제레미가 한숨을 내쉬었다. 스쿠프가 말소리는 들을 수 없지만 입술의 움직임으로 무슨 말을 하는지 쉽게 알아챌 텐데! 따라서 제레미는 이불 속에서가 아니면 설명해줄 수 없었다. 제레미가 침대를 향해 한 발짝 다가갔다. 쯧! 쯧! 쯧! 파프니르의 혀 차는 소리에 제레미가 멈춰 섰다.

"무아노가 지금 파브리스랑 같이 있단 말이야!" 제레미가 심호흡을 하고 나서 말했다. "로빈은 타라랑, 엘레아노라는 칼이랑 같이 있다고! 모두 끼리끼리 모였어. 너와 나만 남았다고!"

난쟁이가 한숨을 푹 내쉬다가 마침내 알아차렸다. 어? 뭔가 좀 이상하네! 이건 알려줄 메시지가 있다는 신호 같은데……. 인간들이란! 그래, 어디 설명이나 좀 들어보자.

파프니르가 어둠 속에서 미소를 지으면서 이불을 톡톡 쳤다.

"진작 말하지 그랬어? 이리 와서 뭘 할 줄 아는지 보여줘."

어둠 속에서 제레미의 얼굴이 빨개졌고, 파프니르는 빙긋이 웃었다. 침대 이불 속으로 들어간 제레미는 난쟁이의 목에 코를 댔다. 놀랍게도 파프니르에게서 꽃향기가 났다. 방금 씻었는지 비누 냄새도 났다. 제레미는 타라의 작전을 설명했다. 그러고 나서 스쿠프 렌즈를 향해 파프니르를 꼭 끌어안았다.

그런데 생각보다 불쾌한 느낌이 들지 않는 것에 제레미는 놀랐다. 상상하고 있던 것처럼 파프니르의 피부는 단단하기는커녕 부드러우면서 탱탱했다.

"맙소사!" 파프니르가 중얼거렸다. "무아노와 파브리스가 왜 만날 붙어다니나 했더니 이제 이유를 알겠어. 생각보다 재미있는걸!"

칭찬으로 받아들여야 하는 건가? 어쨌든 아무 말도 안 하는 것이 더 거북할 것 같아서 제레미가 대꾸했다.

"그랬다면 고마워."

"에이! 이런 건 줄 알았으면 로릭크를 때려눕히지 말걸! 나는 백오십 살밖에 안 됐기 때문에 그때는 이런 민망한 놀이를 하기에는 좀 어렸거든. 너 얼마나 더 내 방에 있어야 되는데?"

"타라는 30분이면 충분할 거라고 생각하고 있어. 타라가 경비를 통해서 알려줬는데 조심해서 접근해야지 까딱 잘못하면 네가 나를 묵사발로 만들 거라고 했어."

"걔가 나를 아주 잘 알거든! 네가 내 방에 들어와서 무슨 짓을 하려는 건지 궁금하지 않았다면 아마 그렇게 했을 거야. 자, 그럼 한 번 더 놀이를 해볼까?"

로빈이 발라에게 살루를 맡기고 방으로 돌아갔을 때 경비가 방문을 열었다.

깜짝 놀란 로빈이 뿔 난 도깨비라도 보듯 늑대인간을 쳐다봤다.

"무슨 일이세요?"

"네 친구 타라 방에 가서 침대 이불 속에 들어가 포옹해. 타라가 우리의 작전을 말해줄 거다. 나는 금방 나가야 해. 내가 메시지를 전하는 동안에는 스쿠프 기능이 정지되니까 빨리 서둘러!"

그렇게 말하고 나서 늑대인간이 재빨리 멀어져 갔다. 벌떡 일어난 로빈이 욕실로 뛰어 들어갔다. 후닥닥 샤워를 하고 양치질도 했다.

몇 분 후, 로빈은 타라의 방문 앞에 섰다. 가슴이 쉬지 않고 콩닥콩닥 뛰었다.

이불 속에서? 오, 예!

방문이 열렸고, 타라는 로빈에게 말할 겨를을 주지 않았다. 타라가 로빈의 뺨에 입맞춤을 하면서 불을 끄고 침대로 잡아끌었다. 이불을 뒤집어쓰자 타라가 얼른 포옹을 풀었다.

타라는 작전을 설명했다. 로빈은 숨이 막힐 뻔했다. 그러면…… 타라가 너무 위험한데. 하지만 선택의 여지가 없지 않은가. 로빈이 갑자기 일어나 앉았다.

"그럼 바이올렛 엘프들에게는 누가 알리지?"

타라가 무릎깍지를 끼면서 속삭였다.

"그들은 우리 작전에 포함시키지 않을 거야. 우리와 같이 싸워 본 적도 없어. 그리고 난 발라를 믿지 않아. 발라가 너를 좋아하는 것은 알지만 에레의 딸이란 걸 잊지 말자. 따라서 조심해야 돼."

로빈이 안도의 숨을 내쉬었다.

"너의 작전을 나보고 발라에게 알리라고 할까 봐 겁먹었잖아. 발라는 지금 살루의 머리맡을 지키고 있어. 아픈 드래곤이 있는데 얼마나 거북하겠어."

"뭐? 발라를 포옹하는 게 싫다는 뜻이야? 난 네가 그걸 아주 좋아한다고 생각했는데."

로빈이 소스라쳤다.

"나는 엘프들처럼 적극적이지 못해. 내 몸속에 있는 절반의 인간은 소극적인 면이 더 강하니까. 그리고 발라는 이름난 바람둥이야."

타라가 행복한 소리를 내면서 로빈을 꼭 끌어안았다. 로빈은 다짐하고 있었다. 타라가 건드리지 말라고 하면 털끝도 건드리지 않을 거야.

타라가 "오케이!"라고 할 때까지 기다릴 거야.

백 년이라도 기다릴 각오를 하고 있었다.

무아노가 기지개를 켰다. 파브리스가 어둠 속에서 미소를 지었

다. 공식 커플이 된 지 거의 1년이 되었고, 파브리스는 점점 더 무아노를 좋아하고 있었다. 괴물과 싸우면서 목숨이 위태로울 때나 지금처럼 정신병에 걸린 드래곤에게 억류되어 있는 때를 제외하면 파브리스는 지구가 거의 그립지 않았다.

그런데 파브리스는 다른 누군가가 유심히 살피고 있는 것처럼 무아노가 이중으로 보이는 이상한 느낌이 들었다. 게다가 입에서 나오는 말도 자신이 하는 말이 아닌 것 같았다.

"형편없는 작전이야. 그랬다간 타라가 아주 박살이 나고 말 거야. 전부 다 마음에 들지 않아. 최악의 사태를 피할 수 있게 내가 뭔가 해야겠어."

무아노가 긴장했다.

"뭘 하려고? 하지만 나는 우리가 여기서 빠져나갈 수 있는 유일한 방법이라고 생각해. 너한테 아주 좋은 작전이 있다면 몰라도."

무아노의 어조에 빈정거리는 기색은 없었다. 무아노는 정말 착해서 한순간도 파브리스의 자존심을 상하게 한 적이 없었다. 야수로 변신하는 능력 외에도 파브리스보다 마법 능력이 훨씬 뛰어난데도 무아노는 그런 티를 내는 법이 없었다.

"아아…… 머리야." 파브리스가 신음 소리를 냈다.

무아노가 얼른 파브리스의 이마를 만져봤는데 뜨거웠다.

"어머, 열이 나잖아!"

파브리스는 머릿속에서 비웃음 소리가 들리는 것 같았다. 본능적으로 무아노를 빨리 방에서 내보내야 한다는 생각이 엄습했다.

"네 방으로 돌아가." 파브리스가 일어나면서 말했다. "나는 찬물로 샤워해야겠어. 그러면 열이 떨어질 거야."

"나도 같이 갈게." 무아노가 주장했다.

"욕실로? 그럼 나야 좋지!" 파브리스가 피식 웃었다.

"그게 아니라 내 말은……."

당황한 무아노가 말꼬리를 흐리자 파브리스가 대신 말했다.

"혹시 내가 쓰러질까 봐 곁에 있겠다고 하는 거 알아. 글로리아, 그럴 필요 없으니까 방으로 돌아가. 내일 우리는 할 일이 많잖아. 그리고 몸이 안 좋으면 언제든 엔도라에게 도움을 청하라고 베티가 말했어. 이상이 있으면 꼭 그러겠다고 약속할게."

무아노는 물러서지 않으려고 했다. 그러나 파브리스는 그럴 겨를도 주지 않고 무아노를 문밖으로 내보낸 다음 멀어져 가기를 기다렸다가 스쿠프의 렌즈가 미치지 않는 사각 지점에 섰다.

슬그머니 나타난 그림자가 파브리스를 건드렸다. 파브리스가 아무 반응을 보이지 않자 뱀파이어가 빨간 눈으로 뚫어져라 쳐다봤다.

"지금부터 지시를 내리겠다. 너는 타라의 작전대로 따르지 말고 내가 시키는 대로 해."

파브리스의 머릿속이 독살스러운 뱀파이어의 속삭임으로 가득했다.

"복종하겠습니다, 주인님."

"으음, '주인님'? 너 제법 말솜씨가 있구나. 나의 포로 중에서는 누구도 나를 그렇게 부른 적이 없었는데. 귀여운 것, 그 때문이라도 네 목숨을 지켜주고 싶은 생각이 드는구나. 자, 이제 침대로 들어가! 절대로 잊지 말고 내가 지시한 대로 이행해."

침대로 들어간 파브리스가 이마를 만져봤다. 열이 떨어져 있었다. 샤워를 하면서도 뭔가를 잊어버린 것 같은 느낌이 머리에서 떠나지 않았다. 마치 귀찮은 사람 떼어버리듯이 무아노를 쫓아버렸던 이유를 기억할 수 없는 파브리스는 무아노가 벌써 보고 싶었다.

다음 날 아침은 모두 녹초가 되어 있었다. 그들은 한밤중까지 교대로 살루/소년을 보살피면서 생명에 지장이 없는 체온을 유지하도록 애를 썼고, 마지막으로 베티가 머리맡을 지켰다. 여왕이 재배하는 식물 몇 가지가 있으면 치료약을 만들 수 있다는 알리아의 제안에 베티는 붉은 여왕의 거처로 들어가도록 허락했다. 알리아가 여러 가지 식물을 반죽한 것을 갖고 이내 돌아왔다. 그걸 먹고 살루가 살아나자 베티는 남편 델과 딸 캐서린에게 연락도 하지 못하고 같이 밤샘을 해주면서 약까지 만들어준 알리아에게 감사했다. 몇 분 후, 알리아는 아침 식사라도 가족과 먹어야 한다면서 방을 나갔다.

식당에 들어온 베티가 타라 일행에게 기쁜 소식을 전했다.

"살루가 많이 나았어. 아침에는 얘기도 나눴는데 아주 똑똑한 소년, 아니 드래곤이었어. 나를 잡고 놓아주지 않는 바람에 좀 늦어서 나는 빨리 가봐야겠어."

베티의 목소리에서 놀라움과 기쁨이 느껴졌다. 누군가가 눈물까지 흘리면서 못 가게 붙잡다니, 자신보다 훨씬 힘이 센 늑대인간들 속에서 살아온 베티에게는 처음 있는 일이었다. 살루/소년의 애절한 모습에 베티는 꽁꽁 얼어붙어 있던 가슴이 녹아버렸다. 게다가 살루는 반쪽이 흉측하게 타버린 베티의 얼굴에 개의치 않는 것 같았다. 흉터가 보이지 않는 걸까?

베티는 타라와 친구들에게 말할 겨를도 주지 않고 식당을 나가버렸다. 타라 일행은 서둘러서 아침 식사를 끝내고 늑대인간 감독관 엔도라의 지시를 받으러 갔다.

타라는 여왕의 거처로 가면서 가슴을 졸였다. 혹시 여왕이 뭔가 낌새를 맡았다면?

베티가 아무 일 없다는 표시를 하면서 맞았을 때 타라는 안도의 숨을 내쉬었다. 붉은 여왕의 기분이 아주 좋은 것으로 보아 궁전을 비운 사이에 일어난 일에 대해 전혀 눈치채지 못한 것 같았다.

"아주 만족스러운 협상을 했어." 여왕이 송곳니를 다 드러내고 웃으면서 의기양양하게 양피지를 흔들었다. "아더월드를 침략할 때 군대를 파견하는 대가로 오무아 대륙의 일부를 받는 것에 그들이 합의했다."

"벌써 세상을 분배하기로 결정하셨단 말입니까?" 타라가 질타를 하는 것 같은 말투로 작전의 1단계를 시작했다. "곰 가죽을 너무 일찍 판 거 아닌가요?"

여왕이 타라를 날카롭게 쏘아봤다.

"곰 가죽을 너무 일찍 팔아?"

"곰은 잡아서 죽이기가 아주 힘든 지구의 동물이에요. 그래서 곰을 죽이기도 전에 가죽을 판다는 말은 아직 확실하게 성공한 것이 아닌데 경솔했다는 뜻이지요. 아더월드에는 군대가 아주 많거든요. 인간, 엘프, 난쟁이, 켄타우로스, 타트리스, 카흠보움의 군대가 모두 연합하면 그 병력은 이루 헤아릴 수 없이 많기 때문에 마마는 그렇게 쉽게 우리를 이길 수 없습니다."

"그건 두고 봐야지!" 여왕이 전혀 동요되지 않았다. "또 다른 충고는 없니?"

“마마는 이 대륙을 통치하세요. 내가 드래곤들을 만나서 마마께서 여기서 한 일을 설명하겠어요. 나에게 처방책을 주시면 그들이 병든 드래곤들을 치료하게 만들겠어요. 그리고 늑대인간들을 풀어주고 자유롭게 살아가게 하세요. 마법을 사용하면 노예가 필요 없으니까요. 나한테 수많은 목숨을 구할 기회를 주세요. 성공적인 전쟁이란 존재하지 않습니다. 악영향은 있기 마련이니까요.”

멋진 변론이었다. 붉은 여왕이 귀담아듣지 않으리라는 걸 분명히 알고 있지만 타라는 나름대로 계산이 있었다.

붉은 여왕이 비웃음을 흘렸다.

“하하! 나더러 복수를 포기하라고? 지금 네가 나를 놀리니? 아니, 드래곤들은 피를 흘리면서 죽을 것이다. 그리고 그들이 고통스러워하는 모습을 내가 똑똑히 지켜볼 거야. 이 대륙을 통치하는 방식에 대해 내가 왜 너희 인간들의 허락을 받아야 하지? 드란보우글리스펜쉬르와 아더월드, 두 행성을 가질 수 있는데 내가 뭐 때문에 이 대륙으로 만족해야 하지?”

“마마는 그리 강력하지 않으니까요.” 타라가 대담하게 응수했다. “이 목걸이를 걸고 있지 않다면 나 혼자서도 마마를 이길 수 있습니다.”

베티가 숨을 죽였다. 타라가 세게 나가고 있었다. 여왕이 눈을 가늘게 뜨면서 몸을 숙였다.

"노예치고는 아주 당돌하구나. 너를 살려두기로 한 결정을 잊기 전에 입 닥치고 있어."

타라가 드래곤의 노란 눈을 똑바로 응시했다. 한 병사가 편지를 가져오는 바람에 결국 여왕이 먼저 눈길을 돌렸다. 그 뒤로 여왕은 신경을 쓰지 않는 척하면서 집무를 보았다. 그러나 타라는 여왕이 힐끔힐끔 곁눈질로 자신을 살피고 있음을 느꼈다. 욕실에서도 여왕이 한마디도 없이 침묵했기 때문에 베티는 불안에 떨어야 했다.

타라에게서 눈길을 떼지 않고 있었기 때문에 붉은 여왕은 타라의 눈길이 크라에토르비르의 반지에 꽂혀 있음을 알아차렸다.

"내 반지를 보고 있구나." 여왕이 갈퀴발톱이 달린 발가락을 흔들면서 말했다. "마왕의 반지였지. 멋지지 않니?"

"지킴이들과 심판관들 때문에 악마의 힘을 지닌 사물들을 감추었던 데미데루스나 최고 마구스들의 후손이 아니면 접근할 수 없는 것으로 아는데요."

타라가 위험을 무릅쓰고 말했다.

"내가 반지를 끼고 있는 것을 보고 그 마지스터라는 인간이 굉장히 화가 났지. 이건 복제한 반지야. 악마들은 사물을 만들면서 악마의 마법을 불어넣기 전에 몇 개 복제를 해놓거든. 그 일부가 지구와 아더월드에 남아 있지. 나는 생물학자로서 인간 조상들의 유전자와 골격을 연구해왔고, 안개 대양 부근에서 발굴 작업을 하던 중 수천 년 전에 살았던 한 남성의 손가락에서 이 반지를 발견했지. 그 사실을 알아차린 드래곤들이 악마의 힘을 지닌 다른 사물들처럼 감춰놓기 위해 내놓으라고 명했지만 나는 거절했어. 내 발가락을 자르지 않고는 반지를 빼앗을 수 없었지. 내가 내놓을 수 없다고 필사적으로 버텼으니까. 그래서 그들이 나를 미쳤다고 선언하면서 이 대륙에 가둬버렸던 거야. 처음에는 분노와 불안, 고통 때문에 내가 정말 돌았지. 그러던 중 칼리르 꽃 덕분에 차츰 정신을 차리게 되었어. 그러나 그 사이에 나는 이미 수많은 드래곤과 다른 종족을 학살한 뒤였지. 따라서 나는 이 대륙의 질서를 회복시키는 것을 시작으로 농부들에 대한 공격을 근절시키기 위해 노력했다. 그리고 인간의 신진대사에 대한 연구를 하면서 인간에게 잠재된 늑대인간의 유전자를 발견하게 되었지. 그래서 나는 가능한 많은 인간을 감염시켜서 두 가지 목적을 위한 군대를 만들었지. 하나는 살육을 멈추게 하는 것이 목적이고, 또 하나는 늑대인간에게 드래곤들과 싸우게 함으로써 나를 배신하지 않게 만들려는 것이 목적이었지. 내 형제자매들은 나를 추방한 것을 후회하게 될 거야. 몹시 후회하게 해주겠어."

"그러면 칼리르 꽃이 유령을 유인하지 않는다는 뜻이에요? 이 대륙에는 유령이 없어요?"

여왕이 무슨 말인지 모르겠다는 얼굴로 쳐다봤다.

"무슨 유령?"

타라가 금지된 대륙에 인육을 먹는 유령들이 있다는 얘기를 들었다고 말하자 여왕이 웃음을 터뜨렸다.

"유령이라! 정말 있다면 내 동족들이 벌써 발견했겠지? 아니, 여기서 그런 일은 없었다."

여왕은 또다시 복수, 피, 학살의 망상에 빠졌다.

타라는 그 순간 본국의 드래곤들이 왜 미친 드래곤들이 금지된 대륙에서 나오는 걸 반대했는지 깨달았다. 칼리르 꽃을 복용하면 이성이 돌아오는 것 같지만 그것은 겉으로만 억제되어 있을 뿐 살육에 대한 충동은 그대로 남아 있기 때문이었다.

정오에 그들은 산트라와 샨비와 함께 원형경기장으로 갔다. 여왕이 엘프들과 늑대인간들의 힘을 비교해보기로 결정했기 때문이다.

"늑대인간들이여, 오늘 나는 아더월드 최고의 전사들인 바이올렛 엘프들을 선물로 주게 되었음을 기쁘게 생각한다."

붉은 여왕이 선언했다.

발라와 열한 명의 바이올렛 엘프들이 그림자처럼 기척도 내지 않고 조용히 경기장에 나타났다.

엘프들은 활을 제외하고 모든 무기를 돌려받았지만 목걸이는 여전히 걸고 있었다. 초록빛 모래밭에 같은 수의 늑대들이 나타났지만 목걸이는 걸고 있지 않았다.

엘프들이 장검을 꺼냈다. 무거운 정적이 흘렀다. 모두 은으로 만든 칼이었기 때문이다.

늑대인간 검투사들이 장검을 응시하다가 늑대로 변신했다. 엘프들은 눈썹 하나 까딱하지 않았다. 늑대들이 엘프들을 포위하더니 보이지 않는 신호에 따라 일제히 달려들었다. 엘프들도 현란한 움직임으로 동시에 반격했다. 엘프 열두 명의 고함 소리가 들리는 순간 늑대 열두 마리가 목구멍에 칼을 맞은 채로 쓰러졌다. 늑대들은 엘프를 건드리지도 못했다.

은이 신진대사를 방해하기 때문에 늑대들은 칼을 없애지 않으면 힘을 쓸 수 없었다. 늑대들이 목을 잡으면서 으르렁거리는 사이에 엘프들이 믿을 수 없는 속도로 옷을 벗었다. 그러고는 엘프 두 명이 늑대 한 마리씩을 맡고 벗은 옷으로 묶었다.

그 사이에 칼을 없애는 데 성공한 늑대 여섯 마리가 정신을 차리기가 무섭게 엘프 둘을 때려눕히고 꽁꽁 묶어버렸다. 이제는 엘프 열 명이 남은 늑대 여섯 마리를 공격하고 있었다. 엘프들의 옷이 어떤 재질인지 모르겠지만 늑대의 갈퀴발톱이나 송곳니에 끄떡 않을 정도로 질겼다.

아직은 구별할 수 없지만 타라는 그 무리 속에 늑대들의 대장,

알파 늑대가 있다는 걸 알아차렸다. 결박되지 않은 무리 속에 알파 늑대가 있는 것은 사실이었다. 알파 늑대가 뭐라고 고함을 지르자 남은 늑대들이 뒷걸음치더니 순식간에 다시 인간으로 변신했다.

그리고 옷을 벗었다!

"맙소사, 뭐 하는 거지?" 베티가 중얼거렸다.

"그럴듯하군." 발라가 외쳤다. "멋진 복부 근육이야. 이제 항복인가?"

그러나 그것은 육체적 매력을 과시하는 것이 아니었다. 늑대인간들이 로인클로스로 손을 둘둘 감더니 목구멍에 꽂힌 칼을 뽑아 땅바닥에 던져버렸다. 다른 전술을 시도하려는 것이었다.

그러나 목에서 계속 피가 흐르기 때문에 늑대인간들은 맹수의 본능으로만 싸우고 있었다.

인간의 모습을 하고 있어서인지 늑대인간들이 동물일 때보다 민첩성은 좀 떨어지지만 훨씬 영리했다. 알파 늑대가 엘프들과 상대할 때는 힘보다는 머리를 써야 된다는 것을 재빨리 간파한 것이었다. 이제 그들은 거의 동등한 조건에서 싸우고 있었다.

그러나 늑대는 힘이 더 센 반면에 엘프는 너무 빠르기 때문에 도저히 싸움이 되지 않았다. 늑대가 엘프에게 달려들어서 공격할 때마다 쓰러지는 것은 바이올렛 환영이었으니. 경기장을 완전히 장악한 엘프들이 동에 번쩍, 서에 번쩍, 펄쩍펄쩍 뛰면서 붕붕 날아다니는 듯 믿을 수 없을 정도로 날쌔게 공격을 피했다. 계속 헛발질을 하다 힘이 빠진 늑대인간들이 실수를 저지르기 시작했다.

관중석의 늑대인간들이 광분하면서 엘프들을 향해 소리쳤다.

"비겁한 것들아! 겁쟁이들아! 도망치지 말고 싸워라!"

그러나 발라는 쏟아지는 욕설에 아랑곳하지 않았다. 발라가 부관인 플루르에게 신호를 하자 도망치고 있던 엘프들이 갑자기 홱 돌아서서 경기장의 벽에 기대더니 뒤로 공중돌기를 하며 돌아와서 동시에 알파 늑대를 공격했다. 여기저기 칼에 찔린 알파 늑대는 피투성이가 되었다. 필사적으로 저항하고 있지만 피를 너무 많이 흘려 알파 늑대가 비틀거리고 있었다. 그때 발라의 등 뒤에서 비명 소리와 함께 우지끈거리는 소리가 들렸다. 늑대 하나가 엘프를 잡아서 팔을 부러뜨린 것이었다. 고통 때문에 하얗게 질린 엘프가 가까스로 치명적인 칼을 피했다. 늑대는 다른 엘프가 도와주러 오기 전에 재빨리 갈퀴발톱으로 목을 찔렀다. 바이올렛 엘프가 쿵, 쓰러졌다. 성난 엘프 셋이 달려들면서 치열한 싸움이 벌어졌다. 늑대들이 팔, 다리, 목…… 닥치는 대로 부러뜨리고 있었다.

늑대는 여섯이 제압되었고, 엘프는 넷이 사망했다.

지금까지는 몸을 슬슬 푸는 정도였다는 듯 갑자기 발라가 돌진했고, 눈 깜짝할 사이에 알파 늑대의 심장에 칼을 꽂았다. 알파 늑대가 숨을 헐떡이면서 칼을 뽑는 사이에 발라가 두 번째의 칼을 날렸다. 그러고는 언제 알파 늑대 뒤로 왔는지 발라가 목에 칼날을 들이대고서 외쳤다.

"이제 충분하지 않은가? 중단하지 않겠다면 당장 숨통을 끊어 주겠다!"

엘프들의 승리였다. 그러나 이미 죽은 엘프들 외에도 발라가 늑대들의 대장과 싸우는 사이에 엘프 둘이 중상을 입은 상황이었다. 거의 파란 피가 모래밭으로 흘러내리고 있었다.

찬물을 끼얹은 듯 정적이 흐르고 있었다. 관중석의 늑대인간들도 숨을 죽이고 있었다. 마침내 붉은 여왕이 일어났다.

"제법이구나! 알파 늑대를 제압하는 것으로 다른 늑대들의 항복을 받아낼 생각을 하다니! 좋아, 싸움은 끝났다."

여왕이 베티를 돌아봤다.

"알파의 목숨이 위태로울 경우 가차 없이 제물로 바치고 베타들 중에서 후임을 뽑아서 보고해."

"알겠습니다, 여왕님!"

베티가 대답했다.

여왕이 다시 경기장을 돌아보며 발라에게 외쳤다.

"네가 이겼다, 이번만은. 놈의 목을 베든 말든 마음대로 해."

엘프가 망설일 것이라고 예상했다면 여왕이 잘못 알고 있는 것이었다. 발라는 가차 없이 단칼에 늑대의 목을 베었다.

"너, 아주 마음에 드는구나." 붉은 여왕이 중얼거렸다. "마음에 쏙 들어."

내키지는 않지만 타라는 여왕을 자극해야 했다. 발라가 싫어하겠지만 할 수 없지.

"엘프들은 마마의 늑대들을 아주 쉽게 이길 수 있는데 일부러 시간을 끈 거예요. 아주 강력한 전사들이거든요. 저게 진짜 전투였다고 생각하세요? 바이올렛 엘프들에게 늑대 무리는 전투가 아니라 훈련 상대밖에 안 됩니다."

아가리가 타라의 가슴에 닿을 때까지 여왕이 고개를 숙였기 때문에 타라는 뒷걸음치지 않을 수 없었다.

"무슨 말을 지껄이는 거야?"

"이해할 수가 없어요." 타라는 주눅 들지 않고 빈정거렸다. "엘프에 대해 잘 아실 텐데 감옥에 가둬놓지 않다니! 엘프들이 진짜 제대로 싸울 때 어떻게 하는지 아시죠? 엘프들이 늑대인간들을 정말 죽이려고 했다면 은으로 만든 칼날로 목이 아니라 눈을 찔렀을 겁니다. 발라는 아주 영악한 엘프예요. 마마를 속이려고 일부러 자기 실력을 다 보여주지 않은 것인데 눈치채지 못하셨어요?"

"움직이는 표적을 향해 칼을 날리는 것은 더구나 눈은 아주 작아서 마법이 아니면 거의 불가능한 일이다. 네가 겁을 주려는 것이라면 건방지게 입을 놀린 대가를 치르게 될 것이다, 어린 인간아."

타라는 무례하게 어깨를 으쓱하면서 한술 더 떴다.

"마음대로 하세요. 나의 군대도 아닌데…… 걱정이 돼서 알려드린 거니까요."

여왕이 으드득 턱뼈 소리를 내면서 벌떡 일어났다. 그러고는 잠시 생각을 하다가 경기장을 향해 외쳤다.

"바이올렛 엘프! 타라의 말로는 네가 너희 힘과 실력을 속이기 위해 일부러 나의 늑대들을 봐준 거라고 한다."

어휴! 발라가 무슨 생각을 하고 있는지 물어볼 필요도 없었다. 발라의 살벌한 눈빛, 눈으로 죽일 수 있다면 타라는 그 자리에서 즉사했을 것 같았다.

"대장만 빼놓고 바이올렛 엘프들을 퇴장시켜라." 여왕이 명했다. "지금부터 늑대 다섯과 엘프 한 명이 대적한다. 살고 싶으면 이번에는 제대로 싸워야 할 것이다. 장난 끝!"

부상당한 동료들을 들쳐 업은 늑대인간들이 고개를 떨어뜨린 채 떠나자 엘프들이 죽은 동지들의 다리를 잡아끌면서 경기장을 나가는데 슬픈 노래를 흥얼거리고 있었다. 관중석에 앉은 늑대인간들은 깊은 한숨만 내쉴 뿐 찍소리도 내지 않았다.

부하 엘프들이 떠나고 여왕이 개입하기 전에 발라가 여기저기 떨어져 있는 은제 칼들을 수거하기 시작했다.

발라는 시원하게 기지개를 켠 다음 팔굽혀펴기, 무릎 굽혀 펴기, 좌우 고개 돌리기 등의 스트레칭을 하고, 칼 두 개를 뽑았다.

여왕이 지목한 늑대인간 다섯이 경기장에 등장했다. 앞선 전투를 지켜봤고 여왕이 한 말도 들었기 때문에 그들은 신중하게 두 패로 갈라졌다. 한 무리는 인간 모습으로 칼을 들었고, 또 한 무리는 늑대로 변신했다.

그러나 그 작전은 별로 도움이 되지 않았다. 타라가 예측했던 대로 발라는 진짜 실력을 감추고 있었다. 눈 깜짝할 사이에 날아온 칼 세 개를 맞고 늑대들이 푹푹, 쓰러졌는데 칼들이 머리를 관통한 상태였다. 남은 늑대 둘에게도 행운은 없었다. 심장에 칼을 맞고 종말을 고했다. 칼을 뽑지도 못한 채 숨이 끊어졌다.

아연실색한 여왕이 딸꾹질을 하면서 자리에 앉았다.

"그래…… 타라, 네 말이 맞았어. 네가 왜 나를 도와줬는지 이유는 모르겠지만 받아들이겠다." 여왕이 목소리를 높였다. "엘프, 너는 훌륭한 전사다. 네가 네 부하들을 데리고 내 군대를 훈련시켜라. 세상을 침략하기까지는 여섯 달이 남아 있으니 그 동안에 내 병사들을 훈련시켜. 나를 잘 보필하면 너는 제국 하나를 손에 넣을 수 있을 것이다."

발라가 살기 어린 눈길을 던지고 나서 돌아섰다. 한마디 대꾸도 없이.

"목걸이를 걸고 있는데도 너무 빠르고 강력해서 궁전을 돌아다니게 둘 수 없겠어. 경비?"

"네, 마마?"

"드래곤 포로들과 함께 바이올렛 엘프들을 감방에 가둬라!"

"알겠습니다, 마마."

그레이 드래곤들이 쓰러진 늑대들과 발라를 끌어내고 경기장을 깨끗이 치웠다. 피로 얼룩진 모래밭에 초록색 모래를 새로 깔자 아무 일도 없었던 것처럼 되었다.

"음, 됐군. 타라?" 붉은 여왕이 말했다.

"네, 마마?"

"네가 나보다 강력하다고 계속 주장하는데 어디 그 실력을 보여다오."

"어떻게요?"

"간단해." 여왕이 송곳니를 드러내면서 대답했다. "이번에는 네가 경기장으로 내려가면 되니까."

원형경기장

갈퀴발톱도 송곳니도 없는 인간은 어떻게 싸워야 하나

*

타라가 멍하니 입을 벌렸다. 무슨 말을 하고 싶었지만 인간의 소리라기보다는 아픈 쥐가 찍찍거리는 소리가 나왔다.

"어서 가자!" 베티가 말했다. "가는 길을 알려줄게."

"하지만 나, 나는……." 타라가 중얼거렸다.

"쯧! 쯧! 쯧!" 여왕이 비웃었다. "베티, 내버려둬. 내가 내려가게 할 거니까."

타라가 방어할 사이도 없이 붉은 여왕이 주문을 읊었다. 여왕의 마법이 타라를 움켜잡아서 초록빛 모래밭에 내려놨다.

질겁한 타라가 주위를 둘러봤다. 작전을 짜면서 이런 상황을 어느 정도 예상은 했지만 상상과 실전은 완전히 다르지 않는가.

이어서 목걸이가 찰칵, 하면서 풀렸을 때 타라는 내심 쾌재를 불렀다.

타라가 몹시 놀라면서 당황하는 연기를 했다.

"이게 어떻게 된 거죠?"

연기라는 걸 전혀 눈치채지 못한 여왕이 뭔가를 흔들면서 큰 소리로 대답했다.

"이것은 너의 친구들, 드래곤, 엘프, 인간들, 티그족, 난쟁이의 목걸이를 조종하는 리모컨이다. 지금 그들은 숙소에 갇힌 채 철통같은 감시를 받고 있지. 나의 늑대들에게 마법을 사용하는 것은 허락하지만, 나를 제압하거나 주문을 날릴 경우 이 리모컨이 자동으로 작동해서 네 친구들의 머리가 폭발할 것이다. 그것으로 충분치 않을 경우를 생각해서 이 경기장에 있는 모든 늑대인간의 목걸이를 조종하는 리모컨도 갖고 있지. 나는 너의 그 어리석은 감상적인 성격을 믿어. 내가 확보한 너에 대한 보고서에 따르면 너의 따뜻한 가슴과 헛된 살육은 어울리지 않거든."

여왕의 말에 늑대인간들로 가득한 관중석이 얼어붙은 듯 고요해졌고, 모든 눈길이 타라에게 쏠렸다. 어린 인간이 대체 누구기에 여왕이 저토록 신중을 기하는 거지? 하는 얼굴이었다.

"알아들었니?" 여왕이 마지막 말을 날렸다.

타라의 얼굴이 침울해졌다. 저 드래곤이 나를 너무 얕보는 거 아냐? 타라는 여왕이 친구들을 인질로 삼을 거라고 예상했고, 모두 위험을 무릅쓰겠다고 수락했다. 이제는 옳은 결정이었는지 아니었는지 확인할 때였다. 아니라면 수많은 사람이 목숨을 잃는 것이었다. 사랑하는 로빈과 최고로 멋진 친구들까지.

타라는 마법의 힘이 몰려오는 걸 느꼈다. 마치 너무 오랫동안 억누르고 있어서 화가 났다고 할까. 저 레드 드래곤은 스펙터클을 원하겠지? 좋아, 그렇게 해주지! 트럼펫 소리가 울리자 늑대 다섯이 경기장으로 뛰어 들어왔다. 타라는 입 안의 침이 마르는 거 같았다. 휴! 가까이에서 보니 몸집이 훨씬 컸다. 왜 항상 다섯일까? 숫자 5를 특히 좋아하기 때문에? 그게 아니면 뭐지?

"내 귀염둥이들, 나를 위해 그 아이를 죽여라!" 여왕이 외쳤다.

맙소사! 마지스터나 여왕 같은 정신이상자들은 왜 하나같이 죽이는 걸 좋아할까?

늑대인간들과 드래곤들의 눈길을 받으면서 타라는 마법의 힘이 주먹으로 몰려들기를 기다렸다. 주먹에서 마법의 빛이 번쩍거렸다. 그리고 늑대 다섯이 에워싸는 순간 작전을 개시했다.

눈빛이 새파래지고 흰 머리털이 찌지직거리다가…… 타라의 마법이 경기장 전체를 후려쳤다. 발밑에 떨어져 있는 목걸이까지.

드래곤들이 경기장 주위에 걸어놓은 마법의 방어막이 순식간에 뚫렸다.

마법의 빛에 휩싸인 늑대인간들과 드래곤들이 질겁한 얼굴로 비명을 지르다가 새끼늑대와 새끼드래곤으로 둔갑하기 시작했다!

경기장에서도 귀여운 새끼늑대들이 강아지처럼 멍멍 짖어대면서 짧은 다리로 타라를 잡겠다고 팔짝팔짝 뛰어다녔다. 살루가 어린 소년으로 둔갑했을 때처럼 너무 큰 목걸이들이 떨어졌지만 폭발하지 않자 자유로워진 새끼늑대들이 작은 이빨로 목걸이를 잘근잘근 깨물고 있었다. 대비를 하고 있었는지 붉은 여왕과 쌍둥이 그린 드래곤, 베티만 아무 변화 없이 멀쩡했다.

너무 놀란 여왕이 미처 리모컨 버튼을 누르지 못한 걸까? 사실은 리모컨을 바닥에 떨어뜨린 것이었다. 여왕의 지시를 받은 베티가 리모컨을 찾아서 내밀었다.

그때 타라가 얼굴을 핥으려고 하는 새끼늑대를 붙잡아 안고서 여왕을 향해 돌아섰다.

"나는 죽이는 걸 좋아하지 않아요. 더구나 마마의 기쁨을 위해서는 죽이지 않을 겁니다."

타라는 버둥거리는 새끼늑대를 내려놓고 꼿꼿하게 서 있었다.

"아주 인상적이었다. 과연 네 마법 능력은 특출하구나." 붉은 여왕이 인정했다. "내 늑대들에게 본래의 모습을 돌려주어라. 너에 대한 테스트는 끝났다."

"그럴 수 없습니다." 타라가 차분하게 대꾸했다.

여왕이 벌떡 일어났다.

"뭐라?"

"내가 병이 났었는데 그 몇 달 동안 내 마법 능력이 없어졌지요. 산트라와 샨비에게 확인해보세요."

여왕이 쳐다보자 쌍둥이가 머리를 끄덕였다.

"그래서 이제는 마법의 양을 많이 방출하면 다시 마법을 사용하기까지 시간이 좀 흘러야 하지요. 따라서 주문을 되돌릴 수가 없습니다. 드래곤들에게는 거짓말을 알아보는 제6감각이 있으니까 나를 잘 살펴보세요. 나는 진실을 말했으니까요."

타라는 큰 도박을 하고 있었다. 하지만 늑대들에게 본래의 모습을 돌려주면 작전을 실패하는 것이기 때문에 마법을 사용할 수 없다고 한 말 자체는 거짓이 아니었다. 여왕이 궁전을 지키고 있는 다른 늑대들을 불러들이는 사이에 탈출하는 데 필요한 시간을 벌고 여건도 마련해야 했다. 타라는 여왕이 영악하지만 미쳤다는 점에 기대를 걸고 있었다. 거짓말을 알아내는 탁월한 능력이 있다고 여왕을 추켜세운 것도 속임수였다. 전혀 어렵지 않은 일이라는 걸 알면서도 셈 선생님이 친구들을 돕지 못하게 막았을 때 몇 번 거짓말한 적이 있는 타라는 드래곤들의 심리를 이용하고 있는 것이었다.

"그거 재미있구나." 여왕이 말했다. "마법 능력이 돌아오려면 얼마나 걸리지?"

"모르겠습니다, 마마. 장벽을 파괴할 뻔한 뒤로 처음 사용했으니까요. 스물여섯 시간에서 쉰두 시간 정도 걸리는 것 같아요."

"목걸이를 다시 걸어."

타라가 목걸이를 걸자 찰칵, 채워졌다. 여왕이 주문을 읊었고, 마법으로 타라를 움켜잡아서 옆에 데려다 놨다.

여왕이 크리스털 볼에 대고 뭐라고 속삭였다. 얼마 후에 도착한 늑대인간 병사들이 새끼늑대들로 가득한 관중석을 보면서 눈이 휘둥그레졌다. 늑대인간 병사들이 뛰어들어와서 새끼늑대들을 집결시키려고 했지만 쉽지 않았다. 베티가 전혀 동요하지 않고 있는 반면에 타라는 까불거리며 돌아다니는 어린 동물들을 잡으려다 넘어지는 늑대인간들의 모습에 웃음을 참느라고 몇 번이나 입술을 깨물어야 했다.

그 광경을 지켜보면서 여왕이 옥좌 팔걸이를 신경질적으로 탁탁 치고 있을 때 지휘관으로 보이는 병사가 헐레벌떡 달려와서 보고했다.

"마마, 목걸이들을 수거하고, 새끼늑대들 일부를 붙잡았습니다만 워낙 작아서 몇 놈이 구멍으로 빠져나가는 바람에 어디로 갔는지 모르겠습니다."

탁탁, 치는 소리가 점점 커지자 지휘관이 뻣뻣하게 굳었다.

“이 경기장에서 죽고 싶지 않으면 빨리 붙잡아라.” 여왕이 냉랭한 어조로 말했다. “새끼로 둔갑한 늑대와 드래곤들을 모두 한곳에다 몰아넣어야 한다. 타라가 다시 마법을 사용할 때까지. 작은 목걸이가 없으니까 가둬놓고 철저하게 지키란 말이다. 알았나?”

“잘 알겠습니다, 마마. 즉시 시행하겠습니다.”

여왕의 불같은 성질에 당장 죽는 줄 알고 벌벌 떨던 지휘관이 내가 아직 살아 있는 거 맞지? 하는 얼굴로 잽싸게 사라졌다.

여왕이 타라를 돌아봤다. 눈을 뚫어져라 쳐다보다가 말했다.

“나는 너를 믿지 않아.”

타라는 가슴이 조마조마했다. 지금이 작전 중에서 가장 위험한 과정이었다. 이 단계에서는 절대로 흔들리지 말고 압력에 굴복하면 안 돼.

“타라의 친구인 블루 드래곤을 데리고 와!” 여왕이 크리스털 볼에 대고 명했다. “경기장에 있는 드래곤들에게 작은 사고가 났으니 다른 그레이 드래곤들을 보내라!”

타라는 작전의 2단계를 개시할 뻔했지만 적절한 때가 아니었다. 늑대들 옆에 목걸이가 있었다. 여왕을 공격해서 죽일 경우 수많은 늑대인간들은 물론이고 친구들도 위험해지는 것이었다.

타라는 자신에게 여왕이 끔찍한 선택을 해야 하는 상황을 만들지 않기만 바라고 있었다.

감옥을 지키기 위해 남아 있던 그레이 드래곤들이 셈을 끌고 왔다. 블루 드래곤 셈의 안색이 좋지 않았지만 꼿꼿이 서서 여왕에게 거만하게 외쳤다.

"이번에는 나를 제대로 괴롭힐 방법을 찾았나? 또 말도 안 되는 헛소리를 들어야 하는 것인가?"

여왕의 눈빛이 번뜩여서 타라는 고함을 지를 뻔했다. 감옥에 갇힌 셈 선생님에게는 작전을 알릴 수가 없었다. 경기장을 난장판으로 만든 사람이 타라라는 걸 눈치채고 셈 선생님이 신중한 태도를 보이면 좋으련만…….

붉은 여왕이 비늘로 덮인 주머니에서 뭔가를 꺼냈다. 초록색 액체가 든 병이 햇빛에 반짝거렸다. 붉은 여왕이 셈에게 외쳤다.

"이게 뭔지 모르겠지? 그리고 타라, 네 목걸이를 다시 풀어주겠다. 지금 즉시 늑대들과 드래곤들에게 원래의 모습을 돌려주지 않으면 네 친구에게 이 약을 먹이겠다. 참고로 이걸 먹느니 차라리 죽는 게 낫다고 할 정도라는 것만 알려주지."

붉은 여왕이 주문을 읊자 타라의 목걸이가 바닥으로 떨어졌다.

붉은 여왕이 타라를 향해 몸을 숙이면서 말했다.

"네가 우정을 얼마나 중요하게 생각하는지 알아. 네 대답은?"

죽는 날까지 자책하겠지만 타라는 선택의 여지가 없었다.

"죄송해요, 셈 선생님." 타라가 중얼거렸다. "하지만 지금은 아무것도 할 수 없어요. 방금 사용했기 때문에 나의 마법 능력은 더 이상 효력이 없어요. 용서하세요."

"눈물 없이는 보지 못할 멜로드라마로군!" 붉은 여왕이 비아냥거렸다. "내가 약을 먹이는 동안 이 드래곤을 꽉 붙잡고 있어라!"

공포의 빛으로 이글거리는 셈 선생님의 눈을 보면서 타라는 속이 뒤틀렸다. 블루 드래곤이 미친 듯이 날뛰었기 때문에 그레이 드래곤들이 쩔쩔매고 있었다. 그러나 여왕이 턱을 마비시키고 포도주까지 들이부었기 때문에 셈은 약물을 삼키지 않을 수 없었다.

셈이 비명을 지르다가 둔갑하기 시작했다. 몇 분 후 목걸이가 떨어졌고, 드래곤 대신에 파충류의 노란 눈빛을 가진 30대의 남자가 푹 쓰러졌다.

"블루 드래곤을 구해줄 생각도 하지 않았어." 여왕이 냉랭한 목소리로 지적했다.

"아직도 나를 믿지 않으시는군요." 타라가 손톱이 살을 파고들 정도로 손을 꽉 쥐면서 대꾸했다. "내게는 구해줄 방법이 없어요. 지금은 마법 능력이 없기 때문에……."

"지금은 너를 믿어." 여왕이 흡족한 얼굴로 말했다. "목걸이를 다시 걸고 네 친구를 데려가. 방으로 옮기는 즉시 내 병사들이 이 자의 목걸이를 풀어줄 것이다." 여왕이 베티에게 명했다. "나는 작전 지시를 하기 위해 신임 대장과 함께 궁전의 동쪽 사령부에 있을 것이다. 블루 드래곤을 병사들에게 맡기고 너는 타라를 방으로 데려가서 가능한 빨리 기력을 되찾아서 마법을 할 수 있게 보살펴주어라."

대답을 기다리지도 않고 여왕이 갑자기 금빛 망토를 휘날리면서 나가자 쌍둥이가 부리나케 뒤를 따랐다.

"드래곤을 업고 나를 따라와!"

베티가 그레이 드래곤에게 명했다.

베티는 살루가 누워 있는 옆방에 셈을 내려놓게 한 다음, 타라를 방에 데려다 놓고 한마디도 없이 나갔다. 타라는 엄습해오는 불안을 떨쳐보려고 기지개를 켰다. 마법을 다량으로 방출하면서 녹초가 된 상태이기 때문에 타라가 거짓말한 것은 아니었다. 그러나 끔찍한 선택을 했다는 죄책감 때문에 타라는 셈 선생님의 마지막 눈빛이 평생 동안 뇌리를 떠나지 않을 것 같았다.

타라는 불을 끄고 기다렸다.

5분도 채 되지 않아서 베티의 목소리가 머릿속에 울렸다.

'타라! 맙소사! 타라! 네가 어떻게 그런 일을!'

타라는 카메라 때문에 인상을 쓰지 않으려고 애를 썼다. 듣기만 하고 아무 대답도 할 수 없다는 것은 정말 고역이었다.

'내 눈을 믿을 수 없었어! 붉은 여왕을 제외하고 나는 그렇게 강력한 마법을 본 적이 없어. 여왕이 너를 왜 그렇게 경계했는지 그 이유를 이제야 알았어. 네가 우리에게 황금 같은 기회를 선사해준 거야. 빨리 행동에 옮겨야겠어. 궁전을 아수라장으로 만들어놓으면 2시간 내에 너는 탈출할 수 있을 거야.'

타라는 무엇보다도 붉은 여왕이 지금 뭘 하고 있는지 알고 싶었다. 다행히 베티가 타라의 생각을 읽은 것처럼 말했다.

'여왕이 몹시 불안해하면서 지금 늑대인간 병사들과 함께 경비를 강화하고 있어. 평소의 경비를 서던 병사들이 아니라서 아직 조직적이지 않아. 너를 감시하기 위해 화면을 보고 있지 않은 지금이 기회야. 작전의 2단계 실시, 지금!'

타라는 칼리르 꽃을 꺾어서 작은 다발을 만든 다음 체인지라인의 주머니에 넣었다.

그리고 마법의 광선을 발사했다.

목걸이가 폭발했다.

23 탈출

어딘가로 떠날 때는
아무것도 남기지 않고 깨끗이 치우는 것이 좋다

*

그 폭발로 스쿠프와 방의 절반 이상이 파괴되었다. 그러나 방 한가운데에 서 있는 타라는 상처 하나 입지 않고 무사했다. 경기장에서 테스트를 받을 때 타라가 목걸이에 바깥쪽으로 폭발이 일어나도록 주문을 걸어놨기 때문이었다.

많은 늑대인간이 새끼늑대로 둔갑하는 사고 때문에 경비의 수가 턱없이 부족해서인지 폭발이 일어났는데도 아무도 달려오지 않았다. 타라는 마법의 범위를 궁전 전체로 확대하면서 대상을 명확하게 한정했다. 경비들이 지키고 있는 새끼늑대들은 원래의 모습을 되찾았지만 그레이 드래곤들은 제외되었다.

타라는 친구들에게 따로 연락할 필요가 없었다. 친구들은 폭음이 들리기를 기다리고 있었다. 그것이 쿠데타의 신호탄이었기 때문이다.

제일 먼저 달려온 로빈이 타라를 끌어안다가 반쯤 타버린 방을 보면서 눈이 휘둥그레졌다.

"맙소사! 타라, 너의 작전이 성공한 것 같다. 정말 걱정 많이 했는데! 그런데 셈 선생님이 둔갑하는 걸 봤어. 어떻게 된 거야?"

무아노, 엘레아노라, 제레미, 파프니르, 크산디아르, 칼이 달려왔다. 타라가 간략하게 설명했다.

제레미가 말을 잘랐다.

"아까 아침에는 말을 못했는데 세 사람이 우리와 함께 떠나게 될 거야. 나의 어머니 알리아, 아버지 델, 여동생 캐서린."

그 기쁜 소식에 타라와 무아노, 다른 친구들이 제레미를 에워싸면서 축하했다. 그러나 한동안 장난을 못 쳐서 입이 근질근질한 칼이 그 기회를 놓칠까, 대놓고 제레미를 놀렸다.

"네가 사랑에 빠진 예쁜 소녀, 그 캐서린이 네 동생이라고? 와, 너 진짜 안됐다!"

칼의 너스레를 들은 척도 않고 타라가 말했다.

"제일 급한 것부터 하자. 우리가 걸고 있는 목걸이들의 뇌관부터 제거해야겠어."

갑자기 타라가 눈살을 찌푸렸다.

"근데 파브리스는? 어디 갔어?"

"모르겠어." 무아노가 대답했다. "요즘 행동이 좀 이상하더니…… 네 작전에 찬성하지 않는 것 같았거든. 방에 가봤는데 없고…… 불안해죽겠어."

"파브리스는 신호탄이 울리면 모여야 한다는 걸 알고 있어. 목걸이에서 벗어나는 것이 가장 중요하기 때문에 기다릴 시간이 없어. 새로 조직된 경비가 언제 들이닥칠지 몰라. 할 수 없어. 목걸이 뇌관을 제거하는 것부터 시작하자. 무아노, 그다음에는 마음 놓고 야수로 변신할 수 있으니까 네가 찾아봐."

타라가 마법으로 목걸이들을 건드리려고 할 때 엘레아노라가 중지시켰다.

"잠깐! 네가 목걸이에 마법을 사용할 경우 무슨 일이 일어나는지 아직 모르잖아. 네 목걸이는 작동하지 않은 상태로 바닥에 떨어져 있을 때 마법을 걸었던 거 아냐? 그러니까 작동하고 있는 상태에서는 마법을 사용할 경우 폭발할 수도 있어."

"이런! 그래, 네 말이 맞아! 성문 앞에서 보초들이 살루와 나에게 목걸이를 채우면서 그레이 드래곤들의 발만 목걸이의 버클을 풀 수 있다고 했어. 그래야 폭발하지 않는다고……."

"마법, 마법!" 파프니르가 엘레아노라를 흘겨보면서 투덜거렸다. "너희가 할 줄 아는 건 그저 마법밖에 없지? 타라, 내 도끼를 찾아줄 수 있겠어?"

"그거야 찾을 수 있지. 왜?"

"두고 봐."

타라가 정신을 집중했다. 도끼와 친구들의 무기…… 그리고 병사들의 무기가 한곳에 보관되어 있었다. 타라는 궁전의 중요한 곳을 모두 알아두었기 때문에 무기고를 정확하게 알고 있었다. 좋아, 어차피 해야 할 일인데 이 참에 빼앗긴 것을 모두 회수하지, 뭐.

레비투스 벨트, 카무플루스 기구, 검, 단도, 활, 화살, 파프니르의 도끼들, 그 밖의 각종 무기가 사뿐히 방바닥에 내려앉았다. 돌아온 네 개의 장검을 보면서 싱글벙글하는 크산디아르를 비롯해서 모두 흡족한 얼굴이 되었다.

"음, 내 사랑하는 것들, 너무 그리웠어, 반가워!" 파프니르가 쪽쪽, 소리가 나게 도끼 두 개에 뽀뽀를 하면서 활짝 웃었다. "크산디아르?"

"왜 그러니, 난쟁이 전사?"

파프니르가 씨익, 미소를 지어 보였다.

"나랑 같이 좀 나가요! 잠깐 바람 쐬고 와요, 우리." 파프니르가 도끼를 휘두르면서 방을 나갔다.

오무아의 친위대장이 어리둥절한 얼굴로 따라나갔다.

잠시 후, 비명에 이어서 쿵! 하는 소리가 들렸다. 타라와 친구들이 뛰어나가려고 할 때 파프니르가 그레이 드래곤의 발 두 개와 피 묻은 도끼를 들고 돌아왔다. 헐레벌떡 뛰어 들어온 크산디아르가 후닥닥 문을 닫더니 등을 기대고 섰는데 뭔가에 홀린 얼굴이었다.

"성문 보초들이 그레이 드래곤들의 발만 목걸이를 풀어줄 수 있다고 했다면서?" 난쟁이가 짓궂은 미소를 흘리면서 말했다. "정말 그런지 어디 한번 해보자고! 타라, 너의 그 빌어먹을 마법으로 발을 살려봐."

타라는 혀를 내둘렀다. 와, 파프니르는 일을 진짜 신속하게 처리하네! 타라가 발사한 마법의 광선을 맞은 발이 꿈틀꿈틀하면서 공포 분위기를 조성하자 모두 물러섰다. 타라는 마법이 드래곤의 발 속에만 미치게 힘의 범위를 제한해둔 상태였다.

"파프니르? 너 자신 있어?"

"내 목걸이부터 풀어. 난쟁이들은 구속돼 있는 걸 절대 못 참아!"

크산디아르의 손짓에 따라 그들이 뒷걸음쳐 책상과 침대 뒤로 숨는 한편, 파프니르는 가능한 멀리 떨어진 벽에 기대고 섰다.

타라가 심호흡을 하고 나서 시작했다. 드래곤의 발들이 파프니르의 목걸이를 건드리자 버클이 순순히 열렸다.

한순간 침묵이 흘렀다. 갑자기 야호! 하며 칼이 소리치는 바람에 모두 소스라치게 놀랐다.

"칼!" 엘레아노라가 나무랐다. "깜짝 놀랐잖아!"

"다들 봤지? 완벽하잖아!" 난쟁이가 환호했다. "이제 너희 차례야!"

눈 깜짝할 사이에 친구들이 목걸이에서 벗어나자 타라가 회수한 무기들이 각각 주인에게 돌아갔다. 아직은 붉은 여왕이 눈치채지 못했을 것이고, 뜻밖의 난관에 부딪힐 수도 있으니까…….

그때 문이 열려서 모두 얼어붙었다. 그러나 아무것도 없었다. 이윽고 벽에 또렷이 드러나는 형체를 보면서 타라가 미소를 지었다. 친구들도 오무아의 카무플레 국장 세네 센스사스를 대번에 알아봤다.

"지시한 대로 했어요, 마마. 예상했던 대로 목걸이에 주문이 걸려 있더군요(무아노가 딸꾹질을 억눌렀다. 정말 큰일 날 뻔했구나!). 하지만 여왕의 거처에 있는 리모컨들은 이제 사용할 수 없어요. 내가 걸어놓은 주문을 깨뜨리지 않고서는 여왕이 사용할 수 없으니까요. 그런데 불행하게도 마마와 친구들의 리모컨은 없었어요. 여왕이 갖고 다니는 게 틀림없어요. 미안합니다."

"상관없어요." 타라가 자신과 친구들의 목을 가리키면서 말했다. "다 없애버렸거든요."

"여기 온 지…… 오래됐어요?" 칼이 어안이 벙벙해진 얼굴로 물었다.

"크산디아르와 같이 왔는데 나의 카무플레 능력 덕분에 레벨루스를 가볍게 따돌렸지. 보이지 않는 모습으로 궁전 안에 숨어 있으면서 스쿠프의 렌즈가 미치지 않는 사각 지점에서 크산디아르와 연락하고 있었어. 마구간에서는 같이 있었고, 탈출 작전도 같이 짰지. 내 역할은 여왕이 틸 장군의 늑대인간들을 죽이지 못하게 가능한 많은 리모컨을 무력화시키는 것이었어. 아! 베티가 이걸 갖다주라고 했는데……."

그렇게 말하면서 세네가 망토 안에서 살아있는 돌을 꺼냈다. 친구를 만나서 기쁜 크리스털이 타라의 손에 닿는 순간 반딧불이처럼 빛을 발산했다. 축소된 패밀리어들이 새장 안에서 영혼의 동반자를 만난 기쁨에 일제히 법석을 떨면서 소리를 질러댔다. 그리고 마지막으로 세네가 드래곤 형상의 검은색 크리스털을 내밀었다.

금지된 대륙의 열쇠!

파브리스는 여왕의 거처로 향하면서 머릿속에서 울리는 목소리에 귀를 기울였다. 목소리가 발길을 인도하고 있었다. 무슨 소리라고 해야 할까, 사람이 내는 소리인지, 동물이 내는 소리인지 알 수 없지만 도저히 거역할 수 없었다.

'어리석은 작전. 늑대인간들을 우습게 여기다니! 그 계집애는 너무 인정이 많아. 아주 짜증이 날 정도로. 열쇠를 훔친 다음 타라를 때려눕히고 너는 여기서 도망쳐. 네 목걸이는 내 마법으로 풀어줄 테니까.'

목적지에 이른 파브리스는 깜짝 놀랐다. 여왕의 거처에서 드래곤 형상의 크리스털을 들고 나온 세네가 휙 사라지는 것이 아닌가.

뱀파이어 셀렌바가 머릿속에서 욕설을 내뱉었다.

'저 망할 것! 어쩐지 이 더러운 궁전에 보이지 않는 존재가 느껴지더니! 저 카무플레가 먼저 열쇠를 손에 넣다니! 네가 열쇠를 빼앗아야 한다, 서둘러!'

그러나 뱀파이어 같은 능력이 없기 때문에 파브리스는 도저히 세네를 뒤쫓을 수 없었다. 더구나 모습이 보이지도 않는데.

'빌어먹을! 타라의 방으로 가서 당장 떠나자고 해, 어서 빨리!'

목소리가 시키는 대로 파브리스가 냅다 달렸다. 타라의 방문을 벌컥 열고 들어간 파브리스가 무아노의 품으로 달려들었다. 그런데 이걸 어쩌나! 얼마나 놀랐는지 무아노가 야수로 변신하고 말았으니!

"으윽! 숨 막혀!" 야수가 호흡을 가다듬으면서 외쳤다. "파브리스, 무슨 일이야?"

"떠나야 해, 지금 당장!" 파브리스가 미친 사람처럼 눈을 번뜩이면서 외쳤다.

"당연히 가지, 그럼 우리가 여기서 살겠냐?" 칼이 응수했다. "근데 너 괜찮은 거야? 파브리스, 어디 잘못된 거 아냐?"

파브리스가 두 손으로 머리를 감싸다가 친구들이 목걸이를 하지 않고 있다는 걸 알아차렸다.

"응? 아니, 나 아무렇지도 않아! 너희 목걸이에서 벗어났구나. 언제 떠날 거야?"

"타라가 네 목걸이를 해결하는 동안 나는 셈 선생님과 살루를 데리러 갈 거야." 무아노가 말했다. "베티는 지금 말고리와 샤름, 경기장에서 격투를 벌인 뒤에 여왕이 다시 가둬버린 엘프들을 구출하고 있어. 타라, 어디서 만나지?"

"궁전의 남쪽 출구에서. 거기가 장벽과 제일 가깝잖아. 베티가 우리와 떠나고 싶어 하는 이들도 데리고 올 거야." 타라가 제레미에게 안심하라는 미소를 지어 보이면서 덧붙였다. "하지만 조심해야 돼. 우리를 지지하는 늑대인간 반란군과 붉은 여왕에게 충성하는 늑대인간들의 전투가 어떻게 끝날지 모르니까. 만약 우리가 가지 않으면 실패한 거야. 그렇게 될 경우 너는 살루와 셈과 안전한 곳에 숨어서 기다려."

"베티가 안 오면?"

"작전대로 해야지." 타라가 마지못해서 대답했다. "내가 열쇠를 갖고 있는 것이 그 때문이니까. 나는 떠났다가 가능한 빨리 군대를 이끌고 돌아올 거야. 그때까지 베티가 살아 있기를 기도하면서."

"행운이 있기를."

"너도."

야수가 타라를 끌어안은 다음 파브리스에게 입맞춤을 하고 나서 쏜살같이 뛰쳐나갔다.

마법의 범위를 구석구석까지 확장한 타라는 스쿠프들의 기능을 정지시키는 것을 시작으로 궁전을 아수라장으로 만들었다. 싸우는 소리가 들렸다. 여왕 쪽의 군대와 반란군이 충돌한 것이었다. 꾸물거리고 있을 때가 아니었다.

타라가 파브리스의 목걸이를 풀어주자 파프니르가 말했다.

"드래곤의 발은 내가 가져갈게. 모두 준비됐지?"

"패밀리어들에게 본래의 크기를 돌려주자." 칼이 제안했다. "블롱딘만 빼놓고 다른 동물들은 우리를 공격하는 늑대들과 싸울 수 있으니까. 그리고 패밀리어들은 늑대인간에게 물려도 감염될 위험이 없어."

타라가 찬성했다. 그 생각은 못했는데……. 즉시 새장을 부수고 패밀리어들을 복도로 내보냈다. 드래곤들을 위해 지은 건물이라서 로빈과 파브리스는 히드라와 매머드를 아무 문제 없이 본래의 크기로 돌려놓을 수 있었다.

앞장서는 히드라를 따라 타라 일행은 전진했다. 반란 때문에 이미 불안에 떨고 있던 늑대인간들은 머리가 여러 개인 괴물을 보고 혼비백산했다.

"봤지, 로빈?" 칼이 흡족한 얼굴로 말했다. "거 봐, 토토가 쓸모 있을 거라고 내가 말했잖아!"

"토토가 아니라 소우르브야. 그리고 지금은 물고기를 먹고 싶은 생각밖에 없어서 저래. 밖에 나가면 물고기가 있다고 했거든. 그래서 저렇게 서두르는 거야."

칼이 피식 웃었다. 말은 그렇게 하면서도 로빈이 히드라의 머리를 쓰다듬어주고 있었다. 로빈이 아주 별난 패밀리어에게 빨리 적응하고 있었다.

세네와 크산디아르가 행렬의 후미를 맡았는데 누구든 덤비기만 하면 검을 내리칠 기세였다. 타라 일행은 한적한 복도를 지나 지름길을 이용했다. 몇 분 만에 그들은 접견실을 지났고, 이따금 무모하게 달려드는 병사들을 때려눕히면서 궁전의 남쪽 출구 앞에 이르렀다.

남쪽 문 부근에서 벌어지고 있는 광경은 소름이 끼쳤다. 여기저기서 늑대인간들이 자기들끼리 갈퀴발톱과 송곳니, 칼까지 들고 싸우고 있었다. 그레이 드래곤을 집요하게 공격하는 늑대도 보였다. 하지만 타라 일행은 그 싸움을 중단시키는 것보다 밖으로 나가는 것이 더 중요했다.

베티가 성공한 것일까, 들판 쪽으로 나 있는 거대한 문이 열려 있었다. 드래곤들이 마을을 통과할 필요 없이 가까운 숲으로 사냥을 나갈 수 있도록 만들어놓은 문인 것 같았다.

타라 일행을 가로막는 보초는 없었다. 출구 복도에서 베티가 미소를 짓고 있고, 무아노 옆에는 바이올렛 엘프, 말고리, 샤름, 살루, 셈이 보였다. 그 뒤쪽으로 제레미의 부모님 알리아와 델, 동생 캐서린이 서 있었다.

가까이 다가가면서 타라는 모두 마법의 장막에 갇혀 있는 것이고, 베티의 미소도 사실은 공포에 사로잡혀서 얼굴을 찡그리고 있는 것임을 알아차렸다.

타라가 돌아봤다. 붉은 여왕이 숨어 있던 어둠 속에서 나왔고, 그레이 드래곤 열이 보였다. 데자뷔? 타라는 어디선가 이미 본 것 같은 이상한 느낌이 들었다. 붉은 여왕 집 앞의 광장에서 생포되었을 때 일어났던 상황의 완벽한 재현이었다.

한 가지 예외가 있다면 지금은 목걸이가 없다는 것이었다. 쌍둥이 그린 드래곤 샨비와 산트라가 공포에 질린 표정으로 어머니 뒤에 있었다.

"이런! 이런! 이런! 나의 손님들이 바람을 쐬고 싶었던 모양이구나. 음, 재미있어라."

붉은 여왕이 조소했다.

타라가 마법을 작동하는 순간 붉은 여왕이 장막을 압축하자 그 안에 갇힌 포로들이 소리 없는 비명을 질렀다.

"꼼짝하지 마. 손가락 하나만 까딱하면 네 친구들은 다 죽는다. 열쇠를 내놔!"

타라가 망설이자 붉은 여왕이 몸을 숙였다.

"당장 내놔!"

타라는 얼굴 표정 하나 변하지 않았다. 타라는 고함을 지르면서 위협한다고 굴복한 적이 없었다. 더구나 지금은 그럴 상황이 아니었다.

"나에게는 두 가지 가능성이 있지요." 타라가 시간을 벌기 위해 말했다. "열쇠를 주면 당신은 우리를 모두 죽일 겁니다. 열쇠를 주지 않으면 내 동지들은 죽어도 나는 도망칠 수 있지요."

"네가 항복하면 나는 네 친구들을 죽이지 않겠다." 여왕이 말했다.

"글쎄요." 타라가 냉랭하게 응수했다. "그런데 나는 당신을 믿지 않아요."

타라는 경기장에서 붉은 여왕이 했던 것과 똑같이 내뱉었다.

"아! 한 가지 더 있어요." 타라가 크리스털 열쇠를 흔들면서 말했다. "나는 열쇠를 파괴할 수도 있지요. 이건 아주, 아주, 약하거든요."

붉은 여왕이 콧구멍으로 불을 내뿜으면서 포로들이 갇힌 장막을 더 심하게 압축했다.

"네가 크리스털 열쇠를 깨뜨리면 네 친구들이 죽는 모습을 보게 될 것이다. 그다음에는 네 차례야. 그리고 친구들과 함께 죽지 않은 걸 후회하게 될 거다!"

그때 갑자기 알리아가 초인적인 노력으로 고개를 돌리고 셈에게 뭐라고 속삭였다. 알리아가 힘겹게 움직이는 손에서 약병이 반짝거렸다. 혹시…… 붉은 여왕이 셈에게 먹였던 그건가? 셈/젊은이의 눈에서 야릇한 희망의 빛이 번뜩였다. 셈의 목에 목걸이가 없는 걸 보면서 타라는 베티가 치료가 끝나는 즉시 새 목걸이를 채우라는 여왕의 명을 어겼음을 알아차렸다.

그 순간 셈이 변신하면서 여왕이 영원히 빼앗았다고 생각하는 블루 드래곤의 모습을 되찾았다. 갑자기 커지는 거대한 몸집을 당해내지 못한 마법의 장막이 펑, 터지는 바람에 갇혀 있던 포로들이 모두 풀려났다.

"이게 어떻게……."

붉은 여왕이 말을 다 끝내기도 전에 셈이 달려들었다. 여왕이 델과 알리아, 캐서린, 엘프들, 드래곤들의 목걸이를 조종하는 리모컨을 떨어뜨리면서 박살이 났는데 다행히 작동되지 않았다.

그 대결을 시작으로 그야말로 싸움판이 벌어졌다.

타라가 주문을 읊어서 그레이 드래곤 하나를 제압하는 사이에 로빈의 히드라가 아가리 네 개로 드래곤 둘을 붙잡았다. 도끼를 사용하는 파프니르를 제외한 매직 5총사와 엘레아노라가 마법의 광선으로 그레이 드래곤들을 무차별 공격했다. 바이올렛 엘프들이 현란한 움직임으로 드래곤들을 때려눕히고 있었다. 패밀리어들도 합세했다. 갈랑과 쉬바가 영혼의 동반자들을 보호하는 사이에 매머드 바룬이 드래곤들을 깔아뭉개거나 짓이기고 있었다. 제레미의 가족 알리아와 델, 캐서린도 있는 힘을 다해서 돕고 있지만 타라 사단과는 달리, 목걸이 리모컨 때문에 머리가 날아갈까 두려워서 감히 마법을 사용하지 못하고 있었다.

블루 드래곤 셈과 싸우고 있는 붉은 여왕을 제외하면 이제 그들 앞에 남은 것은 그레이 드래곤이 셋이었다. 쌍둥이 그린 드래곤들은 서로에게 딱 달라붙어서 전투에 끼어들지 않고 있었다.

샤름은 셈을 도와주고 싶었다. 붉은 여왕의 거대한 몸집에 깔린 블루 드래곤이 거의 완패를 당하고 있는 중이었다. 셈을 도와주려고 나서던 샤름은 붉은 여왕의 꼬리에 한 방을 맞고 휙 날아가다가 기둥에 부딪혀서 쓰러졌다.

그때였다. 복도 천장에서 나는 우지끈거리는 소리에 타라가 고함을 질렀다.

"모두 밖으로 나가요! 빨리!"

그 즉시 친구들과 패밀리어들이 싸움을 중단하고 잽싸게 문을 통해 들판으로 흩어졌다. 남아 있던 타라가 그레이 드래곤 셋을 향해 임모빌리수스 주문을 날리자 마치 '얼음땡 놀이'처럼 그대로 옴짝달싹 못했다. 효력이 오래가지는 않지만 필요한 시간은 몇 분으로 족했다.

그때 느닷없이 날아오는 드래곤의 발길질에 얻어맞은 타라는 샤름 쪽으로 내던져졌다. 다행히 샤름의 거대한 몸집이 충격을 흡수해주었기에 망정이지 타라는 즉사할 뻔했다. 그 충돌 때문에 체인지라인과 타라의 접속이 끊어지면서 주머니에서 온갖 잡동사니가 튀어나왔다. 마법의 지도, 손수건, 사탕, 막대사탕 키디코이 두 개, 만능열쇠, 드래곤의 이빨, 선글라스, 칼리르 꽃다발……. 거의 녹초가 된 타라가 꽃다발을 집으려는 순간 기둥 밑에 깔린 샤름이 노란 눈을 뜨면서 신음 소리를 냈다.

"내 조상들이시여! 어떻게 된 거니?"

"여왕의 꼬리에 맞고 심하게 부딪히는 바람에 기둥에 깔렸어요." 타라는 자신도 한몫 거들었다는 말은 뺐다. "내가 구해줄 테니까 빨리 저 문으로 나가요. 나도 금방 따라갈게요."

"안 돼, 셈을 도와줘야 해. 미친 드래곤이 셈을 죽일 거야!"

"걱정 안 해도 될 거예요. 금방 끝날 것 같으니까."

실제로 블루 드래곤은 모든 싸움에서 금지된 인간의 술책을 쓰고 있었다. 셈이 갈퀴발톱으로 눈을 찌르고 있지만 붉은 여왕은 비명을 지르면서도 셈을 놓아주지 않았다. 타라는 소름이 끼쳤다. 복도를 뛰어오는 발소리가 들리는 것으로 봐서 붉은 여왕의 지원군이 다가오고 있었다. 빨리 도망쳐야 했다.

타라가 레비투스 주문을 사용해서 무거운 대리석 기둥을 들어 올리자 샤름이 가까스로 빠져나왔다.

이어서 소지품들을 주우려고 다시 몸을 숙이던 타라는 가슴이 철렁했다. 꽃다발이 사라지고 없었다!

붉은 여왕과 셈의 격렬한 싸움 때문에 보이지 않는 어딘가로 쓸려간 모양이었다. 타라는 뛰어가려고 하다가 뒷걸음쳤다. 그레이 드래곤 병사들이 몰려오고 있었다. 시간이 없는데……. 타라가 발사한 마법의 광선에 방패들이 폭발했지만 드래곤들은 멀쩡했다. 마법이 약해지고 있다는 표시였다.

"셈 선생님!" 타라가 소리쳤다. "메를렝 마법사! 지금이요!"

타라가 궁전에서 보여줬을 때 셈 선생님이 배꼽을 잡고 웃던 만화영화 속의 마법사였다. 그 암시를 대번에 알아차린 셈 선생님이 변신했다. 블루 드래곤이 없어진 걸 알고 여왕이 어리둥절해하는 사이에 작은 생쥐 한 마리가 전속력으로 도망쳐서 타라의 품에 안겼다. 타라가 천장을 향해 마법의 광선을 발사했다. 받쳐주고 있던 기둥 하나를 이미 잃었기 때문에 약해진 지붕이 힘없이 무너지면서 엄청난 잔해 더미에 붉은 여왕과 샨비, 산트라, 그레이 드래곤들이 매몰되었다.

"파프니르, 드래곤의 발!"

타라가 외쳤다.

파프니르가 그레이 드래곤의 발을 던져주자 타라는 재빨리 살아나게 해서 일행의 목걸이를 풀어주었다. 그들이 궁전을 향해 목걸이를 내던졌다. 붉은 여왕이 아직 살아 있어서 목걸이를 폭발시킨다면 건물 전체가 붕괴될 위험이 있었다.

"셈 선생님, 샤름! 말고리! 등에 가능한 많이 태우세요." 타라가 지시를 내렸다. "나도 변신할게요."

이어서 타라가 정신적으로 말했다.

'살아있는 돌?'

'예쁜 타라?'

'혼연일체. 지금 드래곤으로 변신할 거야. 승객들을 위한 좌석과 안전벨트를 준비해야 돼. 아주 조심해야 해.'

'힘을 원해? 힘을 줄게.'

타라의 몸이 뚱뚱해지고 키가 커지더니…… 잠시 후, 금빛 드래곤이 나타났고 살아있는 돌이 양미간에 박혔다.

"맙소사, 또 시작이라니! 이건 악몽이야." 난쟁이가 쫑알거렸다. "난 네 등에 안 타! 지난번에 우리를 다 죽일 뻔했잖아!"

"파프니르, 이러고 있을 시간 없어. 궁전이 무너져 내리면 여왕만 죽는 게 아냐. 네가 원하는 드래곤에게 올라타, 빨리!"

말고리셀란쉬부가 엘프 네 명과 크산디아르를, 셈은 엘프 한 명과 제레미, 그의 가족을 태웠다. 샤름의 등에 세네, 무아노, 파브리스, 엘레아노라, 파프니르가 올라탔다. 타라는 가장 크고 힘이 센 드래곤으로 변신했기 때문에 칼, 로빈, 발라 그리고 베티와 살루/소년(어린애처럼 매달려 베티에게서 떨어지지 않기 때문에)을 둘 다 업은 엘프를 태웠다. 마지막 남은 엘프를 태운 페가수스를 제외하고 다른 패밀리어들은 다시 축소되었다. 모두 가능한 빨리 날아야 했다.

1년 전과 2년 전, 타라는 얼마나 아슬아슬한 공중 곡예를 했던가! 타라/드래곤의 이륙은 그때만큼 끔찍하지 않았다. 칼과 로빈이 엘프 두 명과 베티와 살루에게 맨 처음 이륙을 시도했을 때의 상황을 얘기하자 모두 마법의 안전벨트를 졸라맸다.

"스릴이 넘쳤겠네……." 목소리를 되찾은 발라가 말했다. "드래곤들이 이륙하기 위해서 그렇게 오랫동안 뛰어야 하는지 몰랐네."

타라는 드래곤들의 전력 질주로 인해 들판에 생긴 폭이 10미터쯤 되는 활주로를 따라 달리다가 숲 기슭 바로 코앞에서 가까스로 이륙했다. 나무꼭대기에 닿을 듯 말 듯 스쳐 지나가는 순간 발라는 파프니르의 마음을 이해할 수 있었다.

"와, 장족의 발전을 했네!" 칼이 외쳤다. "지난번에는 숲을 절반쯤 날려버렸는데!"

친구들이 놀리거나 말거나 타라는 개의치 않고 날아올랐다. 공중에서는 가장 중요한 것이 가능한 빨리 나는 것이었다.

"셈 선생님!" 타라가 소리쳤다. "방향을 못 잡겠어요. 선생님은 제대로 잡을 수 있어요?"

"당연하지!" 셈 선생님이 바로 옆으로 날아와서 대답했다. "출구가 남쪽인데 난 네가 왜 북쪽으로 날아가나 했지."

"재미없거든요!" 타라가 툴툴거렸다. "어떻게 해야 되는데요? 시범을 보여주세요. 잘 보고 따라갈게요."

"그래 따라와."

블루 드래곤이 날개를 파닥이면서 회전했다. 잠시 좇아가던 타라가 따라잡았다.

"아까 그 약과 변신…… 그게 다 어떻게 된 건지 설명 좀 해주시겠어요? 여왕이 만든 마법의 장막을 파괴해서 깜짝 놀랐는데 아무리 생각해도 어떻게 된 건지 이유를 모르겠어요."

"다 내 잘못이야!" 알리아가 외쳤다. "내가 셈 선생의 포도주에 독약을 넣었어. 죽이려고!"

"네?"

"내 가족의 복수를 하고 싶었어. 그 몹쓸 드래곤이 우리를 속이기 위해 셈 선생의 모습을 했다는 걸 몰랐거든. 하지만 포도주를 주지 않았지! 내가 감옥에서 독살하려고 할 때 셈 선생이 여왕의 약을 먹고 인간의 모습으로 사느니 죽는 게 낫다고 했어. 그래서 계획을 바꿨지. 우리가 받았던 만큼 고통을 주고 싶은 것이 내 바람이었으니까. 독약 탄 포도주가 바닥에 쏟아졌기 때문에 여왕의 거처로 들어가서 그 약을 훔쳐올 방법을 궁리했지. 그래서 살루를 보살피는 베티를 만나 몇 가지 약초가 있으면 살루의 회복을 도와줄 수 있다고 했더니 여왕의 거처로 들어가게 해줬어. 그때 여왕의 약 두 병을 훔쳐서 변비약과 여러 가지 식물을 혼합한 약제로 바꿔 쳐놨지."

"아주 유효했어." 셈 선생님이 말했다. "나는 평생 한 번도 그렇게 아픈 적이 없었어. 나도 둔갑되었기 때문이라고 생각했어."

"하지만 그게 변비약을 섞은 혼합 약제였다면 어떻게 젊은이로 둔갑할 수 있죠?" 타라가 물었다.

"약병 안에 여왕 약의 찌꺼기가 남아 있었기 때문에 신진대사가 일어났던 거야. 하지만 셈 선생을 영원히 인간의 모습으로 살게 하기에는 효력이 약했던 거지."

"여왕이 창고에서 꺼낸 것이 네 병이었어요." 우연의 일치에 놀란 베티가 외쳤다. "그런데 그중 한 병에 알리아의 변비약이 들어 있었고, 하필이면 여왕이 네 병 중에서 변비약이 들어 있는 병을 골라서 드래곤 선생님에게 먹였다니, 어떻게 그럴 수가! 선생님의 신이 누구인지 몰라도 큰 은혜를 베푸셨네요. 정말 운이 좋았어요."

블루 드래곤이 활짝 웃으면서 비늘 덮인 몸을 탁탁 쳤다.

"내 행운의 여신은 부인인가 봅니다. 하지만 고백하는데 정말 두려웠습니다."

"살루를 보살피는 베티를 도와준 다음에 나는 옷을 갈아입고 아침을 먹으러 숙소로 돌아갔어." 알리아가 말했다. "그리고 셈 선생에게 훔친 여왕의 약을 먹일 계획이었지. 그런데 남편이 기다리고 있었어. 내가 크리스털 볼을 꺼놓고 연락도 없이 밤새 돌아오지 않았기 때문에 몹시 불안해하면서. 하지만 감시하는 스쿠프 때문에 내 계획과 약을 훔쳐온 것에 대해 말해줄 수가 없었어. 그래서 밤새 살루의 병상을 지키느라고 연락을 못했다고 말하는데 남편이 내 말을 가로막고 아주 놀라운 얘기를 하는 거야. 우리 아들을 찾았다고! 그리고 셈 선생은 범인이 아니었다고! 우리를 괴롭히면서 집요하게 추적하던 괴물은 죽었다고! 내가 죽일 뻔했던 셈 선생에게 살해되었다고!"

알리아가 몸서리를 쳤다.

"당신은 내 생명의 은인입니다, 알리아 부인. 부인이 복수할 계획을 세우지 않았다면 나는 영원히 인간의 모습으로 살았을 텐데 정말 고맙습니다."

"나도 고맙습니다." 샤름이 말했다. "그런 식으로 내 약혼자를 잃었다면 나는 부인을 저주했을 거예요."

샤름의 말에 깜짝 놀란 셈이 하마터면 충돌할 뻔했기 때문에 타라가 재빠르게 피했다.

"당신의…… 약혼자?" 셈이 말을 더듬었다 "하지만……."

"그게 왜요?" 샤름이 냉랭한 어조로 물었다.

"그게…… 아, 아니오, 물론 당신의 약혼자죠."

샤름의 단호한 말에 주눅이 든 블루 드래곤 셈이 억지 미소를 지었다.

그들은 덩치가 작은 말고리셀란쉬부와 드래곤의 속도를 낼 수 없는 갈랑 때문에 전속력으로 날 수가 없었다. 다행히 미친 드래곤들도 아직까지는 따라오지 못하고 있었다. 그렇게 날아간 지 10분도 채 안 돼서 돔의 출구 쪽으로 나 있는 절벽이 보였다.

"조금만 더 참아!" 타라가 소리쳤다. "거의 다 왔어!"

"타라!" 무슨 이유인지 계속 뒤를 쳐다보던 파브리스가 외쳤다. "추적당하고 있어!"

타라/드래곤이 파충류의 긴 목을 돌리고 분개했다.

"그 미친 드래곤이 그렇게 쉽게 포기하지 않을 줄 알았지. 서둘러야 해요!"

빨간 점이 점점 커지면서 힘차게 파닥이는 드래곤의 날개가 보였다.

타라 일행은 속도를 더 높였지만 붉은 여왕과 병사들이 바짝 추적해오고 있었다. 돔이 저 멀리 보였지만…….

안타깝게도 타라 일행은 싸울 준비를 할 수 없었다. 그레이 드래곤들과 붉은 여왕이 매처럼 발톱을 세우고 덤벼들었다.

날개 돋친 파충류의 거대한 몸집에 이제 겨우 적응했는데……. 드래곤 식의 전투를 모르는 타라가 능란한 붉은 여왕에게 갈가리 찢길 것이 틀림없었다.

갑자기 뻣뻣해진 타라/드래곤이 비늘을 곤두세우자 승객들이 항의를 하듯 툴툴거렸다.

"맙소사! 사냥꾼이잖아!"

이번에는 무아노가 알아채고 소리쳤다.

그레이 드래곤에 올라탄 셀렌바가 핏빛 눈으로 타라 일행을 쏘아보고 있었다.

"뱀파이어가 여기서 뭐 하는 거지?" 칼이 외쳤다. "미친 드래곤들과 한패란 말이야?"

"놀랄 일도 아니지. 마지스터가 관련되어 있는데." 셈 선생님이 말했다. "말고리, 샤름, 뒤에서 타라를 엄호해요, 열쇠를 갖고 있으니까."

그들이 최선을 다하고 있지만, 상대는 도망자 추격이 전문인 그레이 드래곤들이었다. 게다가 승객을 태우고 있지도 않았다. 샤름과 말고리, 셈의 승객들은 고공비행을 하면서 싸움해본 경험이 없기 때문에 거의 도움이 되지 않았다. 그레이 드래곤들은 마법의 광선을 능숙하게 피하고 있어서 그들은 빨리 착륙해야 했다.

그 순간 타라가 도주 시도를 했다. 굉장히 넓은 공간인데도 붉은 여왕이 어찌나 빠르게 돔으로 가는 길목을 막는지 빠져나갈 수가 없었다.

성난 베티가 단검을 날렸지만 붉은 여왕이 칼을 꿀꺽 삼켜버렸다. 발라도 창을 날렸지만 이번에도 여왕이 피했다. 이어서 릴란드릴의 활에서 빗발치듯 날아가는 화살을 맞고도 여왕이 끄떡 않았을 때 그들은 절망했다.

타라의 머릿속이 반짝했다. 던지는 족족 삼켜버리겠다?

"모두 무기를 나한테 줘요, 내 체인지라인에 넣었다가 동시에 날리면 구멍이 뚫리지 않고는 못 배기겠죠. 그 사이에 도망치는 거예요.”

“그것으로는 충분하지 않을 거예요, 마마.” 살루/소년이 힘없는 목소리로 말했다. “나를 체인지라인에 들어가게 해줘요. 내가 저 괴물을 죽이겠어요.”

“그건 안 돼요!” 타라가 붉은 여왕이 날리는 마법의 광선을 피하면서 말했다. “체인지라인에는 공기가 없어서 숨을 쉴 수 없어요!”

“안 돼!” 베티도 거들었다. “살리려고 내가 얼마나 고생했는데 그렇게 죽게 내버려둘 수 없어!”

“우리 드래곤은 숨을 못 쉬어도 죽지 않아요.” 살루/소년이 반박했다. “그리고 살든 죽든 그건 중요하지 않아요. 내 의무는 여러분의 목숨을 구하고, 내 종족을 저 악마의 계획에서 구출하는 겁니다. 마지막 남은 자존심을 지키게 해줘요, 제발.”

타라는 더 이상 망설일 수 없었다. 붉은 여왕의 공격을 오랫동안 버틸 수 없는 상황인데……. 타라가 체인지라인에서 잡동사니를 꺼냈다.

“좋아요, 살루! 발라, 검을 주세요.”

발라가 검을 건네주면서 살루에게 경의를 표했다.

“대단한 용기입니다, 드래곤 선생, 존경합니다.”

타라가 붉은 여왕과의 충돌을 아슬아슬하게 피하면서 방향을 바꾸고 돔을 향해 전속력으로 달아나는 사이에 살루가 있는 힘을 다해 매달리면서 말했다.

"고마워요, 엘프 양. 노력하겠소."

타라가 지시를 내리자 체인지라인이 마지못해 타라의 목에서 떨어져 나오더니 살루/소년이 들어올 수 있게 주머니를 팽창시켰다. 타라는 살루가 들어가자 체인지라인을 큼직한 풍선의 크기로 축소해서 베티에게 주었다. 타라는 체인지라인 안에 궁전이라도 통째로 집어넣을 수 있다는 걸 알기 때문에 살루가 으스러지지 않으리라는 걸 알고 있었다.

타라의 신호에 베티가 붉은 여왕의 관심을 끌기 위해 고함을 지르다가 체인지라인을 힘껏 던졌다.

일이 잘못된 건가, 붉은 여왕이 비웃음을 흘리면서 체인지라인을 낚아채더니 꿀꺽 삼켰다.

"베티! 나를 배신한 대가로 네 뼈다귀로 잔치를 벌여주지! 자, 받아라!" 붉은 여왕이 으르렁거렸다.

곧이어 붉은 여왕이 내뿜는 불길에 타라의 금빛 꼬리가 눌었다. 타라가 분노의 고함을 지르면서 힘차게 날개를 저었다.

베티가 초조하게 기다렸지만 아무 일도 일어나지 않았다. 갑자기 붉은 여왕이 타라/드래곤의 날개 하나를 갈고리 같은 것으로 찍었다. 고통 때문에 중심을 잃은 타라가 추락하는 순간 승객들이 비명을 질렀다. 다행히 등에서 떨어진 사람은 아무도 없었다. 타라는 헐떡거리면서 안간힘을 다해 날개 하나로 버티고 있었다.

"위험해!" 로빈이 소리쳤다. "착륙해서 네 모습으로 돌아와! 드래곤의 모습보다는 인간의 모습일 때 더 잘 싸울 수 있어!"

타라의 작전은 실패했고, 살루가 죽은 것이 틀림없었다. 로빈의 말이 맞았다. 이제 한 가지 희망밖에 없었다. 타라가 인간으로 돌아올 때까지 살아 있는 것이었다.

"알았어! 꽉 잡아. 심하게 흔들릴 거야."

타라가 방향을 바꾸면서 날개를 접고 급강하하자 붉은 여왕이 반사적으로 날개를 폈다. 그러고는 갑자기 타라의 앞발을 잡아서 멈추게 했다가 다시 놓아주는 바람에 둘이 동시에 땅바닥을 향해 추락하기 시작했다. 비명을 지르는 타라의 목을 향해 아가리를 쩍 벌리던 붉은 여왕이 느닷없이 딸꾹질을 했다. 다시 한 번 딸꾹질…….

그 틈에 타라가 전속력으로 달아났다.

어어? 붉은 여왕이…… 폭발하는 건가?

펑! 박살이 난 드래곤, 젠드라의 별, 마지스터의 크리스털 볼, 마법의 지도, 살루와 체인지라인이 하늘을 날아다니고 있었다. 타라가 몸을 숙이면서 재빠르게 살루와 체인지라인을 낚아챘다. 그리고 동시에 떨어지는 물체 두 개를 발견했다. 복제한 크라에토르비르의 반지 그리고…… 칼리르 꽃다발! 여왕이 집어간 거였어!

두 개 다 잡는 것은 불가능했다. 타라는 망설이지 않고 칼리르 꽃다발을 선택했다. 반지는 바로 밑에 보이는 숲으로 떨어졌다.

그레이 드래곤들도 모두 죽었다. 여왕 가까이 있었기 때문에 목걸이가 작동하면서 폭발했고, 놀란 머리가 사방으로 흩어졌다.

"맙소사!" 셈이 탄식했다. "여왕의 죽음으로 목걸이를 걸고 있는 늑대인간들까지 일을 당하지 않았으면 좋으련만!"

"여왕이 멀리 떨어져 있었으니까 괜찮을 거예요." 베티가 안심시켰다. "여왕이 궁전 안에서 죽었다면 늑대인간들뿐만 아니라 바이올렛 엘프들, 드래곤들, 제레미 가족, 나도 동시에 폭발했을 테니까요."

타라는 돌이켜보면서 후회가 막심했다. 그 생각은 미처 못했던 것이다.

"살루는 어때?"

"충격을 좀 받았는데 그리 심각한 정도는 아냐. 괜찮아질 거야." 베티가 활짝 웃으면서 대답했다.

"휴, 다행이다!" 그제야 긴장이 풀리면서 타라는 힘들어서 더 이상 견딜 수가 없음을 느꼈다. "착륙합시다. 그리고 열쇠를 작동해서 빨리 이 대륙에서 나가요."

그들은 레파루스 주문으로 서로를 치료했다.

잠시 후, 타라가 베티에게 다가갔다.

타라는 등을 돌리고 있어서 알아채지 못하고 있는 베티를 향해 주문을 읊었다. 얼굴 오른쪽 면이 마법의 빛에 휩싸이는 순간 베티가 소스라치게 놀랐다. 베티가 화상을 입은 뺨을 만졌다.

"어머! 이게 어떻게 된……."

"자세히 봐, 베티." 타라가 제자리로 돌아와 있던 체인지라인이 꺼내준 거울을 내밀었다.

베티가 얼굴에서 손을 떼지 못하고 있자 살루가 다가가서 손을 잡았다.

"나랑 같이 하자."

베티가 떨리는 숨을 내쉬면서 거울을 들었다. 손가락을 살짝 벌려보던 베티의 팔이 축 늘어졌다. 타라가 미소를 지었다. 친구의 얼굴이 다시 멀쩡해져 있었다. 갑자기 양쪽 눈을 되찾은 것 때문에 비틀거리던 베티가 주저앉아서 흐느껴 울었다.

그 순간 갑자기 그림자 하나가 타라 뒤에서 유형화되면서 목에 칼날을 들이댔다. 타라는 등으로 뼈가 앙상한 몸을 느꼈다.

"멜로드라마가 따로 없군. 아주 잘했어! 하지만 나의 보스가 열쇠, 반지와 함께 타라를 데려오라고 명했다. 반지는 틀렸겠지, 좀 전에 사라졌으니. 하지만 열쇠와 어린 마법사는 데려가야겠어."

로빈과 갈랑이 다가가려고 했지만 셀렌바가 타라의 목에 들이댄 칼날을 눌렀고 피가 흘렀다.

"아무도 움직이지 마, 아니면 이 계집애의 목을 더 눌러줄 테니까. 파브리스?"

"네, 주인님?" 파브리스가 대답하면서 연거푸 눈과 이마를 문질렀다.

모두 토끼 눈이 되어서 파브리스를 향해 돌아섰다. 뱀파이어가 재갈과 밧줄, 자이언트 강철나무로 만든 몽둥이를 파브리스에게 던져주었다.

"열쇠를 빼앗아. 좀 더 멀리 가서 통로를 열어야겠다. 오무아의 전 군대를 상대로 싸우고 싶진 않으니까. 저항하면 때려눕혀!"

"하지만 우리만 여기 두고 가지는 않을 거죠?" 뱀파이어를 모르는 알리아가 간청했다. "내 자식들만이라도 데려가주세요. 아이들은 자유롭게 살게 해주세요."

"나야 데려가고 싶지." 셀렌바가 비웃음을 흘리면서 대꾸했다. "하지만 아무리 맛있게 보여도 그럴 시간이 없다. 파브리스! 빨리 빼앗지 않고 뭐 하니?"

그들은 아연실색한 얼굴로 타라의 주머니에서 열쇠를 빼앗는 파브리스를 쳐다봤다.

"좋아, 이제 인간, 난쟁이, 티그족, 엘프들을 포박해. 나는 마법으로 드래곤들을 제압할 테니까."

"나는 가만히 내버려둘 수 없어, 파브리스!" 무아노가 완강하게 저항하면서 변신했다. "아무도 나를 묶지 못해."

무아노가 전투 자세를 취했다.

파브리스는 무아노에게 기회를 주지 않았다. 파브리스가 몽둥이를 들더니 엄청난 힘으로 내리쳤고, 무아노가 나가동그라졌다.

"하! 하! 하!" 뱀파이어가 웃었다. "아주 잘했다. 이제 전부 다 묶어."

그들은 손을 쓸 겨를이 없었다. 파브리스가 재빠르게 그들을 단단히 포박한 다음 일어났다.

파브리스가 마지막으로 칼의 입에 재갈을 물릴 때였다. 파브리스의 눈과 마주친 칼의 눈이 휘둥그레졌다.

다시 일어난 파브리스가 눈을 내리깐 채 뱀파이어 앞에 버티고 섰다.

"뭐 하는 짓이야?" 셀렌바가 냉랭한 어조로 물었다.

"주인님?"

"뭐냐고?"

"지옥으로 꺼져라!"

파브리스가 고개를 드는 순간 타라가 그 눈을 봤다. 늑대인간의 금빛 눈?

셀렌바가 반응하기 전에 파브리스가 갈퀴발톱을 드러낸 손으로 뱀파이어에게서 칼을 빼앗았다. 이어서 또 다른 손으로 타라의 팔을 잡아서 멀리 내던지는 괴력을 보였다. 잠시 후 옷이 찢어지면서 금빛 늑대로 변신한 파브리스가 뱀파이어를 쓰러뜨리고 발로 목을 졸랐다. 그 순간 엘레아노라와 칼이 동시에 포박을 풀고 달려왔다.

파브리스에게 깔린 셀렌바가 필사적으로 버둥거리고 있었다. 순식간에 달려든 엘레아노라가 관자놀이를 찔러서 셀렌바를 꿈나라…… 아니, 악몽 속으로 보내버렸다.

"이제 됐어, 파브리스!" 로빈이 늑대에게 말했다. "이제 놓아줘도 돼. 엘이 때려눕혔어. 우리는 이제 위험하지 않아."

파브리스/늑대가 몸을 부르르 떨면서 마지못해서 손, 아니 발을 풀었다. 그러고는 일어나서 인간의 모습으로 돌아왔다.

"이렇게 상황이 급변해서야! 심장 안 터지는 게 신기하다." 칼이 중얼거리면서 친구들을 풀어주고 나서 레파루스 주문으로 무아노/야수를 깨어나게 했다.

때려눕혔던 것이 미안한 파브리스가 무아노를 부축해주자 무아노는 신음 소리를 내면서 머리를 숙였다. 칼이 파브리스를 뚫어져라 쳐다봤다.

"어떻게 된 거야? 네가 어떻게 감염이 되었어? 물린 적이 없었잖아!"

파브리스가 어깨를 으쓱했다.

"물린 적은 없어. 스파슌들을 지키던 개, 기억나지? 그 개가 바로 늑대로 둔갑해 있던 늑대인간이었던 게 틀림없어. 뼈다귀를 갉아 먹다가 갈퀴발톱을 핥아 먹고 있었거든. 천창으로 나가려다가 떨어지면서 내가 덮쳤을 때 할퀴었는데 그때 침에 감염된 것 같아. 뱀파이어는 늑대인간을 제압할 수 없어. 하지만 뱀파이어에게 느닷없이 물리는 바람에 잠시 복종하게 되었던 거야. 그래서 셀렌바의 지시에 따라 움직이면서 기회를 엿보고 있었어."

파브리스가 거칠게 기지개를 켰다.

"나는 이제 백 퍼센트 완벽한 늑대인간이야. 글로리아, 야수로 변신하는 걸 네가 왜 그렇게 좋아했는지 이제 이유를 알겠어. 강력해진 느낌, 얼마나 행복한지 몰라!"

야수가 머리를 들면서 불안한 미소를 보냈다. 파브리스가 늑대인간이 되었다니! 그 변화에 적응하려면 시간이 좀 걸리겠지. 지끈거리는 머리가 가라앉으면 차분하게 생각해보자.

"마침내 마지스터의 심복을 잡았어!" 엘레아노라가 기뻐했다. "이 뱀파이어를 심문하면 마지스터의 비밀과 음모, 팅가푸르에 심어둔 스파이에 대해 털어놓을 거야. 불안해서 미쳐 죽는 한 인간이 눈에 선하다."

“절대 말하지 않을 거야.” 셀렌바를 상대해본 적이 있는 타라가 말했다.

“내기할래?” 엘레아노라가 손가락 마디를 꺾어서 뚝뚝 소리를 내면서 말했다. “나와 단둘이 있게 해주면 태어났을 때부터 저지른 짓을 죄다 불게 만들 수 있어. 고마워, 파브리스! 네가 감염된 것은 유감스럽지만 그 덕분에 우리를 구할 수 있었으니까.”

“파브리스를 치료할 수 없을까?” 어머니의 손을 꼭 잡은 채로 제레미가 물었다.

“방법이 없어.” 베티가 말했다. “여왕이 오랜 연구 끝에 만든 늑대인간 변형형질 프로그램이야. 아무도 방법을 찾을 수 없을 거야.”

“으음, 그런데 아버지에게 뭐라고 말하지? 설명하려면 골치깨나 아프게 생겼다.”

갑자기 불안해지는지 파브리스가 한숨을 내쉬었다.

칼이 미소를 지으면서 친구의 어깨를 톡톡 쳤다.

“원한다면 내가 같이 가서 설명해줄 수도 있는데.”

“안 돼! 내가 혼자서 해결할 거야. 어쨌든 고마워, 칼.”

공포에 사로잡힌 파브리스가 말했다.

칼이 어깨를 으쓱했다.

“알았어, 도와주고 싶었는데 할 수 없지, 뭐. 자, 그럼 이제 열쇠를 작동해볼까요?"

셈 선생님이 머리를 끄덕였다.

그들은 돔을 열었고, 모두 나란히…… 지옥으로 떨어졌다.

24
드래곤과 뱀파이어, 누구를 선택하나

*

맙소사……! 진짜 전쟁이 벌어지고 있었다. 오무아 함대가 돔을 폭격하면서 구사일생으로 빠져나온 생존자들이 가슴 아프게도 비극적인 종말을 맞을 뻔했다. 다행히 타라가 만일의 경우를 대비해 어마어마한 방패를 작동하고 있었기에 망정이지. 함대에서 발사한 미사일들이 방패에 부딪혀 산산조각이 나거나 폭발했다. 돔이 갈라지면서 타라와 친구들이 나타났을 때 드란보우글리스펜쉬르에서 파병한 드래곤 수백으로 이뤄진 수비군이 대륙에서 벌어진 아비규환의 광경 앞에서 어리둥절해했다.

불의의 사태에 대비하고 있었는지 오무아의 장군들이 즉시 미사일 공격을 중단했다.

"와우! 고모가 진짜 너를 사랑하는구나!"

"내 동족들은 정신병에 걸린 겁니다!" 샤름이 외쳤다. "그러니까 정신병자들에게는 책임을 물을 수 없어요. 이 끔찍한 비밀을 지키기 위해 애쓴다는 것 자체가 미친 짓입니다. 우리가 문제를 해결합시다. 지금 당장. 붉은 여왕이 없으니까 늑대인간 군단이 아더월드로 몰려가는 일은 없을 겁니다. 셈, 말고리! 나와 같이 가요. 우리가 즉시 멈춰야 해요. 이 가증스러운 속임수에 진저리가 쳐집니다."

그렇게 말하고 나서 샤름이 드래곤 사령부를 향해 단호하게 걸어갔다.

곧이어 오무아의 여제와 황제, 이사벨라, 셀레나, 마니투, 군대 장성들이 해변에 상륙했다. 다행히 언론 매체를 따돌리고 개시한 비밀작전이었기 때문에 타라는 금지된 대륙에서 알아낸 사실을 모두 폭로할 수 있었다. 도저히 믿을 수 없는 엽기적인 상황을 듣고 모두 아연실색했다.

타라는 뱀파이어가 떼거리로 몰려와 있는 것을 보고 깜짝 놀랐다. 얼음장같이 차가운 표정의 뱀파이어들이 셀렌바 같은 뱀파이어를 잡는 특별수사대라고 자신들을 소개했다. 그제야 상황을 알아차린 타라가 아직 의식이 없는 마지스터의 심복을 특별수사대에 인계하면서 안도의 숨을 내쉬었다. 뱀파이어를 가둬두는 것이 얼마나 힘든지 알고 있기 때문이었다. 마지스터는 심복 중 한 명을 잃은 것이었다.

엘레아노라는 셀렌바를 심문해서 마지스터와 내통하는 스파이의 정체를 알아내겠다고 강력하게 주장하면서 기어코 뱀파이어의 나라 크라살비로 동행해도 좋다는 허락을 받았다.

칼의 부모가 아들을 향해 달려왔다. 칼의 어머니는 많은 사람 앞에서 아들을 뜨겁게 포옹했다. 뜻밖의 애정 표현에 당황하기도 하고 어색하기도 한 칼은 얼굴이 빨개졌지만 어머니의 품에 안겼다. 여기서 부모님을 보게 될 줄이야! 상상도 못했던 일이 아닌가.

"그래도 한마디는 해야겠다!" 아버지가 나무랐다. "너는 쪽지 한 장 달랑 남겨놓고 사라졌어! 내 머리가 이렇게 하얗게 센 것은 다 너 때문이야. 맙소사, 금지된 대륙으로 떠났을 줄이야! 넌 네 엄마보다 더 정신이 나간 녀석이야!"

말은 그렇게 하지만 애정이 듬뿍 담긴 어조였다.

여제 리스베스가 세네와 크산디아르 앞에 와서 섰다. 카무플레 국장이 먼저 여제에게 보고하면서 크산디아르를 미행했다가 금지된 대륙으로 들어가게 된 경위를 자세히 설명했다. 이어서 금지된 대륙에서 발견한 것에 대해 말했다. 파란 돔 뒤에 늑대인간이 우글거리는 대륙이 감춰 있었다는 얘기를 들으면서 황제는 문득 늑대인간들이 꼭 필요한 존재라는 생각이 들었다.

이번에는 크산디아르가 붉은 여왕의 감시 시스템과 목걸이에 대해 설명하고 나서 덧붙였다.

"폐하, 세네가 스쿠프의 렌즈가 미치지 않는 사각 지점에 나타났을 때는 정말 얼마나 놀랐는지 심장이 멈추는 줄 알았습니다. 감시 카메라 때문에 궁전에서는 얘기를 나눌 수 없었습니다. 내가 맡은 일이 마구간 청소이기 때문에 우리는 마구간에서 만났습니다. 평생 그렇게 많은 거미는 처음 봤다 싶었는데 스쿠프들이 먼지와 거미줄에 숨어 있었지요. 마침 스쿠프 몇 개가 작동하지 않는 것을 발견하고 세네가 궁전에서 일어나는 일을 나에게 알려줄 수 있었습니다. 세네는 훌륭했습니다, 폐하. 정말 대단한 활약이었습니다."

세네가 미소를 지어 보이고 나서 크산디아르의 두 손을 잡았다. 여제의 놀란 눈길에 개의치 않고 세네가 말했다.

"크산디아르는 드래코-티라노사우루스처럼 용맹하게 싸웠습니다, 폐하. 크산디아르 덕분에 우리는 탈출 작전을 짤 수 있었던 겁니다!"

"잘했네, 아주 훌륭했어!" 여제가 갑자기 두통이 일어난다는 듯 이마를 찡그리면서 말했다. "비록 크산디아르가 주말여행을 떠난다고 허위 보고를 했지만, 둘 다에게 포상이 있을 것이네."

크산디아르가 고개를 떨어뜨렸다. 그 말은 크산디아르가 타라를 구하러 가기 위해 생각해낸 구실임을 여제가 이미 눈치채고 있었다는 것 아닌가.

"내가 성공할 수 있었던 것은 이분들 덕분이에요." 타라가 덧붙였다. "목걸이 착용자의 몸이 작아졌을 때는 폭발 기능이 작동하지 않는다는 걸 알아차렸어요. 붉은 여왕의 거처에 들어갔다가 마법 능력이 있는 자에게 목걸이 리모컨을 맡긴다는 것도 알았어요. 그런데 우리 편 중에는 리모컨을 조종해본 사람이 아무도 없었기 때문에 정말 기능을 정지시킬 수 있을지 확신이 없었어요. 하지만 우리에게는 그것밖에 방법이 없기 때문에 모험할 수밖에 없었죠. 목걸이 때문에 우리 중 누구도 마법을 사용할 수 없었는데…… 크산디아르가 보내는 암호 덕분에 마법 능력이 있는 세네가 궁전을 자유롭게 돌아다니고 있으며, 기회가 생기는 즉시 마법으로 목걸이 기능을 정지시킬 계획을 꾸미고 있다는 걸 알게 되었어요. 게다가 세네는 장벽의 열쇠를 보관해두는 여왕의 비밀창고에 들어가서 장벽의 열쇠를 훔쳤고, 여왕이 갖고 다니는 것(불행히도 우리의 목걸이를 조종하는 리모컨이었지만)을 제외한 모든 리모컨의 기능을 정지시켜놓았죠. 그 사이에 파프니르가 목걸이에서 벗어나는 방법을 찾아내서 천만다행이었고요. 크산디아르는 세네를 이용해서 내 친구들에게 우리의 작전을 알렸고, 늑대인간들의 대장 틸은 부하들을 통해 정보를 전달

해주었죠. 작전의 1단계는 세네가 목걸이들의 기능을 정지시키지 못했을 경우 가능한 많은 늑대인간을 해방시키는 것이었어요. 2단계는 내가 방에서 목걸이를 폭발시키는 소리를 신호로 친구들의 목걸이를 없애는 데 성공했어요. 3단계는 우리 편의 늑대인간들이 반란을 일으켜서 여왕 편의 그레이 드래곤들과 반란군이 전투를 벌이는 사이에 탈출하는 것이었어요."

타라는 여제와 황제에게 금지된 대륙의 관행을 설명하면서 배반한 드래곤이 억류해놓은 아나자시족을 붉은 여왕이 늑대인간으로 감염시켜놓았는데 드란보우글리스펜쉬르의 드래곤들은 그 사실을 모르고 있었던 것 같다고 덧붙였다.

모두 믿을 수 없다는 얼굴로 입을 멍하니 벌리고 있었다. 뒤쪽에 서 있던 드래곤들이 당황한 표정으로 몸을 비비 틀고 있었다.

이윽고 두 사람이 앞으로 나오자 타라가 눈살을 찌푸리며 누군지 알아봤다. 데리아와 메델루스.

무표정한 얼굴로 서 있는 초록빛 눈의 데리아. 그 어깨에 앉은 까치 마니가 파르르 떨고 있다는 것은 동반자의 두려움을 보여주는 것이었다. 메델루스도 불안해하고 있었다.

"특별수사대에 연락해줘서 고마워요." 타라가 데리아와 메델루스에게 말했다. "두 번째 전화도 받지 않고 끊었다면 가슴을 치며 후회할 뻔했어요."

파브리스가 깜짝 놀랐다.

"뭐야? 그럼 너는 뱀파이어가 금지된 대륙에 와 있다는 걸 알고 있었단 말이야?"

"메델루스와 데리아가 알려줬어. 마지스터가 사냥꾼을 보냈다고. 그리고 메델루스가 나를 공격했던 이유가 셀렌바의 침 때문인 것 같다고 설명해줬어. 그렇게 다정하게 굴던 사람이 어떻게 돌변해서 어머니를 배신했는지 이해할 수가 없었는데 두 사람의 설명을 들어보니까 일리가 있더라고."

"우리에게 알려줄 수도 있었잖아!" 파브리스가 씩씩거렸다. "그랬으면 내가 사냥꾼에게 물리는 일도 없었을 것 아냐!"

리스베스가 듣고 있다가 깜짝 놀랐다.

"뱀파이어에게 물렸단 말이니? 그럼 감염되었을 수도 있다는 뜻이니?"

"아! 그건 아닙니다." 칼이 선수를 쳤다. "뱀파이어가 조종할 수 없는 늑대인간으로 변신했거든요! 덕분에 우리가 목숨을 구했던 것이고요."

여제가 두 발짝 뒷걸음치면서 말했다.

"하지만 전염병처럼 쉽게 감염될 텐데!"

"정말 고마워, 칼!" 파브리스가 째려봤다. "앞으로 내 사회생활에 드리우는 먹구름이 눈에 선하다."

"늑대로 변신한 상태에서 물었을 때만 감염시킬 수 있으니까 걱정하지 마세요. 파브리스가 조심할 겁니다." 칼이 얼른 덧붙였다. "폐하의 음식에 침을 흘리는 일은 절대 없을 겁니다. 우리를 위해 싸우는 무시무시한 전사가 될 거예요."

"오무아가 아니라 랑코비트의 전사가 되는 거지." 리스베스가 지적했다. "이제 뱀파이어 얘기로 돌아가자. 계속해봐, 타라."

"내가 너무 경솔했어요." 타라가 고백했다. "우리 중에서 아무도 죽거나 다치거나 물린 사람이 없었기 때문에 셀렌바가 금지된 대륙에 들어오지 못한 거라고 생각했거든요. 메델루스와 데리아에게 혹시 모르니까 특별수사대에 연락해서 셀렌바를 체포해달라고 부탁했어요(타라가 메델루스와 데리아를 향해 돌아서면서 모두 들을 수 있게 큰 소리로 말했다). 두 배신자가 마지스터의 은신처 위치를 알려주는 대가로 용서를 청했었는데……. 고모, 마지스터는 어떻게 됐어요?"

메델루스와 데리아가 눈만 깜빡거릴 뿐 아무 말도 하지 못했다. 어쨌든 타라를 배신했던 죄인들이 아닌가!

타라가 고모를 쳐다보면서 물었다.

"마지스터를 잡아서 감옥에 넣었어요?"

"아니." 리스베스가 힘이 쭉 빠진 목소리로 대답했다. "우리를 따돌리고 도망쳤어. 그자가 악마의 마법을 사용하는 한 생포하는 것이 불가능할 것 같아. 그러나 그자의 소굴을 소탕했고, 몇 놈을 체포했어. 지금 심문을 하고 있는데……."

타라는 등골이 오싹했다. 타라는 궁전에서 무슨 일이 벌어졌는지 상상도 하기 싫었다.

"아무도 찾지 못할 곳으로 떠나는 것이 좋을 것이오." 여제가 메델루스와 데리아에게 말했다. "우리는 마지스터에게 승부수를 던졌고, 마지스터는 당신들에게 뒤통수를 맞았다는 분노 때문에 가만 내버려두지 않을 것이오. 아마 복수의 칼을 갈고 있을 것이니 조심하시오."

메델루스가 고개를 끄덕였지만, 데리아는 생각에 잠긴 얼굴이었다. 숨는 것보다 더 좋은 방법을 궁리하고 있는 것이 분명했다. 갑자기 반짝이는 데리아의 눈빛을 놓치지 않은 세네가 카무플레 요원을 붙이기로 마음먹었다.

셀레나는 메델루스를 보면서 아무런 반응도 보이지 않았다. 딸에게 신경을 쓰느라고 옛 애인에게 관심을 가질 겨를이 없었다. 셀레나는 타라가 해주는 얘기와 너스레를 곁들인 칼의 모험담을 잠자코 듣고 있다가 딸을 따뜻하게 안아주었다.

이어서 타라가 여제에게 말했다.

"고맙습니다! 고모가 우리를 저버리지 않으셨어요."

"당연한 일이지." 여제가 미소를 지으면서 대꾸했다. "드래곤들이 돔 형상의 마법의 장벽을 보강했다는 정보를 입수했지. 즉시 아더월드의 마법사들을 소집했고, 장벽을 파괴하고 있던 중이었다. 그런데 네가 혼자서 해내다니 정말 대견해. 내 후계자가 정말 자랑스럽구나."

드래곤들과의 협상이 진통을 겪고 있었다. 드래곤들은 금지된 대륙에서 저지른 짓을 고백해야 했고, 그 일로 아더월드 전체가 떠들썩했다. 드란보우글리스펜쉬르의 학자들이 미친 드래곤들을 연구하고 있었는데 놀랍게도 칼리르 꽃에 드래곤들의 파괴 본능을 억제하는 효능이 있음을 알아냈다.

그러나 칼리르 꽃은 난폭한 성질을 억제할 뿐이지 광증을 치료할 수는 없었다. 미친 드래곤은 대부분 드란보우글리스펜쉬르로 이송되었고, 금지된 대륙에 남은 드래곤들은 본국으로 돌아갈 날을 기다리면서 노예였던 늑대인간들의 감시를 받고 있었다.

드래곤의 알과 기술을 교환할 때 붉은 여왕이 드란보우글리스펜쉬르의 사절단에 칼리르 꽃의 치료 효과를 알려주지 않았다는 것도 밝혀졌다. 여왕은 억류된 드래곤들을 자신의 미친 계획에 끌어들이기 위해 그 점에 대해 일부러 거짓말을 한 것이었다.

샨비와 산트라는 수감되었지만 제아스 주문에 걸려 있었다는 사실을 고려하여 정상을 참작해주었다. 그들은 붉은 여왕에게 복종하지 않을 수 없었기 때문에 큰 책임을 면했다.

붉은 여왕 샤발루지론쉬바는 샤름의 먼 친척이었고, 그 사실을 알고 샤름은 충격을 받았다. 권력욕에 빠지기 전(아마 크라에토르비르의 반지 때문인 것 같았다)에 샤발루지론쉬바는 존경받는 생물학자였고, 많은 드래곤 학자가 그 연구를 추종하고 있었다.

타라와 친구들은 오무아로 돌아갔다. 리스베스는 로빈이 타라 곁에 머무는 것이 탐탁지 않았지만 반대하지 않았다. 여제는 할 일이 너무 많았다. 새 대륙에 식민지 개발 사업을 추진해야 하는데 늑대인간이 우글거리는 나라에 가서 사는 걸 꺼리는지 선뜻 나서는 사람이 없었다.

반면에 아더월드 여행이 허락되면서 늑대인간들은 노예 없이 살아가는 모습에 감명을 받은 것 같았다. 그때까지 '시장경제', '세계화', '민주주의'에 대해 피상적으로만 알고 있던 늑대인간들이 정부를 구성하기에 이르렀다. 쉽지 않은 일이었지만 미스터리한 행방불명 사건이나 갑자기 입후보를 사퇴하는 일을 제외하고 심각한 수준의 소요 사태는 일어나지 않았다.

해방된 영토의 수장이 되었던 틸 장군이 대통령으로 선출되었다. 타라는, 그가 몇몇 반란을 진압하면서 보여준 단호한 대응에 비추어 대륙 전체를 정복하는 데 많은 시간이 필요하지 않을 거 같았다. 그리고 금지된 대륙을 개방한 것이 과연 좋은 생각이었는지 의문이 들었다.

금지된 대륙 곳곳에 동상과 초상화가 넘치는 광경을 보면서 타라는 좋은 현상이 아니라고 생각했지만 막을 수 없었다. 금지된 대륙의 국민은 피바다를 면하게 해준 것을 고마워하는 뜻에서 타라에게 많은 훈장을 수여했고, '위대한 구원자'라는 별명으로 불렀다. 타라의 친구들도 유명세를 탔고, 크산디아르까지 빼기고 다녔기 때문에 이글거리는 눈빛을 가리기 위해 선글라스가 필수품이 되었다.

바리우스 덩컨은 남작령과 오무아의 외교 관계 단절을 선언했다. 타라는 리스베스가 감히 셀레나에게 청혼했던 바리우스를 스파슌으로 둔갑시켰는데 드래곤들과의 전쟁 때문에 정신이 없어서 이전 모습으로 돌려놓는다는 걸 까맣게 잊은 사실을 알았다. 지렁이를 먹고 싶은 충동에 사로잡혀서 지내는 동안 바리우스/스파슌이 리스베스를 얼마나 원망했을지 그 심정이 충분히 이해가 되었다.

최고 마구스들이 마지스터가 마을에 걸어놓은 아메모루스 주문을 풀어놓는 즉시 베티는 지구로 돌아갔다. 다른 마법사가 걸어놓은 마법을 푸는 것은 불가능한 일이지만, 베티가 평범하게 살아가길 바라는 타라의 지휘 하에 망각 주문을 푸는 데 성공하기에 이르렀다.

금지된 대륙에서의 모험 덕분에 마법에 대한 물리학적 연구가 새롭게 시작되었고, 마법에 대한 인식도 재검토되었다.

한편 살루/소년은 베티를 따라 지구로 갔다. 드래곤들을 보는 것이 고통을 안겨줄 뿐만 아니라 베티만 그의 정신에 안정을 주기 때문이었다. 그들은 살루의 부모가 바다에서 실종되었는데 알고 보니 베티와는 먼 친척이었다는 소설 같은 이야기를 지어내면서 베티의 부모를 설득했다. 살루/소년은 노란 눈빛을 감추기 위해 컬러렌즈를 껴야 했고, 지구의 생활에 빠르게 적응했다.

베티의 부모님은 재주가 많은 소년(약하지만 꽤 쓸 만한 마법 능력을 지니고 있기 때문에)과 함께 사는 것을 흡족해했고, 멋진 몸매가 된 딸의 신체적 변화도 몹시 기뻐했다.

타라는 베티와 살루에게 자주 만나러 올 것이고, 민투스 주문은 걸지 않겠다고 약속했다.

수색 작업을 벌였지만 끝내 젠드라의 별과 복제한 크라에토르비르의 반지를 찾지 못했다. 드래곤들이 불쾌해했지만 타라는 어떤 상황에서 잃어버렸는지 말해주지 않았다.

칼리르 꽃을 포함해서 모든 재료를 확보했기 때문에 타라는 더 이상 바라는 것이 없었다. 1년에 걸쳐 준비하면서 기다린 끝에 이제 머지않아 아버지의 품에 안길 수 있는 날이 오는 것이었다.

발라는 로빈에 대해 옵션이 있다고 알리면서 결정적으로 어머니 에레와 사이가 틀어지게 되었다. 그래서 하프엘프의 삶도 타라 못지않게 파란만장해지고 있었다.

마침내 타라는 꼭 해줘야겠다고 다짐했던 일을 해결했다.

타라가 안전 구역에 있는 방으로 들어갔을 때 부디우는 소스라치게 놀랐다.

"결국 나를 없애려고 온 것이냐?" 부디우가 노려보며 물었다.

타라가 부디우를 뚫어지게 쳐다봤다. 모든 일은 약 3년 전 이 남자로부터 시작되었다. 끔찍하면서 신기한 세계에 들어오게 된 것도 이 남자 때문이었다.

그러나 이상하게도 타라는 부디우가 원망스럽지 않았다.

타라가 걸어놓은 마법은 계속되고 있었다. 샤먼이 부디우의 신경조직을 마비시켜놓는 것으로 고통을 덜 느끼게 해놓은 상태였다. 타라가 손을 들자 상그라브의 눈에 공포의 빛이 번뜩였다. 타라는 주문을 읊지 않고 마법의 물결로 부디우를 에워쌌다. 공포의 비명을 지르던 부디우는 마법의 물결이 사라지자 얼굴을 만져보면서 외쳤다.

"아프지 않아! 아더월드의 모든 신과 악마들이여! 이제 고통이 사라졌다!"

얼마 동안 부디우는 믿어지지 않는다는 듯 얼굴을 만지는 것 말고는 아무것도 할 수 없었다. 그러다 심호흡을 하면서 타라를 쳐다봤다.

"왜 나를 살려줬지?"

아! 고맙다는 말을 기대했다면 실망했을 테지만 타라는 이런 식의 반응을 예상했기 때문에 대꾸했다.

"나는 마지스터가 아니에요. 사람들에게 고통을 주는 것이 나는 기쁘지 않거든요."

타라가 돌아서서 나갈 때 부디우가 말했다.

"고맙다!"

타라는 잠시 머뭇거리다가 그대로 문을 향해 걸어갔다. 다시는 만나는 일이 없기를 바라면서.

얼마나 걸었을까, 상그라브의 반응에 약간 놀라서 이런저런 생각에 잠긴 채 걸어가던 타라가 비늘로 덮인 거대한 몸집과 부딪쳤다. 타라가 엉덩방아를 찧으려는 순간 갈퀴발톱 달린 붉은빛 발이 얼른 잡아주었다.

"샤름? 무슨 일……?"

"네가 구해줘야 해, 타라. 네가 구해줘야 해!"

"네? 누구를 구해줘요?"

샤름이 완전히 얼이 빠져 있어서 타라도 공포에 사로잡혔다.

"셈! 네가 셈을 살려줘!"

"셈 선생님이요? 선생님이 왜요?"

"드래곤 심의회에서 사형선고를 내렸어!"

타라가 말하려는 순간 뒤에서 누군가가 불렀다. 타라가 홱 돌아섰다.

드라고쉬 선생님이었다.

시뻘게진 뱀파이어의 얼굴? 눈이라면 몰라도……. 어쨌든 얼굴이 빨개진 드라고쉬가 헝클어진 머리로 땀까지 흘리면서 달려왔다. 드라고쉬 선생님과는 별로 사이가 안 좋은데…… 만일을 대비해서 타라가 슬그머니 마법을 작동했다.

"타라!"

드라고쉬가 타라의 팔을 움켜잡고 빨간 눈으로 쪽빛 눈을 뚫어져라 쳐다봤다.

"나를 도와줘! 그녀를 구해야 해! 크라살비로 가야 해!"

"네? 누구를 왜 구해야 하는데요?"

"내 약혼녀 셀렌바! 뱀파이어 심의회에서 사형선고를 내렸어!"

6권에서 계속……

아더월드의 용어 해설

☞ **아더월드_** 아더월드는 지구 표면적의 1.5배에 이르는 마법 행성으로 태양 주위를 자전하며, 하루 26시간, 1년 454일, 14개월, 7계절(카일로스, 보탄트, 트레보, 파이초, 플루초, 모인초, 살탄)로 이루어져 있다. 위성으로는 두 개의 달 마딕스와 타딕스가 아더월드의 주위를 돌고 있으며, 춘 · 추분에 조수간만의 차가 몹시 크다.

아더월드의 산들은 지구의 산보다 훨씬 더 높으며, 채굴되는 광물은 대체로 마법의 폭발성이 있어서 추출하는 것이 상당히 위험하다. 지구(육지 29%, 바다 71%)보다 바다가 차지하는 비율은 적으며(아더월드: 육지 45%, 바다 55%), 그중 두 개의 바다는 민물이다.

아더월드를 지배하는 마법은 동물상과 식물상과 마찬가지로 기후에도 영향을 미친다. 그로 인해 계절은 예측하기가 아주 힘들다(아더월드에서는 한여름에도 폭설이 내려 1미터나 되는 눈에 덮일 수 있다!).

아더월드에는 인간, 난쟁이, 거인, 트롤, 뱀파이어, 땅신령, 꼬마도깨비, 엘프, 유니콘, 키마이라, 타트리스, 드래곤 등 수많은 종족이 살고 있다.

그 밖의 다른 행성

드란보우글리스펜쉬르_ 얼마 전까지 드래곤들의 왕 샨도우바릴로우바쉬부가 통치하던 행성이다. 지능이 높은 거대한 파충류인 드래곤은 마법 능력을 타고나서 어떤 형상으로든 변신할 수 있으며, 대체로 인간으로 변신해 있다. 마법사들 편에 서서 림보의 악마들과 싸우고 있다. 세계의 영토를 점령하기 위해 악마들과 대립하면서 드래곤들은 지구의 마법사들과 충돌하는 순간까지는 알려져 있는 모든 세계를 정복했다. 끊임없이 악마들과 싸워야 하는 드래곤들은 지구인 마법사들과 전쟁을 벌인 뒤에 동맹을 맺는 것이 유리하다는 결론을 내렸다. 지구를 지배하겠다는 계획은 포기했지만, 마법사들이 지구를 지배하는 것도 인정할 수 없는 드래곤들은 지구의 마법사들에게 아더월드에서 더 많은 마법사들을 양성하고 훈련시키자고 제안했다. 수년 동안 드래곤들을 경계하면서 고심한 끝에 지구의 마법사들은 결국 그 제안을 받아들이고 아더월드에 정착하였다.

☞ **림보**_ 악마의 세계로 악마들의 영역. 림보는 서클이라고 불리는 여러 세계로 나뉘어 있으며, 서클에 따라 악마들의 능력과 학식이 차이 난다. 제1, 2, 3서클의 악마들은 거칠고 아주 위험하다. 제4, 5, 6서클의 악마들은 마법사들과 정해진 조건에서 서로 도움을 주고받는다(마법사는 필요한 것을 악마에게서 얻을 수 있으며 악마의 경우도 마찬가지다). 제7서클은 마왕이 군림하는 서클이다.

림보에 사는 악마들은 저주받은 태양이 제공하는 악마의 에너지를 먹고산다. 다른 세계로 가기 위해 림보를 나갈 경우엔 생명력이 강한 존재의 살과 정신을 먹어야 한다.

전 세계를 침략하던 중 갑자기 나타난 드래곤들과의 전쟁에서 패배한 뒤로 악마들은 림보에 갇히게 되었고, 마법사나 마법 능력이 있는 존재의 긴급 요청이 있어야만 다른 행성으로 갈 수 있게 됐다. 악마들은 이런 활동범위 제한을 견디기 힘들어서 끊임없이 해방될 방법을 모색하고 있다.

☞ **산티보르**_ 텔레파시 능력이 있는 식물성 존재 진실의 입들이 사는 얼음 행성.

☞ **지구**_ 인간과 비밀 임무를 맡은 마법사들이 살고 있다.

아더월드의 나라들과 종족

☞ **간디스**_ 거인들의 나라로 수도는 제오폴. 세력 있는 그로아르 가문이 통치하며 흑장미 섬과 황무지 늪이 있다. 나라의 문장은 '주문방지' 돌로 쌓은 벽에 아더월드의 태양이 올라앉은 형상이다.

☞ **랑코비트**_ 인간이 지배하는 가장 큰 왕국으로 수도는 트라비아. 왕국의 문장은 은빛 초승달 아래 금빛 뿔의 하얀 유니콘이다. 왕 베어와 왕비 티타니아가 통치하고 있으며, 타라와 어머니 셀레나의 조국이다.

☞ **멘탈리르**_ 보우 대륙 동쪽의 광활한 평원이며 유니콘들과 켄타우로스들의 나라. 유니콘은 생김새와 크기가 말과 같고, 이마에 나선형 뿔이 하나 있으며 발굽은 갈라져 있고 털은 흰빛이다. 지능이 떨어지는 유니콘도 간혹 있지만, 대부분은 영리하며 그 지능은 용들의 지능에 견줄 수 있다. 유니콘의 이 특성을 어떤 종족의 지능이나 동물의 지능으로 분류하기는 힘들다.

켄타우로스는 반은 남자나 여자의 형상, 반은 말의 형상을 하고 있는데 두 종류가 있다. 상반신은 인간, 하반신은 말의 형상을 한 켄타우로스와 상반신은 말, 하반신은 인간의 형상을 한 켄타우로스. 켄타우로스가 어떤 마법에 걸려 있는 것인지는 알 수 없으나 소금이나 향유 같은 생필품을 얻기 위해서가 아니면 다른 종족들과 섞이기를 싫어하는 까다로운 종족이다. 사납고 거칠어서 영역을 침범하는 이방인들을 발견하면 가차 없이 화살을 쏘아댄다. 켄타우로스의 샤먼 부족은 평원에서 하얗고 파란 맹독성 개구리 플로프들을 잡아 그 등을 핥는 것으로 미래를 점친다고 전해진다. '찌르레기 대전'이 벌어지는 동안 켄타우로스들이 엘프들에게 몰살되었다는 것은 이 방법이 100퍼센트 믿을 만한 것은 아닌 듯하다.

☞ **살테렌스**_ 살테렌스들의 나라로 수도는 살라. 나라의 문장

은 파란색 투명한 소금을 물고 곧추서 있는 커다란 벌레. 왕은 없고 위대한 카샤라고 불리는 족장과 재상 일파봉이 통치하며 여러 부족으로 나뉘어 있다. 노예제도를 주장하는 종족으로 사자와 표범의 잡종인 두 발 동물이다. 침투할 수 없는 사막에서 숨어 지내다 마법의 소금광산을 약탈한다.

☞ **셀렌다**_ 엘프들의 나라로 수도는 세보른. 문장은 대각선으로 시위를 메긴 두 개의 활 위로 보이는 은빛 보름달.

엘프들은 마법사들과 마찬가지로 마법에 재능이 있다. 겉모습은 인간이며 뾰족한 귀와 고양이의 눈처럼 동공이 수직으로 움직이는 크리스털 눈, 은발이 특징이다. 아더월드의 숲과 평원에서 살며 가공할 만한 사냥꾼이다. 엘프들은 전투와 싸움, 상대를 유인하는 온갖 종류의 게임을 좋아하기 때문에 그들의 에너지를 적절히 이용하기 위해 경찰국이나 국가정보원에 고용된다. 하지만 엘프들이 옥수수나 마법의 귀리를 경작하기 시작하면 아더월드의 종족들은 불안해한다. 그건 엘프들이 전쟁을 시작할 거란 뜻이기 때문이다. 실제로 전시에는 사냥할 겨를이 없기 때문에 엘프들은 곡식을 재배하고 가축을 기르며, 일단 전쟁이 끝나면 예전의 생활로 돌아간다. 또 다른 특성으로 아이들이 걸어다닐 수 있을 때까지 수컷 엘프들은 배에 달린 육아낭 같은 작은 주머니에 아기를 넣고 다닌다. 여자 엘프는 남편을 다섯 명 이상은 가질 수 없다. 엘프는 거의 죽지 않기 때문에 아이들이 별로 없다. 하프 엘프 로빈은 혼혈이라는 이유로 엘프들에게 따돌림을 받고 있다.

☞ **스몰컨트리_** 땅신령, 꼬마도깨비 파보, 요정, 고블린의 나라로 수도는 스몰빌. 문장은 원 안에 도안한 꽃, 새, 거미. 땅신령은 파란색, 꼬마도깨비는 초록색, 고블린은 회색, 요정은 여러 가지 색이다.

땅신령은 작달막하고 단단한 체구며 털은 오렌지색이다. 돌을 먹고살며, 난쟁이들과 마찬가지로 광부들이다. 그들의 털가죽은 고성능 가스 탐지기이다. 털이 곤두서면 별 탈이 없지만, 털이 내려앉는 순간부터 땅신령은 광산에 가스가 있다는 걸 알아채고 도망치기 때문이다. 또한 알 수 없는 이유로 인해 땅신령들만 '진실의 입'들과 교감할 수 있다.

스몰컨트리의 익살꾼인 꼬마도깨비 파보들은 키디코이라는 막대사탕을 만들어낸 이들이다. 착시 현상을 일으키거나 일시적으로 보이지 않게 할 수도 있으며 금을 좋아해 비밀주머니에 숨겨둔다. 그 주머니를 찾아낸 자는 두 가지 소원을 빌 수 있고, 귀한 금을 회수하려면 반드시 그 소원을 들어줘야 한다. 하지만 꼬마도깨비들은 반대로 해석하는 데 선수여서 예측불허의 결과가 나올 수 있으므로 소원을 비는 것에는 항상 위험이 따른다.

☞ **오무아_** 인간이 지배하는 가장 큰 제국으로 수도는 팅가푸르. 제국의 문장은 100개의 금빛 눈을 가진 주홍빛 공작이다. 타라의 고모인 여제 리스베스틸랑넴 탈 바르미 압 산타 압 마루와 삼촌인 황제 산도르 탈 바르미 압 마르치 압 브레비스가 통치하고 있다. 제국을 설립한 최고 마구스 데미데루스의 후손들이다.

☞ **크라살비_** 뱀파이어들의 나라로 수도는 우를라. 나라의 문장은 천문관측 위에 무한을 상징하는 누운 8자와 별이 올라앉은 형상이다.

뱀파이어는 총명하고, 인내심이 많으며 학식이 깊다. 수명이 아주 길고, 수학과 천문학에 몰두하며, 대부분의 시간을 명상하는 데 보내면서 삶의 의미를 추구한다.

아더월드의 뱀파이어는 동물의 피를 먹고살기 때문에 가축을 키운다. 브르르르아아아, 모오오오우우우, 지구에서 수입한 말, 염소, 양 등. 하지만 몇몇 피는 금지되어 있다. 유니콘이나 인간의 피를 먹으면 미치게 되며, 수명이 절반으로 줄기 때문이다. 반면에 뱀파이어에게 물리면 독이 퍼지게 되며, 뱀파이어에게 물린 인간은 그들의 노예가 된다. 게다가 독성 피가 전이되면 뱀파이어가 되는데 이 경우의 뱀파이어는 파괴적이고 악독하기 때문에, 저주에 희생된 뱀파이어는 동족은 물론 아더월드의 모든 종족에게 쫓겨다닌다.

☞ **크랑카르_** 트롤들의 나라로 수도는 크리아. 나라의 문장은 나무 꼭대기에 몽둥이가 걸려 있는 형상이다. 트롤은 거대한 몸집에 납작한 이빨이 있는 초록빛 털북숭이로 채식주의지만, 고기를 흡수할 경우 식인귀가 될 수 있다. 먹고살기 위해 나무를 마구 죽이며(이것이 엘프들의 울화를 치밀게 한다), 쉽게 자제력을 잃어버리는 성향이 있어서 한 번 성질이 나면 닥치는 대로 짓뭉개버리기 때문에 평판이 나쁘다.

☞ **타트란_** 타트리스, 카흠보움, 타츠보움의 나라로 수도는 시티빌. 문장은 양피지 위에 놓인 직각자, 컴퍼스, 크리스털 볼.

타트리스는 머리가 둘인 특성을 가지고 있다. 관리 능력이 뛰어난 데다 신체적 특성 덕분에 행정관이나 정부 고위층에서 일하고 있다. 타트리스들은 오로지 일을 중요하게 여기면서 헛된 꿈을 꾸지 않는 현실주의자들이다. 타트리스들은 꼬마도깨비 파보들이 즐겨 놀리는 대상 중 하나며, 이 장난꾸러기들은 유머가 결핍된 종족이라는 소리를 듣지 않기 위해 수세기 동안 끈질기게 타트리스 종족을 웃기려고 애쓰고 있다. 게다가 파보들은 웃기는 데 성공한 자들 중에서 1등에게는 상까지 수여하고 있다.

카흠보움은 빨간 눈과 촉수들이 있는 노란색 덩어리 모습을 하고 있으며 주로 도서관 사서로 일한다. 타츠보움은 촉수로 놀라운 멜로디를 연주하는 음악가들이다.

☞ **파트로크_** 에드라킨족이 사는 나라로 수도는 키크로크. 나라의 문장은 바람의 원소에 올라앉은 불새. 에드라킨족은 강력한 마법사들이며, 모습은 인간이지만 귀가 뾰족하고 털로 덮여 있다. 머리털은 두상의 절반 정도까지만 자라며, 코는 거의 보이지 않는다. 다른 종족을 싫어하지만 의무적으로 여러 나라와 교역하고 있다. 에드라킨족은 아더월드를 정복하기 위해 네 번이나 침략을 시도했다.

☞ **히믈리아_** 난쟁이들의 나라로 수도는 미나트. 대장장이 씨족이 통치하고 있다. 나라의 문장은 광산 지하의 전쟁용 모루와 쇠망치.

키와 몸통 폭의 길이가 똑같은 단단한 체구가 난쟁이들의 신체적 특징이다. 아더월드의 광부, 대장장이로 활동하고 있으며, 뛰어난 금속 가공업자, 보석 세공인도 거의 난쟁이들이다. 또한 성격이 몹시 까다로운 것으로 알려져 있으며, 마법을 싫어하며 아주 길고 복잡한 노래를 즐겨 부른다.

아더월드와 주변 행성의 동·식물상 및 속담

☞**간다리**_ 대황에 가까운 식물이며, 꿀처럼 단맛이 난다.

☞**갬볼**_ 마법에 흔히 사용되는 파란 이빨의 설치류 동물. 그 살가죽과 피에 마법이 침투하지 못할 정도로 땅을 깊이 파고 들어간다. 건조시키면 딱딱해졌다가 가루처럼 변하며, '갬볼 가루'는 마법을 실행하기 힘들게 만든다. 몇몇 마법사들은 갬볼 가루를 식용하는데 그것은 그 가루가 환각 증세를 일으키기 때문이다. 갬볼 가루 복용은 아더월드에서 엄격하게 금지되어 있으며 위반할 경우 엄중한 처벌을 받는다.

☞**글로우톤**_ 털북숭이 동물. 길게 늘어나는 특성이 있어서 목을 조르는 밧줄로 사용한다.

☞**글루릅스**_ 머리가 아주 갸름한 초록색과 갈색의 도마뱀으로

호수와 늪에서 서식한다. 식욕이 왕성하며, 물속에서 숨을 쉬지 않고 몇 시간을 견딜 수 있어서 목을 축이러 오는 순진한 동물을 잡아먹는다. 물가의 은신처에 굴을 파놓고 살며, 호수 바닥의 구멍 속에 먹이를 숨겨놓는다.

☞ **드래코-티라노사우루스_** 뱀과 공룡의 잡종. 드래곤의 사촌이지만 지능은 많이 떨어지며, 날개가 작아서 날지 못한다. 가공할 만한 포식동물로 움직이는 것뿐만 아니라 움직이지 않는 것조차 닥치는 대로 잡아먹는다. 오무아 제국의 따뜻하고 습한 숲에서 살며, 이 지역은 관광 개발이 불가능하다.

☞ **디스쿠타리움_** 지구와 아더월드, 드란보우글리스펜쉬르, 악마들의 림보와 관련된 모든 책, 영화, 예술작품에 관한 정보를 조회할 수 있다. 디스쿠타리움에서 나오는 목소리는 어떤 질문에도 답변을 못하는 경우가 거의 없다.

☞ **로크 새_** 공중에서 사는 자이언트 새. 인공위성을 궤도에 올려놓거나 아더월드에서 마딕스와 타딕스로 여행할 때 이용한다.

☞ **마누릴_** 마누릴의 하얀 싹은 즙이 많아서 아더월드 사람들

이 즐겨 음식에 곁들여 먹는다.

☞ **모오오오우우우**_ 뿔은 없고 머리가 둘 달린 고라니. 머리 하나가 먹을 때 다른 하나는 포식동물들을 감시한다. 이동할 때는 게처럼 옆으로 걷는다.

☞ **무슈티크**_ 벌처럼 쏘아서 아더월드 사람들의 피를 빨아 먹는 공격적인 곤충.

☞ **므르르르**_ 초록색 귀가 달린 오렌지빛 고양이. 같은 능력을 가진 빨간 생쥐 뿌익을 잡기 위해 공간이동을 할 수 있다.

☞ **므르모움**_ 나무들이 숲 모양으로 거대한 군락을 이루고 있어서 따기가 아주 힘든 과일이다. 므르모움나무는 접근하는 것이 있으면 괴상한 소리를 내면서 땅속으로 파고들기 때문에 붙여진 이름이다. 아더월드에서 산책을 하다 보면 므르모움나무 숲이 통째로 사라지고 벌판만 남는 아주 놀라운 광경을 목격할 수 있다.

☞ **미암**_ 크기가 복숭아만 한 빨간 체리.

☞ **발로르키데_** 꽃이 아주 화려한 기생식물. 이름은 개화하기 전의 노란빛과 초록빛의 봉오리에서 따온 것이다. 성장속도가 아주 빨라서 몇 계절 만에 나무 한 그루를 죽일 수 있으며, 뿌리로 이동해서 그다음 나무를 공격한다. 그래서 아더월드의 나무들은 발로르키데들이 들러붙지 못하게 부식시키는 물질을 분비하는 것으로 생존경쟁을 벌이고 있다.

☞ **발분_** 거대한 고래로 붉은색이며 지구의 고래보다 두 배로 크다. 발분은 잊지 못할 멜로디의 노래를 부르며, 젖이 아주 풍부하다. 발분의 젖으로 만든 버터와 크림은 영양가가 높은 인기 식품이어서 물에 사는 트리톤과 사이렌들과 육지에 사는 거주자들 사이에 무역 교류의 대상이 되고 있다. 노래를 아주 잘 부를 때 '발분처럼 노래 부른다'는 말로 칭찬한다.

☞ **버디 드라이어_** 바람의 원소를 이용한 무형물로 욕실에서 주로 사용한다.

☞ **베에에_** 아름다운 흰털 양. 마법 행성의 변화무쌍한 계절에 대한 적응력이 뛰어나서 몇 시간 만에 털이 빠지거나 털을 자라게 할 수 있다. 그래서 털 깎는 시기에 사육자들이 그 특성을 이

용해서 날씨가 갑자기 몹시 더워졌다고 하면 베에에들은 즉시 털을 홀랑 벗어버린다. 아더월드에서 '베에에처럼 순진하다'는 표현을 쓰는 것은 여기서 유래한다.

☞ **벤드룩_** 림보의 여러 우상 중 하나인 벤드룩은 생김새가 어찌나 흉측한지 다른 우상들조차 그 끔찍한 모습에 두려움을 느낄 정도다. 벤드룩은 내장이 몸 밖으로 나와 있어서 먹을 때 소화되는 과정을 구경할 수 있다.

☞ **벨루르 목재_** 내구성이 좋고, 아름다운 금빛 색깔 때문에 아더월드에서 실내 바닥재로 많이 사용한다. 겉보기에는 차가운 느낌이지만 양탄자처럼 푹신하다.

☞ **보벨_** 앵무새와 유사한 아더월드의 화려한 새.

☞ **불사르딘_** 공격을 받으면 몸이 팽창하는 특성을 가진 일종의 정어리. 껍질은 칼이 들어가지 않을 정도로 아주 질기다. 그래서 아더월드에서 파괴되지 않는 것을 보면 '불사르딘 같다'고 말한다.

☞ **브룸므**_ 일종의 빨간 무로 아더월드 사람들이 즐겨 먹는다.

☞ **브르르르아아아**_ 거인들의 나라 간디스에서 생산하는 엄청나게 큰 소. 털은 숱이 아주 많아서 거인들이 그 털가죽으로 옷을 지어 입는다. 몹시 공격적이어서 움직이는 것이 있으면 뭐든 덤벼든다. 제 그림자를 쫓다가 녹초가 된 브르르르아아아를 보게 되는 것은 그 때문이다. 흔히 고집불통인 사람을 '브르르르아아아 같다'고 표현한다.

☞ **브르리르**_ 흰빛과 금빛이 어우러진 고양이과 동물로 다리가 여섯 개. 특히 브르리르를 사랑하는 오무아 제국의 여제는 이 동물들이 궁전에 갇혀 있다는 생각을 하지 않도록 주문을 걸어놨다. 그래서 브르리르들에게는 가구와 침대의자가 나무와 편안한 바위로 보인다. 브르리르에게는 궁인들이 안 보이며, 궁인들이 쓰다듬어주면 바람에 털이 살랑살랑 흩날리는 것이라고 생각한다.

☞ **브리양트**_ 요정의 사촌으로 날개 달린 작은 인간의 모습을 하고 있다. 어둠 속에서 100와트 밝기의 빛을 발하며, 투명한 스탠드나 램프의 모습으로 아더월드의 모든 가정을 밝혀준다.

☞ **브릴**_ 브릴의 싹 요리는 아더월드에서 아주 인기가 높다. 브릴은 히믈리아에 있는 마법의 산골짜기에서 자라며 난쟁이들이 그 싹을 수확해서 아더월드의 상인들에게 비싼 값으로 판다. 게다가 히믈리아에서는 브릴을 잡초로 여겨 먹지 않기 때문에 난쟁이들은 이 불로소득에 즐거운 비명을 지른다.

☞ **블루릅스**_ 갈색 가죽배낭 같은 모습으로 흙 속에 숨어 있다가 접근하는 곤충을 잡아먹는 식물. 어린 블루릅스들이 흰개미처럼 어미 블루릅스에게 물과 먹이를 공급하며, 다 크면 둥지를 떠나 다른 데에 뿌리를 내리고 흙 속으로 파고 들어간다. 아더월드에서는 궁지에서 헤어날 기회가 전혀 없을 때를 가리켜 '블루릅스 둥지에서 헤맨다'고 표현한다.

☞ **블를**_ 대부분 물속에서 생활하다 번식기에 물 밖으로 나오는 날개 돋친 물고기. 색이 아름다워서 수영장 장식용으로 쓰인다.

☞ **블리르**_ 금빛 자두. 지구의 자두와 아주 흡사하며 더 달콤하다.

☞ **비마**_ 비마법사를 축약한 것으로 비마는 마법 능력이 없는

인간들을 가리킨다.

☞ **비즈즈즈_** 빨간색과 노란색의 커다란 벌. 지구의 벌들과는 달리 비즈즈즈는 독침이 없다. 독극물을 분비해서 잡아먹으려고 달려드는 포식동물을 독살하는 것이 비즈즈즈의 방어수단이다. 비즈즈즈들이 아더월드의 마법 꽃에서 생산하는 꿀은 그 어떤 꿀에도 비길 데 없는 맛이다. 아더월드에서는 '비즈즈즈 꿀처럼 달콤하다'는 표현을 자주 사용한다.

☞ **빠그락-땅콩_** 벌어질 때 나는 독특한 소리 때문에 붙여진 이름이다. 이 땅콩에서 짜내는 기름은 향이 좋아서 아더월드의 유명한 주방장이나 숙련된 가정주부들이 주로 애용한다.

☞ **빨간 바나나_** 색깔을 제외하고는 지구의 바나나와 똑같다.

☞ **뿌익_** 이 장소에서 저 장소로 자신의 몸을 물리적으로 전송할 수 있는 꼬리가 둘 달린 빨간 쥐. 천적은 같은 능력을 지닌 초록색 귀의 오렌지색 뚱보 고양이 므르르르이다.

☞ **사카트_** 맹독성의 공격적인 빨갛고 노란 곤충으로 아더월드

에서 특히 좋아하는 꿀을 생산한다. 미식가들인 난쟁이들만 사카트의 애벌레를 먹을 수 있다. 다른 종족이 먹었을 경우에는 애벌레의 딱지가 인간이나 엘프의 소화액에 용해되지 않기 때문에 배 속에서 벌떼를 분봉할 위험이 있다.

☞ **샤먼**_ 아더월드에서 의사 역할을 하는 치료사. 마법사는 누구나 다쳤을 때 레파루스 주문으로 상처를 아물게 할 수 있지만, 이 주문만으로는 치료할 수 없는 병도 많기 때문에 꼭 필요한 존재이다.

☞ **샤트릭스**_ 일종의 하이에나. 검은색이며, 독이 든 이빨을 사용하는 아주 공격적인 동물로 밤에만 사냥한다. 길들일 수 있어서 오무아 제국에서 샤트릭스들을 문지기로 이용한다.

☞ **소포르**_ 향기로운 꽃들이 탐스러운 식물. 최면작용을 하는 꽃가루로 곤충과 동물을 함정에 빠뜨린다. 곤충이나 동물이 잠들면 꽃가루를 뿌려서 번식을 도와주는 매개체로 삼는다. 소포르 주변에서 육식동물이 보이는 것은 그 때문이다.

☞ **스너피_** 생김새는 여우 같지만 두 발로 걸어다니며 누더기를 걸치고 옆구리에 배낭을 달고 다닌다. 닭이나 스파슌을 훔치기 때문에 아더월드의 농부들이 아주 싫어한다. 제 몸을 복제하는 특성이 있어서 감옥에 갇혀도 탈옥할 수 있다.

☞ **스쿠프_** 아더월드의 기술로 생산되는 날개 달린 작은 카메라. 스쿠프는 지능을 가지고 있어서 촬영한 영상을 크리스털리스트에게 전송한다.

☞ **스트리둘_** 지구의 메뚜기에 해당된다. 몹시 파괴적이어서 구름같이 떼를 지어 이동할 때는 삽시간에 농작물을 휩쓸어버린다. 스트리둘은 아주 풍부한 점액을 생산하기 때문에 마법에 널리 사용된다.

☞ **스파슈니어_** 닭장처럼 스파슌을 가두어두는 우리.

☞ **스파슌_** 금빛의 자이언트 칠면조인데 시종일관 울음소리를 내면서 거드럭거리고 다니는 통에 사냥하기가 아주 수월하다. 흔히 '스파슌처럼 어리석다' 또는 '스파슌처럼 거드름피운다' 고 표현한다.

스팔렌디탈_ 일종의 전갈이며 스몰컨트리가 원산지다. 땅신령들은 스팔렌디탈을 길들여서 말처럼 타고 다니며, 가죽이 아주 질기기 때문에 유용하게 사용한다. 새를 좋아하는(미각적 의미에서) 땅신령들은 스몰컨트리의 서식동물을 절멸시킴으로써 곤충과 다른 동물에게 생태적 지위를 열어주었다. 천적들에게서 해방된 스팔렌디탈들은 위험 없이 자라면서 그 개체 수는 점점 더 늘어났다. 땅신령들 때문에 스몰컨트리는 결과적으로 자이언트 전갈, 자이언트 거미, 자이언트 다족류에게 점령되었다.

슬루릅_ 멘탈리르 평원이 원산지인 식물이며 그 즙은 신기하게도 후추를 친 쇠고기의 깊은 맛이 난다. 고기 맛이 나는 것은 초식동물인 유니콘 떼의 공격을 피하기 위해서다. 하지만 이 독특한 맛을 발견한 아더월드 사람들이 슬루릅 즙으로 요리하는 습관이 생겼다.

아스토펠_ 며칠 동안 후각을 마비시키는 속성을 가진 장밋빛 작은 꽃. 아스토펠은 후각으로 초식동물과 포식동물을 탐지하는 능력이 발달되어 있다.

☞ **에프리트_** 지각단층을 둘러싼 전쟁이 일어났을 때 인간들 편에 서서 악마들과 싸웠던 악마 종족. 감사의 뜻으로 데미데루스는 마법사의 호출을 받는 에프리트에게 아더월드로 오는 것을 허락했다. 아더월드에 온 에프리트들은 자기들의 능력을 인간을 돕는 데 사용하기로 결정했고, 대부분 하인, 전령, 경찰로 일하고 있다.

☞ **엠엠로움_** 아더월드에서 재배하는 과일로 즙이 아주 많고, 달콤한 살구와 바나나를 섞은 맛이다. 엠엠로움나무는 침입자가 다가오는 즉시 땅속으로 사라지는 능력이 있다.

☞ **원소_** 불, 물, 흙, 공기 등 여러 종류의 원소가 존재한다. 성질이 포악한 불의 원소를 제외하고 원소들은 대체로 다정하며 일상생활에서 아더월드 사람들을 도와준다.

☞ **자이언트 강철나무_** 마법을 사용하지 않고서는 파괴할 수 없다. 키가 무려 300미터까지 자랄 수 있으며 야생 페가수스들이 둥지를 짓는다.

☞ **자이언트 거미_** 스팔렌디탈과 마찬가지로 스몰컨트리가 원

산지이다. 땅신령들이 말처럼 타고 다니며, 그 거미줄은 아주 질긴 것으로 유명하다. 여덟 개의 발과 여덟 개의 눈, 전갈처럼 독침이 있는 꼬리가 달려 있는 것이 특징이다. 아주 영리하며, 잡아먹기 전에 먹이에게 수수께끼를 내는 것이 취미이다.

☞ **젤리소르**_ 림보에서 숭배하는 신. 입김이 어찌나 센지 향기가 나는 천으로 주둥이와 얼굴을 가려야만 신전으로 들어갈 수 있다. 악취 때문에 젤리소르의 신전에서는 파리도 살 수 없다. 다른 신들과 회의가 있을 때는 실내공기를 고려하여 송곳니를 깨끗이 닦고 들어가야 하며, 젤리소르 옆에서는 담배를 피울 수 없다.

☞ **주르스탈**_ 텔레크리스털이 방송하는 아더월드의 뉴스이며, 마법사와 비마는 크리스털 볼과 크리스털 전광판으로 받아 본다.

☞ **진실의 입**_ 아더월드에서 가까운 얼음 행성 산티보르 원산의 식물성 존재. 텔레파시 능력이 있어서 어떤 거짓말도 탐지할 수 있다. 말을 못하기 때문에 진실의 입들의 생각을 읽어낼 수 있는 파란 땅신령을 통해 의사소통한다.

☞ **진흙먹보**_ 간디스의 황무지 늪에 사는 털북숭이 동물이며

진흙에 들어 있는 영양소와 곤충, 수련을 먹고산다. 진흙먹보들의 원시족은 아더월드의 다른 거주자들과 거의 접촉이 없다.

☞ **친파프**_ 콜라, 사과, 오렌지 맛이 나고, 콜라처럼 거품이 나며, 상쾌하게 해주고 활력을 주는 청량음료.

☞ **카멜레**_ 하트 모양의 식물로 잎은 식용한다. 카멜레 잎만 섭취하고도 생존한 여행자가 많아서 '여행자의 식물'이라고 불린다.

☞ **카멜린**_ 이름은 환경에 따라 색이 변하는 특성에서 유래한 희귀종 식물. 멘탈리르 평원에서는 파란색이고, 살테렌스 사막에서는 금빛이나 흰색이다. 꺾거나 옷감으로 짜도 그 특성은 유지되기 때문에 활용 가치가 높다.

☞ **칵스**_ 근육을 풀어주는 효능이 있는 약초로 달여 마시며, 잠자기 직전에만 복용하라고 되어 있다. 근육에 영향을 준다고 하여 아더월드에서는 '몰몰'이라고도 부른다. '이런 칵스 같은 놈!'이라고 말하면 아주 흐늘흐늘한 사람을 가리킨다.

☞ **칸타루프_** 공격적인 식충식물이며, 주로 곤충과 설치류 동물을 잡아먹는다. 꽃잎의 색은 다양하지만 항상 눈에 거슬리는 빛깔이며, 날카로운 가시를 사용하여 마치 작살로 찍듯이 먹이를 잡는다. 크기는 큰 개만 해서 꺾기가 힘들고, 아더월드의 특선 요리에 들어가는 재료로 사용한다.

☞ **칼로르나_** 숲에 피는 매혹적인 꽃. 달콤한 장밋빛과 흰빛 꽃잎으로 아더월드의 초식동물과 모든 동물에게 특선요리를 만들어준다. 멸종을 피하기 위해서 칼로르나는 세 개의 꽃잎을 포식동물의 접근을 감지할 수 있는 탐지기로 만들었다. 커다란 눈 모양의 이 꽃잎들 덕분에 칼로르나는 재빨리 모습을 감출 수 있다. 그런데 불행히도 호기심이 많은 칼로르나는 그 꽃잎들을 세우고 있다가 포식동물을 제때에 피하지 못하는 경우가 종종 있다. 호기심이 많은 사람을 보고 '칼로르나 같다'고 말하는 것은 바로 그 때문이다.

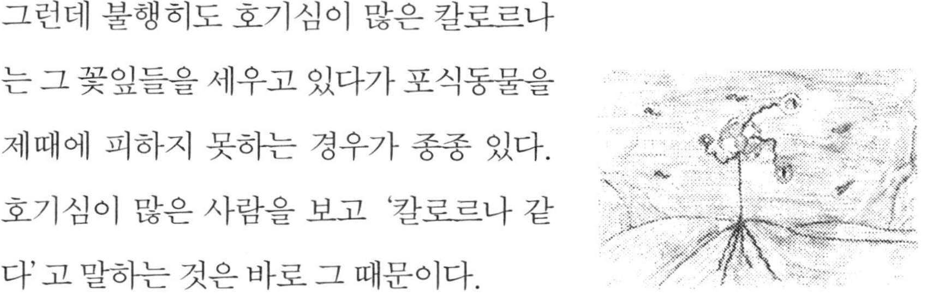

☞ **켈트릴_** 가볍고 아주 단단해서 갑옷과 보호대를 만드는 데 사용하는 은빛 금속. 난쟁이들이 만들어서 엘프와 인간에게 아주 비싼 값으로 판다.

☞ **크라켄_** 시커먼 발들이 위협적인 자이언트 문어. 엄청난 크기 때문에 아더월드의 바다에서 발견되지만, 민물에서도 살 수 있다. 뱃사람들에게는 위험한 존재로 널리 알려져 있다.

☞ **크라크덴트_** 트롤의 나라 크랑카르 원산의 장밋빛 털북숭이 동물. 앞뒤가 분간되지 않지만, 세 배 크기로 늘어나는 입을 갖고 있어 무엇이든 거의 한입에 덥석 집어삼키므로 상당히 위험하다. 아더월드를 방문한 많은 관광객들이 "어머 어쩌면 이렇게 귀여울까!" 하고 감탄하다가 목숨을 잃었다.

☞ **크레크레크레_** 레몬빛 털의 설치류 동물로 생김새는 토끼와 비슷하다. 빛깔이 화려한 아더월드의 환경을 이용해서 포식동물들을 아주 쉽게 피한다. 고기는 맛이 없는데도 굶주린 여행가나 사냥꾼이 먹기도 한다. 아더월드에서는 크레크레크레를 사로잡아서 사육한다.

☞ **크렐_** 아더월드의 미모사 나무. 놀랍게도 지나가다가 건드리는 동물이나 사람들의 감정을 색깔로 반영한다.

☞ **크로그로세이유**_ 갈증을 풀어주는 청량음료. 아더월드 사람들이 즐기는 탄산음료 중 하나다.

☞ **크로쉬엥**_ 살테렌스 사막의 재칼. 크로쉬엥은 무리를 지어 사냥한다.

☞ **크로아**_ 두 가지 색의 개구리. 크로아는 글루릅스들의 주식이며, 신경을 거스르는 독특한 울음소리 때문에 쉽게 찾을 수 있다.

☞ **크로우즈**_ 향기가 짙은 야생장미의 일종으로 꽃의 색깔이 다채롭다.

☞ **크로크-르캥**_ 아더월드의 바다 포식동물인 일종의 상어. 날카로운 이빨을 무기로 주저치 않고 크라켄을 공격한다. 크로크-르캥은 아더월드의 바다에서 크라켄과 함께 뱃사람들에게 위협적인 존재들이다.

☞ **크루이크크크**_ 빨간 상아가 돋친 파란색 잡식성 포유류 동물. 성질이 포악한 것으로 알려져 있으며, 고기가 맛있어서 사육한다. 야생 크루이크크크 떼는 삽시간에 밭을 황폐하게 만들어

놓는다. 그래서 아더월드의 농부들은 곡물을 지키기 위해서 크루이크크크 퇴치 주문을 사용한다.

☞ **크리크리**_ 보랏빛과 노란색의 메뚜기.

☞ **키디코이**_ 장난꾸러기 꼬마도깨비 파보들이 창안한 막대사탕. 겉을 빨아먹으면 속에서 예언 글귀가 나타난다. 이 예언은 항상 실현되지만 그 순간에는 당사자가 이해하지 못하는 경우가 대부분이다. 모든 국가의 최고 마법사들은 그 기능을 이해하기 위해 신비한 키디코이를 연구하고 있지만 성과를 얻지 못했다. 파보들이 그 비밀을 잘 지키고 있기 때문이다.

☞ **타로데르**_ 자는 동물의 살 속에 유충을 넣어서 번식하는 벌레. 타로데르에게 물리면 통증이 심하므로, 유충이 몸속으로 퍼지기 전에 즉시 소독해야 한다.

☞ **타오르미스**_ 얼굴이 개미처럼 생긴 쥐인데 깨물면 굉장히 아프다. 개미집처럼 생긴 타오르미스 굴 하나가 이동할 때 숲 전체가 쑥대밭이 될 수 있다. 타오르미스는 아더월드의 동물이 좋아하는 꿀을 생산하지만, 그 꿀을 얻으려면 목숨을 걸어야 한다.

☞ **타춤_** 노란색 꽃이며, 그 꽃가루는 아더월드의 후추로 사용된다. 자극성이 아주 강해서 타춤의 냄새를 맡으면 어떤 상태의 코든 뻥 뚫린다.

☞ **타트롤_** 지구와 아더월드는 측량 단위가 서로 다르다. 타트롤은 킬로미터, 바트롤은 미터에 해당한다.

☞ **탈루디_** 눈이 셋 달린 모자 모양의 작은 동물이며 무엇이든 녹화하는 능력이 있다. 촬영한 것을 보려면 머리에 쓰면 된다.

☞ **톨리스_** 아더월드의 아몬드.

☞ **트라둑_** 살코기와 털가죽을 얻기 위해 켄타우로스들이 키우는 동물. 악취를 풍기는 특성이 있어서 포식동물들로부터 자신을 보호한다. 그러나 트라둑의 냄새를 맡지 않기 위해 콧구멍을 막을 수 있는 늑대 크르르렉은 예외다. 아더월드에서 '병든 트라둑 같은 악취가 난다'라는 표현은 모욕으로 받아들여진다.

☞ **트리크로크_** 표적을 정확하게 찾는 마법의 무기로 3개의 치

명적인 침이 달려 있다. 공격자가 표적을 죽이고 싶은가, 잠들게 하고 싶은가에 따라 3개의 침에 독이나 마취제가 생성된다.

☞ **트실**_ 살테렌스 사막의 벌레. 모래 속에 숨어서 동물이 지나가기를 기다리다 동물에 들러붙어서 살갗이든 딱딱한 껍질이든 뚫어버린다. 그 알들은 혈관을 침투해서 숙주의 몸속에 퍼진다. 100시간이 지나면 알들이 부화하며, 새로 태어난 트실들이 숙주의 몸을 먹는다. 아더월드에서는 트실로 인한 죽음이 가장 끔찍한 죽음 중 하나다. 이런 이유로 살테렌스 사막을 여행하는 사람은 거의 없다. 일반적인 트실에 대한 해독제는 존재하는 반면에 금빛 트실에 대한 해독제는 없어서 공격을 받으면 죽음을 면할 길이 없다.

☞ **페가수스**_ 날개 돋친 말. 지능은 개의 지능에 가깝다. 발굽은 없지만 갈퀴발톱이 있어서 어디든 쉽게 올라앉을 수 있다. 야생 페가수스는 키가 무려 300미터까지 자라는 자이언트 강철나무에 거대한 둥지를 짓고 산다.

☞ **푸프푸프**_ 발이 여섯 개 달린 살아 있는 작은 상자로 아더월

드의 청소기이다. 무엇이든 떨어지기가 무섭게 달려가서 집어삼킨다.

프르루트_ 아더월드의 식충식물로 하이에나와 포식동물을 유인하기 위해 짐승의 썩은 고기 냄새를 피운다. 동물이 다가와서 촉수에 닿는 순간 꿀꺽 삼킨다.

플로프_ 맹독성의 하얗고 파란 개구리로 멘탈리르의 평원에서 볼 수 있다.

피크크크_ 이름이 가리키는 대로 피크크크는 흡혈파리처럼 피를 빨아 먹고 사는 아더월드의 곤충이다. 피크크크의 독침에 쏘이면 트라둑이나 모오오오우우우, 베에에는 몸속의 피를 다 토해낸다. 다행히 피크크크는 늪 주위에 서식하면서 알을 낳는다.

흡혈파리_ 물리면 통증이 몹시 심하다.

랑코비트의 덩컨 가문 가계도

-5015년 파이초 25일(아더월드력)을 기준으로 작성-

마니투 덩컨 & 마젠티 발 아르젠뭉 레틸라
(4850 DA~∞) (4849 DA~4928 DA)

5000년 이후의 후손

메넬라스 트리 브란릴 & 이사벨라 덩컨
(4805 DA~5994 DA) (4910 DA~)

레벤탈 덩컨 & 테일러 압 잔
(4901 DA~4998 DA) (4876 DA~)

셀레나 덩컨 브란릴 & 단비우 탈 바르미
(4977 DA~) (4973 DA~5002 DA)

배반자(라고 불리는) 바리우스 덩컨
(4952 DA~)

타라틸랑넴 탈 바르미
압 산타 압 마루 탈 덩컨
(1991 DT/5000 DA~)

자르틸랑넴 탈 바르미
압 산타 압 마루 탈 덩컨
(5003 DA~)

마라틸랑넴 탈 바르미
압 산타 압 마루 탈 덩컨
(5003 DA~)

DA = 아더월드력
DT = 지구력

오무아 제국의 탈 바르미 압 산타 압 마루 가문 가계도

-5015년 파이초 25일(아더월드력)을 기준으로 작성-

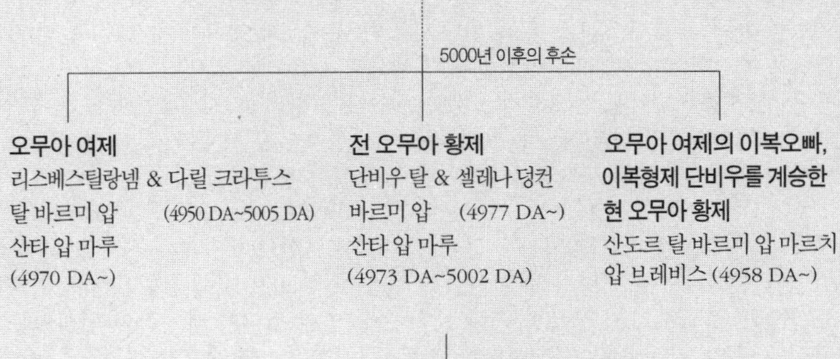

타라틸랑넴 탈 바르미 압 산타 압 마루 탈 덩컨
(1991 DT/5000 DA~)

자르틸랑넴 탈 바르미 압 산타 압 마루 탈 덩컨
(5003 DA~)

마라틸랑넴 탈 바르미 압 산타 압 마루 탈 덩컨
(5003 DA~)

DA = 아더월드력
DT = 지구력

타라 덩컨에 쏟아진 세계 언론의 찬사

기발한 아이디어, 서스펜스, 유머, 판타지로 넘치는 소피 오두인 마미코니안의 작품은 분명 마법 같은 매력을 발휘한다. 흥행의 귀재 스티븐 스필버그도 지대한 관심을 갖고 영화 제작을 신중하게 검토하는 중이다. 타라는 초인적인 능력을 가진 괴짜 소녀지만 타라를 탄생시킨 작가 역시 평범한 인물은 아니다. 작가 자신이 바로 아르메니아의 왕위 계승자로 추대되는 공주이기 때문이다. **「마취 드 파리」**

한 번쯤 생각의 힘만으로 사물을 들어올리는 꿈을 꿔보지 않은 사람이 있을까? 마법사가 되기를 꿈꿔보지 않은 사람이 있을까? 현실을 벗어나 다른 세상으로 도망치는 꿈을 꿔보지 않은 사람이 있을까? 평범한 소녀가 아니라 마법사라는 사실을 막 알게 된 타라 덩컨과 함께 그 꿈이 이뤄진다. **「르 몽드」**

아르메니아의 왕위 계승자 소피 오두인 마미코니안이 창조해낸 타라 덩컨, 상상을 초월하는 매혹적인 아더월드를 탐험하러 떠나다. 책을 펼치는 순간 신 나는 마법의 세계에 빠져서 책을 손에서 놓으려면 강력한 주문이 필요할 것이다. **『렉스프레스』**

타라 덩컨은 치마 두른 해리포터가 아니다. 어린 독자들만 매료시키는 것이 아닌 이 놀라운 책에 작가는 상상 세계의 영역을 확장했다. **「르 쿠리에 프랑세」**

어린이들의 영상 세계(텔레비전, 영화)를 참조하면서 많은 공상소설에서 빌려온 수많은 요소를 뒤섞어놓은 듯한 타라 덩컨 시리즈는 어린 독자들에게 이보다 더 유쾌하고, 재미있는 기쁨을 줄 수 없을 것이다. 「피가로」

사건의 변화가 많고 유머러스하고 흥미로운 이야기들로 가득 찬 호감이 가는 작품이다. 첫 독자였던 두 딸들과 환상적인 커플이 되어 작가는 아더월드라는 마법 세계의 지도와 독특한 어휘와 함께 상상을 초월하는 세계를 펼쳐놓았다. 해리포터의 누이동생의 이야기를 읽는 것 같다. 하지만 프랑스 문화 속에서 성장한 작가는 닫힌 공간에 특권을 주는 영국의 완곡 어법보다는 미국 문학의 과장법과 광활한 공간에 매료되어 있다. 「라 리브르」

이 소설 십여 페이지에서 영화 3편을 찍을 수 있을 거라고 한 어느 감독의 말이 결코 지나친 과장은 아닐 듯하다. 10권 시리즈의 제1권은 어린 독자들을 서스펜스와 판타지, 유머, 우정이 마음을 사로잡는 공상의 세계로 유혹한다. 「프랑스 수아르」

마법사이자 모험가인 열두 살 소녀, 타라 덩컨. 해리포터와 반지의 제왕이 뒤섞인 듯한 손에 땀을 쥐게 하는 흥미진진한 소설, 이건 이제 시작일 뿐이다. 「라 리베르테」

Photo, Didier Pruvot © Editions Flammarion

소피 오두인 마미코니안

Sophie Audouin-Mamikonian

아르메니아 왕위 계승자인 소피 오두인 마미코니안은 파리의 아사스 대학에서 법학을 전공했으며, 두 딸을 둔 어머니이다. 할머니와 어머니에게 러시아의 독특한 이야기를 들으며 자란 그녀는 열두 살 때 복막염을 앓으면서 꼼짝할 수 없게 되자 시간 죽이기 요량으로 처녀작 「샹들리에, 황금 불사조」를 썼으며, 15,000여 권의 공상과학 소설을 읽은 독서광이기도 했다. 15년이라는 오랜 작업 끝에 1권이 출간된 『타라 덩컨』의 주인공 소녀는 두 딸의 성격을 합해서 만들어낸 캐릭터라고 한다. 캐나다, 일본 등 26개국에서 번역된 『타라 덩컨』 시리즈는 2015년 12권으로 완결될 예정이다. 그 외 작가의 주요 작품으로 『뚱보들의 저녁식사』, 『인디아나 텔러』 시리즈 등이 있다.

옮긴이 이원희

프랑스 아미앵 대학에서 「장 지오노의 작품 세계에 나타난 감각적 공간에 관한 문체 연구」로 석사학위를 받았다. 현재 전문 번역가로 활동 중이며 역서로는 아민 말루프의 『사마르칸트』와 『마니』, 앙리 지델의 『코코 샤넬』, 생텍쥐페리의 『야간비행』, 칼릴 지브란의 『예언자』, 다이 시지에의 『발자크와 바느질하는 중국소녀』, 장 크리스토프 뤼팽의 『붉은 브라질』, 안니 뒤페레의 『파티』, 기욤 프레보의 『시간의 책』(전 3권), 피에르 보테로의 『에윌란의 모험』(전 3권) 등 다수가 있다.

Illust 스튜디오 가게 studiogage.com